Das große Buch der FANTASY

Herausgegeben von Michael Görden, mit Lesehinweisen von Helmut W. Pesch

BASTEI-LÜBBE-TASCHENBUCH
Band 13 162

1. Auflage: Oktober 1988

Die Buchillustration zu diesem Band schuf Johann Peterka. Bei der Zusammenstellung der Autorenbiographien war Hermann Urbanek behilflich. Die Landkarten zeichneten Ehard Ringer u. a.

Deutsche Lizenzausgabe 1982/1988
Bastei-Verlag Gustav H. Lübbe, Bergisch Gladbach

Einzelrechte und Übersetzernachweise in den
Quellen am Ende des Bandes
Titelillustration: Carl Lundgren/Agentur Thomas Schlück
Umschlaggestaltung: Quadro Grafik, Bensberg
Druck: Clausen & Bosse, Leck
Printed in Germany
ISBN 3-404-13162-2

Zu diesem Buch

Dieses Buch will mit den schönsten Geschichten dieser Literaturrichtung zeigen, was Fantasy ist. Die wichtigsten Autoren der Fantasy werden hier zum ersten Mal in einem Band vorgestellt – mit ihrer Biographie, einer Einführung in ihre Werke und einer für sie typischen Geschichte oder einem Romanauszug. Dazu schuf der Wiener Illustrator Johann Peterka einen Buchschmuck, der diesen Band zu einer kleinen Kostbarkeit für die Freunde schöner Bücher macht.

Bei jeder Geschichte finden sich Lesehinweise, die keine ausführliche und vollständige Bibliographie des jeweiligen Autors sein sollen, sondern als Empfehlungen für die weitere Lektüre an alle diejenigen gedacht sind, die Fantasy im Stil des vorgestellten Autors lesen möchten.

Dieses Buch will keine Literaturgeschichte der Fantasy sein, aber die Geschichten sind so angeordnet, daß sie die Entwicklung der Fantasy bis in die Gegenwart aufzeigen, und die Einführungen zu den einzelnen Kapiteln geben eine Hintergrundinformation für alle, die etwas über die Entstehung der verschiedenen Spielarten der Fantasy wissen möchten. Doch in erster Linie soll dies ein Buch sein, in dem der Leser bei der eigenen Lektüre erleben kann, was Fantasy ist, ein Lesebuch der Fantasy, im wörtlichen Sinne.

Michael Görden
1982

Vorbemerkung zur Neuausgabe

Für die Neuausgabe dieses Bandes wurden die Lesehinweise überarbeitet und aktualisiert. Während die erste Ausgabe im wesentlichen zeigen wollte, was an Fantasy-Literatur bis dahin überhaupt erschienen war, erscheint es inzwischen vordringlicher, einen Führer durch die undurchschaubare Vielfalt des Angebots zu bieten und gezielte Empfehlungen zu geben. Daß sich in dieser Auswahl auch der wohlinformierte, aber keinesfalls unfehlbare Geschmack des Bearbeiters widerspiegelt, bedarf eigentlich keiner Erwähnung.
Verweise auf bereits behandelte (←) oder nachfolgende (→) Autoren sind durch entsprechende Pfeile im Text gekennzeichnet; damit hat der Leser sowohl die Möglichkeit, die Entwicklung einzelner Themenkreise zu verfolgen, als auch, ausgehend von bereits bekannten Autoren das weitere Umfeld zu erkunden.

Helmut W. Pesch
1988

Inhalt

WAS IST FANTASY?

›Fantasy‹ – der Begriff dürfte fast jedem Leser vertraut sein. Es gibt Fantasy-Buchreihen, Fantasy-Filme, die Medien sprechen von Fantasy, Tolkien ist Fantasy, Conan ist Fantasy, und selbst Michael Endes Bücher werden als Fantasy etikettiert. Doch sind an den Begriff recht unterschiedliche Vorstellungen geknüpft – für die einen ist jede Form von Literatur, die nicht realistisch ist, Fantasy; andere sehen in ihr ein bestimmtes Literaturgenre.

Der Name ›Fantasy‹ deutet auf den englischen Ursprung hin. In der Tat kommen die meisten Bücher, die bei uns unter diesem Signum erscheinen, aus dem anglo-amerikanischen Raum. Da hier weder der rechte noch ausreichender Platz ist für die literaturwissenschaftliche Entwicklung einer Definition der Fantasyliteratur, sei nur kurz dargestellt, was in diesem Buch unter Fantasy verstanden wird und nach welchen Kriterien es zusammengestellt wurde.

Fantasy ist eine besondere Form der anglo-amerikanischen phantastischen Literatur, die sich mit der Erfindung imaginärer Welten befaßt, deren Menschen in einer magischen Zeit ohne Naturwissenschaft und Technik leben.

Die Fantasy hat, wie dieses Buch aufzeigt, im anglo-amerikanischen Sprachraum eine eigene Tradition entwickelt, wie es sie in anderen Sprachgebieten nicht gibt. Daher die Beschränkung des Buches auf englisch schreibende Autoren. In Deutschland hat die Entwicklung der phantastischen Literatur schon seit E. T. A. Hoffmann fast ausschließlich in die Bereiche des Unheimlichen und Bizarren geführt; herausragende Beispiele von Fantasy-Welten deutscher Autoren gibt es nicht. Auch Michael Endes Land Phantásien in *Die unendliche Geschichte* ist keine echte Fantasy-Welt wie etwa Tolkiens ›Mittelerde‹ oder Eddisons ›Merkur‹, denn Phantásien wirkt wie ein Märchenland – das Traumreich der Phantasie, in dem alles möglich sein kann –, während die englischen Fantasy-Welten ›real‹ sind. Von ihnen wird in realistischer Weise erzählt, indem Magie, Drachen und Elfen in ihnen einfach zur Realität erhoben werden. Aber auch wenn sie imaginäre Welten sind, haben diese Welten ihre festen Gesetze – Gesetze zwar, die der Autor ihnen selbst gegeben hat und die weit von unseren Naturgesetzen abweichen können, gegen die der Autor aber im Laufe der Handlung nicht verstoßen darf, da seine Welt sonst ihre Glaubwürdigkeit verlieren würde. In den in diesem Buch versammelten Fantasy-

Welten ist keinesfalls ›alles‹ möglich, denn sonst könnte es in ihnen weder Heldentum noch Tragik und erst recht kein wirkliches Abenteuer geben.

Daß die Menschen der Fantasy-Welten in einer magischen Zeit leben, heißt, sie leben in einer Welt, in der Mythen und Aberglauben der vorindustriellen Zeit wirklich sind. Es ist immer eine romantische Welt, aber der Autor verklärt eben nicht unsere eigene Welt romantisch, sondern trifft mit dem Leser die stillschweigende Übereinkunft, den Roman in einer eigens zum Zweck romantischer Abenteuer ersonnenen Welt spielen zu lassen. Autor und Leser teilen die Fiktion, deshalb kann aus der imaginären Welt wie aus einer realen berichtet werden – der besondere Reiz der Fantasy liegt eben darin, daß der Autor sich das Recht nimmt, seine eigene Wirklichkeit zu erschaffen. Es ist wie eine Art Spiel zwischen Autor und Leser, bei dem vorher als Spielregel vereinbart wurde, daß der Leser dem Autor die erfundene Welt für die Dauer der Lektüre glaubt.

Hier liegt auch der entscheidende Unterschied zwischen der Fantasy und dem Kunstmärchen, aber auch den Nachdichtungen überlieferter Sagen. Im Kunstmärchen zieht der Autor sich ins Märchenreich zurück, aber das ist kein fiktives Land, sondern ein anderer, märchenhafter Zustand unserer Welt, in dem eben alles möglich ist – ›wie im Märchen‹. Niemand würde auf den Gedanken kommen, vom Märchenreich eine Landkarte zeichnen zu wollen. Kein Leser eines Kunstmärchens muß dem Autor dessen Realität glauben – für das Märchenreich erübrigt sich eine solche Vereinbarung. Für die überlieferten Heldensagen ist sie ebenfalls nicht nötig, weil wir akzeptieren, daß es zu Siegfrieds Zeit eben einen Drachen gab – keinen historischen Drachen, aber einen mythischen. Sagen stammen aus einer Zeit, die noch nicht zwischen wissenschaftlich-rationaler und mythischer Wirklichkeit unterschied, und dessen sind wir uns als heutige Leser des Nibelungen-Liedes bewußt. Fantasy jedoch wird in einer Zeit geschrieben, in der sich längst ein naturwissenschaftliches Weltbild durchgesetzt hat, die Existenz eines Drachens also nur noch in einer anderen, imaginären Welt legitim sein kann.

Fantasy trägt sicherlich immer, das wird schon bei ihrem Begründer William Morris deutlich, die Sehnsucht nach einer nicht industrialisierten Welt in sich. Sie ist Ausdruck des Unbehagens an unserer immer weiter technisierten und von Maschinen beherrschten Zivilisation, das seit dem vorigen Jahrhundert ständig wuchs. Vielleicht ist das auch eine der Erklärungen dafür, daß ihre Autoren aus England kommen, wo die Industrialisierung des Lebens am frühesten begonnen hat, und aus den USA, wo sie am weitesten fortgeschritten ist. Fantasy-Romane sind jedoch weder für den Autor noch für den Leser eine Flucht in die Irrationalität. Dieser so oft – meist von Kritikern, die nie eines der von ihnen angegriffenen Bücher gelesen haben – erhobene Vorwurf trifft praktisch auf jede andere Sparte der Literatur eher zu. Autor und Leser weichen ja nur deshalb in eine erfundene Welt aus, weil sie das wissenschaftlich-materialistische Bild unserer eigenen Welt ganz und gar akzeptieren. Sie mögen bedauern, daß es in unserer Welt keine Drachen gibt und geben kann, kein wirkliches Heldentum und keine Magie, aber sie wissen es ganz genau. So findet man denn unter den Fantasy-Autoren eine ganze Reihe von Oxford-Professoren, aber keine Esoteriker, Okkultisten oder irgendwelche Befürworter irrationaler Ideologien. Zudem sind die meisten Fantasy-Welten durchaus von rational denkenden Wesen bevölkert, und die Helden der Romane haben immer eine sehr rationale Motivation. Die Magie wird nicht als okkulte Geheimlehre beschrieben, sondern als die zauberische Willensmacht besonderer Menschen oder als ganz rational zu beherrschender Ersatz für die moderne Technik. Kein Fantasy-Autor vermittelt dem Leser den Eindruck, diese Magie könnte auch in unserer Welt funktionieren. Für die Bewohner der Fantasy-Welten aber ist die Magie genauso wirklich, wie sie es für die alten Germanen gewesen ist. Sie messen ihr keinen besonderen Wert bei, sie gehört einfach zu ihrer Welt.

Daß die Fantasy eskapistisch sei, ist ein Vorwurf, den man im Grunde jeder Art von Literatur machen kann. Ob im bürgerlichen Roman Thomas Manns, im harten Krimi eines Chandler oder bei der Emanzipationsodyssee der Heldin eines modernen feministischen Romans, immer wird dem Leser die Gelegenheit geboten, sich durch die Lektüre der eigenen Realität für einige Zeit zu entziehen. Doch wird solcher Literatur zugute gehalten, daß sie unsere Gegenwart kritisch in Frage stellt, was heißen soll, sie beschreibt das an der Wirklichkeit, was dem Autor positiv oder negativ herauszustellen wichtig erscheint.

Die Fantasy kann zu unserer Gegenwart genauso entschieden Stellung beziehen, nur benutzt sie dazu eine andere Methode, indem sie Gegenwelten zu unserer eigenen konstruiert und ihre Positionen in diesen Welten darstellt. Sie ist der Utopie noch immer eng verwandt. Viele Autoren nutzen diese Möglichkeit nicht, sondern erfinden ihre Welten nur, um sich selbst und ihre Leser zu unterhalten. Darin unterscheiden sie sich allerdings vom Rest der Literatur kaum.

Einem verbreiteten Irrtum muß hier noch widersprochen werden. Die Fantasy ist kein Literaturgenre. Sie ist eine bestimmte Form, in der Fiktion geschrieben werden kann, nämlich durch den Entwurf fiktiver Welten mit mythologischem Charakter. Aus dieser Form zu schreiben sind verschiedene Genres der Unterhaltungsliteratur hervorgegangen, zu denen etwa die sogenannte ›Sword and Sorcery‹ gehört, auf die an anderer Stelle in diesem Buch noch ausführlich eingegangen wird. Aber die Möglichkeit, Fantasy zu schreiben, ist für keinen Autor durch ein bestimmtes Genre mit seinen Klischees und Topoi beschränkt gewesen, auch wenn einige der hier vorgestellten Autoren Fantasy als Genreliteratur geschrieben haben. Fantasy ist eine literarische Form, die zu den unterschiedlichsten Zwekken benutzt werden kann – als Genre der Unterhaltungsliteratur wie bei der ›Sword and Sorcery‹ in den amerikanischen Pulp-Magazinen, als utopische Abenteuerromanze wie bei Morris, als ästhetisches Kunstmittel wie bei James Branch Cabell, als Form zur Erschaffung künstlicher Heldenepen wie bei Eddison oder als Form der Erschaffung künstlicher Mythen wie bei Tolkien. Es ließen sich noch viele weitere Möglichkeiten aufzählen. Statt einer solchen trockenen Aufzählung soll dieses Buch dem Leser die Möglichkeit bieten, alle diese Variationen der Fantasy durch eigene Lektüre kennenzulernen.

DIE ERSTEN WELTEN BAUMEISTER

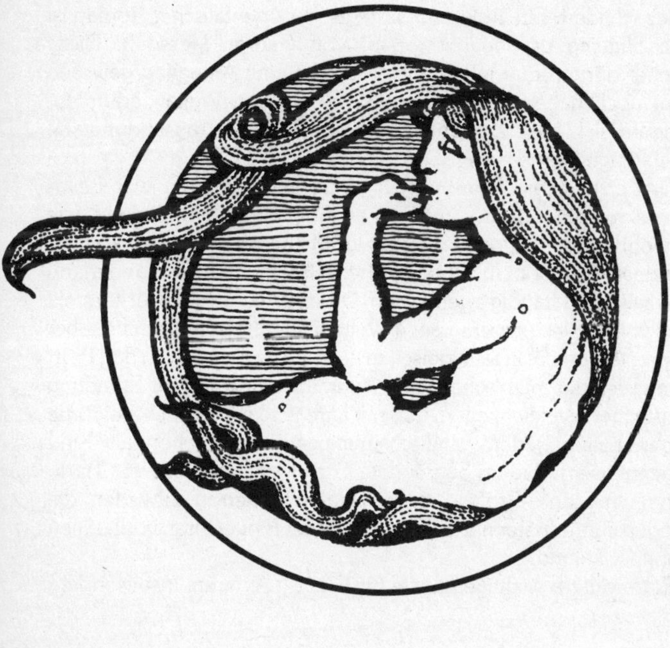

Die englische Literatur ist reich an frühen Vorbildern für die Fantasy. Sie reichen von der *Beowulf*-Sage, Malorys *König Artus*, dem *Utopia* des Thomas Morus bis hin zu Jonathan Swifts *Gullivers Reisen*. Von der Erfindung eigener Welten kann man erst bei Morus und Swift sprechen, doch zeigt diese Aufzählung, daß jedes englische Schulkind nach den Mythenwelten der Sagen in der eigenen nationalen Literatur schon bald auf imaginäre Welten trifft, die zunächst philosophischen und satirischen Zwecken der Autoren dienten.

Den Anfang dieses Kapitels über die Vorläufer der Fantasy bildet ein Auszug aus *Gullivers Reisen*, nicht weil Swift als erster Reisen in fiktive Länder beschrieben hätte, sondern weil seine imaginären Welten zu denen gehören, die wahrscheinlich jeder der in diesem Buch vorgestellten Fantasy-Autoren schon als Kind kennengelernt hat. Ein anderer wichtiger Vorläufer der Fantasy ist William Beckfords *Vathek* (1786), der das seltsame Schicksal des gleichnamigen Kalifen im Stil von Tausendundeine Nacht als phantastisches Abenteuer schildert. Ein anderer phantastischer orientalischer Roman ist *The Shaving of Shagpat* (1855) von George Meredith. Diese Bücher dürften für viele spätere Autoren eine Anregung gewesen sein, doch haben ihre Autoren keine eigenen Welten erfunden, sondern sich an die orientalische Tradition von Tausendundeine Nacht angelehnt.

Der erste echte Konstrukteur völlig neuer Welten war Lewis Carroll mit seinem *Alice im Wunderland* – einem Wunderland, wie es wohl nur ein Oxford-Professor für Mathematik erfinden konnte, der unter Pseudonym Kinderbücher schrieb. Carrolls Wunderland (das seit 1865 ständig irgendwo im Druck gewesen sein dürfte) stellt eine völlig in sich geschlossene Welt mit furchtbar verdrehten, aber in ihrer Absurdität in sich logischen eigenen Naturgesetzen dar. Es ist keine Welt der mythischen Abenteuer, aber eine, die zur Erfindung künstlicher ›Wirklichkeiten‹ äußerst anregend wirkt. Auch sie dürfte neben Lilliput jedem englischsprachigen Autor schon als Kind begegnet sein. Zudem begründete Carroll offenbar eine Art Tradition unter Oxford-Professoren, imaginäre Welten zu entwerfen, die hundert Jahre später mit Tolkiens ›Herr der Ringe‹ ihren vorläufigen Höhepunkt fand.

Eine weitere wichtige Quelle für Fantasy-Autoren, insbesondere auch für den Begründer dieser Literaturrichtung, William Morris, ist das englische Märchen mit seinen Geschichten von der Welt der Elfen. Eine fremde Welt des Zaubers und der Magie neben unserer spielt in den Kunstmärchen und Romanen des Schotten George MacDonald eine entscheidende Rolle, der in seinen Werken bereits deutlich die Sehnsucht nach einer mythischen, vorindustriellen Welt ausdrückt. Er war kein Erfinder neuer Welten, aber ein Erfinder neuer Mythen, und diese Tradition haben viele Fantasy-Autoren fortgesetzt.

Der eigentliche ›Erfinder‹ der Fantasy aber dürfte William Morris (1834–96) gewesen sein, der zum ersten Mal eine vollständige fiktive mittelalterliche Welt mit eigener Geographie und Überlieferung für die romantischen Abenteuerfahrten seiner Helden schuf. Er legte mit seiner Begeisterung für die nordische Mythologie auch gleich die Hauptquellen an mythologischem Material fest, aus dem sich die nach ihm folgende Generation von Fantasy-Autoren bediente.

Swift, Carroll, MacDonald und Morris, denen dieses Kapitel gewidmet ist, geben einen Eindruck von dem Fundament, auf dem die nach ihnen kommenden klassischen Fantasy-Autoren gebaut haben.

Jonathan Swift
(1667 - 1745)

Swift wurde sieben Monate nach dem Tod seines Vaters in Dublin geboren. Die Familie stammte aus England, und die Mutter kehrte sofort nach der Geburt des Sohnes dorthin zurück. Swift wurde einer Amme übergeben, bei der er die ersten drei Jahre seines Lebens verbrachte. Später kam er in die Obhut eines in Dublin lebenden Onkels, besuchte dort die Schule und anschließend die Universität. Er war ein zorniger junger Mann, stolz und einsam und in ständigem Streit mit seinem Onkel, seinen Lehrern und den staatlichen Autoritäten. Nur mit Mühe schaffte er es, 1686 einen Universitätsabschluß als ›Bachelor of Arts‹ zu erhalten.

Er blieb weiter an der Universität, bis sie wegen politischer Unruhen geschlossen wurde, und ging dann, der Onkel war inzwischen verstorben, zu seiner Mutter nach England. Von den Verwandten war er zwar unterstützt, aber meist als ›armer Schlucker‹ behandelt worden, was nur noch zu seinem Stolz beitrug und den Grundstein für seine spätere Misanthropie legte. Auch mit der Mutter kam er nicht zurecht, aber sie beschaffte ihm eine Stelle als Sekretär. Er setzte sein Studium fort und empfing 1695 die Priesterweihe, arbeitete aber dann doch weiter in seiner Sekretärsstellung bei Sir William Temple, bis dieser 1699 starb.

Die nächsten zehn Jahre von Swifts Leben wurden bestimmt von politischem Engagement, zunächst bei den fortschrittlichen ›Whigs‹, dann auf der Seite der konservativen ›Tories‹, deren Politik Swifts persönlicher Weltanschauung in vielem näher stand. Seine ersten satirischen Schriften machten ihn als scharfsinnigen Spötter bekannt und angesehen. Mit seinen konservativen politischen Absichten verband sich ein ausgesprochener Gerechtigkeitssinn, der ihn, als er später nach Irland zurückkehrte, zu einem bitteren Ankläger der englischen Ausbeutungspolitik gegen Irland werden ließ, obwohl er sich selbst immer als Engländer und als Diener der anglikanischen Kirche fühlte.

Als er 1713 zum Dekan von St. Patrick ernannt wurde, ging er nur ungern nach Dublin, um diese Stellung dort zu übernehmen. Doch nach seinen heftigen Angriffen gegen die englische Ausbeutung wurde er für Irland zu einer Art Volksheld und blieb dort bis auf wenige Unterbrechungen bis zu seinem Lebensende.

Ab etwa 1720 arbeitete er an *Gullivers Reisen*, in die seine bitteren politischen und menschlichen Erfahrungen, seine Zweifel an den Segnungen des wissenschaftlichen Fortschritts, aber auch sein scharfer Witz und seine Fabulierkunst einflossen. Er lebte inzwischen zurückgezogen in Dublin. Eine Reihe von Beziehungen zu Frauen, die in seinem Leben eine wichtige Rolle spielten, war bereits gescheitert; eine Lebensgefährtin hatte er nie gefunden. 1728 starb die von ihm verehrte Esther Johnson; Swift wurde immer verbitterter und abweisender. 1731 verfaßte er bereits die Verse auf den eigenen Tod, 1742 wurde er für geisteskrank erklärt, drei Jahre später starb er in geistiger Umnachtung.

Gullivers Reisen wurde trotz seiner deutlichen Menschenverachtung zu einem der größten Klassiker der englischen Literatur und zu einem der meistgelesenen Bücher der Welt. Daß es in bereinigten und verkürzten Fassungen ausgerechnet auch zu einem Kinderbuch-Klassiker wurde, dürfte allerdings kaum den Absichten des Autors entsprochen haben.

Gullivers Reisen

Reisen in verschiedene Länder der Erde. Von Lemuel Gulliver, zuerst Schiffsarzt, später Kapitän verschiedener Schiffe lautet der vollständige Titel von Swifts bekanntestem Buch, das viele Leser nur in einer Kinderbuchbearbeitung kennen, die meist nur die ersten beiden Reisen, nach Lilliput und zu den Riesen von Brobdingnag, enthält. Schon der Name kennzeichnet das Buch als einen der phantastischen Reiseromane, die zu Swifts Zeiten als Unterhaltungslektüre beliebt waren und den Autoren zugleich die Gelegenheit boten, durch die Beschreibung von Sitten und Staatsformen in unbekannten Ländern oder gar auf dem Mond die eigene Gesellschaft zu kritisieren und ein utopisches Gegenbild zu entwerfen. Solche fiktiven Reiseberichte standen noch in der Tradition der klassischen Utopien, boten aber mit ihren amüsanten und anekdotischen Schilderungen fremder Umgebungen bereits mehr Leseunterhaltung als die trockenen Beschreibungen utopischer Staatsformen.

Nach Lilliput und Brobdingnag, in denen Gulliver einmal zum Riesen und dann zum Zwerg wird, folgt eine Reihe von Beschreibungen weiterer phantastischer Länder, in die es den Helden verschlägt. Swift beläßt es dort keinesfalls bei einigen einfachen Änderungen, wie etwa denen der Größenverhältnisse, sondern er beschreibt ausführlich die fremden Länder mit ihren seltsamen Kulturen – er erschafft vollständige neue Welten mit eigener Geschichte, Geographie und Philosophie. Seine Erfindungskunst geht dabei weit über den ursprünglichen Zweck der Satire hinaus. Das Erdenken und Ausgestalten fremder Welten scheint dem Autor ein eigenes Vergnügen bereitet zu haben.

In der fliegenden Stadt Laputa werden die Menschen ganz vom Nachsinnen über wissenschaftliche Probleme beherrscht; in Balnibari hat sich das Denken soweit verselbständigt, daß nur noch Unsinn dabei herauskommt, was aber der Zivilisation nicht unbedingt schadet, sie funktioniert trotzdem; die Pferden gleichenden Houyhnhnms sind völlig der absoluten Vernunft ergeben, während ihre Nachbarn, die ekelerregenden, menschlichen Yahoos, nur ihren Trieben folgen.

Auch wenn Swift das Spiel mit erfundenen Welten nicht als erster begonnen hat, so dürften sein Erfindungsreichtum und seine Fabulierkunst zu einer bleibenden Anregung für jeden anglo-amerikanischen Autor geworden sein. *Gullivers Reisen* ist zugleich eine Art literarischer Legitimation für spätere Generationen von Baumeistern fiktiver Welten.

Lesehinweise:

Es gibt eine ganze Reihe von Ausgaben des ›Gulliver‹, auch als Taschenbuch. Der nachfolgende Auszug wurde der im Winkler-Verlag (München 1958) erschienenen Übertragung von Kurt Heinrich Hansen übernommen, die sprachlich besonders gelungen und vollständig ist.

Ein Fantasy-Roman, der sich mit dem Schicksal einiger nach England verschleppter Lilliputaner befaßt, ist:
T. H. White: *Schloß Malplaquet, oder Lilliput im Exil,* Köln 1981 (Diederichs; auch als Fischer-Taschenbuch 22702)
Mit Swiftschem Witz geschrieben ist auch der große Artus-Roman desselben Autors:
Der König auf Camelot, Stuttgart 1976 (Hobbit Presse/Klett-Cotta).
Das Buch Merlin, Köln 1980 (Diederichs; auch als Knaur Taschenbuch 1032)

Siehe auch → Lord Dunsany, → James Branch Cabell

Die fliegende Stadt

Die Nacht verbrachte ich in der Höhle, in der meine Vorräte versteckt waren. Ich schlief schlecht, denn meine Unruhe war stärker als meine Müdigkeit. Unmöglich würde ich an einem so verlassenen Ort lange durchhalten können, dachte ich, und was für ein klägliches Ende erwartete mich! Ich war so mutlos und verzweifelt, daß ich nicht einmal die Kraft fand, aufzustehen. Als ich endlich aus meiner Höhle hervorgekrochen kam, war schon heller Tag. Ich wanderte zwischen den Felsen umher; am Himmel stand keine einzige Wolke, und die Sonne stach mir derart in die Augen, daß ich mich abwenden mußte. Plötzlich wurde es dunkel, aber nicht so, als hätte sich eine Wolke vor die Sonne geschoben. Ich drehte mich um und gewahrte zwischen mir und der Sonne einen gewaltigen, undurchsichtigen Körper, der sich in etwa zwei Meilen Höhe auf die Insel zubewegte. Sechs bis sieben Minuten lang verdeckte er die Sonne; es wurde zwar ein wenig kühl, und der Himmel verdunkelte sich, aber doch nicht mehr, als hätte ich mich in den Schatten eines Felsens begeben. Der Körper näherte sich, und nun sah ich, daß er aus einer festen Masse gemacht schien; er war an der Unterfläche flach und glatt und leuchtete hell im Widerschein des Meeres. Ich stand ungefähr zweihundert Yards von der Küste entfernt auf einer Anhöhe und sah, wie die ungeheure Masse nun immer tiefer herabkam, bis sie etwas weniger als eine englische Meile von mir entfernt in der Luft stand. Durch mein Taschenfernrohr konnte ich viele Leute erkennen, die sich an den seitlichen Abhängen hin und her bewegten; was sie taten, konnte ich nicht unterscheiden.

Noch war die natürliche Liebe zum Leben in mir nicht erstorben, und so fühlte ich einige Freudenimpulse sich in mir regen. Zaghaft begann ich zu hoffen, daß mir von dort oben her Hilfe kommen werde. Man wird sich kaum vorstellen können, wie sehr ich gleichzeitig darüber staunte, eine in der Luft schwebende, von Menschen bewohnte Insel zu sehen, die sich offenbar heben und senken und auch seitwärts dahinfliegen konnte. Aber ich hatte jetzt keine Zeit zum Philosophieren, ich versuchte vielmehr herauszubekommen, in welcher Richtung sich die Insel jetzt bewegen würde, denn im

Augenblick schien sie stillzustehen. Es dauerte gar nicht lange, da begann sie sich wieder zu regen. Sie kam auf mich zu, und ich konnte an den Seiten über- und nebeneinander aufgebaute Galerien und Treppen erkennen. Auf der untersten Stufe saßen Angler, und neben ihnen standen andere, die ihnen zuschauten. Ich schwenkte Taschentuch und Mütze – denn mein Hut war längst unbrauchbar geworden –, und als die Insel noch näher herankam, schrie ich aus Leibeskräften. Und als ich genauer hinschaute, bemerkte ich, wie gerade mir gegenüber am Inselrand eine große Menschenmenge zusammenströmte. Sie mußten mich entdeckt haben; zwar rief keiner von ihnen zu mir herüber, aber sie zeigten auf mich und gestikulierten untereinander. Vier oder fünf Männer rannten daraufhin, wie ich sehen konnte, die Treppen hinauf bis zum Gipfel, wo sie, wie ich richtig vermutete, einer hochgestellten Person Meldung machten.

Immer mehr Leute kamen zusammen, und nach knapp einer halben Stunde senkte die Insel sich so weit herab, daß ihr unterer Rand weniger als hundert Yards entfernt in gleicher Höhe mit mir stand. Ich warf mich mit erhobenen Armen auf die Knie, schlug die Hände gegen die Brust und redete flehentlich auf sie ein. Ich erhielt aber keine Antwort. Die mir am nächsten standen, schienen, nach ihren Gewändern zu urteilen, vornehme Leute zu sein. Sie unterhielten sich sehr ernst miteinander und sahen öfters zu mir herüber. Einer von ihnen rief mir schließlich etwas in einer sanften, wohllautenden Sprache zu; es klang wie Italienisch. Ich antwortete darum auch auf italienisch, weil ich hoffte, daß ihnen der Tonfall dieser Sprache angenehmer in den Ohren klingen würde. Wir verstanden uns zwar nicht, aber die Leute begriffen, was ich meinte, denn sie sahen ja, in was für einer trostlosen Lage ich mich befand.

Sie winkten mir zu, vom Hügel herunter zur Küste zu gehen, was ich denn auch tat. Darauf senkte sich die Insel noch weiter herab, bis ihr Rand unmittelbar über mir war. Eine Kette, an deren Ende ein Stuhl angebracht war, wurde heruntergelassen. Ich setzte mich hinein und wurde mit Flaschenzügen hinaufgezogen.

Als ich auf der Insel ankam, wurde ich von einer großen Menschenmenge umringt. Die mir am nächsten standen, schienen, nach ihrer Kleidung zu urteilen, von höherem Rang zu sein. Man staunte mich allgemein an. Aber auch ich staunte, denn nie in meinem Leben hatte ich Menschen gesehen, die an Gestalt, Kleidung und Aussehen merkwürdiger gewesen wären. Ihre Köpfe waren entweder nach rechts oder nach links gedreht; ein Auge war nach innen gewandt, das andere stand senkrecht zum Himmel. Ihre Gewänder waren mit Sternzeichen geschmückt, zwischen denen ich Muster von Flöten, Geigen, Harfen, Trompeten, Gitarren, Klavieren und anderen, in Europa unbekannten Instrumenten entdeckte. Hier und da in der Menge standen Leute (es waren offenbar Diener) mit einer Art Dreschflegel in der Hand. An diesen Dreschflegeln waren aufgepumpte Blasen befestigt, in denen sich, wie man mir später erzählte, getrocknete Erbsen oder Kiesel befanden. Diese Blasen schlugen sie dann und wann den Nächststehenden auf den Mund oder um die Ohren; eine Sitte, deren Sinn mir im Anfang nicht einleuchten wollte. Später ging er mir auf: diese Leute sind dermaßen in philosophische Spekulationen versunken, daß sie weder reden noch zuhören können, ohne daß sie ständig durch solche Schläge an die äußere Welt erinnert werden. Deswegen halten sich diejenigen, die es sich leisten können, solche »Schläger« (das Originalwort ist Climenole) als Diener; ohne sie tun sie keinen Schritt vor die Tür und machen auch keine Besuche. Stehen zwei oder drei Laputianer zusammen, so ist es Aufgabe dieser Diener, denjenigen, der sprechen soll, mit der Blase auf den Mund und denjenigen, der zuhören soll, aufs rechte Ohr zu schlagen. Auch auf Spaziergängen müssen die Schläger ihre Herren begleiten und sie gelegentlich sanft auf die Augen schlagen, weil sie meistens so tief in Gedanken versunken sind, daß sie leicht in einen Abgrund stürzen oder sich den Kopf an Pfosten stoßen können. Auch kommt es oft vor, daß sie sich in den Straßen anrempeln oder sich gegenseitig in die Gosse stoßen.

Dies muß der Leser wissen, wenn er verstehen will, wie es mir erging, als sie mich die Treppen hinauf zum königlichen Palast führten. Mehrmals vergaßen sie, was sie eigentlich vorhatten, und überließen mich mir selbst, bis sie von den Schlägern aus ihren Gedanken aufgestört wurden. Schon meine ungewöhnliche Kleidung und mein fremdartiges Aussehen hätten sie doch eigentlich wach halten müssen, aber auch die Zurufe von Leuten aus dem Volk, die nicht so tiefsinnig versponnen sind, machten keinen Eindruck auf sie.

Schließlich kamen wir zum Palast und betraten das Audienzzimmer, wo ich den König inmitten seines Gefolges auf dem Thron sitzen sah. Vor dem Thron stand ein großer Tisch mit Erdkugeln, Himmelskarten und allen nur denkbaren mathematischen Instrumenten. Bei unserem Eintreten drängten von allen Seiten Leute herein, die zum Hof gehörten; so entstand ein ziemlicher Lärm, aber der König bemerkte uns nicht. Er war gerade mit einem Problem beschäftigt, und wir mußten fast eine Stunde warten, bis er es gelöst hatte. Links und rechts von ihm standen Pagen, die ihn durch Schläge auf den Mund und aufs Ohr aus seiner Muße aufzuschrekken versuchten. Schließlich fuhr er hoch und starrte uns verträumt an. Er schien sich zu erinnern, weswegen wir gekommen waren. Er sagte einige Worte, worauf ein junger Mann auf mich zukam und mich behutsam aufs Ohr schlug. Ich winkte ab, um ihm zu bedeuten, daß mir eine solche Erweckung nicht not täte. Wie ich später erfuhr, machte ich dadurch bei Hof einen sehr schlechten Eindruck. Ich redete den König in allen Sprachen an, die ich kannte, aber wir verstanden uns nicht. Anschließend führte man mich in ein für mich hergerichtetes Zimmer, wo zwei Diener zu meiner Verfügung standen; denn dieser Fürst zeichnete sich vor seinen Vorgängern durch besondere Gastfreundschaft aus. Das Essen wurde gebracht, und vier hochstehende Persönlichkeiten gaben mir die Ehre, mit mir zu speisen. Es wurden im ganzen sechs Gänge aufgetragen. Der erste Gang bestand aus einer Hammelkeule, die in der Form eines gleichseitigen Dreiecks zurechtgeschnitten war, einem rhombenförmigen Stück Rindfleisch und einem Pudding in der Gestalt einer Zykloide. Es folgten zwei in der Form von Kniegeigen zugerichtete Enten, Würste, die wie Flöten und Oboen aussahen, und eine harfenähnliche Kalbsbrust. Das Brot wurde in kegel-, zylinder-, parallelogrammförmigen und anderen mathematischen Schnitten gereicht.

Während des Essens fragte ich nach den einheimischen Bezeichnungen für dies und jenes. Von ihren Schlägern geweckt, gaben mir die Herren geflissentlich Auskunft, denn sie hofften, meine Bewunderung ihrer außergewöhnlichen Fähigkeiten würde sich nur noch steigern, wenn ich erst in ihrer Sprache mit ihnen reden könnte. Um Brot und Getränk zu bitten, machte mir bald keine Schwierigkeit mehr.

Nach dem Essen zog sich die Gesellschaft zurück, und ein vom König geschickter Herr betrat in Begleitung eines Schlägers mein Zimmer. Er sollte mich in ihrer Sprache unterrichten, wie er mir durch Zeichen zu verstehen gab. Er hatte Feder, Tinte, Papier und drei oder vier Bücher mitgebracht. Vier Stunden saßen wir zusammen, und ich schrieb untereinander eine Menge Wörter und daneben deren Übersetzung auf. Ich lernte dabei auch einige kurze Sätze. Mein Lehrer befahl einem meiner Diener, etwas zu holen, sich umzudrehen, sich zu verbergen, Platz zu nehmen, auf der Stelle stehenzubleiben oder umherzugehen und anderes dergleichen. Ich schrieb mir jeweils die betreffenden Sätze auf. Er zeigte mir in einem seiner Bücher Skizzen von Sonne, Mond und Sternen, die Tierkreiszeichen, die Wendekreise und Polarkreise, außerdem die Bezeichnungen von Flächen und festen Körpern. Er machte mich vertraut mit den Musikinstrumenten und erläuterte mir, wie man auf ihnen spielte. Nachdem er mich verlassen hatte, schrieb ich alle Wörter und ihre Bedeutungen in alphabetischer Ordnung auf. Und so gelang es mir mit Hilfe meines guten Gedächtnisses, mir in wenigen Tagen einen Einblick in ihre Sprache zu verschaffen.

Ich lernte dabei unter anderem, daß das Wort, welches ich mit »Fliegende oder Schwebende Insel« übersetzte, Laputa heißt. Die sprachgeschichtliche Ableitung dieses Wortes ist mir allerdings nie klargeworden. Lap heißt nach einem inzwischen veralteten Sprachgebrauch »hoch«, und Untuh »Gouverneur«. Aus Lapuntuh, das heißt »Hoher Gouverneur«, wurde später durch Verschleiß Laputa. Mir persönlich leuchtete diese Ableitung allerdings nicht ganz ein; ich schlug daher den laputianischen Wissenschaftlern vor, Laputa als Abkürzung aus Lap-outed zu nehmen, wobei Lap das Tanzen der Sonnenstrahlen auf dem Wasser und outed eine Schwinge bedeutet. Was von beiden nun richtig sein mag, überlasse ich dem Urteil des sprachkundigen Lesers.

Meine Betreuer hatten bemerkt, daß meine Kleider recht abgetragen waren, und so kam am nächsten Tag ein Schneider, um Maß zu nehmen. Er machte das ganz anders, als wir es in Europa gewohnt sind. Mit einem Quadranten stellte er mein Längenmaß und dann mit Hilfe von Zirkel und Richtstab Umfang und Umrisse meines Körpers fest. Er notierte sich die Zahlen und brachte nach sechs Tagen die fertigen Kleider. Sie saßen sehr schlecht, denn er hatte bei seiner Kalkulation eine Zahl falsch aufgeschrieben. Ich tröstete mich damit, daß solche Fehler dort oft vorkommen und niemand sie weiter beachtet.

Während ich auf meine Kleider wartete und durch eine kleine Unpäßlichkeit noch einige Tage länger ans Bett gefesselt war, beschäftigte ich mich eingehend mit Grammatik und Wörterbuch der laputianischen Sprache. Als ich dann wieder zum Hof ging, konnte ich schon manches verstehen, was der König sagte, und ihm auch gelegentlich eine Antwort geben. Seine Majestät hatte Anweisung erteilt, die Insel nach Nordosten zu steuern, bis zu einem Punkt senkrecht über Lagado, der auf dem Festland gelegenen Hauptstadt des Reiches. Sie war etwa neunzig Seemeilen entfernt; von der Fortbewegung durch die Luft merkte ich während der viereinhalbtägigen Reise nicht das geringste. Am zweiten Tag, gegen elf Uhr vormittags, stimmten der König, die Adligen und die Beamten des Hofes ihre Instrumente und machten drei Stunden lang ohne Unterbrechung Musik. Der Lärm sprengte mir fast das Trommelfell; auch war es mir ganz unmöglich, irgendeine Ordnung oder einen Sinn in dieser Musik zu finden. Ich wurde dann aber durch meinen Lehrer aufgeklärt, der mir sagte, daß die Ohren der Laputianer so eingerichtet seien, daß sie die ab und an aus dem Universum herüberklingende Sphärenmusik hörten, in die nun jeder auf seinem besonderen Instrument einstimmte.

Auf unserer Reise nach Lagado ließ der König über mehreren Städten und Dörfern anhalten, um die Bittschriften seiner Untertanen entgegenzunehmen. Zu diesem Zweck wurden mit kleinen Gewichten beschwerte Bindfäden hinuntergelassen. Daran befestigten die Festländer ihre Bittschriften, die dann hinaufgezogen wurden; etwa wie die Papierschnitzel, die Schuljungen an ihren Drachenschnuren verknoten. Manchmal banden sie Weinkrüge oder Lebensmittel an die Stricke, die dann mit Flaschenzügen hochgezogen wurden.

Meine mathematischen und musikalischen Kenntnisse kamen mir bei der Erlernung des Laputianischen sehr zustatten, denn auf

Mathematik und Musik beziehen sich alle ihre Wörter. Ihre Gedanken bewegen sich ständig in Linien und Figuren. Wollen sie zum Beispiel die Schönheit eines Weibes oder eines Tieres beschreiben, dann sprechen sie von Rhomben, Kreisen, Parallelogrammen, Ellipsen oder anderen geometrischen Figuren, oder sie gebrauchen musikalische Ausdrücke, die ich hier nicht zu wiederholen brauche. Ich habe in der königlichen Küche alle möglichen Arten von mathematischen und musikalischen Instrumenten gesehen, nach deren Muster alles Fleisch zugeschnitten wurde, das auf die königliche Tafel kam.

Ihre Häuser sind sehr schlecht gebaut. Die Mauern und Wände sind schief und stehen nirgends im rechten Winkel zueinander. Dies kommt daher, daß die Laputianer die praktische Geometrie als rein mechanisch und minderwertig betrachten. Die Anweisungen, die sie ihren Handwerkern geben, stellen so hohe Anforderungen an deren Denken, daß sie beim Bauen fortwährend Fehler machen. Auf dem Papier sind sie mit Bleistift, Zirkel und Lineal zwar sehr geschickt, aber ich habe noch nie ein Volk gesehen, das im praktischen Leben so unbeholfen, linkisch und ungewandt ist. In allen Dingen, die nicht gerade mit Mathematik und Musik zu tun haben, sind sie sehr schwer von Begriff und oft völlig ratlos. Sie sind schlechte Denker und reden gegen alles an, wenn sie nicht zufällig in einem Punkt der richtigen Meinung sind, was aber sehr selten vorkommt. Einbildungskraft, Phantasie und Erfindungsgabe gehen ihnen ab; ihre Sprache enthält für diese Begriffe keine Worte. Alles, was sie denken und überlegen, beschränkt sich auf die beiden oben erwähnten Wissenschaften.

Die meisten von ihnen, und besonders wieder die Astronomen, glauben an die Astrologie, wenn sie sich auch schämen, das öffentlich zuzugestehen. Worüber ich mich vor allem wunderte und was mir ganz unerklärlich erschien, waren ihr Hang zur Politik und ihre Gier nach Neuigkeiten. Fortwährend regten sie sich über alle möglichen staatlichen und sonstwie öffentlichen Angelegenheiten auf und debattierten bis ins einzelne über die Meinungen der Parteien. Ähnliche Erfahrungen habe ich schon mit den Mathematikern gemacht, die ich in Europa kennenlernte, obwohl doch zwischen diesen beiden Wissenschaften nicht die geringste Beziehung besteht. Diese Leute gehen vermutlich davon aus, daß der kleinste

Kreis ebenso viele Grade hat wie der größte, und meinen daher, daß zur Regierung der Welt nicht mehr nötig sei als die Fähigkeit, einen Globus zu drehen. Doch entspringt diese Neigung, wie ich glaube, einer allgemeinen menschlichen Schwäche, nach der nämlich gerade die Dinge unsere Neugier am meisten reizen, die uns nicht das geringste angehen und für die wir nach Anlage und Vorbildung am wenigsten Eignung besitzen.

Übrigens schweben die Laputianer ständig in Angst und sind unfähig, auch nur einen Augenblick innerlich ruhig und in Frieden zu leben. Dabei entsteht ihre Unrast aus Ursachen, um die sich andere Sterbliche herzlich wenig kümmern. Ihrer Meinung nach drohen uns von den Himmelskörpern immerfort irgendwelche Gefahren. Die ständig sich nähernde Sonne, glauben sie, müsse am Ende die Erde ansaugen und verschlingen. Die Sonne selbst umgebe sich immer dichter mit ihren eigenen Ausdünstungen, so daß sie schließlich kein Licht mehr spenden werde. Die Erde sei dem letzten Kometen, der an ihr vorbeiflog, nur um ein Haar entkommen und wäre beinahe zu Asche verbrannt. Der nächste Komet, der nach ihrer Berechnung in einunddreißig Jahren zu erwarten sei, werde uns wahrscheinlich vernichten. Dieser Komet werde sich der Sonne so weit nähern, daß er sich zehntausendmal stärker erhitzen werde als rotglühendes Eisen. Wenn er den Dunstkreis der Sonne dann wieder verläßt, werde er einen Schweif von einer Million und vierzehn Meilen hinter sich herschleppen. Mag die Erde dann auch noch hunderttausend Meilen vom Kern des Kometen entfernt sein, sie werde dann doch in Flammen aufgehen. Endlich werde die Sonne, die täglich ohne neue Energiezufuhr ihre Kraft verschwende, sich selbst verzehren und damit die Vernichtung der Erde und aller Planeten, die Licht von ihr empfangen, nach sich ziehen.

Mit solchen und ähnlichen Sorgen quälen sie sich; sie schlafen unruhig, und es ist ihnen unmöglich, die gewöhnlichen Freuden und Annehmlichkeiten des Lebens zu genießen. Wenn sie sich morgens treffen, fragen sie einander als erstes nach dem Zustand der Sonne – wie sie beim Aufgang ausgesehen habe, wie beim Untergang, und ob man wohl hoffen könne, dem Aufprall des nahenden Kometen zu entgehen.

Hierüber unterhalten sie sich genauso hitzig und aufgeregt wie

Jungen, die sich Gespenster- und Räubergeschichten erzählen und nachher aus Angst nicht ins Bett zu gehen wagen.

Die Frauen von Laputa sind sehr temperamentvoll. Sie verachten ihre Ehemänner und haben eine Vorliebe für Fremde, von denen täglich viele vom Festland heraufkommen, um bei Hof, wo man sie wegen ihres Mangels an außergewöhnlicher Begabung geringschätzt, ihre öffentlichen und privaten Angelegenheiten zu erledigen. Unter ihnen suchen die Damen sich ihre Liebhaber aus. Das ginge ja vielleicht noch an, aber schlimm ist, daß sie sich bei ihren Vertraulichkeiten überhaupt nicht in acht nehmen. Der Ehemann ist meistenteils – besonders aber, wenn er Papier und Meßgerät vor sich hat und seine Schläger nicht in der Nähe sind – so tief in Gedanken versunken, daß die betreffende Dame und ihr Geliebter sich vor seinen Augen sehr frei und intim benehmen können.

Die Frauen und Töchter beklagen sich darüber, daß sie die Insel nicht verlassen dürfen. Dabei kann man sich auf der ganzen Erde kaum einen schöneren Flecken vorstellen; außerdem leben sie in Hülle und Fülle und dürfen tun, was sie wollen. Sie aber sehnen sich nach der Welt und nach den Vergnügungen in der Hauptstadt. Zum Verlassen der Insel benötigen sie die besondere Erlaubnis des Königs, die nicht leicht zu bekommen ist, denn die Männer wissen aus Erfahrung, wie schwer ihre Frauen sich überreden lassen, vom Festland wieder heraufzukommen. So erzählte man mir, daß eine Dame des Hofes, die mit dem Premierminister, einem sehr liebenswürdigen Herrn, der zugleich der reichste Mann von Laputa ist, verheiratet war und viele Kinder hatte, eines Tages, obwohl der Minister sehr zuvorkommend zu ihr war und sie in dem vornehmsten Palast der Insel wohnten, auf und davon ging. Und zwar nach Lagado, angeblich, weil die Luftveränderung ihr guttun würde. Dort hielt sie sich mehrere Monate versteckt, bis der König schließlich Befehl gab, sie zu suchen. Und da fand man sie zerlumpt und verschuldet in einem anrüchigen Wirtshaus, wo sie mit einem alten, häßlichen Mann zusammenlebte, der ihr täglich eine Tracht Prügel verabreichte. Sie wehrte sich heftig, als man sie von ihm trennte und sie mitnahm. Ihr Gatte empfing sie freundlich, und ohne ihr im geringsten Vorwürfe zu machen; dennoch schlich sie sich bald darauf wieder zu ihrem früheren Liebhaber. Sie nahm ihre Juwelen mit, und nie wieder hat man von ihr gehört.

Demjenigen, der dies liest, mag das wie eine europäische oder eher noch englische Geschichte vorkommen; aber man bedenke doch, daß die Frauen unter jedem Himmel und in jedem noch so entfernten Land gleich launenhaft sind.

Ungefähr nach einem Monat konnte ich mich ganz gut auf laputianisch unterhalten und fast alle Fragen beantworten, die der König mir stellte, wenn er mir Erlaubnis gab, ihn zu besuchen. Seine Majestät zeigte keinerlei Interesse an den Gesetzen, der Regierung, der Geschichte oder den Sitten der Länder, in denen ich gewesen war. Seine Fragen bezogen sich lediglich auf den jeweiligen Stand der mathematischen Wissenschaften. Meinen Bericht darüber nahm er gleichgültig und voller Verachtung entgegen, obgleich ihn die Schläger dabei oft genug aufs Ohr schlugen und weckten.

Lewis Carroll
(1832 - 1898)

Unter dem Pseudonym Lewis Carroll schrieb der Oxford-Professor Charles Lutwidge Dodgson seine Kinderbücher, von denen das bekannteste *Alice im Wunderland* sein dürfte. Dodgson wurde als erstes von elf Kindern eines englischen Landpfarrers geboren. Die dörfliche Umgebung seines Elternhauses bot ihm als Kind nicht viele Anregungen, und so schuf er sich im elterlichen Garten sein eigenes Märchenreich mit einer Puppenbühne, für die er eigene Stücke schrieb. Schon früh zeigte sich bei ihm auch eine auffällige mathematische Begabung. Als er mit zwölf Jahren zum ersten Mal eine öffentliche Schule besuchte, nachdem ihn vorher der Vater selbst unterrichtet hatte, brachte er es schnell zum Klassenprimus.

Mit achtzehn Jahren wurde er Student am Christ Church College der Universität Oxford, der er bis zu seinem Lebensende treu blieb. Nach dem Abschluß seines Studiums begann er in Oxford eine vielversprechende akademische Laufbahn. Er wurde Dozent für Mathematik und war schon bald eine bekannte Erscheinung des Universitätslebens – ein etwas weltfremd wirkender Gelehrter, eigenbrötlerisch, von den Studenten für langweilig gehalten, gutmütig, aber menschenscheu. Zeitlebens blieb er Junggeselle, und die Universität schien sein ganzer Lebensinhalt zu sein. Er veröffentlichte wichtige mathematische Werke, die ihm akademischen Ruhm einbrachten, außerhalb der Fachwelt aber von kaum jemandem beachtet wurden.

Doch dieser stille Wissenschaftler führte ein seltsames Doppelleben. Er liebte Kinder und ihre Welt. Besonders mochte er kleine Mädchen, von denen er Photoporträts aufnahm – er war ein Pionier der Kinderphotographie – und für die er mehrere Kinderbücher schrieb. Selbstverständlich nur unter Pseudonym, denn als geachteter Akademiker mochte er sich zu solchen Albernheiten nicht öffentlich bekennen. Aber es waren seine Kinderbücher *Alice im Wunderland, Alice hinter den Spiegeln* und *Die Jagd auf den Schnark*, die ihn weltberühmt machten. In ihrer herrlichen, verdrehten Logik und der Freude am Absurden muß Dodgson sich viel von seinen persönlichen Ängsten und akademischen Frustrationen vom Leib geschrieben haben, vielleicht ohne sich selbst dessen bewußt zu sein.

Die Kinderbücher und seine Beschäftigung mit Kindern blieben für ihn immer nur ein privates Vergnügen. Als akademische Größe und Mann mit Charme und Witz kannte er die wichtigsten Künstler und Schriftsteller seiner Zeit persönlich und verkehrte mit bedeutenden Persönlichkeiten aus Staat und Gesellschaft. Er starb fünfundsechzigjährig an einer Grippe. Sein geliebtes Oxford hatte er außer zu einer größeren Rußlandreise nie für längere Zeit verlassen.

Alice und ihr Wunderland

Das Land, in das die kleine Alice durch ihren Sprung in einen Kaninchenbau gerät, ist kein Märchenland, kein Feenreich, keine verzauberte Anderswelt, aber auch keine der Fantasy-Welten späterer Autoren. Es ist ein Reich des Absurden, in dem Ursache und Wirkung auf den Kopf gestellt sind und das Unsinnige zum Vernünftigen wird. Man muß dort so schnell rennen, wie man nur kann, um nicht vom Fleck zu kommen, und wenn man woanders hin will, muß man noch mindestens doppelt so schnell laufen.

Lewis Carroll hat mit seinem Wunderland gezeigt, welche wunderbaren Welten der menschliche Geist ganz alleine mit Hilfe der Verwandlungen formaler Logik und mathematischer Gesetze schaffen kann, ohne auf irgendwelche bestehenden oder erfundenen Mythologien zurückzugreifen. Er ist bis heute einer der originellsten und phantastischsten Schöpfer imaginärer Welten geblieben, doch gibt es in der späteren Fantasy kaum einen Autor, der einen ähnlich radikalen Bruch mit unserer Wirklichkeit vollzogen hätte.

Für jene Literaturrichtung, die wir heute Fantasy nennen, ist Alices Reise ins Wunderland so wichtig, weil sie zum ersten Mal das Ersinnen einer Gegenwelt in den Mittelpunkt eines Buches stellte – ohne damit mehr aussagen zu wollen, als daß es möglich sei, eine so verrückte Welt zu ersinnen. Natürlich finden sich auch in *Alice im Wunderland* Symbole unserer eigenen Realität, doch hat der Autor völlig darauf verzichtet, seine erdachte Welt mit irgendwelchen erzieherischen oder satirischen Absichten zu entschuldigen und zu befrachten. Er hat bewiesen, daß verrückte, irreale Welten in der Literatur legitim sind und ein eigenes Thema sein können, das ungeheuren Spaß für Autoren und Leser liefert. Er hat das Potential aufgezeigt, das der menschliche Geist als Schöpfer von Phantasiewelten besitzt, und ist damit zum Anreger und Vorbild vieler Weltenbaumeister der Fantasy und auch der Science Fiction geworden.

Der Autor der ›Alice‹-Bücher verbarg sich noch hinter einem Pseudonym und versteckte seine Freude an der Weltenbastelei in Kinderbüchern, aber seine Nachfolger traten mit ihrer Fantasy direkt an die Öffentlichkeit. Doch auch wenn sie selten daran interessiert waren, die Realität mit einem ähnlich kühnen Witz wie Lewis Carroll in Frage zu stellen, übernahmen sie von ihm die uneingeschränkte Freiheit, sich für ihre Bücher eine völlig eigene Welt zusammenzubauen, deren Naturgesetze nur von ihnen bestimmt wurden.

Schon wenige Jahre nach Carrolls Tod gab es in Oxford Professoren, die sich ganz auf das Schreiben von Fantasy konzentrierten und kein Pseudonym mehr auf ihre Bücher setzten.

Zu *Alice im Wunderland* schrieb André Breton, was sich auch für die ganze Fantasy sagen läßt: ›Im Absurden vermag der Geist einen Ausweg aus allen beliebigen Schwierigkeiten zu finden. Die Neigung zum Absurden öffnet dem Menschen aufs neue das geheimnisvolle Königreich des Kindes.‹

In diesem Königreich sind alle Fantasy-Romane zu Hause. Sie wurden zu den Märchen für Erwachsene einer Zeit, die das Phantastische in der sogenannten Hochliteratur nicht duldete.

Lesehinweise:

Den besten Eindruck von Carrolls Sprachwitz geben die anerkannten Übersetzungen von Christian Enzensberger:
Alice im Wunderland, Frankfurt 1963 (Insel it 42)
Alice hinter den Spiegeln, Frankfurt 1963 (Insel it 97)
Ferner sind zu empfehlen:
Die Jagd nach dem Schnark, Frankfurt 1982 (Insel it 598)
Sylvie und Bruno, Frankfurt 1981 (Robinson; auch im Goldmann-Taschenbuch 8552/53, 2 Bände)

Lewis Carroll hat seine Spuren vor allem in der Kinderliteratur hinterlassen, auf die einzugehen hier zu weit führen würde. Kongenial in der Hinterfragung von Kategorien ist die Nonsens-Poesie eines Edward Lear:
Edward Lears kompletter Nonsens, Frankfurt 1980 (Insel it 480)

Wer Lewis Carroll mag, mag auch Gefallen finden an:
Jonathan Carroll: *Das Land des Lachens,* Frankfurt 1986 (Suhrkamp st 1247)

Wer darüber hinaus Literatur als Spiel mit sprachlichen Zeichen liebt, der sei auf den Bestseller-Roman eines modernen Semiotikers hingewiesen:
Umberto Eco: *Der Name der Rose,* München 1982 (Hanser; auch als dtv-Taschenbuch 10051)
Nachschrift zum ›Namen der Rose‹, München 1984 (Hanser; auch als dtv-Taschenbuch 10552), als Kommentar des Autors.

Siehe auch → George MacDonald

Aberwitz und Fünf-Uhr-Tee

Unter einem Baum vor dem Haus stand ein gedeckter Tisch, und der Hutmacher und der Schnapphase hatten sich schon daran niedergelassen und tranken Tee; zwischen den beiden saß eine Haselmaus und schlief vor sich hin, während sich ihre zwei Nachbarn mit den Ellbogen auf sie aufstützten und über ihren Kopf hinweg unterhielten. »Unbequem für die Haselmaus«, dachte Alice; »aber da sie schläft, macht es ihr wahrscheinlich nichts aus.«

Der Tisch war schon eher eine Tafel, doch saßen alle drei eng zusammengedrängt in einer Ecke. »Besetzt! Besetzt!« riefen sie, als sie Alice nähertreten sahen. »Von besetzt kann doch gar keine Rede sein!« sagte Alice empört und setzte sich in einen großen Sessel am Tischende.

»Ein Schluck Wein?« fragte der Schnapphase einladend.

Alice sah sich auf dem Tisch um, aber da stand nur eine Teekanne. »Ich sehe keinen Wein«, bemerkte sie.

»Ist auch gar keiner da«, sagte der Schnapphase.

»Dann war es nicht sehr höflich, welchen anzubieten«, sagte Alice zornig.

»Es war auch nicht sehr höflich, sich ungebeten an unseren Tisch zu setzen«, sagte der Schnapphase.

»Ich konnte ja nicht wissen, daß es *euer* Tisch war«, versetzte Alice; »es ist für viel mehr als drei gedeckt.«

»Du mußt zum Friseur«, sagte der Hutmacher. Er hatte Alice bisher nur neugierig angeschaut, und dies war sein erster Beitrag zur Unterhaltung.

»Solche direkten Bemerkungen solltest du dir abgewöhnen«, sagte Alice mit einiger Strenge; »sie sind unschicklich.«

Der Hutmacher riß die Augen weit auf, als er das hörte, aber alles, was er *sagte*, war: »Was ist der Unterschied zwischen einem Raben und einem Schreibtisch?«

»Na, jetzt wird es schon lustiger«, dachte Alice, »jetzt kommen Rätsel an die Reihe! – Ich glaube, das bringe ich heraus«, sagte sie laut.

»Du meinst, du wirst es erraten?« fragte der Schnapphase.

»Genau das«, sagte Alice.

»Dann solltest du auch sagen, was du meinst«, fuhr der Schnapphase fort.

»Das tu ich ja«, widersprach Alice rasch; »wenigstens – wenigstens meine ich, was ich sage – und das kommt ja wohl aufs gleiche heraus.«

»Ganz und gar nicht«, sagte der Hutmacher. »Mit demselben Recht könntest du ja sagen: ›Ich sehe, was ich esse‹ ist das gleiche wie ›Ich esse, was ich sehe‹!«

»Mit demselben Recht könntest du ja sagen«, fiel der Schnapphase ein, »›Was mir gehört, gefällt mir‹ ist das gleiche wie ›Was mir gefällt, gehört mir‹!«

»Mit demselben Recht könntest du ja sagen«, fügte die Haselmaus hinzu, die offenbar im Schlafe sprach, »›Solange ich schlafe, leb' ich‹ ist das gleiche wie ›Solange ich lebe, schlaf' ich‹!«

»In deinem Fall *ist* das auch das gleiche«, sagte der Hutmacher, und daraufhin stockte die Unterhaltung, und alle saßen eine Weile stumm da, während Alice in Gedanken alles durchging, was sie über Schreibtische und Raben wußte, und das war nicht eben viel.

Der Hutmacher unterbrach das Schweigen zuerst. »Den wievielten haben wir heute?« fragte er, sich an Alice wendend; und dabei zog er eine Uhr aus der Tasche, sah sie bekümmert an, schüttelte sie verschiedentlich hin und her und hielt sie sich schließlich ans Ohr.

Alice dachte ein wenig nach und sagte dann: »Den Vierten.«

»Zwei Tage geht sie nach!« seufzte der Hutmacher. »Ich habe dir ja gleich gesagt, Butter ist für das Uhrwerk nichts!« fuhr er fort und sah den Schnapphasen böse an.

»Es war aber echte Tafelbutter«, erwiderte der Schnapphase sanft.

»Das schon, aber es sind eben Krümel mit hineingeraten«, murrte der Hutmacher; »warum hast du auch das Brotmesser dazu nehmen müssen!«

Der Schnapphase griff nach der Uhr und schaute sie mißmutig an; dann tunkte er sie in seinen Tee und betrachtete sie nochmals – aber etwas Besseres als seine Antwort von vorher fiel ihm auch dann nicht ein: »Echte Tafelbutter war das nämlich.«

Alice hatte ihm neugierig über die Schulter gesehen. »Das ist einmal eine komische Uhr!« bemerkte sie. »Die zeigt ja nur Tage an und keine Stunden!«

»Wozu auch!« brummte der Hutmacher. »Zeigt *deine* Uhr vielleicht das Jahr an?«

»Natürlich nicht«, versetzte Alice schlagfertig, »aber das kommt daher, daß es so lange das gleiche Jahr bleibt.«

»Und genau das trifft auch bei *meiner* zu«, sagte der Hutmacher.

Daraus konnte Alice nun gar nicht klug werden. Die Antwort des Hutmachers schien keinerlei Sinn zu haben, und doch waren alle Wörter darin deutsch. »Ich begreife nicht ganz«, sagte sie, so höflich sie konnte.

»Die Haselmaus schläft schon wieder«, sagte der Hutmacher und setzte in vertraulichem Tone hinzu: »Wir nennen sie unter uns oft einfach nur den Siebenschläfer.« Und dabei griff er zur Teekanne und goß ihr etwas heißen Tee über die Nase.

Die Haselmaus schüttelte unwillig den Kopf und sagte, ohne dabei die Augen zu öffnen: »Gewiß, gewiß; ich wollte eben dasselbe sagen.«

»Hast du das Rätsel schon herausgebracht?« fragte der Hutmacher, wieder zu Alice gewandt.

»Nein, ich gebe es auf«, sagte Alice, »wie heißt denn die Lösung?«

»Keine Ahnung«, sagte der Hutmacher.

»Auch nicht«, sagte der Schnapphase.

Alice seufzte müde auf. »Ich finde, ihr könntet etwas Besseres mit eurer Zeit tun, als sie auf Rätsel ohne Lösung zu verschwenden«, sagte sie.

»Du hast aber unklare Vorstellungen von Zeit!« sagte der Hutmacher. »Wenn du damit so gut bekannt wärst wie ich, würdest du nicht davon reden, daß man *sie* verschwendet. Es ist nämlich ein *Er.*«

»Ich weiß nicht, was du damit sagen willst«, erwiderte Alice.

»Natürlich nicht!« sagte der Hutmacher und warf höhnisch den Kopf zurück. »Wahrscheinlich hast du mit ihm noch nie auch nur zwei Worte gewechselt!«

»Das vielleicht nicht«, räumte Alice nicht ohne Vorsicht ein, »aber ich kenne mich doch sehr gut aus, wenn es zu Haus die Uhrzeit schlägt.«

»Da haben wir's schon!« sagte der Hutmacher. »Schläge läßt er sich nicht gefallen. Aber wenn du dich ein bißchen besser mit ihm stellst, tut er fast alles, was du von ihm haben willst. Stell dir zum

Beispiel einmal vor, es ist acht Uhr morgens, und gleich beginnt die Schule: nur ein Wort in sein Ohr gewispert, und schon sausen die Zeiger wie im Fluge rundum – ein Uhr! Zeit zum Mittagessen!«

(»Wenn's nur wieder einmal soweit wäre!« flüsterte der Schnapphase vor sich hin.)

»Das wäre freilich wunderbar«, sagte Alice nachdenklich, »nur – dann hätte ich doch noch gar keinen Hunger!«

»Vielleicht nicht gleich«, sagte der Hutmacher, »aber du könntest es ja ein Uhr sein lassen, solange du wolltest.«

»So macht ihr es wohl hier?« fragte Alice.

Der Hutmacher schüttelte wehmütig den Kopf. »Ach nein!« antwortete er. »Ich habe mich im letzten Frühjahr mit ihm zerstritten, kurz bevor *der* da übergeschnappt ist –« (und dabei deutete er mit dem Teelöffel auf den Schnapphasen) »– da gab nämlich die Herzkönigin ein Festkonzert, und ich mußte das Lied vortragen:

Weißt du, wieviel Sternlein stehen
Auf dem weiten Kanapee?

Du kennst das Stück vielleicht?«

»Es kommt mir bekannt vor«, sagte Alice.

»Es geht weiter«, half der Hutmacher nach, »wie folgt:

Statt daß sie am Himmel baumeln,
Taumeln sie hier durch den Tee.
Taumel, baumel –

Und hier schüttelte sich die Haselmaus und begann im Schlaf zu singen: »Taumel, baumel, taumel, baumel –«, und zwar so lange immerfort, daß man sie schließlich zwicken mußte, um sie zum Schweigen zu bringen.

»Nun, ich war noch kaum mit der ersten Strophe fertig«, sagte der Hutmacher, »da sprang die Königin auch schon auf und brüllte: ›Er schlägt ja nur Zeit tot! Kopf ab mit ihm!‹«

»So etwas Barbarisches!« rief Alice aus.

»Seit diesem Tag«, fuhr der Hutmacher in kläglichem Ton fort, »erfüllt er mir keine einzige Bitte mehr, und es bleibt immer fünf Uhr.«

Alice kam die Erleuchtung. »Sind vielleicht deswegen so viele Teesachen gedeckt?« fragte sie.

»Allerdings«, seufzte der Hutmacher; »es ist ständig Zeit zum Fünf-Uhr-Tee, und zum Abspülen kommen wir nie.«

»Dann macht ihr also langsam die Runde um den Tisch, oder?« erkundigte sich Alice.

»Genau«, sagte der Hutmacher; »sobald ein Gedeck benutzt ist, rücken wir eins weiter.«

»Aber was passiert dann, wenn ihr wieder zum Anfang zurückkommt?« fragte Alice beherzt weiter.

»Wie wär's denn, wenn wir von etwas anderem sprächen«, fiel der Schnapphase ein und gähnte. »Das ist doch langweilig. Ich bin dafür, daß uns die junge Dame hier etwas erzählt.«

»Aber ich weiß leider nichts«, sagte Alice ziemlich erschrocken über diesen Vorschlag.

»Dann muß die Haselmaus!« riefen sie beide. »Wach auf, Haselmaus!« Und dabei kniffen sie das Tier gleichzeitig von beiden Seiten.

Die Haselmaus hob langsam die Lider. »Ihr meint wohl, ich schlafe?« sagte sie mit heiserer, schwacher Stimme; »ich habe jedes Wort gehört, was ihr drei da gesprochen habt.«

»Erzähl uns was!« sagte der Schnapphase.

»O ja, bitte!« bat Alice.

»Und beeil dich ein bißchen«, fügte der Hutmacher hinzu, »sonst schläfst du wieder ein, bevor die Geschichte zu Ende ist.«

»Es waren einmal drei kleine Schwestern«, begann die Haselmaus mit großer Hast, »die hießen Hilde, Else und Trine und lebten in einem Mühlrad –«

»Wovon denn?« fragte Alice, die sich für alles interessierte, was Essen und Trinken anging.

»Von Karamel«, sagte die Haselmaus, nachdem sie eine Weile nachgedacht hatte.

»Das ist aber nicht gut möglich, oder?« bemerkte Alice dazu sanft; »sie wären ja auf die Dauer krank davon geworden.«

»Das waren sie auch«, sagte die Haselmaus; »*sehr* krank sogar.«

Alice versuchte sich diese ungewöhnliche Lebensweise genauer vorzustellen, aber sie kam dabei so durcheinander, daß sie nur noch fragte:

»Warum lebten sie denn in einem Mühlrad?«

»Darf ich dir noch etwas Tee zugießen?« fragte der Schnapphase Alice mit ernster Miene.

»Ich habe ja überhaupt noch keinen bekommen«, versetzte Alice gekränkt, »und darum wirst du mir auch kaum etwas zugießen können.«

»Du meinst, er kann dir nichts *weggießen*«, sagte der Hutmacher; »*zugießen* kann man immer, und zwar um so mehr, je leerer die Tasse ist.«

»Du bist nicht gefragt«, sagte Alice.

»Wer macht denn jetzt die direkten Bemerkungen?« gab der Hutmacher auftrumpfend zurück.

Alice wußte nicht recht, was sie darauf sagen sollte; sie goß sich also lieber Tee ein, griff nach einem Butterbrot und wandte sich mit ihrer Frage wieder an die Haselmaus: »Warum denn in einem Mühlrad?«

Darüber mußte die Haselmaus wiederum eine Weile nachdenken; dann sagte sie: »Es war eine Karamelmühle.«

»So was gibt's doch gar nicht!« fiel ihr Alice ungehalten ins Wort, aber der Hutmacher und der Schnapphase machten: »Sch! Sch!«, und die Haselmaus sagte mürrisch: »Wenn du dich schlecht benehmen willst, kannst du die Geschichte selber zu Ende erzählen.«

»Nein, nein, bitte erzähl doch weiter!« sagte Alice. »Ich will auch nicht mehr dazwischenfragen. *Eine* Karamelmühle gibt es ja vielleicht wirklich auf der Welt.«

»Eine? Daß ich nicht lache!« sagte die Haselmaus beleidigt. Aber sie fand sich doch bereit fortzufahren. »Also, diese drei Schwestern – die wollten mahlen lernen, nicht wahr –«

»Was wollten sie denn malen?« fragte Alice, die ihr Versprechen schon wieder vergessen hatte.

»Karamel«, sagte die Haselmaus, ohne diesmal auch nur einen Augenblick nachzudenken.

»Ich möchte eine saubere Tasse haben«, unterbrach sie der Hutmacher; »wir wollen alle einen Stuhl weiterrücken.«

Bei diesen Worten rutschte er auf den nächsten Platz hinüber und die Haselmaus hinter ihm drein; der Schnapphase setzte sich auf den Platz der Haselmaus, und auch Alice rückte nach, wenngleich ziemlich mißmutig. Als einziger war der Hutmacher bei dem Platzwechsel gut weggekommen – Alice dagegen hatte einen recht schlechten Tausch gemacht, denn der Schnapphase hatte gerade das Milchkännchen über seinen Teller ausgeschüttet.

Alice wollte die Haselmaus nicht schon wieder kränken und sagte daher sehr vorsichtig: »Ich verstehe nicht ganz. Wie haben sie denn den Karamel malen können?«

»Wenn man mit einer Mehlmühle Mehl mahlen kann«, sagte der Hutmacher, »dann wird man mit einer Karamelmühle doch auch Karamel mahlen können – eh, Dummerchen?«

»Ich denke, sie wohnten in dem Mühlrad«, sagte Alice, die anzügliche Bemerkung des Hutmachers geflissentlich überhörend, »aber da hätte sich das Rad doch gedreht!«

»Hat es ja auch«, sagte die Haselmaus; »aber deswegen waren sie noch lange nicht ratlos.«

Diese Antwort brachte Alice so durcheinander, daß sie die Haselmaus eine ganze Weile nicht mehr unterbrach.

»Sie lernten also malen«, fuhr die Haselmaus fort und begann dabei zu gähnen und sich die Augen zu reiben, denn sie wurde allmählich sehr schläfrig; »und sie malten alle möglichen Sachen – alles, was mit S angeht –«

»Warum mit S?« fragte Alice.

»Warum nicht?« fragte der Schnapphase. Alice schwieg.

Die Haselmaus hatte inzwischen schon die Augen geschlossen und war eingeschlummert, doch vom Hutmacher in die Seite gezwickt, kam sie leise aufquietschend wieder zu sich und fuhr fort: »– was mit S angeht, wie Sichelbein und Sonne und Seelsorge und Selbstheit – du weißt ja, man sagt oft von etwas, es sei ›die Selbstheit selbst‹ – vielleicht hast du das auch schon einmal gesehen, das Gemälde von einer Selbstheit?«

»Also jetzt, wo du mich fragst«, sagte Alice in größter Verwirrung, »glaube ich nicht –«

»Dann halte den Mund«, sagte der Hutmacher.

Bei soviel Ungezogenheit riß Alice nun endgültig die Geduld, und ganz angewidert stand sie auf und schritt davon; die Haselmaus schlief auf der Stelle ein, und von den beiden andern schien keiner ihr Fortgehen auch nur zu bemerken, wiewohl sie sich ein- oder zweimal umdrehte in der halben Hoffnung, man würde sie zurückrufen. Das letzte, was sie von ihnen sah, war, wie sie zu zweit versuchten, die Haselmaus in die Teekanne zu stopfen.

»*Die* sehen mich jedenfalls bestimmt nicht wieder!« sagte Alice, während sie ihren Weg durch die Bäume suchte. »Bei einem so dummen Fünf-Uhr-Tee bin ich mein Lebtag noch nicht gewesen!«

Wie sie das sagte, bemerkte sie, daß einer der Bäume in ihrer Nähe eine richtige Eingangstür hatte. »Das ist doch seltsam!« dachte sie. »Aber heute ist ja alles seltsam. Am besten gehe ich gleich hinein.«

Gesagt, getan – und schon stand sie wieder in dem weiten Saal, dicht neben dem kleinen Glastisch. »Diesmal stelle ich mich aber nicht mehr so dumm an«, sagte sie sich und nahm als erstes das goldene Schlüsselchen vom Tisch und schloß damit die Tür auf, die in den Garten hinausführte. Dann knabberte sie ein wenig an dem Pilzstückchen (das sie in ihrer Tasche verwahrt hatte), bis sie nur noch ungefähr eine Spanne groß war; ging dann den niedrigen Gang entlang – und da stand sie auch schon mitten in dem wunderschönen Garten mit seinen bunten Blumenbeeten und kühlplätschernden Springbrunnen.

George MacDonald
(1824 - 1905)

Einer der Freunde, denen der Oxford-Professor C. L. Dodgson seine Vorliebe für verrückte Geschichten anvertraute, war ein Professor für Literatur an der Universität London – ein ehemaliger schottischer Geistlicher, der selbst Märchen und Geschichten für Kinder schrieb: George MacDonald. Er bekam als erster das Manuskript von *Alice im Wunderland* zu lesen und drängte Dodgson, es zu veröffentlichen, was schließlich geschah und Dodgson unter seinem Pseudonym ›Lewis Carroll‹ unsterblich machte.

MacDonald war ein Bauernsohn aus Schottland, einer von sechs Brüdern, aufgewachsen unter ärmlichsten Verhältnissen, aber so zäh und fleißig, daß es ihm schließlich gelang, an der Universität von Aberdeen angenommen zu werden, wo er zum Geistlichen ausgebildet wurde. Bis er eine Pfarre erhielt, verdiente er u. a. sein Geld damit, die riesige Bibliothek eines schottischen Adelssitzes zu ordnen. Er heiratete und hatte später eine Familie von elf Kindern zu ernähren.

Als Pfarrer wurde ihm das Leben nicht leicht gemacht, seine kirchlichen Vorgesetzten beschuldigten ihn der Häresie und versuchten, ihn aus seiner Pfarre zu vertreiben, indem sie ihm das Gehalt bis weit unter das Existenzminimum kürzten. 1853 wurde die Situation für ihn so unhaltbar, daß er seine Arbeit als Geistlicher aufgeben mußte. In den nächsten Jahren gab er in verschiedenen englischen Städten Vorlesungen, hielt Vorträge und Predigten und schrieb seine ersten Bücher. Insgesamt wurden über fünfzig seiner Bücher veröffentlicht. Schließlich erhielt er einen Ruf als Professor an die Universität von London, wo seine ersten Feenmärchen entstanden, die er den Studenten als Beispiele für Mythopoetik vorlas.

Er schrieb phantastische Geschichten in der Tradition des Feenglaubens seiner schottischen Heimat – Märchen für Kinder, die jedoch oft einen allegorischen Charakter hatten und eine seltsame mythische Ausstrahlung. Später folgten zwei große phantastische Romane: *Phantastes* und *Lilith*. In ihnen wird das Feenreich zu einer mystischen Gegenwelt, einem Traumland der Phantasie, das unsere eigene triviale Welt auf geheimnisvolle Weise ergänzt. In *The Wise Woman* greift er auf die Legenden Schottlands zurück.

Daneben erschienen von ihm zahlreiche Bände mit Predigten, Essays und Gedichten, doch hatte er immer Schwierigkeiten, seine

Familie über Wasser zu halten, und außerdem litt er unter einer schwachen Gesundheit. Königin Victoria setzte ihm später für seine Märchen eine Pension aus, die ihm im Alter eine bescheidene, aber ruhige Existenz sicherte. Doch nahm die viktorianische Literaturwelt zeit seines Lebens kaum Notiz von ihm. Erst Tolkien und C. S. Lewis wiesen nachdrücklich auf MacDonalds Begabung als Mythenschöpfer hin.

Neben der Bekanntschaft mit Lewis Carroll und dem starken Einfluß seiner Kunstmärchen auf viele Fantasy-Autoren ist Mac Donald noch auf andere merkwürdige Weise mit der Fantasy verknüpft. William Morris schrieb später seine großen Fantasy-Romane im gleichen Haus, in dem auch MacDonald gelebt und gearbeitet hatte, und Mervyn Peake begann mit seiner Arbeit an der *Gormenghast*-Trilogie im gleichen Dorf, in dem MacDonald seine unglückliche Zeit als Pfarrer verbrachte.

Das Feenreich

Die englische Märchentradition besitzt aus der keltischen Mythologie in den Feenmärchen einen Geschichtentyp, der auf dem Kontinent – außer in den ehemals keltischen Gebieten – kaum anzutreffen ist, während er in Schottland, Irland und Wales zu den besonders verbreiteten Volksüberlieferungen gehört. Das Feenreich taucht in ihnen als eine andere, schöne, manchmal auch gefährliche Welt auf, bevölkert von Elfen, Kobolden und einer Reihe anderer elfischer Wesen, die in unbekannten Räumen neben unserer eigenen Welt existiert. Diese Anderswelt kann von Menschen an bestimmten geheimen Orten betreten werden, wenn sie von ihren Bewohnern dazu eingeladen werden; sie können aber auch zufällig hineingeraten. Das Feenreich hat seine eigene Zeit, mit den Elfen eine eigene Kultur und ist zugleich eine Art heidnisches Paradies verlorener Lebensfreude und Weisheit, denn seine Bewohner sind unsterblich. Für den Menschen geht der Besuch dort allerdings nicht immer gut aus. Manchmal kehrt er um Jahrzehnte gealtert oder erst Jahre nachdem seine Freunde gestorben sind daraus zurück.

Das nachfolgende allegorische Märchen vom goldenen Schlüssel zeigt das Feenland bereits als ein Reich der Phantasie, einen mystischen Ort der Erfüllung der Lebensträume, aber auch der Ängste des Menschen. Seine Bewohner, die Elfen, tauchen nur in der Gestalt einer weisen Frau auf, aber sie gehören zu diesem Land und geben ihm eine besondere Prägung. Die Elfen führen ein Leben in ewiger Jugend, haben meist einen Königshof und stehen dem Leben der Sterblichen eher gleichgültig gegenüber. Begriffe wie Gut und Böse sind ihnen in den meisten Geschichten fremd, was den Umgang mit ihnen nicht ganz einfach macht. Die christliche Überlieferung hat aus ihnen mitunter auch eine Art böse Geister gemacht, erkannte sie doch in dem Feenglauben einen Überrest heidnischer Kultur.

Das Feenreich ist keine Fantasy-Welt wie etwa Tolkiens Mittelerde, sondern es hat seine festen Wurzeln in der Überlieferung und ist dort als Gegenwelt bereits vorgegeben. Sein Charakter kann von einem Autor variiert werden, aber die Grundzüge stehen fest. Natürlich bietet sich die Welt der Elfen (die später als Feen bezeichnet wurden) für anglo-amerikanische Autoren zur Beschreibung einer mystischen Gegenwelt an, und im Gefolge MacDonalds haben viele Fantasy-Autoren davon entsprechenden Gebrauch gemacht. MacDonald benutzte das Feenland in seinen beiden Romanen *Phantastes* und *Lilith* als mythopoetisches Bild, doch ist dieses Land durchaus real im Sinne einer Welt des Mythos. Die Geschichte der Elfen wird dann in Tolkiens Elben sogar zum Thema eines ganzen Fantasy-Epos.

Lesehinweise:

Lilith, Stuttgart 1977 (Hobbit Presse, Klett-Cotta)
Phantastus, Frankfurt 1984 (Robinson; auch als Goldmann-Taschenbuch 8554)
Hinter dem Nordwind, Wien 1981 (Annette Belz Verlag)

Wer mehr über die Tradition des Feenreiches erfahren möchte, dem sei empfohlen:
Frederik Hetman: *Die Reise in die Anderswelt* – Feengeschichten und Feenglaube in Irland, Köln 1981 (Diederichs)

Ausflüge in die Anderswelt der Elfen bieten eine ganze Reihe von Fantasy-Romanen, so → Lord Dunsanys *Die Königstochter aus Elfenland* und natürlich → J.R.R. Tolkien. Besonders zu empfehlen sind auch:
John Crowley: *Little, Big oder Das Parlament der Feen,* Frankfurt 2/1984 (S. Fischer), in dem sich auch Anklänge an ← Lewis Carroll finden.
Alan Garner: *Rotverschiebung,* Köln 1980 (Diederichs)
Frederik Hetman: *Madru oder der große Wald,* Köln 1984 (Diederichs; auch als Goldmann-Taschenbuch 8551)
Robert Holdstock; *Mythenwald,* Bergisch Gladbach 1987 (Bastei-Lübbe 13080)
Marion Zimmer Bradley: *Das Haus zwischen den Welten,* Bergisch Gladbach 1983 (Bastei-Lübbe Paperback 28112; auch als Bastei Lübbe Taschenbuch 13149)

In einer vergleichbaren Tradition wie MacDonald steht auch der wohl bekannteste deutsche Vertreter der Fantasy-Literatur:
Michael Ende, *Momo,* Stuttgart 1974 (Thienemanns)
Die unendliche Geschichte, Stuttgart 1979 (Thienemanns; auch als dtv-Taschenbuch 10795)

Siehe auch → William Morris, → Lord Dunsany, → Poul Anderson, → C. J. Cherryh, → Tanith Lee

Der goldene Schlüssel

Es war einmal ein Knabe, der jeden Abend mit seiner Großmutter vor dem Kamin saß und ihren Geschichten lauschte.

Sie erzählte ihm von dem goldenen Schlüssel, den man dort finden konnte, wo der Regenbogen die Erde berührt.

»Und wozu ist der Schlüssel gut?« pflegte der Junge zu fragen, »für welches Schloß ist der Schlüssel, was kann man damit öffnen?«

»Das weiß niemand,« antwortete die Großmutter immer. »Wer ihn findet, muß das selbst erfahren.«

»Wahrscheinlich wird es Gold sein«, sagte der Junge einmal nachdenklich, »viel Gold, das mich reich machen würde, wenn ich es verkaufte.«

»Besser du findest es nie, wenn du es verkaufen willst«, erwiderte die Alte.

Und im Bett träumte der Knabe vom goldenen Schlüssel.

Nun wäre alles, was die Großmutter dem Jungen vom goldenen Schlüssel erzählte, Unsinn, hätte ihr kleines Haus nicht dicht an der Grenze zum Feenreich gestanden. Denn jeder weiß, daß man nirgendwo sonst einen Punkt finden kann, wo der Regenbogen der Erde entspringt. Er huscht stets von Ort zu Ort, damit ihm keiner seinen goldenen Schlüssel entreißen kann! Doch im Feenreich ist das anders. Dinge, die hier wirklich sind und die man greifen kann, verschwimmen dort zu flirrenden Trugbildern, und andere Dinge, die sich hier schnell bewegen, daß man ihnen nicht folgen kann, stehen im Feenreich still wie das kleine Haus der Großmutter mit seinem Kamin. Die Geschichte der alten Dame war also alles andere als absurd.

»Hast du jemals von einem gehört, der den Schlüssel gefunden hat?« fragte der Junge eines Abends.

»Ja. Ich glaube, dein Vater fand ihn einmal.«

»Und was hat er damit gemacht, kannst du mir das sagen?«

»Er hat nie davon gesprochen.«

»Wie sah er aus?«

»Er hat ihn mir nie gezeigt.«

»Wie kommt es, daß jetzt wieder ein neuer Schlüssel dort liegt?«

»Ich weiß es nicht. Jedenfalls ist er da.«

»Vielleicht bringt der Regenbogen ihn hervor wie ein Vogel sein Ei.«

»Mag sein. Du kannst von Glück sagen, wenn du das Nest findest.«

»Vielleicht kommt er vom Himmel den Regenbogen heruntergerutscht.«

»Vielleicht.«

Eines Abends im Sommer schaute der Knabe durch das vergitterte Fenster seines Zimmers verträumt in den Wald, der an der Grenze des Feenreichs wuchs und direkt vor dem Garten der Großmutter endete. Einige lange Äste reichten sogar noch in den Garten hinein. Der Wald lag im Osten, und die Sonne, die rotglühend hinter dem Häuschen versank, schien flach weit durch den Wald hindurch, der, frei von Unterholz, nur aus ganz alten Bäumen bestand. Durch feuerrote Säulengänge konnte der Knabe in ewige Weiten blicken, und dabei fühlte er sich, als warteten all die Bäume nur auf ihn, als gäbe es etwas, das sie ohne ihn nicht tun könnten. Doch er war hungrig und wollte endlich zu Abend essen. Er zögerte also.

Plötzlich sah er in weiter Ferne, soweit das Sonnenlicht reichte, etwas Wunderbares. Klar und deutlich sah er das Ende eines Regenbogens. Er sah nicht nur alle sieben Farben, auch jenseits des Violetts erkannte er noch eine Schattierung neben der anderen, und vor dem Rot gab es eine noch tiefere, dabei noch strahlendere Farbe, eine Farbe, die er noch nie zuvor gesehen hatte. Aber er erblickte nur den Fuß des Regenbogens, der über den Bäumen aufzuhören schien.

»Der goldene Schlüssel!« sagte er zu sich, hielt es nicht länger aus und stürzte aus dem Haus direkt in den Wald.

Bald ging die Sonne unter, doch der Regenbogen strahlte nur noch heller. Im Feenreich ist ein Regenbogen nicht wie bei uns vom Sonnenlicht abhängig. Der Junge lief und lief, die Bäume hießen ihn willkommen, nichts hielt ihn auf, und der Regenbogen wurde immer größer und strahlender. Schließlich waren nur noch zwei Bäume zwischen ihm und der Farbenpracht.

Es war ein großartiger Anblick, ein stilles Feuer, in dem sich grelle, liebliche und vornehme Farben abhoben und gleichzeitig vermischten. Jetzt sah er auch, daß der Bogen eigentlich senkrecht in den Himmel stieg und sich womöglich unendlich in die Höhe schwang.

Der Anblick der Farben war solch ein Genuß, daß der Junge alles vergaß – sogar den Schlüssel, nach dem er doch suchte. Immer wundervoller wurde die Erscheinung. In jeder Farbe, die sich wie ein Kirchturm in den Himmel reckte, konnte er die schwachen Umrisse von Menschen erkennen, die sich unregelmäßig, mal einzeln, dann wieder in kleinen oder größeren Gruppen, wie auf einer Wendeltreppe zum Himmel bewegten – Männer, Frauen und Kinder, alle verschieden – und alle schön.

Er wollte sich dem Regenbogen nähern, doch der verschwand augenblicklich. Erschrocken wich er einen Schritt zurück, und sofort erschien er wieder, so schön wie zuvor. Er blieb nun so nah wie möglich und beobachtete, wie sich in den wunderbaren Farbsäulen schemenhafte Menschen dem Zenit des Bogens näherten, der vielleicht nirgendwo existierte oder dort, wo die Farben im Himmel endeten.

Als dem Jungen schließlich doch der goldene Schlüssel wieder einfiel, merkte er sich wohlweislich genau die Stelle auf dem Waldboden, die der Regenbogen berührte. Dort hätte er den goldenen Schlüssel zu suchen, wenn der Regenbogen einmal verschwinden würde, dort auf dem Moos.

Inzwischen lag der ganze Wald im Dunkeln, nur der Regenbogen war durch sein eigenes Licht noch sichtbar. Doch als der Mond aufging, verschwanden die Farben, von welcher Seite der Junge sie auch zu sehen versuchte. So ließ er sich auf dem moosigen Boden nieder, um auf das Sonnenlicht zu warten, das ihm helfen würde, den Schlüssel zu finden. Und bald war er eingeschlafen.

Als er am Morgen aufwachte, schien ihm die Sonne direkt ins Gesicht. Er wandte sich ab und sah es sofort, ganz in der Nähe auf dem Moos lag ein glitzerndes kleines Etwas. Der goldene Schlüssel. Der Schaft war aus dem reinsten, schönsten Gold, das es geben konnte. Der Griff war in eigenartige Formen geschmiedet und mit Saphiren besetzt. Angst und Freude mischten sich in ihm, als er den Arm ausstreckte, zugriff und ihn schließlich in Händen hielt.

Er betastete ihn, drehte ihn in seinen Händen und ließ seine Augen sich an der Schönheit des Schlüssels weiden. Dann erinnerte er sich, daß er bis jetzt noch nichts damit anfangen konnte, und sprang auf. Wo war das Schloß, in das der Schlüssel paßte? Es mußte irgendwo sein, denn wie könnte jemand so verrückt sein, einen Schlüssel zu machen, für den es kein Schloß gab. Wo sollte er zu suchen anfangen? Er sah sich um, auf der Erde und in der Luft, doch kein Schlüsselloch weit und breit, keins in den Wolken noch im Gras oder in den Bäumen.

Als er fast schon traurig wurde, sah er zwischen den Bäumen ein Licht schimmern. Es war wirklich nur ein Schimmer, doch er dachte, es käme vom Regenbogen, und lief darauf zu – jetzt nur nach Hause, zurück an die Grenze des Feenreichs.

Nicht weit von dem Haus, in dem der Junge gelebt hatte, stand das Haus eines Händlers, der meistens auf Reisen war. Er hatte vor einigen Jahren seine Frau verloren und hatte nur ein Kind, ein kleines Mädchen, das er in der Obhut von zwei Mägden ließ, die sehr faul und schmutzig waren. So wurde auch das Kind vernachlässigt und manchmal auch geschlagen.

Nun wissen wir aber alle, daß die kleinen Geschöpfe, die im Feenreich leben, nichts mehr hassen als die Unordnung. Zu schlampigen Leuten können die Feen richtig gemein werden. Sie sind an die Schönheit der Bäume und Blumen und an die Sauberkeit der Vögel gewöhnt und halten den Gedanken nicht aus, daß es unter dem selben Mond, der ihre Wälder und Wiesen bescheint, ein schmutziges, unaufgeräumtes und ungemütliches Heim geben könnte. Ihr Zorn richtet sich gegen die Leute, die es bewohnen, und wenn sie könnten, würden sie sie mit Freuden von der Erde vertreiben. Sie wollen, daß die ganze Welt hübsch und sauber ist.

Und das Haus des Händlers war wirklich eine Schande. Deshalb hatten die Feen irgendwann begonnen, die Mädchen, die es bewohnten, zu piesacken, wo sie nur konnten, und ihnen die schlimmsten Streiche zu spielen. Nur konnten sie bei den Mägden damit absolut nichts ausrichten, und so beschlossen sie, bei dem Kind angefangen, endgültig reinen Tisch zu machen. Sie hätten eigentlich wissen sollen, daß das kleine Mädchen keine Schuld trug, doch Feen sind recht unvernünftig und arglos, sie dachten wohl, daß die Mägde schon verschwinden würden, wenn sie das kleine Mädchen erst losgeworden wären.

So gingen eines Abends die Mägde wie so oft ins Dorf, nachdem sie das arme Kind einfach ins Bett gesteckt hatten, noch bevor die

Sonne untergegangen war. Das Mädchen hatte keine Ahnung, daß es alleingelassen war. Sie lag in ihrem Bettchen und schaute zufrieden durch ihr Fenster, das mit Efeu und anderen Kletterpflanzen fast zugewachsen war und ihr kaum freien Blick auf den Feenwald gewährte. Plötzlich schaute ein Affe durch den Spiegel an der Wand und schnitt ihr Grimassen; die geschnitzten Köpfe an dem alten Kleiderschrank grinsten furchterregend. Gleichzeitig stelzten zwei spinnbeinige Stühle in die Mitte ihres Zimmers und begannen einen altertümlichen, steifen Tanz aufzuführen. Jetzt mußte sie lachen und hatte den Affen und die Holzköpfe sofort vergessen. Die Waldgeister sahen, daß sie einen Fehler gemacht hatten, und schickten die Stühle zurück in ihre Ecke. Doch sie wußten, daß das Mädchen den ganzen Tag über die Geschichte von Goldlöckchen gelesen hatte. Deshalb bekam sie im nächsten Moment die Stimmen der drei Bären auf der Treppe zu hören. Eine tiefe, eine mittlere und eine Fistelstimme, und sie hörte ihre schweren, aber weichen Schritte, als ob sie auf Wollsocken durchs Haus liefen, immer näher an ihr Zimmer kommen, bis sie es nicht mehr aushielt. Sie machte dasselbe wie Silberhaar, so wie es sich die Feen gewünscht hatten: Sie sprang zum Fenster, riß es auf und kletterte über die Efeuranken zum Erdboden hinunter. Dann lief sie so schnell sie konnte in den Wald. Obwohl sie es nicht wußte, war das der beste Weg, den sie einschlagen konnte; denn niemand ist zu Hause so frech wie draußen, auch die Elfenkinder nicht; und nur diese Kinder des Feenreichs waren es, die sich als Quälgeister aufgeführt hatten. Es gibt dort aber noch viele andere Geschöpfe, gute und böse, und wenn ein Wanderer zwischen sie gerät, können ihm die guten immer mehr helfen, als die bösen schaden können.

Die Sonne war schon untergegangen, aber das Kind kannte immer noch keine andere Gefahr als die Bären, die ihm auf den Fersen waren. Sie hätte jedoch nur die Augen öffnen müssen, um zu sehen, daß das Geschöpf, das ihr folgte, bestimmt kein Bär war, sondern eine seltsame Kreatur, die wie ein Fisch aussah, der statt mit Schuppen mit lauter bunten Federn bedeckt war wie ein Kolibri, der durch die Luft schwimmt wie ein Fisch, mit Flossen statt Flügeln. Der Kopf trug ein Eulengesicht.

Als sie schon weit gelaufen war und alles Tageslicht den Wald verlassen hatte, kam sie an einem Baum mit Schlingästen vorbei, der sofort seine Zweige auswarf und sie gefangennahm. Voll Angst und Schrecken strampelte sie und versuchte sich der Umklammerung zu entwinden, doch der Baum drückte sie nur noch fester an seinen Stamm. Da kam der Luftfisch zu Hilfe und begann das Gewirr aus Zweigen und Blättern mit seinem Schnabel aufzuknöpfen. Sofort lockerten sich die Fesseln, das Fischgeschöpf kämpfte so lange mit dem Baum, bis er das Mädchen schließlich freilassen mußte. Ab da schwamm der in den schönsten Farben schimmernde Fisch voraus; und das Kind folgte ihm.

Er begleitete sie bis in eine Hütte, in der auf einem lodernden Feuer in der Mitte des Raumes ein großer, offener Topf mit brodelnd kochendem Wasser stand. Der Luftfisch schwamm geradewegs auf den Topf zu, hinein in das kochende Wasser, wo er ruhig liegen blieb. Jenseits des Feuers erhob sich eine wunderschöne Frau und kam freundlich auf das Mädchen zu. Sie hob es auf ihre Arme und sagte:

»Ah, du bist endlich gekommen! Ich habe so lange auf dich gewartet.«

Sie setzte sich, und das Mädchen auf ihrem Schoß starrte sie unablässig an. Noch nie hatte sie solche Schönheit gesehen. Die fremde Frau war groß und stark. Arme und Hals waren schneeweiß, ihr Gesicht lebendig gerötet. Das Kind wußte nicht zu sagen, welche Haarfarbe die Frau hatte, doch es schien wirklich Dunkelgrün zu sein. Ihr Körper war ganz ungeschmückt, doch sie sah aus, als hätte sie Berge von Diamanten und Smaragden eben erst abgelegt, obwohl sie in dieser ärmlichen kleinen Hütte offenbar zu Hause war. Ihr Kleid war von leuchtendem Grün.

Die beiden sahen sich an.

»Wie heißt du?« fragte die schöne Frau.

»Die Mägde nannten mich immer Tangle«, antwortete das Mädchen.

»Aha, bestimmt, weil dein Haar immer unordentlich war. Doch das war ihr Fehler, diese bösen Frauen! Trotzdem ist das ein hübscher Name, ich werde dich auch Tangle nennen. Stör dich nicht an meinen Fragen, denn du kannst mich dasselbe fragen und noch mehr, was du willst. Wie alt bist du?«

»Zehn«, antwortete Tangle.

»Danach siehst du gar nicht aus«, sagte die Frau.

»Wie alt bist du denn, bitte?« fragte Tangle zurück.

»Jahrtausende«, antwortete die schöne Dame.

»Danach siehst du gar nicht aus«, sagte Tangle.

»Wirklich nicht? Ich glaube schon. Siehst du nicht, wie schön ich bin!«

Und ihre großen blauen Augen strahlten auf Tangle herab, als würden sie alles Licht des Himmels erstrahlen lassen, jeder Stern zu ihrem Glanz beitragen.

»Aber Menschen, die lange leben, müssen doch alt werden«, sagte Tangle, »das habe ich jedenfalls bisher gedacht.«

»Ich habe keine Zeit, alt zu werden«, sagte die Frau, »dazu bin ich viel zu beschäftigt. Das Altwerden ist eine unnütze Zeitverschwendung. – Doch ich kann nicht zulassen, daß mein kleines Mädchen so schmutzig ist. Glaubst du, ich kann auf deinem Gesicht einen sauberen Fleck finden, den ich küssen könnte? Ich sehe keinen!«

Tangle schämte sich, aber nicht allzu sehr. »Vielleicht ist mein Gesicht so schmutzig, weil ich wegen dem Baum so weinen mußte.«

»Mein armer Schatz!« sagte die Frau. Durch ihre Augen schien jetzt der Mond. Sie küßte das kleine Mädchen, schmutzig wie es war. »Der freche Baum muß dafür bestraft werden, ein Mädchen so zum Weinen zu bringen.«

»Und wie heißt du, bitte?« wollte Tangle wissen.

»Großmutter«, antwortete die Dame.

»Ist das wahr?«

»Ja, natürlich, ich sage immer die Wahrheit, sogar wenn ich Spaß mache.«

»Wie gut von dir.«

»Ich könnte nicht schwindeln, selbst wenn ich es versuchte. Sobald ich etwas Falsches sagen würde, wäre es wahr, und das ist Strafe genug.«

Sie lächelte wie die Sonne durch Sommerregen.

»Doch jetzt muß ich dich waschen und anziehen«, fuhr sie fort, »danach werden wir etwas essen.«

»Oh, ich habe schon längst gegessen«, meinte Tangle.

»Ja, das ist wahr – drei Jahre ist das jetzt her. Du weißt bestimmt nicht, daß es drei Jahre her ist, daß du vor den Bären weggelaufen bist. Du bist jetzt schon über dreizehn.«

Tangle konnte nichts erwidern. Sie war sicher, daß es stimmte.

»Du wirst doch keine Angst vor mir haben, nicht wahr?« sagte die Frau.

»Ich werde alles versuchen, vor nichts Angst zu haben, aber ich bin nicht sicher, ob ich es schaffe, weißt du«, erwiderte Tangle.

»Das freut mich, ich werde mit dir zufrieden sein.«

Sie zog dem Mädchen das Nachthemd aus, stand mit ihm in den Armen auf und ging zu einer Tür, die sich plötzlich in einer Wand der Hütte öffnete. Jetzt sah Tangle eine große Badewanne, deren Wände mit Pflanzen überwuchert waren, die in allen Farben und Formen blühten. Das Dach über der Wanne sah aus wie das Dach der Hütte. Im kristallklaren Badewasser schwamm ein zahlreicher Schwarm solcher Fische wie der eine, der sie zu der Hütte geführt hatte. Es brauchte kein Sonnenlicht, um sie zu sehen, ihr eigenes, vielfarbiges Licht machte sie sichtbar.

Die Frau sprach ein paar Worte in einer Sprache, die das Mädchen nicht verstand, und warf es ins Wasser.

Die Fische umschwärmten sie von allen Seiten, zwei oder drei von ihnen stützten ihren Kopf, während die restlichen sich über ihren Körper verteilten und ihn abschrubbten, indem sie sich mit ihrer Federhaut an ihm rieben. Dann gab die Frau, die die ganze Zeit bei der Waschung zugesehen hatte, wieder eine unverständliche Anweisung, worauf dreißig oder vierzig der Fische Tangle aus dem Wasser hoben und auf die Arme der Frau legten. Die trug sie zurück zum Feuer und trocknete sie gut ab. Dann holte sie aus einer Kommode die feinste, nach Gras und Lavendel duftende Wäsche und kleidete das Mädchen damit an; über alles kam ein grünes Kleid, geradeso wie ihres, so strahlend, so weich und in den gleichen lieblichen Falten von der Taille zu den nackten Füßen fließend.

»Bekomme ich keine Schuhe, Großmutter?« fragte Tangle.

»Nein, mein Schatz, keine Schuhe. Schau her, ich trage auch keine.«

Sie hob ihr Kleid ein wenig, so daß die wunderschönsten weißen Füße zum Vorschein kamen, aber keine Schuhe. Tangle brauchte also auch keine Schuhe. Sie setzten sich wieder. Die Frau kämmte das Kind, bürstete sein Haar und ließ es trocknen, während sie sich um das Essen kümmerte.

Zunächst holte sie Brot aus einem Loch in der Wand; dann Milch aus einem anderen; dann verschiedenes Obst aus einem dritten

Loch; und dann ging sie zu dem Topf, der auf dem Feuer stand, und nahm den Fisch heraus, der jetzt schön gar gekocht war und sofort eßfertig, sobald sie ihm die gefederte Haut abgezogen hatte.

»Aber . . .!« schrie Tangle. Mehr konnte sie nicht sagen, sondern mußte immer den Fisch anschauen.

»Ich weiß, was du meinst«, sprach die Frau. »Du möchtest nicht gern den Boten aufessen, der dich heimgeführt hat. Doch schau, die schönste Art, ihm zu danken, ist, ihn zu essen. Das Tier wollte dich nicht holen, bevor ich den Topf aufs Feuer gestellt und ihm versprochen hatte, daß es gekocht würde, sobald es mit dir zurückkehrte. Danach machte es sich sofort auf den Weg. Hast du nicht gesehen, daß der Fisch sofort in den Topf sprang, als ihr nach Hause kamt?«

»Doch«, antwortete Tangle, »und ich habe mich sehr darüber gewundert; doch dann habe ich dich gesehen und den Fisch ganz vergessen.«

Als sie sich zu Tisch setzten, erzählte die Dame weiter.

»Im Feenreich ist es der Wunsch aller Tiere, von Menschen gegessen zu werden; denn das ist das höchste Ziel ihrer Bestimmung. Die Tiere werden ja nicht vernichtet. Du wirst sehen, aus diesem Topf wird mehr kommen als nur ein toter Fisch.«

Tangle bemerkte, daß jetzt ein Deckel auf dem Topf war. Die Frau schien keine Notiz davon zu nehmen, bis sie den Fisch verzehrt hatten, der Tangle besser schmeckte als jeder Fisch, den sie bisher gegessen hatte. Er war weiß wie Schnee und süß wie Sahne. Als sie etwas von seinem Fleisch gegessen hatte, spielte sich in ihr eine unbeschreibliche Veränderung ab. Um sie herum hob ein Murmeln an, zunächst unverständlich, dann immer deutlicher, und schließlich, als sie weiteraß, konnte sie jedes einzelne Wort verstehen. Als sie alles gegessen hatte, hörte sie durch die Tür die Stimmen aller Tiere des Waldes; und sie konnte alles verstehen. Sie hörte, was sich die Fliegen in der Hütte erzählten. Sie glaubte sogar, mitternächtliche Gespräche der Bäume und Blumen hören zu können, doch undeutlich.

Nach dem Fisch ging die Frau zum Kochtopf und nahm den Deckel ab. Herausgeflogen kam ein kleines geflügeltes Menschenwesen, das eine Weile unter dem Hüttendach umherflatterte und dann in den Schoß der Frau fiel. Die sprach einige seltsame Worte zu ihm, brachte es zur Tür, und ließ es hinaus in die Dunkelheit fliegen, wo der Schlag seiner Flügel langsam in der Ferne erstarb.

»Haben wir jetzt dem Fisch irgend etwas Böses angetan?« fragte sie, als sie sich wieder zu Tangle setzte.

»Nein«, antwortete Tangle, »das glaube ich nicht. Ich könnte jeden Tag einen essen.«

»Das geht nicht, auch sie brauchen ihre Zeit, wie du und ich, meine kleine Tangle.«

Die Traurigkeit in ihrem Lächeln machte es noch reizender.

»Doch ich glaube, morgen abend können wir wieder einen haben«, fuhr sie fort. Dann ging sie hinaus zu der Wanne und sprach, und nun konnte Tangle alles verstehen.

»Ich brauche einen von euch«, sagte sie, »den Klügsten.«

Daraufhin versammelten sich die Fische in der Mitte der Wanne, ihre Köpfe lugten aus dem Wasser und bildeten einen Kreis: Sie hielten Rat, um zu entscheiden, wer der Klügste von ihnen war. Am Ende flog einer von ihnen in den Arm der Frau und sah sie aufmerksam und erwartungsvoll an.

»Du weißt, wo der Regenbogen steht?« fragte sie ihn.

»Ja, Mutter, das weiß ich sehr wohl«, antwortete der Fisch.

»Du wirst dort einen jungen Mann finden, der den Weg nicht weiß. Führe ihn zu mir.«

Im nächsten Augenblick schwamm der Fisch in den Wald. Für Tangle war es jetzt Zeit, zu Bett zu gehen. Die schöne Fee öffnete eine Tür und führte sie in eine luftige kleine Laube. Darin wuchs als Ruhebett purpurne Heide, über die die Fee eine schimmernde Decke aus den Federn der klugen Fische legte. Bald hatte sich Tangle in den seltsamsten, schönsten Träumen verloren, und in jedem Traum erschien auch die schöne Frau.

Blätterrascheln und das Plätschern eines Baches weckten sie am Morgen. Sie rieb sich die Augen, doch zu ihrer Überraschung konnte sie in der Hütte keine Tür mehr entdecken, nur noch moosbewachsene Wände. So krabbelte sie durch die Schlaflaube und kam am Ufer eines Baches heraus, der sich lustig zwischen den Bäumen schlängelte. Dort nahm sie ein Bad und fühlte sich sofort wohler; denn nach der Waschung in Großmutters Fischteich konnte sie nie mehr schmutzig und unansehnlich sein, und als sie ihr grünes Kleid übergestreift hatte, fühlte sie sich wie eine Prinzessin.

Sie verbrachte den Tag im Wald und lauschte den Vögeln, Käfern und all den anderen Tieren. Sie verstand alles, was sie sich erzählten, obwohl sie nichts davon hätte wiederholen können. Jede Art hatte ihre eigene Sprache, und trotzdem konnten sich alle Waldbewohner untereinander verständigen. Die schöne Fee zeigte sich nicht, doch sie fühlte, daß sie die ganze Zeit in der Nähe war. Sie paßte auch auf, daß sie sich nicht zu weit von der Hütte entfernte, die von außen aussah wie ein Wigwam, rund und ohne Tür oder Fenster; alle Türen, die sie am Abend gesehen hatte, konnte man nur von innen öffnen, von außen konnte man sie nicht einmal erkennen.

Als die Abenddämmerung hereinbrach, saß sie an einem Baum und hörte zu, wie sich ein Maulwurf mit einem Eichhörnchen stritt. Der Maulwurf meinte, das wichtigste an ihm sei sein Schwanz, doch das Eichhörnchen nannte ihn eine Schaufelnase, und so ging der Disput hin und her. Nach einiger Zeit, die Dunkelheit hatte schon den Boden erreicht, fühlte sie einen warmen Lichtschein auf ihren Wangen, und als sie zur Hütte schaute, sah sie eine Tür offenstehen; von der Feuerstelle ergoß sich ein roter Lichtstrom in die Finsternis des Waldes. Sie ließ Maulwurf und Eichhörnchen mit ihrem Streit allein und lief zur Hütte, wo sie die schöne gute Fee hinter ihrem Topf mit kochendem Wasser fand.

»Ich habe dir den ganzen Tag zugeschaut«, sagte die Frau. »Du sollst bald dein Abendessen bekommen, wir müssen nur noch warten, bis es nach Hause kommt.«

Sie nahm Tangle auf ihre Knie und sang ihr Lieder vor – Lieder, so wunderschön, daß sie am liebsten ewig zugehört hätte. Doch bald huschte der bunte Fisch herein und stürzte sich frohgemut in den Kochtopf. Hinter ihm kam ein vor Gesundheit strotzender Jüngling durch die Tür, der seinen Kinderkleidern längst entwachsen war. In seinen Händen hielt er ein kleines Juwel, das im Licht des Feuers funkelte. Danach fragte die Frau zuerst:

»Was hast du da in der Hand, Mossy?«

Mossy hatten ihn seine Freunde genannt, weil er einen über und über mit Moos bedeckten Lieblingsstein hatte, auf dem er tagelang sitzen und lesen konnte. Sie hatten ihn immer geneckt, auf seinem Hintern würde bestimmt auch schon Moos wachsen.

Er zeigte der Frau sein Schmuckstück, und als sie sah, daß es der goldene Schlüssel war, stand sie sofort auf, küßte Mossy auf die Stirn und überließ ihm ihren Platz, um wie eine Dienerin vor ihm stehen zu bleiben. Das mochte Mossy nicht leiden und stand sofort wieder auf. Doch die Fee bat ihn mit Tränen in ihren schönen Augen, sich wieder zu setzen und von ihr bedienen zu lassen.

»Ihr seid doch eine wunderschöne, prächtige Dame«, sagte Mossy.

»Ja, das bin ich, doch ich arbeite den ganzen Tag – zu meinem Vergnügen; und du mußt mich so bald wieder verlassen!«

»Woher wißt Ihr das, meine Dame?« fragte Mossy.

»Du hast den goldenen Schlüssel.«

»Doch ich weiß nicht, wozu er gut ist. Ich kann das Schlüsselloch nicht finden. Könnt Ihr mir sagen, was ich tun soll?«

»Du mußt es suchen. Das ist deine Aufgabe. Ich kann dir nicht helfen. Ich kann dir nur sagen, daß du es finden wirst, wenn du nur suchst.«

»Wie sieht die Truhe aus, die der Schlüssel öffnen kann? Was wird darin sein?«

»Ich weiß es nicht. Ich träume davon, doch ich weiß nichts.«

»Muß ich jetzt gleich gehen?«

»Du darfst über Nacht hierbleiben und von meinem Fisch essen. Doch morgen früh mußt du gehen. Alles, was ich für dich tun kann, ist, dir neue Kleider geben. Das Mädchen Tangle mußt du mitnehmen.«

»Mit dem größten Vergnügen«, freute sich Mossy.

»Nein, nein«, rief Tangle, »ich möchte nicht von dir fort, bitte, Großmutter.«

»Du mußt mit ihm gehen, Tangle. Ich lasse dich nicht gern fort, doch es wird das beste für dich sein. Du siehst, sogar die Fische müssen irgendwann in den Topf und dann hinaus in die Dunkelheit. Wenn ihr übrigens dem alten Fischer begegnet, fragt ihn doch, ob er nicht noch ein paar Fische für mich hat. Mein Becken leert sich allmählich.«

Mit diesen Worten holte sie den Fisch aus dem Topf und legte den Deckel auf, wie am Abend zuvor. Als sie den Fisch gegessen hatten, erhob sich wieder ein geflügeltes Wesen aus dem Topf, zog seine Kreise unter der Decke und ließ sich auf dem Schoß der Frau nieder. Sie sprach zu ihm, brachte es zur Tür und ließ es in die Dunkelheit fliegen, wo sein Flügelschlag in der Ferne verklang.

Die Frau führte Mossy in einen Raum, der genauso aussah wie Tangles Laube, und am nächsten Morgen fand er saubere neue Kleider neben sich auf dem Lager. Er sah sehr hübsch darin aus, doch in Großmutters Kleidern denkt niemand daran, wie hübsch er ist, sondern nur, wie schön die anderen Menschen sind.

Tangle gefiel es überhaupt nicht, daß sie jetzt gehen sollte.

»Warum soll ich dich verlassen? Ich kenne den Jüngling doch gar nicht«, beklagte sie sich bei der Fee.

»Ich darf meine Kinder nie länger behalten. Du brauchst heute nicht zu gehen, wenn du nicht willst, doch einmal muß der Tag kommen; und ich möchte, daß du mit ihm gehst, denn er hat den goldenen Schlüssel. Kein Mädchen muß Angst haben, mit einem Jungen zu gehen, der den goldenen Schlüssel besitzt. Du wirst doch auf sie achtgeben, nicht wahr, Mossy?«

»Natürlich«, sagte er.

Tangle schaute ihn an und dachte bei sich, sie würde eigentlich sehr gern mit ihm gehen.

»Und wenn ihr euch in – in diesem Land, ich vergesse immer seinen Namen, verliert, fürchtet euch nicht, geht nur immer weiter, geht weiter.«

Sie küßte Tangle auf den Mund und Mossy auf die Stirn, dann führte sie sie zur Tür und wies ihnen den Weg nach Osten. Hand in Hand liefen die beiden tiefer in den Wald.

Der Weg wurde ihnen nie zu lang, denn ständig mußten sie über das Geschwätz der Tiere lachen. Bald kannten sie ihre Sprache gut genug, daß sie ihnen einfache Fragen stellen konnten. Die Eichhörnchen waren immer freundlich und schenkten ihnen Nüsse aus ihren Vorräten. Nur die Bienen waren grob und abweisend; sie sagten einfach, die beiden gehörten nicht zu ihrem Staat und sie hätten schon genug mit ihren eigenen Hungerleidern zu tun, aber in Wirklichkeit hatten sie zu der Zeit keine einzige Drohne in ihrem Armenhaus. Sogar die verschlafenen Maulwürfe gaben ihnen schon mal eine Nuß oder eine Trüffel, und wenn sie sprachen, hörte es sich an, als hätten sie Watte im Maul und in der Nase und in den Ohren.

Mossy und Tangle aber mochten sich sehr gern, als sie den Wald schließlich hinter sich hatten, und Tangle war gar nicht mehr traurig, daß Großmutter sie mit Mossy fortgeschickt hatte.

Der Wald endete an einem steilen Berghang. Hinauf ging es nur über einen schmalen Pfad zwischen den Felsen, der immer steiler und steiler wurde. Plötzlich standen sie vor einem grob in den Fels gehauenen Portal, das sie zu einem engen Höhlengang führte. Dort wurde es so finster, daß sie sich blind vortasten mußten, bis allmählich vom anderen Ende des Ganges schwaches Licht zu ihnen vordrang. Nach einiger Zeit erreichten sie den Höhlenausgang und fanden sich an einem Abgrund wieder, in den eine schmale Stiege hinabführte. Unter ihnen lag ein weites, kreisrundes Tal, das allseits von Bergen eingeschlossen war. Schrecklich hohe, mit blauem Eis bedeckte scharfe Felszacken erhoben sich auf der anderen Seite des Tales, über dem äußerste Stille herrschte.

Von dort oben konnten die beiden nicht erkennen, ob der Grund des Tales ebenes Grasland war oder ein riesiger, stiller See, eine Landschaft wie diese war ihnen noch nie begegnet. Der Weg hinunter war beschwerlich und gefährlich, doch sie hatten keine Angst und erreichten sicher den Grund des Talkessels. Nun standen sie auf hellem, weichem Sand, hier und da gewellt, doch überwiegend ganz eben. Sie sahen jetzt, warum sie von ferne nicht wissen konnten, ob sie auf Wasser oder Land blickten. Über die Ebene huschten unzählige Schatten, ein Meer von Schatten, an dessen Ufer sie standen, Schatten von wogendem Laub, phantastische Formen, die von einem lautlosen, unfühlbaren Wind hin und her geweht wurden. Die Berghänge waren nackt, kein Baum war zu sehen, und doch fielen die Schatten von Blättern und Zweigen aller Bäume, die es gibt, auf das Tal, soweit ihre Augen reichten. Bald erspähten sie auch einzelne Blumenschatten, hin und wieder die Umrisse eines Vogels, der aus voller Kehle zu singen schien, ohne daß sie ihn hören konnten. Manchmal sahen sie seltsame, zierliche Scherenschnittfiguren im Schattengeäst kreuz und quer klettern, um dann im windbewegten Laub zu verschwinden. Sie wateten knietief in diesem wunderbaren See, denn die Schatten lagen nicht nur flach auf dem Boden, sondern schwebten frei in der Luft wie umgrenzte, greifbare Finsternis, die sich auf unendlich vielen Luftspiegeln frei bewegte. Tangle und Mossy schauten immer wieder nach oben, um herauszufinden, wo die Schatten herkamen, doch sie sahen nur den himmelhohen weißen Nebel, der das Tal und selbst die höchsten Berggipfel überwölbte. Kein Vogel, weder Baum noch Busch waren an den Bergen zu sehen, die sich kantig vor dem Nebel erhoben.

Irgendwann erreichten sie Gebiete, in denen sich die Schatten nicht so drängten und überschnitten, sondern einzeln auftauchten und wieder verschwanden, um anderen Platz zu machen, die den beiden Wanderern als zauberhafte Vogelmenschen erschienen sein mögen, die auf ausgebreiteten Schwingen unter dem Nebelzelt segelten, danach eine aufgeregte Gruppe spielender und tanzender Kinder, gefolgt vom Schattenbild der schönsten aller Frauen, das den gewaltigen Umrissen eines Riesen weichen mußte. Manchmal schienen die Abbilder von Liebenden, die Arm in Arm vorüberschlenderten, manchmal Vater und Sohn, dann Brüder in friedlichem Wettstreit oder zärtliche Schwesterpaare zu anmutigen Bildern innigster Verbundenheit zusammenzufließen, um sich gleich wieder im Blättermeer aufzulösen. Wilde Pferde und edle Reiter stoben durch die Luft, und noch viele Dinge mehr, die sie gar nicht zu beschreiben vermocht hätten, zogen an ihnen vorüber.

In der Mitte des Tales setzten sie sich nieder, um von dem Bildersturm auszuruhen. Nach einer Weile schauten sie wieder auf, und jeder sah den anderen in Tränen aufgelöst; beide sehnten sich so sehr nach dem Land, aus dem die Schatten in dieses Tal fielen.

»Wir *müssen* das Land finden, aus dem die Schatten kommen«, sagte Mossy.

»Ja, lieber Mossy, wir müssen es finden«, erwiderte Tangle. »Ob der goldene Schlüssel vielleicht der Schlüssel zu diesem Land ist?«

»Oh, Tangle, das wäre großartig!« rief Mossy. »Doch wir müssen jetzt ein wenig ausruhen, dann werden wir in der Lage sein, die Ebene noch vor Einbruch der Dunkelheit zu durchqueren.«

So legten sie sich inmitten des wunderbaren Schattenspieles zur Ruhe. Hinter jedem Schatten konnte Mossy einen anderen entdekken, obwohl alles zu einer dunklen Einheit verschmolz. Auch Tangle lag auf dem Rücken und träumte mit offenen Augen vom Land des Lichtes, das all die Schatten warf. Und schließlich fühlten sie, daß sie genug Kraft hatten, ihre Reise fortzusetzen.

Ich weiß nicht, wie lange sie brauchten, das Tal zu durchqueren, doch Mossys Haar wurde grau dabei, und Tangles Stirn wurde faltig.

Gegen Abend wurden die Schatten länger und stiegen immer höher, bis sie schließlich ganz von Dunkelheit umgeben waren. Furcht schlich sich in ihre Herzen; sie nahmen sich bei der Hand und gingen schweigsam weiter. Sie fühlten, wie die Finsternis immer dichter wurde, und aus den Schatten, an denen sie sich vorher ergötzt hatten, entwickelte sich etwas anderes, Bedrohliches. Und plötzlich merkte Tangle, daß sie Mossys Hand verloren hatte. Wann, wußte sie nicht zu sagen.

»Mossy, Mossy!« rief sie in ihrem Schrecken so laut sie konnte. Doch weit und breit kein Mossy, der ihr geantwortet hätte.

Im nächsten Augenblick sanken die Schatten zu Boden, und sie sah die Berge, die sich vor ihr erhoben. Sie schaute zurück in die Finsternis, die hinter ihr lag, und rief weiter Mossys Namen. Dort wogte und wand sich das Dunkel, ein stürmisches, formloses Schattenmeer, und kein Mossy, der aus ihm auftauchte und auf den Hügel zu lief, auf dem sie stand. Verzweifelt warf sie sich zu Boden und weinte bittere Tränen.

Doch plötzlich dachte sie an die Worte der schönen Fee, die ihnen zum Abschied gesagt hatte, sie brauchten sich nicht zu fürchten, sondern nur immer weiter zu gehen, wenn sie einander in einem Land, dessen Namen sie vergessen hatte, verloren hätten.

»Und außerdem hat Mossy den goldenen Schlüssel«, sprach sie zu sich selbst, »es kann ihm gar nichts passieren.«

So erhob sie sich vom Boden und ging weiter.

Nach kurzer Zeit stand sie vor einer Felswand, die eine Treppe hinaufführte. Auf halbem Weg hörte die Treppe plötzlich auf, und ein Pfad führte mitten in den Berg hinein. Vor ihr lag das Maul einer Höhle, vor dem sie sich fürchtete, doch hinter ihr lag ein Abgrund; so überwand sie ihre Angst und tastete sich mit geschlossenen Augen weiter.

Als sie ihre Augen wieder öffnete, erblickte sie ein kleines geflügeltes Geschöpf, das auf sie zu warten schien.

»Ich kenne dich«, sagte Tangle, »du bist mein Fisch.«

»Ja, aber ich bin kein Fisch mehr. Ich bin jetzt ein Aerath.«

»Was ist das?« fragte Tangle.

»Schau mich an, ich bin ein Aerath«, antwortete die Gestalt. »Ich bin gekommen, dich durch den Berg zu führen.«

»Oh, ich danke dir, lieber Aerath«, erwiderte Tangle.

Nun schwang das Geschöpf seine Flügel und flog Tangle voran durch den langen, engen Gang; dabei erinnerte es Tangle sehr an die Art, wie vor einiger Zeit der Fisch im Wald vor ihr her geschwommen war. Jeder Flügelschlag erzeugte einen Funkenregen, der den Gang in vielfarbigem Licht schimmern ließ. – Plötzlich verschwand das Flügelwesen, und Tangle hörte ein leises, süßes Rauschen. Vor ihr wölbte sich ein Torbogen, durch den Licht und laue Meeresluft zu ihr strömten.

Eilig lief sie hinaus und ließ sich erschöpft und glücklich in den gelben Sand fallen. Dort blieb sie liegen und hörte, halb schlafend, halb wach, den kleinen Wellen zu, wie sie heranplätscherten und zurückflossen und mit ihrem Streicheln jedes Stückchen Land, das sie berührten, verführen wollten, sich dem großen Meer einzuverleiben. Ihren Blick konnte sie nicht lassen von einem großen Regenbogen, dessen Fuß sich in weiter Ferne, am anderen Ende des Meeres, gegen den Himmel abhob. Doch schließlich schlief sie ein.

Ein alter Mann, dessen weißes Haar ihm bis auf die Schultern fiel, beugte sich, auf einen mit grünen Knospen übersäten Stock gestützt, über sie, als sie die Augen aufschlug.

»Was suchst du hier, schöne Frau?« fragte er.

»Bin ich schön? Oh, ich bin so froh!« antwortete Tangle. »Meine Großmutter ist auch schön.«

»Ja, aber was suchst du?« wiederholte er geduldig.

»Ich glaube, ich suche dich. Bist du nicht der alte Fischer?«

»Ja, der bin ich.«

»Großmutter läßt fragen, ob du neue Fische für sie hast.«

»Wir werden sehen, meine Liebe«, antwortete der alte Mann in noch freundlicherem Ton als zuvor. »Und für dich werde ich auch etwas tun können, nicht wahr?«

»Ja – zeig mir den Weg zum Land, von wo die Schatten fallen«, sagte Tangle.

Denn dort hoffte sie Mossy wiederzufinden.

»Ja, ja, es wäre wirklich gut, wenn ich dich dorthin führen könnte«, sagte der alte Mann, »doch ich kann nicht, ich kenne den Weg selbst nicht. Ich rate dir, zum Vater der Erde zu gehen. Vielleicht kann der dir weiterhelfen. Er ist viel älter als ich.«

Auf seinen Stock gestützt, begleitete er sie die Küste entlang zu einem steilen Felsen, der wie ein versteinertes Schiff aussah, das kieloben auf dem Strand lag. Als sie näherkamen, erkannte sie einen Eingang und direkt dahinter eine Treppe, die in die Erde hinabführte. Der alte Mann stieg hinab, und Tangle folgte ihm. Die Treppe führte zum Haus des alten Fischers, in das er Tangle einlud.

Dort drangen seltsame Töne an ihr Ohr, Töne, die sie noch nie zuvor vernommen hatte, doch bald merkte sie, daß sie die Gespräche der Fische hörte. Sie versuchte, etwas zu verstehen, doch die Sprache der Fische war so altmodisch und grob, daß sie sich keinen Reim darauf machen konnte.

»Ich will nachsehen, ob ich Fische für meine Tochter habe«, sagte der alte Vater des Meeres.

Sogleich schob er eine Wand seines Hauses beiseite, hinter der sich eine dicke, runde Kristallscheibe befand; dort schaute er hindurch und klopfte mit einem Finger dagegen. Tangle drängte sich hinter ihn und spähte durch das Fenster ins Herz des tiefen grünen Ozeans, in dem die seltsamsten Kreaturen herumschwammen. Häßliche und komische, breitmäulige Fische wimmelten kreuz und quer, doch alle, sogar meilenweit entfernte, reagierten auf das Klopfen des alten Mannes und schauten zum Fenster, einige drückten auch ihr Maul dagegen. Minutenlang musterte der alte Mann den ganzen Schwarm sorgfältig, dann schaute er Tangle an und sagte:

»Es tut mir leid, aber ich habe im Moment keinen Fisch, den ich meiner Tochter geben könnte. Ich brauche mehr Zeit als sie. Ich werde ihr welche schicken, sobald ich kann.«

Dann schob er die Wand wieder vor die Scheibe.

Sofort erhob sich im Meer ein lautes Gemurmel. Der alte Mann mußte noch einmal auf die Scheibe klopfen, damit die Fische verstummten und wie schlafend im Wasser standen.

»Sie haben über dich geredet«, sagte er, »und sie reden solch einen Unsinn! – Morgen muß ich dir den Weg zum Vater der Erde zeigen. Der Weg ist weit.«

»Laß mich doch gleich gehen«, flehte Tangle.

»Nein, das ist unmöglich. Zuerst mußt du mit mir kommen.«

Er führte sie zu einem Loch in der Wand, das sie vorher nicht bemerkt hatte. Es war verdeckt von grünen Blättern und weißen Blüten einer rankenden Pflanze.

»Im Meer können nur weißblühende Gewächse wachsen«, sagte der Alte. »Hinter der Tür wirst du einen Teich finden, in dem du liegen bleiben mußt, bis ich dich rufe.«

Tangle schritt durch das Gerank und fand einen kleineren Höhlenraum vor, in dessen entfernter Ecke eine große, mit dem klarsten Meerwasser halb gefüllte Wanne in den Fels gehauen war. Innen war das mit weißen Meeresblumen fast zugewachsene Bassin glattpoliert und mit einem gelben Sandteppich ausgelegt.

Schnell war sie ausgezogen und lag in der herrlichen Badewanne, und sofort fühlte sie sich, als würde das Wasser in sie eindringen und ihr alle Wohltaten des Schlafes ohne Bewußtlosigkeit schenken. Sie fühlte, wie sie das Gute durchströmte, und jede Minute machte sie glücklicher und hoffnungsvoller, als sie je gewesen war, seit sie Mossy verloren hatte. Sie mußte jedoch auch daran denken, welch trauriges Leben der alte Mann hier ganz allein mit seinen dummen und aufsässigen Fischen führen mußte.

Sie glaubte, es sei etwa eine Stunde vergangen, als sie den alten Mann rufen hörte, und stieg aus ihrem Bad. Alle Mühen und Beschwernisse ihrer langen Reise waren von ihr abgefallen. Sie fühlte sich so frisch und stark, als hätte sie sieben Tage lang geschlafen.

An der Öffnung in der Wand, durch die sie in den anderen Raum des Hauses schauen konnte, blieb sie verblüfft stehen. Als sie hindurchblickte, sah sie dort nämlich einen prächtigen Mann mit schönen, majestätischen Gesichtszügen auf sie warten.

»Komm her«, sagte er, »ich sehe, du bist fertig.«

Ehrfürchtig näherte sie sich ihm.

»Wo ist der alte Fischer, der Vater des Meeres?« fragte sie mit zitternder Stimme.

»Außer mir lebt hier keiner«, antwortete er lächelnd. »Manche Leute nennen mich den Vater des Meeres. Andere nennen mich auch anders und erschrecken furchtbar, wenn sie mich treffen, wie ich am Strand spazierengehe. Weil sie solche Angst haben, gehe ich ihnen aus dem Weg, und so können sie niemals sehen, wie ich wirklich bin – wie du mich siehst. Doch nun muß ich dir den Weg zum alten Herrn der Erde zeigen.«

Er führte sie in die Badehöhle, und dort sah sie in einer anderen Ecke eine weitere Öffnung im Felsen.

»Geh nur diese Treppe hinunter, dann wirst du zu ihm finden«, sagte der alte Mann.

Nachdem sie ihm herzlich gedankt hatte, machte sich Tangle auf den Weg. Sie lief solange die Wendeltreppe hinunter, bis sie Angst bekam, die Treppe würde niemals enden. Weiter und weiter führten die rauhen, abgetretenen Stufen hinunter, neben ihr schossen Wasserströme, die aus den Felswänden hervorbrachen, in die Tiefe. Alles lag in vollkommener Finsternis, und trotzdem konnte sie sehen. Denn nach jenem Bad brauchen die Augen kein Licht mehr, um sehen zu können. Sie fühlte sich ganz sicher, obwohl sie sich in dunkler, feuchter Tiefe bewegte.

Als die letzte Stufe hinter ihr lag, fand sie sich in einer schimmernden Halle wieder. Mitten in diesem Saal saß jemand auf einem Stein und wandte ihr den Rücken zu – einen Rücken, der von unermeßlichem Alter gebeugt zu sein schien. Von hinten konnte sie sehen, wie sich sein weißer Bart vor ihm auf dem Felsboden ausbreitete. Als sie sich näherte, bewegte er sich nicht, und als sie vor ihn trat, um ihn anzusprechen, sah sie sein Gesicht – ein vollendet schönes Jünglingsgesicht. Wie in Trance erfreute er sich an einem Bild, das er in einem Spiegel betrachtete, der vor ihm auf dem Boden lag und aus einem silbrigen Material bestand, das sie von weitem für seinen weißen Bart gehalten hatte. Er saß da und nahm ihre Gegenwart gar nicht wahr, er schien gefesselt zu sein von der Freude an der Vision, die er sah. Sie stand vor ihm und beobachtete ihn. Schließlich begann sie schüchtern zu sprechen, doch ihre Stimme konnte sie nicht hören. Trotzdem schaute der Jüngling auf. Er schien nicht überrascht zu sein, sondern begrüßte sie gleich mit einem Lächeln.

»Bist du der Vater der Erde?« hatte Tangle gefragt.

Der Jüngling antwortete, und Tangle hörte ihn, wenn auch nicht mit den Ohren:

»Ja, der bin ich, was kann ich für dich tun?«

»Zeig mir den Weg zum Land, aus dem die Schatten kommen.«

»Oje, das kann ich nicht. Ich selbst träume nur davon. Manchmal sehe ich die Schatten in meinem Spiegel, doch den Weg dorthin kenne ich nicht. Vielleicht kann der Vater des Feuers ihn dir weisen. Er ist viel älter als ich. Er ist der älteste unter uns.«

»Wo finde ich ihn?«

»Ich zeige dir den Weg dorthin. Ich habe ihn selbst nie gesehen.«

Der junge Mann erhob sich und schaute Tangle eine Weile an.

»Ich wünschte, ich könnte dieses Land auch einmal sehen«, sagte er, »doch ich muß mich um meine Arbeit kümmern.«

Er führte sie zu einer Höhlenwand und hieß sie, ihr Ohr daran zu legen.

»Was hörst du?« fragte er.

»Ich höre einen Strom, der im Felsen fließt«, antwortete Tangle.

»Dieser Fluß fließt zum Haus des ältesten aller Männer – zum Vater des Feuers. Ich würde ihn gern besuchen, doch ich muß meine Arbeit tun. Dieser Fluß ist der einzige Weg zu ihm.«

Dann schob der Wächter der Erde einen Felsblock beiseite, unter dem sich ein großes Loch verbarg, das senkrecht in die Tiefe führte.

»Hier entlang«, sagte er und zeigte in das Loch.

»Aber es gibt keine Treppe. Wie soll ich dort hinunterkommen?«

»Du mußt springen, dich fallen lassen, es gibt keinen anderen Weg.«

Sie drehte sich um und schaute ihm offen ins Gesicht – so blieb sie eine ganze Minute stehen, wie sie dachte, doch es war ein ganzes Jahr – dann stürzte sie sich kopfüber in das Loch.

Als sie zu sich kam, fand sie sich in einem steilen Flußbett wieder, das sie in rasender Geschwindigkeit hinunterrutschte. Ihr Kopf war unter Wasser, was sie jedoch nicht störte, denn wenn sie darüber nachdachte, konnte sie sich nicht mehr erinnern, seit ihrem Bad bei dem alten Mann des Meeres auch nur einmal geatmet zu haben. Als sie ihren Kopf hob, spürte sie eine plötzliche, starke Hitze, so ließ sie ihn sofort wieder sinken und rutschte weiter.

Allmählich beruhigte sich der Strom und wurde flacher, schließlich konnte sie kaum noch den Kopf unter Wasser halten, das sie jetzt nicht mehr tragen konnte. Sie stand auf und lief Schritt für Schritt tiefer in den brennenden Schacht. Das Wasser versiegte völlig, und die Hitze wurde immer schlimmer. Sie fühlte sich bis auf die Knochen durchgebraten, doch ihrer Kraft tat das keinen Abbruch. Die Hitze wurde unerträglich. Sie sagte: »Ich kann nicht mehr«, – und doch lief sie weiter.

Am Ende des Schachts kam sie zu einem Tor aus glühendem Fels, durch das Tangle erschöpft auf ein kühles Moosbett in einer Höhle fiel, die ganz und gar mit grünem, weichem, feuchtem Moos überwachsen war. Ein Bächlein entsprang aus einer Felsspalte und füllte einen kleinen Moosteich, in den sie ihren Kopf tauchte und trank. Dann hob sie den Kopf und sah sich um. Nun stand sie auf und sah sich noch einmal um, ohne jemanden zu finden, der die Höhle bewohnte. Doch als sie aufrecht dort stand, wußte sie auf einmal, daß dies die Mitte aller Geheimnisse der Erde und des Lebens war. Alles, was sie gesehen oder in Büchern gelesen hatte, alles, was Großmutter ihr erzählt hatte, worüber die Tiere im Wald, die Vögel und Fische geredet hatten, alles, was sie auf ihrer Wanderung mit Mossy erlebt hatte und danach im Herzen der Erde mit dem alten Mann und dem noch älteren Mann – alles lag klar vor ihr. Sie verstand und sah, daß alles dasselbe bedeutete, das Eine, das sie nicht in Worte fassen konnte.

Im selben Augenblick entdeckte sie ein kleines, nacktes Kind, das in einer Ecke der Höhle auf dem Moos saß. Es spielte mit Bällen verschiedener Größe und Farbe, die es zu seltsamen Figuren neben sich auf dem Moos zusammenlegte. Nun fühlte Tangle, daß sie von etwas wußte, das sie nicht verstand. Sie wußte, daß in der Folge der verschiedenen Konstellationen, die das Kind mit den Bällen legte, in den verschiedenen Farbharmonien, die es zusammenstellte, ein bestimmter Sinn sein mußte, den sie jedoch nicht erkennen konnte.* Unermüdlich, ohne aufzuschauen oder zu zeigen, daß es den Fremdling in seiner tief versteckten Kammer bemerkte, spielte es sein einsames Spiel. Mit der Sorgfalt einer Spitzenklöpplerin, die ihre Knoten zurechtrückt, verschob es seine Bälle und entwickelte immer neue Strukturen. Dann und wann erhellte sich Tangle der Sinn des Spieles blitzartig, um sich sofort wieder in absolute Finsternis zu hüllen. Lange Zeit blieb sie so stehen und schaute bei dem Ballspiel fasziniert zu; und je länger sie zuschaute, um so mehr gewann sie eine vage Einsicht in die unaussprechliche Wahrheit. Sieben Jahre lang betrachtete sie die Bälle, und es kam ihr vor wie sieben Stunden, und am Ende erinnerten sie alle Figuren, die das nackte Kind legte, an das Tal der Schatten, und sie sprach:

»Wo ist der Vater des Feuers?«

»Hier bin ich«, antwortete das Kind, stand auf und ließ seine Bälle im Moos liegen. »Was kann ich für dich tun?«

Das Gesicht des Kindes war so böse und abweisend, daß Tangle

* Für die geometrischen Figuren bin ich Novalis zu Dank verpflichtet.

stumm blieb und den Knaben zuerst nur ansah. Er lächelte nicht, doch die Liebe in seinen großen, grauen Augen war tiefer als ein Ozean. Sein abweisendes Gesicht schimmerte wie im Mondlicht, und jeden Augenblick schien ein so überwältigendes Lächeln aufleuchten zu wollen, daß jeder, der es sähe, in tödliche Trauer fallen würde. Doch das Lächeln blieb aus, der Mondschein blieb auf seinem Gesicht, denn sein Herz war zu tief, als daß ein Lächeln bis zu seinem Gesicht gelangen könnte.

»Bist du der älteste von allen?« Tangle mußte diese Frage stellen, mochte sie auch noch so scheu sein.

»Ja, ich bin sehr, sehr alt. Ich weiß, ich kann dir helfen, ich kann jedem helfen.«

Das Kind kam näher und schaute ihr in die Augen, so daß sie in Tränen ausbrach.

»Kannst du mir den Weg zeigen zu dem Land, aus dem die Schatten kommen?« schluchzte sie.

»Ja, den Weg kenne ich genau. Manchmal gehe ich selbst dorthin. Doch du mußt einen anderen Weg gehen; du bist nicht alt genug; ich will dir zeigen, wo du entlanggehen kannst.«

»Schicke mich bitte nicht in die schreckliche Hitze zurück«, flehte Tangle.

»Nein, nein«, antwortete das Kind und legte seine kühle Hand auf Tangles Herz.

»Jetzt kann das Feuer dir nicht mehr schaden. Komm, wir gehen.«

Sie folgte ihm durch ein anderes Tor in eine öde Sand- und Steinwüste. Über ihr hingen Felsmassive wie feste Gewitterwolken; es war so heiß, daß sie geschmolzenes Gold, Silber und Kupfer gelb, weiß und rot von den Felsen tropfen sah. Doch die Hitze berührte nie ihre Haut.

Als sie eine Strecke gegangen waren, drehte das Kind einen großen Stein um und nahm etwas, das wie ein Ei aussah, unter ihm weg. Als nächstes zog es mit einem Finger eine lange, gekrümmte Rinne in den Sand und legte das Ei hinein. Dann sprach es etwas, das Tangle nicht verstand: Das Ei sprang auf, und heraus kroch eine Schlange, die in der Sandrinne wuchs und wuchs, bis sie sie ganz ausfüllte. Als sie ausgewachsen war, kroch sie in Wellenlinien davon.

»Folge dieser Schlange«, sagte das Kind, »sie wird dir den rechten Weg weisen.«

Tangle tat wie ihr geheißen. Doch bald mußte sie zurückschauen zu dem wunderbaren Kind, das allein mitten in der glühenden Wüste stand, die neben ihm rotes Feuer spie, das seine Haut rosa schimmern ließ. Dort stand der Knabe und schaute ihr nach, und sie schaute zurück, bis sie ihn in der Ferne nicht mehr sehen konnte. Die Schlange kroch immer geradeaus, ohne nach links oder rechts zu schauen.

Mossy war inzwischen aus dem Meer der Schatten herausgekommen und hatte nach trauriger, einsamer Wanderung die Küste erreicht. Es war ein düsterer, stürmischer Abend. Die Sonne war längst untergegangen, und der Wind blies von der Meerseite. Um den Felsen, in dem die Höhle des alten Mannes lag, schäumte die Brandung. Zwischen dort und dem Strand war tiefes Wasser, auf dem einsam eine majestätische Figur umherwandelte.

Mossy ging zu ihr hinüber und fragte:

»Kannst du mir sagen, wo ich den alten Fischer finden kann?«

»Ich bin der alte Fischer«, antwortete der Mann.

»Aber ich habe doch einen Mann königlicher Statur und keinen gebeugten Greis vor mir«, erwiderte Mossy.

Der Mann sah ihn nun schärfer an und sagte:

»Junger Mann, du hast bessere Augen als die meisten, die hier vorbeikommen. Die Nacht ist stürmisch. Komm in mein Haus und erzähle mir, was ich für dich tun kann.«

Mossy folgte ihm. Die Wellen teilten sich vor den Schritten des alten Mannes, und Mossy ging auf trockenem Sand hinter ihm her.

In der Höhle setzten sie sich auf den Boden und sahen einander an.

Zu jener Zeit war Mossy ein alter Mann, er sah viel älter aus als der alte Vater des Meeres, und seine Füße waren sehr müde.

Der alte Mann nahm ihn bei der Hand und führte ihn ins Innere seiner Höhle. Dort half er ihm aus den Kleidern und legte ihn ins Bad. Dabei fiel ihm auf, daß Mossy eine Hand geschlossen hielt.

»Was hältst du in dieser Hand?« fragte der Wächter des Meeres.

Mossy zeigte ihm den goldenen Schlüssel.

»Ah, deshalb kennst du mich also. Und ich kenne den Weg, den du zu gehen hast.«

»Ich bin auf der Suche nach dem Land, woher die Schatten fallen«, sagte Mossy.

»Das glaube ich dir, ich bin es auch. Doch bevor du dorthin gehst, muß ich dich etwas fragen: Wofür, glaubst du, ist dieser Schlüssel gut?«

»Für irgendein Schlüsselloch, das ich noch nicht gefunden habe, obwohl ich bestimmt schon lange genug lebe«, sagte Mossy traurig. »Ich weiß nicht, ob ich nicht schon alt bin, meine Füße schmerzen jedenfalls sehr.«

»Wirklich?« sagte der alte Mann, als ob er es wirklich nicht wüßte. Mossy lag immer noch im Bad und schaute seine Füße an, bevor er antwortete.

»Nein, sie schmerzen überhaupt nicht. Vielleicht bin ich auch gar nicht alt.«

»Steh auf und betrachte dich im Wasserspiegel.«

Er stand auf und betrachtete sich im Wasser, und er sah kein graues Haar, kein Fältchen in seiner Haut.

»Du hast jetzt vom Tod gekostet«, sagte der alte Mann, »gefällt er dir?«

»Ja«, sagte Mossy. »Er ist besser als das Leben.«

»Nein«, sagte der Alte, »er ist wie das Leben, nur mehr davon. – Deine Füße werden jetzt nicht mehr das Wasser durchdringen.«

»Was meinst du damit?«

»Das werde ich dir sofort zeigen.«

Sie gingen zurück in die äußere Höhle und sprachen lange miteinander. Schließlich erhob sich der alte Mann vom Boden und forderte Mossy auf, ihm zu folgen.

Er führte ihn die Treppe hinauf und öffnete eine Tür. Nun standen sie auf der Höhe der tobenden Gischt und schauten nach Osten. In weiter Ferne glühte der Fuß eines mächtigen Regenbogens vor dem Bauch einer dicken schwarzen Wolke.

»Dort muß ich hin«, sagte Mossy, sobald er den Regenbogen erblickte, und lief hinaus auf das Meer. Tatsächlich stießen seine Füße nicht durch die Wasseroberfläche. Er kämpfte gegen den stärksten Sturm an, erklomm die höchsten Wellenberge und kam dem Regenbogen immer näher.

Irgendwann legte sich der Sturm. Es folgten ein milder Tag und eine sanfte Nacht. Eine laue Brise wehte über den weiten, stillen Ozean. Mossy lief immer noch Richtung Osten; doch mit dem Sturm war auch der Regenbogen verschwunden.

Tag für Tag ging er, wie er glaubte, führerlos über Wasser. Den blinkenden Fisch, der seine Schritte leitete, sah er nicht. Irgendwo war der Ozean zu Ende, und er stand vor einer Felswand, an der er einen einzigen Pfad erkannte, über den er sie bezwingen konnte. Doch der reichte auch nur bis zur halben Höhe der Wand, wo er auf einem Vorsprung endete. Er blieb stehen und dachte nach. – Es konnte nicht sein, daß der Weg einfach aufhörte, wozu sollte er dann gut sein? Der Weg war kaum als solcher zu erkennen, doch es war immerhin ein Weg. – Er tastete den Fels ab, der glatt war wie Glas. Doch als sein Auge ohne Hoffnung auf dem Gestein umherwanderte, erhaschte er das Glitzern einer Reihe von kleinen Saphiren, die ein winziges Loch im Felsen umrandeten.

»Das Schlüsselloch!« rief er aus.

Er probierte den Schlüssel: Paßt! – Er drehte ihn: Kling-Klong, wie eiserne Hämmer auf Kupferkessel donnerte es tausendfach in der Wand. – Er zog den Schlüssel heraus, und im selben Augenblick fiel ihm eine Scheibe Fels vor die Füße. Die Wand vor ihm war, bis auf die eine Scheibe zu seinen Füßen, geblieben, wie sie war. Doch sobald er die entstandene Stufe betrat, fiel das nächste Stück aus der Wand, so daß sich die zweite Stufe einer Treppe bildete. So entstand mit jedem seiner Schritte eine weitere Stufe einer Treppe, die ihn ins Herz des Berges führte. Die Halle, die er dort vorfand, paßte genau zu dem Weg, auf dem er sie erreicht hatte – unregelmäßige, rauhe Wände, doch alle reich geschmückt mit Edelsteinen aller Farben, die im Licht enthalten sind. In der Mitte standen sieben Säulen in den Farben von rot bis violett. Und an einer hockte eine Frau, bewegungslos, das Gesicht zwischen den Knien vergraben. Sieben Jahre lang hatte sie dort gesessen und gewartet, nun hob sie den Kopf, als Mossy näherkam. Es war Tangle. Das Haar war ihr bis zu den Füßen gewachsen und war fein gewellt, wie stilles Wasser, über das der Wind streift. Ihr Gesicht war so schön wie das ihrer Großmutter und so friedvoll wie das des Wächters des Feuers. Sie war jetzt eine hoch und edel gewachsene Frau, und doch erkannte Mossy sie sofort.

»Wie schön du bist, Tangle!« sagte er voll Freude und Bewunderung.

»Wirklich?« erwiderte sie. »Ich habe so lange auf dich gewartet! Und nun bist du der Vater des Meeres, nein, du bist wie der

Wächter der Erde, du bist wie der Älteste, in dir sind alle vereint. Und doch bist du mein alter Mossy! Wie bist du hierhergekommen? Was hast du gemacht, als wir uns verloren hatten? Hast du das Schlüsselloch gefunden? Hast du den Schlüssel immer noch bei dir?«

Hundert Fragen hatte sie an ihn, und ihm fielen mindestens ebensoviele Dinge ein, die er von ihr wissen wollte. Sie erzählten sich alle ihre Abenteuer und waren so glücklich, wie ein Mann und eine Frau nur sein können. Denn sie waren jünger und besser, stärker und klüger als je zuvor.

Es wurde allmählich dunkel, und die Sehnsucht, in das Land zu gelangen, dessen Abbilder sie im Tal der Schatten gesehen hatten, brannte immer heißer in ihnen. So sahen sie sich in der Höhle nach einem Ausgang um, der sie weiterbringen könnte. Die Tür, durch die Mossy hereingekommen war, hatte sich wieder geschlossen, und zwischen ihnen und dem Ozean lag eine halbe Meile Fels. Auch Tangle vermochte nicht das Loch im Boden wiederzufinden, durch das die Schlange sie hereingeführt hatte. Sie suchten, bis sie in der Dunkelheit nichts mehr erkennen konnten, dann gaben sie auf.

Nach einer Weile erstrahlte jedoch ein neues Licht in der Höhle. Das Licht kam vom Mond, doch es sah nicht aus wie Mondlicht, sondern schillerte in allen Farben, da es durch die sieben farbigen Säulen in der Mitte der Halle gefiltert wurde. Jetzt konnte Mossy noch eine achte Säule neben der roten entdecken, die die gleiche unbekannte Farbe hatte, die Mossy damals im Wald entdeckt hatte, als er den Regenbogen zum erstenmal sah. Nun sah er auch das blaue Funkeln auf dieser Säule, das von den Steinen kam, die das Schlüsselloch umrahmten.

Er nahm seinen Schlüssel, drehte ihn im Schloß, und es erklang Musik wie von einer Windharfe. Eine Tür drehte sich langsam in alten Scharnieren und eröffnete ihnen den Weg auf eine Wendeltreppe, die sich im Inneren der Farbsäule emporschraubte.

Der Schlüssel in Mossys Hand löste sich in Nichts auf. Sie betraten die Treppe, zuerst Tangle, dann Mossy, sie entstiegen der Erde, gehörten zum Regenbogen und erhoben sich über

Meere und Kontinente. Wie all die schönen Wesen vor und hinter ihnen kamen sie Stufe um Stufe ihrem Ziel näher.

Sie wußten, daß ganz oben das Land sein mußte, dessen Schatten sie gesehen hatten.

Bis heute dürften sie dort angekommen sein.

William Morris
(1834 - 1896)

William Morris, Künstler, Fabrikbesitzer und Sozialist, war eine der vielseitigsten Persönlichkeiten des viktorianischen England. Als drittes Kind einer wohlhabenden Familie in Essex geboren, zeigte er schon früh eine besondere Vorliebe für das Mittelalter und verschlang, kaum daß er lesen gelernt hatte, die Romane von Walter Scott. Nach wenig erfolgreichem Schulbesuch, dem jungen Morris fehlte die Disziplin, wurde er von einem Privatlehrer auf das Studium vorbereitet.

An der Universität Oxford schloß er Freundschaft mit einer Gruppe gleichgesinnter junger Männer, die sich wie er zur Kunst des Mittelalters hingezogen fühlten. Man befaßte sich nicht nur mit Dichtung und Religion, sondern diskutierte besonders die sozialen und kulturellen Veränderungen, die das Industriezeitalter mit sich brachte, und ihre Auwirkungen auf die Kunst. Morris' besonderes Interesse galt der Malerei der Präraffaeliten und der Rekonstruktion mittelalterlicher Architektur.

Nachdem er volljährig geworden war, verfügte er aus seinem Erbteil über ein ausreichendes Einkommen für ein sorgenfreies Leben. Mit seinen Freunden gab er eine literarische Zeitschrift heraus, in der auch Morris' erste Versuche auf schriftstellerischem Gebiet erschienen. Bald nahm Morris von seinem ursprünglichen Studienfach, der Theologie, völlig Abstand und ging bei einem Architekten in die Lehre. Doch noch innerhalb eines Jahres hängte er auch dieses Berufsziel wieder an den Nagel und versuchte es mit der Malerei. Nach einigen Mißerfolgen gestand er sich schließlich ein: ›Ich habe die Phantasie eines Dichters, nicht die eines Malers.‹

Seine Versuche mit verschiedenen künstlerischen Ausdrucksformen entsprangen bei ihm nicht etwa einem unbeständigen Charakter, sondern waren Ausdruck seines künstlerischen und zunehmend auch politischen Engagements für ein ganzheitliches Kunstschaffen, in dem die verschiedenen Kunstrichtungen sich verbinden und unter Rückgriff auf mittelalterliche Handwerkskunst einen humanen Gegenpol zur Industriegesellschaft schaffen sollten. Nach seiner Heirat setzte Morris diese Vorstellung in eigenen Werkstätten in die Praxis um, die ganze Wohnungseinrichtungen produzierten. Schwerpunkt der Produktion waren allerdings Tapeten und Wandbehänge, für die Morris selbst die Muster entwarf.

Seine kunsthandwerkliche Arbeit ließ ihn so zum Mitbegründer des Jugendstils werden.

Daneben trat ein politisches Engagement für eine humane sozialistische Gesellschaft, die für Morris nur durch eine Abkehr von der Industriegesellschaft und eine Rückkehr zur mittelalterlichen Produktionsweise zu verwirklichen war. Er schrieb zwei utopische Romane, in denen er seine gesellschaftlichen Vorstellungen darlegte. Aber sein Versuch, durch die Gründung einer eigenen Partei in die politischen Auseinandersetzungen seiner Zeit einzugreifen, scheiterte.

Von Beginn seiner künstlerischen Tätigkeit an interessierte sich Morris für die Druck- und Buchkunst. Er sammelte mittelalterliche Handschriften und gab Teile seines eigenen dichterischen Werkes in selbstgezeichneten Handschriften heraus. Für Morris' ganzheitliche Kunstvorstellung war es selbstverständlich, daß zu einem literarischen Kunstwerk auch die entsprechende künstlerische Gestaltung des Buches gehörte.

1889 gründete Morris die Kelmscott Press, Verlag und Druckerei in einem, in der er seine Buchkunst verwirklichte. Die dort erschienenen Werke wurden richtungweisend für die Druckkunst des 20. Jahrhunderts. Der eigene Verlag bot Morris nun die Möglichkeit, Bücher zu schaffen, wie sie ihm schon lange vorschwebten. Erst 1886 hatte er mit seinen sozialistischen Utopien, von denen *Kunde von Nirgendwo* die bekannteste ist, begonnen, in größerem Umfang Prosa zu schreiben. Lyrik lag seinem Sprachgefühl mehr. Seinen ersten großen literarischen Erfolg hatte er etwa zwanzig Jahre zuvor mit dem Gedichtzyklus *The Earthly Paradise* gehabt. Schon damals faszinierten ihn die nordischen Sagenkreise. Er sah in der nordischen Überlieferung ein Gegengewicht zur mediterranen Kultur, aus der sich die ihm verhaßte Industriegesellschaft entwickelt hatte. Im Sprachstil der alten Sagas übersetzte er die großen nordischen Sagenkreise ins Englische, nachdem er eigens dafür das Isländische erlernt hatte.

Als er nun für die Kelmscott Press zu schreiben begann, tat er dies aus Freude am Erzählen und um sich selbst die Bücher zu schaffen, die er sich sein Leben lang gewünscht hatte. Seine politische Arbeit lag hinter ihm. Sie hatte sein Vermögen und seine Gesundheit weitgehend aufgezehrt, ohne die gewünschten Erfolge zu bringen.

Morris fühlte sich keineswegs enttäuscht, aber es fehlte ihm zum weiteren direkten Engagement die Kraft. Er wußte, daß nur noch wenige Jahre vor ihm lagen, und in diesen letzten fünf Lebensjahren schrieb er seine großen Fantasy-Romane. In ihnen floß noch einmal sein reiches Lebenswerk zusammen. Sie sind in der klaren, einfachen Sprache nordischer Sagas erzählt, wirkten allerdings auf die englischen Leser durch die archaische Wortwahl künstlich antiquiert. Der Inhalt weist die ornamentale Fülle jener mittelalterlichen Wandteppiche auf, die Morris in seinen Werkstätten nachweben ließ. Die Romane zeigen eine glückliche, mittelalterliche Welt, die völlig fiktiv ist, aber zugleich eine wirkliche Welt mit wirklichen Menschen, in die Morris seine Hoffnungen, Ängste und Sehnsüchte hineinlegte.

Mit *Die Zauberin jenseits der Welt, Das Reich am Strom* und seinem Hauptwerk *Die Quelle am Ende der Welt* begründete Morris eine Erzähltradition, die dann von J. R. R. Tolkien fortgesetzt wurde. Morris schuf sich sein eigenes Mittelalter mit Ländern und Historien, die in keinem Geschichtsbuch zu finden sind. Nach Morris' Tod geriet seine Fantasy rasch in Vergessenheit. Er blieb zunächst nur als Künstler und utopischer Sozialist in Erinnerung. Erst über die Fantasy-Renaissance im Gefolge von Tolkiens ›Herr der Ringe‹ wurden in den USA auch Morris' Fantasy-Romane neu aufgelegt und sind inzwischen, mehr als achtzig Jahre nach ihrem Erscheinen, erstmals auch ins Deutsche übertragen worden.

Die Quelle am Ende der Welt

William Morris war der erste Autor, der eine Fantasy-Welt für seine Romane schuf, wie sie für alle späteren Autoren des Genres typisch ist. Es ist eine abenteuerliche Welt ohne Technik und moderne Wissenschaft, in der mit dem Schwert gekämpft wird. Der einzelne Mensch ist in dieser Welt wichtig, kann Heldentaten begehen und die bösen Mächte seiner Welt im direkten Kampf besiegen.

Die Autoren vor Morris schufen sich ein Utopia auf dem Mond oder einer unentdeckten Insel, das eindeutig demonstrativen und belehrenden Zwecken diente. Selbst die phantastischen Welten von Swift dienten in erster Linie der Satire. Ferner gab es Erzähler, die sich an bestehende Sagenwelten anlehnten, etwa wie MacDonald an das Feenreich des englischen Märchens, oder sich wie Lewis Carroll ihr eigenes Märchenland bauten. Aber bei ihnen hatte der Leser es mit eindeutig als solchen gekennzeichneten Traumwelten zu tun, die besondere Formen des Kunstmärchens darstellten. Erst Morris schuf sich eine fiktive ›Wirklichkeit‹, komplett mit eigener Geschichte, Geographie und Mythologie. Der Erzähler berichtet über diese erfundene Welt nicht anders als ein Historiker über unsere reale, ja, er erwartet vom Leser, daß dieser stillschweigend für den Roman die Existenz einer Realität akzeptiert, die es nirgendwo außer im Kopf des Autors gibt.

In *Die Quelle am Ende der Welt* ist diese fiktive ›Realität‹ eine Mischung aus nordischen Heldensagen, frühmittelalterlichen Lebensformen und einer von Morris erfundenen neuen Grals-Mythologie. Ralph, der Königssohn, zieht aus, um die Welt jenseits des kleinen, friedlichen Reiches seines Vaters kennenzulernen. Seine abenteuerliche Reise wird bald zur Suche nach der legendären Quelle am Ende der Welt, deren Wasser dem Trinkenden langes Leben, Frieden und Weisheit bringen soll. Die Quelle ist der Born des Lebens, wie er in verschiedenen Märchen vorkommt, und gleichzeitig ein Ort des Heils und der Erlösung, wie sie in der Artus-Sage vom Gral geboten werden.

Auf der Suche nach der Quelle gerät Ralph an eine Vielzahl von

Menschen, deren Lebensgeschichte ausführlich erzählt wird und von denen er mehr und mehr in die Weisheit des Lebens eingeführt wird. Er lernt verschiedene Gesellschaftsformen kennen, an denen immer wieder gezeigt wird, daß Macht korrumpiert und nur freie Menschen ein humanes Leben führen können. Ralphs Abenteuer werden dabei lebendig beschrieben. Er hat es mit echten Menschen zu tun, keinen symbolhaften Charakteren, auch wenn sie oft etwas Exemplarisches haben. So entsteht eine Art phantastischer Entwicklungsroman auf dem Hintergrund einer detailliert beschriebenen mittelalterlichen Welt, deren Geschichte und Bräuche der Leser durch die Augen des Helden Ralph kennenlernt.

Nachdem Ralph die Quelle und damit Lebensweisheit und eine ganz diesseitige Erlösung gefunden hat, die in einer freudigen Bejahung des Kampfes für ein humanes Leben in der Welt besteht, kehrt Ralph in das väterliche Königreich zurück. Unterwegs trifft er noch einmal alle Freunde und Feinde wieder, denen er auf dem Hinweg begegnet ist, und auch deren Schicksal wird berichtet. Einer von diesen alten Freunden, die Ralph besucht, ist Bulle, dessen Abenteuer in dem folgenden Romanauszug erzählt werden.

Bemerkenswert ist an *Die Quelle am Ende der Welt* auch die für Morris' Zeit ungewöhnlich emanzipierte und freie Stellung der Frau. Zwar geht es, was das Familienleben angeht, durchaus mittelalterlich zu. Aber Ralph begegnet mehreren für seine Entwicklung entscheidenden Frauengestalten, die ihm klarmachen, daß ein menschenwürdiges Leben nur in Gleichberechtigung von Mann und Frau zu verwirklichen ist. Überhaupt weist die Fantasy, auch in den späteren Werken, eine Reihe von weiblichen Helden auf, die dem Klischee von der Frau als Beute des barbarischen Kriegers oder edler Dame des ›männlichen‹ Ritters durchaus widersprechen.

Lesehinweise:

Kunde vom Nirgendwo. Köln 1974 (dumont Kunsttaschenbuch 11)
Das Reich am Strom, Bergisch Gladbach 1980 (Bastei-Lübbe 24009)
Die Zauberin jenseits der Welt, Bergisch Gladbach 1984 (Bastei-Lübbe 20057)
Das schimmernde Land, Bergisch Gladbach 1985 (Bastei-Lübbe 72041)
Die goldene Maid und andere Erzählungen, Bergisch Gladbach 1985 (Bastei-Lübbe 72045)
Die Quelle am Ende der Welt, Bergisch Gladbach 1986 (Bastei-Lübbe 72050), Neuausgabe mit zeitgenössischen Illustrationen.

Über William Morris:
Hans Christian Kirsch: *William Morris – ein Mann gegen die Zeit,* Köln 1983 (Diederichs)

Morris' Einfluß ist bei der ganzen nächsten Generation englischer Fantasy-Autoren zu spüren. Seine Form der Fantasy als episch erzählte Abenteuerfahrt (›Queste‹) findet sich besonders bei → E. R. Eddison, → J.R.R. Tolkien und bei vielen der Tolkien-Epigonen.

Siehe auch ← George MacDonald

Wie Bulle die Lordschaft von Utterbol errang

Als Ihr von mir fortgelaufen seid und mich allein in Goldburg zurückließet, war ich traurig; dann bot mir Clemens Chapman an, mich in seine Heimat mitzunehmen, welche, wie er mir sagte, dicht neben der Euren liegt, aber ich wollte nicht mit ihm ziehen, denn ich hatte so eine Ahnung, ich würde den Mörder meines Bruders finden und ihn rächen. So zogen die Händler also aus Goldburg fort, nachdem Clemens um Euretwillen sich großzügig zu mir verhalten hat, und als sie fort waren, überlegt ich mir, was zu tun sei, und Ihr wißt, ich bin recht geschickt mit Fiedel und Lied und widmete mich daher diesem Handwerk, um sowohl etwas zu verdienen als auch Dinge zu erfahren, ohne daß man sonderlich auf mich achtete, bis in kurzer Zeit die Leute mich gut kannten und oft zu ihren Festen nach mir schickten, wo sie mir den Fiedlerlohn gaben, nämlich zu essen, zu trinken und Geld. So wurde ich auf die eine oder andere Weise bald reich genug, Goldburg zu verlassen und mich auf den Weg nach Utterbol zu begeben, da ich mir von Anfang an gedacht hatte, dieser Lump, der meinen Bruder erschlagen hatte, sei niemand anders als der Lord von Utterbol selber.

Doch eines Tages, als ich auf den Marktplatz ging, fand ich dort großes Getöse und Aufruhr vor, einige Leute, Männer und auch Frauen, schrien und flüchteten, und einige rannten zu den Bogen, andere zu anderen Waffen. Ich ergriff mir einen der Fliehenden und fragte ihn, was los sei, und er schrie: »Laß mich los! Er ist los! Er ist los!«

»Wer ist los, du Narr?« fragte ich. »Der Löwe!« antwortete er und riß sich dann in höchstem Entsetzen von mir los und flüchtete. Zu diesem Zeitpunkt hatten sich auch alle anderen etwas von mir entfernt, und ich war ziemlich allein. Ich ging also ein Stück weiter und blickte mich um, und dort an einer der Säulen des Klosters neben dem Markthaus (die große grüne Säule, genauer gesagt) kauerte ein riesiger gelber Löwe über einer toten Ziege, die er erschlagen hatte, aber inmitten des Lärms und Aufruhrs nicht essen wollte.

Nun wißt Ihr vielleicht eine Sache von mir nicht, nämlich daß ich die Gabe habe, daß mich die wilden Tiere lieben und mir zu Willen sind. Die Hausmaus rennt über mich hinweg, wenn ich wach da liege und sie ansehe, die kleinen Vögel kauern sich ohne Furcht auf meine Schulter, die Eichhörnchen und Hasen hoppeln so dicht an mich heran, als sei ich ein Baum, und der böseste Hund oder eine Dogge wird bei mir zahm. Daher hatte ich keine Angst vor diesem Löwen, und ich freute mich auch, ihn zu zähmen, was mir helfen würde, als Dompteur zu leben, und er wäre auch noch ein guter Wächter.

Ich ging also ruhig auf ihn zu, bis er mich ansah und sich knurrend halb erhob, aber ich ging weiter und sagte mit beruhigender Stimme: »Hallo, du Gelbmähniger! Was ist los? Setz dich doch und iß dein Fleisch.« Er setzte sich wieder zu seiner Beute, knurrte aber noch, und ich trat dicht zu ihm und sagte zu ihm: »Iß in Frieden und Ruhe, denn ich bin doch da.« Und damit hielt ich ihm meine bloße offene Hand hin, und er roch daran und wurde sofort friedlich und begann, die Ziege zu zerreißen und zu verzehren, während ich daneben stand und ruhig zu ihm sprach.

Kurz darauf sah ich auf der anderen Seite des Platzes Waffen blitzen und Männer mit gespannten Bogen. Der gelbe König sah sie ebenfalls, erhob sich wieder und knurrte. Ich versuchte, ihn zu beruhigen, und sagte: »Sie werden dir nichts tun.«

Dann riefen die Männer mir zu, ich solle fortgehen, denn sie würden schießen. Ich aber rief: »Schießt noch nicht! Sagt mir lieber, gehört dieses Tier irgend jemandem?« »Ja«, antwortete einer, »mir gehört er, und ich bin froh, daß ich nicht ihm gehöre.« Sagte ich: »Willst du ihn verkaufen?« »Ja«, sagte er, »wenn du noch eine Stunde lebst, damit du das Geld herzählen kannst.« Sagte ich: »Ich bin Zähmer von wilden Bestien und wenn du diese hier zu einem ordentlichen Preis verkaufen willst, kannst du ihn loswerden.« Der Mann stimmte zu, hielt sich aber mit seinen Kumpanen abseits, die weiterhin mit den Waffen spielten.

Dann wandte ich mich zu meinem neuen Leibeigenen und bat ihn, mitzukommen, und er folgte mir wie ein Hund zu seinem Käfig, der in der Nähe stand, und dort habe ich ihn eingesperrt und habe seinem Besitzer Geld gegeben, und das Volk strömte zusammen und lobte und bestaunte mich. Ich aber sagte: »Meine Herren, kennt ihr nicht die Gabe, wie man Tiere zähmt und Menschen rettet?« Darüber lachten sie, aber sie brachten mir Geld und andere Dinge, bis ich weit mehr hatte, als ich für den Löwen gegeben hatte.

Jedoch am nächsten Tag kamen die Leute vom Rat der Stadt und baten mich, Goldburg zu verlassen. Ich war darob nicht zornig, sondern zog von dannen, ritt mein kleines Pferd und führte den Löwen an einer Kette, wenn er auch keine Fesseln brauchte, wenn ich in der Nähe war.

Ohne weiteres Vertun schlug ich also den Weg nach Utterbol ein, und wo immer ich hinkam, bekam ich, was ich wollte, und niemand fiel über mich her noch über meinen Löwen. Denn wenn sie ihn auch schießen oder hätten erschlagen können mit ihren Speeren, so fürchteten sie doch mich noch mehr als ihn, weil sie mich für einen mächtigen Sendboten der Götter hielten.

So gelangte ich nach Utterness, und es war warm und elend (wie es allerdings auch jetzt noch ist, aber nicht mehr lange sein wird). Aber das Haus von Utterbol ist überaus schön und prächtig (wie Ihr vielleicht von anderen wisset, Meister), und seine Gärten und Haine und Äcker und Wiesen sind so schön, wie es nur sein kann. Ja, es ist ein wahres Paradies, doch die Bewohner dünkte es die Hölle, wie ich mit meinen eigenen Augen gesehen habe.

Kurz gesagt, der Ruhm von mir und meinem Tier war mir irgendwie vorausgeeilt, und als ich zu dem Schloß kam, behandelte man mich gut und wurde gut unterhalten und dies um so mehr, als der Lord für eine Zeitlang fort war und das Leben der Leute größtenteils nicht so hart wie wenn er dort gewesen wäre, aber die Lady war im Schloß, und am Morgen nach meiner Ankunft brachte ich auf ihren Befehl meinen Löwen unter ihr Fenster und hieß ihn kommen und gehen und auf meine Winke hin Dinge herbeibringen, und als ich fertig war, bat sie mich in ihr Gemach, hieß mich setzen und schenkte mir Wein ein, während sie mir viele Fragen stellte über mein Land und die Freunde und das Wohin und Woher, und ich antwortete ihr wahrheitsgetreu, so weit es passend war, und es war nur eine Frau bei ihr, nämlich Eure Freundin Agatha, Herr. Ich dachte, daß diese Königin nicht nur eine schöne Frau war, sondern daß sie mich auch freundlich ansah, und schließlich sagte sie seufzend, daß es ihr wohl gefallen würde, wenn der Baron ein Mann wie ich wäre, während, wie sie sagte, dieser heftig und grausam sei und dabei ein Feigling. Aber die nämliche Agatha wandte sich zu ihr, und sie schalt sie wie ein Kind und sagte: »Schweige über deine Liebe und deinen Haß gegenüber einem Fremden! Oder muß ich noch mehr Blut von dem Pflaster vor der Weißen Säule waschen, weil Ihr eine so lose Zunge habt? Komm nun fort, Bergmann!«

Und sie nahm mich bei der Hand und führte mich hinaus, und als wir die Tür hinter uns geschlossen hatten, wandte sie sich zu mir und sagte: »Wenn ich nun draußen irgendein Wort von dem höre, was meine Lady gesagt hat, dann werde ich wissen, daß du es verbreitet hast, und wenn ich auch nur eine Sklavin bin und kürzlich erst geschlagen wurde, dann habe ich doch in Utterbol Macht genug, dein Ende herbeizuführen.«

Ich lachte ihr ins Gesicht und ging meiner Wege, und ich traf viele Menschen und zeigte ihnen mein Tier, und ich lernte vor allem zwei Dinge:

Zuerst, daß Lord und Lady nun völlig zerstritten waren. Denn kurz zuvor war er nach Hause gekommen und hatte in seinem Haus einen Verlust bemerkt – nämlich eine bestimmte, schöne Frau, derer er gerade erst habhaft geworden war und nach der es ihn sehr gelüstet hatte, war entflohen. Und die Schuld dafür schob er auf seine Lady und bedrohte sie mit dem Tode, und als er sich überlegte, daß er sie nicht umbringen dürfe oder sie quälen (denn er war wirklich ein Feigling), ließ er Eure Freundin für sie bezahlen unter der Vorgabe, daß er eine wahre Geschichte aus ihr herausgepreßt habe.

Als ich diese Geschichte nun hörte, sagte ich bei mir, daß ich auch die andere über den Mord an meinem Bruder erfahren würde, und genau so geschah es. Ich stieß nämlich auf einen Mann, der mir erzählte, wann und wo der Lord auf das nämliche Mädchen gestoßen sei (von dem ich sogleich wußte, daß es niemand anders sein konnte als du, Mädchen) und wie er meinen Bruder getötet hatte, um sie zu bekommen, wie Ihr zweifelsohne wißt, Lord Ralph.

Aber das zweite, das ich erfuhr, war, daß alle Menschen in Utterbol, Männer und Frauen, die Heimkehr des Tyrannen fürchteten, und es gab niemanden, der seinen Tod nicht begrüßt hätte. Aber obwohl er nur ein Feigling war, verhinderte die Furcht eine Rebellion, und der Zweifel, der Sklaven zurückhält, rettete ihn, und sie fürchteten ihn eher als einen Teufel denn einen Menschen. Und einer der Männer dort, der mir freundlich gesonnen war, wußte, daß diese böse Bestie näherrückte, und er warnte mich und sagte: »Freund Löwenmeister, gib acht auf dich! Denn ich fürchte, wenn der Lord heimkommt und dich hier findet, läßt er deinen Löwen vergiften und dich töten.«

Nun, drei Tage nach diesen Worten kam der Lord mit einer Abteilung seiner Speerwerfer heim und einigen Dutzend Gefangenen, die er erbeutet hatte. Am Morgen nach seiner Ankunft hatte er von mir gehört und schickte nach mir, damit ich ihm die Wunder von Mensch und Löwe vorführen solle; daher spielte ich an einem hellen Morgen mit dem Löwen unter seinem Fenster, und er blickte hinab und rief mich zu sich und sagte: »Kannst du den Löwen in den Schlaf bringen, daß du ihn ein Weilchen allein lassen kannst? Ich hätte dich gern hier oben.«

Ich stimmte zu, schalt das Tier und sang ihm dann vor, bis es sich hinlegte und schlief, wie ein Hund, der müde von der Jagd ist. Und dann ging ich hinauf in die Kammer des Lords, und wie es so kam, hatte ich die ganze Zeit über bei dem Spiel mein Kurzschwert blank in der Hand gehabt, und so, ich denke, ohne es zu bemerken, sonderbar wie es auch ist, trat ich vor den Tyrannen, als niemand bei ihm war außer Otter und ein weiterer Soldat. Aber als ich ihn erblickte, regte sich das Blut in mir, welches mit dem Blut meines Bruders von einer Mutter stammte, und ich setzte den Fuß auf den Schemel dieses Mörders, hob mein Kurzschwert und spaltete ihm den Schädel mit meinen eigenen Händen, nicht so wie er es mit meinem Bruder getan hatte.

Dann wandte ich mich zu Otter (der das Schwert in der Hand hielt, als es schon zu spät war). »Hah, Otter, was hast du da gesagt?«

Otter lachte. Sagte er: »Ich sagte: So hat der schlechteste Mensch der Welt nun sein Ende gefunden. Gut gemacht, Löwenbändiger! Du bist kein schlechter Gast und hast für Essen und Trinken und Unterkunft bis auf den letzten Nagel bezahlt. Aber was sollen wir nun tun? Dann hast du gesagt: ›Nun, ich nehme an, ihr werdet mich töten.‹ ›Nein,‹ habe ich geantwortet, ›wir werden dich nicht töten, zumindest nicht in diesem Augenblick und nicht ohne Verhandlung.‹ Du hast gesagt: ›Vielleicht wollt ihr mich auch freilassen, da dieser Mann wenig beliebt war, ja, und er hat mir auch ein Leben geschuldet.‹ ›Nein, nein,‹ habe ich gesagt, ›nicht so eilig, guter

Tierherr.‹ ›Warum nicht?‹ ›Ich sehe, du bist ein tapferer Mann und wenn du Anführer einer Armee gewesen bist, werden die Soldaten dir willig folgen. Warum solltest nicht du auf diesem Thron sitzen und Lord von Utterbol werden?‹

›Nein, nein,‹ hast du gesagt, ›das geht nicht.‹

›Hör mir zu: Ich gebe dir die Wahl zwischen zwei Dingen, entweder wirst du Lord von Utterbol, oder wir bringen dich hier an Ort und Stelle um. Denn wir sind beide bewaffnet.‹

Du schienst eine Weile nachzudenken, und dann hast du gesagt: ›Nun, mit einem solchen Vorhaben hatte ich mich nicht auf die Reise begeben, aber mit dem Sonderbaren will ich kämpfen. Ich warne euch nur, daß sich die Zeiten in Utterbol ändern werden.‹

›Dann kann es nicht schlechter werden‹, habe ich gesagt. ›Wecke nun den Löwen auf und führe ihn zurück in seinen Zwinger, und wir werden ihm bald dieses Aas schicken als Belohnung für seine Kunststücke.‹ ›Tausend Dank, Metzger‹, hast du gesagt, ›aber heute bin ich nicht für deine Fleischmahlzeit. Man hat mich vorgewarnt, daß dieses arme Tier nach der Ankunft deines Herrn vergiftet würde, und das wird er auch, wenn er vom Fleisch dieses Feiglings ißt; ein solches Mahl würde er nicht überleben.‹ Darüber lachten wir alle herzlich.«

»Ja«, sagte Bulle. »Ich führte also den Löwen fort, wie du mich gebeten hattest, um nach einer Stunde zurück zu sein, wenn alles für mein Lordamt bereit sein würde. Und du warst nicht schlechter als dein Wort, denn als ich wieder in den Hof trat, waren dort alle Soldaten versammelt und die freien Leute und die Sklaven, und die Soldaten hoben mich auf den Schild, setzten mir einen gekrönten Helm auf den Kopf, gaben mir ein großes Schwert in die Hand und priesen mich beim Namen Bulle von Utterbol, Lord der Einöde und des Wilden Waldes und der Berge, und dann warst du, Otter, so schlicht, vor mir niederzuknien und dich zu meinem Mann zu erklären und das Schwert aus meiner Hand zu empfangen. Und so wie ich war ging ich zu meiner Lady und erzählte ihr das Ende von meiner Geschichte, und nach drei Minuten lag sie mir im Arm und nach drei Tagen als meine angetraute Frau in meinem Bett. Was Agatha anging, so habe ich mich ein wenig über sie lustig gemacht, ihr große Geschenke und gutes Land gegeben und auch die Freiheit, um sie für die vielen Schläge zu entschuldigen. Und das,

Königssohn und süße Lady, ist nun das Ende von meiner Geschichte.«

»Ja«, meinte Otter, »außer, daß du inzwischen Utterbol von der Hölle in den Himmel gehoben hast, und mich dünkt, du hast den guten Willen, es noch höher zu erheben.«

Bulle errötete bei diesen Worten und sagte: »Schweig, Mann! Lobe den Tag nicht vor dem Dunkelwerden.« Dann wandte er sich an Ralph und sagte: »Wenn Ihr auf Eurem Heimweg hier und dort ein gutes Wort für mich einlegen könnt bei den Leuten, dann wäre es schön zu wissen, daß ich draußen einen wohlmeinenden Freund habe.« »Nichts weniger werden wir tun«, sagte Ralph, und Ursula bekräftigte es.

So redeten sie fröhlich miteinander noch ein Weilchen länger, bis die Nacht alt zu werden dräute, und dann gingen sie in gutem Einvernehmen und Wohlmeinen zu Bett.

KLASSIKER DER FANTASY

Die Bezeichnung Klassiker haben sich die Autoren in diesem Kapitel damit verdient, daß sie sowohl die überzeugendsten Vertreter als auch die Erfinder ihrer jeweils eigenen Spielart der Fantasy sind. Viele von ihnen wurden damit zum Vorbild für unzählige Nachahmungen, andere haben so eigenständige Welten erschaffen und so perfekt ausgestaltet, daß für Imitationen kein Raum blieb – die großen Kunstwerke der Fantasy.

Wir haben es bei Lord Dunsany, E. R. Eddison und J. R. R. Tolkien mit den direkten Erben der von MacDonald und Morris begründeten englischen Fantasy-Tradition zu tun. Sie alle kannten Morris und nannten ihn selbst als ihr Vorbild, und sie schrieben in der ersten Hälfte unseres Jahrhunderts, wenn Tolkiens Hauptwerk auch erst später erschienen ist. Dunsany führte die Fantasy in ihrer mythopoetischen Spielart zu einer unnachahmlichen Meisterschaft, Eddison schrieb mit *Der Wurm Ouroboros* das Meisterstück des fiktiven Heldenepos, *den* Roman der heroischen Fantasy, und Tolkien schließlich vereinigte in seinem ›Herr der Ringe‹ die heroischen, mythischen und poetischen Züge der Fantasy zum meistgelesenen Fantasy-Roman dieses Jahrhunderts und schuf der Fantasy damit ihren bisher erfolgreichsten Mythos. Alle drei riefen eine ganze Reihe von Epigonen auf den Plan, wobei Dunsany und Eddison zu den großen Vorbildern des Genres der ›Sword and Sorcery‹ (Schwert und Magie-Geschichten) wurden, das im nächsten Kapitel näher vorgestellt wird.

Edgar Rice Burroughs war der erfolgreichste Erfinder imaginärer Welten in den amerikanischen ›Pulps‹, den dortigen Billig-Magazinen der ersten Hälfte des Jahrhunderts. Burroughs besaß, wie sein *Tarzan* beweist, ein intuitives Talent auch zur Mythenkreation, aber er hat mit der Tradition Morris' nichts zu tun. Er besaß keinerlei literarische Vorbilder oder Ambitionen, aber ein ausgesprochenes Fabuliertalent, mit dem er die Geschichten in imaginären, barbarischen Welten zu einem festen Bestandteil in der trivialen amerikanischen Unterhaltungsliteratur machte. Für die modernen amerikanischen Fantasy-Autoren gehörte er zur selbstverständlichen Jugendlektüre.

Auch H. P. Lovecraft schrieb für die ›Pulps‹, aber er sah in ihnen nur das einzige ihm erreichbare Veröffentlichungsmedium, ohne sich ihren stilistischen und inhaltlichen Erwartungen anzupassen.

Lovecraft nutzte die Möglichkeiten der Fantasy zur Erfindung eines Schreckenskosmos, in dem der Mensch hilflos dämonischen, kosmischen Mächten ausgeliefert ist. Für Lovecraft wurde die Fantasy zu einem Mittel der Horrorliteratur, indem er keine ›übernatürlichen‹ Mächte in unsere Welt eindringen ließ, sondern ein Fantasy-Pantheon böser Götter schuf, das ganz materialistisch in unserer Welt existierte – Lovecraft erfand keine andere Welt, sondern eine Fantasy-Eschatologie, die er unserer Welt überstülpte. Wie Tolkien wurde er in den sechziger Jahren plötzlich ›entdeckt‹ und zur Kultfigur.

Mit Cabell und Peake haben wir schließlich zwei Autoren, die Fantasy einfach als ästhetisches Mittel zum Ausdruck ihrer Weltsicht benutzten, ohne Sehnsucht nach Heldenepen und mythisch-romantischen Abenteuern, sondern weil die Erfindung mittelalterlicher Welten ihren literarischen Absichten den besten Ausdruck verlieh. Bei ihren Werken handelt es sich um so eigenständige Kunstwerke, daß eine Nachahmung kaum möglich war. Wenn bei ihren Romanen der symbolische und allegorische Charakter auch stärker hervortritt, so halten sich ihre Welten doch an die Spielregeln der Fantasy und nehmen ihre eigene fiktive Realität ernst.

Lord Dunsany
(1878 - 1957)

Wer erwartet, unter den Autoren der Fantasy nur blutarme Träumer aus verlorenen Dachstuben zu finden, wird nach dem vielseitigen William Morris mit Edward John Moreton Drax Plunkett, dem 18. Baron Dunsany, eine weitere Überraschung erleben. Lord Dunsany stammte aus einem der ältesten irischen Adelsgeschlechter. Unter seinen frühen Vorfahren werden einige als gefürchtete Räuberbarone in den Geschichtsbüchern erwähnt. Er besuchte eine Eliteschule in Eton und später die Militärakademie Sandhurst. Im Burenkrieg und im Ersten Weltkrieg diente er als Soldat und wurde verwundet. Beim irischen Osteraufstand von 1916 erlitt er eine schwere Kopfverletzung. Er liebte die Großwildjagd, den Sport und war Schachmeister von Irland. Als im Zweiten Weltkrieg deutsche Truppen in Griechenland einmarschierten, lehrte Dunsany als Professor für englische Literatur an der Universität von Athen und floh auf abenteuerlichste Weise quer durch Europa nach Dublin.

Er selbst sagte von sich, er verbringe 97 Prozent seines Lebens als Soldat und Sportsmann, aber er hinterließ über 60 Bände mit Erzählungen, Dramen und Gedichten. 1905 brachte er seine ersten Kurzgeschichten heraus, für die er die Druckereirechnung noch selbst bezahlte. Es waren phantastische kleine Erzählungen aus ›jenen geheimnisvollen Königreichen, wo unsere Geographie endet und das Feenreich beginnt‹, wie Dunsany sie selbst charakterisierte. W. B. Yeats entdeckte ihn für das berühmte Dubliner Abbey Theater, an dem Dunsanys erstes Stück aufgeführt wurde. Seine Dramen spielten auf ähnlich mythisch-phantastischem Hintergrund wie seine Geschichten und wurden außer in Dublin, London und New York auch in Moskau aufgeführt.

Nach dem noch selbst verlegten *The Gods of Pegāna* erschienen in rascher Folge weitere Bände mit Fantasy-Kurzgeschichten. Nach dem Ersten Weltkrieg schien Dunsany die Welt für solche Träumereien jedoch zu düster, und er wandte sich in seinen Erzählungen anderen Themen zu. 1918 erschien eine Sammlung von Kriegsgeschichten, und in den folgenden Jahren schrieb er Fantasy-Romane, die alle in Welten spielen, die bereits im Schatten böser Mächte stehen. Der bekannteste davon dürfte der auch bei uns erschienene *Die Königstochter aus Elfenland* sein. Auch unheimlich-makabere Romane entstanden, unter denen *The Blessing of Plan* und *The Curse of the Wise Woman* besonders hervorzuheben sind.

In den späteren Jahren kehrte Dunsanys Humor zurück, aber die zauberhafte Poesie und der besondere, leicht dekadente Charme seiner frühen Fantasy-Erzählungen stellten sich nicht wieder ein. Er schrieb einer Serie herrlicher Münchhausen-Geschichten um den Aufschneider Jorkens, der sich in seinem Club mit seinen verrückten Anekdoten einen Whisky nach dem anderen erschwindelt.

Nach dem Zweiten Weltkrieg wandte er sich mehr der Lyrik zu, lebte abwechselnd auf Schloß Dunsany in Irland und in seinem Haus in Kent und unternahm bis ins hohe Alter Jagden und Vortragsreisen. Er war Mitglied des englischen Oberhauses, Soldat, versponnener Dichter, gefeierter Bühnenautor und typisch englischer Landadeliger irischen Geblüts in einer Person – sicher eine der eigenwilligsten Persönlichkeiten nicht nur der Fantasy, sondern der Literatur überhaupt.

Die Länder des Traumes

William Morris hatte sich ein eigenes fiktives Mittelalter für seine romantischen Abenteuer geschaffen, das sich wie ein gigantischer Wandteppich in epenhafter Form vor dem Leser ausbreitete. Lord Dunsany führte die Fantasy in die Kurzgeschichte ein und schuf faszinierende Traumpastiches. Statt der nordischen Epen griff er auf fernöstliche Mythen und den Zauber von Tausendundeine Nacht zurück. Dazu mischte er noch ein wenig makabere Fin-de-siècle-Dekadenz. Heraus kam dabei eine seltsam reale Traumwelt – ein Reich verwunschener Städte, magischer Urwälder und dämonischer Götter, das irgendwo ›hinter der Grenze zum Unbekannten‹ lag, in der ›dritten Hemisphäre‹, in den ›kleinen Königreichen hinter dem Rand der Welt‹.

Dunsany besaß die poetische Gabe und die Wortgewalt, noch in der kleinsten Erzählung beim Leser die Sehnsucht nach dem unerreichbaren Land der Phantasie zu wecken. Schon seine Namen besaßen einen eigenen Zauber:

›Ich aber wandte mich ab und blickte hinüber ins Land der Träume, und der dünne weißliche Nebel, welcher sich nimmermehr hebt von jenen Gefilden, wogte im Licht des Morgens. Und inselgleich ragten aus ihm die Berge von Hap und auch das kupferne, alte, verlassene Bethmoora, und auch Utnar Véhi und Kyph und Mandaroon waren zu sehen, und auf Meilen hinaus der mäandrierende Yann. Doch nur mehr erahnen ließ sich das ferne Gebirgsland Hian Min, dessen steinern blickende Gipfel hochmütig hinwegsehen über das Lehmgeschiebe der runden, acroctischen Berge zu Füßen des Hochlandes, in deren Tälern die Stadt Dur liegt und auch die Stadt Duz.‹

Wer als Kind jemals im Atlas die fremden, fernen Länder aufgeschlagen hat und mit dem Finger unaussprechlichen Flüssen nachgereist ist, der wird den besonderen Zauber solcher Passagen erkennen.

Das Faszinierende an Dunsanys Traumländern und auch das bei ihrem Erscheinen Neue an ihnen ist, daß sie Feenreiche mit fester Geographie sind und uralter Geschichte. Aber sie bleiben trotzdem immer und überall als Traumländer erkennbar, von denen wir sicher sein können, daß niemand je ihre verschlungenen Pfade betreten wird und ihre Geheimnisse enträtseln. Sie sind kein fiktives Mittelalter oder die Geographie eines fernen Planeten, sie sind sofort als Feenreich erkennbar. Ein besonderer Reiz liegt auch in Dunsanys unnachahmlicher Art, dem Leser für immer unlösbare Rätsel aufzugeben, für die *Bethmoora*, die nachfolgende Geschichte, ein schönes Beispiel ist.

Lewis Carrolls verrücktes Wunderland war ein Reich des Absurden und der verdrehten Metaphysik, Dunsanys Traumländer sind das Reich der magischen Geographie und der Romantik des ewig Geheimnisvollen. Bei den Autoren im ersten Kapitel dieses Buches finden wir erdachte Welten, die dem Leser Spaß machen, ihn unterhalten und ihn fesseln, aber selbst in Morris' Mittelalter, dem es trotz aller Idealisierung nicht an Leid und Unterdrückung fehlt, wird wohl kaum ein Leser gerne selbst entrückt sein. Erst Dunsany gelingt es, die Sehnsucht zu erwecken, seine Traumländer selbst zu durchstreifen – im Traum selbstverständlich nur.

Was Dunsany darüber hinaus zu einem Klassiker des Genres macht, ist seine besondere poetische Begabung, die aus vielen seiner kleinen Geschichten beinahe Prosagedichte macht. Es dauerte fast fünfzig Jahre, bis sich ein ähnlich sprachgewandter Autor mit einer so bildhaften Phantasie dem Feld zuwandte – der rätselhafte Mervyn Peake. Viele Fantasy-Autoren versuchten, Dunsany zu imitieren, darunter auch H. P. Lovecraft und Abraham Merritt, aber es fehlten ihnen seine visionäre Gabe und seine Poesie. Anders als etwa bei Sagas in der Art Tolkiens gaben Dunsanys Epigonen rasch wieder auf und suchten sich ihren eigenen Stil, denn die Vergleiche mit dem Original dürften sie von weiteren Versuchen abgeschreckt haben. So ist der irische Lord als Fantasy-Erzähler wie als Persönlichkeit einzigartig geblieben. Er lebte, wie er selbst sagte, ›in einer der kleinen verwunschenen Hütten, durch deren Fenster man westwärts die Länder der Menschen erblickt, doch ostwärts die elbisch erglänzenden Berge, wie sie mit schneeigen Gipfeln und Kette um Kette hinüberführen in die Region aller Mythen und weiter ins Land der Phantasmen, welches ein Teil des Reiches der Träume ist.‹ Auch Fantasy-Autoren nach ihm müssen in dieser Hütte gewohnt haben, aber keiner hat einen ähnlich poetischen Blick durch das östliche Fenster geworfen.

Lesehinweise:

Das Fenster zur anderen Welt, Frankfurt 1971 (Insel; auch als Suhrkamp-Taschenbuch 1189)
Die Königstochter aus Elfenland, Stuttgart 1978 (Hobbit-Presse, Klett-Cotta)
Jorkens borgt sich einen Whisky, Zürich 1979 (Diogenes detebe 20598)
Der Schatten der Scheuermagd, Stuttgart 1986 (Hobbit Presse, Klett-Cotta)

Ähnlich wie Dunsany der irischen Renaissance Anfang dieses Jahrhunderts verpflichtet ist:
James Stephens: *Der goldene Hort,* Stuttgart 1985 (Hobbit Presse, Klett-Cotta)

Unter den Autoren, die versuchten, an den Stil von Dunsany anzuknüpfen, ist neben → H. P. Lovecraft mit seinen frühen Fantasy-Erzählungen besonders Clark Ashton Smith zu nennen; einen adäquaten Eindruck von seinem Stil geben vor allem die Übersetzungen von Friedrich Polakovics, die Anfang der siebziger Jahre in der ›Bibliothek des Hauses Usher‹ im Insel-Verlag erschienen und als Suhrkamp-Taschenbücher nachgedruckt wurden:
Der Planet der Toten, Frankfurt 1981 (Suhrkamp st 864)
Saat aus dem Grabe, Frankfurt 1982 (Suhrkamp st 765)

Siehe auch ← George MacDonald, → Abraham Merritt, → Tanith Lee

Bethmoora

Ein zager Hauch von Kühle durchweht diese Londoner Nacht, als wär' ein streunender Wind den Gefährten im Hochland von Kent untreu geworden und hätt' sich verstohlen davongemacht in die Stadt. Die Gehsteige sind feucht und glänzen. An das durch die späte Stunde geschärfte Ohr dringt der klappernde Laut ferner Schritte. Lauter und lauter wird das Geklapper, hallend füllt es die Nacht. In schwarzem Mantel geht jemand vorüber, verliert sich klappernd im Dunkel. Wohl ein übernächtigter Tänzer, der da nach Hause geht. Der Ball ist zu Ende, die Türen sind geschlossen. Die gelben Lichter sind erloschen, die Musik ist verstummt, die Tänzer sind zerstoben in die nächtliche Luft. Die Zeit hat ihr »Aus und vorüber« gesprochen. »Fort damit zu den Dingen, die abgetan sind.«

Zögernd lösen sich Schatten vom Ort ihrer großen Versammlung. Und lautlos wie Schatten der toten, belanglosen Dinge stehlen die Katzen sich heimwärts. So hat selbst London seine kaum merklichen Künder der bleichen Morgenfrühe, deren Heraufkunft draußen auf freierem Feld vom Verblassen der Sterne angezeigt wird und vom Rufe der Vögel und allen Getiers.

Ich kann den Moment nicht bestimmen, darin zur Gewißheit wird die unwiderrufliche Niederlage der Nacht. Doch plötzlich enthüllt mir die fahle Müdigkeit der Laternen, daß die Stille und nächtliche Reglosigkeit dieser Gassen nicht länger den Kräften der Nacht sich verdankt, sondern einzig den schlummernden Menschen, die den Schlaf noch nicht abgestreift haben. Und ich fühl' mich an jene verdrossenen, unsauberen Posten gemahnt, die in Palasttoren lehnen mit alten Musketen, obwohl das Reich des Monarchen, den sie bewachen, seit langem geschrumpft ist zur kleinen Provinz, die kein Feind mehr überrennen mag.

Und jetzt erst wird recht offenbar am Aussehen der Straßenlaternen, dieser beschämten Vasallen der Nacht, daß Englands Berggipfel schon den Morgen erblicken, daß die Klippen von Dover ihm weiß entgegenleuchten, daß der Nebel sich hebt von der See und sich anschickt, landeinwärts zu ziehen.

Schon auch sind Männer gekommen mit einem Spritzschlauch und spülen die Rinnsteine frei.

Siehe, die Nacht ist gestorben.

Was an Erinnerung, was an Phantasmen drängt sich da in unsern Sinn! Eine Nacht, die soeben aus London getilgt wird vom feindlichen Zugriff der Zeit. Zahllose alltägliche, künstliche Dinge, für kurze Frist sind sie vermummt ins Geheimnis gleich purpurgekleideten Bettlern auf erhabenem Thron. Millionen Menschen im Schlaf – und ebensoviele Träume vielleicht! Welche Welten bevölkern sie nun? Und mit wem?

Mein Denken aber ist fernhin entrückt und weilt inmitten der Einsamkeiten Bethmooras, dessen Tore im Winde schwingen. Her und hin schwingen sie, knarrend und knarrend im Wind, doch keiner vernimmt ihren Laut. Von grünem Kupfer sind sie gemacht und wundersam ziseliert, doch keiner sieht ihre Schönheit. Und der Wind aus der Wüste weht Flugsand in ihre Angeln, und niemand ist da, sie zu ölen. Kein Wachtposten macht die Runde auf Bethmooras Verteidigungsmauern, und keinerlei Gegner berennt sie. Kein Lichtschein dringt aus den Häusern, kein Schritt erklingt in den Straßen. Tot und verlassen erhebt sich die Stadt hinter den Bergen von Hap, und mich drängt es, sie wiederzusehen, doch wag' ich es nicht.

Vor Jahren und Jahren, so geht das Gerücht, wurde Bethmoora verlassen.

Man erzählt sich von solcher Verödung in den Matrosenspelunken, und auch Reisende haben mir von ihr berichtet.

Immer hatt' ich gehofft, Bethmoora einmal noch wiederzusehen. Doch ward mir gesagt, schon vor vielen Jahren habe man dort die letzte Lese gehalten in den Weinbergen, welche ich kenne und die nun begraben sind unterm Sand. Es war ein strahlender Tag, und die Bewohner der Stadt drehten im Tanz sich vor ihren Rebengärten zum Klange des Kalipac, den da und dort einer spielte. In üppigster Blüte standen die purpurnen Hecken, und fern auf den Bergen von Hap erglänzte der Schnee.

Und vor den kupfernen Toren wurden in Kufen die Trauben gepreßt zum schäumenden Syrabab. Denn es war eine reiche Ernte. In den winzigen Gärten am Rande der Wüste schlugen die Männer den Tittibak und auch den Tambang. Und allenthalben erklang das melodische Flöten des Zootibars.

Frohsinn regierte mit Singen und Tanzen, denn eingebracht war nun die Ernte, und Syrabab würde es geben im Überfluß den langen Winter hindurch, ja viel würde bleiben davon, Türkis und Smaragd einzutauschen von den reisenden Kaufherrn, die da von Oxuhan kommen. So herrschte den ganzen Tag hindurch eitel Freude ob der beendeten Ernte auf dem schmalen Streifen bebauten Lands, der Bethmoora trennt von der Wüste, die sich im Süden dem Himmel vermählt. Und als nachließ die Hitze des Tags, als die Sonne sich neigte gegen die schneeigen Berge von Hap, erklangen aus all den Gärten ringsum noch immer des Zootibars Töne, und auch die prächtig gekleideten Tänzer drehten sich weiter inmitten der blühenden Hecken.

Doch waren den ganzen Tag schon drei maultierberittene Männer gesehen worden auf den Hängen der Berge von Hap. Her und hin zogen sie, wie der gewunden zu Tale führende Pfad es ihnen vorschrieb. Und waren drei schwärzliche Punkte gewesen vor der Weiße des Schnees. Man hatte sie erstmals gesichtet mit frühestem Morgen, hoch oben am Kamme des Peol Jagganoth, und sie schienen von Utnar Véhi zu kommen und kamen den ganzen Tag. Doch erst gegen Abend, noch ehe die frühesten Lichter sich zeigen und die Farben sich wandeln, trafen sie ein vor Bethmooras kupfernen Toren. Und sie führten Stäbe mit sich, wie sie in jenen Ländern die Botschafter tragen, und ihre Gewandung war düster gegen das Lila und Grün all der Tänzer, die nun die Reiter umdrängten. Und wer da gekommen war aus Europa und nun jener Botschaft lauschte, verstand ihre Sprache nicht – bis auf das Wort »Utnar Véhi«. Doch die Botschaft war kurz und sprang über mit Windeseile von Mund zu Mund, und sogleich begannen die Leute, Feuer zu legen an ihre Weingärten und aus Bethmoora zu fliehn. Und die meisten flohen nach Norden, doch manche auch ostwärts. Allesamt stürzten davon sie aus ihren weißen, stattlichen Häusern, und alsbald ergoß sich der flüchtende Strom durch das kupferne Tor. Das Schlagen des Tittibaks wie auch des Tambang verstummte nicht minder abrupt wie des Zootibars Flöten, und auch das Geklapper des Kalipacs erstarb bald danach. Die drei fremden Reiter jedoch, sobald sie die Botschaft verkündet hatten, kehrten um und ritten davon auf dem Weg, den sie gekommen. Und es war um die Stunde, da die ersten Lichter erscheinen sollten auf den Türmen der

Stadt, die Stunde, da eins ums andre die Fenster den löwenbannenden Schein hinausgestrahlt hätten ins Dunkel und die Tore versperrt worden wären. Aber kein Licht erschien in den Fenstern an jenem Abend und hat nimmer geleuchtet seither, und die kupfernen Torflügel blieben weitoffen, um nie mehr geschlossen zu werden. Und vernehmbar waren einzig das Prasseln der brennenden Reben und das gedämpfte Getrappel unzähliger fliehender Füße. Kein anderer Laut war zu hören, kein Schrei – nur das Geräusch jener hastigen, unwiderruflichen Flucht. Sie aber vollzog sich so lautlos und rasch, wie eine Herde verwilderten Viehs etwa entfliehn mag beim Anblick des Menschen. Als wäre hereingebrochen über die Stadt, was man seit Menschengedenken gefürchtet – etwas, dem zu entgehen nur schleunige Flucht hilft und das kein Zaudern gestattet – so plötzlich vollzog sich der Aufbruch.

Dann ergriff auch die Europäer die Furcht, und sie wandten sich gleichfalls zur Flucht. Doch den Inhalt der Botschaft habe ich niemals erfahren.

Viele glauben, sie sei ergangen von Thuba Mleen, dem rätselhaften Beherrscher all jener Länder, welche kein Mensch je zu Gesicht bekommen. Und sei der Befehl gewesen, Bethmoora sofort zu verlassen. Andere meinen, es war eine Warnung der Götter, doch ob von freundlichen oder von feindlich gesinnten, wissen sie nicht.

Und wiederum andere halten dafür, eine Pestilenz habe gewütet in einer Anzahl von Städten drüben in Utnar Véhi und sei weitergezogen mit jenem Wind aus Südwest, dessen Ziel schon seit Wochen Bethmoora gewesen.

Manche auch sagen, jene drei Reisenden waren befallen von der entsetzlichen Gnousar-Krankheit, ja schon ihre Maultiere hätten getroffen davon. Und vermuten, der Hunger habe die unheilbar Kranken getrieben, vor der Stadt zu erscheinen, denn einen anderen Grund gebe es nicht für solch fürchterliches Verbrechen.

Aber die meisten glauben, es sei eine Botschaft der Wüste gewesen, der alle Erde nach Süden hin untertan ist. Und sie habe mit ihrem ureigenen Ruf sich den dreien verständlich gemacht. Und die drei hätten verstanden den Ruf, da sie die Wüste durchwandert ohne Gezelt für die Nacht und ohne Wasser bei Tage. Und so weit seien sie vorgedrungen, daß die Wüste zu raunen begonnen und ihnen all ihre Wünsche und all ihre Mißgunst mitgeteilt habe. Und weiter glauben die meisten, die Wüste habe Bethmoora sich einverleiben gewollt, habe eindringen wollen in seine herrlichen Straßen und in die Tempel und Häuser mit ihrem sandgeschwängerten Sturmwind. Denn in ihrem alten, verderbten Herzen haßt sie die Lust und das Leben der Menschen, und so hab' sie Bethmoora erstorben sehn wollen und leer, bis auf das grausige, knirschende Liebesgeflüster des Sands vor den Toren der Stadt.

Wüßte ich um den Inhalt der Botschaft, so die drei maultierberittenen Männer nach Bethmoora gebracht und verkündet haben vor seinen kupfernen Toren – ich würde den Weg nach der Stadt nicht länger scheuen. Denn allzu groß ist die Sehnsucht, die mich überkommt hier in London, die Sehnsucht, wiederzusehen jene weiße und strahlende Schönheit. Und dennoch, ich wag's nicht, denn ich kenne nicht die Gefahr, der ich zu stellen mich hätte – wär's nun der Zorn entsetzlicher Götter, wär's eine unaussprechliche, schleichende Krankheit oder der Fluch der Wüste oder die Folter in einer verschwiegenen Kammer des tyrannischen Thuba Mleen, oder wär's was immer, von dem noch kein Reisender je uns erzählt hat, weil sein Entsetzliches sich aller Sprache entzieht.

Eric Rücker Eddison
(1882 – 1945)

Wenn das Leben von Lord Dunsany so farbig und abenteuerlich wie ein Fantasy-Roman gewesen zu sein scheint, so ist E. R. Eddisons Biographie offenbar so blaß und langweilig, daß sich niemand fand, um sie aufzuzeichnen. Es gibt über diesen Dichter eines der größten Fantasy-Epen der englischen Literatur kaum biographische Angaben.

Er wurde in Adel in Yorkshire geboren, besuchte eine Privatschule und trat anschließend in den Staatsdienst. Er arbeitete für das Handelsministerium. Von 1930 bis 1937 war er dort für die Überwachung des Überseehandels in leitender Positon verantwortlich. Im Alter von fünfundfünzig Jahren ließ er sich dann in den Ruhestand versetzen, um sich ganz seinen Heldenepen widmen zu können. Wenn man seine schriftstellerische Tätigkeit außer acht läßt, scheint er das ruhige Leben eines höheren englischen Beamten geführt zu haben, und er selbst weigerte sich, jemals Auskunft über seine persönlichen Verhältnisse zu geben.

Doch außerhalb seiner Bürozeiten schwelgte Eddison in alten Heldensagen und schuf in über sechsjähriger Arbeit mit *Der Wurm Ouroboros* seine eigene gewaltige Heldensage, in der die Helden auf fast sechshundert Seiten einen niemals endenden Abenteuerkrieg führen. Das Buch erschien 1922 in London. Eddison scheint stark von Morris und dessen Vorliebe für die nordischen Mythen beeinflußt worden zu sein. 1926 veröffentlichte er einen historischen Roman mit dem Titel *Styrbiorn the Strong*, der die Geschichte eines Helden aus einer von Morris ins Englische übersetzten skandinavischen Saga erzählt. Später übersetzte er auch selbst eine dieser Sagas.

Erst Anfang der dreißiger Jahre wandte er sich wieder der Welt des Wurms Ouroboros zu, diesmal mit einer Trilogie, die auf einer Art Olymp unter den Göttern dieser Welt spielt. 1935 erschien *Die Herrin Zimiamvias*, 1941 *Ein Fischessen in Memison*. Als Eddison 1945 überraschend starb, war der dritte Band noch nicht vollendet. Eddisons Frau stellte jedoch aus dem nachgelassenen, umfangreichen Material eine Version zusammen, die 1958 als *Das Tor des Mezentius* erschien.

Der Wurm Ouroboros

›Weder Allegorie noch Fabel, ist diese Geschichte um ihrer selbst willen zu lesen‹, setzte der Autor als Vorbemerkung vor sein Heldenepos vom immerwährenden Kampf zwischen den Lords von Dämonenland und dem König von Hexenland. Und mit dieser Feststellung ist bereits deutlich gesagt, worum es Eddison bei seinem ›Wurm Ouroboros‹ geht: Heldentum und Abenteuer um ihrer selbst willen.

Die Handlung spielt auf dem Planeten Merkur, der allerdings nichts mit dem gleichnamigen Himmelskörper gemeinsam hat, sondern einfach nur eine ferne Welt ist. Zu Beginn des Romans wird ein Mensch von der Erde dorthin entrückt und besucht in seinem Astralleib die Lords von Dämonenland. Dieser irdische Beobachter diente aber ganz offensichtlich nur dazu, Autor und Leser den Einstieg in die Handlung zu erleichtern. Nach dem ersten Kapitel verschwindet er sang- und klanglos, und der Leser sollte sich nicht weiter von ihm verwirren lassen.

Eddisons Merkur ist (wie die nachfolgende Karte zeigt) eine vom Autor durchkonstruierte, eigenständige imaginäre Welt mit kompletter Biographie und Geschichte – einer Geschichte allerdings, die sich auf eine Kette von heldenhaften Kämpfen und Feldzügen beschränkt. In einem rhythmischen, mit seinen phantastischen Metaphern dem Englischen des 17. Jahrhunderts und den keltischen Sagen nahestehenden Stil wird die Geschichte des letzten großen Krieges zwischen dem bösen König Gorice und den edlen Lords Juss und Goldry Bluszco erzählt. Die Recken sind tapfer, die Schurken von shakespeareschem Verrat und fast noch interessanter als ihre ›guten‹ Gegenspieler. Mit wirklichen Dämonen oder Hexen haben sie nichts zu tun, obwohl es in ihrer Welt selbstverständlich von allerlei Ungeheuern und bösem Spuk wimmelt. Die Namen und manchmal auch die allzu hölzerne Heldenhaftigkeit der Protagonisten geben dem Buch, entgegen Eddisons Eingangsbemerkung, etwas vom Charakter einer Allegorie. Man vergißt als Leser zunächst nur schwer, daß man sich in einer eigens für ein Heldenepos erfundenen Welt befindet, doch irgendwann wird die Handlung abenteuerlich und fesselnd genug, um sie einfach nur noch als Abenteuer zu erleben. Doch stellt sich zum Schluß der Heroismus der edlen Lords selbst in Frage. Sie siegen allzu gründlich; um den Kampf, ohne den es für sie keinen Lebenszweck geben kann, fortsetzen zu können, müssen die Götter für sie den bereits vernichteten bösen König Gorice wiederauferstehen lassen. Es scheint, als habe Eddison deutlich machen wollen, daß solche Art von Heroismus nur in einer Welt erlaubt sein kann, die gleichzeitig Allegorie aller Heldenepen ist. Der Wurm Ouroboros – das ist die Schlange, die sich selbst in den Schwanz beißt.

In den späteren Romanen der ›Zimiamvischen Trilogie‹ tritt die allegorische Struktur noch wesentlich stärker in den Vordergrund. In den Helden verkörpern sich die Prinzipien Männlichkeit und Weiblichkeit, Zeus und Aphrodite, Liebe und Schönheit. Nachdem die Welt des Wurms Ouroboros eigentlich ja in sich geschlossen ist und keine weitere Entwicklungsmöglichkeit mehr bietet, weicht Eddison in ihnen in die Götterwelt seines Merkurs aus. Doch bieten auch diese Romane eine ganze Reihe von handfesten politischen Intrigen, geniale Schurken und abenteuerliches Heldentum. Der nachfolgende Auszug aus *Der Wurm Ouroboros* zeigt vom Stil her, was den Leser in allen Büchern Eddisons erwartet. Wer daran seine Freude findet, hat über tausend Seiten heroischer Abenteuer vor sich.

Eddison dürfte neben Morris auch einer der Autoren sein, die J. R. R. Tolkien zu seinem ›Herr der Ringe‹ anregten. Viele Motive von Eddison kehren bei Tolkien wieder, so der Ring der Macht, der ewig wiederkehrende Bösewicht und sogar einzelne Namen wie Bruchtal und Mittelerde.

Lesehinweise:

Der Wurm Ouroboros, München 1981 (Heyne 06/3833)
Die Herrin Zimiamvias, München 1982 (Heyne 06/3867)
Ein Fischessen in Memison, München 1982 (Heyne 06/3907)
Das Tor des Mezentius, München 1983 (Heyne 06/3992)

Ein Roman mit liberaler politischer Zielsetzung, der von Eddisons epischer Fantasy beeinflußt wurde, ist:
Fletcher Pratt: *Die Einhornquelle,* München 1979 (Heyne 06/3671)

Fantasy-Romane, die ihren Schauplatz eher in der Renaissance als im finsteren Mittelalter ansiedeln und dies auch sprachlich in ansprechender Weise umsetzen, sind:
Brian W. Aldiss: *Der Malacia-Gobelin,* München 1978 (Heyne 06/3625)
→ Michael Moorcock: *Gloriana,* München 1981 (Heyne 06/4194)

Siehe auch ← William Morris, → James Branch Cabell, → J. R. R. Tolkien, → Mervyn Peake

OUROBOROS
NORDHAUS SCHÄREN
Krothering
Galing
Sichthafen
DALNEY
STRUFEY
KENAVEY
Eulenburg
SALZSEE
N
W
S
Lormeron
KOBOLDLAND
Zajë Zaculo
Nordsand
Ulmenstatt
Mealand
Westmark
By
Shalgreth
FRIES
Eccanois
Kestawick
KLAFFTHAL
ARMADATHAL
Krothering
Grunda
TRANSTHAL
Stopardon
SCHÄRPE
Byland
Crossby
Ostmark
NIMMERTHAL
Galing
Werfwasser
WEITERSTEIN
TREMMERTHAL
KARTADZA
Leichness
Sichthafen
TIVARANDARTHAL
Eulenburg
Drepaby

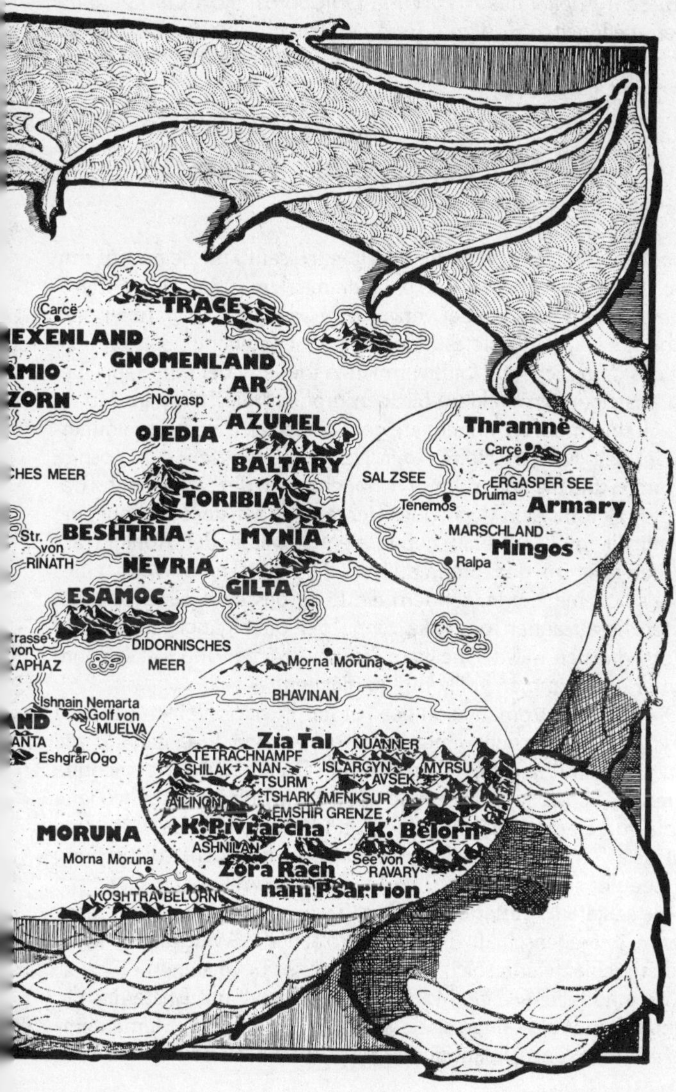

Carcë
TRACE
EXENLAND
GNOMENLAND
RMIO
AR
ZORN
Norvasp
AZUMEL
OJEDIA
Thramnë
Carcë
BALTARY
CHES MEER
SALZSEE
ERGASPER SEE
TORIBIA
Druima
Tenemos
Armary
Str. von RINATH
BESHTRIA
MYNIA
MARSCHLAND
Mingos
NEVRIA
Ralpa
GILTA
ESAMOC
trasse von KAPHAZ
DIDORNISCHES MEER
Morna Moruna
BHAVINAN
Ishnain Nemarta
Golf von MUELVA
AND
ANTA
Eshgrar Ogo
Zia Tal
NUANNER
TETRACHNAMPF
SHILAK
NAN-TSURM
ISLARGYN
MYRSU
AVSEK
AILINON
TSHARK
MENKSUR
EMSHIR GRENZE
K. Pivrarcha
K. Belorn
MORUNA
ASHNILAN
Morna Moruna
See von RAVARY
Zora Rach nam Psarrion
KOSHTRA BELORN

In diesem Kapitel aus ›Der Wurm Ouroboros‹ fliegt Lord Juss auf einem geflügelten Roß zum Berg der Toten, um seinen Bruder zu retten, den der Hexenkönig Gorice mit Zaubermacht dorthin verbannt hat.

Der Berg der Toten

Eingelullt von leicht wehenden Lüften, zu sanft, um seine gläserne Oberfläche aufzurauhen, und beladen mit dem süßen Duft unsterblicher Blumen, träumte der verzauberte See von Ravary unter dem Mond. Es war die letzte Stunde vor Sonnenaufgang. Geisterboote wie aus dem Licht von Glühwürmchen trieben über den See. Über den ansteigenden Wäldern blickten drohend die Berge im Mondschein: unermeßlich, hünenhaft, geheimnisvoll. Darüber schimmerten in den luftigen Höhen der Nacht die Spitzen des Koshtra Pivrarcha und die unberührten Schneehauben des Romshir und des Koshtra Belorn. Kein Vogel oder Tier regte sich in der Stille: nur eine Nachtigall im Olivenhain neben dem Pavillon der Königin am Ostufer sang zu den Sternen. Und dies war keine Weise eines Vogels von Mittelerde, sondern ein Lied, das die Geister aus den Lüften herabzaubert oder die Sinne der unvergänglichen Götter betört, die sich mit der heiligen Nacht vereinen und sie und ihre Lichter und Stimmen vollkommen machen.

Die seidenen Vorhänge an der Tür des Pavillons teilten sich, wie Türen im Traum sich öffnen, und gaben den Weg frei für die Königin, Schützling der allerhöchsten Götter. Ein, zwei Schritte hinter der Schwelle hielt sie inne und blickte dort hinunter, wo jene Lords von Dämonenland, Spitfire und Brandoch Daha, Gro, Zigg und Astar, in ihren Mänteln gehüllt auf der taufeuchten Böschung am Seeufer schliefen.

»Sie schlafen«, flüsterte sie. »Genau wie er drinnen dem Morgengrauen entgegenschläft. Nur die Großen der Welt finden solch sanften Schlaf, wenn solch große Ereignisse bevorstehen.«

Wie eine Lilie, wie ein Mondstrahl, der durch das Blätterdach in einen stillen Wald dringt, stand sie da, ihr Antlitz zum Sternenhimmel erhoben, der sich im silbernen Schein des Mondes badete. Mit leiser Stimme betete sie zu den Göttern, den Immerwährenden, und rief sie mit ihren heiligen Namen an: die grauäugige Pallas, Apollo, Artemis, die flüchtige Jägerin, Aphrodite die Schaumgeborene, Hera, Königin des Himmels, Ares, Hermes und den schwarzgelockten Erschütterer der Welt. Auch fürchtete sie sich nicht, ihre heiligen Gebete an ihn zu richten, der von seinem verschleierten Portal bei den Wassern des Acheron und der Lethe aus die Teufel der unteren Düsternis an seinen Willen bindet, noch an den großen Vater aller, in dessen Augen Zeit nur wie ein Tropfen im grenzenlosen Meer der Ewigkeit ist. Sie flehte sie aus ganzem Herzen an, jenem ihre Unterstützung nicht zu versagen, der das Flügelroß besteigen würde, nicht aus Verzweiflung, wie bereits geschehen und bestraft, sondern als Mann aller Männer mit reiner Absicht und unbeugsamer Entschlossenheit, um das Ziel seines Herzens zu erreichen.

Nun öffneten sich im Osten hinter den bewaldeten Hängen und der Schneewand des Romshir die Tore des Tages. Die Schläfer erwachten und erhoben sich. Aus dem Pavillon heraus drang großer Lärm. Sie drehten sich um und machten große Augen, als durch die Vorhänge der Tür jenes frisch geschlüpfte Junge stakste, blaß und unsicher wie das neue Licht des Tages am Himmel. Juss ging neben ihm, die Hand in seiner Mähne. Festentschlossen war sein Blick, als er der Königin und seinem Bruder und seinen Freunden einen guten Morgen wünschte. Sie antworteten kein Wort, sondern drückten ihm nur die Hand. Die Zeit war gekommen. Denn so rasch wie der über die östlichen Schneefelder wallende Tag die Nacht vom Himmel vertrieb, so kamen Kraft und Leben und der Drang nach den hohen Lüften in das junge Tier, so daß es sich schnell und schneller in einen wilden Hengst verwandelte. Es leuchtete, als würde von innen heraus ein Licht scheinen, zog durch die Nüstern die süße Morgenluft ein und wieherte gewaltig. Mit seinen goldenen Hufen zertrampelte es das Gras und riß die Erde auf. Juss klopfte dem Roß auf den geschwungenen Hals, sah nach dem Zaumzeug, das er in sein Maul gepaßt hatte, prüfte den Halt seiner Rüstung und lockerte das mächtige Schwert in der Scheide. Und nun auf sprang die Sonne.

Die Königin sagte: »Vergeßt nicht: wenn du den Lord, deinen Bruder, in eigener Gestalt siehst, so ist das kein Trugbild. Mißtraue allem anderen. Und mögen die allmächtigen Götter dich beschützen.«

Woraufhin das Flügelroß, als ertrüge es die Sonnenstrahlen nicht, sich nach vorne warf, die Schwingen ausbreitete und davonflog. Doch war Lord Juss blitzschnell aufgesprungen, und seine Knie klammerten sich stählern fest. Die Landschaft schien nach hinten davonzufliegen; der See und das Ufer und die Inseln auf ihm waren im nächsten Augenblick weit entfernt und die Gestalten der Königin und seiner Gefährten wie Spielzeug, dann Punkte, die sich in Nichts auflösten; die vollkommene Stille der hohen Lüfte empfing sie in ihre Einsamkeit. In dieser Stille drehten sich Himmel und Erde wie Wein in einem geschüttelten Kelchglas, als das wilde Roß in großen Spiralen immer höher in die Lüfte schoß. Eine weiße Wolke versperrte den Himmel vor ihnen; immer weißer und blendender wurde sie, während sie ihr entgegen flogen, bis sie die Wolke berührten und die ganze Pracht sich in grauen Nebel verwandelte. Immer dunkler und kälter wurde es in der Wolke, bis sie plötzlich auf der anderen Seite herauskamen und ein strahlendes Blau und Gold sie umfing. Sie flogen eine Weile ohne bestimmtes Ziel, nur immer höher, bis unter Juss' Führung das Flügelroß schließlich davon abließ und gehorsam eine westliche Richtung einschlug. So fegten sie über den See von Ravary der scheidenden Nacht nach. Und nun schien es sogar, als ob sie die Nacht in ihrer westlichen Verbannung einholten, denn es wurde dunkler und dunkler um sie, bis die großen Berge um den See tief unter ihnen in der Schwärze verschwanden und das grüne Land von Zimiamiva mit seinen Niederungen und geschlängelten Flüssen und Bergen und Tälern und verzauberten Wäldern sich in einem unheilvollen Zwielicht verlor. Und der ganze Himmel war mit Omen übersät: ganze Armeen von Männern, die in den Lüften plänkelten, Drachen, wilde Tiere, blutige Fahnen, flammende Kometen, brennende Schiffsplanken und viele andere Erscheinungen mehr. Doch war alles still und war alles kalt, so daß Juss' Hände und Füße taub wurden und an seinem Schnauzbart Rauhreif klebte.

Vor ihnen, bis jetzt noch unsichtbar, zeichnete sich drohend der gewaltige Zora Rach ab: schwarz, winterlich, kolossal, denn noch immer war der Gipfel, obwohl sie immer höher stiegen, nicht in Sicht. Juss starrte auf den Berg, bis der Fahrtwind ihm Tränen in die

Augen trieb, aber noch sah er nichts von dem, was er suchte: keine Burg aus Bronze, keinen Feuerring, keinen Schauenden obenauf. Zora, wie eine finstere Fürstin der Hölle, die es verabscheut, in ihrer Schönheit vom überheblichen Auge eines Sterblichen geschaut zu werden, zog einen dichten Schleier schwarzer Gewitterwolken vor die Stirn. Sie flogen weiter, und immer neue Wolken türmten sich auf, bis der ganze Himmel mit ihnen überzogen war. Juss vergrub seine Hände in den gefiederten Achseln der Schwingen, wo sie mit dem Leib des Flügelrosses verwachsen waren; denn es war so bitter kalt, daß seine Augäpfel gefroren und starr waren; doch war dieser Schmerz eine Kleinigkeit gegenüber dem, was er nun in sich spürte und was er noch nie erlebt hatte: ein tod-ähnliches Entsetzen, eine Angst wie von der heimatlosen Einsamkeit des nackten Raumes, die an seinem Herzen zerrte.

Sie landeten schließlich auf einem Felsvorsprung kurz unter der Wolkendecke, in der die höheren Felsen versteckt lagen. Das Flügelroß, das sich auf den kalten Stein kauerte, drehte den Kopf und sah Juss an. Er spürte, wie das Tier unter ihm am ganzen Körper zitterte. »Armes Ding«, sagte er. »Ich habe dich auf diese schlimme Reise geführt, und du bist nicht einmal eine Stunde alt.«

Er stieg ab und war im selben Augenblick allein. Denn mit einem entsetzten Wiehern war das Flügelroß in die Luft gesprungen und davongeflogen, nach Osten in die Welt des Lebens und der Sonne.

Und Lord Juss stand verlassen auf diesem Berg des Frostes und der herzzerreißenden Angst, unter dem schwarzen Gipfel des Zora Rach.

Er richtete, wie die Königin ihm geraten hatte, sein ganzes Sinnen und Trachten auf dieses eine Ziel seines Herzens aus und kehrte sich dem eisigen Fels zu. Als er ein Stück geklettert war, bedeckte ihn jene kalte Wolke, doch hatte er immerhin eine Sichtweite von zehn Schritten. Unheilvolle Gebilde, genug, um die Entschlossenheit eines Mannes zu brechen, stellten sich ihm in den Weg: Formen von verfluchten Feinden und Sprößlinge der Hölle drohten ihm mit Tod und Verderben. Doch Juss biß die Zähne zusammen und kletterte weiter und durch sie hindurch, denn sie bestanden nicht aus Fleisch und Blut. Dann zerriß ein geisterhafter Schrei die Stille: »Welcher Mann aus Mittelerde ist dies, der unsere Ruhe zu stören wagt? Macht ihm ein Ende! Ruft die Basilisken. Ruft den Goldenen Basilisken, denn was immer er anblickt, geht in Flammen auf. Ruft den Glänzenden Basilisken, denn was immer er ansieht, zerschrumpft und vergeht. Ruft den Blutigen Basilisken, denn was immer er berührt oder ansieht, löst sich auf, so daß nur mehr die Knochen bleiben!«

Das war eine Stimme, die das Mark zu Eis erstarren ließ, aber er drängte weiter und sagte sich: »Alles Illusion, nur das nicht, wovon sie mir sagte.« Und es wurde still und noch kälter, und die Felsen wurden steiler; die Eisschicht auf ihnen wurde dicker und trügerischer. Die Stunden verflogen, und schon brach die Nacht herein: schwarz, kalt, still und unheimlich. Juss war am Ende seiner Kräfte und entmutigt und dem Tod nahe, als er in eine schneebedeckte Rinne einstieg, die die Stirnseite des Berges aufspaltete; dort wartete er den Morgen ab. Ob der Kälte wagte er nicht zu schlafen; ständig hielt er sich in Bewegung und rieb sich die Gliedmaßen, um vom Frost nicht übermannt zu werden. Die Nacht zog sich unerträglich in die Länge, so daß der Tod ihm fast eine willkommene Erlösung von diesen Qualen gewesen wäre.

Der Morgen graute, und der Tag blieb grau auf diesem stillen und toten Berg. Juss zwang sich mit halb erfrorenen Gliedern zum Aufbruch und stieß nach einer Weile auf ein Bild des Grauens, zu grausam für ein menschliches Auge: ein junger Mann mit Helm und schwarzer Rüstung, ein Mohr mit Kulleraugen und weiß glänzenden Zähnen in seiner grinsenden Fratze hielt am Hals ein junges Mädchen, das auf den Knien lag und als Geste der Unterwerfung und Demut seine umklammert hielt. Das schöne Mädchen winselte um Gnade, doch er hob seinen langen Speer, als wollte er sie ums Leben bringen. Als jenes Mädchen Lord Juss erblickte, rief es kläglich um Hilfe, nannte ihn beim Namen und flehte: »Lord Juss von Dämonenland, habt Erbarmen. Ihr Sieger über die Mächte der Nacht, haltet kurz ein und befreit mich armes Mädchen von diesem Tyrannen!«

Sicherlich schrie in jenem Augenblick sein eigenes Herz auf, und er warf die Hand ans Schwert, um dieses so grausame Unrecht zu verhindern; doch besann er sich der Schliche des Bösen, das hier wohnte, und seines Bruders und ging mit einem tiefen Seufzer weiter. Da sah er aus seinen Augenwinkeln, wie der Mohr den Speer in das zarte Mädchen rammte und seine Halsschlagader durchtrennte, so daß es in seinem Blut sterbend zur Erde fiel. Juss erklomm so schnell er konnte das letzte Stück der Hangrinne und drehte sich dann um. Der Mohr und das Mädchen hatten sich beide in sich windende Schlangen verwandelt. Erschüttert kämpfte er sich weiter, war jedoch froh, auf diese Weise den Mächten entronnen zu sein, die ihn so fangen wollten.

Dunkler wurde der Nebel, und schwerer drückte das dem Berg innewohnende Grauen auf ihn. Er rastete auf einem sicheren Stand, als er die Erscheinung eines Mannes gewahrte, der sich kraftlos umherwälzte und mit den Nägeln im harten Fels und Firn festkrallte; der Schnee unter ihm war von seinem Blut gerötet, und er rief mit matter Stimme, nicht weiterzugehen, sondern ihn aufzuheben und den Berg hinab zu schaffen. Und als Juss nach kurzem Schwanken zwischen Mitleid und seinem Vorsatz weitergehen wollte, rief der Mann: »Halt, denn ich bin dein Bruder, den du suchst, obzwar der König mich durch seine Kunst in eine andere Gestalt verwandelte, um dich so zu täuschen. Um deiner Liebe willen, lasse dich nicht täuschen!« Die Stimme klang wie die Stimme seines Bruders Goldry, wenn auch etwas schwächer. Wieder bedachte Lord Juss sich der Worte Sophonisbas der Königin, daß er seinen Bruder in dessen eigener Gestalt sehen würde und er allem anderen zu mißtrauen habe; und er sagte: »Wenn du wahrhaftig mein geliebter Bruder bist, nimm meine Gestalt an.« Aber der Mann rief mit der Stimme des Lord Bluszco: »Das kann ich erst, wenn du mich von diesem Berg hinunter gebracht hast. Bringe mich hinunter, oder mein Fluch wird ewig auf dir lasten.«

Lord Juss war hin- und hergerissen zwischen Mitleid und Mißtrauen und Verwunderung, die so flehende Stimme seines Bruders wiederzuhören. Doch entgegnete er: »Bruder, wenn dies tatsächlich du bist, so harre aus, bis ich den Berg erklommen und die Zitadelle aus Bronze, die ich in meinem Traum schaute, bestiegen, um nachzusehen, ob du wahrhaftig nicht mehr dort bist. Dann werde ich wiederkehren und dich retten. Doch ehe ich dich nicht in deiner eigenen Gestalt sehe, werde ich allem anderen mißtrauen. Denn hierher kam ich vom Ende der Welt, um dich zu erretten, und werde nichts aufs Spiel setzen, meinen Vorsatz zu gefährden, nachdem ich um deiner willen so viele Gefahren auf mich nahm.«

Schweren Herzens legte er wieder Hand an den schwarzen Fels, dick mit Eis überzogen und kaum Halt bietend. Woraufhin eine geisterhafte Stimme ertönte: »Freut euch, denn dieser Erdegeborene ist verrückt! Freut euch, denn er ist seinem Bruder ein schlechter Freund, ihn in der Stunde der Not allein zu lassen!« Aber Juss kletterte weiter und gewahrte, indem er über die Schulter zurückblickte, wie sich anstelle des hilflosen Mannes eine schauerliche Schlange im Schnee schlängelte. Und er war froh, soweit man auf diesem Berg des Übels und Elends überhaupt froh sein konnte.

Mit letzter Kraft bestieg er beim Anbruch der Dunkelheit die letzten Felsen unter dem Gipfel des Zora. Und er, der sein ganzes Leben lang aus dem Füllhorn der Freude und Glorie getrunken hatte, fühlte tödlicher und finsterer denn je in seiner Seele jenes Entsetzen der Einsamkeit, das er zum ersten Mal am Vortag geschmeckt hatte, als er sich auf dem Rücken des Flügelrosses dem Zora Rach näherte; und es brach ihm schier das Herz.

Nun hatte er den Feuerring um den Gipfel des Berges erreicht. In seiner Todesstimmung schritt er durch das Feuer wie über die Schwelle seines Heims in Galing, so hatte ihn der Berg des Grauens gegen neue Schrecken gefeit. Die blau züngelnden Flammen versiegten unter seinen Schritten und gaben ihm den Weg frei. Die bronzenen Tore standen weit offen. Er trat ein, ging über die Treppe hinauf zum Flachdach jenes Turmes, wie er es in seinen Träumen geschaut hatte, stand dort und blickte wie im Traum auf ihn, um dessentwillen er in das Totenreich eingedrungen war: Lord Goldry Bluszco bei seiner einsamen Wacht auf den unheiligen Höhen des Zora Rach. Nicht um eine Haaresbreite anders war Lord Goldry, als Juss ihn vor so langer Zeit in jener ersten Nacht in Koshtra Belorn gesehen hatte. Er saß auf einen Ellenbogen gestützt auf jener Bank aus Bronze, mit erhobenem Kopf, seine Augen starr wie auf ferne Gefilde gerichtet, die Tiefe jenseits der Sterne durchforschend, als würde er auf das Ende aller Zeiten warten.

Er rührte sich nicht beim Gruß seines Bruders. Juss stellte sich neben ihn. Der Lord Goldry Bluszco regte kein Augenlid. Wieder sprach Juss zu ihm, berührte seine Hand. Sie war steif und klamm. Ihre Kälte wogte durch Juss' Körper und durchbohrte sein Herz. Er sagte bei sich: »Er ist tot.«

Woraufhin sich das Grauen wie Wahnsinn um seine Seele schnürte. Angsterfüllt sah er sich um. Die Wolkendecke hatte sich vom Berg abgehoben und hing wie ein Leichentuch über seiner felsigen Blöße. Eine Grabeskälte kroch an seinen Beinen hinauf: es war, als hätte sich die Erde aufgetan und ihr wahres Gesicht gezeigt: das letztendliche Nichts.

Um das Grauen von seiner Seele abzuwehren, rief er sich das schöne Leben auf der Erde ins Gedächtnis, jene Dinge, die sein Herz am meisten erfreut hatten, Männer und Frauen, die er zu Lebzeiten am innigsten geliebt hatte; die Schlachten und Triumphe seiner Jugend, die großen Feste zu Galing, goldene Sommernachmittage unter den Kiefern der Westmark, Morgenjagden auf den Hochmooren Mealands; das erste Mal, daß er auf einem Pferd ritt; ein Frühlingsmorgen zwischen den Primeln einer Lichtung am Mondsee, als seine braunen Beinchen kaum länger als jetzt sein Unterarm waren und sein lieber Vater ihm zeigte, wo das Eichhörnchen im Stamm der alten Eiche nistete.

Er beugte den Kopf, wie um einem Schlag auszuweichen, so deutlich glaubte er in sich eine Stimme zu hören, die schrill und laut rief: »Du bist nichts. All deine Sehnsüchte und Erinnerungen und Lieben und Träume, nichts. Die winzige tote Erdlaus wäre mehr als du, wäre sie nicht nichts, wie du nichts bist. Denn alles ist nichts: Erde und Himmel und Meer und die dort wohnen. Auch die Illusion soll dich nicht trösten, daß nach deinem Hinscheiden alle Dinge weitergehen: die Sterne und der Mond wiederkehren und die Menschen alt werden und sterben und neue Männer und Frauen leben und lieben und sterben und vergessen werden. Denn was nützt dir das, dir, dessen Leben bald wie eine Kerzenflamme verlischt? Und alles im Himmel und auf Erden, alles Vergangene und Zukünftige und Leben und Tod und gar Bestandteile von Raum und Zeit, das Sein und Nichtsein, all dies wird dir ein Nichts sein; da du für immer nichts sein wirst.«

In seiner Qual rief Juss laut aus: »Stürzt mich in den Tartarus, übergebt mich den wütenden Furien! Sie sollen mich blenden und sieden im brennenden See. Denn so habe ich noch Hoffnung. Denn in diesem Schrecken des Nichts ist weder Hoffnung noch Leben oder Tod, weder Schlaf noch Wachen, für ewige Zeiten, für ewig.«

Das schwarze Grauen verzehrte ihn, bis nach einer Weile ein Weinen und Klagen ihn aufrüttelte. Er hob den Kopf und gewahrte einen Zug von Trauernden, die über den bronzenen Fußboden schritten, allesamt in schwarze Trauerkleidung gehüllt. Sie betrauerten den Tod Goldry Bluszcos. Und sie zählten seine Ruhmestaten auf und priesen seine Schönheit, seinen Heldenmut, seine Kraft und edle Gesinnung: sanfte, klagende Frauenstimmen, so daß seine Seele, während er ihnen lauschte, jener Öde und Leere entstieg und sein Herz wieder weich wurde, selbst bis zu Tränen. Er fühlte eine Hand auf seinem Arm, blickte hoch und sah in zwei sanfte Augen, mit Tränen benetzt, die unter der dunklen Trauerkapuze hervorschauten; und eine Frauenstimme sagte: »Heute ist der denkwürdige Todestag Lord Goldry Bluszcos, der sich zum ersten Mal jährt; wie du siehst, betrauern wir, seine Mitgefangenen, seinen bitteren Tod und werden ihn Jahr um Jahr betrauern, solange Leben in uns ist. Und dich, mächtiger Herr, müssen wir noch mehr bedauern, denn dies ist der traurige Lohn deiner Mühen und das Ende deines Trachtens. Doch komm, laß dich eine Weile trösten, denn alle Bahnen bestimmt das Schicksal, und es gibt keinen König auf der Straße des Todes.«

Lord Juss, dessen Herz in ihm vor Gram und Verzweiflung tot war, ließ sich an der Hand über eine Wendeltreppe in ein prächtiges Gemach führen, wo viele Lampen leuchteten. Sicherlich wichen das Leben und seine Qualen und der Schrecken der Leere weit zurück vor der schweren Süße dieses prunkvollen Gemaches. Seine Sinne schwanden ihm; er kehrte sich seiner vermummten Führerin zu. Sie warf mit einer schnellen Bewegung ihren Trauerumhang ab und stand vor ihm, ihr schöner Körper war seinen Blicken bloßgelegt; mit ausgebreiteten Armen schmachtete sie ihm entgegen, mit Liebe und allen Wonnen.

Fast hätte er dieses bezaubernde Wesen an seine Brust gedrückt. Doch Fortuna oder die mächtigen Götter oder die Macht seiner eigenen Seele weckte in ihm rechtzeitig die Erinnerung an seinen Vorsatz, so daß er sich entschlossen von diesem Köder abkehrte, der zu seiner Vernichtung gedacht war, und aus dem Gemach zu seinem wie toten Bruder zurückging. Juss nahm ihn bei der Hand. »Sprich zu mir, Bruder. Ich bin es, Juss. Ich, dein Bruder Juss.«

Aber Goldry rührte sich nicht und antwortete mit keinem Wort.

Juss betrachtete die Hand, die in seiner ruhte und ihr so glich; selbst die Form der Fingernägel und der Haarwuchs auf dem Handrücken und den Fingern waren vollkommen gleich. Er ließ sie los, und der Arm fiel leblos zurück. »Es steht ganz fest«, sagte er, »daß du irgendwie gefroren bist und dein Wesen und Verstand in dir gefroren und erstarrt sind.«

Er bückte sich und blickte aus nächster Nähe in Goldrys Augen, berührte Arm und Schulter. Nichts regte sich, kein Augenlid zwinkerte. Er zog an Hand und Ärmel, als wollte er ihn hochzerren, rief laut seinen Namen, schüttelte und rüttelte ihn, während er schrie: »Sprich zu mir, deinem Bruder, der ich vom anderen Ende der Welt gekommen bin, um dich zu erretten«; aber er rührte und regte sich nicht.

»Wenn du tot bist«, sagte Juss, »dann will ich mit dir tot sein. Doch bis dahin hoffe ich, daß noch Leben in dir ist.« Und er setzte sich neben seinen Bruder auf die Bank, nahm seine Hand in seine und sah sich um. Nichts als völlige Stille. Die Nacht war angebrochen, und der Mond schien ruhig über dem Berg. Die Heerscharen der Hölle bevölkerten nicht mehr die Lüfte, und seit dem Augenblick, wo Juss in jenem Gemach der letzten Versuchung widerstanden hatte, erschienen keine Gestalten und Teufel mehr, und er war mit seinem Bruder ganz allein. Auch jenes Grauen vermochte über sein hohes Herz nicht mehr Herr zu werden, und es blieb nur die Erinnerung daran, frostig kalt wie die Fluten der winterlichen See, die dem Schwimmer den Atem raubt, wenn er in das eisige Wasser taucht.

So verbrachte Lord Juss ruhig und standhaft seine zweite Nacht ohne Schlaf auf dem Berg der Toten, denn zu schlafen wagte er nicht an jenem verfluchten Ort. Doch wegen der Freude über seinen wiedergefundenen Bruder, auch wenn dieser weder sprechen noch sehen, noch hören konnte, spürte er seine große Erschöpfung nicht. Er nährte sich von der Ambrosia, die er von der Königin erhalten hatte, um sich für die schwierige Aufgabe zu stärken, die seiner harrte.

So nahm er denn, als es Morgen war, seinen Bruder Goldry auf den Rücken und machte sich an den Abstieg. Er trug ihn durch die bronzenen Tore, durch den Ring ans Feuer und unter großen Schmerzen und Schritt für Schritt über den nördlichen Kamm, der sich über den Psarrion-Gletschern erhebt. Den ganzen Tag lang und die ganze Nacht und den ganzen folgenden Tag waren sie im Berg, und fast tot vor Erschöpfung war Juss, als sie am zweiten Tag kurz vor Sonnenuntergang die Moräne erreichten. Dennoch füllte Triumph sein Herz und die Freude darüber, eine große Tat vollbracht zu haben. Die Nacht verbrachten sie in einem Gehölz aus Erdbeerbäumen am Fuß eines steilen Berges, etwa zehn Meilen östlich des verzauberten Sees von Ravary, und stießen am Abend des folgenden Tages auf Spitfire und Brandoch Daha, die zwei Nächte an der ausgemachten Stelle am Ufer des Sees in ihrem Boot gewartet hatten.

Sobald Juss seinen Bruder vom Berg heruntergebracht hatte, taute sein gefrorener Zustand insofern, als er auf den Füßen stehen und gehen konnte; doch zu keinem Wort war er imstande, und sein Blick war starr und unbewegt; wenn er auf seinen Gefährten ruhte, schien es, als würde er durch sie hindurch zu irgendeinem fernen Punkt schauen. Das betrübte sie sehr, befürchteten sie insgeheim doch, daß es für alle Zukunft so mit Lord Bluszco bleiben müßte, daß sie nur die arme Schale dessen zurück erhielten, dem ihre ganze Sehnsucht gegolten hatte.

Sie ruderten an Land und brachten ihn zu Sophonisba der Königin, die vor ihrem Pavillon auf sie wartete. Die Königin, als wüßte sie von vornherein, welches Leiden ihn befallen und welches Mittel ihn heilte, nahm Lord Juss bei der Hand und sagte: »O Mylord, noch eins verbleibt zu tun, ihn ganz von seinem Fluch zu befreien, und es fällt dir zu, der du alle Vorstellungen der Menschheit überschreitende Schrecken bezwungen hast: ein kleiner Stein fürwahr, dieses dein Gebäude zu krönen, doch wäre ohne ihn alles vergebens, wie er selbst vergebens wäre ohne den Rest, den du vollbracht: Und ich habe es, dieses letzte Ding, und ich gebe es dir reinen Herzens.«

Bei diesen Worten ließ sie den Lord Juss sich bücken, bis sie seinen Mund küssen konnte. Es war ein süßer, kurzer Kuß. Und sie sagte: »Dies gib deinem Bruder.« Und Juss tat dies und küßte seinen Bruder in der gleichen Weise auf den Mund; und sie sagte: »Nehmt ihn, liebe Mylords. Ich habe die Erinnerung an jene Schrecken aus seinem Herzen gelöscht. Nehmt ihn und dankt den Göttern für ihn.«

Bei diesen Worten blickte Lord Goldry Bluszco sie an, sie und die Königin, die Berge, die Wälder und den lieblichen See, wie einer, der aus einem tiefen Schlaf erwacht.

Sicherlich waren sie alle von Herzen froh an diesem Tag.

Edgar Rice Burroughs
(1875 - 1950)

Autoren wie Morris, Dunsany oder Eddison verfolgten mit ihrer Fantasy rein künstlerische Ziele, wenn diese auch nur in der Freude am Schaffen ihrer imaginären Welten bestanden. Burroughs war der erste, der in großem Umfang Fantasy schrieb, um damit Geld zu verdienen, und der es dann auch tatsächlich zum Millionär brachte. Burroughs nimmt als Autor eines der populärsten Trivialmythen in der Literatur eine ganz besondere Stellung ein: Wer von allen Leuten, die noch nie in ihrem Leben ein Buch gelesen haben, hat noch nicht von *Tarzan* gehört?

Die Abenteuer des Dschungelhelden, der seinen Schöpfer weltberühmt und reich machte und nach dem sogar eine kalifornische Stadt benannt ist, nehmen dabei nur einen Teil der umfangreichen Produktion von ›ERB‹ ein, wie er von seiner weltweiten Fangemeinde kurz genannt wurde.

Anfangs sah es allerdings gar nicht so aus, als würde Burroughs überhaupt irgendwo Erfolg haben. Er wurde, nachdem ihn eine andere Schule hinausgeworfen hatte, auf der Miltärakademie von Michigan ausgebildet, verfehlte aber die Aufnahmeprüfung für West Point. Die Kavallerie mußte er nach einigen Jahren Dienst wegen einer Herzschwäche verlassen. Danach versuchte er sich erfolglos in den verschiedensten Berufen. So war er kurzzeitig als Goldgräber, Polizist und Verkäufer in einem Drugstore tätig. Sein Bruder besorgte ihm unter anderem einen Job, bei dem er Anzeigen für eine Patentmedizin in den ›Pulps‹, dem amerikanischen Äquivalent zu unseren Romanheften, zu plazieren hatte. Bei dieser Gelegenheit lernte Burroughs die in den ›Pulps‹ erscheinenden Abenteuergeschichten kennen, in denen Reisen zu anderen Planeten durchaus nichts besonderes mehr waren.

Burroughs entschied, solche Geschichten könne er auch schreiben. 1912, als er schon wegen seiner Kette von beruflichen Pleiten an Depressionen litt, gelang es ihm – er ging damals mit Bleistiftspitzern hausieren, um die Familie über Wasser zu halten –, ein von ihm verfaßtes Konglomerat aus Wunschträumen und Frustrationen an *The All-Story Magazine* zu verkaufen. Die Geschichte erschien als ›*Under the Moons of Mars*‹ in sechs Fortsetzungen und hatte sensationellen Erfolg. Sie spielte auf einem ›Barsoom‹ genannten Mars – einer phantastischen Abenteuerwelt, die es nur in Burroughs' Phantasie gab.

Nach dem Erfolg seiner Mars-Geschichten, die bald auch als Buch herauskamen, war Burroughs im Geschäft. Wenige Monate später, noch im Jahre 1912, erschien sein *Tarzan*, mit dem ihm der endgültige Durchbruch gelang. *Tarzan*, inzwischen längst durch Film, Fernsehen und Comics zum Begriff geworden, ist genausowenig Science Fiction oder ›realistisch‹ wie die Barsoom-Serie, denn Tarzans Afrika ist ein reines Produkt der Phantasie und hat mit dem tatsächlichen Afrika nichts gemein. Die Story vom englischen Aristokraten-Sohn, der von den Großen Affen aufgezogen wird, war so populär und erfolgreich, daß Burroughs nicht weniger als 23 weitere Bücher um den ›edlen Wilden‹ verfaßte.

Burroughs veröffentlichte gut siebzig Bücher. Sein Weltverkauf hat wahrscheinlich die hundert Millionen weit überschritten. Acht Jahre nachdem seine erste Geschichte erschienen war, konnte er sich ein riesiges Grundstück und den Palast eines Pressezaren bei Los Angeles kaufen. Dieser Besitz ist heute die Gemeinde Tarzana. Im Zweiten Weltkrieg ging Burroughs, inzwischen schon über sechzig, für einige Zeit als Kriegsberichterstatter nach Hawaii. Er starb als mehrfacher Millionär 1950 an Herzversagen, während er im Bett einen Comic las.

Gegen literarische oder gar wissenschaftliche Kritik war Burroughs zeit seines Lebens immun, denn er hat, nach eigenem Bekunden, immer nur geschrieben, um Geld zu verdienen und seiner Familie die ersten bitteren Jahre mit ihm, in denen er oft keine zwanzig Dollar im Monat nach Hause bringen konnte, wiedergutzumachen, was ihm auch glänzend gelang. Gut war für Burroughs alles, was sich verkaufen ließ, also den Lesern Spaß machte. Er selbst besaß ein naives Erzähltalent und ein besonderes Gefühl für dramatische, phantastische Abenteuer in unglaublichen Welten, das ihm das Schreiben offenbar genauso leicht machte wie seinen Lesern die Lektüre. Als erster schöpfte er die Möglichkeiten der Fantasy für die Massenunterhaltung aus.

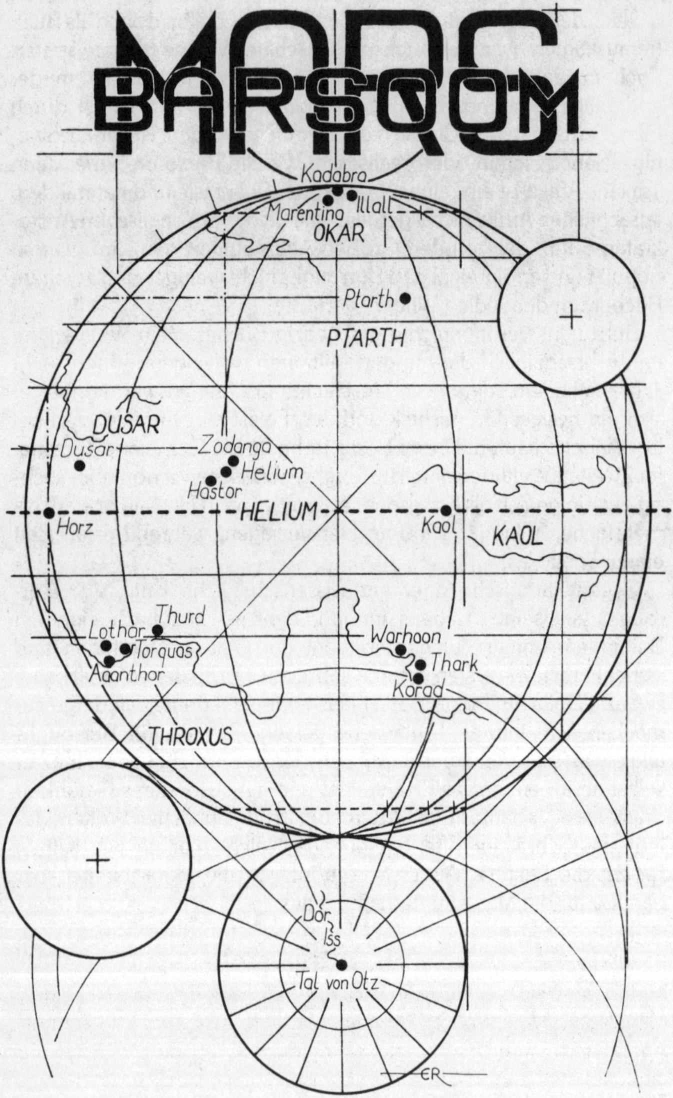
MARS
BARSOOM
Kadabra
Illall
Marentina
OKAR
Ptarth
PTARTH
DUSAR
Dusar
Zodanga
Helium
Hastor
HELIUM
Horz
Kaol
KAOL
Thurd
Lothar
Torquas
Aaanthor
Warhoon
Thark
Korad
THROXUS
Dor
Iss
Tal von Otz
ER

Unter den Monden des Mars

Burroughs' Mars hat weder mit dem gleichnamigen Planeten viel zu tun, noch ist er wie Eddisons Merkur eine Allegorie oder ein poetisches Bild wie bei Dunsany. Barsoom, wie der Mars in *Die Prinzessin vom Mars* (Under the Moons of Mars) von seinen Bewohnern genannt wird, ist ein Ort der Phantasie, den der Autor sich als phantastischen, ganz nach eigenem Gutdünken zusammengebastelten Handlungsschauplatz schuf. Trotzdem ist die Welt Barsoom exakt genug beschrieben, um aus den Romanen ohne große Mühe die nebenstehende Karte entwickeln zu können. Auch ist Burroughs' Vorstellung von Mars nicht völlig aus der Luft gegriffen. Die zu seiner Zeit populären astronomischen Vorstellungen über den Mars wurden von der Entdeckung der Marskanäle beeinflußt, die man eine Zeitlang tatsächlich für Kanäle hielt. So entstand in der Öffentlichkeit das Bild von einem sterbenden, austrocknenden Planeten, an das Burroughs sich mit seinem Barsoom anlehnte.

Barsoom, seine Geschichte und seine Geographie, ist mit großzügigen Pinselstrichen ausgemalt. Die Welt stirbt, die Meere vertrocknen, von den alten Zivilisationen sind nur noch Ruinen und verlassene Städte übrig. Eine Vielzahl von Stämmen streift über die endlosen Weiten der ausgetrockneten Meeresgründe und steht sich in tödlichen Fehden gegenüber. Der Sauerstoff muß in riesigen uralten Fabriken produziert werden, deren Maschinen niemand der Marsianer mehr bedienen kann. Die alte Wissenschaft und Technik aus der Frühzeit des Mars ist zu einer Art magischem Kult geworden.

Daneben wimmelt es in den Romanen von wissenschaftlichen Ungereimtheiten, die deutlich machen, daß Burroughs an seinem Barsoom wirklich nur als Abenteuerspielplatz interessiert war – und in dieser Hinsicht besaß Burroughs einen kaum zu überbietenden Einfallsreichtum. Wie der SF-Kritiker Brian Aldiss schreibt: ›Für den hungrigen Magen eines Heranwachsenden bieten die ersten drei Mars-Romane eine enorme Paella von Farben, Geheimnissen und Abenteuern‹. Wer verfeinerte Kost gewohnt ist, dem dürften die eierlegenden, ansonsten aber völlig menschlichen Prinzessinnen, die sechsarmigen Marsianer mit dem Schwert in jeder Klaue und die hundert Meter hohen Sprünge des Helden etwas schwer im Magen liegen. Vielleicht ist das einer der Gründe, warum bei uns Burroughs' Mars-Romane nie besonderen Erfolg hatten. Im Amerika der zwanziger und dreißiger Jahre nahm Burroughs eine Stellung ein, die bei uns von Karl May besetzt gehalten wurde. In der Nazi-Zeit war Burroughs bei uns als ›zu amerikanisch‹ unerwünscht, und nach dem Krieg wirkten seine Geschichten von Stil und Inhalt nicht mehr zeitgemäß. In den USA lieferte er das Lesefutter für mehrere Generationen Heranwachsender, die ihm dann auch in späteren Jahren treu blieben, während ihm in Deutschland eine solche Fangemeinde fehlte. Selbst *Tarzan* ist bei uns durch Film und Fernsehen bekannter als durch Burroughs' Bücher, deren Neuauflage zu Beginn der siebziger Jahre wenig Erfolg hatte.

Zu einem Klassiker der Fantasy wurde Burroughs weniger durch sein Werk selbst als durch den Einfluß, den seine Bücher auf eine ganze Generation von amerikanischen SF- und Fantasy-Autoren hatten. Der ›sterbende Mars‹ mit seinen Ruinenstädten und ausgetrockneten Meeren wurde zu einem der ersten festen Topoi der Fantasy, der sich von Leigh Brackett bis Ray Bradbury und Michael Moorcock wiederfindet. Aus Burroughs' Mars-Romanen entwickelte sich ein eigenes Sub-Genre der Fantasy, eine Mischung zwischen Fantasy und Science Fiction. (Überhaupt lassen sich die Grenzen zwischen den beiden Genres nicht immer eindeutig ziehen.)

Spätere Autoren ließen ihre Helden mit Raumschiffen zu ihren Fantasy-Welten fliegen, bei Burroughs reiste man zunächst noch per Gedankenkraft. Aber die Technik in diesen ›Science Fantasy‹ genannten Erzählungen hatte keinerlei Bedeutung für die Handlung und diente immer nur als Mittel, den Helden in abenteuerliche Situationen zu bringen, in denen er sich dann mit Schwert und Muskeln durchzuschlagen hatte. Burroughs hat zwar nicht den ersten Mars-Roman geschrieben (vor ihm gab es eine sehr ähnliche Beschreibung des roten Planeten in einem Buch von Edwin Lester Arnold), aber er kann als Begründer der ›Science Fantasy‹ gelten – einer Art Hybride zwischen Science Fiction und Fantasy, in der Magie und Wissenschaft gemeinsam in einer Welt existieren dürfen, wie widersprüchlich das im einzelnen auch sein mag – Hauptsache, es gibt eine spannende Abenteuergeschichte her.

Lesehinweise:

Mars-Romane (mit John Carter als Held)
Die Prinzessin vom Mars, Alsdorf 1972 (Williams Verlag)
Göttin des Mars, Alsdorf 1972 (Williams Verlag)
Der Kriegsherr des Mars, Alsdorf 1972 (Williams Verlag)

Von den ähnlich gelagerten Venus-Romanen (mit dem Helden Carson Napier) erschienen Anfang der 70er Jahre 4 Bände im Heyne Verlag.

Planetenabenteuer in dem von Burroughs begründeten Stil sind seit dem ersten Auftreten John Carters nicht mehr aus der Mode gekommen und werden noch heute von diversen Epigonen fleißig weitergeschrieben. Es würde zu weit führen, hier sämtliche Romane der auf dem deutschen Fantasy- und SF-Markt erschienenen Serien aufzuführen – denn getreu nach Burroughs' Vorbild schreiben auch seine Nachfolger nur in Serien, was die Vermarktung, wie man weiß, erheblich verbessert. Verwiesen sei auf Alan Burt Akers' ›Dray-Prescot‹-Serie (auch: ›Scorpio‹-/›Antares‹-/›Kregen‹-Zyklus) und John Normans ›Gor‹-Serie (die zum Teil wegen ihrer frauenfeindlichen und gewaltverherrlichenden Elemente als jugendgefährdend indiziert wurde), beide bei Heyne.

Burroughs' ›Tarzan‹ konnte sich nach dem Krieg in Buchform nicht mehr recht durchsetzen. Die Ausgabe des Pegasus-Verlages in den 50er Jahren geriet schnell in Vergessenheit, während spätere Wiederbelebungsversuche durch Bärmeier & Nikel (im Hardcover) und Williams (im Paperback) mangels Erfolg bald abgebrochen wurden.

Siehe auch → Leigh Brackett, → Abraham Merritt, → Michael Moorcock, → Ray Bradbury.

Der nachfolgende Auszug von ›Under the Moons of Mars‹ beschreibt die Ankunft von John Carter auf dem Mars, den er mit Hilfe einer Astralprojektion erreicht hat.

Gefangener der Marsianer

Ich erwachte in einer seltsamen und unheimlichen Landschaft. Ich wußte, ich war auf dem Mars; ich zweifelte weder an meinem Verstand noch daran, wach zu sein. Ich schlief nicht, es gab also keinen Grund, mich zu zwicken; es war mir so deutlich bewußt, daß ich mich auf dem Mars befand, wie Sie sich bewußt sind, daß Sie auf der Erde sind. Sie bezweifeln diese Tatsache nicht; und auch ich tat das nicht.

Ich lag bäuchlings auf einem Bett aus gelblicher, moosartiger Vegetation, die sich um mich herum in alle Richtungen unendlich weit erstreckte. Ich schien in einem tiefen, runden Tal zu liegen, an dessen äußerem Rand ich die Unregelmäßigkeiten niedriger Hügel erkennen konnte.

Es war Mittag, und die Sonne brannte so heiß auf meinem nackten Körper, wie sie es nicht intensiver unter gleichen Bedingungen in einer Wüste Arizonas hätte tun können.

Hier und da lagen quarzhaltige Felsbrocken herum, die im Sonnenlicht glitzerten; und ein wenig links von mir, vielleicht hundert Meter, tauchte ein niedriges, von einer etwa ein Meter hohen Mauer umgebenes Grundstück auf. Weder Wasser noch irgend eine andere Vegetation als das Moos waren zu sehen. Da ich großen Durst verspürte, beschloß ich, mich ein wenig umzusehen.

Während ich aufsprang, überraschte mich der Mars zum ersten Mal, denn die gleiche Anstrengung, durch die ich auf der Erde aufrecht gestanden hätte, trug mich hier mehrere Meter hoch in die Luft. Ich landete sanft auf dem Boden, ohne merklichen Aufprall oder Erschütterung. Nun folgten eine Reihe von Bewegungen, die auf einen zufälligen Beobachter höchst lächerlich gewirkt hätten. Ich merkte, daß ich wieder laufen lernen mußte, denn eine Muskelbewegung, die mich auf der Erde leicht und sicher voranbrachte, spielte mir auf dem Mars seltsame Streiche.

Anstatt normal und würdevoll vorwärts zu schreiten, endeten meine Gehversuche in einer Vielzahl von Hopsern, die mich bei jedem Schritt ein paar Fuß hoch trugen und mich bei jedem zweiten oder dritten Hopser der Länge nach auf Gesicht oder Rücken fallen ließen. Meine Muskeln, die perfekt an die Erdschwerkraft gewöhnt und auf sie eingespielt waren, hielten mich noch eine ganze Weile zum Narren, bevor ich lernte, mit der geringeren Schwerkraft und dem niedrigeren Luftdruck zurechtzukommen.

Trotzdem beschloß ich, den niedrigen Bau zu untersuchen, der die einzige sichtbare Behausung war, und so verfiel ich auf die einzigartige Idee, zu den Anfängen der menschlichen Fortbewegung zurückzukehren, dem Kriechen. Das gelang mir wirklich gut, und ein paar Minuten später hatte ich die niedrige Mauer erreicht, die das Gebäude umschloß.

Auf der Seite, die mir am nächsten war, gab es anscheinend weder Türen noch Fenster, aber da die Mauer nur etwa einen Meter hoch war, stellte ich mich vorsichtig auf meine Füße und starrte über den Rand, und mir bot sich der seltsamste Anblick, den ich je erlebt hatte.

Das Dach des Gebäudes war aus festem, etwa vier oder fünf Zoll dickem Glas. Darunter lagen einige hundert Eier, vollkommen rund und schneeweiß. Sie waren fast gleich groß, ungefähr zweieinhalb Fuß im Durchmesser.

Fünf oder sechs waren schon ausgeschlüpft, und die grotesken Figuren, die dort blinzelnd im Sonnenlicht saßen, ließen mich an meinem Verstand zweifeln. Sie hatten riesige Köpfe, kleine dürre Körper, lange Hälse und sechs Beine, bzw., wie ich später lernte, zwei Arme, zwei Beine und ein Paar Zwischengliedmaßen, die je nach Wunsch als Arme oder Beine benutzt werden konnten. Ihre Augen saßen jeweils am äußersten Rand des Gesichtes, ein wenig unterhalb der Mitte, und standen in einer Weise hervor, daß sie entweder nach vorne oder nach hinten gedreht oder auch ganz unabhängig voneinander bewegt werden konnten, was diesem komischen Tier erlaubte, gleichzeitig in zwei Richtungen zu schauen, ohne dabei den Kopf drehen zu müssen.

Die Ohren, die knapp unter den Augen und enger zusammen

saßen, waren kleine, tassenförmige Antennen, die nur einen Zoll von diesen jungen Wesen abstanden. Ihre Nasen waren nichts als zwei längliche Schlitze inmitten ihrer Gesichter, auf der Hälfte zwischen Mund und Ohren.

Ihre Körper waren vollkommen kahl und von heller, gelblichgrüner Farbe. Ich merkte sehr rasch, daß diese Farbe bei den ausgewachsenen Tieren olivgrün nachdunkelt und bei den Männchen dunkler ist als bei den Weibchen. Außerdem sind die Köpfe der älteren Tiere nicht so unproportioniert im Verhältnis zu ihren Körpern wie bei den Jungen.

Die Iris ist blutrot wie bei Albinos, die Pupille dagegen dunkel. Der Augapfel selbst ist sehr weiß, ebenso wie die Zähne, die durch ihr grimmiges Aussehen den ohnehin schon furchterregenden und grauenhaften Gesichtsausdruck noch verstärken. Denn die unteren Stoßzähne sind nach oben gebogen, laufen spitz zu und enden dort, wo bei Erdbewohnern normalerweise die Augen sitzen. Das Weiße der Zähne ist nicht so wie das von Elfenbein, sondern eher so schneeweiß und glänzend wie Porzellan. Vor dem dunklen Hintergrund ihres olivgrünen Kinns heben sich die Stoßzähne in äußerst eindrucksvoller Weise ab, was diese Waffe furchterregend auf jeden Betrachter wirken läßt.

Viele dieser Details entdeckte ich erst später, denn ich hatte nicht viel Zeit, um mir über die Wunder meiner neuen Entdeckung Gedanken zu machen. Ich hatte gesehen, daß die Jungen im Schlüpfungsprozeß waren, und während ich beobachtete, wie diese scheußlichen kleinen Monster aus ihren Schalen brachen, merkte ich nicht, wie sich mir hinterrücks ein Haufen ausgewachsener Marsianer näherte.

So, wie sie über das weiche und geräuschlose Moos kamen, das praktisch die gesamte Marsoberfläche bedeckt, mit Ausnahme der vereisten Gebiete an den Polen und den verstreuten kultivierten Gebieten, hätten sie mich leicht gefangen nehmen können, doch sie hatten noch wesentlich unerfreulichere Absichten. Es war das Klappern der Ausrüstung des vordersten Kriegers, das mich warnte.

Mein Leben hing an einem so seidenen Faden, daß ich noch oft darüber staune, wie leicht ich entkam. Denn wäre nicht das Gewehr des Anführers, das er schwungvoll aus seiner Gewehrtasche neben seinem Sattel zog, voll gegen das dicke Ende seines metallbeschlagenen Speers geprallt, wäre ich erledigt gewesen, bevor ich überhaupt begriffen hätte, was mir da drohte. Aber durch dieses Geräusch wandte ich mich um, und da sah ich, noch nicht einmal zehn Fuß von mir entfernt, die Spitze eines riesigen, vierzig Fuß langen, mit Metall versehenen Speeres auf mich gerichtet, von einem berittenen Ebenbild dieser kleinen Teufel gehalten, die ich gerade beobachtete.

Aber wie schwächlich und harmlos wirkten die frisch geschlüpften Jungen gegenüber dieser grauenhaften Inkarnation von Haß, Rache und Tod. Der Mann selbst, wenn ich ihn überhaupt so nennen kann, war volle fünfzehn Fuß groß und hätte auf der Erde sicher gut vierhundert Pfund gewogen. Er saß auf seinem Monstrum von Reittier, wie wir auf einem Pferd sitzen, und umfaßte den Rumpf des Tieres mit seinen unteren Gliedmaßen, während er in den Händen seiner beiden rechten Arme den gewaltigen Speer hielt; seine beiden linken Arme waren seitlich ausgestreckt, um das Gleichgewicht zu halten. Das Untier, das er ritt, hatte weder Zaumzeug noch Zügel, noch sonst irgendeine Art Führungshilfe.

Und was für ein Tier! Wie können irdische Worte das beschreiben? Es maß bis zu den Schultern etwa 10 Fuß; hatte vier Beine auf jeder Seite; einen breiten, flachen Schwanz, der an der Spitze breiter war als an der Schwanzwurzel und den es während des Laufens gerade nach hinten gestreckt hielt; ein klaffendes Maul, das den Kopf von der Schnauze bis zu seinem langen, dicken Hals spaltete.

Wie sein Herr war es absolut kahl, sein Körper war tief schiefergrau und übertrieben glatt und glänzend. Sein Bauch war weiß, und seine Beine gingen von schiefergrau der Schultern und der Hüfte bis zu den Füßen in ein lebhaftes Gelb über. Die Füße selbst waren weich und ohne Hufe, weshalb ich ihr Herannahen so lange überhört hatte. Die Huf- und Nagellosigkeit ist ein charakteristisches Merkmal der Marsfauna. Nur der größte Menschentyp und noch ein anderes Tier, der einzige auf dem Mars lebende Säuger, haben schön geformte Nägel, und ansonsten gibt es keine Huftiere dort.

Hinter diesem ersten angreifenden Teufel folgten neunzehn weitere, die in jeder Beziehung gleich waren, und doch wies jeder von ihnen seine besonderen, individuellen Merkmale auf, wie ich später feststellte. Genauso wie keiner von uns mit dem anderen identisch ist, obwohl wir alle aus dem gleichen Holz geschnitzt sind.

Unbewaffnet und nackt wie ich war, bot sich die geringe Schwerkraft als einzig mögliche Lösung meines unmittelbaren Problems, nämlich aus der Nähe dieser bedrohlichen Speerspitze zu entkommen. Folglich machte ich einen sehr kleinen, doch zugleich übermenschlichen Sprung, um den Mauerrand dessen, was ich für einen marsianischen Brutkasten hielt, zu erreichen.

Meine Anstrengungen waren von einem Erfolg belohnt, der mich durchaus nicht weniger entsetzte, als er die marsianischen Krieger überraschte, denn ich wurde volle dreißig Fuß hoch in die Luft katapultiert und landete etwa hundert Meter von meinen Verfolgern entfernt, auf der anderen Seite des ummauerten Terrains.

Sanft und ohne Verletzungen setzte ich auf dem weichen Moos auf. Als ich mich umdrehte, sah ich, daß sich meine Feinde entlang der Mauer aufgestellt hatten. Einige musterten mich mit einem Ausdruck äußersten Erstaunens, den ich allerdings erst später zu deuten lernte, und die anderen überzeugten sich offensichtlich davon, daß ich ihre Jungen nicht belästigt hatte.

Sie unterhielten sich leise miteinander, gestikulierten und zeigten auf mich. Ihre Entdeckung, daß ich unbewaffnet war und die kleinen Marsianer nicht verletzt hatte, muß sie dazu veranlaßt haben, mich nicht mehr ganz so grimmig zu betrachten; doch wie ich später erfuhr, wirkte sich meine Sprungvorstellung am meisten zu meinen Gunsten aus.

Die Marsianer sind zwar riesig, und ihre Knochen sind sehr groß, doch ihre Muskeln sind nur proportional zu der Schwerkraft entwikkelt, die sie überwinden müssen. Die Folge davon ist, daß sie bei weitem nicht so beweglich sind wie ein Erdmensch auf dem Mars, und ich bezweifele, ob sie ihren Körper auch nur aufrecht halten könnten, wenn sie plötzlich zur Erde transportiert würden.

Mein Sprung war natürlich aus der Sicht eines Marsianers so phantastisch, wie er es auf der Erde gewesen wäre, wenn ich ihn dort Menschen vorgeführt hätte; und wollten sie mich eben noch vernichten, so betrachteten sie mich plötzlich als eine wunderbare Entdeckung, die gefangengenommen und ihren Kameraden vorgeführt werden mußte.

Die Kampfpause, die meine unerwartete Beweglichkeit mir verschafft hatte, erlaubte mir, meine Pläne für die allernächste Zukunft in Ruhe zu schmieden. Ich sah sie mir zunächst noch einmal sehr genau an, in der Hoffnung, meine weitere Strategie besser auf sie einstellen zu können.

Ich erkannte, daß jeder zusätzlich zu dem Speer, den ich bereits beschrieben habe, noch mit einigen anderen Waffen ausgerüstet war. Die Waffe, die mich davon abhielt, eine Flucht mit meinen Flugsprüngen zu riskieren, war eine Art Gewehr, das sie, wie mir unheilvoll schwante, besonders gut zu handhaben verstanden.

Diese Gewehre bestanden aus weißem Metall mit Kolben aus Holz, das sehr hell, äußerst hart und auf dem Mars besonders begehrt war, wie ich später lernte. Uns Erdbewohnern ist es vollkommen unbekannt. Das Metall des Laufes enthält hauptsächlich eine Legierung aus Aluminium und Stahl, den sie bis zu einem Grad erhärten können, der den des bei uns gebräuchlichen Stahls bei weitem übersteigt. Die Gewehre wiegen vergleichsweise wenig, doch durch die kleinen Kaliber, die explosiven Radiumprojektile, die sie benutzen, und die Länge des Gewehrlaufes sind sie unbedingt tödlich und erzielen Reichweiten, die auf der Erde undenkbar wären. Der theoretische Wirkungsradius dieser Geschosse beträgt dreihundert Meilen, aber das weiteste, was sie beim augenblicklichen Gebrauch erzielen können, wenn sie mit ihren drahtlosen Suchern und Visieren ausgestattet sind, sind knapp über zweihundert Meilen.

Dies dürfte völlig ausreichen, jeden mit lebenslangem Respekt für die marsianische Feuerwaffe zu erfüllen, und irgendeine hellseherische Kraft muß mich schon damals davor gewarnt haben, in vollem Tageslicht vor den Läufen dieser zwanzig Killer einen Fluchtversuch zu wagen.

Die Marsianer beratschlagten sich kurz, wandten sich um und gingen in die Richtung zurück, aus der sie gekommen waren, ließen aber einen der Ihren zurück. Nach ungefähr zweihundert Metern hielten sie an, wendeten ihre Reittiere in meine Richtung und beobachteten den zurückgelassenen Krieger.

Es war der, dessen Speer mich beinahe erwischt hatte, und er war offensichtlich der Anführer des Kommandos, denn es kam mir so vor, als hätten sie ihre jetzige Stellung auf seinen Befehl hin eingenommen. Als seine Truppe stillstand, stieg er ab, senkte seinen Speer und seine kleinen Arme und kam um den Brutkasten herum auf mich zu, vollkommen unbewaffnet und bis auf den Schmuck, der an Kopf, Gliedmaßen und Brust befestigt war – genauso nackt wie ich.

Als er noch etwa fünfzig Fuß von mir entfernt war, löste er ein riesiges, metallenes Armband und während er es mir auf seiner offenen Handfläche entgegenhielt, sprach er mich mit klarer, klangvoller Stimme an, doch in einer Sprache, die ich natürlich nicht verstehen konnte. Dann verstummte er, so, als ob er auf meine Antwort wartete, spitzte seine antennenähnlichen Ohren und drehte mir seine seltsam aussehenden Augen noch weiter zu.

Als das Schweigen peinlich zu werden begann, beschloß ich, meinerseits eine kleine Unterhaltung zu wagen, denn ich dachte, daß er Anstalten machte, Frieden zu schließen. Das Niederlegen seiner Waffen und der Rückzug seiner Truppe vor seiner Annäherung an mich hätte auf der Erde als Friedensbekundung gegolten, also warum nicht auch auf dem Mars!

Ich legte meine Hand aufs Herz, verbeugte mich tief vor dem Marsianer und erklärte ihm, daß, auch wenn ich seine Sprache nicht verstünde, seine Handlungen doch für Frieden und Freundschaft sprächen, was auch mir im Augenblick besonders am Herzen läge. Natürlich war meine Rede für ihn nicht verständlicher als das Plätschern eines Bachs, doch er verstand die Gesten, die ich meinen Worten umgehend folgen ließ.

Ich streckte ihm meine Hand entgegen, ging auf ihn zu, nahm das Armband aus seiner offenen Handfläche und legte es mir um meinen Unterarm; dann lächelte ich ihn an und wartete. Sein breiter Mund öffnete sich zu einem antwortenden Lächeln. Er hakte einen seiner Zwischenarme bei mir ein, und dann drehten wir uns um und gingen zurück zu seinem Reittier. Gleichzeitig bedeutete er seinen Gefolgsleuten, heranzukommen. Sie kamen in wildem Ritt auf uns zu gerast, doch auf ein Zeichen von ihm stoppten sie sofort. Offensichtlich befürchtete er, daß ich ganz aus der Landschaft springen würde, wenn man mich wieder erschreckte.

Er wechselte ein paar Worte mit seinen Männern und bedeutete mir, daß ich bei einem von ihnen mitreisen würde. Dann bestieg er sein eigenes Tier. Der ausgewählte Krieger senkte zwei oder drei Hände und hob mich hinter sich auf den glänzenden Rücken seines Tieres, wo ich mich so gut wie möglich an den

Gürteln und Riemen festklammerte, die die Waffen und den Schmuck der Marsianer hielten.

Die gesamte Kalvakade wendete und galoppierte der fernen Bergkette entgegen.

Nach etwa zehn Meilen stieg das Gelände rapide an. Wir näherten uns dem Ufer eines der vielen, schon seit Jahrtausenden ausgetrockneten Marsmeere, auf dessen Grund meine Begegnung mit den Marsianern stattgefunden hatte.

Kurze Zeit später erreichten wir die Berge, und nachdem wir eine enge Schlucht durchquert hatten, ritten wir in ein offenes Tal, an dessen fernem Ende ich auf einem Plateau eine gewaltige Stadt erblickte. Wir galoppierten auf sie zu und legten das letzte Wegstück auf einer offensichtlich zerstörten, befestigten Straße zurück, die aus der Stadt hinaus bis zum Rand des Plateaus führte, wo sie abrupt in einer breiten Treppe endete.

Bei näherer Betrachtung bemerkte ich im Vorbeireiten, daß die Gebäude verlassen waren. Auch wenn sie nicht sehr verfallen wirkten, schienen sie doch seit Jahren oder womöglich seit Jahrhunderten nicht mehr bewohnt zu sein. Gegenüber dem Stadtzentrum lag ein riesiger Platz. Auf ihm, und in den Häusern, die ihn unmittelbar umgaben, lagerten etwa neunhundert bis tausend Kreaturen, von der gleichen Sorte wie die, die mich gefangengenommen hatten, denn als Gefangener fühlte ich mich, trotz ihres liebenswürdigen Verhaltens.

Abgesehen von ihrem Schmuck waren alle nackt. Die Frauen unterschieden sich nur insofern von den Männern, als ihre Stoßzähne viel größer im Verhältnis zu ihrer Größe waren und sich bei einigen fast bis zu den hochangesetzten Ohren bogen. Ihre Körper waren kleiner und heller, und ihre Finger und Zehen wiesen Überreste von Nägeln auf, die bei den Männern vollkommen fehlten. Die ausgewachsenen Frauen wurden etwa zehn bis zwölf Fuß groß.

Auch die Kinder waren heller, sogar noch heller als die Frauen, und ich fand, daß alle vollkommen gleich aussahen, wenn es auch einige Unterschiede in der Größe gab.

Ich sah keinerlei Anzeichen extrem hohen Alters bei ihnen noch irgendeinen erkennbaren Unterschied zwischen dem Erwachsenenalter, so um die Vierzig, und dem Alter von etwa tausend Jahren, in dem sie freiwillig auf ihre letzte, seltsame Pilgerfahrt zum Iss-Fluß gehen, von dem kein Marsianer weiß, wohin er führt, und von wo kein Marsianer je zurückkam; und sollte aber einer von ihnen doch einmal zurückkehren, würde er nicht mehr leben dürfen, hatte er sich einmal auf den kalten, dunklen Gewässern des Iss eingeschifft.

Nur etwa ein Marsianer von tausend stirbt an Krankheiten oder sonstigen Leiden, und vielleicht zwanzig nehmen die freiwillige Pilgerfahrt auf sich. Die restlichen neunhundertneunundsiebzig sterben grausame Tode bei Duellen, auf der Jagd, beim Fliegen und im Krieg; aber die bei weitem meisten Todesfälle gibt es wohl während der Kindheit, wenn Unmengen kleiner Marsianer den großen, weißen Marsaffen zum Opfer fallen.

Die durchschnittliche Lebenserwartung eines Marsianers nach Erreichen der Reife beträgt dreihundert Jahre, läge aber sicher an der Eintausend-Jahr-Grenze, gäbe es nicht die zahlreichen Möglichkeiten eines grausamen vorzeitigen Todes. Bedingt durch die schwindenden Ressourcen des Planeten wurde es offensichtlich notwendig, die wachsende Lebensdauer zu bekämpfen, die das Marsvolk dank seines bemerkenswerten Geschicks für Krankenbehandlung und Chirurgie erreicht hatte. Aus diesem Grund gilt ein einzelnes Leben auf dem Mars nicht besonders viel, was sich in den gefährlichen Sportarten und dem fast ununterbrochen anhaltenden Krieg zwischen den einzelnen Gruppen zeigt.

Es gibt natürlich noch andere und natürliche Gründe, die zu einem Bevölkerungsrückgang führen, aber nichts trägt so sehr dazu bei wie die Tatsache, daß weder die männlichen noch die weiblichen Marsianer freiwillig ohne Waffen herumlaufen.

Wir näherten uns dem Platz, und sobald meine Anwesenheit entdeckt worden war, umringten uns sofort Hunderte dieser Kreaturen, die so neugierig schienen, daß sie fast mich von meinem Sitz gezerrt hätten.

Ein Wort des Anführers genügte aber, um ihr Geschrei verstummen zu lassen. Wir trabten weiter über den Platz bis zum Eingang eines der prächtigsten Gebäude, das ein sterbliches Auge je erblickte.

Das Gebäude war niedrig, bedeckte aber eine gewaltige Fläche. Es war aus glänzendem weißen Marmor erbaut und mit Gold und

Brillanten verziert, die im Sonnenlicht funkelten und glitzerten. Das Hauptportal war einige hundert Meter breit, dem eigentlichen Gebäude vorgelagert und bildete ein hohes Vordach über der Eingangshalle. Es gab keine Treppe, nur eine sanft ansteigende Rampe in den ersten Stock des Gebäudes, der in ein riesiges, von Galerien umgebenes Zimmer führte.

Auf dem Boden dieses Zimmers, das mit reich geschnitzten Tischen und Stühlen vollgestellt war, saßen circa vierzig bis fünfzig männliche Marsianer um die Stufen einer Rednerplattform herum. Auf dem Podium selbst kauerte ein gewaltiger Krieger, schwer behangen mit Metallschmuck, bunten Federn und herrlich gearbeitetem Lederschmuck, der raffiniert mit Edelsteinen besetzt war. Von seinen Schultern hing ein kurzes, weißes Pelzcape, gefüttert mit leuchtender scharlachroter Seide.

Was mich bei dieser Versammlung und der Halle, in der sie zusammengekommen waren, am meisten beeindruckte, war die Tatsache, daß diese Kreaturen im Verhältnis zu Tischen, Stühlen und anderen Möbelstücken vollkommen unproportioniert waren; diese Möbel waren menschlichen Wesen wie mir angepaßt, wogegen sich diese massiven Gestalten wohl kaum in die Stühle hineinzwängen konnten noch zwischen den Tischen genügend Platz für ihre langen Beine hatten. Offenbar gab es also doch noch andere Marsbewohner als diese wilden und grotesken Geschöpfe, in deren Hände ich gefallen war; doch all diese Zeugnisse extrem hohen Alters um mich herum deuteten darauf hin, daß diese Gebäude einer bereits lange ausgestorbenen und vergessenen Rasse der dunklen Marsvergangenheit gehört haben mochten.

Unser Trupp hielt vor dem Eingang des Gebäudes an, und auf ein Zeichen ihres Führers hin wurde ich heruntergelassen. Wiederum Arm in Arm gingen wir in das Versammlungszimmer. Während sich das Oberhaupt der Marsianer näherte, konnte ich einige ihrer Begrüßungszeremonien beobachten. Als der Anführer meiner Gruppe zu der Tribüne schritt, machten alle anderen ihm den Weg frei. Das Oberhaupt stand auf und rief den Namen meiner Eskorte auf, die ihrerseits den Namen und Titel des Herrschers wiederholte.

Damals konnte ich mir unter der Zeremonie und den Worten, die sie sich zuriefen, nichts vorstellen, doch später lernte ich, daß dies die übliche Begrüßung der grünen Marsianer war. Wären sich die

Männer fremd gewesen und hätten daher keine Namen austauschen können, so hätten sie still Schmuckstücke getauscht, vorausgesetzt ihre Mission wäre friedlich – ansonsten hätten sie sicher Schüsse gewechselt oder ihre Begrüßung mit einer ihrer zahlreichen Waffen ausgetragen.

Der Anführer meiner Gruppe hieß Tars Tarkas. Er war praktisch der Vizechef des Stammes und ein ausgesprochen fähiger Staatsmann und Krieger. Er erklärte offenbar kurz die Zwischenfälle, die mit seiner Expedition verbunden waren, einschließlich meiner Gefangennahme, und als er geschlossen hatte, richtete der Herrscher schließlich das Wort an mich.

Ich antwortete ihm in unserem guten alten Englisch, nur um ihm zu zeigen, daß keiner den anderen verstehen konnte; doch als ich am Ende flüchtig lächelte, erwiderte er mein Lächeln. Diese Tatsache und die gleiche Begebenheit während meines ersten Gespräches mit Tars Tarkas überzeugten mich, daß wir am Ende doch etwas gemein hatten; die Fähigkeit zu lächeln und zu lachen, also einen gewissen Sinn für Humor. Doch ich sollte noch lernen, daß das Lächeln der Marsianer nur flüchtig ist, ihr Lachen aber selbst kräftige Männer erblassen läßt.

Der Humor der grünen Marsianer unterscheidet sich jedoch grundlegend von unseren Vorstellungen von Fröhlichkeit. Der Todeskampf eines Kameraden zum Beispiel bewirkt bei diesen sonderbaren Kreaturen die wildeste Heiterkeit, und ihre am weitesten verbreitete Art, sich zu amüsieren, ist, ihre Kriegsgefangenen auf verschiedene grauenhafte Arten zu töten.

Die versammelten Krieger untersuchten mich genau, befühlten meine Muskeln und die Beschaffenheit meiner Haut. Anschließend äußerte der oberste Herrscher wohl den Wunsch, meine Vorstellung zu sehen, und nachdem er mir bedeutet hatte, ihm zu folgen, schritt er mit Tars Tarkas auf den offenen Platz zu.

Seit meinem ersten fehlgeschlagenen Laufversuch hatte ich keinen Schritt mehr gewagt, außer um Tars Tarkas' Arm zu ergreifen, und so hüpfte und hopste ich nun wie ein überlebensgroßer Grashüpfer zwischen den Tischen und Stühlen herum. Nachdem ich mir – sehr zum Vergnügen der Marsianer – einen dicken blauen Fleck geholt hatte, begann ich erneut zu kriechen; doch das gefiel ihnen nicht, und ich wurde von einem alles überragenden Kerl, der sehr herzlich über mein Mißgeschick gelacht hatte, grob wieder auf die Beine gestellt. Während er das tat, war sein Kopf ganz nah neben meinem, und ich tat das einzige, was ein Gentleman angesichts dieser Brutalität, Rüpelhaftigkeit und Rücksichtslosigkeit den Rechten eines Ausländers gegenüber tun konnte; ich gab ihm einen saftigen Kinnhaken, und er fiel wie ein zur Strecke gebrachter Ochse um. Während er zu Boden ging, drehte ich meinen Rücken schnell dem nächsten Tisch zu, denn ich erwartete, gleich von der Rache seiner Kameraden überwältigt zu werden. Doch ich war fest entschlossen, mein Bestes zu geben, bevor ich starb, mochten die Chancen auch noch so ungleich stehen.

Meine Ängste waren jedoch völlig grundlos, da die Marsianer, denen es zunächst vor Erstaunen die Sprache verschlagen hatte, schließlich in irres Gelächter und Applaus ausbrachen. Ich erkannte zunächst den Applaus nicht als solchen, aber später wurde mir klar, daß mir etwas zuteil geworden war, was sie nur sehr selten gewähren – eine Beifallskundgebung.

Der Bursche, den ich niedergestreckt hatte, lag noch da, wo er hingefallen war, und keiner seiner Kumpel ging zu ihm. Tars Tarkas kam zu mir, streckte einen seiner Arme aus, und wir erreichten ohne weitere Zwischenfälle den Platz vor dem Palast. Ich wußte natürlich nicht, warum wir ins Freie gegangen waren, doch es dauerte nicht lange, bis ich aufgeklärt wurde. Zunächst wiederholten sie einige Male das Wort »sak«. Dann sprang Tars Tarkas ein paar Mal in die Luft, wobei er das Wort vor jedem Sprung wiederholte; anschließend drehte er sich zu mir um und sagte: »Sak!« Ich merkte, worauf sie hinauswollten, machte mich bereit und »sakkte« mit so großem Erfolg, daß ich gut hundertfünfzig Fuß schaffte; ich verlor auch diesmal nicht das Gleichgewicht, sondern landete, ohne zu fallen, direkt auf meinen Füßen. Dann kehrte ich mit kleinen Sprüngen von fünfundzwanzig bis dreißig Fuß zu der kleinen Gruppe Krieger zurück.

Meine Vorführung wurde von Hunderten kleinerer Marsianer verfolgt, die plötzlich eine Wiederholung forderten, die mir der Herrscher dann auch befahl; doch ich war hungrig und durstig und beschloß, daß dieser Zustand die einzige Möglichkeit war, von diesen Kreaturen Rücksichtnahme zu verlangen, die sie offensichtlich nicht freiwillig gewähren. Ich überhörte also die wiederholten

Befehle zu »sakken« und zeigte statt dessen jedesmal auf meinen Mund und rieb meinen Magen.

Tars Tarkas und das Oberhaupt wechselten ein paar Worte miteinander. Anschließend rief Tars Tarkas eine junge Frau aus der Menge auf, gab ihr einige Anweisungen und bedeutete mir, ihr zu folgen. Ich ergriff ihren dargebotenen Arm, und wir überquerten gemeinsam den Platz in Richtung eines großen Gebäudes auf der anderen Seite.

Meine nette Begleiterin war etwa acht Fuß groß und hatte gerade das Reifealter, aber noch nicht ihre volle Größe erreicht. Sie war hell olivgrün und hatte eine weiche, glänzende Haut. Später erfuhr ich ihren Namen; sie hieß Sola und gehörte zum Gefolge Tars Tarkas'. Sie führte mich in ein geräumiges Zimmer in einem der Gebäude gegenüber dem Platz, das ich wegen der mit Seide und Pelzen bedeckten Liegen auf dem Boden für ein Schlafquartier einiger Einwohner hielt.

Der Raum war durch zahlreiche große Fenster lichtdurchflutet und mit wunderschönen Wandbemalungen und Mosaiken geschmückt. Doch auf alles hier schien dieser undefinierbare Hauch der Vergangenheit zu atmen, der mich davon überzeugte, daß die Architekten und Erbauer dieser wunderbaren Gebäude nichts mit diesen rohen Halbtieren gemein hatten, die sie jetzt bewohnten. Sola bedeutete mir, mich auf einen Stapel Seidenkissen in der Mitte des Raumes zu setzen, und stieß, während sie sich umdrehte, einen komischen Zischlaut aus, so als ob sie jemandem im Nebenzimmer ein Zeichen geben wollte. Als Antwort auf ihren Ruf erblickte ich mein zweites Marswunder. Es watschelte auf seinen zehn kurzen Beinen daher und kauerte sich wie ein gehorsames kleines Hündchen vor das Mädchen.

Dieses Gebilde war ungefähr so groß wie ein Shetland-Pony, hatte aber ein wenig Ähnlichkeit mit einem Frosch, außer daß die Kiefer drei Reihen langer, scharfer Fangzähne aufwiesen.

Sola starrte in die heimtückisch wirkenden Augen dieses Viehs, murmelte einen Befehl, zeigte auf mich und verließ das Zimmer. Ich machte mir Gedanken darüber, was dieses gauenhafte Monster wohl anstellte, wenn es alleine in der Nähe eines relativ zarten

Fleischbrockens gelassen wurde; meine Angst erwies sich jedoch als grundlos, denn die Bestie beobachtete mich eindringlich, watschelte quer durch den Raum zum einzigen Ausgang, der auf die Straße führte, und legte sich dann der Länge nach auf die Türschwelle. Dies war meine erste, aber nicht meine letzte Erfahrung mit einem marsianischen Wachhund, denn dieses Tier bewachte mich sorgsam während meiner Gefangenschaft bei den grünen Marsianern; es rettete mir zweimal das Leben und ließ mich nie freiwillig auch nur eine Minute allein.

Während Sola fort war, hatte ich Gelegenheit, den Raum, in dem ich gefangen war, genauestens zu untersuchen. Die Wandbemalungen stellten Szenen von seltener und wunderbarer Schönheit dar: Berge, Flüsse, Seen, Meere, Weiden, Bäume, Blumen, sich windende Straßen, sonnige Gärten – Szenen, die irdische Landschaften porträtiert haben könnten, wären nicht die Farben der Vegetation völlig anders gewesen. Die Arbeit trug ohne Zweifel die Handschrift eines Meisters; die Atmosphäre war so zart, die Technik so perfekt; nirgends gab es hier ein Lebewesen, ob Mensch oder Tier, bei dem ich eine Ähnlichkeit mit diesen anderen und vielleicht ausgestorbenen Marsbewohnern feststellen konnte.

Während ich meiner Phantasie erlaubte, wilde Vermutungen über die möglichen Erklärungen der Besonderheiten anzustellen, die ich bis jetzt auf dem Mars kennengelernt hatte, kam Sola zurück und brachte Essen und Trinken mit. Dies stellte sie neben mich auf den Fußboden, setzte sich ein Stück weiter weg und betrachtete mich eingehend. Die Nahrung bestand aus einem Pfund einer festen Substanz, etwa mit Konsistenz von Käse, und war nahezu geschmacklos, während es sich bei der Flüssigkeit offenbar um die Milch irgendeines Tieres handelte. Sie schmeckte nicht unangenehm, allenfalls ein bißchen säuerlich, und schon bald schätzte ich sie sehr. Diese Milch kam allerdings, wie ich später entdeckte, doch nicht von einem Tier, denn es gibt ja nur einen Säuger auf dem Mars und selbst den nur ganz selten, sondern von einer großen Pflanze, die praktisch ohne Wasser gedeiht. Sie scheint ihr reichliches Milchvorkommen aus den Substanzen des Bodens, der Luft und den Sonnenstrahlen zu destillieren. Eine einzige dieser Pflanzen gibt acht oder neun Quarts dieser Milch pro Tag ab.

Nach dem Essen ging es mir schon viel besser, doch da ich sehr müde war, legte ich mich auf die Seidenkissen und schlief bald ein. Ich muß mehrere Stunden geschlafen haben, denn als ich aufwachte, war es schon dunkel, und ich fror. Irgend jemand hatte mir ein Fell übergedeckt, doch es war etwas verrutscht, und ich sah in der Dunkelheit nicht genug, um es wieder richtig hinzulegen. Plötzlich wurde die Decke über mich gezogen und kurz darauf eine zweite obenauf gelegt.

Ich vermutete, daß mein aufmerksamer Wächter Sola war, und ich hatte recht. Unter all den grünen Marsianern, die ich kennenlernte, besaß dieses Mädchen allein Anzeichen von Sympathie, Liebenswürdigkeit und Zuneigung; ihre Fürsorge für meine körperlichen Bedürfnisse war unerschöpflich, und ihre Besorgtheit bewahrte mich vor mancherlei Leiden und Entbehrungen.

Wie ich merkte, waren die Marsnächte extrem kalt, und da es praktisch keinen Sonnenauf- oder -untergang gibt, sind die Temperaturstürze plötzlich und höchst unangenehm, so wie die Übergänge von hellem Tageslicht zu Dunkelheit. Die Nächte sind entweder strahlend erleuchtet oder sehr dunkel, denn wenn keiner der beiden Marsmonde am Himmel steht, ist es vollkommen finster, da die fehlende Atmosphäre oder, besser, die ausgesprochen dünne Atmosphäre das Sonnenlicht nicht in größerem Umfang verbreitet; stehen aber beide Monde nachts am Himmel, ist die Bodenoberfläche hell erleuchtet. Diese Monde sind dem Mars viel näher als unser Mond der Erde; der nächstliegende Mond ist etwa fünftausend Meilen entfernt, der andere etwas mehr als vierzehntausend Meilen gegenüber der Viertelmillion Meilen, die uns von unserem Mond trennen. Der nähere Mond umläuft den Mars in gut siebeneinhalb Stunden, so daß man ihn wie einen riesigen Meteor zwei oder dreimal pro Nacht am Himmel dahinrasen sieht, während er alle seine Phasen durchläuft.

Der weiter entfernte Mond dreht sich in gut dreißigeinviertel Stunden um den Mars und läßt, zusammen mit seinem Schwestersatelliten, die nächtliche Marslandschaft in einzigartiger und unheimlicher Erhabenheit erscheinen. Und die Natur hat gut daran getan, die Marsnächte so gnädig und reichlich mit Licht zu erhellen, denn die grünen Marsmenschen, Nomaden ohne hohes geistiges Niveau, haben nur sehr primitive Vorstellungen von künstlichem Licht. Dieses besteht bei ihnen hauptsächlich aus

Fackeln, einer Art Kerze und einer sonderbaren Öllampe, die ohne Docht brennt.

Ein solches Gerät erzeugt ein intensives und weitleuchtendes weißes Licht, aber da das Erdöl, das dazu benötigt wird, nur durch Bohrungen in den weit verstreuten und abgelegenen Gebieten gewonnen werden kann, wird es nur sehr selten von diesen Kreaturen benutzt, die nur an heute denken und deren Haß auf jegliche handwerkliche Arbeit sie jahrelang in einem halb-barbarischen Zustand ließ.

Nachdem Sola mich erneut zugedeckt hatte, schlief ich wieder ein und erwachte erst bei Tagesanbruch. Die restlichen Bewohner des Zimmers waren alles Frauen. Auch sie schliefen, dick vermummt unter einem bunt gemischten Haufen aus Seide und Fellen. Quer über der Türschwelle lag immer noch das schlaflose Vieh, genauso wie ich es am Vortag gesehen hatte; es hatte keinen einzigen Muskel bewegt; sein Blick ließ mich nicht aus den Augen, und ich überlegte, was mir wohl passierte, sollte ich versuchen zu entkommen.

Ich neigte schon immer dazu, das Abenteuer zu suchen und dort nachzuforschen und zu experimentieren, wo es vielleicht klüger gewesen wäre, aufzuhören. Es kam mir daher in den Sinn, daß der sicherste Weg, die Haltung dieses Biestes mir gegenüber kennenzulernen, ein Fluchtversuch war. Ich fühlte mich vollkommen sicher, ihm zu entkommen, sollte es mich auch verfolgen, nachdem ich einmal aus dem Gebäude war, denn ich war mittlerweile sehr stolz auf meine Sprungleistungen. Darüberhinaus sah ich an seinen kurzen Beinen, daß dieses Vieh kein Springer und wahrscheinlich auch kein guter Läufer war.

Langsam und vorsichtig stand ich also auf, nur um zu sehen, daß mein Bewacher das gleiche tat; behutsam ging ich auf ihn zu und merkte, daß ich bei einem schlurfenden Gang nicht nur meine Balance hielt, sondern auch erstaunlich gut vorankam. Als ich mich dem Untier näherte, wich es vorsichtig zurück, und als ich die Tür erreichte, trat es zur Seite und ließ mich vorbei. Dann folgte es mir mit zehn Schritten Entfernung, während ich die ausgestorbene Straße entlang ging.

Offensichtlich, dachte ich, lautete sein Auftrag nur, mich zu beschützen, doch als ich den Stadtrand erreichte, sprang es plötzlich vor mich, machte komische Geräusche und fletschte seine häßlichen und grausigen Stoßzähne. Ich wollte mir auf seine Kosten einen Spaß erlauben, stürzte darauf zu, sprang, kurz bevor ich es erreicht hatte, in die Luft und landete weit hinter ihm, außerhalb der Stadt. Es drehte sich sofort um und stürmte mit der entsetzlichsten Geschwindigkeit, die ich je sah, auf mich zu. Ich sah seine kurzen Beine als Hinderungsgrund für Schnelligkeit an; doch wäre es mit Windhunden um die Wette gelaufen, so hätten diese daneben gewirkt, als ob sie auf einer Fußmatte schliefen. Es ist das flinkste Tier auf dem Mars, und dank seiner Intelligenz, Loyalität und Wildheit wird es zur Jagd, im Krieg und als Beschützer des Marsmenschen gebraucht.

Ich sah sofort, daß ich keine Chancen hatte, seinen Fängen auf gerader Strecke zu entkommen, und deshalb begegnete ich seinem Angriff, indem ich noch schneller lief und einfach über das Tier sprang, als es mich schon fast erreicht hatte. Dieses Manöver gab mir einen bedeutenden Vorsprung, und es gelang mir, die Stadt kurz vor ihm zu erreichen, und während es hinter mir herraste, sprang ich dreißig Fuß hoch in das Fenster eines Gebäudes, von dem aus man das Tal überblicken konnte. Ich klammerte mich an das Fenstersims, setzte mich darauf, ohne in das Zimmer zu schauen, und starrte nach unten auf das verblüffte Tier. Mein Jubel war nur von kurzer Dauer, denn kaum hatte ich einen sicheren Platz auf dem Sims, packte mich eine riesige Hand im Nacken und zog mich gewaltsam ins Zimmer. Ich wurde auf den Rücken geworfen und erblickte eine kolossale affenartige weiße Gestalt über mir, die bis auf einen enormen, borstigen Haarschopf auf dem Kopf vollkommen kahl war.

Dieses Monstrum, das eher unseren Erdmenschen ähnelte als den Marsianern, die ich bis jetzt gesehen hatte, drückte mich mit seinem riesigen Fuß zu Boden und plapperte und gestikulierte mit einer ihm antwortenden Kreatur hinter mir. Diese war offensichtlich sein Kamerad, denn sie kam sofort auf uns zu und trug einen mächtigen Knüppel bei sich, womit sie mir offenbar den Schädel einschlagen wollte.

Diese Geschöpfe waren etwa zehn bis fünfzehn Fuß groß und hatten, wie die Marsianer, ein paar Zwischenarme oder Beine, genau zwischen ihren oberen und unteren Gliedmaßen. Ihre Augen standen dicht beieinander, traten aber nicht hervor; die Ohren waren höher und noch seitlicher angesetzt als bei den Marsianern, während ihre Schnauzen und Zähne ganz genau wie die unserer afrikanischen Gorillas waren. Verglichen mit den Marsianern waren sie eigentlich gar nicht so unansehnlich.

Der Knüppel wurde im hohen Bogen geschwungen und sollte wohl auf meinem offenen Gesicht landen, als ein grausiger Vielfüßler sich wie ein Blitz durch die Tür voll auf die Brust meines Henkers stürzte. Mit einem Angstschrei sprang der Affe, der mich festgehalten hatte, aus dem offenen Fenster, doch sein Kamerad war in einem grausamen Todeskampf mit meinem Retter, der niemand anderer war als mein treuer Bewacher; ich bringe es nicht über mich, eine so grauenhafte Kreatur als Hund zu bezeichnen.

So schnell wie möglich stand ich auf, lehnte mich mit dem Rücken an die Mauer und wurde Zeuge eines Kampfes, dessen Anblick nur wenigen Lebewesen vergönnt ist. Die Beweglichkeit und blinde Wildheit dieser beiden Kreaturen erreicht Ausmaße, die für Erdbewohner unvorstellbar sind. Meine Bestie hatte durch seinen ersten Griff einen Vorsprung, denn es hatte seine mächtigen Fänge tief in die Brust seines Gegners gegraben; doch die starken Arme und Pranken des Affen, weit muskulöser als die der Marsianer, die ich gesehen hatte, schnürten meinem Bewacher die Kehle zu und bogen ihm Kopf und Hals zurück auf den Körper, daß ich jeden Moment erwartete, dieser würde mit gebrochenem Genick schlaff zu Boden fallen.

Dabei riß der Affe seinen Brustkorb aus der festen Umklammerung des kraftvollen Kiefers seines Gegners. Hin und her rollten sie auf dem Fußboden, ohne daß einer von ihnen einen Angst- oder Schmerzschrei ausstieß. Bald darauf sah ich, wie die Augen meines Beschützers vollständig aus der Augenhöhle traten und Blut aus seinen Nasenlöchern floß. Er war deutlich geschwächt, aber auch die Kraft des Affen ließ immer mehr nach.

Plötzlich kam ich zu mir, und dank diesem seltsamen Instinkt, der mich immer an meine Pflicht erinnert, hob ich den Knüppel auf, der bei Beginn des Kampfes auf den Boden gefallen war, und schwang ihn mit der ganzen Kraft meiner irdischen Arme voll auf den Kopf des Affen, dessen Schädel wie eine Eierschale zerschmettert wurde.

Kaum war der Schlag niedergegangen, wurde ich bereits mit einer neuen Gefahr konfrontiert. Der Kamerad des Affen war, nachdem er sich von seinem ersten Schrecken erholt hatte, durch das Innere des Gebäudes wieder auf dem Schauplatz des Zusammenstoßes erschienen. Ich bemerkte ihn, kurz bevor er die Tür erreichte, und sein Anblick, außer sich vor Zorn brüllend und mit Schaum vor dem Mund, als er seinen leblosen Freund auf dem Boden erblickte, erfüllte mich, das muß ich gestehen, mit den schrecklichsten Vorahnungen.

Ich bin immer bereit zu kämpfen, wenn die Chancen nicht allzu überwältigend gegen mich sind, aber in diesem Fall sah ich weder Ruhm noch irgendeinen Gewinn darin, daß meine vergleichsweise geringe Kraft den Kampf mit den stählernen Muskeln und der blinden Wildheit dieses wütenden Bewohners einer unbekannten Welt aufnehmen sollte; tatsächlich schien der einzige Ausgang eines solchen Zusammenstoßes, was mich betraf, der sofortige Tod zu sein.

Ich stand nahe am Fenster und wußte, daß ich, sobald ich auf der Straße war, den Platz erreichen konnte und in Sicherheit war, bevor dieses Monstrum mich einholen konnte; ich hatte letztendlich die Wahl, mich entweder durch Flug in Sicherheit zu bringen oder höchstwahrscheinlich zu sterben, sollte ich doch noch bleiben und verzweifelt kämpfen.

Es stimmt, ich hielt immer noch den Knüppel, aber was konnte ich damit schon gegen seine vier großen Arme ausrichten? Selbst wenn ich einen mit dem ersten Hieb brach – denn ich nahm an, daß er versuchen würde, den Knüppel abzuwehren –, konnte er mich dennoch mit den restlichen fertigmachen, bevor ich mich noch auf einen zweiten Angriff vorbereiten könnte.

Während mir diese Gedanken durch den Kopf schossen, hatte ich mich schon zum Fenster gedreht, doch als mein Blick auf die Form meines einstigen Bewachers fiel, waren sie wie weggeblasen. Er lag keuchend auf dem Fußboden, seine großen Augen waren auf mich geheftet und schienen kläglich um Schutz zu bitten. Ich konnte diesem Blick nicht widerstehen noch konnte ich meinen Retter verlassen, ohne mich in seinem Interesse in ebenso gutem Licht zu zeigen, wie er es für mich getan hatte.

Ohne weiteres drehte ich mich also um, um dem Angriff dieses rasenden Affenbullen zu begegnen. Er war jetzt schon so nah, daß der Knüppel mir nicht mehr sehr viel helfen konnte, und so schlug ich ihm bloß so heftig ich konnte gegen seinen massigen Körper. Es traf ihn knapp unter den Knien, und er schrie vor Schmerz und Wut. Der Schlag hatte ihn so aus dem Gleichgewicht gebracht, daß er voll auf mich stürzte, die Arme weit ausgestreckt, um einen Sturz zu verhindern.

Wie am Vortag griff ich auf irdische Taktiken zurück und gab ihm mit meiner Rechten einen ordentlichen Kinnhaken, gefolgt von einer schmetternden Linken in die Magengegend. Die Wirkung war hervorragend, denn als ich einen Schritt zur Seite trat – nachdem ich den zweiten Schlag geliefert hatte –, taumelte er und fiel vor Schmerzen gekrümmt und keuchend zu Boden. Ich sprang über seinen ausgestreckten Körper, hob den Knüppel auf und tötete das Monster, bevor es wieder aufstehen konnte.

Als ich den Schlag lieferte, ertönte ein tiefes Lachen hinter mir, und als ich mich umdrehte, erblickte ich Tars Tarkas, Sola und drei oder vier Krieger in der Tür. Während mein Blick den ihren traf, erhielt ich zum zweiten Mal ihren eifrig gehüteten Applaus.

Sola bemerkte meine Abwesenheit, als sie aufwachte, und informierte umgehend Tars Tarkas, der sofort mit einer Handvoll Krieger loszog, um mich zu suchen. Als sie die Stadtgrenze erreicht hatten, sahen sie den Affenbullen wutschäumend in das Gebäude rasen.

Sie waren ihm sofort gefolgt, hielten es aber kaum für möglich, daß seine Handlungen ein Hinweis auf meinen Aufenthaltsort sein könnten, und wurden dann Zeuge meines kurzen, aber entscheidenden Kampfes mit ihm. Dieser Zusammenstoß, meine Streiterei mit dem Krieger vom Vortag und meine Springleistungen hoben mich in ihren Augen auf einen hohen Sockel. Diesen Lebewesen fehlt es offensichtlich an feineren Gefühlen wie Freundschaft, Liebe oder Zuneigung. Sie verehren eher physische Kraft und Tapferkeit, und nichts ist so gut, um sich ihre Bewunderung zu erhalten, wie wiederholte Beispiele von Geschick, Stärke und Mut. Sola, die den Suchtrupp freiwillig begleitete, war die einzige, deren Gesicht nicht in Gelächter ausgebrochen war, während ich um mein Leben kämpfte. Im Gegenteil, sie war wirklich ernsthaft besorgt, und sobald ich das Monster besiegt hatte, eilte sie zu mir und untersuchte meinen Körper vorsichtig nach Wunden oder Verletzungen. Beruhigt darüber, daß ich unversehrt war, lächelte sie still, ergriff meine Hand und ging auf die Zimmertür zu.

Tars Tarkas und die anderen Krieger waren hereingekommen und standen über dem Tier, das wieder zu sich kam, das mein Leben und dessen Leben ich gerettet hatte. Sie schienen zu diskutieren, und schließlich sprach mich einer von ihnen an, erinnerte sich dann aber, daß ich seine Sprache nicht verstand, und drehte sich wieder zu Tars Tarkas. Dieser gab dem Krieger eine Anweisung und wandte sich ab, um mit uns das Zimmer zu verlassen.

Irgendwie war etwas Bedrohliches in ihrer Haltung meinem Tier gegenüber, und ich zögerte zu gehen, bis ich wußte, was sie vorhatten. Das war auch gut so, denn der Krieger zog eine übel aussehende Pistole aus dem Halfter und zielte schon auf das Vieh, als ich vorsprang und seinen Arm hochriß. Die Kugel traf den hölzernen Fensterrahmen, explodierte und durchlöcherte Holz und Mauerwerk.

Ich kniete mich neben mein furchterregend aussehendes Tier und hob es auf die Beine und bedeutete ihm, mir zu folgen. Die überraschten Blicke, die diese Handlungen bei den Marsianern hervorriefen, waren grotesk; wenn überhaupt konnten sie nur auf eine sehr kindische Weise Eigenschaften wie Dankbarkeit und Mitleid verstehen. Der Krieger, dessen Pistole ich hochgerissen hatte, blickte fragend zu Tars Tarkas, doch dieser entschied, mich in Ruhe zu lassen. So gingen wir auf den großen Platz zurück, mit meinem Tier, das mir dicht auf den Fersen folgte, und Sola, die mich fest am Arm hielt.

Ich hatte schließlich zwei Freunde auf dem Mars; eine junge Frau, die mit mütterlicher Besorgtheit über mich wachte, und ein stummes Geschöpf, das, wie ich später merken sollte, in seinem armen, häßlichen Körper mehr Liebe, mehr Loyalität und mehr Dankbarkeit hatte als alle fünf Millionen grüne Marsianer zusammen, die durch die verlassenen Städte und ausgetrockneten Ozeane des Mars ziehen.

James Branch Cabell
(1879 - 1958)

Burroughs kreierte die Fantasy als Massenunterhaltung in den USA, aber zur gleichen Zeit schrieb dort ein Schriftsteller, der im Gegensatz zu Burroughs die Werke von Morris und Dunsany kannte, Eddison lobend rezensierte und für den Fantasy keine Genreliteratur, sondern eine literarische Ausdrucksform besonderer Art war, in der er Ästhetizismus und Ironie verbinden konnte.

Cabell stammte aus einer alten Südstaatenfamilie in Virginia, die zu jenen angesehenen, aber inzwischen verarmten Kreisen gehörte, die sich noch immer mit der im Bürgerkrieg untergegangenen Konföderation identifizierten. Sein Großvater war ein Schulfreund von Edgar Allan Poe gewesen. Nach dem College arbeitete Cabell bei mehreren Zeitungsverlagen, danach von 1902 bis 1911 als Genealoge und suchte in diesem Beruf auch in Frankreich, England und Irland nach den Vorfahren alter amerikanischer Südstaaten-Familien. Nach einigen Jahren im Büro einer Kohlengrubengesellschaft heiratete er 1913 eine wohlhabende Witwe mit fünf Kindern und ließ sich in der Nähe von Richmond als Schriftsteller nieder.

Die erste Geschichte hatte er 1902 verkauft, und 1913 lagen bereits drei Romane von ihm veröffentlicht vor. Aus ihnen entwikkelte sich die vielbändige ›Biographie vom Leben Manuels‹, die das Leben Manuels, der es vom Schweinehirten zum König eines quasiprovinzialischen Reiches namens Poictesme bringt, und aller seiner Nachkommen bis hin zur Gegenwart verfolgt. Die meisten Romane und Erzählungen spielen im fiktiven Poictesme, in das auch Manuels Nachkommen aus der Gegenwart mitunter zurückversetzt werden. Die Idee, ein Romanwerk in dieser Form anzulegen, entstand offenbar aus Cabells eigener genealogischen Arbeit, und er rundete seine Dichtung dann auch noch mit einer als gesondertes Buch erschienenen fiktiven Genealogie ab, *The Lineage of Lichfield*, in der die Ahnenreihe von Dom Manuel ausführlich entwickelt wird.

Bekannt wurde Cabell durch den literarischen Skandal um seinen 1919 erschienen Roman *Jürgen*, der in den USA einige Jahre wegen Obzönität verboten war, was das Interesse an dem Buch selbstverständlich ungemein förderte. Nach heutigen Maßstäben ist an Jürgens Abenteuern, die ebenfalls zur ›Biographie vom Leben Manuels‹ gehören, nicht das geringste Pornographische zu entdekken. Aber für das hysterische geistige Klima in den USA der damaligen Zeit, in der ja unter anderem auch ein totales Alkoholverbot – die Prohibition – durchgesetzt werden konnte, waren schon die versteckten sexuellen Anspielungen und erotischen Symbole des Romans zuviel. Als Skandalautor kam Cabell zu einem Ruhm, der weder ihm noch seinem Werk gerecht wurde.

Nach dem Zweiten Weltkrieg geriet Cabell beim breiten Publikum in Vergessenheit. Schon 1930 hatte er erklärt, daß er nicht mehr schreiben wolle, nachdem die ›Biographie vom Leben Manuels‹ zu diesem Zeitpunkt weitgehend abgeschlossen war. Er veröffentlichte dann jedoch unverdrossen weiter, Kritik interessierte ihn genauso wenig wie die Resonanz seiner Bücher beim Publikum. Cabell ließ sich die Regeln seiner künstlerischen Produktion nicht von der Wirklichkeit vorschreiben, wie Jürgen Blasius in seinem Nachwort zur deutschen Neuausgabe von *Jürgen* aufzeigt. Für Cabell imitierte das Leben die Kunst und nicht die Kunst das Leben.

Die Biographie des Dom Manuel

Nach Morris, der eine fiktive Epoche erfand, Dunsany mit seinen erfundenen Göttern und Eddison mit seinem allegorischen Merkur ist Cabell der erste Fantasy-Autor gewesen, der ein ganzes Universum erschuf.

Da ist zunächst Dom Manuel, der vom Schweinehirten zum Grafen des fiktiven mittelalterlichen Landes Poictesme aufsteigt. Poictesme läßt sich aus den verschiedenen Romanen so anschaulich ableiten, daß man die auf S. 166/167 abgebildete Karte dieses Landes zeichnen kann. Doch wie sich von Manuel aus eine immer verworrenere Geschlechterreihe bis zu seinen fernen Ahnen im Süden der USA entwickelt, so finden sich von Poictesme von Roman zu Roman immer neue Wirklichkeiten, die wie die Schalen einer Zwiebel übereinander liegen. In *Jürgen* besucht der Held die Himmel und Höllen verschiedener Mythologien, die alle auf raffinierte Weise miteinander verbunden sind. Auch um das Poictesme eines Frankreich des frühen Mittelalters gruppiert der Autor in jedem Roman immer neue unbekannte Länder, die aber nicht alle erfunden, sondern aus den verschiedensten Mythologien und obskuren mittelalterlichen Büchern zusammengesucht sind.

Jürgen gelangt in den christlichen Himmel und trifft dort einen Gott, der sich als unfähiger Schwätzer herausstellt und die Bibel wie ein eitler Bestsellerautor anpreist. Man merkt schnell, daß man es hier nicht mit dem Schöpfer des Universums zu tun haben kann. Schließlich entdeckt Jürgen dann auch den wahren Herrscher des Kosmos, einen fleißigen kleinen Bürokraten namens Koshchei, der in einem Hinterzimmer hinter einem überfüllten Schreibtisch hockt. Doch in einem anderen Buch, *The Silver Stallion*, werden die Leser in das Valhalla der nordischen Götter versetzt und erfahren dort, daß der besagte Koshchei nur ein jugendlicher Nachwuchsgott ist, der sich noch immer mit dem kindlichen Vergnügen des Weltenmachens beschäftigt. Zum obersten Gott Valhallas wird schließlich ein ehemaliger Kampfgefährte Dom Manuels, Donander, doch den hat der wandernde Demiurg Horvendile erfunden, wie man einem späteren Roman entnimmt. Und Horvendile ist nur das Traumego des virginischen Dichters Felix Kennaston, das entsteht, als Kennaston über einem hypnotischen Talisman einschläft, dem Siegel von Scoteia, in dessen verschlungenem Muster sich ein kryptographischer Hinweis auf James Branch Cabell verbirgt.

In der Ahnenreihe von Manuel wollte Cabell, wie er selbst sagte, als Hauptthema die drei möglichen Attitüden gegenüber der menschlichen Existenz darstellen, »die von vielen Abkommen Manuels sich zu eigen gemacht wurden, von ihnen veranschaulicht und gelegentlich auch vermischt wurden. Ich meine die ritterliche Attitüde, die galante Attitüde und das, was ich nur als die poetische Attitüde beschreiben kann. Die Abkommen Manuels haben zu verschiedenen Zeiten sehr unterschiedlich das Leben betrachtet: als eine Prüfung, als ein Spielzeug und als Rohmaterial. Sie haben auf verschiedene Weise während ihrer Existenz auf Erden bewunderungswürdig zu werden gesucht, selbst mit Hilfe der einzig wahren Prüfung, der ihrer Gedanken, während sie nachts wach lagen; oder sie haben danach getrachtet, das Leben zu genießen; oder sie haben danach gestrebt, etwas Dauerhafteres als das Leben zu schaffen.«

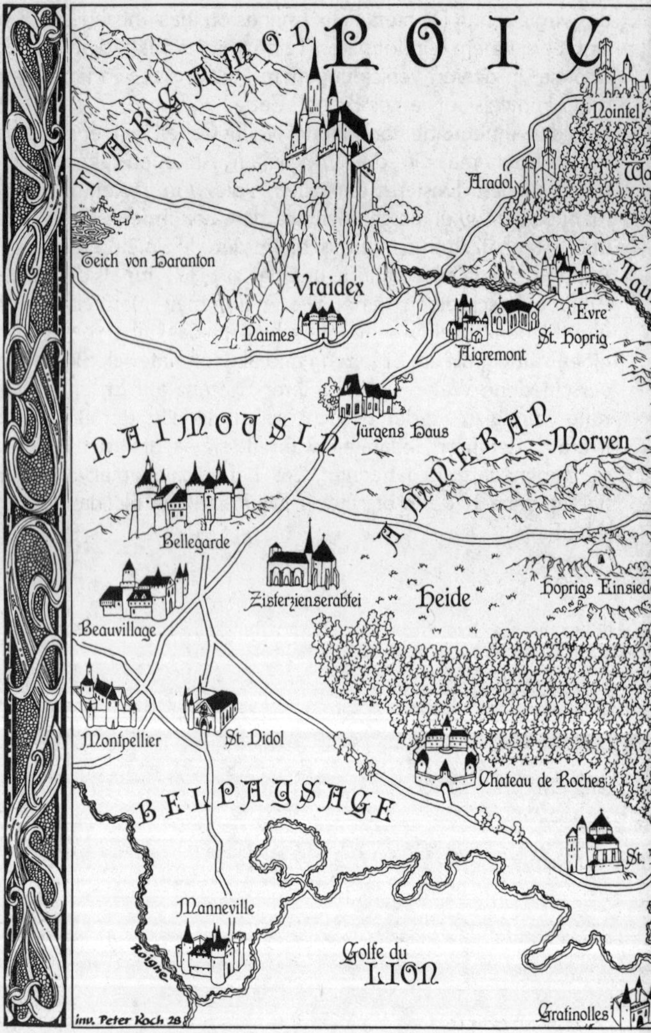
TARGAMON
Noinfel
Aradol
Teich von Haranton
Vraidex
Naimes
Aigremont
St. Hoprig
Evre
Jürgens Haus
NAIMOUSIN
AMNERAN
Morven
Bellegarde
Beauvillage
Zisterzienserabtei
Heide
Montpellier
St. Didol
Chateau de Roches
BELPAYSAGE
Manneville
Roigne
Golfe du
LION
Grafinolles
inv. Peter Koch 28

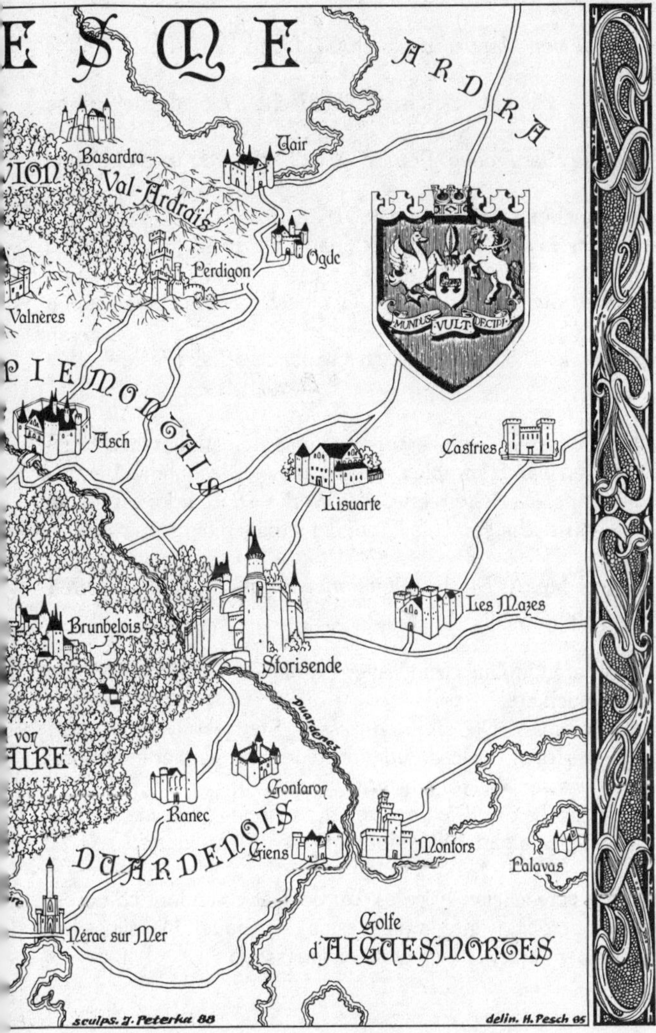

ESME
ARDRA
Basardra
VION
Val-Ardrais
Yair
Ogde
Perdigon
Valnères
PIEMONTAIS
Asch
MUNIUS VULT DECIPI
Castries
Lisuarte
Les Mazes
Brunbelois
Sforisende
Duardenez
von
AIRE
Gontaron
Ranec
DUARDENOIS
Giens
Monfors
Palavas
Nérac sur Mer
Golfe
d'AIGUESMORTES
sculps. J. Peterka 88
delin. H. Pesch 85

Lesehinweise:

Die Legende von Manuel, Bergisch Gladbach 1985 (Bastei-Lübbe 20075)
Der silberne Hengst, Bergisch Gladbach 1986 (Bastei-Lübbe 20081)
Die schönste aller Frauen, Bergisch Gladbach 1986 (Bastei-Lübbe 20087)
Jürgen, München 1981 (Heyne 3801)
Der verwunschene Ort, Bergisch Gladbach 1987 (Bastei-Lübbe 20099)
Der Zauber der Eva, Bergisch Gladbach 1988 (Bastei-Lübbe 20105)
Das zerbrochene Siegel, Bergisch Gladbach 1988 (Bastei-Lübbe 20111)

Cabells Verwirrspiel mit Inkarnationen und ineinander verschränkten Universen war zu komplex, als daß es viele Nachahmer herausgefordert hätte. Das bereits erwähnte Werk ← E. R. Eddisons bildet eine zeitgenössische Parallele. Einer der wenigen direkten Nachfolger ist:
John Myers Myers, *Die Insel Literaria,* Bergisch Gladbach 1984 (Bastei-Lübbe 20063)

Eine ironisierende Umsetzung alter Romanzen und Ritterromane findet sich auch bei:
William Goldman: *Die Brautprinzessin,* Stuttgart 1977 (Hobbit Presse/Klett-Cotta), welches vorgibt, eine kommentierte Fassung eines Romans von ›S. Morgenstern‹ zu sein.
Manuel Mujica Lainez: *Die Sage von der schönen Melusine, von ihr selbst erzählt,* Stuttgart 1986 (Hobbit Presse/Klett-Cotta)

Ein ähnlich verwickelter Kosmos wie bei Cabell findet sich bei → Michael Moorcock, während die Gestalt des Grauen Mauslings bei → Fritz Leiber Cabells Horvendile einiges verdankt.

Auf seinen Wanderungen, die ihn bei der Suche nach seinem zänkischen verschwundenen Weib durch diverse Himmel und Höllen führen, gelangt Jürgen in dem gleichnamigen Roman schließlich auch an einen Ort, der den christlichen Vorstellungen von der Hölle entspricht. Zuvor hatte er es gerade zum Kaiser von Noumaria gebracht.

Jürgen in der Hölle

Nun erzählt die Geschichte, wie die Teufel der Hölle in einer ihrer Kirchen versammelt waren und in solcher Art und Weise Weihnachten feierten, wie die Teufel diesen Tag zu begehen pflegen; und wie Jürgen durch die Falltür in die Sakristei fiel; und wie er der Geschöpfe ansichtig wurde, die diesen Ort bewohnten, und sich über sie wunderte. Denn nach der Feier kamen alle Teufel zu ihm, wie sie von seinen Ahnen vorausgesagt worden waren, und sie unterschieden sich nicht um ein Haar, eine Schuppe oder eine Kralle von dem Schlimmsten, was die Alten sich hatten ausmalen können.

›Anatomie ist hierzulande bedeutungsloser als in Cocaigne‹, war Jürgens erster Gedanke. Dann aber mußte er sich einer Untersuchung durch die Teufel unterziehen, die sich vergewisserten, daß er kein Wasser in die Hölle schmuggelte.

»Nun, wer magst du sein, der lebendig zu uns kommt und in einem feinen Hemd, desgleichen wir noch nie gesehen?« fragte Dithican. Er hatte das Haupt eines Tigers, im übrigen aber das Aussehen eines großen Vogels, mit glänzendem Gefieder und vier Füßen. Sein Hals war gelb, der Körper grün und die Füße schwarz.

»Es wäre nicht aufrichtig gegen euch gehandelt, wenn ich verleugnete, daß ich der Kaiser von Noumaria bin«, sagte Jürgen, seinen Stand etwas voranbringend.

Nun sprach Amaimon, in der Gestalt eines dicken, aufrecht auf dem Schwanzende gehenden talgfarbenen Wurmes, dessen Ende wie das eines Glühwürmchens leuchtete. Er hatte keine Füße, aber unter der Mundöffnung waren zwei kurze Hände, und auf seinem Rücken wuchsen Borsten wie die Stacheln eines Igels.

»Wir sind hier von Kaisern überlaufen«, sagte Amaimon zweifelnd, »und ihre Verbrechen sind uns eine große Plage. Warst du ein sehr böser Herrscher?«

»Niemals, seit ich Kaiser wurde«, erwiderte Jürgen, »hat einer meiner Untertanen auch nur ein Wort der Klage gegen mich vorgebracht. Daher versteht es sich von selbst, daß ich mir keine ernsten Vorwürfe zu machen habe.«

»Dann verlangt dein Gewissen nicht, daß du gestraft wirst?«

»Mein Gewissen, liebe Herren, ist zu wohlerzogen, um auf irgend etwas zu bestehen.«

»Du wünschst nicht einmal, gefoltert zu werden?«

»Nun, ich gebe zu, daß ich etwas von der Art erwartet hatte. Nichtsdestoweniger werde ich nicht darauf bestehen«, sagte Jürgen bescheiden. »Nein, ich werde selbst dann recht zufrieden sein, wenn ihr mich überhaupt nicht foltert.«

Darauf machte die Menge der Teufel großes Aufhebens um Jürgen.

»Denn es ist über die Maßen gut, wenigstens einen anspruchslosen und bescheidenen Menschen in der Hölle zu haben. In der Regel bekommen wir nichts als unmäßig stolze und gewissenhafte Geister, deren Eigendünkel unerträglich ist und deren Forderungen empörend sind.«

»Wie kann das sein?«

»Nun, wir müssen sie bestrafen. Natürlich sind sie nicht ihren Untaten entsprechend bestraft, solange sie nicht der Überzeugung sind, daß das, was mit ihnen geschieht, gerecht und angemessen ist. Und du hast keine Vorstellung, welche ausgeklügelten Torturen ihre unmäßige Bosheit ihrer Meinung nach verdient hat, als ob ihre Untaten oder Versäumnisse noch irgendwem etwas bedeuteten. Und die Erfindung und Anwendung solcher Torturen ist ungemein ermüdend für uns.«

»Aber wozu wird dieser Ort die Hölle meiner Vorväter genannt?«

»Weil eure Vorväter sie in ihren Träumen errichteten«, sagten sie zu ihm. »Aus dem gleichen Stolz, der sie zu dem Glauben verleitete, ihr Tun sei von hinlänglicher Bedeutung, um Bestrafung nach sich zu ziehen. So haben wir es wenigstens gehört. Aber wenn du die ganze Wahrheit hören willst, mußt du zu unserem Großvater nach Barathum gehen.«

»Das werde ich tun. Und bewohnen meine eigenen Vorfahren und Ahnen der alten Zeit alle diesen grauen Ort?«

»Alle diejenigen, die mit dem geboren sind, was sie ein Gewissen nennen, kommen hierher«, sagten die Teufel. »Meinst du, du könntest sie überreden, anderswohin zu gehen? Denn in diesem Fall wären wir dir zu tiefem Dank verpflichtet. Ihr Eigendünkel ist bemitleidenswert; aber er ist auch lästig, weil er uns nicht zur Ruhe kommen läßt.«

»Vielleicht kann ich helfen, daß ihr Gerechtigkeit erlangt, und der Versuch, euch Gerechtigkeit widerfahren zu lassen, ist meine kaiserliche Pflicht. Aber wer regiert dieses Land?«

Sie erzählten ihm, daß die Hölle in Fürstentümer aufgeteilt sei, die von Luzifer und Beelzebub, Belial, Ascheroth und Phlegeton regiert würden. Über allen diesen aber sei Großvater Satan, der im Schwarzen Haus in Barathum wohne.

»Nun, ich ziehe es vor, unmittelbar mit eurem Prinzipal zu sprechen«, sagte Jürgen, »weil ich hoffe, daß er mir die Verfassung dieses düsteren und unvernünftigen Landes erläutern kann. Ich bitte euch, geleitet mich in einer Form zu ihm, wie sie einem Kaiser zukommt!«

Darauf brachte Cannagosta eine Schubkarre herbei, Jürgen setzte sich hinein, und Cannagosta schob ihn darin fort. Cannagosta ähnelte einem Ochsen, aber auch wieder einer Katze, und hatte lockiges Haar.

Und als sie durch Chorasma kamen, einen sehr unangenehmen Ort, wo die Verdammten die ihnen zukommenden Höllenqualen erlitten, erblickte Jürgen keinen anderen als seinen eigenen Vater, Coth, den Sohn von Smoit und Steinvor, wie er inmitten einer besonders hohen Flamme stand und auf den Enden seines langen Schnurrbartes kaute.

»Haltet einen Augenblick an«, sagte Jürgen zu seinen Begleitern.

»Ah, dies ist die lästigste Person in der ganzen Hölle!« rief Cannagosta. »Ein Mensch, dem man nichts recht machen kann!«

»Wer wüßte das besser als ich?« erwiderte Jürgen.

Und er entbot seinem Vater höflich einen guten Tag, aber Coth erkannte diesen munteren jungen Kaiser von Noumaria nicht, der sich in einer Schubkarre durch die Hölle fahren ließ.

»Dann erkennst du mich nicht?« fragte Jürgen.

»Wie sollte ich dich kennen, wenn ich dich nie zuvor sah?« entgegnete Coth gereizt.

Und Jürgen widersprach ihm nicht: denn er wußte, daß er und sein Vater niemals in irgend etwas übereinstimmen konnten. So sagte er nichts weiter, und Cannagosta rollte ihn durch das graue Dämmerlicht tiefer und tiefer hinab in die Niederungen der Hölle, bis sie nach Barathum gelangten.

Als nächstes erzählt die Geschichte, wie drei subalterne Teufel eine laute Musik mit Sackpfeifen veranstalteten, als Jürgen das Schwarze Haus von Barathum betrat, um mit Großvater Satan zu sprechen.

Satan war wie ein Mann von sechzig oder vielleicht zweiundsechzig Jahren, nur war er mit grauem Pelz bedeckt und hatte ein Geweih wie ein Hirsch. Er trug einen dunkelgrauen Lendenschurz und saß auf einem Thron aus schwarzem Marmor, der sich auf einer erhöhten Plattform erhob. Sein buschiger Schwanz, der an jenen eines Eichhörnchens gemahnte, zuckte und wedelte rastlos über seinem Kopf, als er Jürgen wortlos musterte, ohne seinen Sinn von einem uralten Gedanken abzuwenden. Und seine Augen waren wie Licht, das auf kleine Tümpel aus Tinte scheint, denn es fehlte ihnen das Weiße.

»Welches ist die Bedeutung dieses unvernünftigen Landes?« sagte Jürgen ohne Umschweife. »Es ist kein Sinn darin und keine Gerechtigkeit.«

»Ach«, erwiderte Satan mit seiner seltsam heiseren Stimme, »das magst du wohl sagen: und genau das gleiche sagte ich meiner Frau erst gestern abend.«

»Dann hast du eine Frau!« sagte Jürgen, der sich immer für solche Dinge interessierte. »Ja, freilich! Als Christenmensch und verheirateter Mann hätte ich begreifen müssen, daß es Satan nicht anders gebührt. Und wie kommst du mit ihr aus?«

»Recht gut«, sagte Großvater Satan. »Aber sie versteht mich nicht.«

»Et tu, Brute!« sagte Jürgen.

»Und was bedeutet das?«

»Das ist eine Redewendung, die Erstaunen über ein Ereignis ohnegleichen ausdrückt. Aber in der Hölle scheint alles ziemlich seltsam beschaffen zu sein, und der Ort ist ganz und gar nicht so, wie er mir von den Priestern und den Bischöfen und den Kardinälen geschildert wurde, die mich in meinem schönen Palast zu Breschau zu ermahnen pflegten.«

»Wo, sagtest du, ist dieser Palast?«

»In Noumaria, wo ich Kaiser bin. Und ich brauche dich nicht zu beleidigen, indem ich erkläre, daß Breschau meine Hauptstadt ist und daß sie berühmt ist durch die Herstellung von Leinen- und Wollwaren und Handschuhen und geschnittenen Steinen und Branntwein, obwohl die Mehrzahl meiner Untertanen mit Viehzucht und Landwirtschaft beschäftigt ist.«

»Natürlich ist das nicht notwendig: denn ich habe Geographie studiert. Und ich habe oft von dir gehört, Jürgen, freilich nie, daß du ein Kaiser seiest.«

»Sagte ich nicht, daß dieser Ort keine Verbindung mit neuen Ideen hat?«

»Du mußt dir vergegenwärtigen, daß nachdenkliche Menschen sich von der Hölle fernhalten. Außerdem hindert uns der Krieg mit dem Himmel daran, an andere Angelegenheiten zu denken. Wie auch immer, Jürgen, ob Kaiser oder nicht, kraft welcher Autorität befragst du Satan in seinem eigenen Haus?«

»Ich habe das Wort gehört, welches der Esel mit der Katze wechselte«, erwiderte Jürgen, denn er entsann sich plötzlich dessen, was Merlin ihm gezeigt hatte.

Großvater Satan nickte verstehend. »Alle Ehre sei Seth und Ubastet! Und möge ihre Macht zunehmen. Ich will dir sagen, wie mein Königreich zustande kam.«

Darauf erzählte Satan, aufrecht und düster auf seinem hohen Marmorthron sitzend, wie er und die gesamte infernalische Domäne samt der Hierarchie, die er beherrschte, aus dem Stegreif von Koshchei erschaffen worden waren, um Jürgens Vorvätern und ihrem Stolz gefällig zu sein. »Denn sie waren unmäßig stolz auf ihre Sünden. Und einst begab es sich, daß Koshchei auf die Erde aufmerksam wurde, wo deine Vorväter umhergingen und über die Abscheulichkeit ihrer Sünden und die schrecklichen Strafen frohlockten, die sie dafür erwarteten. Nun tut Koshchei beinahe alles, um auf den Stolz einzugehen, denn stolz zu sein ist eines der beiden Dinge, die Koshchei unmöglich sind. Also war er erfreut, sehr erfreut: und nachdem er herzlich gelacht hatte, schuf er die Hölle aus dem Stegreif und machte sie gerade zu einem solchen Ort, wie er nach der Vorstellung deiner Vorfahren sein sollte, um ihrem Stolz zu Gefallen zu sein.«

»Und warum ist Stolz für Koshchei unmöglich?«

»Weil er die Dinge macht, wie sie sind; und bei Tag und Nacht betrachtet er sie, da er sonst nichts anzuschauen hat. Wie also könnte Koshchei stolz sein?«

»Ich verstehe. Es ist, als wäre ich in einer Zelle eingekerkert, worin es nichts gäbe außer meinen Versen. Mich schaudert, daran zu denken! Aber welches ist das andere, was Koshchei unmöglich ist?«

»Ich weiß es nicht. Es ist etwas, das nicht in die Hölle kommt.«

»Nun, ich wünschte, auch ich wäre niemals hier eingetreten, und nun mußt du mir helfen, aus diesem düsteren Ort hinauszukommen.«

»Und warum muß ich dir helfen?«

»Weil«, sagte Jürgen und zog den Zauber des Meisterphilologen hervor, »weil beim Tode Hadrians des Fünften Pedro Juliani, der Johannes der Zwanzigste hätte genannt werden sollen, durch einen Irrtum in der Berechnung als Johannes der Einundzwanzigste zum Papst gewählt wurde. Findest du meinen Grund nicht ausreichend?«

»Nein«, sagte Großvater Satan, nachdem er es überdacht hatte. »Ich kann nicht sagen, daß ich ihn hinreichend finde. Aber schließlich kommen Päpste in den Himmel. Es sieht im ganzen besser aus, namentlich in den Augen meiner Landsleute, da viele Päpste sich der Himmelsfreundlichkeit verdächtig gemacht haben. Darum lassen wir keinen von ihnen in die Hölle ein, um nun, da wir im Krieg stehen, unnötige Risiken zu vermeiden. Aus diesem Grunde werfe ich mich nicht zum Richter über Päpste und ihre Angelegenheiten auf.«

Und Jürgen bemerkte, daß er seinen Zauber wiederum falsch angewendet hatte oder daß er nicht die Macht hatte, jemanden aus der Hölle zu erlösen. »Aber wer hätte gedacht«, sagte er bei sich, »daß Großvater Satan ein so einfältiger alter Knabe ist?«

»Wie lang muß ich dann hierbleiben?« fragte er niedergeschlagen nach einer Pause.

»Ich weiß es nicht«, antwortete Satan. »Es muß allein davon abhängen, wie dein Vater darüber denkt . . .«

»Aber was hat er damit zu tun?«

». . . weil ich und alles andere, was hier ist, deines Vaters unsinnige Vorstellungen sind, wie du selbst so häufig durch Logik nachgewiesen hast. Und es ist kaum möglich, daß ein solch kluger Bursche wie du sich irren kann.«

»Wahrhaftig, das ist kaum möglich«, sagte Jürgen. »Ich sehe, die Angelegenheit ist ziemlich verwickelt. Aber ich bin bereit, von jedem Trunk einmal zu kosten. Und es wird mir gelingen, irgendwie Gerechtigkeit zu erlangen, selbst an diesem unvernünftigen Ort, wo meines Vaters unsinnige Vorstellungen die Wahrheit sind.«

So verließ Jürgen das Schwarze Haus von Barathum. Und er verließ Großvater Satan, der aufrecht und düster auf seinem hohen Marmorthron saß und unruhig mit dem weichen, buschigen Schwanz zuckte, während die Aufmerksamkeit hinter seinen im Halbdunkel funkelnden Augen niemals von einem uralten Gedanken sich abkehrte.

Darauf kehrte Jürgen nach Chorasma zurück, wo Coth, der Sohn von Smoit und Steinvor, gewissenhaft inmitten der größten und heißesten Flamme stand, die er sich hatte vorstellen können, und die erschöpften Teufel schalt, die ihn quälten, weil die Schmerzen, die sie ihm zufügten, an seine Bosheit nicht heranreichten.

Und Jürgen rief seinem Vater zu: »Der liederliche Unhold Cannagosta sagte dir, ich sei der Kaiser von Noumaria, und das leugne ich auch jetzt nicht. Aber siehst du nicht, daß ich zugleich dein Sohn Jürgen bin?«

»Wahrhaftig, so ist es«, sagte Coth, »nun ich mir den Halunken genauer ansehe. Und wie hast du es zum Kaiser gebracht?«

»Ach, Vater, ist dies ein Ort, wo man über bloße irdische Würden spricht? Ich bin überrascht, daß deine Gedanken selbst hier im Höllenfeuer noch immer solch eitlem Wahn nachhängen.«

»Es ist eine unzureichende Höllenqual, Jürgen, die mein Gewissen nicht erleichtert. Es gibt an diesem Ort keine Gerechtigkeit und keine Möglichkeit, Gerechtigkeit zu erlangen. Denn diese unfähigen Teufel nehmen meine Sünden nicht ernst und geben nur vor, mich zu strafen, und so bleibt mein Gewissen unbefriedigt.«

»Nun, Vater, ich habe mit ihnen geredet, und sie scheinen zu denken, daß deine Untaten schließlich nicht allzuviel ausmachen.«

Coth geriet in einen seiner vertrauten Wutanfälle. »So wisse denn, daß ich kaltblütig acht Männer umgebracht und fünf andere festgehalten habe, während sie getötet wurden. Ich veranschlage die Summe solcher Schlechtigkeit auf zehneinhalb Morde, und mein Gewissen verlangt, daß ich für diese bestraft werde.«

»Aber Vater, das war vor fünfzig oder mehr Jahren, und diese Männer würden jetzt in jedem Fall tot sein, also siehst du, daß es nicht mehr wichtig ist.«

»Ich sündigte mit Frauen, mit wie vielen weiß ich nicht mehr.«

Jürgen schüttelte den Kopf. »Das ist eine schockierende Neuigkeit für einen Sohn, und du kannst dir meine Empfindungen vorstellen. Nichtsdestoweniger ist auch das fünfzig Jahre her, Vater, und niemand sorgt sich heute noch darum.«

»Du Naseweis, du Affenschwanz, ich sage dir, daß ich geflucht und gestohlen und gefälscht und vier Häuser angezündet und den Sonntag entehrt und respektlos von meiner Mutter gesprochen und ein Götzenbild in Porutsa verehrt und Körperverletzung begangen habe. Ich sage dir, ich habe immer wieder gegen die zehn Gebote verstoßen. Ich habe alle bekannten Verbrechen begangen und sechs neue erfunden.«

»Ich glaube dir«, sagte Jürgen. »Allein, was macht es aus, wenn du alles das tatest?«

»Oh, schafft mir meinen Sohn vom Hals!« rief Coth. »Denn er ist wie seine Mutter; und obgleich ich der verworfenste Sünder war, der je gelebt hat, habe ich es nicht verdient, zweimal mit solch albernen Fragen geplagt zu werden. Und ich verlange, daß ihr Faulenzer von Teufeln mehr Brennstoff herbeischafft!«

»Guter Mann«, sagte ein keuchender kleiner Teufel in der Gestalt einer Kaulquappe, aber mit haarigen Armen und Beinen, die an einen Affen gemahnten, indes er vier Reisigbündel heranschleppte, »wir tun unser möglichstes für deine Unbequemlichkeit. Aber ihr Verdammten nehmt keine Rücksicht auf uns und denkt nicht daran, daß wir Tag und Nacht auf den Füßen sind, um euch zu bedienen.«

Er griff zu einer Mistforke und stocherte das Feuer um Coth auf. »Ihr denkt nicht einmal daran, daß wegen des Krieges mit dem Himmel in unserem Lande alles drunter und drüber geht, wodurch es uns weiter erschwert wird, alle Unannehmlichkeiten des Lebens für euch zu beschaffen. Statt dessen rekelt ihr euch in den Flammen und beklagt euch über die Bedienung, und Großvater Satan bestraft uns. Es ist nicht gerecht.«

»Ich denke auch«, sagte Jürgen, »daß du freundlicher zu dem Jungen sein solltest. Und was deine Verbrechen angeht, Vater, so überwinde doch endlich diesen Stolz, den du Gewissen nennst, und gib zu, daß es einige Zeit nach dem Tode eines Menschen überhaupt nicht mehr darauf ankommt, was er getan hat. Wahrhaftig, kein Mensch in Bellegarde denkt heutzutage an deine Halsabschneidereien und Feiertagsfrevel, außer wenn sehr alte Leute am Feuer Klatschgeschichten austauschen und deine Schlechtigkeit ihnen den Abend erhellt. Für alle anderen bist du bloß ein Grabstein auf dem Friedhof, der dich als einen Ausbund aller Tugenden schildert. Und außerhalb von Bellegarde bedeuten dein Name und deine Taten keinem mehr etwas, und niemand erinnert sich deiner. Deine Schlechtigkeit kümmert also wirklich keinen Menschen mehr, nur diese armen Teufel, die sich für dich abrackern müssen. Und ich finde, daß du dich infolgedessen mit solchen Qualen abfinden solltest, die sie ohne allzu große Mühe bewerkstelligen können, statt so übelgelaunt darüber zu klagen.«

»Ach, aber mein Gewissen, Jürgen! Das ist die Schwierigkeit.«

»Wenn du fortfährst, von deinem Gewissen zu reden, Vater, beschränkst du die Konversation auf Dinge, die ich nicht verstehe und daher nicht diskutieren kann. Aber ich denke, wir werden Gelegenheit finden, dies und alle anderen Fragen nach und nach auszudreschen; und wir werden das Beste aus diesem Ort machen, denn von nun an werde ich dich nie wieder verlassen.«

Coth begann zu weinen. Und er sagte, daß seine Sunden im Fleische zu gräßlich gewesen seien, als daß ihm in den unerträglichen Qualen, die er ehrlich verdient habe und zu denen er eines Tages zu kommen hoffe, diese Bequemlichkeiten erlaubt werden könnten.

»Liegt dir dann überhaupt etwas an mir?« fragte Jürgen erstaunt.

Und aus der Mitte seiner Flamme erzählte Coth, der Sohn des

Smoit, von Jürgens Geburt, von dem kleinen Kind und dem Jungen, der Jürgen gewesen war, und ein schreckliches tiefes, unvernünftiges Empfinden regte sich in Jürgen, als er dem Mann lauschte, der ihn gezeugt und dessen Fleisch Jürgens Fleisch war und dessen Gedanken niemals Jürgens Gedanken gewesen waren. Und er fand kein Gefallen daran. Dann veränderte sich Coths Stimme in Bitterkeit, als er von dem jungen Mann sprach, der Jürgen gewesen war, von dem Jüngling, der müßiggängerisch und rebellisch gewesen war, oberflächlich und gedankenlos und auf nichts bedacht als seine flüchtigen Begierden; und von der Kluft sprach Coth, die sich zwischen Jürgen und ihm aufgetan hatte. Und Jürgen fühlte sich besser, war aber noch immer bedrückt von der Erkenntnis, wie sehr sein Vater ihn einst geliebt hatte.

»Es ist leider wahr«, sagte er, »daß ich ein fauler und aufsässiger Sohn war. Ich befolgte deine Lehren nicht. Ich verließ den rechten Weg – ach, wie schrecklich weit kam ich vom rechten Weg ab. Ich muß dir sagen, Vater, daß ich sogar mit einer Naturmythe sündigte, die mit dem Mond verbunden war.«

»O abscheulicher Greuel heidnischer Verderbtheit!«

»Und sie meinte, Vater, daß ich späterhin wahrscheinlich zu einer Sonnenlegende würde.«

»Es sollte mich nicht wundern«, sagte Coth und schüttelte entmutigt den kahlen gewölbten Schädel. »Ach, mein Sohn, daran siehst du, was bei diesem wilden Lebenslauf herauskommt.«

»Und in diesem Falle würde ich natürlich zur Zeit der Frühjahrs-Tag-und-Nachtgleiche von meinem Aufenthalt in der Unterwelt erlöst werden. Meinst du nicht auch, Vater?« sagte Jürgen in schmeichlerischem Ton, weil ihm eingefallen war, daß nach Satans Worten alles, was Coth glaubte, in der Hölle die Wahrheit sein würde.

»Ich bin sicher . . .«, sagte Coth, »nun, ich bin sicher, daß ich von solchen Dingen nichts verstehe.«

»Ja, aber was meinst du?«

»Ich denke überhaupt nicht darüber nach.«

»Ja, aber . . .«

»Jürgen, du hast eine sehr unhöfliche Art, mit anderen zu argumentieren.«

»Dennoch, Vater . . .«

»Und ich habe dir das schon früher gesagt . . .«

»Aber Vater, ich . . .«

»Und ich habe keine Lust, noch einmal davon anzufangen . . .«

»Nichtsdestoweniger, Vater . . .«

»Und wenn ich sage, daß ich keine Meinung habe . . .«

»Aber jeder hat eine Meinung, Vater!« rief Jürgen erbittert, und es war ganz wie in alten Zeiten.

»Wie kannst du es wagen, in diesem Ton zu mir zu sprechen, Jürgen?«

»Aber ich meinte doch nur . . .«

»Lüg mich nicht an, Jürgen! Und hör auf, mich zu unterbrechen! Denn, wie ich gerade sagen wollte, als du anfingst, deinen Vater anzuschreien, als ob du es mit einer vernunftlosen Person zu tun hättest: es ist meine Meinung, daß ich nichts von Äquinoktien verstehe! Und ich will nichts über Äquinoktien hören, verstehst du? Je weniger über solche verrufenen Themen gesagt wird, desto besser, laß dir das von deinem Vater gesagt sein!«

Jürgen ächzte. »Ein feiner Vater! Hättest du so gedacht, wie ich sagte, so wäre es geschehen. Aber du stellst dir mich an einem Ort wie diesem vor und besitzt nicht genug Gerechtigkeitssinn – von väterlicher Zuneigung gar nicht zu reden –, um dir vorzustellen, daß ich wieder hinauskäme.«

»Ich kann nur denken, daß du eine wohlverdiente Strafe erleidest, du streitsüchtiger Halunke! Die vielen leichtfertigen Frauen, mit denen du gesündigt hast! Da ist es nicht mehr als recht und billig, daß das Unheil über dich gekommen ist!«

»Nun, jedenfalls gibt es hier keine Frauen«, sagte Jürgen. »Das sollte dir ein Trost sein.«

»Ich glaube, es gibt hier Frauen«, erwiderte sein Vater. »Es heißt, daß eine beträchtliche Anzahl von Frauen ein Gewissen hatte. Aber diese Frauen mit Gewissen werden wahrscheinlich von uns Männern getrennt in einem anderen Teil der Hölle verwahrt, denn würde man sie in Chorasma einlassen, so würden sie versuchen, überall aufzuräumen und den Ort bewohnbar zu machen. Ich weiß, daß deine Mutter sich im Handumdrehen in diese Dinge eingemischt hätte.«

»Ach, Vater, mußt du noch immer etwas an Mutter auszusetzen finden?«

»Deine Mutter, Jürgen, war in mancherlei Weise eine bewundernswerte Frau«, sagte Coth. »Aber sie verstand mich nicht.«

»Ach ja, das mag die Ursache gewesen sein. Dennoch, was du über Frauen hier in der Hölle sagst, ist bloße Vermutung.«

»Ist es nicht!« sagte Coth. »Und werde nicht wieder unverschämt! Wie oft muß ich es dir noch sagen?«

Jürgen kratzte sich nachdenklich am Ohr. Denn er erinnerte sich dessen, was Großvater Satan gesagt hatte, und Coths Gereiztheit schien vielversprechend. »Nun, aber ich möchte wetten, daß die Frauen hier alle häßlich sind.«

»Sind sie nicht!« sagte sein Vater zornig. »Warum mußt du mir ständig widersprechen?«

»Weil du nicht weißt, wovon du redest«, sagte Jürgen, um ihn noch mehr zu reizen. »Wie könnte es an diesem abscheulichen Ort hübsche Frauen geben? Das weiche Fleisch würde von ihren kleinen Knochen gebrannt werden, und die lieblichste aller Königinnen würde zu greulicher Schlacke verkohlt.«

»Ich denke, es gibt jede Menge von Vampiren und Succubi und dergleichen, denen die Flammen überhaupt nichts anhaben, weil diese Kreaturen von einer Glut beseelt sind, die unlöschbar und heißer als Feuer ist. Und du verstehst genau, was ich meine, also brauchst du nicht dazustehen und mich anzuglotzen wie eine entsetzte Äbtissin.«

»Aber, Vater, du weißt recht gut, daß ich mit solchen sündhaften Personen nichts zu schaffen haben möchte.«

»Ich weiß nichts dergleichen. Wahrscheinlich lügst du mich an. Du hast mich immer belogen. Ich denke, du bist gerade jetzt im Begriff, zu einem Stelldichein mit einem Vampir zu gehen.«

»Was, zu einem gräßlichen Ungeheuer mit langen Zähnen und lederigen Flügeln?«

»Nein, aber zu einem sehr giftigen und verführerisch schönen Geschöpf.«

»Komm schon, du glaubst doch nicht im Ernst, sie sei schön?«

»Ich glaube es wohl. Wie wagst du mir zu sagen, was ich denke und nicht denke?«

»Ach nein, ich will nichts mit ihr zu tun haben.«

»Ich denke, du wirst«, erwiderte sein Vater. »Ich denke sogar, du wirst ihr mit deinen Listen und schönen Sprüchen zusetzen, noch ehe diese Stunde um ist. Denn weiß ich nicht, was für eine Sorte die Kaiser sind? Kenne ich dich nicht gut genug?«

Und Coth verfiel darauf, in den gewohnten Wendungen eines Familienstreites, die sich anderswo nicht gut wiederholen lassen, über Jürgens Vergangenheit zu reden. Und die Teufel, die Coth gepeinigt hatten, zogen sich verlegen zurück, und solange Coth redete, blieben sie außer Hörweite.

Howard Phillips Lovecraft

(1880 - 1937)

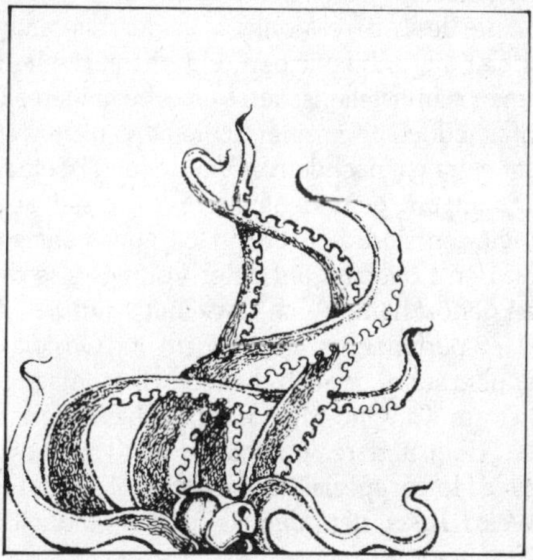

Lovecraft, der heute einer der bekanntesten und meistgelesenen amerikanischen Autoren unheimlicher Geschichten nach Edgar Allan Poe ist, war zu seinen Lebzeiten nur bei den Konsumenten einiger ›Pulp‹-Magazine und in Amateurschriftstellerzirkeln bekannt. Sein Leben entsprach in vielem den Klischeevorstellungen vom verkannten Dichter. Als Einzelkind wuchs er in der Obhut einer neurotischen, herrschsüchtigen Mutter und zweier Tanten auf, nachdem der Vater schon früh gestorben war. Ständig kränkelnd und von den drei Frauen übertrieben umsorgt, wurde er zu einem menschenscheuen Einzelgänger.

Den größten Teil seines Lebens verbrachte er in Providence, Rhode Island. Die Atmosphäre Neuenglands mit den alten Städten aus der ersten Besiedlungszeit der USA, den tiefen alten Wäldern und einsamen Hügelketten prägte seine Persönlichkeit und sein Werk. Schon als Junge wandte er sich der Literatur und dem Lebensstil des 18. Jahrhunderts zu, von der Gegenwart angeekelt und abgeschreckt. Seine schwache Gesundheit ließ einen College-Besuch nicht zu, so daß er sich nach der Schule selbst weiterbilden mußte. Neben vergangenen Epochen faszinierten ihn aber auch die modernen Wissenschaften, und seine autodidaktischen Bemühungen brachten ihn soweit, daß er schon als kaum Zwanzigjähriger regelmäßig eine wissenschaftliche Kolumne in seiner Lokalzeitung veröffentlichte.

Seine besondere Vorliebe in der Literatur galt, von frühester Kindheit an, unheimlichen und phantastischen Stoffen, und seine eigenen schriftstellerischen Versuche gingen alle in diese Richtung. Er hielt jedoch von seiner Schreiberei nicht viel. Zu veröffentlichen begann er erst, nachdem er Verbindung zu einer Amateurschriftstellervereinigung gefunden hatte. Seine ersten ausgereiften Geschichten wurden stark von Lord Dunsanys Fantasyerzählungen beeinflußt, den Lovecraft auf einer Vortragsreise durch die USA selbst lesen gehört hatte. Auch Lovecraft schuf sich sein eigenes Traumland mit parfümierten Dschungeln und Obsidianpalästen. Von Dunsany übernahm er auch die Idee eines imaginären Pantheons, das später im Cthulhu-Mythos seine besondere Ausprägung finden sollte. Über andere Amateurautoren kam Lovecraft in Kontakt zu den auf Horror spezialisierten ›Pulp‹-Magazinen seiner Zeit und fand in *Weird Tales*, dem damals unkonventionellsten Leseheft, einen

Abnehmer für seine Geschichten. Eine Zeitlang lieferte er thematisch und stilistisch eher dem Publikumsgeschmack angepaßte Horrorgeschichten, doch in den letzten zehn Jahren fand er mit den Cthulhu-Geschichten zu seinem besonderen Stil. Viele dieser Erzählungen und Novellen wurden allerdings von *Weird Tales* abgelehnt oder erheblich gekürzt, da sie zu sehr von dem für die ›Pulps‹ Üblichen abwichen.

Lovecraft hatte keine sehr hohe Meinung von seinen eigenen Geschichten, ließ sich aber trotzdem nicht zu Zugeständnissen an die ›Pulps‹ bewegen, sondern blieb seinen eigenen literarischen Vorstellungen treu. Als seine Hauptbeschäftigung sah er die Überarbeitung und Redaktion fremder Geschichten gegen ein – meist minimales – Honorar an. Nach seinem Tod bemühten sich seine Freunde August Derleth und Donald Wandrei um die Herausgabe seiner Geschichten in Buchform und gründeten schließlich, nachdem sie keinen Verlag dafür gewinnen konnten, einen eigenen Verlag – Arkham House –, der inzwischen der bekannteste amerikanische Kleinverlag für unheimliche und phantastische Geschichten ist.

Nach seinem Tode wuchs Lovecrafts Ruf langsam, aber stetig, bis er in den sechziger Jahren plötzlich als Meister der unheimlichen Phantastik ›entdeckt‹ wurde. Heute sind seine Geschichten in über zwanzig Sprachen übersetzt, und er genießt einen weltweiten Ruhm, der am meisten sicherlich ihn selbst erstaunt hätte.

Der Cthulhu-Mythos

Lovecraft erfand keine Fantasy-Welt, sondern er versetzte unsere Erde mit seinem Cthulhu-Mythos in einen Fantasy-Kosmos. Viele seiner Geschichten kommen konventionellen Horrorgeschichten nahe, aber ihre besondere Qualität liegt darin, daß sie nicht auf die bestehenden Klischees der unheimlichen Geschichten zurückgehen, sondern die Helden nach und nach erkennen müssen, daß sie statt der vertrauten Welt ein ganzer Kosmos fremdartiger, lebensfeindlicher Wesen umgibt.

In grauer Vorzeit wurde die Erde nicht von Menschen, sondern von seltsamen, inzwischen untergegangenen Zivilisationen fremdartiger Wesen bevölkert. Über sie herrschten die Großen Alten, lebensfeindiche Dämonengötter, die von fernen Sternen zur Erde herabstiegen. Diese bösen alten Götter wurden von den Älteren Göttern in finstere Abgründe, auf den Meeresgrund oder in fremde Dimensionen verbannt, wo sie darauf warten, ihre Herrschaft über die Erde erneut antreten zu können. Die Menschheit ist in diesem Ringen nur ein unbedeutendes Zwischenspiel. Immer wieder stoßen einzelne Menschen in uralten Legenden, bei geheimen Kulten oder in verbotenen Büchern auf Kunde von diesen bösen alten Göttern, die noch immer Anhänger auf der Erde haben, von denen ihre Rückkehr im geheimen vorbereitet wird.

Für die Helden der Geschichten endet die Erkenntnis über die wahre Stellung des Menschen in einem bösen, lebensfeindlichen Kosmos, der von grauenhaften Wesenheiten beherrscht wird, meist tödlich. Die Konfrontation mit Cthulhu, Yog Sothoth oder Nyarlathotep bildet den Höhepunkt der Geschichten, und nachdem ihre Existenz erst einmal bewiesen ist, können nur noch Wahnsinn und Tod folgen. Doch merkt man den Geschichten trotzdem an, daß Lovecraft insgeheim von einer Sehnsucht nach jenen seltsamen Gefilden der alten Götter erfüllt ist. Er verknüpft den Mythos dieser Götter geschickt mit den Traumländern aus seiner Dunsany-Phase. Auch in den Cthulhu-Geschichten spielen Träume eine ganz besondere Rolle. Cthulhu, der träumend tot in seinem Haus in R'lyeh wartet, sendet sie den Menschen. Man kann sich denken, daß es Alpträume sind.

Besondere Bedeutung hat für den Mythos von den Großen Alten das imaginäre Buch ›Necronomicon‹ des wahnsinnigen Arabers Abdul Alhazred, dem Lovecraft im Laufe der Jahre eine ganze Bibliothek verbotener Geheimbücher an die Seite stellte.

Zum Mittelpunkt der Forschung, denn Lovecrafts Schreckensuniversum wird meist von Wissenschaftlern erkundet, machte Lovecraft die Miscatonic-Universität im fiktiven Arkham. Mit Arkham und seiner Umgebung halbverfallener alter Weiler, düsterer Wälder und degenerierter Fischerdörfer schuf er sich auch eine Fantasy-Landschaft, in der die meisten seiner Cthulhu-Geschichten spielen.

Schon zu Lebzeiten Lovecrafts nahmen andere Autoren die Idee von den Großen Alten auf und spannen sie in eigenen Geschichten weiter. Das mag nicht zuletzt daran gelegen haben, daß Lovecraft selbst, der in seiner Zurückgezogenheit eine unglaublich umfangreiche Korrespondenz mit anderen Autoren unterhielt, sie immer wieder dazu aufforderte. Auch war das Konzept des Cthulhu-Mythos mit seiner Mischung aus Horror, Fantasy und Science Fiction so faszinierend, daß er noch lange nach dem Tod seines Schöpfers neue Autoren in seinen Bann zog. So trugen zum Mythos unter anderem bei: Clark Ashton Smith, Robert Bloch, Robert E. Howard, Frank Belknap Long, Hugh B. Cave, Manly Wade Wellman, Ramsey Campbell, Brian Lumley und vor allem natürlich Lovecrafts Freund und postumer Verleger August Derleth.

Lesehinweise:

Die meisten Geschichten Lovecrafts sind Anfang der siebziger Jahre in einer Reihe von Sammlungen der ›Bibliothek des Hauses Usher‹ im Insel Verlag erschienen, die als Suhrkamp-Taschenbücher nachgedruckt wurden. Wer sich also mit Lovecrafts Schreckensvisionen näher anfreunden möchte, dem sei empfohlen:

Cthulhu, Frankfurt 1972 (Suhrkamp st 29)
Berge des Wahnsinns, Frankfurt 1975 (Suhrkamp st 220)
Das Ding auf der Schwelle, Frankfurt 1976 (Suhrkamp st 357)
Der Fall Charles Dexter Ward, Frankfurt 1977 (Suhrkamp st 391)

Stadt ohne Namen, Frankfurt 1981 (Suhrkamp st 694)

Zum Teil frühe Fantasy-Geschichten Lovecrafts im Stil ← Lord Dunsanys enthalten die Taschenbuch-Originalausgaben:
Die Katzen von Ulthar, Frankfurt 1980 (Suhrkamp st 625)
Aus der Gruft, Frankfurt 1982 (Suhrkamp st 779)

Lovecrafts einziger Fantasy-Roman (enthalten auch in *Die Katzen von Ulthar*) ist auch in gebundener Ausgabe erhältlich:
Die Traumfahrt zum unbekannten Kadath, Stuttgart 1980 (Hobbit Presse/Klett-Cotta)

Über H. P. Lovecraft:
Hans Joachim Alpers (Hg.): *H. P. Lovecraft – der Poet des Grauens,* Meitingen 1983 (Corian)
Franz Rottensteiner (Hg.): *Über H. P. Lovecraft,* Frankfurt 1984 (Suhrkamp st 1027)
Von H. P. Lovecraft selbst ist eine Studie zur Phantastik erschienen:
Unheimlicher Horror: Das übernatürliche Grauen in der Literatur, Frankfurt–Berlin 1987 (Ullstein 36544)

Eine neuere Fortsetzung des Cthulhu-Mythos von einem deutschen Autor findet sich bei:
Wolfgang Hohlbein (als Robert Craven): *Der Hexer von Salem,* Bergisch Gladbach 1987 (Bastei-Lübbe 13103)

Siehe auch → Ray Bradbury

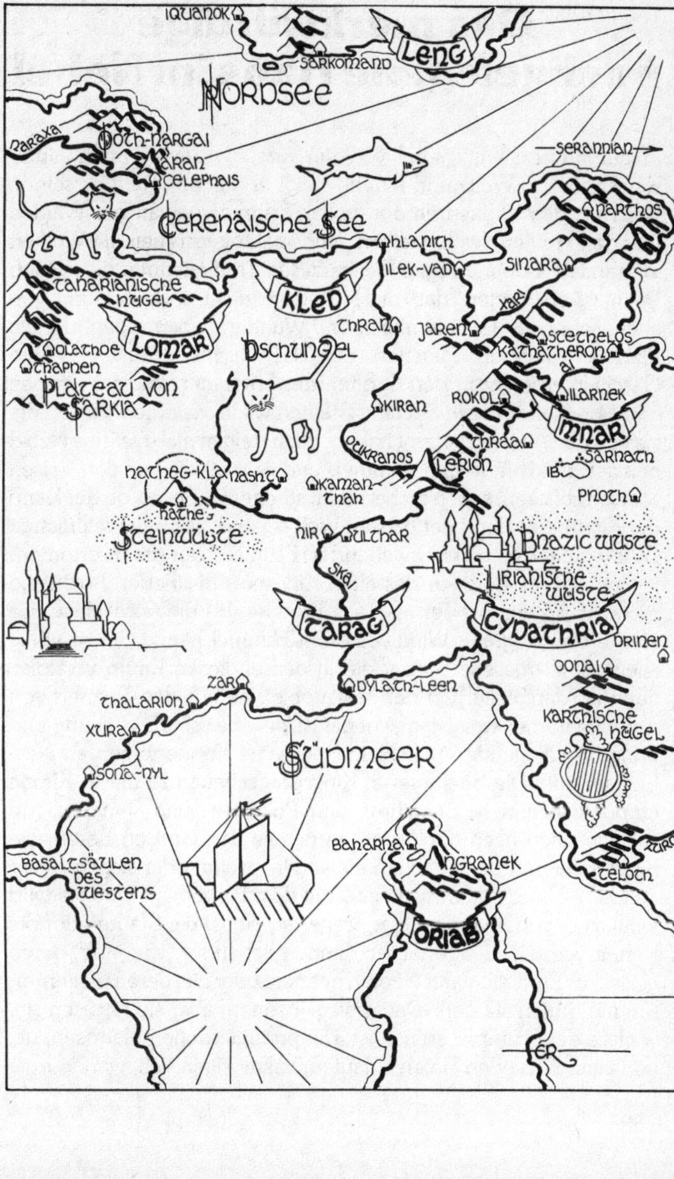
IQUANOK
SARKOMAND
LENG
NORDSEE
NARAXA
OOTH-NARGAI
ARAN
CELEPHAIS
SERANNIAN
NARTHOS
CERENÄISCHE SEE
HLANITH
ILEK-VAD
SINARA
XARI
KLED
TANARIANISCHE HÜGEL
LOMAR
THRAN
JAREN
STETHELOS
KATHATHERON
AI
OLATHOE
THAPNEN
DSCHUNGEL
PLATEAU VON SARKIA
ROKOL
ILARNEK
KIRAN
MNAR
THRAA
OUKRANOS
LERION
SARNATH
IB
HATHEG-KLA
NASHT
KAMAN-THAH
PNOTH
HATHEG
STEINWÜSTE
NIR
ULTHAR
BNAZIC WÜSTE
LIRIANISCHE WÜSTE
SKAI
TARAG
CYDATHRIA
DRINEN
OONAI
ZAR
DYLATH-LEEN
THALARION
XURA
KARTHISCHE HÜGEL
SÜDMEER
SONA-NYL
BAHARNA
ZURO
BASALTSÄULEN DES WESTENS
NGRANEK
TELOTH
ORIAB
ER

Das merkwürdige hochgelegene Haus im Nebel

In der Frühe steigt Nebel von der See bei den Klippen hinter Kingsport auf. Weiß und federig steigt er aus der Tiefe zu seinen Brüdern, den Wolken empor, voller Träume von saftigen Weiden und den Höhlen des Leviathan. Und später verstreuen die Wolken im sanften Sommerregen Teile dieser Träume über die steilen Dächer von Poeten, daß die Menschen nicht ohne Ahnung von alten, seltsamen Geheimnissen und Wundern leben sollen, die die Planeten anderen Planeten nur des Nachts erzählen. Wenn Geschichten dicht in den Grotten der Tritonen herumschwärmen und Muschelhörner in Seetang-Städten wilde Melodien blasen, die sie von den Ältesten gelernt haben, dann steigen dicke, eifrige Nebel beladen mit Kunde gen Himmel, und Augen, die auf den Felsen seewärts blicken, sehen nichts als mystische Weiße, als ob der Rand der Klippe der Rand der ganzen Welt sei und als ob die feierlichen Glocken der Bojen freischwebend im Feenland des Äthers ertönten.

Nun steigen nördlich des alten Kingsport die Felsen hoch und merkwürdig empor, Terrasse auf Terrasse, bis die nördlichste wie eine erstarrte, graue Windwolke am Himmel hängt. Sie ist völlig allein, eine trostlose Spitze, die in den endlosen Raum vorstößt, denn an der Stelle, wo der Miskatonic sich aus den Ebenen von Artkham vorbei ergießt, macht die Küste eine scharfe Biegung und bringt Waldlegenden und kleine, seltsame Erinnerungen an New England mit. Die Seefahrer in Kingsport schauen zu dieser Klippe empor wie andere Seefahrer zum Polarstern und stimmen ihre Nachtwachen nach der Art ab, in der sie den Großen Bären, die Kassiopeia und den Drachen entweder verbirgt oder sichtbar werden läßt. Unter ihnen ist sie eins mit dem Firmament, und sie wird wirklich davon abgeschnitten, wenn der Nebel die Sterne oder die Sonne verhüllt. Einige dieser Klippen lieben sie, wie jene, deren groteskes Profil sie Vater Neptun nennen, oder die, deren pfeilerumsäumte Stufen sie den »Dammweg« nennen, aber sie fürchten sie, weil sie dem Himmel so nah ist. Die portugiesischen Matrosen, die von einer Reise den Hafen anlaufen, bekreuzigen sich, wenn sie sie das erste Mal erblicken, und die alten Yankees glauben, es würde viel Schwererwiegendes als den Tod bedeuten, sie zu erklimmen, so dies überhaupt möglich wäre. Trotzdem steht ein altes Haus auf der Klippe, und abends sehen die Menschen Licht in den Fenstern mit den kleinen Scheiben.

Das alte Haus ist immer dagewesen, und die Leute sagen, darin wohne einer, der sich mit den Morgennebeln unterhält, die aus der Tiefe emporsteigen, und vielleicht erblickt er in Richtung Ozean seltsame Dinge, zu Zeiten, wenn der Rand der Klippe zum Rand der ganzen Erde wird und feierliche Bojen freischwebend im weißen Äther des Feenlandes ertönen. Sie berichten dies vom Hörensagen, denn die abweisende Klippe wird nie besucht, und die Einheimischen richten nicht gern ihre Fernrohre dorthin. Sommergäste haben sie wirklich mit sorglosen Ferngläsern betrachtet, haben jedoch nie mehr gesehen als das graue, urtümliche Dach, spitz und schindelgedeckt, dessen überhängende Dachkanten beinah bis zu dem grauen Fundament hinabreichen, und das gedämpfte gelbe Licht der kleinen Fenster, die unter den Dachkanten im Dämmer hervorlugen. Diese Sommergäste glauben nicht, daß derselbe Eine seit Hunderten von Jahren in dem alten Haus wohnt, können aber ihre häretischen Ideen einem echten Kingsporter nicht begreiflich machen. Selbst der schreckliche alte Mann, der sich mit bleiernen Pendeln in Flaschen unterhält, seine Lebensmittel mit jahrhundertealtem spanischem Gold kauft und der steinerne Götzenbilder im Hof seines vorsintflutlichen Häuschens in der Water Street stehen hat, kann nichts weiter sagen, als daß die Dinge schon genauso waren, als sein Großvater ein Bub war, und das muß vor urdenklichen Zeiten gewesen sein, als noch Belcher oder Shirley oder Pownall oder Bernard Gouverneur der Provinz seiner Majestät an der Massachusetts-Bay waren.

Dann kam eines Sommers ein Philosoph nach Kingsport. Sein Name war Thomas Olney, und er lehrte gewichtige Dinge an einem College an der Narragansett-Bay. Er kam mit einer dicken Frau und lebhaften Kindern, und seine Augen waren etwas müde davon, jahraus, jahrein dasselbe zu sehen und die selben wohlgeordneten Gedanken zu denken. Er blickte auf den Nebel von Vater Neptuns Diadem und versuchte, über die riesigen Stufen des Dammweges in ihre geheimnisvolle, weiße Welt hineinzuwandern. Morgen auf

Morgen pflegte er auf den Klippen zu liegen und über den Rand der Welt in den rätselhaften Äther dahinter zu blicken, während er Geisterglocken und den wilden Schreien lauschte, die möglicherweise von Seemöwen stammten. Dann, wenn sich der Nebel hob und die See prosaisch mit dem Rauch von Dampfern erkennbar wurde, seufzte er und stieg zur Stadt hinab, wo er sich gerne durch die schmalen, alten Gassen hügelauf und hügelab hindurchschlängelte und die verrückten, schiefstehenden Giebel und Eingänge mit merkwürdigen Pfeilern studierte, die so viele Generationen kräftiger Seefahrer beherbergt hatten. Er unterhielt sich sogar mit dem schrecklichen alten Mann, der sich nichts aus Fremden machte, und wurde in das fürchterlich alte Haus eingeladen, wo niedere Zimmerdecken und wurmstichige Täfelungen in den dunklen frühen Morgenstunden das Echo beunruhigender Monologe vernehmen.

Es war natürlich unvermeidlich, daß Olney das graue unbesuchte Haus am Himmel, an dieser düsteren, nordwärts gelegenen Klippe, die eins ist mit dem Nebel und dem Firmament, bemerken würde. Auf ewig hing sie über Kingsport, und immer wieder flüsterte man sich in den krummen Gassen Kingsports ihre Geheimnisse zu. Der schreckliche alte Mann krächzte eine Geschichte hervor, die sein Vater ihm erzählt hatte, von einem Blitz, der eines Nachts von dem spitzgiebeligen Haus zu den Wolken des höheren Himmels emporzuckte, und Oma Orne, deren winzige Giebeldachbehausung in der Ship Street ganz von Moos und Efeu überzogen ist, krächzte etwas hervor, das ihre Großmutter aus zweiter Hand erfahren hatte, von Gestalten, die aus dem östlichen Nebel direkt in die schmale, einzige Tür des unerreichbaren Ortes hineingeflattert seien – denn die Türe ist nahe am Rande des Felsens nach der See zu angebracht, und sie kann nur von Schiffen auf See gesehen werden.

Schließlich faßte Olney, da er auf neue, seltsame Dinge erpicht war und sich weder durch die Ängste der Kingsporter noch durch die übliche Gleichgültigkeit der Sommergäste zurückhalten ließ, einen schrecklichen Entschluß. Trotz seiner konservativen Erziehung – oder vielleicht gerade deswegen, da ein eintöniges Leben nachdenkliche Sehnsüchte nach dem Unbekannten hervorbringt – schwor er einen großen Eid, die gemiedene Nordklippe zu erklettern und das übernatürlich alte Haus am Himmel zu besuchen. Sein vernünftigeres Selbst argumentierte einleuchtend, daß das Haus

zurück, schloß die schwere Tür auf und öffnete sie weit den Sternen und dem Nebel.

Dann schwebten beim Ton dunkler Harmonien aus der Tiefe all die Träume und Erinnerungen an die versunkenen Mächtigen der Erde in den Raum. Goldene Flammen tanzten über tangbehangenen Locken, so daß Olney wie geblendet war, als er ihnen Ehrerbietung erwies. Neptun mit dem Dreizack war da, muntere Tritonen und phantastische Nereiden, und auf den Rücken von Delphinen thronte eine riesige, gerippte Muschelschale, in der die graue, schreckliche Gestalt des uralten Nodens, des Herrn der großen Tiefe, saß. Und die Muschelhörner der Tritonen erschollen unheimlich, und die Nereiden produzierten seltsame Töne, indem sie auf die grotesken, widerhallenden Schalen unbekannter lauernder Bewohner aus schwarzen Höhlen des Meeres schlugen. Dann streckte der silberhaarige Nodens seine dünne Hand aus und half Olney und dessen Gastgeber in die riesige Muschel, worauf die Muschelhörner und Gongs mit wildem und fürchterlichem Lärm einsetzten. Hinaus in den endlosen Äther wirbelte der mythische Zug, und der Lärm seiner Schreie verlor sich im Echo des Donners.

Die ganze Nacht beobachtete man in Kingsport die hohe Klippe, wenn Sturm und Nebel den Blick darauf freigaben, und als gegen die frühen Morgenstunden sich die kleinen, düsteren Fenster verdunkelten, wisperte man von Bedrohung und Unglück. Und Olneys Kinder und seine dicke Frau beteten zum gütigen, regulären Gott der Baptisten und hofften, daß der Reisende sich einen Schirm und Gummizeug ausleihen würde, wenn nicht der Regen in der Frühe aufgehört hätte. Dann schwamm die Morgendämmerung tropfend und nebelbeladen aus der See, und die Bojen erklangen feierlich in Tiefen weißen Äthers. Und mittags erklangen elfische Hörner über dem Ozean, als Olney, trocken und leichtfüßig, die Klippen hinab zum alten Kingsport kletterte, mit einem Ausdruck ferner Weiten im Auge. Er konnte sich nicht erinnern, was er in der Hütte des noch immer namenlosen Eremiten unter dem Himmel geträumt habe, oder sagen, wie er diesen Felsen hinuntergeklettert sei, der noch nie von einem Fuß durchquert worden war. Noch konnte er über die Sache sprechen, außer mit dem schrecklichen alten Mann, der danach merkwürdige Dinge in seinen langen, weißen Bart murmelte und schwor, daß der Mann, der von dem Felsen herabgestiegen war, nicht mehr ganz der Mann sei, der hinaufgestiegen war, und daß irgendwo unter dem grauen Spitzdach oder inmitten unfaßbarer Bereiche des unheimlichen weißen Nebels immer noch der verlorene Geist verweilte, der Thomas Olney war.

Und seit jener Stunde hat der Philosoph sich durch die sich eintönig dahinschleppenden Jahre des grauen Alltags und der Mühseligkeit abgearbeitet, gegessen und geschlafen und ohne Murren die einem Staatsbürger zukommenden Pflichten erfüllt. Er sehnt sich nicht mehr nach dem Zauber ferner Hügel oder seufzt nach Geheimnissen, die wie grüne Riffe aus der bodenlosen See hervorlugen. Das Gleichmaß seiner Tage macht ihm keinen Kummer mehr, und wohlgeordnete Gedanken genügen seiner Einbildungskraft. Sein gutes Weib wird immer dicker und die Kinder älter, prosaischer und nützlicher, und er unterläßt es nie, zur gegebenen Zeit stolz und korrekt zu lächeln. In seinem Auge ist kein ruheloses Leuchten mehr, und wenn er je nach feierlichen Glocken oder fernen, elfischen Hörnern lauscht, dann nur des Nachts, wenn alte Träume herumwandern. Er ist nie mehr nach Kingsport zurückgekehrt, denn seine Familie mochte die komischen alten Häuser nicht und beklagte sich, daß das Abflußsystem schlecht und unmöglich sei. Sie besitzen jetzt einen schmukken Bungalow in den Bristol Highlands, wo keine hohen Felsen sich auftürmen und die Nachbarn städtisch und modern sind.

Aber in Klingsport gehen seltsame Geschichten um, und selbst der schreckliche alte Mann gibt etwas zu, das ihm sein Großvater nicht erzählt hat. Denn nun, wenn der Wind ungestüm vom Norden her am hochgelegenen alten Haus vorbeifegt, das eins ist mit dem Firmament, ist nun endlich das bedeutungsvolle, brütende Schweigen gebrochen, welches die Bewohner der kleinen Hütten am Meer unruhig machte. Alte Leute berichten von lieblichen Stimmen, die sie dort singen hören, und von Gelächter, das von überirdischer Freude überquillt, und sie sagen, daß des Abends die kleinen, niederen Fenster heller erleuchtet seien als früher. Sie sagen auch noch, daß eine kräftige Morgenröte öfter dort erscheint, die im Norden blau mit Visionen erstarrter Welten erstrahlt, während die Klippe und das Haus schwarz und phantastisch sich gegen das wilde Aufleuchten abheben. Und die Nebel der Morgendämmerung sind dicker, und die Matrosen sind sich nicht völlig sicher, ob all das gedämpfte Läuten in Richtung See das der feierlichen Bojen ist.

Sie wünschen nicht, daß die Seelen ihrer jungen Leute den heimischen Herd und die Tavernen mit Giebeldächern des alten Kingsport verlassen, aber sie wünschen auch nicht, daß das Lachen und Singen in diesem hochgelegenen Felsenhort lauter werden. Denn da die Stimme, die neu erschienen ist, neue Nebel von der See und aus dem Norden neues Licht gebracht hat, so meinen sie, daß noch mehr Stimmen noch mehr Nebel und mehr Licht bringen werden, bis vielleicht die alten Götter (deren Existenz sie nur flüsternd andeuten, aus Angst, der Gemeindepfarrer könnte es hören) aus der Tiefe aus dem unbekannten Kadath in der kalten Wildnis kommen und sich auf diesem so übel geeigneten Felsen zwischen den sanften Hügeln und Tälern voll ruhiger, einfacher Fischersleute einnisten könnten. Dies wünschen sie nun gar nicht, denn einfachen Leuten sind Dinge, die nicht von dieser Welt sind, unwillkommen, und nebenbei, der schreckliche alte Mann erinnert sich oft daran, was Olney ihm über ein Klopfen erzählte, das der einsame Bewohner fürchtete, und von einem Schatten, der sich schwarz und neugierig gegen den Nebel durch diese merkwürdigen durchscheinenden Butzenscheibenfenster erkennen ließ.

All dies können indessen nur die Ältesten entscheiden, und in der Zwischenzeit zieht der Nebel noch immer zu dem einsamen, schwindelnden Gipfel mit dem alten Haus hoch oben empor, diesem grauen Haus mit dem herabgezogenen Dach, wo niemand zu sehen ist, aber wo der Abend verstohlene Lichter hervorbringt, während der Nordwind von seltsamem Jubel erzählt. Weiß und federig steigt er aus der Tiefe zu seinen Brüdern, den Wolken, empor, voller Träume von saftigen Weiden und den Höhlen des Leviathan. Und wenn Geschichten dicht in den Grotten der Tritonen herumschwärmen und Muschelhörner in Seetang-Städten wilde Melodien blasen, die sie von den Ältesten gelernt haben, dann steigen dicke, eifrige Nebel, beladen mit Kunde zum Himmel, und Kingsport, das sich unbehaglich an die niederen Klippen unter dieser schrecklichen, ragenden Felsschildwache duckt, sieht in Richtung Ozean nichts als eine mystische Weiße, als ob der Rand der Klippe der Rand der ganzen Erde sei und die feierlichen Glocken der Bojen freischwebend im Feenland des Äthers ertönten.

John Ronald Reuel Tolkien

(1892 - 1973)

J. R. R. Tolkien ist mit seiner Roman-Trilogie *Der Herr der Ringe* neben Jonathan Swift und Lewis Carroll sicherlich der bekannteste Autor in diesem Buch, auch wenn man sein Fantasy-Epos nicht in vielen Literaturgeschichten erwähnt finden wird. Kaum ein Buch hat in den letzten Jahrzehnten einen vergleichbaren Bestseller-Erfolg gehabt, und für viele deutsche Leser dürfte *Der Herr der Ringe* überhaupt die erste Berührung mit der Fantasy gewesen sein.

Tolkien wurde in Bloemfontein in Südafrika geboren. Der Vater war Bankmanager aus Birmingham. Er hatte kurz vor Johns Geburt in Südafrika eine Stelle angetreten. Die drei ersten Lebensjahre verbrachte Tolkien in Afrika. Wegen seiner schwachen Gesundheit nahm ihn die Mutter 1896 mit nach England zurück. Der Vater wollte später nachkommen, starb jedoch überraschend, so daß die Mutter ihren Sohn in England allein großziehen mußte. Seine Kindheit und frühe Jugend erlebte Tolkien in einem typisch englischen Dorf. Da die Familie zum Katholizismus übergetreten war, besuchte er eine katholische Höhere Schule. Der katholische Glaube wurde dabei zu einer prägenden Kraft für ihn. Beeinflußt von der Mutter, wandte sich sein Interesse früh der Literatur und der Sprache zu.

Nach der Schule studierte er in Oxford. Seine akademische Laufbahn wurde vom Ersten Weltkrieg unterbrochen. Tolkien meldete sich zur Armee. Bevor er nach Frankreich an die Front ging, heiratete er. Er wurde verwundet und lag lange im Lazarett, und in dieser Zeit formte sich seine erste Idee zu einem Kunstmythos, aus dem später *Der Herr der Ringe* entstand.

Nach seiner Genesung arbeitete er zwei Jahre am *Oxford English Dictonary* mit, bevor er als Dozent an die Universität von Leeds ging. Mit seinen philologischen Arbeiten machte er sich rasch einen Namen, wurde zum Professor ernannt und erhielt einen Ruf nach Oxford. Dort fand er seine eigentliche Heimat und wurde, wie Lewis Carroll, zu einer der typischen Gestalten des Universitätslebens. Er schloß sich den ›Inklings‹, einem Kreis aus schreibenden Professoren und anderen Mitgliedern der akademischen Gemeinschaft, an. Die ›Inklings‹ hatte C. S. Lewis, damals eine der beherrschenden Größen unter den Oxforder Dozenten, um sich gesammelt. Lewis schrieb selbst Fantasy und Science Fiction. Man las sich aus den eigenen Werken vor, und Tolkien begann dort, aus seinem ›Herr der Ringe‹ vorzutragen.

Anfang der dreißiger Jahre hatte Tolkien begonnen, für seine Kinder die Geschichte *Der kleine Hobbit* zu schreiben, für die sich zu Tolkiens eigener Überraschung bald ein englischer Verlag fand, der den ›Kleinen Hobbit‹ als Kinderbuch herausbrachte. In dieser Geschichte griff Tolkien als Hintergrund auf seine Fantasy-Welt Mittelerde zurück, deren Sprachen, Legenden und Überlieferungen er als Hobby zum eigenen Vergnügen erfunden hatte – als Fingerübung für seine philologischen Studien sozusagen. *Der kleine Hobbit* war als Kinderbuch so erfolgreich, daß der Verleger bei Tolkien auf eine Fortsetzung drängte. Zwischen 1936 und 1949 wuchs diese Fortsetzung zum über 1200 Seiten umfassenden Fantasy-Epos vom ›Herrn der Ringe‹, das den Rahmen des Kinderbuchs bald weit hinter sich gelassen hatte. Nicht nur der Krieg, Tolkiens wissenschaftliche Arbeit und seine Schwierigkeiten, den gewaltigen Stoff in die richtige Form zu bekommen, ließen die Entstehung so lange dauern. Tolkien entwickelte auch seine Fantasy-Welt Mittelerde immer weiter, ja, die Arbeit daran war für ihn im Grund interessanter als sein Romanepos, das dabei nur eine Art Nebenprodukt darstellte.

Wie weit Tolkien in seiner Welt aufging, zeigt unter anderem, daß er seine Tagebücher teilweise in einem eigens für Mittelerde entwickelten Elbenalphabet schrieb.

Der Erfolg des ›Herrn der Ringe‹ kam langsam. Vom breiten Publikum wurde er erst in den sechziger Jahren in den USA entdeckt, als das Buch dort in zwei Taschenbuchausgaben auf den Markt kam. Über Nacht wuchsen dort plötzlich, zunächst unter Studenten, Tolkien-Zirkel heran. Eine ganze Subkultur mit Zeitschriften, Clubs, Postern, Spielen und Buttons entstand. Für die aufkommende Hippie-Bewegung wurde Mittelerde zu einer Art Paradies; Tolkiens Helden wurden zu Symbolgestalten für eine saubere, bessere Welt. In Deutschland begann Tolkiens Verkaufserfolg etwa 1972, als Klett-Cotta die Trilogie *Der Herr der Ringe* in einer preisgünstigeren Sonderausgabe herausbrachte, nachdem die teure Hardcover-Ausgabe zunächst nur wenig Käufer gefunden hatte. Ohne große Werbeaktionen entwickelte sich die Sonderausgabe zu einem der größten Verkaufserfolge der Nachriegszeit. Sie ließ alle angestammten Bestsellerautoren von Simmel bis Böll weit hinter sich und stand fast ein Jahrzehnt auf den Bestsellerlisten.

Tolkien wurde vom Erfolg seines Romanwerks selbst überrascht und stand der wachsenden Subkultur um das Buch hilflos und fast erschrocken gegenüber. Er wehrte sich dagegen, daß seinem Buch irgendwelche allegorischen oder gar politischen Bedeutungen untergeschoben wurden. In seinen letzten Lebensjahren arbeitete er daran, die gesamte Geschichte Mittelerdes, von der *Der Herr der Ringe* nur ein winziger Ausschnitt aus der Endzeit war, für eine Publikation zusammenzustellen. Er starb, bevor er dieses Werk zu Ende bringen konnte, und sein Sohn Christopher gab einen Teil des umfangreichen nachgelassenen Materials dann posthum als *Das Silmarillion* heraus.

Mittelerde

Mittelerde, die Welt, in der *Der Herr der Ringe* spielt, ist die reichste und am weitesten ausgestaltete imaginäre Weltenschöpfung der bisherigen Fantasy-Literatur. Als Philologe erfand Tolkien nicht nur Geographie und Geschichte seiner Welt, er gab ihr dazu eigene Sprachen, und in diesen Sprachen gewinnt sie eine immer wieder verblüffende Realität und Glaubwürdigkeit. Der Sprachwissenschaftler Tolkien dürfte genau gewußt haben, was er da tat. Er beschwor sein Mittelerde mit einer wahren Wortmagie.

Es ist an dieser Stelle nicht möglich, auch nur annähernd die vielfältige Geschichte dieser Welt zu beschreiben und die Handlung der in ihr spielenden Romane wiederzugeben. Ein kurzer Abriß muß genügen.

Der Herr der Ringe spielt im Dritten Zeitalter von Mittelerde, am Ende eines sich über Jahrtausende hinziehenden Kampfes gegen das Böse in Gestalt des Melkor. Melkor wurde bereits vor langer Zeit besiegt, aber sein größter Diener, der finstere Sauron, der ebenfalls schon einmal von einem Bündnis aus Elben und Menschen fast vernichtet wurde, beginnt wieder zu erstarken. Sauron hat einst die Ringe der Macht schmieden lassen, die er Elfen, Menschen und Zwergen gab, ohne daß diese ahnten, daß Sauron über den ›einen Ring‹, den Meisterring, verfügte, mit dem er sich alle anderen Ringe und deren Träger untertan machen konnte. Der Ring konnte Sauron in einer großen Schlacht endlich abgenommen werden, ging dann jedoch verloren und war viele Jahrhunderte verschwunden.

Zu Beginn der Roman-Trilogie entdeckt Gandalf, der weise Zauberer, daß sich der Meisterring im Besitz des Hobbits Bilbo befindet. Die Hobbits, vielleicht Tolkiens schönste Erfindung, sind eine Art Mischung aus Zwerg und englischem Landadeligen, leben in bequem ausgestatteten Wohnhöhlen im idyllischen Auenland und wollen vom Rest der Welt nichts anderes, als in Ruhe gelassen zu werden. Während sich Saurons dunkle Heere vom fernen Mordor aus anschicken, Mittelerde zu unterwerfen, bricht schließlich eine Gemeinschaft aus Hobbits, Elben, Menschen und Zwergen auf, den Meisterring in das Feuer des Schicksalsberges zu werfen, in dem er

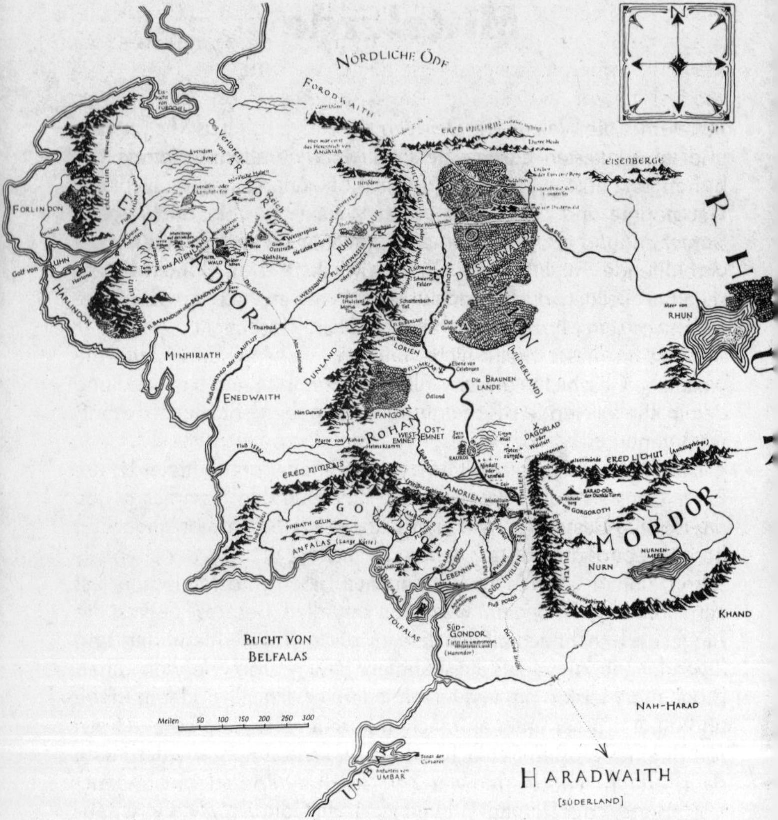

Nördliche Öde
Forodwaith
Ered Mithrin
Eisenberge
Forlindon
Golf von Luhn
Harlindon
Eriador
Das Auenland
Arnor
Das Verlorene Reich von Arnor
Minhiriath
Tharbad
Enedwaith
Dunland
Rhudaur
Düsterwald
Rhovanion
(Wilderland)
Meer von Rhun
Rhun
Lorien
Die Braunen Lande
Fangorn
Rohan
West-Emnet
Ost-Emnet
Helms Klamm
Pforte von Rohan
Flut Isen
Ered Nimrais
Gondor
Anorien
Ithilien
Pinnath Gelin
Anfalas (Lange Küste)
Belfalas
Lebennin
Süd-Ithilien
Dagorlad oder Walstatt
Ered Lithui (Aschengebirge)
Barad-Dûr
Mordor
Nurn
Nurnenmeer
Ephel Duath
Khand
Tolfalas
Süd-Gondor
Bucht von Belfalas
Nah-Harad
Meilen 50 100 150 200 250 300
Umbar
Anfurten von Umbar
Haradwaith
[Süderland]

einst von Sauron geschmiedet wurde. Der Hobbit Frodo ist zum Träger des Ringes ausersehen worden, und er, der schwache, kleine Halbling, muß über sich selbst hinauswachsen und ins finstere Mordor ziehen, um dort die Tat zu vollbringen, durch die allein Mittelerde zu retten ist.

Frodos Reise nach Mordor und der wechselvolle Kampf von Menschen, Zwergen, Zauberern und Elben gegen die Ork-Heere Saurons und seine schrecklichen Ringgeister bilden den Hauptinhalt des ›Herrn der Ringe‹. Dabei schimmert durch Lieder und Legenden der Elben und Menschen immer wieder durch, daß der Kampf gegen Sauron nur der Abschluß eines Äonen alten Konfliktes ist, der schon im Ersten Zeitalter begonnen hat. Dieser reiche, vielfältige Hintergrund macht einen der besonderen Reize von Tolkiens Werk aus.

Die Geschichten des Ersten und Zweiten Zeitalters werden in *Das Silmarillion* erzählt. Im Gegensatz zum ›Herrn der Ringe‹, der sich durch eine romanhafte, spannende und oft humorvolle Erzählweise auszeichnet, ist *Das Silmarillion* nur eine Sammlung von Sagen und Überlieferungen Mittelerdes – eine Art Bibel der Elfen, schwerfällig im Stil nordischer Sagas erzählt.

Der kleine Hobbit, der Vorläufer des ›Herrn der Ringe‹, ist als Kinderbuch geschrieben, was aber keineswegs heißt, daß es ihn nicht zu lesen lohnt. Im Gegenteil – er bietet die beste Einführung in Tolkiens Werk und sollte von jedem, der nach Mittelerde reisen möchte, als eine Art Einleitung betrachtet werden. Das Buch berichtet von den Abenteuern, die der Hobbit Bilbo erlebt, als er sich auf Rat des Zauberers Gandalf einer Gruppe von Zwergen anschließt, die auf eine lange Reise gehen, um den verlorenen Schatz ihrer Väter wiederzugewinnen und einen greulichen Drachen zu besiegen. Bei einem seiner Abenteuer gelangt Bilbo mehr zufällig in den Besitz des Meisterringes, ohne dessen Bedeutung zu erfahren. Auch der Leser erfährt nichts davon, denn Tolkien hat die Geschichte des Ringes erst nach dem Erscheinen des ›Kleinen Hobbit‹ entwickelt. Bilbos Abenteuer geben einen ersten Eindruck von Mittelerde und seinen Völkern und sind für das Verständnis des ›Herr der Ringe‹ auch deshalb wichtig, weil der kindliche Charakter der Hobbits den ersten Teil der Trilogie besonders prägt.

In Tolkiens Mittelerde finden sich viele Elemente der nordischen und keltischen Mythologie wieder, aber auch literarische Motive von Milton bis Morris. Aber Tolkien geht weit über diese Vorbilder und Vorläufer hinaus, indem er einen vollständigen eigenen Kunstmythos geschaffen hat, der nicht nur auf dem Papier, sondern auch in den Köpfen seiner Leser lebt. Tolkiens Sage ist so real und wirklich geworden wie die *Odyssee* oder das *Nibelungen-Lied.*

Lesehinweise:

Der Herr der Ringe liegt beim Verlag Klett-Cotta, Stuttgart, in mehreren Ausgaben vor.
Der kleine Hobbit, Recklinghausen 1957, 1979 (Georg Bitter Verlag; auch als dtv-Taschenbuch 7151)
Das Silmarillion (Hg. Christopher Tolkien), Stuttgart 1978 (Hobbit Presse/Klett-Cotta)

Nachrichten aus Mittelerde (Hg. Christopher Tolkien), Stuttgart 1982 (Hobbit Presse/Klett-Cotta), enthält unvollendete Geschichten aus Tolkiens Nachlaß.
Eine frühe Form des Mittelerde-Zyklus, ebenfalls herausgegeben von Christopher Tolkien, ist enthalten in:
Das Buch der verschollenen Geschichten, 2 Bände, Stuttgart 1986/87 (Hobbit Presse/Klett-Cotta)
Fabelhafte Geschichten, Stuttgart 1975 (Hobbit Presse/Klett-Cotta), enthält weitere Fantasy-Erzählungen Tolkiens, die aber in keinem Zusammenhang mit Mittelerde stehen.

Auszüge aus verschiedenen Bänden liegen zu bestimmten Themenkreisen gesammelt vor in:
Tuor und seine Ankunft in Gondolin, München 1985 (dtv 10456)
Die Geschichte der Kinder Hurins, München 1988 (dtv 10905)

Über J.R.R. Tolkien:
Humphrey Carpenter: *J.R.R. Tolkien: Eine Biographie, Stuttgart 1979 (Hobbit Presse/Klett-Cotta; auch als Ullstein-Taschenbuch 39058)*

Helmut W. Pesch (Hg.): J.R.R. Tolkien – Der Mythenschöpfer, Meitingen 1984 (Corian)
Aufsätze von Tolkien selbst sind in verschiedener Zusammenstellung erschienen; die umfangreichste Sammlung ist:
Die Monster und ihre Kritiker (Hg. Christopher Tolkien), Stuttgart 1987 (Hobbit Presse/Klett-Cotta)

In keinem direkten Zusammenhang mit Tolkiens Werk steht die nachfolgende Trilogie von seinem Freund C. S. Lewis (der auch eine Reihe von Fantasy-Jugendbüchern, ›Die Chronik von Narnia‹, deutsch bei Betz und im dtv-Taschenbuch, schrieb), eine Art religiöse Science Fiction, die auch engelhafte Mächte wie Tolkiens Valar aufweist und einen ewigen Kampf zwischen Gut und Böse beschreibt:
Jenseits des schweigenden Sterns, Lüdenscheid 1981 (Claren Taschenbuch 10000)
Perelandra, Lüdenscheid 1980 (Claren Taschenbuch 10001)
Die böse Macht, Lüdenscheid 1981 (Claren Taschenbuch 10002)
Interessanter für den Fantasy-Freund ist seine Romanfassung des Mythos von Amor und Psyche:
Du selbst bist die Antwort, Lüdenscheid 1985 (Claren Paperback 15000)

Tolkiens ›Herr der Ringe‹ fand eine Reihe von Nachahmern, die sich bemühten, seinen Stil zu imitieren, ohne die Tolkiensche Fantasy überhaupt begriffen zu haben und, natürlich, ohne das Original auch nur annähernd zu erreichen. In die Nähe des Plagiats gehen dabei die ›Shannara‹-Bände von Terry Brooks, insbesonders die ersten drei (von insgesamt neun Bänden, in welche die amerikanischen drei Originalbände aufgespalten wurden; inzwischen auch in der Originalform als Sonderausgaben neu aufgelegt); auch die Trilogie ›Der eiserne Turm‹ von Dennis McKiernan ist ein solch schematisches Imitat, alle bei Goldmann. Daneben gibt es aber auch Autoren, die Tolkiens Themen und Figuren in originellen eigenen Fantasy-Welten weiterentwickelt haben. Einige zu empfehlende Beispiele dafür sind:
Joy Chant: *Roter Mond und Schwarzer Berg,* Stuttgart 1978 (Hobbit Presse/Klett-Cotta; auch als Ullstein-Taschenbuch 39034)

Stephen R. Donaldson: ›Die Chronik von Thomas dem Zweifler‹, *Lord Fouls Fluch,* München 1980 (Heyne 06/3740)
Die Macht des Steins, München 1981 (Heyne 06/3795)
Die letzte Walstatt, München 1981 (Heyne 06/3839)
Das verwundete Land, München 1984 (Heyne 06/4108)
Der einsame Baum, München 1984 (Heyne 06/4109)
Der Bann des weißen Goldes, München 1985 (Heyne 06/4110)

Zu den naiveren, aber noch lesbaren Tolkien-Epigonen gehören:
Raymond Feist: ›Midkemia‹, *Erstes Buch: Pug und Thomas,* München 1984 (Goldmann 23842)
Zweites Buch: Milamber und die Valheru, München 1984 (Goldmann 23843)
David Eddings: ›Das Auge Aldurs‹, *Die Prophezeiung des Bauern,* München 1985 (Knaur 5785)
Die Zaubermacht der Dame, München 1985 (Knaur 5792)
Gambit der Magier, München 1985 (Knaur 5817)
Turm der Hexerei, München 1985 (Knaur 5818)
Verwunschenes Endspiel, München 1985 (Knaur 5819)
Eine tolkieneske Welt verbindet auf interessante Weise mit der Artus-Mythologie der ›Fionavar‹-Zyklus von Guy Gavriel Kay (in Vorbereitung bei Goldmann).

Als Übertragung der Tolkienschen Themen auf die heutige Zeit läßt sich ansehen:
Stephen King, *Das letzte Gefecht,* Bergisch Gladbach 1985 (Bastei-Lübbe Paperback 28162; auch im Lübbe Verlag als gebundene Ausgabe lieferbar)

Siehe auch ← George MacDonald, ← William Morris, ← E. R. Eddison, → Poul Anderson, → Ursula K. Le Guin, → Richard Adams.

Verfolgt von den Dienern Saurons will der Hobbit Frodo den verhängnisvollen Ring zu den Elben nach Bruchtal in Sicherheit bringen. Unter der Führung des geheimnisvollen Streicher sind die Hobbits auf dem Weg zum Berg Wetterspitze, um den Zauberer Gandalf zu treffen, als die folgende Episode aus dem 1. Band der Ring-Trilogie beginnt.

Der Kampf auf der Wetterspitze

Die Berge kamen näher. Sie bildeten einen wellenförmigen Kamm, oft erhoben sie sich fast bis zu tausend Fuß Höhe, und hier und da fielen sie wieder ab zu niedrigen Schluchten oder Pässen, die in das östliche Land dahinter führten. Auf dem Grat der Bergkette konnten die Hobbits etwas erkennen, das wie Reste von grünbewachsenen Wällen und Gräben aussah, und in den Schluchten standen noch die Ruinen alter Steinbauten. Als es Nacht wurde, hatten sie den Fuß der westlichen Hänge erreicht, und dort lagerten sie. Es war die Nacht des fünften Oktober, und seit Bree waren sie jetzt sechs Tage unterwegs.

Am Morgen fanden sie zum ersten Mal, nachdem sie den Chetwald verlassen hatten, einen deutlich sichtbaren Pfad. Er bog rechts ab, und sie folgten ihm nach Süden. Er war sehr listig angelegt und verlief so, daß er nach Möglichkeit dem Blick entzogen war, sowohl von den Berggipfeln aus als auch von der Ebene im Westen. Er tauchte in schmale Täler und schmiegte sich an steile Hänge; und wo er flacheres und mehr offenes Gelände überquerte, lagen auf beiden Seiten Reihen großer Findlinge und behauener Steine, die die Wanderer fast wie eine Hecke abschirmten.

»Ich möchte gern wissen, wer diesen Pfad angelegt hat und wofür«, sagte Merry, als sie an einer dieser Stellen vorbeikamen, wo die Steine besonders groß waren und dicht beieinander standen. »Er gefällt mir eigentlich nicht so recht: er sieht so nach – nun ja, nach Grabunholden aus. Gibt es irgendwelche Hügelgräber auf der Wetterspitze?«

»Nein. Es gibt kein Hügelgrab auf der Wetterspitze und auch auf keinem anderen dieser Berge«, antwortete Streicher. »Die Menschen des Westens lebten hier nicht; obwohl sie in späterer Zeit die Berge eine Weile gegen das Böse verteidigten, das aus Angmar kam. Dieser Pfad wurde zur Versorgung der Festen entlang den Schutzwällen gebraucht. Aber viel früher, in den Tagen des Nördlichen Königreiches, bauten sie einen großen Wachturm auf der Wetterspitze, Amon Sûl nannten sie ihn. Er wurde niedergebrannt und geschleift, und nichts blieb von ihm als ein zusammengestürztes Rund wie eine rauhe Krone auf dem Kopf des alten Berges. Doch war er einst hoch und schön. Es heißt, daß Elendil dort stand, als er Ausschau hielt nach Gil-galad, der aus dem Westen kommen sollte in den Tagen des Letzten Bündnisses.«

Die Hobbits starrten Streicher an. Er schien ebenso beschlagen zu sein in alten Sagen wie im Leben in der Wildnis.

»Wer war Gil-galad?« fragte Merry. Aber Streicher antwortete nicht, er schien in Gedanken versunken. Plötzlich murmelte eine leise Stimme:

Gil-galad war ein Elbenfürst.
Die Harfe klagt im Liede noch:
Von Berg und Meer umfriedet lag
Sein Reich im Glanz und ohne Joch.

Sein Schwert war lang, sein Speer war kühn,
Weithin sein Helm aus Silber schien;
Und silbern spiegelte sein Schild
Der Sterne tausendfaches Bild.

Doch lange schon ritt er davon,
Weiß keiner, wo der Reiter blieb;
Sein Stern versank in Düsternis
In Mordors finsterem Verließ.

Die anderen wandten sich erstaunt um, denn die Stimme gehörte Sam.

»Mach doch weiter!« sagte Merry.

»Mehr weiß ich nicht«, stammelte Sam errötend. »Ich habe es von Herrn Bilbo gelernt, als ich ein Junge war. Er pflegte mir solche

Sagen zu erzählen, denn er wußte, daß ich immer gern von den Elben hörte. Herr Bilbo war's auch, der mir Lesen und Schreiben beibrachte. Er war mächtig gelehrt, der liebe alte Herr Bilbo. Und er schrieb *Gedichte*. Was ich eben aufgesagt habe, hat er auch geschrieben.«

»Er hat es nicht verfaßt«, sagte Streicher. »Es gehört zu einem Lied in einer alten Sprache, das *Gil-galads Untergang* heißt. Bilbo muß es übersetzt haben. Ich wußte das gar nicht.«

»Und es war noch viel länger«, sagte Sam. »Alles über Mordor. Den Teil habe ich nicht gelernt, dabei fuhr es mir immer kalt über den Rücken. Ich hätte nie gedacht, daß ich selbst einmal den Weg gehen würde.«

»Nach Mordor gehen!« rief Pippin. »Ich hoffe doch, daß es dazu nicht kommt!«

»Sprecht den Namen nicht so laut aus!« sagte Streicher.

Es war schon Mittag, als sie zum südlichen Ende des Pfades kamen und vor sich im blassen, klaren Licht der Oktobersonne eine graugrüne Böschung sahen, die wie eine Brücke zum Nordhang des Berges hinaufführte. Sie beschlossen, sich gleich zum Gipfel aufzumachen, solange der Tag noch hell war. Sich zu verbergen war nicht länger möglich, und sie konnten nur hoffen, daß kein Feind oder Späher sie beobachtete. Auf dem Berg sahen sie keine Bewegung. Wenn Gandalf in der Nähe war, so war jedenfalls keine Spur von ihm zu sehen.

Auf der Westseite der Wetterspitze fanden sie eine geschützte Senke, an deren tiefster Stelle eine schalenförmige Mulde mit grasbewachsenen Wänden war. Dort ließen sie Sam und Pippin mit dem Pony und ihren Rucksäcken und dem sonstigen Gepäck. Die drei anderen gingen weiter. Nach einer halbstündigen mühseligen Kletterei erreichte Streicher den Berggipfel; Frodo und Merry folgten ihm, müde und atemlos. Der letzte Hang war steil und felsig gewesen.

Auf dem Gipfel fanden sie, wie Streicher gesagt hatte, ein weites Rund von altem Mauerwerk, das jetzt verfallen und mit hohem Gras überwuchert war. Doch in der Mitte war ein Hügel aus Schottersteinen aufgeschichtet. Sie waren geschwärzt wie von Feuer. Um sie herum war der Rasen bis auf die Wurzeln niedergebrannt, und überall innerhalb des Kreises war das Gras versengt und verdorrt, als ob die Flammen über den ganzen Berggipfel geschlagen wären; aber es war keine Spur von irgendeinem Lebewesen.

Als sie am Rande der kreisrunden Ruine standen, hatten sie einen weiten Blick nach allen Seiten; zum größten Teil war das Land kahl und eintönig, mit Ausnahme von einigen bewaldeten Streifen im Süden, hinter denen sie hier und dort Wasser schimmern sahen. Unter ihnen an dieser südlichen Seite zog sich wie ein Band die Alte Straße hin, die vom Westen kam und bergauf und bergab lief, bis sie im Osten hinter einem dunklen Landrücken verschwand. Nichts bewegte sich auf ihr. Als sie ihr mit den Augen nach Osten folgten, sahen sie das Gebirge: die näher gelegenen Vorberge waren braun und düster; hinter ihnen erhoben sich höhere, graue Berge, und hinter ihnen wiederum sah man hohe weiße Gipfel durch die Wolken schimmern.

»So, da sind wir«, sagte Merry. »Und es sieht sehr trostlos und wenig einladend aus! Es gibt kein Wasser und keinen Schutz. Und keine Spur von Gandalf. Ich mache ihm keinen Vorwurf, daß er nicht gewartet hat – wenn er überhaupt hier war.«

»Ich weiß nicht recht«, sagte Streicher und schaute nachdenklich um sich. »Selbst wenn er ein oder zwei Tage nach uns in Bree war, hätte er vor uns hier gewesen sein können. Er vermag sehr schnell zu reiten, wenn es nötig ist.« Plötzlich bückte er sich und betrachtete den zuoberst auf dem Steinhaufen liegenden Stein; er war flacher als die anderen und weißer, als sei er dem Feuer entgangen. Er nahm ihn auf und betrachtete ihn genau, indem er ihn hin- und herwendete. »Den hat kürzlich jemand in der Hand gehabt«, sagte er. »Was haltet ihr von diesen Zeichen?«

Auf der flachen Unterseite sah Frodo etwas Eingeritztes |″·|||. »Das scheint ein Strich zu sein, ein Punkt und noch drei Striche«, sagte er.

»Der Strich links könnte eine G-Rune mit dünnen Verästelungen sein«, sagte Streicher. »Es könnte ein Zeichen sein, das Gandalf hinterlassen hat, obwohl man nicht sicher sein kann. Das Eingeritzte ist fein und offensichtlich frisch. Aber die Zeichen können ganz etwas anderes bedeuten und nichts mit uns zu tun haben. Waldläufer benutzen Runen, und sie kommen manchmal hierher.«

»Was könnten die Zeichen bedeuten, wenn wirklich Gandalf sie gemacht hätte?«

»Ich würde denken«, antwortete Streicher, »daß sie G 3 bedeuten und besagen sollen, daß Gandalf am 3. Oktober hier war; das wäre vor drei Tagen gewesen. Es würde auch ein Zeichen dafür sein, daß er in Eile war und Gefahr drohte, so daß er entweder keine Zeit hatte oder nicht wagte, ausführlicher oder deutlicher zu schreiben. Wenn dem so ist, müssen wir vorsichtig sein.«

»Ich wollte, wir könnten sicher sein, daß er die Zeichen machte, was immer sie bedeuten«, sagte Frodo. »Es wäre ein großer Trost, wenn wir wüßten, daß er unterwegs ist, vor uns oder hinter uns.«

»Vielleicht«, sagte Streicher. »Was mich betrifft, so glaube ich, daß er hier war und in Gefahr. Hier ist ein sengendes Feuer gewesen; und jetzt fällt mir der Lichtschein wieder ein, den wir vor drei Nächten am östlichen Himmel sahen. Ich vermute, er ist auf dem Berggipfel angegriffen worden, aber mit welchem Ergebnis, das kann ich nicht sagen. Er ist nicht mehr da, und wir müssen uns jetzt selbst um uns kümmern und unseren Weg nach Bruchtal finden, so gut wir können.«

»Wie weit ist es nach Bruchtal?« fragte Merry und schaute sich niedergeschlagen um. Die Welt sah wüst und groß aus.

»Ich weiß nicht, ob die Straße jenseites der *Verlassenen Herberge* eine Tagesreise östlich von Bree jemals in Meilen gemessen wurde«, antwortete Streicher. »Manche sagen, es sei so und so weit, und manche sagen wieder etwas anderes. Es ist eine seltsame Straße, und die Leute sind froh, wenn sie ihr Ziel erreicht haben, ob die Zeit nun lang oder kurz war. Aber ich weiß, wie lange ich auf meinen eigenen Beinen brauchen würde, bei gutem Wetter ohne Mißgeschick: zwölf Tage von hier zur Bruinenfurt, wo die Straße die Lautwasser überquert, die von Bruchtal kommt. Wir haben einen Weg von mindestens vierzehn Tagen vor uns, denn ich glaube nicht, daß wir auf der Straße gehen können.«

»Vierzehn Tage!« sagte Frodo. »Eine Menge kann in dieser Zeit geschehen.«

»Kann es auch«, sagte Streicher.

Sie standen eine Weile schweigend am südlichen Rand des Berggipfels. An diesem einsamen Ort wurde sich Frodo zum erstenmal seiner Heimatlosigkeit und Gefahr voll bewußt. Er wünschte bitterlich, das Schicksal hätte ihn in dem ruhigen und geliebten Auenland gelassen. Er starrte hinunter auf die verhaßte Straße, die nach Westen führte – nach Hause. Plötzlich bemerkte er zwei schwarze Pünktchen, die sich langsam in westlicher Richtung bewegten, und als er noch einmal hinschaute, sah er drei weitere, die nach Osten krochen, ihnen entgegen. Er stieß einen Schrei aus und packte Streicher am Arm.

»Schau!« sagte er und zeigte nach unten.

Sofort warf sich Streicher hinter dem Steinwall auf den Boden und zog Frodo mit herunter. Merry warf sich daneben hin.

»Was ist das?« flüsterte er.

»Ich weiß es nicht, aber ich fürchte das Schlimmste«, antwortete Streicher.

Langsam krochen sie wieder zum Rand und spähten durch einen Spalt zwischen zwei gezackten Steinen. Es war nicht mehr sehr hell, denn der klare Morgenhimmel hatte sich bezogen, und Wolken hatten sich vom Osten her vor die Sonne geschoben, die jetzt zu sinken begann. Sie alle sahen die schwarzen Pünktchen, aber weder Frodo noch Merry konnten die Gestalten ganz genau erkennen; doch irgend etwas sagte ihnen, daß sich dort, weit unten, Schwarze Reiter auf der Straße jenseits des Fußes des Berges ansammelten.

»Ja«, sagte Streicher, dessen schärferes Sehvermögen ihn nicht im Zweifel ließ. »Der Feind ist da.«

Hastig krochen sie wieder zurück und eilten den Nordhang des Berges hinunter zu ihren Gefährten.

Sam und Peregrin waren nicht müßig gewesen. Sie hatten das kleine Tal und die umgebenden Hänge erforscht. Nicht weit weg hatten sie eine klare Quelle gefunden und nahebei Fußabdrücke, die nicht älter als ein oder zwei Tage waren. In der Mulde selbst fanden sie frische Spuren eines Feuers und andere Anzeichen eines hastigen Lagers. Ein paar herabgestürzte Felsbrocken lagen am Rand der Mulde auf der Seite zum Berg. Dahinter stieß Sam auf einen kleinen Vorrat von säuberlich aufgestapeltem Feuerholz.

»Ich möchte mal wissen, ob der alte Gandalf hier gewesen ist«, sagte er zu Pippin. »Wer immer das Zeug hierher gelegt hat, er wollte offenbar wiederkommen.«

Streicher fand diese Entdeckung sehr bemerkenswert. »Ich wollte, ich hätte gewartet und das Gelände hier unten selbst erkundet«, sagte er und eilte zur Quelle, um die Fußabdrücke zu untersuchen.

»Genau das habe ich befürchtet«, sagte er, als er zurückkam. »Sam und Pippin haben den weichen Boden zertrampelt, und die Spuren sind zerstört oder undeutlich geworden. Waldläufer sind kürzlich hier gewesen. Aber es sind auch verschiedene neuere Spuren da, die nicht von Waldläufern stammen. Zumindest ein Paar ist erst vor ein oder zwei Tagen von schweren Stiefeln gemacht worden. Zumindest ein Paar. Ich weiß es jetzt nicht sicher, aber ich glaube, es waren viele Füße in Stiefeln.« Er hielt inne und dachte angestrengt nach.

Jeder der Hobbits sah im Geist die in Mäntel gehüllten und gestiefelten Reiter vor sich. Wenn sie die Mulde schon gefunden hatten, dann wäre es um so besser, je schneller Streicher sie woanders hinführte. Sam betrachtete die Senke jetzt mit Widerwillen, nachdem er gehört hatte, daß ihre Feinde nur ein paar Meilen entfernt auf der Straße seien.

»Sollten wir uns nicht lieber schnell davonmachen, Herr Streicher?« fragte er ungeduldig. »Es wird immer später, und ich mag dieses Loch nicht: es macht mich irgendwie mutlos.«

»Ja, wir müssen gewiß sofort entscheiden, was wir tun wollen«, antwortete Streicher, schaute auf und zog Zeit und Wetter in Betracht. »Nun, Sam«, sagte er schließlich, »mir gefällt der Ort auch nicht; aber ich kann mir nicht vorstellen, daß wir irgendeinen besseren erreichen könnten, ehe die Nacht hereinbricht. Wenigstens sind wir im Augenblick außer Sicht, und wenn wir weitergehen, ist es viel wahrscheinlicher, daß wir von Spähern gesehen werden. Höchstens könnten wir einen Umweg nach Norden machen auf dieser Seite der Bergkette, wo das Gelände ziemlich ähnlich ist wie hier. Die Straße wird beobachtet, und wir müßten sie überqueren, wenn wir versuchen wollten, in den Dickichten weiter südlich Deckung zu suchen. Nördlich der Straße ist jenseits der Berge das Land auf Meilen kahl und flach.«

»Können die Reiter *sehen*?« fragte Merry. »Ich meine, gewöhnlich scheinen sie, zumindest bei Tage, mehr ihre Nasen als ihre Augen gebraucht und nach uns geschnüffelt zu haben, wenn Schnüffeln das richtige Wort ist. Aber wir mußten uns flach hinlegen, als du sie unten gesehen hast, und jetzt redest du davon, daß wir gesehen werden könnten, wenn wir weitergehen.«

»Ich war zu leichtsinnig auf dem Berggipfel«, antwortete Streicher. »Es lag mir viel daran, ein Zeichen von Gandalf zu finden; aber es war ein Fehler, daß wir zu dritt hinaufgegangen sind und dort so lange gestanden haben. Denn die schwarzen Pferde können sehen, und die Reiter bedienen sich der Menschen und anderer Geschöpfe als Späher, wie wir in Bree festgestellt haben. Sie selbst sehen die Welt des Lichts nicht so wie wir, aber unsere Gestalten werfen in ihrem Geist Schatten, die nur die Mittagssonne zerstört; und in der Dunkelheit nehmen sie viele Zeichen und Formen wahr, die uns verborgen sind: dann sind sie am meisten zu fürchten. Und zu jeder Zeit riechen sie das Blut von lebenden Wesen, begehren und hassen es. Auch gibt es andere Sinneswahrnehmungen als Sehen oder Riechen. Wir spüren ihre Gegenwart – wir waren unruhig, sobald wir hierher gekommen waren und ehe wir sie überhaupt gesehen hatten; und sie spüren unsere Gegenwart noch stärker. Außerdem«, fügte er hinzu und dämpfte die Stimme zu einem Flüstern, »zieht sie der Ring an.«

»Gibt es denn kein Entkommen?« fragte Frodo und blickte verstört um sich. »Wenn ich gehe, werde ich gesehen und gejagt! Wenn ich mich still verhalte, ziehe ich sie zu mir!«

Streicher legte ihm die Hand auf die Schulter. »Noch ist Hoffnung«, sagte er. »Du bist nicht allein. Nehmen wir dieses Holz, das zum Feuermachen vorbereitet ist, als Zeichen. Hier gibt es wenig Schutz oder Verteidigungsmöglichkeiten, aber Feuer wird uns beides gewähren. Sauron kann sich des Feuers, wie aller Dinge, für seine bösen Zwecke bedienen, aber diese Reiter lieben es nicht und fürchten diejenigen, die es gebrauchen. Feuer ist unser Freund in der Wildnis.«

»Vielleicht«, murmelte Sam. »Aber abgesehen vom Rufen ist es die beste Weise, die ich mir denken kann, um zu sagen: ›hier sind wir‹.«

Unten in der tiefsten und geschütztesten Ecke der Mulde entfachten sie ein Feuer und bereiteten eine Mahlzeit. Die Schatten des Abends begannen zu fallen, und es wurde kalt. Sie merkten plötzlich, wie hungrig sie waren, denn sie hatten seit dem Frühstück nichts gegessen; aber sie wagten nicht, sich mehr zu gönnen als ein karges Abendessen. In den vor ihnen liegenden Gegenden gab es nichts außer Vögeln und wilden Tieren, unwirtliche Orte, die von allen Lebewesen der Welt verlassen worden waren. Waldläufer gingen zuzeiten jenseits der Berge vorbei, aber es waren wenige, und sie blieben nicht lange. Andere Wanderer waren selten und von übler Art: Trolle kamen manchmal herab aus den nördlichen Tälern des Nebelgebirges. Nur auf der Straße traf man Reisende, meistens Zwerge, die in eigenen Geschäften unterwegs waren und für Fremde keine Hilfe und wenig Worte übrig hatten.

»Ich weiß nicht, wie wir mit unseren Lebensmitteln auskommen sollen«, sagte Frodo. »Wir waren sparsam genug in den letzten Tagen, und dieses Abendbrot ist kein Festmahl; aber wir haben mehr verbraucht, als wir dürften, wenn wir noch zwei Wochen und vielleicht mehr vor uns haben.«

»Man findet immer etwas zu essen in der Wildnis«, sagte Streicher. »Beeren und Wurzeln und Kräuter; notfalls besitze ich einige Erfahrung als Jäger. Ihr braucht nicht zu befürchten, daß ihr verhungert, ehe der Winter kommt. Aber etwas Eßbares zu sammeln oder zu fangen ist zeitraubend und mühselig, und wir müssen uns eilen. Also schnallt eure Riemen enger und denkt voll Hoffnung an die Tafel in Elronds Haus!«

Die Kälte nahm zu mit der Dunkelheit. Als sie vom Rand der Mulde hinausstarrten, konnten sie nichts sehen als graues Land, das rasch im Schatten versank. Der Himmel über ihnen hatte sich wieder aufgeklärt und war bald von blinkenden Sternen übersät. Frodo und seine Gefährten hatten sich am Feuer zusammengekauert und sich in alle Kleidungsstücke und Decken gehüllt, die sie besaßen; aber Streicher begnügte sich mit einem einzigen Mantel, saß ein wenig abseits und zog nachdenklich an seiner Pfeife.

Als es richtig Nacht wurde und der Schein des Feuers hell leuchtete, begann er, ihnen Geschichten zu erzählen, um sie von ihrer Furcht abzulenken. Er kannte viele Geschichten und Sagen aus alter Zeit, von Elben und Menschen und von guten und bösen Taten in der Altvorderenzeit. Sie fragten sich, wie alt er wohl sei und woher er dieses Wissen habe.

»Erzähl uns doch von Gil-galad«, sagte Merry plötzlich, als Streicher am Ende einer Geschichte über die Königreiche der Elben angelangt war und einen Augenblick innehielt. »Weißt du noch mehr von dem alten Lied, von dem du sprachst?«

»Allerdings«, sagte Streicher, »und Frodo auch, denn es ist für uns beide sehr wichtig.« Merry und Pippin blickten Frodo an, der ins Feuer starrte.

»Ich weiß nur das wenige, das Gandalf mir erzählt hat«, sagte Frodo zögernd. »Gil-galad war der letzte der großen Elbenkönige von Mittelerde. Gil-galad heißt *Sternenlicht* in ihrer Sprache. Mit Elendil, dem Elbenfreund, ging er in das Land . . .«

»Nein«, unterbrach ihn Streicher. »Ich glaube nicht, daß diese Geschichte jetzt, da die Diener des Feindes in der Nähe sind, erzählt werden sollte. Wenn wir uns zu Elronds Haus durchschlagen, könnt ihr sie dort ganz hören.«

»Dann erzähl uns doch eine andere Geschichte aus den alten Tagen«, bat Sam. »Eine Geschichte von den Elben vor der Zeit des Niedergangs. Ich würde so gern mehr über die Elben hören. Die Dunkelheit scheint sich so nahe heranzudrängen.«

»Ich werde euch die Geschichte von Tinúviel erzählen«, sagte Streicher. »Mit kurzen Worten, denn es ist eine lange Geschichte, deren Ende noch unbekannt ist; und außer Elrond gibt es heute niemanden, der sich ihrer noch so erinnert, wie sie früher erzählt wurde. Es ist eine schöne Geschichte, obwohl sie traurig ist, wie alle Geschichten von Mittelerde, und doch mag sie euerem Herzen Mut machen.« Er schwieg eine Weile, dann begann er nicht zu sprechen, sondern leise zu singen:

Das Gras war grün, das Laub hing dicht,
Die Schierlingsdolden blühten breit,
Da huschte durch den Wald ein Licht,
Wie Sternenglanz zur Erde fällt.
Tinúviel tanzte, Elbenmaid,
Zur Flöte, hold von Angesicht,
Von Sternen funkelte ihr Kleid
Und war ihr dunkles Haar erhellt.

Da irrte Beren durch den Wald,
Vom Berge kam er her allein,

Den Strom der Elben fand er bald
Und ging ihm voller Trauer nach.
Doch plötzlich sah er einen Schein
Von Licht im dunklen Waldgemach,
Von wehenden Schleiern einen Schein
Und goldene Funken tausendfach.

Da stürzt, beseelt von neuer Kraft,
Der Wanderer aus fernem Land
Tinúviel nach in Leidenschaft,
Er greift nach ihr mit Ungestüm.
Ein Mondstrahl bleibt ihm in der Hand,
Durchs Dickicht tanzt sie leicht dahin,
Läßt ungestillt die Leidenschaft,
Und er muß einsam weiterziehn.

Wie oft vernimmt er flüchtigen Schritt
Von Füßen, leicht wie Lindenlaub,
Und unterirdische Musik,
Verwehend wie ein sterbender Ton.
Mit Nebelrauch und Silberstaub
Des Rauhreifs naht des Winters Tritt,
Mit leisem Wispern Blatt um Blatt
Fällt's aus der Buchen welker Kron.

Er sucht sie ewig, unverzagt,
Wo dicht der Blätterteppich liegt,
Bei Mond und Stern und wenn es tagt.
Ihr Schleier weht im Silberglanz,
So dreht sich schwerelos und fliegt
Tinúviel, die Elbenmagd,
Wie sich die Flocke wirbelnd wiegt
Dahin im Tanz, dahin im Tanz.

Als um der Winter, kehrte sie
Zurück und sang den Frühling wach
Mit Vogellied und Melodie
Des Regens auf vereistem Bach.

Die Sehnsucht trieb ihn wie noch nie
Zum Tanz, zu ihr, es lockte ihn,
Mit ihr so leicht dahinzuziehn,
So leicht im Tanz dahinzuziehn.

Sie floh – er rief den Namen schnell,
Mit Elbenlaut rief er sie an:
Tinúviel! Tinúviel!
Da hielt sie ein im raschen Lauf,
Die Stimme schlug sie in den Bann.
Schon eilt er zu Tinúviel,
Da sah sie ihn verzaubert an:
Er fing sie in den Armen auf.

Und unter ihrem Schattenhaar
Sah Beren hell der Sterne Licht
Gespiegelt in dem Augenpaar
Der Elbin, der unsterblichen.
Verfallen war sie dem Gericht.
Sie schlang die Arme wunderbar
Um ihn: Er sah ins Angesicht
Der elbisch unverderblichen.

Lang trieb sie dann das Schicksal um
Durch Felsgeklüft und kalte Nacht,
Durch finstre Wälder, fremd und stumm,
Dann trennte sie das weite Meer.
Und dennoch war zuletzt die Nacht,
Gericht und Zeit der Prüfung um,
Vereinte sie des Schicksals Macht –
Und lange, lange ist es her.

Streicher seufzte und hielt eine Weile inne, ehe er weitersprach. »Das ist ein Lied«, sagte er, »in der Tonart, die von den Elben *annthennath* genannt wird, aber es läßt sich schwer in unserer Gemeinsamen Sprache wiedergeben, und das hier ist nur ein schwaches Echo. Es erzählt von der Begegnung zwischen Beren, Barahirs Sohn, und Lúthien Tinúviel. Beren war ein Sterblicher, doch Lúthien war die Tochter Thingols, eines Königs der Elben in Mittelerde, als die Welt noch jung war; und sie war die schönste Jungfrau, die es je unter den Kindern dieser Welt gab. Sie war lieblich wie die Sterne über den Nebeln der nördlichen Lande, und ihr Gesicht war wie ein schimmerndes Licht. In jenen Tagen weilte der Große Feind, von dem Sauron von Mordor lediglich ein Diener war, in Angband im Norden, und als die Elben aus dem Westen nach Mittelerde zurückkehrten, führten sie Krieg gegen ihn, um die Simarils wiederzugewinnen, die er gestohlen hatte; und die Väter der Menschen halfen den Elben. Aber der Feind war siegreich, und Barahir wurde erschlagen, und Beren, der großen Gefahren entgangen war, kam über das Gebirge des Schreckens in Thingols heimliches Königreich, im Walde von Neldoreth. Dort erblickte er Lúthien, die auf einer Waldwiese nahe dem verzauberten Fluß Esgalduin sang und tanzte; und er nannte sie Tinúviel, das heißt Nachtigall in der alten Sprache. Viel Leid widerfuhr ihnen später, und lange waren sie getrennt. Tinúviel rettete Beren aus Saurons Verliesen, und gemeinsam bestanden sie große Gefahren, stießen sogar den Großen Feind von seinem Thron und nahmen aus seiner eisernen Krone einen der drei Simarils, den strahlendsten aller Edelsteine, der Lúthiens Brautgabe an Thingol, ihren Vater, sein sollte. Doch schließlich wurde Beren von dem Wolf getötet, der von Angbands Toren gekommen war, und er starb in Tinúviels Armen. Sie aber wählte die Sterblichkeit und wollte die Welt verlassen, damit sie ihm folgen könne; und so heißt es in dem Lied, daß sie sich jenseits des Trennenden Meeres wiedertrafen, und nach einer kurzen Zeit wandelten sie wieder lebendig in den grünen Wäldern, und vereint überschritten sie vor langer Zeit die Grenzen dieser Welt. So kam es, daß Lúthien Tinúviel als einzige des Elbengeschlechts gestorben ist und die Welt verlassen hat, und sie haben jene verloren, die sie am meisten geliebt haben. Aber von ihr stammte das Geschlecht der alten Elbenfürsten unter den Menschen ab. Jene, deren Stammutter Lúthien war, leben noch, und es heißt, daß ihr Geschlecht niemals aussterben wird. Elrond von Bruchtal gehört zu dieser Familie. Denn der Sohn von Beren und Lúthien war Dior, Thingols Erbe; und dessen Tochter war Elwing die Weiße, die Eärendil ehelichte, Eärendil, der sein Schiff aus den Nebeln der Welt in die Meere des Himmels segelte, den Silmaril auf der Stirn. Und von Eärendil stammen ab die Könige von Númenor, das ist Westernis.«

Als Streicher sprach, beobachteten sie sein fremdartiges, lebhaftes Gesicht, das von der roten Glut des Holzfeuers schwach beleuchtet war. Seine Augen glänzten, und seine Stimme war volltönend und tief. Über ihm war ein schwarzer, gestirnter Himmel. Plötzlich erschien ein bleiches Licht über dem Gipfel der Wetterspitze hinter ihm. Der zunehmende Mond stieg langsam über den Berg, in dessen Schatten sie saßen, und die Sterne über dem Gipfel verblaßten.

Die Geschichte war zu Ende. Die Hobbits reckten und streckten sich. »Schaut!« sagte Merry. »Der Mond geht auf; es muß spät sein.«

Die anderen blickten empor. Gerade als sie das taten, sahen sie auf der Spitze des Berges vor dem Schein des aufgehenden Mondes etwas Kleines und Dunkles. Vielleicht war es nur ein großer Stein oder ein vorspringender Fels, der in dem bleichen Licht hervortrat.

Sam und Merry standen auf und gingen vom Feuer weg. Frodo und Pippin blieben schweigend sitzen. Streicher beobachtete aufmerksam das Mondlicht auf dem Berg. Alles schien ruhig und still, aber Frodo fühlte, wie sich jetzt, da Streicher schwieg, eine kalte Furcht schwer auf sein Herz legte. Er kauerte sich dichter ans Feuer. In diesem Augenblick kam Sam rennend vom Rand der Mulde zurück.

»Ich weiß nicht, was es ist«, sagte er, »aber ich fürchte mich plötzlich. Nicht für Geld und gute Worte würde ich jetzt wagen, aus der Mulde herauszugehen; ich hatte das Gefühl, daß etwas den Abhang heraufkriecht.«

»Hast du etwas *gesehen*?« fragte Frodo und sprang auf.

»Nein, Herr. Ich habe nichts gesehen, aber ich habe nicht angehalten, um zu schauen.«

»Ich sah etwas«, sagte Merry. »Oder ich glaubte jedenfalls, etwas zu sehen – dort drüben im Westen, wo das Mondlicht auf die Ebene fällt hinter dem Schatten der Berggipfel, da *glaubte* ich, seien zwei oder drei schwarze Gestalten. Sie schienen sich in dieser Richtung zu bewegen.«

»Bleibt dicht am Feuer, das Gesicht nach außen!« rief Streicher. »Nehmt ein paar von den längeren Stöcken in die Hand.«

Eine Zeitlang saßen sie atemlos da, schweigend und wachsam, den Rücken dem Feuer zugekehrt und in die Schatten starrend, die sie umgaben. Nichts geschah. Kein Ton und keine Bewegung waren in der Nacht. Frodo rührte sich, er hatte das Gefühl, er müsse das Schweigen brechen: er sehnte sich danach, laut zu rufen.

»Pst!« flüsterte Streicher. »Was ist das?« keuchte Pippin im selben Augenblick.

Über den Rand der kleinen Mulde auf der dem Berg abgewandten Seite spürten sie eher, als daß sie es sahen, wie sich ein Schatten erhob, ein Schatten oder mehr als einer. Sie strengten ihre Augen an, und die Schatten schienen zu wachsen. Bald konnte kein Zweifel mehr sein: drei oder vier große schwarze Gestalten standen dort auf dem Hang und schauten auf sie herab. So schwarz waren sie, daß sie schwarze Löcher in dem tiefen Schatten dahinter zu sein schienen. Frodo glaubte ein schwaches Zischen wie von giftigem Atem zu hören und hatte ein Gefühl von durchbohrender Kälte. Dann gingen die Gestalten langsam auf sie zu.

Entsetzen überkam Pippin und Merry, und sie warfen sich flach auf den Boden. Sam wich zurück an Frodos Seite. Frodo war kaum weniger verängstigt als seine Gefährten; er zitterte, als ob er bitterlich fröre, aber seine Angst ging in der plötzlichen Versuchung unter, den Ring aufzustreifen. Das Verlangen, das zu tun, packte ihn so, daß er an nichts anderes denken konnte. Er vergaß nicht das Hügelgrab und auch nicht die Botschaft von Gandalf; aber irgend etwas schien ihn zu zwingen, alle Warnungen zu mißachten, und es drängte ihn nachzugeben. Nicht in der Hoffnung, zu entkommen oder etwas zu tun, ob es gut oder schlecht war: er hatte einfach das Gefühl, er müsse den Ring nehmen und ihn auf den Finger stecken. Er konnte nicht sprechen. Er spürte, daß Sam ihn anschaute, als ob er wisse, daß sein Herr in arger Not sei, aber er konnte sich nicht zu ihm umwenden. Er schloß die Augen und kämpfte eine Weile mit sich; aber er vermochte nicht länger zu widerstehen, und schließlich zog er langsam das Kettchen heraus und ließ den Ring auf den Zeigefinger der linken Hand gleiten.

Obwohl alles wie vorher blieb, düster und dunkel, wurden die Gestalten sofort erschreckend deutlich. Er vermochte unter ihre schwarzen Hüllen zu schauen. Es waren fünf große Gestalten: zwei standen am Rand der Mulde, drei gingen auf ihn zu. In ihren weißen Gesichtern brannten scharfe und gnadenlose Augen; unter ihren Mänteln trugen sie lange graue Gewänder, auf ihren grauen Haaren Helme aus Silber; in ihren hageren Händen hielten sie Schwerter aus Stahl. Ihr Blick fiel auf ihn und durchbohrte ihn, als sie auf ihn zustürzten. Verzweifelt zog auch er sein Schwert, und ihm schien, als flackere es rot wie ein brennendes Holzscheit. Zwei der Gestalten blieben stehen. Der dritte Reiter war größer als die anderen: sein Haar war lang und schimmernd, und auf seinem Helm war eine Krone. In der Hand hielt er ein langes Schwert, in der anderen ein Messer; sowohl das Messer als auch die Hand, die es hielt, schimmerten in einem bleichen Licht. Er machte einen Satz vorwärts und sprang auf Frodo zu.

In diesem Augenblick warf sich Frodo nach vorn auf den Boden, und er hörte sich selbst laut rufen: *O Elbereth! Gilthoniel!* Gleichzeitig führte er einen Hieb gegen die Füße seines Feindes. Ein schriller Schrei durchdrang die Nacht; und Frodo fühlte einen Schmerz, als ob ein Pfeil aus vergiftetem Eis seine linke Schulter durchbohre. Gerade als er in eine Ohnmacht sank, sah er wie durch einen wirbelnden Nebel Streicher aus der Dunkelheit springen mit einem flammenden Holzscheit in jeder Hand. Mit letzter Kraft ließ Frodo sein Schwert sinken, zog den Ring vom Finger und umschloß ihn fest mit der rechten Hand.

Als Frodo wieder zu sich kam, umklammerte er noch verzweifelt den Ring. Er lag am Feuer, das jetzt hoch aufgeschichtet war und hell brannte. Seine drei Gefährten beugten sich über ihn.

»Was ist geschehen? Wo ist der bleiche König?« fragte er verstört.

Sie waren so von Freude überwältigt, daß er gesprochen hatte, daß sie eine Weile nicht antworteten; auch hatten sie seine Frage nicht verstanden. Schließlich erfuhr er von Sam, daß sie nichts gesehen hatten als die undeutlichen, schattenhaften Gestalten, die auf sie zugekommen waren. Plötzlich hatte Sam zu seinem Entsetzen gemerkt, daß sein Herr verschwunden war; und in eben diesem Augenblick stürzte ein schwarzer Schatten an ihm vorbei, und er fiel hin. Er hörte Frodos Stimme, aber es war, als ob sie aus großer Ferne oder von unter der Erde käme, und sie rief fremdartige Wörter. Sie sahen nichts mehr, bis sie über Frodo stolperten, der wie tot mit dem Gesicht nach unten auf dem Gras lag, sein Schwert unter sich.

Mervyn Peake
(1911 - 1968)

Peake dürfte der von allen Autoren dieses Buches in Deutschland unbekannteste sein. Seine ›Gormenghast‹-Trilogie gehört zu den bizarrsten und eigenständigsten Schöpfungen der Fantasy, die Kafkas ›Schloß‹ näher zu stehen scheint als den heroischen Abenteuern eines Morris oder Tolkien. Ähnlich wie für Cabell war für Peake die Fantasy eher ein ästhetisches Mittel und keine literarische Form zur Dichtung neuer Heldenepen.

Peake wurde in China geboren, wo sein Vater als Arzt an einem Missionskrankenhaus arbeitete. Die Kindheit verbrachte er in Tientsin, und diese chinesische Zeit, das Leben in einer fremden, uralten Kultur mit geheimnisvollen, unverständlichen Regeln, hinterließ Spuren in seinem ganzen Werk, von seinen Zeichnungen bis zu den ›Gormenghast‹-Büchern.

Später wurde er nach England geschickt und besuchte dort das Eltham-College in Kent. Früh entfalteten sich seine vielseitigen Talente als Maler, Zeichner, Poet und Autor. Mit der Arbeit an *Der junge Titus*, dem ersten Band der ›Gormenghast‹-Trilogie, begann er 1940, als seine Frau ihr erstes Kind bekam und Peake täglich mit seiner Einberufung zum Militär rechnete. Vorstudien lassen sich aber schon in einigen seiner frühen Erzählungen finden. Während der nächsten drei Jahre als Soldat arbeitete Peake ununterbrochen weiter an seinem Roman, den er fertig geschrieben hatte, als er 1943 aus Gesundheitsgründen entlassen wurde. 1941 war sein erster Gedichtband, *Shapes and Sounds*, erschienen, und seitdem wuchs sein Ruf ständig. Zunächst hatte man ihn nur als Maler gekannt, mit dem Erscheinen des ersten ›Gormenghast‹-Bandes fand er auch als Schriftsteller besondere Beachtung. Gleichzeitig erhielt er eine ganze Reihe von Aufträgen für Buchillustrationen, u. a. für Werke von Dickens, Lewis Carroll, Stevenson und Grimms Märchen. Zwischen 1944 und 1957 entfaltete er eine immense Produktivität. Er malte und illustrierte, schrieb Hörspiele, Gedichte, Theaterstücke und Kurzgeschichten und brachte den zweiten Band der ›Gormenghast‹-Trilogie heraus. Für diesen zweiten Band und für sein Gedicht *The Glassblowers* erhielt er 1950 den Literaturpreis der Heineman Foundation. Er schrieb auch einen nicht zu ›Gormenghast‹ gehörenden phantastischen Roman, *Mr. Pye*, in dem der Titelheld so gütig ist, daß ihm schließlich Engelsflügel wachsen, die er nur durch eine Reihe böser Taten wieder verschwinden lassen kann, was ihm prompt Hörner einträgt.

Nach der miserablen Kritik eines Stückes von ihm erlitt Peake 1957 einen Nervenzusammenbruch, von dem er sich nie wieder erholte. Dann quälte ihn die Parkinsonsche Krankheit. Den dritten Band der ›Gormenghast‹-Bücher schrieb er, als er bereits unter der Krankheit litt, deshalb konnte er ihn nicht mehr in der gewünschten Form zu Ende führen. Aus seinen Aufzeichnungen geht hervor, daß die ›Gormenghast‹-Bücher ursprünglich nicht als Trilogie geplant waren, sondern in loser Folge das ganze Leben ihres Helden Titus Groan, des letzten Lords von Schloß Gormenghast, beschreiben sollten. Im Nachlaß fanden sich noch Notizen für die weiteren Bände.

Gormenghast

Schloß Gormenghast ist eine bizarre, unheimliche Fantasy-Welt. Während andere Autoren ihrer Welten immer größer und umfassender werden ließen, schuf Peake mit Schloß Gormenghast einen klaustrophobischen, völlig in sich geschlossenen Kosmos, der sich auf wenige Quadratkilometer konzentriert. Gormenghast erhebt sich düster und labyrinthisch auf steilen Felsen, an deren Fuß ein halb verfallenes Dorf liegt. Dieses Dorf ist für die Bewohner Gormenghasts die einzige ›Außenwelt‹, sonst gibt es nur Nebel und Einöde. Das Leben auf Gormenghast spielt sich in endlosen staubigen Hallen und Gängen ab und wird von unverständlichen, uralten Ritualen bestimmt, die dem jeweiligen Lord die kleinste Geste vorschreiben.

In *Der junge Titus* wird von der Geburt des Gormenghast-Erben Titus Groan erzählt, aber im Mittelpunkt steht die Rebellion des dämonischen Küchenjungen Steerpike, der schließlich den alten Lord ermordet und die Äonen alten Traditionen des Schlosses in Gefahr bringt. Das Buch lebt jedoch weniger von der Handlung als von Peakes unnachahmlichem Stil, mit dem das merkwürdige Leben im Schloß beschrieben wird. In vielem schließt Peake direkt an die ›Schwarze Romantik‹ mit ihrer Vorliebe für das ›Schöne und Schreckliche‹ an. In *Im Schloß*, dem zweiten Band, wird erzählt, wie Titus den Tod seines Vaters rächt und schließlich den Aufrührer Steerpike besiegt. Doch auch Titus ist nicht mehr bereit, sich den uralten Ritualen zu unterwerfen. Je mehr er sich innerlich von seiner Umgebung und Herkunft löst, desto mehr wird Gormenghast für ihn zu einem Ort des Wahnsinns und des Schreckens. In *Der letzte Lord Groan* verläßt der junge Lord schließlich das Schloß und zieht in eine merkwürdige Welt hinaus, die modern und archaisch zugleich ist. Sie ähnelt unserer eigenen Gegenwart, doch sind deren Rituale und Gesetze aus der Sicht von Titus nicht weniger bizarr und unverständlich als für uns die von Gormenghast.

Lesehinweise:

›Gormenghast‹, *Erstes Buch: Der junge Titus,* Stuttgart 1982 (Hobbit Presse/Klett-Cotta)
Zweites Buch: Im Schloß, Stuttgart 1983 (Hobbit Presse/Klett-Cotta)
Drittes Buch: Der letzte Lord Groan, Stuttgart 1983 (Hobbit Presse/Klett-Cotta)

Mervyn Peake hat keine direkte Nachfolge gefunden; er steht selbst mehr in der Tradition eines Franz Kafka – dessen *Das Schloß* sicher für Gormenghast Pate gestanden hat – als der märchenhaften Fantasy. Spuren seines Werkes finden sich vor allem bei britischen Autoren, etwa bei → Michael Moorcock (wenn auch weniger in dessen Fantasy-Romanen) und → M. John Harrison.

Siehe auch ← E. R. Eddison

In den labyrinthischen Fluren und Hallen von Schloß Gormenghast findet ein beständiger, heimlicher Machtkampf in der Dienerschaft statt, der in dem folgenden Kapitel aus ›Der junge Titus‹ in dem Duell zwischen dem Zeremonienmeister Flay und dem Küchenmeister Swelter einen bizarren Höhepunkt erlebt.

Blut zur Mitternacht

Heute nacht war die Luft lebendig – strotzte von einer Art Leben, das durch die Schwüle der Luft noch spürbarer wurde – der geisterhaften Sommerluft Gormenghasts. Am Tage die Hitze des toten Lichtes, bei Nacht das Erbrechen eines Krankenzimmers. Es gab kein Entrinnen. Die Jahreszeit war heruntergekommen.

Als Flay, die Schulterblätter gegen die Steinsäule gepreßt, wartete, flossen seine Gedanken zurück zum Tag der Taufe, als er das große weiche Gesicht aufgeschlitzt hatte – an die Nacht, in der er die Probe zu seinem Mord beobachtet hatte – zu jenem schrecklichen Sack, der ihn darstellte – an den Tag der Ausschweifung in der Großen Küche – zum Grauen des heulenden Grafen – zu Hunderten von Erinnerungen an seinen Folterer, dessen Gesicht sich in seiner Vorstellung in der Dunkelheit ausbreitete wie eine Geschwulst.

Seine Ohren waren gespitzt, und seine Muskeln schmerzten. Er hatte sich seit einer Stunde nicht bewegt, abgesehen, daß er den Kopf auf dem Hals drehte. Und dann plötzlich – was war es, was sich verändert hatte? Er hatte die Augen für einen Augenblick geschlossen, und als er sie wieder öffnete, hatte sich die Atmosphäre verändert. War die Hitze etwa noch schrecklicher geworden? Das zerrissene Hemd klebte ihm an Schulter und Bauch. Es war mehr als das – es war, als sei die Dunkelheit omnipräsent. Der Hof war so tintenschwarz wie die Schatten, durch die er verhüllt war. Wolken waren über den Mond geglitten. Nicht einmal das blanke Schwert in seiner Hand war mehr sichtbar, als er es hinausstreckte, wo vorher Mondlicht gewesen war.

Und dann kam es. Ein Licht, heller als die Sonne, ein Licht wie von einer Rasierklinge. Es bestrahlte nicht nur die kleinsten Einzelheiten der Anatomie von Gestein, Säulen und Türmen, Bäumen, Grashalmen und Kieselsteinen, es verzauberte diese Dinge, es konstruierte sie aus dem Nichts. Vorher waren sie nicht dagewesen, nur die Leere, die abaktinale Absenz aller Dinge – und dann herrschte die Schöpfung mit blendendem, geisterhaftem Glanz, als ein Sturm elektrischen Feuers über den Himmel fluchte.

Flay erschien es wie eine Ewigkeit der Nacktheit, aber das heiße schwarze Lid des gesamten Himmels schloß sich wieder, und die drückende Atmosphäre zuckte unkontrollierbar unter einem solchen Donnergebrüll, daß ihm die Nackenhaare zu Berge standen. Es brach aus dem Bauch eines Mammuts heraus, wurde wiedergekäut und erstarb schließlich mit einem langgezogenen, wahnsinnigen Grollen. Und dann verlor die ungeheuere Mitternacht sämtliche Beherrschung, öffnete ihren Kumulusbauch von einem Horizont zum anderen, so daß die Luft unter einem großen Wassergewicht fett wurde und Flay durch den fauchenden Schaum die Äste der Bäume brechen hörte.

Für Flay bestand nun keine Notwendigkeit mehr, die verkrampfte Haltung beizubehalten, geschützt wie er war durch das Dach der Arkaden. Das bißchen an Geräusch, das er verursachte, war nun unhörbar geworden, als der Regen zischend und trommelnd niederprasselte, den massiven Rücken Gormenghasts peitschte und an seinen Seiten herunterrann, in jeder Steinritze aufspritzte und in jeder Nische anschwoll, wo weißer Staub so lange gelegen hatte.

Aber um so intensiver hatte er nun auf das Geräusch herannahender Schritte zu lauschen, und es ist zweifelhaft, ob er den Küchenmeister vor dem trommelnden Hintergrund hätte hören können. Es geschah, was er niemals erwartet hatte, und sein Herz begann erratisch zu hämmern, denn die undurchdringliche Dunkelheit zu seiner Linken wurde durch einen schwachen Lichtschein unterbrochen, und unmittelbar darauf bewegte sich die Quelle der verschleierten Aura durch die Mitternacht. Es war ein Streifen vertikalen Lichts, der allein und unabhängig dort herzuschwimmen schien. Der unsichtbare Träger der achteckigen Laterne hatte alle Lichtklappen außer einer geschlossen.

Als Flay die Finger fester um den Schwertgriff schloß, schwang der Lichtschein auf gleiche Höhe mit ihm und war einen Moment später vorbei, und in genau diesem Augenblick konnte man vor dem hellgelben Glühen die Silhouette von Swelters oberer Leibesfülle erkennen. Es war ganz einfach. Sie bog sich wie eine einzige schwarze Kuppel nach unten und zur Seite. Sie schien keinen Kopf zu haben. Er mußte nach unten vorgeschoben sein, eine Haltung, die man sich bei jemandem unmöglich hätte vorstellen können, bei dem Rollen flomenfarbenen Fetts den Raum zwischen Kinn und Schlüsselbein ausfüllten.

Als Flay die Silhouette in gut zwölf Fuß Entfernung wähnte, begann er ihr zu folgen, und damit begann die erste der Episoden, die der Pirsch. Wenn jemals sich ein Mensch an einen anderen herangepirscht hat, dann Flay an Swelter. Man mag bezweifeln, ob, verglichen mit den hölzernen Bewegungen Flays, irgend jemand auf Erden überhaupt für sich in Anspruch nehmen kann, zu pirschen. Er müßte es unter einer anderen Bezeichnung tun.

Die Länge und Gestalt seiner Gliedmaßen und Gelenke, allein die Haltung seines Kopfes, sowie Hände und Füße schienen für diesen Prozeß wie geschaffen. Völlig unbewußt der heuschreckenartigen Aktion, der sich seine Gestalt unterzog, folgte er der schleichenden Kuppel. Denn Mister Swelter befand sich selbst – immerhin seiner eigenen Meinung nach – auf der Spur des Opfers. Die Spur war zufällig nicht dort, wo er sie vermutete, zwei Stockwerke höher, aber er bewegte sich dennoch mit aller möglichen Verstohlenheit. Auf der ersten Treppe würde er die Laterne vorsichtig an der Wand abstellen, denn dort begannen die Kerzen, die sich in etwa gleichen Abständen fortsetzten und aus Wandnischen ihre hellen Lichtkreise warfen. Er begann hinaufzusteigen.

Wenn Mister Flay pirschte, dann schlich sich Mister Swelter ein. Er schlich sich durch den Raum ein. Sein Körper griff wie ein Spürhund von Luftraum zu Luftraum über, betrat ihn, erfüllte ihn und schob sich aus jedem nacheinander wieder hinaus, wobei der langsame, gemeine Bauch dem schrecklich verzögerten und potentiell zarten Fortschritt seiner herabsackenden Kurven vorausschwebte.

Flay konnte Swelters Füße nicht sehen, nur die Schattenkuppel, aber so wie diese voranschritt, vermochte er zu erkennen, daß Swelter immer nur einen Schritt auf einmal tat, wobei sein rechter Fuß immer dem linken voranging, welchen er daraufhin an die Seite seines karpfenartigen Gegenstücks brachte. Er schlich sich in langsamen, stummen Ruckbewegungen hinauf, wie es Kinder, Invaliden oder fettleibige Frauen tun. Flay wartete, bis er die Kurve der Treppe umrundet hatte und sich auf dem ersten Absatz befand, ehe er ihm folgte, fünf Stufen auf einmal nehmend.

Als er oben auf der ersten Treppe angelangt war, schob er den Kopf um die Ecke und sah nun nicht mehr die Silhouette seines Feindes. Er sah nun das gesamte Wesen im Licht zweier Kerzen strahlen. An dieser Stelle war der Gang nur schmal, verbreiterte sich aber vierzig, fünfzig Fuß weiter zu den Dimensionen einer Halle, von wo aus die zweite Treppe zu Lord Sepulchraves Gang hinaufführte.

Swelter stand völlig reglos, doch seine Arme bewegten sich, und er schien mit jemandem zu sprechen. Flay konnte nur unter Schwierigkeiten genau ausmachen, was er tat, bis er, als er einen Augenblick später die Stimme hatte sagen hören: »Und ich mache dich rot und feucht, mein Hübscher«, sah, wie der verschwommene Kloß sich unter Schwierigkeiten in dem engen Gang umdrehte und er ein Aufblitzen von Stahl wahrnahm und noch einen Moment später einen Teil des Schaftes und den vollständigen, mörderischen Kopf des zweischneidigen Beils. Mister Swelter hielt es im Arm wie ein säugendes Kind.

»Oh, so rot und feucht«, ertönte wieder die moosweiche Stimme, »und dann wische ich dich mit einem hübsch trockenen Taschentuch sauber. Möchtest du ein seidenes, mein Hübscher? Ja? Ehe wir dich polieren und fortstecken? Was, keine Antwort? Aber du verstehst doch, was Papa sagt, oder? Natürlich tust du das – nach allem, was ich dir beigebracht habe. Und warum? Weil du ein so schlaues, scharfes Baby bist – oh, so ein kluges Baby.«

Und dann war Mister Flay gezwungen, ein höchst abstoßendes Geräusch zu vernehmen – wie von irgendeinem niederen Tier mit Verdauungsschwierigkeiten. Mister Swelter lachte.

Flay, mit einem ziemlich genauen Wissen, wie gemein das Leben war, konnte sich dennoch nicht zurückhalten, kniete sich rasch auf die großen Platten und übergab sich stumm.

Er wischte sich den Schweiß von der Stirn, richtete sich wieder auf und spähte geräuschlos um die Ecke, wo er sah, daß Swelter am Fuß der zweiten Treppe angelangt war, wo sich der Gang verbreiterte. Man hörte beständig das Geräusch des Regens, wenn auch weniger deutlich. Doch allein in diesem Geräusch, so entfernt es auch klang, konnte man ein unnatürliches Gewicht verspüren. Es war, als sei das Schloß nur schädelgroß und eine Zisterne Wasser würde rasch über ihm ausgegossen. Die Vertiefungen und talgleichen Höhlungen des Schloßbodens waren bereits von dunklen Seen angefüllt, die unaufhörlich anstiegen, ihre Flächen verdoppelnd und verdreifachend, wenn sich die aufeinander zuschleichenden Ränder trafen. Das gesamte Gebiet lag überflutet.

Im Schloß hatte sich zwischen allem, was stand, lag, kniete, aufgestützt, aufgereiht, verborgen oder aufgedeckt war, zur Benutzung zurückgelassen, belebt oder unbelebt eine engere Intimität aufgebaut. Eine Art unwilliger Erkenntnis der Nähe zwischen den Dingen – eines Menschen zum anderen, wenn sie auch dicke Mauern trennten – Nähe zu einer Uhr, einem Geländer, einer Säule, einem Buch oder einem Ärmel. Bei Flay war es die schreckliche Nähe zu sich selbst – seiner eigenen Schulter und Hand. Das Aufbrechen eines Himmelskontinents hatte eine gespenstische Hyperrealität bei jenen geschaffen und vermittelt, die vor allem geschützt waren, außer vor dem Geräusch des Sturms.

Wachliegend – denn es gab niemanden, der auf Schlaf hoffen konnte – gab es nicht eine Person in dem gesamten dunklen und gerüttelten Gebäude, die nicht mindestens einen Augenblick lang darüber nachgedacht hätte, daß das gesamte Schloß ebenfalls wach lag. In jedem Bett lag, ihre oder seine Lider aufgerissen, eine Gestalt. Sie sahen einander. Dieses Bewußtsein einer festen und individuellen Gegenwart der anderen wurde nicht nur durch den einkerkernden Regenguß verstärkt, sondern durch die allgemeine Atmosphäre des Mißtrauens, die immer dichter geworden war – ein Mißtrauen, von dem man nichts genaues wußte, nur daß sich etwas veränderte – in einer Welt, in der Veränderung ein Verbrechen bedeutete.

Flay hatte Glück, daß das, auf das er sich verlassen hatte, nämlich die unkommunikative Natur der Gräfin, sich als richtig erwies, denn sie hatte seine Verbannung keiner Seele gegenüber erwähnt, wenn auch der Grund dafür immer noch in ihrem herausragenden Busen schwelte.

Daher resultierte Swelters Ignoranz gegenüber der Tatsache, als er die ersten haferschleimweichen Schritte über Lord Sepulchraves schlecht beleuchteten Gang tat, daß er sich einer flaylosen Dunkelheit näherte, denn unmittelbar vor der Tür lag undurchdringlicher Schatten. Ein hohes Fenster zur Linken war eingedrückt, und oben an der Treppe lag zersplittertes Glas und glitzerte schwach im Licht einer Kerze.

Mister Flay erfuhr, entgegen seiner fast unerträglichen Spannung, ein ironisches Vergnügen, als er nach dem Aufstieg über die zweite Treppe den Rücken seines Feindes auf der Suche nach seinem eigenen Verfolger in die Dunkelheit wabern sah.

Gegenüber der obersten Treppenstufe befand sich eine flache Nische – und mit zwei Schritten hatte Mister Flay sie erreicht. Von dort aus konnte er die Dunkelheit zu seiner Rechten beobachten. Es war sinnlos, seinem Verfolger bis zur Tür seines Herrn zu folgen. Er würde auf die Rückkehr warten. Wie wollte der Koch wohl in der Dunkelheit seinen Hieb anbringen? Er würde sich mit dem Beil vortasten, bis er die Tür berührte. Er würde einen leisen Schritt rückwärts tun. Dann, wenn er das große Instrument über den Kopf hob, würde ein Wurm des Entzückens sich durch das Gehirn winden und das zweischneidige Beil herunterbringen wie eine Guillotine. Die breite Klinge war schreiend scharf geschliffen. Und als sich dieses Bild von Swelters Vorgehen in Flays Kopf ausleuchtete, ereigneten sich ebendiese Vorgänge. Gleichzeitig mit Flays Vorstellung von dem fallenden Beil – fiel das Beil.

Die Diele unter Mister Flays Füßen hob sich, und eine hölzerne Welle rann von einem Ende des Ganges zum anderen, wo sie auf einem Felsen aus Gips aufschlug. Sonderbarerweise erkannte Mister Flay lediglich aus den Bewegungen der Dielen, daß der Küchenmeister zugeschlagen hatte, denn im gleichen Augenblick tötete eine Donnerwoge jedwedes Geräusch ab.

Swelter hatte die scharfe Schneide mit so konzentrierter Erleichterung geschwungen, daß das quälende Gefühl von Vollendung einen Moment lang seine Sinne betäubte, und erst als er den Stahl aus dem herausziehen wollte, was seine Schneide umklammerte, merkte er, daß irgend etwas fehlte. Sicher, er hatte erwartet, daß die Klinge wie Butter durch den »Hingestreckten« unter sich gleiten würde, trotz des knochigen Charakters dieses dünnen Menschen . . . aber sich doch nicht . . . nicht mit einer solchen Leichtigkeit . . . so flüssiger Leichtigkeit. Konnte es sein, daß er dem zweischneidigen Beil eine solche Schärfe beigebracht hatte, daß ein neues

Gefühl entstand – töten, ohne es zu merken, wie, wenn die tödliche Sichel durch langes Gras schlampt? Er hatte nicht mit dem Fuß nach vorn getastet, um doppelt sicher zu gehen – denn niemals war ihm in den Sinn gekommen, daß er, der seit über zwölf Jahren Nacht für Nacht hier lag, woanders sein könnte. Jedenfalls hätte er dadurch die lange Vogelscheuche aufwecken können. Was war falsch gelaufen? Der orgiastische Augenblick, auf den er so lange gewartet hatte, war vorüber. Das Beil ließ sich nur schwer bewegen. Vielleicht hatte es sich zwischen den Rippen verklemmt. Er begann, Zentimeter für Zentimeter die Hand am Schaft entlang gleiten zu lassen, wobei er Knie und Unterkörper vorbeugte und heiße Flächen haarlosen Tons sich dabei in Wellen verteilten. Unerbittlich glitten seine Hände weiter abwärts, bis sie förmlich nach Kontakt mit der Leiche zuckten. Sicher mußten seine Hände nun schon fast auf den Dielen ankommen, doch er wußte, wie man sich bei vollständiger Dunkelheit in Entfernungen verschätzen kann. Und dann berührte er den Stahl. Er ließ die Handflächen gierig an beiden Seiten hinabgleiten und stieß ein unvermitteltes mörderisches Zischen aus, und dann löste er die Finger von den Schneiden und schwang seine Wampe herum, als stünde sein Widersacher direkt hinter ihm. Er spähte zurück, den Gang entlang zu dem schwachen Lichtschein oben auf der Treppe. Dort schien niemand zu sein, und nach ein paar Minuten eingehender Beobachtung wischte er sich die Hände an den Schenkeln ab, wandte sich dem Beil zu und begann, es aus den Dielen zu winden.

Eine Weile blieb er dort stehen und befingerte die mißbrauchte Waffe, und in diesem Zeitraum hatte Mister Flay begriffen und gehandelt und war ein paar Schritte weiter den Gang hinabgeschlichen, wo sich in Form einer abgelösten Tapete ein noch günstigerer Hinterhalt präsentierte. Als er hinaus in die Dunkelheit trat, denn er befand sich jenseits des Einflußkreises der Kerzen, blitzte es wieder und glühte bläulich durch das zerbrochene Fenster, so daß Swelter und Flay sich in ein und demselben Augenblick erkannten. Das bläuliche Licht hatte sie flach wie Pappfiguren wirken lassen, was im Falle des Küchenmeisters einen außerordentlichen Effekt hervorrief. Jemand, der ihm Übles wollte, hatte ihn aus einer enormen Fläche elektrischblauen Papiers von Lakengröße herausgeschnitten. In den wenigen Augenblicken des Blitzens wirkten seine Finger und Daumen wie hellblaue Würste, die er um den Griff des Beiles geklammert hatte.

Flay, der nicht weniger die Illusion vermittelte, als besäße er keinen Körper, löste bei Mister Swelter nicht so sehr ein Gefühl des Entsetzens aus als einen neuen Ausbruch von Bösartigkeit. Daß er die exquisite Schneide seines Beiles auf flaylosen Dielen abgestumpft hatte und daß der, der nun in zwei Teile zerhauen dort liegen sollte, in *einem* vor ihm stand, dort unverschämterweise in einer Art Bühnenbeleuchtung stand, die wie eine fühlbare Kritik seines Irrtums wirkte, berührte ihn bis zum Rand seiner Beherrschung, und seinen Poren entströmte ein furchtbarer Schweiß.

Sobald sie einander erblickt hatten, schloß sich die Dunkelheit auch schon wieder um sie. Es war, als sei der Vorhang zum ersten Akt gefallen. Alles war nun anders. Verstohlenheit reichte nicht mehr aus. List war erforderlich, und ihr Geist harrte nun seiner Prüfung. Beide hatten das Gefühl gehabt, die Initiative und die Macht, den anderen zu überraschen, läge auf ihrer Seite, aber nun – wenigstens für ein paar Augenblicke – war sie gleichgestellt.

Flay hatte von Anbeginn an geplant, den Küchenmeister von Lord Sepulchraves Türschwelle und Gang fortzulocken und, wenn möglich, ein Stockwerk höher zu verführen, wo, unterbrochen von hölzernen Stützpfeilern – denn das Dach war baufällig – und mit manch einem herabgefallenen Balken die Spinnenhalle vor sich hin schimmelte, an deren einem Ende ein Fenster lag, welches auf eine große, vor den lotrecht abfallenden Mauern von Steinen und Zinnen umgebene Dachfläche führte. Ihm war eingefallen, daß er seinen Feind dorthin locken könnte, wenn er die Kerze vom Treppenabsatz erwischte, und als wieder Dunkelheit eintrat, begann er, diesen Plan in die Tat umzusetzen, als sich die Tür von Lord Sepulchraves Schlafzimmer öffnete und der Graf, die Lampe in der Hand, hinaus in den Gang trat. Er bewegte sich, als schwämme er. Ein langer, bis auf die Knöchel herabfallender Umhang ließ nichts von Beinen erahnen. Er wandte den Kopf weder zur Rechten noch zur Linken und bewegte sich wie ein Symbol der Traurigkeit.

Swelter drückte sich, soweit das möglich war, flach gegen die Wand und konnte sehen, daß Seine Lordschaft schlief. Einen Moment lang genoß Mister Flay den Vorteil, sowohl den Grafen als auch den Koch zu sehen, ohne selbst gesehen zu werden. Wohin ging sein Herr? Swelter befand sich eine kurze Weile in Verlegenheit, nicht zu wissen, was er tun sollte, und da ging der Graf schon auf gleicher Höhe mit Mister Flay. Hier lag die Gelegenheit, den Koch hinter sich herzuziehen, ohne Gefahr zu laufen, überholt oder von hinten aufgeschlitzt zu werden, und Flay trat vor den Grafen und begann, ihm voran den Gang hinabzugehen, wobei er allerdings den ganzen Weg rückwärts zurücklegte, so daß er den Küchenmeister verschwommen über die Schulter des Grafen hinweg folgen sehen konnte. Mister Flay war sich wohl bewußt, daß sein Kopf von der Lampe des Grafen gut beleuchtet wurde, während Swelter im Halbdunkeln verblieb, aber darin lag kein großer Vorteil für den Koch – denn dieses Wesen konnte nicht an ihn heran aus Angst, den Grafen von Gormenghast aufzuwecken.

Als Flay Schritt um Schritt rückwärts ging, konnte er nicht den Blick fortwährend auf den großen Koch gerichtet halten, wenn er es auch versuchte. Die Nähe des kerzenbeschienenen Gesichtes des Grafen ließ ihm keine andere Wahl, als von Zeit zu Zeit rasch einen Blick darauf zu werfen. Die runden, offenen Augen wirkten wie glasiert. An den Mundwinkeln klebte ein wenig Blut, und die Haut war totenbleich. Inzwischen hatte Swelter die Distanz zwischen sich und dem Grafen verringert. Flay und der Koch starrten einander über die Schulter ihres Herrn hinweg an. Die drei schienen sich wie aus einem Guß zu bewegen. Individuell so verschieden, doch zusammen wie aus einem Stück.

Flay warf einen so heftigen Blick über die Schulter, daß das eine Auge fast aus dem Kopf sprang, und er konnte erkennen, daß nur noch wenige Fuß bis zur Treppe blieben. Die Prozession begann den langsamen Aufstieg in den dritten Stock. Der Anführer, dessen Körper die ganze Zeit über treppab gewandt war, hielt die linke Hand auf dem Eisengeländer. In seiner Rechten glänzte das Schwert – denn dort, wie auf allen Treppen Gormenghasts, brannte auf jedem Absatz eine Kerze.

Als Flay die letzte Stufe erreichte, sah er, daß der Graf stehengeblieben war und unvermeidlicherweise auch die große Masse von Schneckenfleisch hinter ihm zum Stillstand gebracht hatte.

Es klang so sanft, als entwickle sich die Stimme aus dem Halblicht selbst, eine Stimme von unaussprechlicher Traurigkeit. Die Lampe in seiner Hand flackerte aus Mangel an Öl. Die Augen starrten durch Mister Flay hindurch, durch die dunkle Wand hinter ihm, weiter und weiter durch eine Welt endlosen Regens.

»Lebwohl«, sagte die Stimme, »es ist alles eins. Warum ein Herz brechen, das niemals in Liebe schlug? Wir wissen es nicht, süßes Mädchen; der Gobelin hängt da. Es ist so weit, so weit, dunkle Tochter. Ah nein – nicht das lange Regal. Das ist sein Lebenswerk, das die Flammen dort verzehren. Alles ist eins. Lebwohl . . . lebwohl.«

Der Graf ging eine Stufe weiter. Seine Augen waren noch runder geworden.

»Aber sie werden mich einlassen. Ihr Heim ist kalt, aber sie werden mich einlassen. Und vielleicht strahlt ihr Turm vor Liebe – jeder Stein eine kaltblaue Stanze des Entzückens, jede Feder – schrecklich, Daunen, Tinte und Flachs, jede Kralle: Ruhm!« Sein Ton klang unendlich melancholisch, als er weiterflüsterte: »Blut, Blut und Blut und Blut, für euch, meine Wollfiedrigen, alle, alles für euch, und ich bin unterwegs mit zerbrochenen Zweigen. Sie war nicht die Meine, Haar rot wie Herbstfarn. Sie war nicht die Meine. Mäuse, Mäuse die Türme zerfallen – Flammen sind Schwärmer. Es gibt keinen besseren Schwärmer als das kleine Flämmchen, und alles ist vorüber. Lebwohl . . . lebwohl. Es ist alles eins, auf immer, Eis und Fieber. Oh, erschöpftester aller Liebhaber – es wird nicht wiederkommen. Still nun, still und erfülle deinen Willen. Der Mond ist ewig, und du findest sie am Schlund ihres Geheges. Große Schwingen werden kommen, große, stille Schwingen . . . Lebwohl. Alles ist eins. Alles ist eins. Alles ist eins.«

Er stand nun auf dem Treppenabsatz, und einen Moment lang dachte Mister Flay, er ginge über den Gang in ein gegenüberliegendes Zimmer, wo eine Tür aufschwang, aber er wandte sich nach links. Es wäre möglich gewesen, ja, in der Tat auch leichter und mehr zum Vorteil Mister Flays, wenn er sich umgedreht hätte und in die Spinnenhalle gerannt wäre, denn Lord Sepulchrave, schwimmend wie ein langer Traum, versperrte Swelter den Weg, aber vor der bloßen Idee schreckte Flay zurück. Seinen schlafenden Herrn mit dem hinterherschleichenden Koch an der Schulter zurückzulassen entsetzte ihn, und so verfolgte er seinen phantastischen Rückzug wie bisher.

Sie waren etwa auf halbem Weg zur Spinnenhalle, als der Graf zu Flays und Swelters Überraschung nach links in eine schmale Arterie aus Mitternachtsstein abbog. Sogleich war er verloren, denn der Gang wand sich nach wenigen Schritten nach links, und das Flakkern der Lampe erstarb. Sein Verschwinden war so unerwartet und plötzlich erfolgt, daß kein Teil darauf vorbereitet war, in das Vakuum zwischen ihnen zu springen und in dem schwachen Licht zum Schlag auszuholen. In diesem Flügel schliefen die Grauen Putzer, und in einiger Entfernung hing von der Decke ein zerbrochener Leuchter. Auf dieses Licht rannte Mister Flay unvermittelt zu, während Swelter, dessen unterdrückter Blutdurst reif wie ein Pfirsich wurde bei dem Gedanken, der andere sei in Panik geraten, ihn trotz der flachen Saugnäpfe seiner Sohlen mit schrecklich zierlichen Schritten verfolgte.

Mister Flay ließ die Steinplatten mit Riesenschritten hinter sich, gelangte aber trotz seiner Geschwindigkeit nur in neun Fuß Abstand zu Swelter, als er sich seinen Weg in die Spinnenhalle brach. Ohne einen Augenblick zu verlieren, stolperte er über drei herabgefallene Balken, wobei seine langen Glieder phantastisch herausstachen, drehte sich in der Mitte des Raumes um und entdeckte, daß die Tür, durch die er hereingelaufen war, bereits von seinem Feind ausgefüllt war. Sie hatten sich so auf ihr Spiel von Kräftemessen und Tod konzentriert, daß es ihnen nicht in den Sinn kam, wie sie einander in der normalerweise lichtlosen Halle überhaupt erkennen konnten. Sie fanden nicht die Zeit, überrascht zu sein. Sie merkten nicht einmal, daß die Wut des Sturmes nachgelassen hatte und man nur noch ein schwer klebriges Dröhnen hören konnte. Ein Drittel des Himmels war wolkenleer, und in diesem Drittel stand sehr tief und sehr weiß ein buckliger Mond. Seine Strahlen ergossen sich durch die offene Wand am anderen Ende der Halle. Jenseits der Öffnung tanzte und glitzerte er über das zischende Wasser, das sich auf den Dächern in großen, eingemauerten Seen gesammelt hatte. Der Regen peitschte Silberfäden und fegte Quecksilberwellen auf dem Wasser auf. Die Halle wirkte wie eine Zeichnung in Schwarz, Taubengrau und Silbertinte. Sie war seit langem verfallen. In allen Winkeln lagen herabgestürzte und zerbrochene Balken, und zwischen diesen Balken, von der Decke zum Boden hängend (denn der größte Teil des verrottenden Daches war eingestürzt) und sich in jede Richtung ausbreitend, straff oder durchhängend, in schwarze Schatten getaucht, im Halblicht glimmernd oder exquisit in Filigran und leprösem Strahlen aufflackernd, wo der Mond ungebrochen auf sie fiel, erfüllten zahllose Spinnennetze die Luft.

Flay war durch ein Gewirr schattiger Gewebe gebrochen und nun, von der Mitte des Raumes den Koch im Türrahmen beobachtend, krallte er sich die nebligen Fäden mit der Linken aus Augen und Mund. Selbst in jenen Teilen der Halle, in die das Mondlicht eindringen konnte und wo dicke Düsternis dräute, wurde die Dunkelheit hier und dort durch glitzernde Stränge unterbrochen, die ständig ihre Positionen zu wechseln schienen. Die leiseste Beugung des Kopfes bewirkte gegen die Dunkelheit ein neues Phänomen glitzernder Fäden, abgelöst von ihren Netzen, entfremdet, durchsichtig und wunderbar.

Aber hatten sie Augen für derartige Ephemera? Jene Netze waren für sie Abschirmungen, die sie entweder hinderten oder schützten. Mit denen man täuschte oder durch die man getäuscht wurde. So war das Schlachtfeld des Todes markiert. Swelters schattenloser mondloser Körper an der Tür war durch die strahlenden Radii und Perimeter eines Netzes durchschnitten, das etwa in der Mitte zwischen ihm und Mister Flay hing. Das Zentrum des Netzes fiel zufällig mit seiner linken Brustwarze zusammen. Die räumliche Tiefe zwischen den glitzernden Spinnenfäden und dem Küchenmeister schien abgrundartig und gewaltig. Er hätte zu einem anderen Reich gehören können. Die Spinnenhalle gähnte und wich zurück, die Fäden täuschten das Auge, die Entfernungen wechselten, drängten nach vorn oder zerbröselten in der Ferne unter den täuschenden Reflektionen des Mondes.

Swelter blieb nicht länger bei der Tür stehen, als er benötigte, um einen allgemeinen Eindruck von dem Speicher zu erlangen, in dem der dünne Mann seine Knochen zu schützen suchte. Er troff vor Bösartigkeit, jedoch neigte er nicht dazu, die Tücke seines Antagonisten zu unterschätzen. Man hatte ihn aus einem bestimmten Grund hierhergelockt. Die Arena war nicht von ihm ausgewählt worden. Er ließ die Augen rasch nach links und rechts gleiten, das Beil vor sich aufgepflanzt. Er bemerkte die Hindernisse – die herumliegenden Balken, staubig und halbzerfallen, sowie die allgegenwärtigen Kunstwerke der Spinnen. Er sah nicht, warum dies eher zu seinem

Nachteil sein sollte als zu dessen des Mannes, den er zu spalten gedachte.

Flay hatte nie einen konkreten Grund für seine Wahl der Spinnenhalle gehabt. Vielleicht hatte er sich vorgestellt, er würde sich unter den Netzen und Balken als der Agilere erweisen, dies jedoch bezweifelte er nun, nachdem der Koch ihm so rasch gefolgt war. Aber daß es ihm gelungen war, seinen Feind an einen Ort seiner eigenen Wahl zu locken, bedeutete sicherlich, daß die Initiative wiederum bei ihm lag. Er fühlte sich dem Koch einen Gedanken voraus.

Er hielt das lange Schwert vor sich, während sich das Riesenwesen näherte. Swelter wischte die Netze beiseite, die ihn und sein Beil hinderten, hielt den Blick auf Mister Flay gerichtet und neigte den Kopf von einer Seite auf die andere, um einen besseren Blick zu gewinnen. Er mußte einmal stehenbleiben und, den Blick fest auf Mister Flay gerichtet, Schneide und Griff seiner Waffe von Spinnennetzen säubern.

Wieder ging er weiter, das Beil in großen Schwüngen vor sich hertreibend, wobei er vorsichtig auf die schiefen Balken trat, schien dann ein weiteres Mal stehenzubleiben, um den Entwebeprozeß vorzunehmen, als er mit offensichtlich geändertem Vorhaben weiter voran schritt, als lägen keine Hindernisse mehr auf seinem Weg. Er schien sich entschlossen zu haben, daß die wiederholte Instandsetzung seiner selbst und seiner Waffe während der tödlichen Begegnung unpassend und schlecht sei, um nicht zu sagen, eine Beleidigung für das Ereignis.

Wie Piraten im heißen Brackwasser waten, Auge in Auge, durch Brecher gehindert, aufeinander zu springen, sonnengeblendet, fliegengequält und mit perlenbesäten Stirnen – so lehnten hier die Balken, täuschte Mondlicht und hinderten die üppigen Netze. Es war notwendig, sie zu ignorieren – sie zu ignorieren, wenn sie das Gesicht kitzelten und sich um Mund und Augen legten. Zu merken, daß, wenn auch silbrige Fäden zwischen Schwert und Hand, zwischen Hand und Ellenbogen, Ellenbogen und Körper wie tropische Schlingpflanzen klebten und wenn der nackte Stahl auch wie in seine Hülle gesteckt schien, die Glieder doch frei waren und so wie zuvor bewegt werden konnten. Die Geschwindigkeit des geschwungenen Beiles würde auf keinen Fall gebremst werden. Das Geheimnis bestand darin, zu *ignorieren*.

So schritt Swelter weiter, wurde mit jedem weichen, kräftigen Schritt mehr zu einem Wesen aus den Tiefen, wo die grauen, verwobenen Ranken die schlingernde Seekuh umwinden. Als er plötzlich in einen Mondstrahl trat, blitzte er in einem Netzwerk von Fäden auf. Er spähte durch schimmernde Gaze. Er war der Altweibersommer selbst.

Er konzentrierte sein gesamtes Empfindungsvermögen auf den Mond. Er verbannte alle Nebensächlichkeiten aus seinem kanalisierten Gehirn. Sein Riesenschinken von einem Gesicht juckte wie von Insekten umschwärmt, aber in seinem Hirn blieb kein Platz mehr, um die Botschaften zu empfangen, die seine Nervenenden vermutlich aussandten – sein Gehirn war voll. Voll von Tod.

Flay beobachtete jeden einzelnen Schritt. Sein langer Rücken war nach vorn gebeugt wie der Stamm einer Konifere im Sturm. Den Kopf hielt er gesenkt, als wolle er ihn als Ramme benutzen. Seine gepolsterten Knie gaben leicht nach. Die Stoffstreifen waren nun überflüssig geworden, aber er fand keine Gelegenheit, sie abzuwikkeln. Der Koch stand sieben Fuß vor ihm. Zwischen ihnen lag ein herabgefallener Stamm. Etwa zwei Meter zur Linken Swelters stak er im Staub, doch zu dessen Rechten stützten ihn die Überreste einer alten Eisenkiste etwa in der Mitte, so daß er drei Fuß hoch in der Luft endete, verhangen mit fliegenerstickten Spinnennetzen.

Auf den Stützpfeiler eben dieses Balkens ging Swelter zu, das filigrierte Mondlicht an seinen Knien zerschlagend, wo es nachgab und aufflammte. Man konnte seinen Weg zurückverfolgen. Er hatte vom Türeingang aus bis zu seinem jetzigen Standort die Netzschlucht eines Traums hinterlassen. So wie er nun unmittelbar hinter der zerbrochenen Kiste stand, hatte er die Distanz zwischen ihnen auf wenig mehr als Armlänge plus Beil verringert. Die Luft zwischen ihnen war ein wenig klarer. Sie standen nun dichter voreinander als je zuvor in dieser Regennacht. In grauenhafter, fühlbarer Nähe, die man nur bei gegenseitigem Haß spürt. Ihre jeweiligen unmittelbaren Ziele waren identisch. Was hatten sie sonst gemein? Nichts als die Spinnenhalle um sie her, die Netze, die Balken, das Spiel des glitzernden Mondes und das Trommeln des Regens in den Ohren.

Zu jeder anderen Zeit hätte der Küchenmeister mit seinem überlegenen Verstand gespielt. Er hätte die lange, halbgeduckte Gestalt vor sich verspottet. Aber nun, wo Blut vergossen werden würde, was spielte es für eine Rolle, ob er seinen Feind in Wut brachte? Sein Geist würde auf konkretere Weise zuschlagen. Es würde blitzen – aber in Stahl. Und seine letzte Beleidigung wäre, daß Flay eben diese Beleidigung nicht mehr von einem Lammkotelett würde unterscheiden können – es sei denn, er konnte mit entzweigehauenem Körper immer noch Unterscheidungen treffen.

Einen Moment lang standen sie da und wippten ein wenig auf den Zehenspitzen. Mister Flay, das Schwert in der Hand, begann an dem herabgestürzten Balken nach links entlang zu gehen, vermutlich, um in bessere Reichweite zu gelangen. Als Swelter die kleinen Augen nach rechts richtete, um jeder Bewegung des anderen Körpers zu folgen, merkte er, daß sein Gesichtsfeld durch eine so dichte Verwirrung uralter Spinnennetze behindert wurde, daß es unklug gewesen wäre, an der gleichen Stelle zu verharren. Blitzartig trat er einen Schritt zur Seite und justierte die Augen in die gleiche Richtung. Sogleich schlich Flay auf ihn zu, das Gesicht halb verdeckt durch die dicken Netze. Sein Kopf befand sich nun unmittelbar über dem niedrigen Ende des Balkens. Swelters rascher Blick nach links erwies sich als fruchtbar. Er hatte das hochstehende Ende des Balkens als seinen ersten Freund in der Halle der Hindernisse entdeckt, und als sein Blick zu dem dünnen Widersacher zurückkehrte, zuckten seine dicken Lippen. Ob man eine solche muskuläre Obszönität als »Lächeln« bezeichnen konnte, wußte er nicht, und es kümmerte ihn auch nicht. Mister Flay kauerte genau da, wohin ihn zu locken er gehofft hatte. Charakteristischerweise stand sein Kinn vor – als habe es diese Gewohnheit nur Mister Swelter zuliebe herausgebildet. Es gab keine Zeit zu verlieren. Swelter stand drei Fuß von dem hochstehenden Ende des langen Balkens entfernt, als er sprang. Einen Moment lang befand sich so viel Fleisch und Blut in der Luft, daß ein Stern unter der Schulter Saturns die Farbe wechselte. Swelter landete nicht auf den Füßen. Das hatte er auch nicht vorgehabt. Sein gesamtes Körpergewicht auf das Balkenende zu bringen war alles, was zählte. Er ließ es herab, und als seine Bauchunterseite aufschlug, sprang der Balken wie ein Lebewesen unter Mister Flays vorgestrecktes Kinn, hob seinen Körper zu voller Länge hoch, ehe dieser schwer auf dem Boden zusammenbrach.

Der Küchenmeister wälzte sich grotesk auf die Beine und konnte kaum rasch genug zur Leiche seines Feindes gelangen. Da lag er, der Rock bis zu den Achselhöhlen hochgerutscht, die schmalen Flanken bloßgelegt. Mister Swelter hob das Beil. Er wandte den Blick zu der netzverwobenen Waffe in seiner Hand, und als er dies tat, flatterte Mister Flays linkes Augenlid auf, und einen Moment später hatte er den Küchenmeister im Blick und beobachtete ihn durch die Wimpern. Er besaß nicht die Kraft, sich in jenem entsetzlichen Augenblick zu bewegen. Er konnte nur zusehen. Das Beil war erhoben, aber nun sah er, wie Swelter prüfend und mit hochgezogenen Brauen die Klinge anblickte. Und dann hörte er die schwammgleiche Stimme zum zweiten Mal in dieser Nacht.

»Möchtest du abgewischt werden, mein Hübscher?« sagte sie, als sei sie sicher, aus dem brutalen Stahlkopf würde eine Antwort dringen. »Bestimmt, nicht wahr? Ehe du dein Abendessen bekommst. Natürlich. Und wie könntest du auch ein schönes warmes Bad mit allen Kleidern genießen, eh? Aber ich werde dich bald säubern, meine kleine Blume. Und auch das Gesicht muß ich dir abwaschen, mein Schatz, es blau wie Tinte polieren, und dann kannst du trinken, nicht wahr?« Er hielt das schmale Metall an seinen Busen. »Das ist das richtige für den Durst, mein Liebling, genau der richtige Schlaftrunk.« Es folgten ein paar Momente leisen gastrischen Kicherns, ehe er begann, die Spinnennetze von der Klinge abzustreifen. Er stand etwa zwei Fuß von der hingestreckten Gestalt Flays entfernt, der halb vom Mondlicht beschienen wurde. Die Demarkationslinie verlief über seine nackte Flanke. Glücklicherweise lag seine obere Hälfte im Schatten, und sein Kopf war kaum sichtbar. Als er den Überhang über sich betrachtete und bemerkte, daß der Küchenmeister die Klinge fast von Spinnweben gereinigt hatte, konzentrierte sich seine Aufmerksamkeit auf den oberen Gesichtsteil seines Widersachers. Er war verschleiert, wie auch eigentlich der Rest von Gesicht und Körper, von den allgegenwärtigen Spinnweben, aber es schien, als befände sich über dem linken Ohr noch etwas anderes. Swelter hatte sich so an das Kitzeln der Fäden auf seinem Gesicht gewöhnt, ebenso wie an die hundert kleineren Irritationen der Haut, daß er die oberhalb seines rechten Auges sitzende Spinne nicht bemerkte. Sein Kopf war so dicht zugewebt, daß er diese weitere Behinderung seiner Sicht für einen Teil der allgemeinen Unannehmlichkeiten hielt. Flay konnte von seiner Position aus die Spinne ganz deutlich erkennen, aber was er nun sah, war etwas Schicksalhaftes. Es war die Gefährtin der Spinne. Sie war aus dem dichten Brei über dem linken Augen aufgetaucht und schritt, Bein für Bein, lange dünne Schritte. Suchte sie ihren Artgenossen? Wenn dem so war, dann hatte sie ein gutes Orientierungsgefühl, denn sie lief auf ihn zu.

Swelter ließ die flache Hand über die Stahlfläche seiner Waffe gleiten. Sie lag nackt da, bereit zum Einsatz. Er stülpte seine schwammigen Lippen vor und küßte den mondbeschienen Stahl, und dann, mit einem kurzen Ausfallschritt nach hinten, hob er das Beil mit beiden Händen über den gesenkten Kopf. Er stand auf Zehenspitzen und wurde, einen Moment so verharrend, unvermittelt blind. Sein linkes Auge war in Konflikt mit einem Spinnenweibchen geraten. Es saß mitten darauf und genoß die rollende Bewegung des Augapfels, den sie bedeckte. Genau auf diesen Augenblick hatte Flay gewartet, seit er das Insekt vor wenigen Sekunden erspähte. Es schien ihm, als habe er mindestens eine Stunde wehrlos unter dem mörderischen Beil gelegen. Nun kam sein Augenblick. Er ergriff das Schwert, das bei seinem Fall neben ihm gelandet war, und rollte sich mit großer Schnelligkeit unter dem Bauch des Koches fort, aus der Reichweite des Beils. Swelter, der vor Wut schwitzte, weil er ein zweites Mal in dieser Sache um den Höhepunkt gebracht worden war, dachte jedoch, Flay befände sich noch unter ihm. Hätte er trotz der Spinnen zugeschlagen, hätte Flay vielleicht nicht entkommen können. Aber Mister Swelter hätte es nach all seinen Mühen als sehr trauriges Ende empfunden, einen Mord zu begehen, ohne die Wirkung zu sehen. Vor Lord Sepulchraves Tür war es anders gewesen. Dort gab es ohnehin kein Licht. Aber hier, mit dem wunderbaren Mond, der die Arbeit beleuchtete, war es sicher weder Zeit noch Ort, sich der Laune einer Spinne zu begeben.

Und so senkte er sein Beil an die Brust und löste, nachdem er die linke Hand befreit hatte, das Insekt aus seinen Augen. Er hatte bereits begonnen, die Waffe wieder zu erheben, als er sah, daß sein Opfer verschwunden war. Er wirbelte herum, und dabei erfuhr er einen weißglühenden Schmerz in seiner linken Hinterbacke und ein schneidendes Gefühl an der Kopfseite. Er schrie wie ein Schwein, wirbelte herum und hob die Finger an die Stelle, wo sein Ohr hätte sein sollen. Es war verschwunden. Flay hatte es abgehauen, und es schaukelte in einer von Spinnen fabrizierten Hängematte einen Fuß über den Dielen am anderen Ende des Raumes. Und welche Üppigkeit wiegte sich jemals mit nur halb der Schlaffheit jenes beinlosen Dings!

Ein Mondstrahl, der auf das gerötete Läppchen fiel, zog sich diskret wieder zurück, und das Ohr verschwand in taktvoller Dunkelheit. Flay hatte in rascher Reihenfolge zugeschlagen und gestochen. Der zweite Hieb hatte den Schädel nicht getroffen, aber erstes Blut zum Vorschein gebracht, eigentlich erstes und zweites, denn Swelters linke Rumpfseite blutete großartig. Um genau zu sein, es entwickelte sich allmählich eine Insel – eine rote Insel, die durch die weiße Weite seines Tuchrückens sickerte. Diese Insel wechselte jeden Augenblick den Umriß, aber als das Echo von Swelters Schrei verhallte, ähnelte ihre Außenlinie sehr dem eingezogenen Flügel eines Engels.

Die Hiebe hatten ihn nur angekratzt. Von Swelters Fläche wies nur ein Quadratmeter hier und dort, wenn aufgepflügt, verwundbaren Löß auf. Daß er ordentlich blutete, besagte gar nichts. Er verfügte über genug Blut, um eine anämische Armee wiederzubeleben, und es bliebe noch reichlich übrig, um die Kanonen zu kühlen. Hätte man seine Blutgefäße aneinandergereiht, hätten sie wohl den Pulverturm hinauf- und wieder hinabgereicht wie ein Efeu – Heim aller Heime eines Vampirs.

Wie es auch sei, er war getroffen, und die kalte, bösartige Berechnung hatte einem zuckenden Haß Platz gemacht, der keine Verbindung mehr zur Vergangenheit kannte. Er kochte *jetzt*, sprang in die sie trennenden Spinnweben und schlug mit einem langen, sichelnden Hieb auf Mister Flay ein. Er hatte sich rasch bewegt, aber aufgrund der Tatsache, daß die mondbeschienenen Weben ihn hinsichtlich der Entfernung zwischen ihnen täuschten, so daß er zu früh schlug, ist es wahrscheinlich, alles wäre vorbei gewesen, abgesehen vom Fortschaffen der Leiche. Wie es nun so war, reichten der Luftzug des Hiebes und das Zischen des Stahls aus, um Mister Flay die Haare zu Berge stehen zu lassen und in seinen Ohren eine entsetzliche Vibration zu entfachen. Flay erholte sich jedoch fast sofort von der Überraschung und schlug wiederum auf den Koch ein, der einen Moment aus dem Gleichgewicht gekommen war, und traf ihn auf der polsterartigen Schwellung seiner Schulter.

Und dann geschah alles sehr schnell, als sei das Vorangegangene bloßes Vorspiel gewesen. Swelter erlangte nach seinem ergebnislosen Schlag ins Leere wieder die Kontrolle, und mit dem frischen Schmerz in der Schulter und in der Erkenntnis, daß er mit dem Beil die größere Reichweite hatte, ergriff er die Waffe am äußersten Ende und begann zu kreiseln, nicht nur in der Art komplizierter Tanzbewegungen, die den Körper mit großer Geschwindigkeit um die eigene Achse drehen, sondern so, daß er sich jede Sekunde dichter an Mister Flay brachte. Inzwischen sang das ausgestreckte Beil auf seiner Kreisbahn. Was an Spinnweben in der Raummitte verblieben war, fiel nun vor diesem groben, mondlichtbefleckten Zyklon. Flay, einen Augenblick lang erstarrt, sah mit fasziniertem Entsetzen die rasche Aufeinanderfolge von Gesichtern, die der Wirbel Swelters hervorrief, Gesichter, von denen er hundert besaß, in großer Geschwindigkeit wieder und wieder auftauchend, (mit der gleichen Anzahl von Rückansichten des riesigen Kopfes gespickt – im wahrsten Sinne des Wortes). Der wirbelnde Stahl näherte sich rasch. Die Drehung war zu schnell, als daß Flay zwischen die Kreise hätte einschlagen können, noch war seine Reichweite groß genug, wenn er den Boden unter den Füßen behalten wollte.

Flay bewegte sich rückwärts und merkte, daß er allmählich in eine Ecke am anderen Ende des Raumes gezwungen wurde. Swelter kämpfte ihn mit alptraumartiger Perfektion nieder. Sein Verstand arbeitete, doch die körperliche Perfektion seiner Fußarbeit und die Drehung des Stahls besaßen die Qualität von Trance – von etwas, das durch die bloße Perfektion zu etwas Abgelöstem wird, zu etwas Eigenem. Man konnte sich nur schwer vorstellen, wie der große weiße Toppmast sich wieder anhalten wollte.

Und dann hatte Mister Flay eine Idee. Er bewegte sich weiter und weiter zurück, als ducke er sich vor dem sausenden Stahl, bis sein Rückgrat in Kontakt mit der Verbindung der beiden Wände geriet. Aus eigenem Antrieb in die Ecke gedrängt, denn er hätte Zeit gehabt, in die regenerfüllte Öffnung aus Mondlicht zu springen, wenn er gewollt hätte, streckte er sich zu voller Höhe auf, preßte sein Rückgrat in den rechten Winkel der Wände, senkte das Schwert – und wartete.

Das wirbelnde Beil kam jeden Augenblick näher. Bei jedem kurzen Blick auf den Kopf des Küchenmeisters sah er die rotgeäderten Augen auf sich gerichtet. Sie sahen wie Haßklumpen aus, so konzentriert waren jeder Gedanke und jede Faser auf den Tod Flays, während der Körper näher und näher wirbelte. Sein normaler Verstand war beurlaubt, und es geschah, was Flay gehofft hatte. Der von der langen Waffe beschriebene Bogen war von solcher Weite, daß sie zur Rechten und Linken unvermittelt wenige Zentimeter von den angrenzenden Wänden entfernt war und bei der nächsten Umdrehung den Verputz abschlug, ehe schließlich die Wände – so schien es Swelter – nach vorn auf ihn zusprangen. Dem Koch brannten Hände und Unterarme unter dem Rückstoß des Beiles, das gerade größere Teile der mürben Wand niedergerissen hatte. Flay, das Schwert immer noch zur Seite, die Spitze auf seiner Schuhkappe, befand sich in keiner idealen Position, die Wucht von Swelters Körper aufzuhalten, als dieser auf ihn fiel. Das Anhalten dieses mörderischen Wirbels war so unvermittelt und unerwartet erfolgt, daß Swelter wie eine kaputte Maschine, Rhythmus und Motivation verloren, mit außer Kontrolle geratenem Körper zusammenbrach wie innerhalb seiner eigenen Haut, als er nach vorn sackte. Wenn Flay nicht so dünn gewesen wäre und sich so weit in die Ecke gedrängt hätte, er wäre erstickt worden. So jedoch zwang ihn der feuchte, spinnwebüberzogene Druck von Swelters Kleidern über seinem Gesicht zu kurzen, schmerzhaften Atemstößen. Er konnte nichts tun; die Arme waren an den Seiten festgenagelt, das Gesichtsfeld zerstört. Aber die Wirkung des Schocks ging vorüber, und Swelter wuchtete sich, als überkäme ihn plötzlich wieder die Erinnerung, taumelnd aus der Ecke, und weil Flay auf so kurze Distanz sein Schwert nicht gebrauchen konnte, wand er sich rasch an der linken Wand entlang, drehte sich um und befand sich in idealer Position, Swelter zwischen die Rippen zu stechen, als der Widersacher wie betrunken außer Reichweite torkelte. Der Schwindel, den die Umdrehungen bei ihm verursacht hatten, schenkte ihm momentan einen Vorteil, denn so, wie er nun durch die Spinnenhalle wedelte, bildete er ein unmögliches Ziel, außer für kleinere Hiebe.

Und so wartete Flay. Er war sich eines üblen Schmerzes im Nacken bewußt. Dieser hatte zugenommen, während der unmittelbare Schock des Schlags gegen seinen Kiefer nachließ. Verzweifelt sehnte er sich danach, davon befreit zu sein. Eine schreckliche Müdigkeit hatte ihn überkommen.

Swelter bewegte sich, nachdem der Raum nicht mehr um ihn herum wirbelte und er sein Gleichgewicht wiedererlangt hatte, mit schrecklicher Zielstrebigkeit durch die Halle. Das Geräusch seiner Füße auf den Dielen klang sehr deutlich, ließ Flay zusammenzucken und über die Schulter ins Mondlicht spähen. Der Regen hatte nachgelassen, und abgesehen von dem schmerzerfüllten Flüstern des tropfnassen Gormenghast herrschte große Stille.

Flay spürte unvermittelt, daß es kein Ende, keine Entscheidung, keinen Todesstoß in der Spinnenhalle geben würde. Aufgrund dieser Überzeugung griff er Swelter nicht an, als sich dieser, vom Schwindel erholt, gegen die Tür am anderen Ende des Raumes lehnte. Aber er blieb in der mondgefüllten Öffnung stehen, eine hagere Silhouette, die dicken Tuchrollen wie eine Mißbildung um seine Knie, und wartete auf das Angreifen des Küchenmeisters, während er mit langen knochigen Fingern seinen Nacken bearbeitete. Und dann kam der Angriff. Swelter stand mit erhobenem Beil über ihm, die linke Kopfseite und linke Schulter glänzend von Blut und eine Spur hinter sich herziehend. Unmittelbar vor der Öffnung nach draußen befand sich eine zwölf Zentimeter hohe Stufe, die die Dielen abschloß. Dahinter befand sich normalerweise ein drei Fuß tiefer Abfall auf ein rechteckiges, ummauertes Dach. Heute nacht gab es einen solchen Abfall nicht, denn ein großer Regenwassersee lappte auf die staubigen Dielen der Halle. Einem Fremden vermittelte der See den Eindruck von gehöriger Tiefe, wie er dort im Mondlicht schwamm. Flay, der einen Schritt über die erhöhte Diele trat, schickte einen Strahl zitronengelber Gischt hoch, als sein Fuß aufkam. In einem Moment stakste er rückwärts mit den Beinen durchs Wasser, das so warm wie Tee war. Die Luft war trotz des Regengusses so stickig wie zuvor; das schreckliche Gewicht der Hitze ungebrochen.

Und dann begann das Entsetzliche. Swelter, der mit großer Schnelligkeit folgte, hatte sich mit dem Zeh am Rand der Öffnung verfangen und sich, unfähig, seinen Schwung zu bändigen, in das warme Wasser geschleudert. Das Beil entglitt seinem Griff, kreiselte durch das Mondlicht und fiel wie eine flammende Ankerhand in die weite goldene Stille des Sees. Als Swelter mit dem Gesicht nach unten und um sich schlagend wie ein Meeresungeheuer versuchte, wieder auf die Beine zu kommen, war Flay bei ihm. Und dann drehte der Koch mit urwüchsiger Kraft seinen tonnenförmigen Körper, fand kurzfristig Halt unter den Füßen, den er wieder verlor, wand sich, fiel wieder zurück, dieses Mal auf den Rücken, auf dem er schwamm und um sich schlagend große Wasserfontänen nach allen Seiten in die entlegensten Winkel versprühte. Einen Moment lang gelang es ihm, Atem zu holen, aber ob dieser Vorteil durch den Anblick des dunklen, aufstrebenden Körpers seines Widersachers ausgeglichen wurde – den Schwertgriff hoch über den Kopf geschwungen und mit beiden Händen umklammert, wobei die Spitze genau auf einen Punkt unterhalb seiner Rippen zielte –, das kann nur er wissen. Das Wasser um ihn her rötete sich, und seine Augen rollten wie Kiesmurmeln im Mondlicht, als das Schwert tief eindrang. Flay gab sich keine Mühe, es wieder herauszuziehen. Es blieb stehen wie ein Mast aus Stahl, dessen Segel auf die Decks gefallen sind, wo sie, als lebten sie aus sich selbst, unverbunden mit Wind oder Flut, in geisterhafter Aufregung hochsprangen und zitterten. Doch die Mastspitze, der runde Schwertknauf, wie ein Krähennest, trug keinen winzigen Piraten. Flay lehnte sich an die Außenmauer der Spinnenhalle, das Wasser bis zu den Knien, und beobachtete mit halbgeschlossenen Augen die letzten Todeskrämpfe. Da hörte er über sich ein Geräusch, wandte unter Schaudern und Gänsehaut den Blick nach oben und starrte in ein Gesicht – ein Gesicht, das im Silberlicht aus den Tiefen der darüberliegenden Halle lächelte. Die Augen waren kreisrund, und der Mund öffnete sich, und als sich die lunare Stille in einem riesigen weißen Tuch herabsenkte wie auf immer, zerriß sie, als sei sie aus Kaliko, der langgezogene Schrei der Todeseule von einem Ende zum anderen.

SCHWERT UND MAGIE

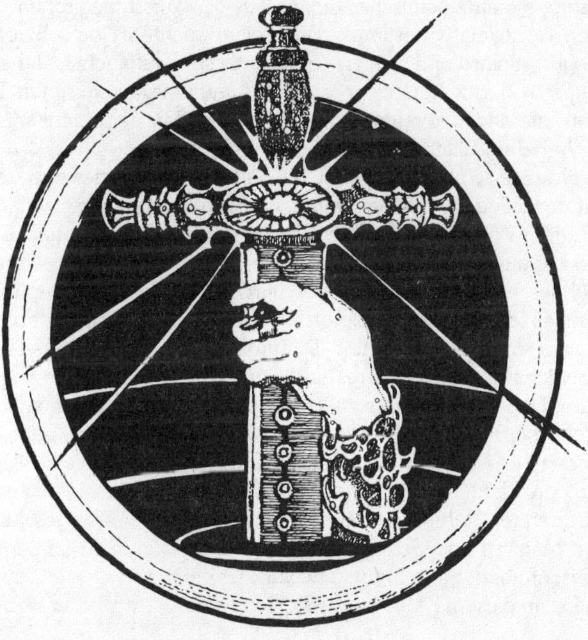

Seit Edgar Rice Burroughs hatte sich gezeigt, daß es in den amerikanischen ›Pulp‹-Magazinen Platz für einen bestimmten Typ von Geschichten gab, in dem kraftvolle Helden sich mit dem Schwert in der Hand durch mittelalterliche Welten kämpfen – mochten diese Welten auf fremden Planeten zu finden sein, in der Vergangenheit oder Zukunft unserer Erde oder in irgendwelchen fernen Dimensionen. In diesen Welten waren die Männer groß und stark – wie es der Fantasy-Autor L. Sprague de Camp beschreibt –, die Frauen schön, die Probleme einfach. Und das Leben war abenteuerlich. Entsprechend den Erwartungen der Pulp-Leser konnten Geschichten dieses Typs nichts anderes sein als Fluchtliteratur reinsten Wassers. Es dauerte bis in die sechziger Jahre, bis der amerikanische Autor Fritz Leiber für sie die Genre-Bezeichnung ›Sword and Sorcery‹ – Schwert und Magie – prägte, wohl in Anlehnung an ›Mantel und Degen‹-Abenteuer, wie sie die drei Musketiere erleben. Auch die Fantasy erhielt die Bezeichnung ›Fantasy‹ ja erst Ende der sechziger Jahre, als amerikanische Verlage aus verkaufsstrategischen Gründen ein Etikett für bestimmte Buchreihen suchten. Doch obwohl der Begriff ›Sword and Sorcery‹ erst relativ spät auftauchte, stehen die Autoren dieses Kapitels in einer bestimmten gemeinsamen Tradition, die der Pulp-Autor Robert E. Howard in der amerikanischen Unterhaltungsliteratur begründet haben dürfte.

Howard schuf mit seinem *Conan* einen Helden, der zum Vorbild für unzählige Imitationen wurde, von denen uns Übersetzungen ins Deutsche aber zum größten Teil erspart blieben. Conan ist der Barbar aus dem Norden, der auf der Suche nach Abenteuern eine frühgeschichtliche Fantasy-Welt durchstreift, deren Konzeption mit den verschiedensten Königreichen, Stämmen, Handelsmetropolen, Ruinenstädten, Kulten und Dämonen genauestens ausgefeilt ist, aber letztlich nichts anderes als die optimale Kulisse für die Schwertkämpfe des Helden darstellt. Bei der ›Sword and Sorcery‹ steht nicht mehr die Schöpfung einer bestimmten Welt im Mittelpunkt, und sei es auch nur wie bei E. R. Eddison eine Welt als Allegorie ewigen Heldentums, sondern die Autoren folgen einfach einer bestimmten literarischen Konvention, die für Abenteuergeschichten mit Magiern und Schwertkriegern einen bestimmten Hintergrund vorschreiben. Sie schreiben bewußt Genreliteratur.

Die in diesem Kapitel vorgestellten Autoren sind außer Robert E.

Howard keine typischen Vertreter der ›Sword and Sorcery‹, sie sollen statt dessen aufzeigen, welche Entwicklungsmöglichkeiten in diesem Genre stecken, und stehen für die Variation des Themas bis in die sechziger Jahre. Der Engländer Michael Moorcock bildet mit seinen Geschichten um den Ewigen Helden den Abschluß dieses Kapitels, und er steht zugleich für den Übergang zu den siebziger Jahren, in denen neue Autoren die Grenzen des Genres sprengten und sich auf die mythologischen Möglichkeiten der Weltenschöpferei zurückbesannen.

Robert Ervin Howard
(1906 - 1936)

Howard kann als Begründer eines Fantasy-Genres gelten, das später von Fritz Leiber den Namen ›Sword and Sorcery‹ – Schwert und Magie – erhielt. Mit den Abenteuern des Barbaren *Conan* schuf er das Muster für eine Unterhaltungsliteratur, die sich als Hintergrund Fantasy-Welten voller Schwertkrieger und Magier wählt.

Praktisch sein ganzes Leben verbrachte Howard in der kleinen texanischen Stadt Cross Plains mit kaum mehr als 1500 Einwohnern. Sein Vater arbeitete als Landarzt und muß ein schroffes, herrisches Wesen gehabt haben. Die Mutter war sehr besitzergreifend und unterband außerfamiliäre Beziehungen Howards schon von Kindheit an nach Kräften. Er wuchs in fast sklavischer Ergebenheit zu ihr auf. Als Junge war Howard schwächlich, brachte sich dann aber durch Bodybuilding in köperliche Hochform und wurde ein beachteter Amateurboxer. Schon als Jugendlicher beschloß er, für die von ihm verschlungenen ›Pulp‹-Magazine zu schreiben und Schriftsteller zu werden. Mit 18 Jahren gelang es ihm, seine erste Geschichte an ein Magazin zu verkaufen. Seine Eltern erklärten sich schließlich bereit, ihn nach einem kurzen Hochschulbesuch erst einmal ein Jahr lang schreiben zu lassen, und nach Ablauf dieses Jahres war er als ›Pulp‹-Autor so gefragt, daß er das Schreiben zu seinem festen Beruf machen konnte.

Unter verschiedenen Pseudonymen schrieb er fast alles, was auf dem Magazinmarkt gefragt war – Horror, Boxergeschichten, Krimis, Abenteuerstories und Westernerzählungen. Seinen größten Markt und die ihm am besten aus der Feder fließenden Geschichten fand er schließlich bei der Arbeit für das ›Pulp‹-Magazin *Weird Tales*, für das auch Lovecraft schrieb, zu dessen Brieffreunden Howard gehörte. In *Weird Tales* erschien der größte Teil von Howards Fantasy-Abenteuergeschichten. Nachdem er mit unterschiedlichem Erfolg verschiedene Helden ausprobiert hatte, erfand er schließlich mit *Conan*, dem Barbaren aus dem rauhen Cimmerien, eine Figur, die beim Publikum soviel Anklang fand, daß er von 1932 bis 1936 einundzwanzig Conan-Geschichten schrieb. Conan ist der rauhe, wurzellose, weitgereiste Abenteurer, dunkelhaarig und von kräftiger, großer Statur – vom Aussehen seinem Erfinder Howard nicht unähnlich, auf den er wohl seine Sehnsüchte, aus dem texanischen Provinzleben auszubrechen, projizierte. Howard fühlte sich in Cross Plains als Außenseiter und schrieb über sich selbst, er habe in seiner

Umgebung nie einen anderen Schriftsteller kennengelernt und vermute, daß er in ganz Texas der einzige sei (was zu seiner Zeit durchaus zutreffend gewesen sein dürfte). Trotz seiner Erfolge als Autor litt er an Depressionen und unter seiner starken Mutterbindung. Als er erfuhr, daß seine Mutter im Koma lag, aus dem sie nicht mehr aufwachen würde, beging er Selbstmord.

Das Hyborische Zeitalter

Die Geschichten um *Conan* spielen im Hyborischen Zeitalter, einer fiktiven Epoche, die vor etwa zwölftausend Jahren mit dem Untergang von Atlantis begann und bis zum Beginn der bekannten Geschichtsschreibung dauerte. Im Hyborischen Zeitalter funktionierte die Zauberei, und übernatürliche Wesen wandelten auf der Erde. Die von Howard sehr genau ausgestaltete Landkarte dieser Epoche zeigt eine Landmasse, die in den Umrissen in etwa dem heutigen Europa, Asien und Afrika entspricht, in der es jedoch noch kein Mittelmeer gibt und die Küstenlinien anders verlaufen. Howard bildete die Geographie den heutigen Landschaften nach und entlehnte sich auch bei den derzeit dort ansässigen Kulturen seine Namen, was zu einer ganzen Reihe von Anachronismen führte. Das Hyborische Zeitalter war von seinem Erfinder allerdings auch nicht als Versuch, eine historische Epoche nachzubilden, gedacht, sondern wurde einfach als fiktive Welt in der Manier der Fantasy erfunden und mit einer fiktiven Historie ausgestattet. Die Idee für die Epoche kam Howard durch die zu seiner Zeit in den ›Pulp‹-Magazinen immer wieder auftauchenden Geschichten um Atlantis.

Conan wurde in Cimmerien geboren, einem düsteren wolkenverhangenen Gebirgsland im Norden, dessen Bewohner die Urkelten sind. Die Kelten faszinierten Howard besonders. Er schrieb auch Geschichten, die in keltischer Zeit spielen, und hatte mit Bran Mak Morn und Cormac Mac Art zwei keltische Helden. Der junge Conan zieht voller Abenteuerlust in die zivilisierteren Länder des Südens, wo er sich als Söldner, Dieb, Räuber, Pirat, Leibwächter und in ähnlichen Professionen durchschlägt, bis er schließlich als General einer Rebellenarmee den König von Aquilonien stürzt und sich selbst auf den Thron setzt. Howard sah Conan als einen Helden, der einfach zu dumm und barbarisch ist, sich einen Ausweg aus einer gefährlichen Situation anders als mit dem Schwert zu suchen. Entsprechend sind auch die Geschichten.

Die Saga von *Conan* fand unter den ›Pulp‹-Lesern begeisterten Anklang, aber nach dem plötzlichen Tod des Autors wurde es zunächst still um den Cimmerier. Nur in einem kleinen Liebhaberverlag erschienen Buchausgaben der Geschichten. Erst als man Jahre später im Nachlaß von Howard unveröffentlichtes Conan-Material entdeckte, machte sich ein amerikanischer Taschenbuchverlag in den sechziger Jahren daran, den Zyklus um Conan neu herauszubringen. Die Geschichten wurden von L. Sprague de Camp, selbst Fantasy-Autor, chronologisch geordnet, und de Camp, Lin Carter und andere Fantasy-Autoren schrieben neue Conan-Abenteuer, um die Lücken in der Chronologie auszufüllen, wobei sie auf Notizen und unvollendete Stories Howards zurückgriffen. So entstand ein Geschichten-Zyklus, der von der Geburt Conans bis zu seinen letzten Abenteuern als greiser König das ganze Leben des Helden umfaßt.

Als der große *Conan*-Film von deLaurentis angekündigt wurde, begann man mit einer zweiten, wieder überarbeiteten und erweiterten Ausgabe der Conan-Saga, die inzwischen auch in Deutschland im Taschenbuch erscheint. Zu den Autoren, die Conans Abenteuer forsetzten, gehören unter anderem auch Poul Anderson und Karl Edward Wagner.

Howard hatte seinen Conan zwar als Schlagetot beschrieben, und man merkt den Geschichten eine deutliche Verehrung des einfachen, barbarischen Wilden an, wie sie sich auch bei London oder Kipling findet, die zu Howards Vorbildern gehörten, doch haben Howards Conan-Geschichten meist eine düstere, tragische Note, und Conan geht aus seinen Kämpfen nicht als Sieger, sondern nur als Überlebender hervor. Conans Einstellung hat mit Heldentum wenig zu tun, er hat eine recht moderne Söldnermoral, die ihm jedoch letzten Endes selten etwas einbringt. Bei den späteren Bearbeitern des Conan-Stoffes verliert sich der tragische Zug, und es entsteht das Bild des rücksichtslosen Barbarenkriegers, das Howards Intentionen im Grunde nicht mehr gerecht wird.

HYBORISCHES ZEITALTER

Lesehinweise:

Die ›Conan‹-Saga liegt bei Heyne in einer Neuausgabe vor, die der in den USA erschienenen zweiten Bearbeitung folgt. Die zunächst auf 20 Bände angelegte Ausgabe ist in etwa chronologisch geordnet; eine Reihe von weiteren Bänden folgt nicht der inneren Chronologie. Neben Robert E. Horward sind eine Reihe von weiteren Autoren daran beteiligt, darunter L. Sprague de Camp, Lin Carter und Björn Nyberg (die Herausgeber und Mitautoren der ersten, zwölfbändigen US-Taschenbuchausgabe), Andrew Offutt, → Poul Anderson, → Karl Edward Wagner, Robert Jordan und John Maddox Roberts. Im folgenden sind nur die Titel aufgeführt, die Geschichten von Howard selbst enthalten:
Conan, München 1982 (Heyne 06/3202)
Conan von Cimmerien, München 1983 (Heyne 06/3206)
Conan der Pirat, München 1983 (Heyne 06/3210)
Conan der Wanderer, München 1983 (Heyne 06/3236)
Conan der Abenteurer, München 1983 (Heyne 06/3245)
Conan der Krieger, München 1983 (Heyne 06/3258)
Conan der Thronräuber, München 1984 (Heyne 06/3263)
Conan der Eroberer, München 1984 (Heyne 06/3275), Howards einziger Conan-Roman.

Von den übrigen Bänden kommen dem Stil und den Intentionen Howards am nächsten:
Karl Edward Wagner: *Conan und die Straße der Könige,* München 1983 (Heyne 06/3968)
Robert E. Howard, Björn Nyberg und L. Sprague de Camp: *Conan der Rächer,* München 1984 (Heyne 06/3283), zu dem Howard selbst nur einen Essay beisteuerte.

An Begleitbüchern zu den beiden bisher gedrehten ›Conan‹-Filmen (mit Arnold Schwarzenegger in der Titelrolle) sind erschienen:
L. Sprague de Camp und Lin Carter: *Conan der Barbar,* München 1982 (Heyne 06/3889)
Robert Jordan: *Conan der Zerstörer,* München 1984 (Heyne 06/6281)

Weitere Fantasy-Geschichten und historische Abenteuererzählungen Howards sind in der inzwischen vergriffenen ›Terra-Fantasy‹-Reihe (Pabel) erschienen. Eine Neuausgabe von Howards Originalerzählungen um den Vorläufer Conans, *Kull von Atlantis* (Bastei-Lübbe 20121), befindet sich für 1989 in Vorbereitung.

Um 500 n. Chr. spielen die phantastischen Abenteuer des Gälen ›Cormac Mac Art‹, die von Andrew J. Offutt und Keith Talyor in sechs Bänden fortgesetzt wurden. Von Howard selbst ist der Band:
Die Tiger der See, München 1987 (Heyne 06/4421)

Zu den mehr oder weniger gelungenen ›Schwert-und-Magie‹-Serien um Barbarenhelden in der Art Conans gehören die ›Brak‹-Romane von John Jakes und Lin Carters ›Thongor‹-Romane (Goldmann), sowie die Geschichten um die ›Rote Sonja‹ (Heyne), eine Nebenfigur aus einer Conan-Geschichte, von David C. Smith und Richard L. Thierney. Wer an abenteuerlich-barbarischer Fantasy interessiert ist, der sollte auch die ›Enwor‹-Romane von Wolfgang Hohlbein versuchen:
Der wandernde Wald, München 1983 (Goldmann 23827)
Die brennende Stadt, München 1983 (Goldmann 23838)
Das tote Land, München 1984 (Goldmann 23839)
Der steinerne Wolf, München 1984 (Goldmann 23840), sowie weitere Bände, zum Teil zusammen mit anderen Autoren.

Siehe auch → Fritz Leiber, →Tanith Lee.

Der rote Priester

Desillusioniert, weil es offenbar unvermeidbar ist, in der Ausübung seiner Tätigkeit immer wieder an übernatürliche Gewalten zu geraten, und weil Nemedien ein etwas zu heißes Pflaster für ihn geworden ist, zieht Conan südwärts nach Corinthien, wo er sich weiter der ungesetzlichen Betätigung, der Aneignung fremder Habe, widmet, diesmal in den kleinen Stadtstaaten des Landes. Er ist nun etwa neunzehn, härter und erfahrener, wenn auch der unprofitablen Vorsicht kaum geneigter als zu dem Zeitpunkt, da er die südlichen Königreiche zum erstenmal betrat.

»Ohne Mut und Blut kein Gut.«
Alter Reim

1

Auf einem Hoffest berührte Nabonidus, der Rote Priester und wahre Herrscher der Stadt, den jungen Edelmann Murilo höflich am Arm. Murilo wandte den Kopf, um dem rätselhaften Blick des anderen zu begegnen, und wunderte sich über dessen verborgene Bedeutung. Sie wechselten keine Worte. Nabonidus verbeugte sich lediglich und händigte ihm eine goldene Dose aus. Der junge Edelmann wußte, daß Nabonidus nichts ohne Grund tat, entschuldigte sich bei der erstbesten Gelegenheit und zog sich hastig in seine Gemächer zurück. Er öffnete die Dose und fand darin ein Menschenohr. Nach einem kurzen Blick auf die ungewöhnliche Narbe daran wußte er sofort, wer sein ursprünglicher Besitzer gewesen war. Der Schweiß brach ihm aus, und er hegte nun keine Zweifel mehr an der Bedeutung des Blickes, mit dem Nabonidus ihm die Dose überreicht hatte.

Aber Murilo war trotz seiner pomadisierten schwarzen Locken und seines geckenhaftes Äußeren kein Schwächling, der kampflos den Kopf auf den Block legte. Er wußte nicht, ob Nabonidus nur Katz und Maus mit ihm spielte oder ihm die Chance geben wollte, freiwillig ins Exil zu gehen. Die Tatsache, daß er noch lebte und sich in Freiheit befand, sagte ihm, daß man ihm zumindest ein paar Stunden Frist ließ, vermutlich zur Meditation. Er brauchte jedoch keine Meditation für seine Entscheidung. Was er benötigte, war ein Werkzeug. Und das Schicksal verschaffte ihm dieses Werkzeug, das im Augenblick – während der junge Edelmann in dem Viertel der Marmorpaläste mit den Purpurtürmen zitterte und überlegte – im Elendsviertel zwischen verlotterten Schenken und Hurenhäusern seiner Tätigkeit nachging.

Es gab einen Priester Anus, dessen Tempel am Rande des Elendsviertels nicht nur demütige Verehrung und Andacht sah. Der Priester war fett und vollgefressen und nicht nur ein Hehler, sondern auch ein Spitzel der Polizei. Beide dieser letzteren Professionen waren sehr einträglich, denn der Stadtteil, neben dem sein Tempel lag, war das sogenannte Labyrinth, ein Durcheinander von schmutzigen, sich windenden Gassen und verkommenen Kneipen, in denen sich die kühnsten Diebe des ganzen Königreichs trafen. Am verwegensten von allen waren ein Gundermann, ein ehemaliger Söldner, und ein barbarischer Cimmerier. Aber der Priester Anus hatte heimtückisch dafür gesorgt, daß der Gundermann festgenommen und öffentlich auf dem Marktplatz gehenkt wurde. Dem Cimmerier war die Flucht geglückt. Auf Umwegen erfuhr er von des Priesters Verrat, und so betrat er des Nachts Anus' Tempel und machte den Priester um einen Kopf kürzer. Das führte zu einer beachtlichen Aufregung in der Stadt. Die Suche nach dem Mörder verlief erfolglos, bis eine Frau ihn an die Obrigkeit verriet und einen Hauptmann der Wache mit seinem Trupp zu dem Versteck führte, wo der Barbar seinen Rausch ausschlief.

Als sie ihn gefangennehmen wollten, erwachte er. Noch betrunken, aber voller Wildheit, stach er den Hauptmann nieder und stürzte durch seine Angreifer hindurch. Er wäre auch entkommen, hätten die in der Nacht zuvor genossenen harten Getränke nicht seine Sinne benebelt. Verwirrt und benommen verfehlte er in seiner Hast die offene Tür und rannte so heftig gegen die Steinmauer, daß ihm die Sinne schwanden. Als sie zurückkehrten, befand er sich im sichersten Kerker der Stadt und war mit Ketten an die Wand gefesselt, die nicht einmal seine barbarischen Muskeln zu sprengen vermochten.

In diese Zelle kam Murilo, maskiert und in einen weiten schwarzen Umhang gehüllt. Der Cimmerier betrachtete ihn voll Interesse, denn er hielt ihn für den Henker, den man geschickt hatte, ihn hinzurichten.

Murilo klärte ihn jedoch schnell auf und musterte ihn mit nicht weniger Interesse. Selbst im schwachen Licht des Kerkers und an der Wand festgekettet, war die primitive Kraft des Mannes unverkennbar. Sein mächtiger Körper und die muskelbepackten Glieder vereinten die Stärke eines Bären mit der Geschmeidigkeit und Flinkheit eines Panthers. Unter der wirren schwarzen Mähne funkelten seine blauen Augen mit unbezähmbarer Wildheit.

»Möchtet Ihr am Leben bleiben?« fragte Murilo. Der Barbar brummte, und noch stärkeres Interesse erwachte in ihm.

»Wenn ich Euch die Flucht ermögliche, werdet Ihr mir dann einen Gefallen tun?« fragte der Edelmann.

Der Cimmerier schwieg, aber die Eindringlichkeit seines Blickes antwortete für ihn.

»Ich möchte, daß Ihr einen Mann für mich tötet.«

»Wen?«

Murilos Stimme wurde zum Wispern: »Nabonidus, den Priester des Königs!«

Der Cimmerier verriet weder Überraschung noch Bestürzung. Er kannte die Furcht und den Respekt vor der Obrigkeit nicht, wie sie bei den zivilisierten Menschen schon fast angeboren sind. Ob König oder Bettler, ihn scherte es nicht. Noch fragte er, weshalb Murilo zu ihm gekommen war, wo sich doch außerhalb des Kerkers genügend Mordbuben herumtrieben, die sich gern verdingen ließen.

»Wann soll ich fliehen?« fragte er.

»Schon in der kommenden Stunde. Des Nachts hält nur ein Wächter sich in diesem Teil der Verliese auf. Er ist bestechlich. Ich *habe* ihn bestochen. Hier sind die Schlüssel zu Euren Ketten. Ich öffne sie, und nachdem ich wieder zu Hause bin, wird der Wächter, Athicus ist sein Name, die Tür zu Eurer Zelle aufsperren. Ihr werdet ihn mit Streifen binden, die Ihr aus Eurem Kittel reißt, damit die Polizei, wenn er gefunden wird, glaubt, daß Ihr mit Hilfe von außen entkommen konntet, und ihn so nicht verdächtigt. Begebt Euch dann direkt zum Hause des Roten Priesters und tötet ihn. Von dort eilt zum Rattennest, wo Euch ein Mann mit einem Pferd und einem Beutel Gold erwarten wird. Damit könnt Ihr sicher aus der Stadt entkommen und außer Landes fliehen.«

»So nehmt mir meine Ketten ab«, verlangte der Cimmerier, »und sorgt dafür, daß der Wärter mir zu essen bringt. Bei Crom, ich habe den ganzen Tag nichts als einen Brocken verschimmeltes Brot und Wasser bekommen. Ich bin dem Verhungern nahe.«

»Wird getan. Aber denkt daran – Ihr dürft nicht fliehen, ehe ich nicht Zeit hatte, mein Haus zu erreichen.«

Von seinen Ketten befreit, erhob sich der Barbar und streckte seine muskulösen Arme, die in der Düsternis des Verlieses gewaltig wirkten. Murilo war überzeugt, wenn ein Mensch auf dieser Welt tun konnte, was er verlangte, so war es dieser Cimmerier. Mit ein paar wiederholten Anweisungen verließ er den Kerker, nicht ohne Athicus zu beauftragen, dem Gefangenen eine Platte kalten Braten und eine Kanne Bier zu bringen. Er wußte, daß er dem Wärter vertrauen konnte, nicht nur des Geldes wegen, mit dem er ihn bezahlt hatte, sondern auch aufgrund bestimmter Dinge, die er über ihn wußte.

Als er zu seinen Gemächern zurückkehrte, hatte Murilo seine Angst völlig unter Kontrolle. Nabonidus würde durch den König handeln, dessen war er sicher. Und da die königlichen Wachen nicht an seine Tür pochten, hatte der Priester bisher auch noch nicht mit dem Monarchen gesprochen. Das würde er zweifellos morgen tun – wenn er so lange lebte.

Murilo zweifelte nicht, daß der Cimmerier seinen Auftrag durchzuführen versuchen würde. Ob es ihm gelang, mußte sich noch herausstellen. Es war nicht das erstemal, daß jemand versucht hatte, den Roten Priester zu ermorden – und bisher waren die Attentäter eines schrecklichen, unbeschreiblichen Todes gestorben. Doch bei ihnen hatte es sich um Männer gehandelt, die in den Städten aufgewachsen waren und denen die wölfischen Instinkte des Barbaren gefehlt hatten. Sogleich nachdem Murilo das Golddöschen mit dem abgetrennten Ohr geöffnet hatte, erinnerte er sich, was er erst vor wenigen Stunden durch seine geheimen

Quellen über die Gefangennahme des Cimmeriers erfahren hatte, und sofort sah er darin die Lösung zu seinem Problem.

In seinem Gemach leerte er einen Becher auf das Wohl des Mannes namens Conan und auf seinen Erfolg in dieser Nacht. Doch noch während er sich den Becher nachfüllte, brachte einer seiner Spitzel ihm die Kunde, daß Athicus verhaftet und selbst in den Kerker geworfen worden war. Der Cimmerier war nicht entkommen.

Murilo glaubte, sein Blut erstarre zu Eis. In den Tücken des Geschickes sah er die mächtige Hand Nabonidus', und die Überzeugung erwuchs in ihm, daß der Rote Priester mehr als menschlich war – ein Zauberer, der die Gedanken seiner Opfer las und an Fäden zog, die sie wie Marionetten tanzen ließen. Verzweiflung und Hoffnungslosigkeit erfüllten ihn. Er gürtete sein Schwert und verbarg es unter dem weiten Umhang. So verließ er sein Haus durch einen Geheimgang und eilte durch die leeren Straßen. Es war gerade Mitternacht, als er Nabonidus' Haus erreichte, das sich finster aus dem Garten hinter der Mauer erhob, die sie von den benachbarten Grundstücken trennte.

Die Mauer war zwar hoch, aber nicht unüberwindbar. Doch Nabonidus verließ sich zu seinem Schutz nicht nur auf steinernen Barrieren. Zu fürchten war das, was sich innerhalb dieser Mauern befand. Was das war, wußte Murilo nicht so genau. Er hatte gehört, daß zumindest ein riesiger, gefährlicher Hund im Garten herumstreifte, der nicht nur einen Eindringling zerrissen hatte, als wäre er nicht mehr als ein Kaninchen. An das, was sonst noch dort Wache hielt, mochte er gar nicht denken. Jene, denen es gestattet war, das Haus flüchtig aus geschäftlichen Gründen zu betreten, erzählten, daß Nabonidus trotz der kostbaren Ausstattung des Hauses einfach lebte und von einer erstaunlich geringen Zahl von Dienern versorgt wurde. Tatsächlich, wenn er sich recht erinnerte, erwähnten sie alle, daß sie nur einen gesehen hatten – einen großen, verschlossenen Mann namens Joka. Ein anderer, vermutlich ein Sklave, war anderswo im Haus zu hören gewesen, aber wer immer er auch war, niemand hatte ihn je zu Gesicht bekommen. Das größte Rätsel dieses geheimnisvollen Hauses war jedoch Nabonidus selbst, dessen geschickte Intrigen und Manipulationen internationaler Politik ihn zum mächtigsten Mann des

Königreichs gemacht hatten. Sowohl Volk, Kanzler als auch Monarch tanzten nach seiner Pfeife.

Murilo erklomm die Mauer und ließ sich in den Garten hinabfallen, der von den Schatten von Bäumen und Buschwerk, das sich schwach im Wind wiegte, bedeckt war. Kein Licht brannte hinter den Fenstern des schwarz aus den Bäumen ragenden Hauses. Der junge Edelmann hastete leise an den Sträuchern vorbei. Jeden Augenblick erwartete er, das Gebell des riesigen Hundes zu vernehmen und ihn durch die Schatten heranstürmen zu sehen. Er bezweifelte, ob ein Schwert viel gegen einen solchen Angreifer ausrichten würde, aber das hielt ihn nicht zurück. Es war sicher nicht schlimmer, durch die Zähne dieser Bestie zu sterben als unter dem Beil des Henkers.

Plötzlich stolperte er über etwas Massiges, Nachgiebiges. Als er sich in dem schwachen Sternenlicht darüber beugte, sah er den schlaffen Körper zu seinen Füßen. Er war der des Hundes, der den Garten bewachen sollte, und in diesem Körper steckte zweifellos kein Leben mehr. Der Hals war gebrochen und wies Wunden auf, die von gewaltigen Fängen zu stammen schienen. Murilo war überzeugt, daß diese Verletzungen nicht von einem Menschen verursacht worden waren. Offenbar war das Tier auf ein Monstrum gestoßen, das noch wilder war. Murilo warf einen nervösen Blick auf die dunklen Büsche und Sträucher, die wer weiß was verbergen mochten, dann machte er sich achselzuckend und auf leisen Sohlen zum Haus auf.

Bereits die erste Tür, die er ausprobierte, war unverschlossen. Er trat wachsam, mit dem Schwert in der Hand, ein und sah, daß er sich in einem langen Gang befand. Er war nur schwach durch ein Licht erhellt, das durch die Behänge am anderen Ende fiel und das Schatten über Boden und Wände spielen ließ. Absolute Stille herrschte im ganzen Haus. Murilo glitt durch den Korridor und blieb stehen, um durch den Türbehang zu spähen. Er sah ein beleuchtetes Gemach vor sich, dessen schwere Samtvorhänge an den Fenstern zugezogen waren, daß auch nicht der geringste Lichtschein hinausdrang. Es war leer, trotzdem bot sich ihm ein Anblick, der ihn erschrocken zusammenzucken ließ. Inmitten zerschmetterter Möbelstücke und zerfetzter Behänge, die von einem schrecklichen Kampf zeugten, lag die Leiche eines Mannes auf dem Bauch, doch der Kopf war so verdreht, daß das Kinn auf der Schulter ruhte. Die zu einem grauenvollen Grinsen verzerrten Züge schienen den schaudernden jungen Edelmann höhnisch anzustieren.

Zum erstenmal in dieser Nacht schwankte Murilos Entschlossenheit. Er warf einen unsicheren Blick auf den Eingang, durch den er gekommen war, doch dann dachte er an den Henkersblock und setzte seinen Weg fort. Er machte einen Bogen um das grinsende Grauen auf dem Boden. Obgleich er den Mann noch nie gesehen hatte, erkannte er ihn doch aus den Beschreibungen anderer als Nabonidus' schweigsamen Diener Joka.

Wieder hielt er vor einer verhängten Türöffnung an und schaute vorsichtig hindurch. Ein großer kreisförmiger Raum lag nun vor ihm, um den etwa in halber Höhe zwischen dem auf Hochglanz polierten Boden und der hohen Decke eine Galerie verlief. Dieser Raum war wie für einen König ausgestattet. In der Mitte befand sich ein kunstvoll geschnitzter Mahagonitisch, auf dem Weingefäße und Delikatessen aller Arten standen. Murilo erstarrte. In einem breiten Sessel, dessen Rückenlehne ihm zugewandt war, saß eine Gestalt, deren Gewandung ihm vertraut war. Der Kopf, in der oft geschauten scharlachroten Kapuze des Umhangs verborgen, war wie zur Meditation nach vorn gebeugt. Genauso hatte Murilo Nabonidus Hunderte Male im Palast des Königs sitzen sehen.

Der junge Mann verfluchte das laute Pochen seines Herzens und schlich mit vorgestrecktem Schwert durch das Zimmer. Seine ganze Haltung verriet seine Bereitschaft zuzustoßen. Sein Opfer bewegte sich nicht, noch schien es seine vorsichtige Annäherung zu vernehmen. Schlummerte der Rote Priester, oder schlief da ein Leichnam in ewiger Ruhe? Nur noch ein Schritt trennte Murilo von seinem Feind, als der Mann im Sessel sich plötzlich erhob und ihn stellte.

Das Blut wich aus Murilos Zügen. Sein Schwert entglitt den mit einemmal schlaffen Fingern und schlug klirrend auf dem glänzenden Boden auf. Ein schrecklicher Schrei entrang sich seiner Kehle. Der dumpfe Aufprall eines Körpers folgte ihm. Und dann herrschte wieder Stille im Hause des Roten Priesters.

2

Kurz nachdem Murilo den Kerker verließ, in den man Conan eingesperrt hatte, brachte Athicus dem Gefangenen eine Platte mit Speisen, unter anderem eine riesige Rinderlende und einen Krug Bier. Conan fiel ausgehungert darüber her, und Athicus machte eine letzte Runde durch die Verliese, um sich zu vergewissern, daß alles in Ordnung war und niemand den Gefangenen beim Ausbruch beobachten konnte. Während er solcherart beschäftigt war, marschierte ein Trupp Wachen in den Kerker und verhaftete ihn. Murilo hatte sich geirrt, als er annahm, diese Gefangennahme sei eine Folge der Aufdeckung von Conans Fluchtplan. Sie hatte überhaupt nichts damit zu tun. Athicus war ein wenig zu sorglos in seinen Beziehungen zur Unterwelt geworden, und eine seiner Unachtsamkeiten trug nun unliebsame Früchte.

Ein anderer Wärter nahm seinen Platz ein, ein etwas schwerfälliger, aber verläßlicher Mann, den keinerlei Bestechung vom Pfad der Tugend oder vielmehr der Pflichterfüllung hätte abweichen lassen. Er verfügte über keine sonderliche Vorstellungskraft, aber er war von der Wichtigkeit seiner Tätigkeit überzeugt.

Nachdem Athicus abgeführt worden war, machte der neue Wärter rein routinemäßig die Runde durch die Verliese. Als er an Conans Zelle vorbeikam, wurde sein Gerechtigkeitssinn durch die Tatsache erschüttert, daß hier ein Gefangener von seinen Ketten befreit im Kerker saß und genußvoll an einem riesigen Lendenstück von einem wohlgebratenen Rind kaute. Der Wärter war so empört darüber, daß er den Fehler beging, die Zelle zu betreten, ohne erst die Wachen aus den anderen Teilen des Kerkers herbeizurufen oder ihnen zumindest Bescheid zu geben. Das war der erste Fehler in der Ausübung seiner Pflichten hier und gleichzeitig sein letzter. Conan schlug ihm den Rinderknochen über den Schädel, nahm ihm den Dolch und die Schlüssel ab und machte sich ohne übermäßige Eile auf den Weg. Wie Murilo erwähnt hatte, hielt hier des Nachts nur ein Wärter Wache. Der Cimmerier verließ das Gebäude mit Hilfe der Schlüssel, die er sich angeeignet hatte, und stand als freier Mann auf der Straße, genau wie Murilo es beabsichtigt gehabt hatte, wäre sein Plan mit Erfolg durchgeführt worden.

Im Schatten der Gefängnismauern überlegte Conan seinen nächsten Schritt. Der Gedanke kam ihm, daß er, da er sich selbst befreit hatte, Murilo nichts schuldete. Andererseits war es der junge Edelmann gewesen, der ihm persönlich die Ketten gelöst und dafür gesorgt hatte, daß er gut zu essen bekam. Ohne beides wäre seine Flucht unmöglich gewesen. Also entschied der Cimmerier, daß er in Murilos Schuld stand, und da er ein Mann war, der gewöhnlich nichts schuldig blieb, entschloß er sich, das dem jungen Edelmann gegebene Versprechen auch zu halten. Doch erst hatte er noch eine Privatsache zu erledigen.

Er warf seinen zerlumpten Kittel von sich und schlich, nur mit einem Lendentuch bekleidet, durch die Nacht. Er befingerte den Dolch, den er dem Wärter abgenommen hatte. Es war eine mörderische Waffe mit breiter, doppelschneidiger Klinge, etwa neunzehn Zoll lang. Durch Gassen und über dunkle Plätze stahl er sich, bis er das Viertel erreichte, das sein Ziel war – das Labyrinth. Durch seine verschlungenen Gäßchen eilte er mit der Sicherheit langer Vertrautheit. Es war wahrhaftig ein Irrgarten düsterer Gassen, schmutziger Hinterhöfe und verborgener Unterschlüpfe, voll von verstohlenen Lauten und widerwärtigen Gerüchen. Die Gassen waren nicht gepflastert, Abfälle, Kot, Schlamm und Dreck vermischten sich auf ekelhafte Weise. Kanäle gab es hier nicht. Abfälle und Unrat wurden einfach aus den Fenstern und Türen geworfen und bildeten stinkende Haufen und Lachen. Wenn man hier nicht vorsichtigen Schrittes dahinging, konnte es leicht geschehen, daß man ausglitt und bis zur Hüfte in einem dieser übelriechenden Haufen oder einer schon fast tümpelähnlichen Drecklache versank. Auch war es hier gar nicht so ungewöhnlich, plötzlich über eine Leiche mit aufgeschnittener Kehle oder eingeschlagenem Schädel zu stolpern. Anständige Bürger mieden das Labyrinth aus gutem Grund.

Conan erreichte sein Ziel, ohne gesehen zu werden, gerade als die Person, deretwegen er gekommen war, kurz ins Freie trat. Während der Cimmerier sich schnell im Hof daneben versteckte, verabschiedete das Mädchen, das ihn an die Polizei verraten hatte, sich von ihrem neuen Liebsten vor ihrer Kammer im ersten Stock. Dieser junge Halunke tastete sich, nachdem die Tür sich hinter ihm geschlossen hatte, die knarrende Treppe herunter, völlig in seine Gedanken versunken, die sich – wie die der meisten Bewohner des Labyrinths – mit der ungesetzlichen Aneignung der Habe anderer beschäftigten. Mitten auf der Treppe hielt er abrupt inne, und die Haare stellten sich ihm auf. Etwas Ungeheuerliches kauerte mit glühenden Augen in der Dunkelheit ein wenig unterhalb von ihm. Ein tierisches Knurren war das letzte, was er in seinem Leben hörte, als die Bestie sich auf ihn warf, denn gleich darauf machte eine scharfe Klinge ein Ende mit ihm. Er stieß noch einen röchelnden Schrei aus, dann rollte er schlaff die Stufen hinunter.

Der Barbar erhob sich kurz wie ein Gespenst über ihm. Seine Augen brannten in der Düsternis. Er wußte, daß Schrei und Poltern gehört worden waren, aber die Menschen im Labyrinth hatten es sich, um ihrer eigenen Sicherheit willen, zur Angewohnheit gemacht, sich nur um ihre eigenen Angelegenheiten zu kümmern. Später würde sich bestimmt jemand herauswagen, um nachzusehen, was geschehen war, aber ganz sicher nicht gleich.

Conan stieg die Treppe hoch und blieb vor einer Tür stehen, die er nur allzu gut kannte. Sie war von innen verschlossen, aber seine Klinge glitt zwischen Tür und Stock hindurch und hob den Riegel. Er trat ein, schloß die Tür hinter sich und stellte sich vor das Mädchen, das ihn verraten hatte.

Mit gekreuzten Beinen saß sie in ihrem dünnen Nachthemd auf dem zerwühlten Bett. Sie war totenbleich und starrte ihn an, als wäre er ein Geist. Sie hatte den Schrei von der Trepppe gehört und bemerkte nun den blutbesudelten Dolch in seiner Hand. Aber sie war viel zu sehr von Angst vor ihrem eigenen Geschick erfüllt, als Zeit damit zu vergeuden, das blutige Los ihres Liebsten zu beklagen. Sie flehte, fast unverständlich vor Furcht, um ihr Leben. Conan verharrte stumm. Er stand reglos vor ihr, funkelte sie mit brennenden Augen an und fuhr mit dem Daumen über die Schneide des Dolches.

Schließlich, während sie gegen die Wand zurückwich und verzweifelt um Gnade schluchzte, griff er mit unsanfter Hand nach ihren blonden Locken und zerrte sie vom Bett. Er steckte den Dolch in die Scheide zurück, klemmte sich die um sich schlagende Gefangene unter den linken Arm und trat ans Fenster. Wie bei den meisten Häusern dieser Art führte ein Sims in Fensterhöhe um jedes Stockwerk. Conan drückte den Laden auf und stieg auf das schmale Sims hinaus. Wäre jemand wach und in der Nähe gewesen, hätte sich ihm der ungewohnte Anblick eines Mannes geboten, der sich vorsichtig an der Hauswand im ersten Stock entlangtastete, mit einer halbnackten, sich verzweifelt wehrenden Dirne unter dem Arm. Dieser hypothetische Beobachter wäre aber kaum verwirrter gewesen als das Mädchen selbst.

Als er die gesuchte Stelle erreicht hatte, blieb Conan stehen und hielt sich mit der freien Hand an der Mauer fest. Im Haus erhob sich plötzlich Geschrei. Die Leiche war demnach entdeckt worden. Conans Gefangene wimmerte und wand sich und wurde dadurch nur noch lästiger. Der Cimmerier schaute hinunter auf den Schlamm und Unrat der Gasse, lauschte kurz auf den Lärm im Haus und hörte nebenbei das Flehen der Dirne, dann ließ er sie mit größter Zielsicherheit in eine Jauchegrube fallen. Er beobachtete befriedigt grinsend ihre verzweifelten Bemühungen, herauszukommen, und genoß ihre giftigen Flüche und Verwünschungen. Er lachte schallend, bis der wachsende Lärm im Haus es ihm doch an der Zeit erscheinen ließ, sich aus dem Staub und auf den Weg zu machen, um Nabonidus zu töten.

3

Ein lauthallendes, metallisches Klirren weckte Murilo. Er ächzte und setzte sich benommen auf. Rings um ihn herrschten jetzt wieder Stille und absolute Dunkelheit. Einen Augenblick lang befürchtete er schon, er sei blind. Doch da erinnerte er sich, was geschehen war, und seine Haut kribbelte. Er tastete um sich und stellte fest, daß er auf einem Boden mit fast fugenlos zusammengefügten Steinplatten lag, und ein weiteres Tasten verriet ihm, daß die Wände von gleicher Beschaffenheit waren. Er erhob sich und lehnte sich an die Wand. Verzweifelt überlegte er, wo er sich wohl befinden mochte. Daß er in einer Art Gefängnis war, daran bestand kaum ein Zweifel, aber wie lange schon und wo es lag, konnte er nicht einmal ahnen. Er entsann sich dumpf des metallischen Geräusches und fragte sich, ob das wohl die Eisentür seines Kerkers gewesen war, die sich hinter ihm geschlossen hatte, oder ob es bedeutete, daß der Henker eingetreten war.

Bei diesem Gedanken zitterte er am ganzen Leibe. Schnell tastete er sich weiter an der Wand entlang. Jeden Augenblick erwartete er, ans Ende dieser Wand zu gelangen, doch nach einer Weile kam er zu dem Schluß, daß er sich einen Korridor entlang bewegen mußte. Er hielt sich dicht an der Wand, voll Angst vor Fallgruben oder anderen Gefahren. Mit einemmal spürte er, daß sich ganz in seiner Nähe etwas in dieser Finsternis aufhielt. Er konnte absolut nichts sehen, aber entweder hatten seine Ohren ein verstohlenes Geräusch wahrgenommen, oder sein Unterbewußtsein hatte ihn gewarnt. Er blieb abrupt stehen. Die Härchen im Nacken stellten sich auf. Er war sich so sicher, wie er atmete, daß etwas Lebendes in der Dunkelheit vor ihm lauerte.

Er glaubte, sein Herz müsse stillstehen, als eine Stimme mit barbarischem Akzent zischte: »Murilo, seid Ihr es?«

»Conan!« Schwach vor Erleichterung tastete der junge Edelmann durch die Schwärze, bis seine Hände nackte Schultern berührten.

»Nur gut, daß ich Euch erkannte«, brummte der Cimmerier. »Ich wollte Euch bereits abstechen wie ein Schwein.«

»Wo sind wir, in Mitras Namen?«

»In den Kellern unter dem Haus des Roten Priesters, aber weshalb . . .«

»Welche Zeit haben wir?«

»Es ist kurz nach Mitternacht.« Murilo schüttelte den Kopf und bemühte sich, seiner Benommenheit Herr zu werden.

»Was macht Ihr hier?« fragte der Barbar.

»Ich kam, um Nabonidus zu töten. Ich hatte gehört, daß man den Wärter im Gefängnis ausgetauscht hat . . .«

»Das hat man allerdings«, knurrte Conan. »Ich schlug dem neuen den Schädel ein und spazierte aus dem Kerker. Ich hätte schon eher hier sein können, aber ich mußte erst noch eine persönliche Angelegenheit bereinigen. Also, wollen wir Nabonidus jetzt einen Besuch abstatten?«

Murilo schauderte. »Conan, wir sind hier in Satans Tempel! Ich kam, um mit einem menschlichen Feind abzurechnen – und fand einen haarigen Teufel aus der Hölle.« Conan schluckte. Er war so furchtlos wie ein verwundeter Tiger, wenn er einen sterblichen Gegner vor sich hatte, aber er war auch das Opfer all der abergläubischen Ängste der Primitiven, wenn er es mit den Übernatürlichen zu tun hatte.

»Ich gelangte ins Haus«, flüsterte Murilo, als wäre die Dunkelheit ein lauschendes Ohr. »Im Garten stolperte ich über Nabonidus' übel zugerichteten Hund. Und im Haus stieß ich auf Joka, den Diener des Priesters. Jemand hatte ihm den Hals gebrochen. Und dann sah ich Nabonidus selbst. Er saß in seiner üblichen Gewandung in einem Sessel. Zuerst dachte ich, auch er sei tot. Ich stahl mich an ihn heran, um ihm den Dolch zu geben. Da erhob er sich und stellte mich. Ihr Götter!« Die Erinnerung an diesen grauenvollen Augenblick raubte dem jungen Edelmann die Stimme.

»Conan«, flüsterte er. »Es war kein *Mensch*, der da vor mir stand! In Gestalt und Haltung glich es zwar einem Menschen, doch aus der scharlachroten Kapuze des Priesters grinste mir ein Gesicht entgegen, das nur dem Wahnsinn oder einem Alptraum entsprungen sein konnte. Es war völlig mit schwarzem Haar bedeckt, aus dem kleine Schweinsäuglein rot glühten. Seine Nase war flach und hatte riesige Nasenflügel, die sich aufblähten. Es zog die Lippen zurück und entblößte gelbe Fänge wie die Zähne eines Hundes. Die Hände, die aus den roten Ärmeln hingen, waren mißgestaltet und ebenfalls dicht behaart. All das sah ich auf einen Blick, und dann übermannte mich das Grauen, und meine Sinne schwanden.«

»Was geschah dann?« fragte der Cimmerier beunruhigt.

»Ich kam erst vor ganz kurzer Weile wieder zu mir. Das Ungeheuer muß mich in diese Zelle, oder was immer es ist, geworfen haben. Conan, ich habe schon lange vermutet, daß Nabonidus nicht völlig menschlich ist. Des Tages nimmt er Menschengestalt an, doch des Nachts zeigt er sein wahres Wesen.«

»So sieht es aus«, murmelte der Cimmerier. »Jeder weiß, daß es Menschen gibt, die sich nach Belieben in einen Wolf verwandeln können. Aber weshalb tötete er seinen Hund und den Diener?«

»Wer vermag schon zu wissen, was hinter der Stirn eines Teufels vorgeht?« erwiderte Murilo. »Wir sollten uns im Augenblick nur darauf beschränken, hier herauszukommen. Irdische Waffen vermögen einem Werwesen nichts anzuhaben. Wie seid Ihr überhaupt hier hereingelangt?«

»Durch die Kanäle. Ich rechnete damit, daß der Garten bewacht wird. Die Abwässerkanäle der Stadt haben einen Ausgang zu einem Schacht, der hierher führt. Ich hoffte, eine unverschlossene Tür ins Haus zu finden.«

»Dann laßt uns auf dem Weg fliehen, durch den Ihr kamt!« rief

Murilo aufgeregt. »Zur Hölle mit dem Ganzen! Wenn wir erst einmal diese Schlangengrube hinter uns haben, müssen wir eben das Risiko mit des Königs Schergen eingehen und versuchen, aus der Stadt zu entkommen. Geht voran!«

»Hoffnungslos«, brummte der Cimmerier. »Der Weg zu den Kanälen ist blockiert. Als ich den Tunnel betrat, stürzte ein Fallgatter von der Decke. Wäre ich nicht schneller als der Blitz gewesen, hätten mich die Spitzen wie einen Wurm auf den Boden gespießt. Es rührte sich nicht um Haaresbreite, als ich es zu heben versuchte. Nicht einmal ein Elefant könnte es bewegen. Noch vermöchte etwas, das größer als ein Hase ist, sich durch das Gitter zu zwängen.«

Murilo fluchte. Eine eisige Hand schien nach seinem Herzen zu greifen. Er hätte es wissen müssen, daß Nabonidus keinen Eingang zu seinem Haus unbewacht ließ. Wäre Conan nicht die Flinkheit eines Raubtiers zu eigen, hätte das Fallgatter ihn erschlagen. Zweifellos hatte sein Betreten des Tunnels einen verborgenen Mechanismus ausgelöst, der es herabschnellen ließ.

»Wir können nur eines tun«, sagte Murilo, während der kalte Schweiß ihm über den Rücken rann. »Nämlich nach einem anderen Ausgang suchen. Zwar bin ich überzeugt, daß sie alle mit Fallen gesichert sind, aber eine andere Möglichkeit haben wir nicht.«

Der Barbar brummte seine Zustimmung, und die beiden tasteten sich aufs Geratewohl durch den Korridor. Plötzlich fiel Murilo trotz aller Anspannung etwas anderes ein.

»Wie wußtet Ihr eigentlich in dieser Finsternis, daß ich es bin?« fragte er.

»Ich kenne die Pomade Eures Haares, seit Ihr mich in meiner Zelle besuchtet«, erwiderte Conan, »und hier roch ich sie plötzlich wieder, als ich in der Dunkelheit kauerte und mich daran machte, mich auf Euch zu stürzen.«

Murilo zog eine Locke seines schwarzen Haares an die Nase. Aber seine zivilisierten Sinne nahmen den Geruch kaum wahr. Der Barbar mußte verdammt scharfe Sinne haben.

Instinktiv griff seine Hand nach dem Degen, als sie weiterschlichen. Er mußte bestürzt feststellen, daß die Scheide leer war. In diesem Moment wurde ein schwaches Glühen vor ihnen sichtbar, und gleich darauf kamen sie zu einer scharfen Biegung, um die das gedämpfte Licht kam. Gemeinsam spähten sie um die Ecke. Murilo, der sich gegen seinen Begleiter lehnte, spürte, wie der fast erstarrte. Doch auch er selbst hatte ihn gesehen – den Körper eines halbnackten Mannes, der im Gang um die Biegung auf dem Boden lag. Ein Leuchten, das offenbar von einer großen Silberscheibe an der gegenüberliegenden Wand ausgestrahlt wurde, erhellte ihn. Die ausgestreckte Gestalt schien Murilo merkwürdig vertraut, obgleich er das Gesicht, da es auf den Boden gedrückt war, nicht sehen konnte. War es möglich . . . Er bedeutete dem Cimmerier, ihm zu folgen, und schlich zu dem Liegenden, um sich über ihn zu beugen. Erst mußte er seinen Ekel überwinden, ehe er fähig war, ihn auf den Rücken zu drehen. Ungläubig starrte er ihn an und stieß einen Fluch aus. Der Cimmerier schaute ihn fragend an.

»Es ist Nabonidus! Der Rote Priester!« rief Murilo. Seine Gedanken überschlugen sich. »Aber – wer war dann . . .?«

Der Priester ächzte und rührte sich. Mit katzengleicher Flinkheit beugte Conan sich über ihn und hob den Dolch zum Stoß. Murilo faßte ihn am Handgelenkt.

»Wartet! Tötet ihn noch nicht . . .«

»Warum nicht?« fragte der Barbar. »Er hat seine Wergestalt abgestreift und schläft. Wollt Ihr ihn aufwecken, damit er uns in Stücke reißt?«

»Nein, wartet!« drängte Murilo und bemühte sich, seine Gedanken zu ordnen. »Schaut doch! Er schläft nicht! Seht Ihr denn nicht die blaue Beule an seiner geschorenen Schläfe? Er wurde bewußtlos geschlagen. Er liegt vielleicht schon seit Stunden hier.«

»Ich dachte, Ihr schwort, Ihr hättet ihn in Tiergestalt oben im Haus gesehen«, brummte Conan.

»Das tat ich auch! Oder vielmehr . . . ah, er kommt zu sich. Haltet Eure Klinge noch zurück, Conan! Ich würde gern diesem Geheimnis auf den Grund gehen, das noch schwärzer zu sein scheint, als ich dachte. Ich muß mit dem Priester sprechen, ehe wir ihn töten.«

Nabonidus hob schwach eine Hand zu seiner bläulich verfärbten Schläfe, murmelte etwas und öffnete die Augen. Einen Moment lang wirkten sie leer und verständnislos, doch dann kehrte fast ruckartig die Intelligenz in sie zurück.

Er setzte sich auf und starrte auf die beiden Männer. Welch schrecklicher Schlag auch seinen Verstand zeitweilig erschüttert haben mochte, er arbeitete jetzt wieder mit seiner üblichen Schärfe. Seine Augen machten sich ein schnelles Bild, ehe sie auf Murilos Gesicht zu ruhen kamen.

»Ihr beehrt mein ärmliches Haus mit Eurem Besuch, mein junger Herr?« sagte er spöttisch und blickte auf die mächtige Gestalt, die über die Schulter des Edelmanns ragte. »Ihr habt einen Meuchelmörder mitgebracht, wie ich sehe. Hieltet Ihr denn Euren Degen nicht für ausreichend, mein unwürdiges Leben zu beenden?«

»Genug Eures Geredes!« sagte Murilo ungeduldig. »Wie lange liegt Ihr schon hier?«

»Eine etwas sonderbare Frage an einen, der eben erst seine Sinne wiedergewinnt«, antwortete der Priester. »Woher sollte ich wissen, welche Zeit wir im Augenblick haben? Jedenfalls fehlte noch eine Stunde bis Mitternacht, als ich überfallen wurde.«

»Aber wer ist es dann, der oben in Eurem Haus Euer Gewand trägt?«

»Das müßte wohl Thak sein«, murmelte Nabonidus und verzog ein wenig das Gesicht, als er seine Beule betastete. »Ja, es kann nur Thak sein. Und in meinem Gewand? Dieser Hund!«

Conan, der nichts von all dem verstand, scharrte ungeduldig mit dem Fuß und knurrte etwas in seiner eigenen Zunge. Nabonidus blickte leicht spöttisch zu ihm hoch.

»Euer Mann hier kann es nicht erwarten, mir den Dolch ins Herz zu stoßen, Murilo«, sagte er. »Ich hielt Euch für klüger und dachte, Ihr würdet meine Warnung beherzigen und die Stadt verlassen.«

»Woher sollte ich wissen, daß Ihr mir das zugestehen wolltet?« entgegnete Murilo. »Außerdem habe ich alles, woran mein Herz hängt, in dieser Stadt.«

»Mit diesem Schurken habt Ihr Euch die passende Gesellschaft erwählt«, brummte Nabonidus. »Ich hatte Euch schon eine geraume Weile in Verdacht. Deshalb ließ ich diesen saftlosen Schreiber verschwinden. Doch ehe er starb, erzählte er mir gar manches, unter anderem auch den Namen des jungen Edlen, der ihn bestach, ihm Einblick in Staatsgeheimnisse zu verschaffen, die dieser feine Edelmann dann an eine feindliche Macht verkaufte. Schämt Ihr Euch denn überhaupt nicht, Murilo – Dieb, der sich die Hände nicht selbst beschmutzen wollte?«

»Ich habe nicht mehr Grund, mich zu schämen, als Ihr, Ihr

geierherziger Plünderer«, erwiderte Murilo prompt. »Ihr beutet ein ganzes Königreich um Eurer Habgier willen aus. Und unter der Maskerade eines uneigennützigen Staatsmannes betrügt Ihr den König, erbettelt Euch – angeblich zum Wohle des Landes – ganze Vermögen, unterdrückt die Armen und opfert für Euren ruchlosen, persönlichen Ehrgeiz die Zukunft eines Reiches. Ihr seid nicht mehr als ein fettes Schwein mit der Schnauze im Futtertrog. Ihr seid ein bei weitem größerer Dieb als ich. Und dieser Cimmerier ist noch der ehrlichste von uns dreien, denn er stiehlt und mordet, ohne ein Hehl daraus zu machen.«

»Nun, dann passen wir drei doch ganz gut zusammen«, meinte Nabonidus mit freundlicher Gelassenheit. »Und was jetzt? Mein Leben?«

»Als ich das Ohr des verschwundenen Schreibers sah, wußte ich, daß mein Schicksal besiegelt war«, sagte Murilo abrupt. »Und ich glaubte, Ihr würdet den König veranlassen, gegen mich vorzugehen. Hatte ich recht?«

»Durchaus«, erwiderte der Priester. »Einen kleinen Hofschreiber aus dem Weg zu räumen ist einfach, aber es bei Euch zu versuchen würde doch allzuviel Staub aufwirbeln. Ich hatte beabsichtigt, dem König am Morgen eine kleine Geschichte über Euch zu erzählen.«

»Eine kleine Geschichte, die mich den Kopf gekostet hätte«, murmelte Murilo. »Dann ist der König also nicht im Bild über meine Geschäfte mit anderen Ländern?«

»Noch nicht«, seufzte Nabonidus. »Und nun, da ich Euren Begleiter mit seinem etwas ungeduldigen Dolch sehe, fürchte ich wohl, daß ich den König nicht mehr mit dieser netten Geschichte erfreuen kann.«

»Ihr müßtet wissen, wie man aus diesem Rattenloch herauskommt«, sagte Murilo. »Angenommen, ich erklärte mich bereit, Euer Leben zu verschonen, würdet Ihr uns helfen, zu entkommen, und schwören, über meine kleinen Diebereien Schweigen zu bewahren?«

»Wann hat ein Priester schon jemals einen Schwur gehalten?« wandte Conan ein, der nun begriff, worum es ging. »Laßt mich ihm doch die Kehle aufschlitzen. Ich möchte gern die Farbe seines Blutes sehen. Im Labyrinth sagt man, sein Herz sei schwarz, also müßte sein Blut es auch sein . . .«

»Seid still!« wisperte Murilo. »Wenn er uns nicht den Weg aus diesem Kellerloch zeigt, verrotten wir hier. Also, Nabonidus, was meint Ihr?«

»Was meint denn ein Wolf, der mit einem Bein in der Falle steckt?« Der Priester lachte. »Ich bin in Eurer Macht, und wenn wir entkommen wollen, muß einer dem anderen helfen. Ich schwöre: falls wir dieses Abenteuer überleben, vergesse ich Eure dunklen Geschäfte. Das schwöre ich bei Mitras Seele!«

»Das genügt mir«, murmelte Murilo. »Selbst der Rote Priester würde diesen Eid nicht brechen. Und nun machen wir, daß wir hier herauskommen. Mein guter Freund gelangte durch einen Tunnel hierher, aber ein Fallgatter schloß sich hinter ihm und versperrt nun den Weg. Wißt Ihr, wie es zu heben ist?«

»Nicht von diesem Kellergang aus«, antwortete der Priester. »Der Hebel, der den Mechanismus betätigt, befindet sich in dem Raum über dem Tunnel. Es gibt jedoch noch einen anderen Weg hier heraus, den ich Euch zeigen werde. Doch verratet mir, wie seid Ihr hierhergekommen?«

Murilo berichtete mit wenigen Worten. Nabonidus nickte und erhob sich steif. Er hinkte den Korridor entlang, der sich zu einem größeren Raum weitete, und trat an die Silberscheibe. Als sie sich ihr näherten, verstärkte sich das Licht, obgleich es trotzdem nur ein schwaches, schattenhaftes Leuchten blieb. Neben der Scheibe sahen sie eine schmale Treppe, die nach oben führte.

»Das ist der andere Ausgang«, sagte Nabonidus. »Und ich bezweifle, daß die Tür oben verriegelt ist. Aber ich glaube, derjenige, der durch sie treten will, erlitte einen angenehmeren Tod, wenn er sich selbst die Kehle durchschneidet. Schaut in die Scheibe!«

Was wie eine runde Silberplatte ausgesehen hatte, war in Wirklichkeit ein in die Wand eingelassener Spiegel. Ein verwirrendes System kupferähnlicher Rohre ragte aus der Wand darüber heraus und neigte sich ihm im rechten Winkel zu. Als Murilo in diese Röhren schaute, sah er eine Anzahl kleinerer Spiegel. Er wandte seine Aufmerksamkeit dem größeren in der Wand zu und schrie erstaunt auf. Conan blickte über seine Schulter. Er brummte etwas Unverständliches.

Es war, als schauten sie durch ein großes Fenster in ein hellbeleuchtetes Zimmer. An den Wänden waren breite Spiegel mit Samtbehängen dazwischen. Darunter standen Seidendiwane und Stühle aus Ebenholz und Elfenbein. Verhängte Türen führten aus diesem Gemach. Und vor einer der Türen, die nicht verhängt war, saß etwas massiges Schwarzes, das sich grotesk gegen die Pracht des Zimmers abhob.

Murilo glaubte, das Blut würde ihm wieder stocken, als er auf das Grauen schaute, das geradewegs in seine Augen zu starren schien. Unwillkürlich wich er vom Spiegel zurück, während Conan den Kopf herausfordernd vorschob, bis sein Kinn fast auf den Spiegel drückte. Er knurrte eine Drohung oder Kampfansage in seiner eigenen barbarischen Zunge.

»In Mitras Namen, Nabonidus«, krächzte Murilo erschüttert. »Was ist das?«

»Das ist Thak«, erwiderte der Priester und strich vorsichtig über seine verletzte Schläfe. »Manche würden ihn vielleicht für einen Affen halten, aber er unterscheidet sich von einem echten Affen genauso wie von einem echten Menschen. Seinesgleichen leben fern von hier im Osten in den Bergen, die die Ostgrenze von Zamora bilden. Es gibt nicht sehr viele von ihnen, aber wenn sie nicht ausgerottet werden, glaube ich, entwickeln sie sich im Laufe der nächsten hunderttausend Jahre zu Menschen. Sie sind weder Affen, wie es ihre frühen Vorväter waren, noch Menschen, wie es ihre Nachkömmlinge in weiter Zukunft vielleicht sein können. Sie hausen auf den schroffen, fast unzugänglichen Gipfeln der Berge. Sie wissen nichts von Feuer, der Herstellung von Kleidung oder eines Unterschlupfs noch wie man eine Waffe benutzt. Doch haben sie eine Art Sprache, die sich allerdings wie ein Grunzen und Klicken anhört.

Ich nahm Thak zu mir, als er kaum dem Mutterschoß entschlüpft war. Er lernte viel schneller und eingehender, als ein Tier dazu imstande gewesen wäre. Ich benutzte ihn als Leibwächter und Diener. Aber ich vergaß, daß er mehr als ein Tier war, das sich zu einem Schatten meiner selbst machen ließe. Offenbar ist sein Gehirn des Hasses fähig und entwickelt sogar eine Art Ehrgeiz.

Jedenfalls schlug er zu, als ich es am wenigsten erwartete. Heute nacht schien er plötzlich überzuschnappen. Das heißt, sein Handeln könnte man für das eines wütigen Tieres halten, aber ich bin überzeugt, daß ihm ein langes und sorgfältiges Planen zugrunde liegt.

Ich hörte Kampflärm im Garten und ging nachsehen – denn ich dachte. Ihr wäret es, der von meinem Wachhund niedergerissen wurde –, da kam Thak blutbesudelt aus den Büschen. Ehe mir seine Absicht klar wurde, sprang er mich mit einem gräßlichen Schrei an und schlug mich bewußtlos. An mehr entsinne ich mich nicht. Ich kann nur annehmen, daß er mir aus irgendeiner Laune seines halbmenschlichen Gehirns heraus mein Gewand auszog und mich noch lebend in den Tunnel warf. Aus welchem Grund, das wissen nur die Götter. Offenbar hatte er gerade den Hund getötet, als er aus dem Garten kam und mich niederschlug. Und zweifellos tötete er danach Joka, da Ihr ihn ja tot im Haus habt liegen sehen. Joka wäre mir zu Hilfe gekommen, obgleich er die Kräfte Thaks kannte, den er schon immer haßte.«

Murilo starrte im Spiegel auf die Kreatur, die mit solch tierischer Geduld vor der geschlossenen Tür saß. Er schauderte beim Anblick der Riesenpranken, die mit fast fellähnlichem Haar bewachsen waren. Der Körper war kräftig, breit und leicht gebeugt. Die unnatürlich breiten Schultern hatten das scharlachrote Gewand gesprengt, und so konnte Murilo das dichte schwarze Haar auch darauf sehen. Das Gesicht, das unter der roten Kapuze herausschaute, war zweifellos tierisch, trotzdem erkannte Murilo, daß Nabonidus recht hatte, wenn er sagte, Thak sei nicht völlig ein Tier. Etwas in den roten, düsteren Augen, in der unbeholfenen Haltung, in der Gesamterscheinung des Geschöpfes hob ihn über das Tierstadium hinaus. Dieser monströse Körper beherbergte ein Gehirn und eine Seele, die denen des Menschen bereits nahezukommen begannen. Es erschütterte Murilo zutiefst, als er die wenn auch noch schwache und vage Verwandtschaft zwischen dem Menschen und dieser unförmigen Monstrosität erkannte, und es wurde ihm schier übel bei dem flüchtigen Gedanken, durch welche Abgründe tierischer Primitivität sich die Menschheit mühsam emporgerungen hatte.

»Er sieht uns doch«, brummte Conan. »Warum greift er uns nicht an? Er könnte das Fenster doch mit Leichtigkeit zerschmettern!«

Murilo wurde klar, daß der Barbar den Spiegel für ein Fenster hielt, durch das sie schauten.

»Er sieht uns nicht«, versicherte ihm der Priester. »Wir blicken durch dieses Glas in das Gemach über uns. Die Tür, die Thak bewacht, wie wir sehen, ist am oberen Ende dieser Treppe. Daß wir in das Zimmer oben schauen können, verdanken wir dieser Anordnung von Spiegeln. Seht Ihr die dort an der Wand? Sie leiten das Bild des Raumes in diese Röhren, durch die weitere Spiegel es hier herunterführen, um es schließlich vergrößert auf diesen breiten Spiegel zu werfen.«

Murilo ahnte, daß der Priester seiner Zeit um Jahrhunderte voraus war, um so etwas auszudenken und zu bauen. Conan dagegen betrachtete es als eine Art Zauberei und zerbrach sich nicht weiter den Kopf darüber.

»Ich errichtete diesen Keller sowohl als eine Art Verlies als auch als Unterschlupf. Ich habe schon so manchesmal hier Zuflucht gesucht und durch diese Spiegel beobachtet, wie jenen, die in böser Absicht zu mir kamen, ein gerechtes Geschick widerfuhr.«

»Aber weshalb bewacht Thak diese Tür?« fragte Murilo.

»Er muß das Schließen des Fallgatters gehört haben. Wenn es herunterschnellt, löst es oben, durch eine Anordnung von Glocken, ein Klingeln aus. Er weiß, daß sich jemand im Tunnel aufhält, und wartet auf sein Erscheinen. Oh, er war ein gelehriger Schüler! Er hat gesehen, was allen, die durch die Tür traten, zustieß, wenn ich an der Kordel an der Wand dort zog. Und nun möchte er es mir gleich tun.«

»Und was können wir unternehmen, solange er so geduldig herumsitzt?«

»Ich fürchte, nichts, außer ihn zu beobachten. Solange er sich in diesem Gemach aufhält, dürfen wir es nicht wagen, die Treppe hochzusteigen. Er hat die Kraft eines echten Gorillas, und es würde ihm nicht schwerfallen, uns alle zu zerreißen. Aber er braucht seine Muskeln gar nicht anzustrengen. Es genügt, daß er an der bewußten Kordel zieht, wenn wir die Tür öffnen, um uns in die Ewigkeit zu schicken.«

»Wie?«

»Ich versprach, Euch bei der Flucht zu helfen«, antwortete der Priester, »nicht, Euch meine Geheimnisse zu offenbaren.«

Murilo wollte etwas sagen, da erstarrte er plötzlich. Eine Hand zog verstohlen die Vorhänge einer der Türen des Gemachs oben ein wenig beiseite. Ein dunkles Gesicht schob sich vorsichtig hindurch. Die glitzernden Augen richteten sich drohend auf den Rücken der Gestalt in der roten Robe.

»Petreus!« zischte Nabonidus. »Mitra, eine wahre Versammlung von Geiern heute nacht!«

Das Gesicht verharrte zwischen den zurückgezogenen Vorhängen. Weitere Gesichter spähten über die Schulter des vorderen – dunkle, schmale Gesichter, die vor Aufregung zu glühen schienen.

»Was suchen die denn alle hier?« murmelte Murilo und senkte unwillkürlich die Stimme, obgleich er wußte, daß man ihn oben nicht hören konnte.

»Nun, was glaubt Ihr, wollen Petreus und seine hitzigen jungen Nationalisten im Hause des Roten Priesters?« Nabonidus lachte. »Seht doch, mit welcher Erwartung sie auf die Gestalt starren, die sie für die ihres Erzfeindes halten. Sie sind dem gleichen Irrtum erlegen wie Ihr. Es dürfte ergötzlich sein, ihre Mienen zu beobachten, wenn sie eines Besseren belehrt werden.«

Murilo schwieg. Das Ganze erschien ihm so unwirklich. Ihm war, als wäre er Zuschauer bei einem Puppenspiel oder ein körperloser Geist, der unsichtbar und unerahnt die Lebenden beobachtete.

Er sah, wie Petreus warnend einen Finger an die Lippen legte und seinen Mitverschwörern zunickte. Murilo war sich nicht klar, ob Thak sich der Eindringlinge bewußt war. Der Affenmensch hatte seine Haltung nicht verändert. Er saß reglos, den Rücken der Tür zugewandt, durch die die Eindringlinge jetzt hereinschlichen.

»Sie kamen auf die gleiche Idee wie Ihr«, flüsterte Nabonidus in Murilos Ohr. »Nur sind ihre Gründe patriotischer, nicht selbstsüchtiger Natur. Nun, da mein Hund tot ist, dürfte es nicht schwierig sein, sich Einlaß in mein Haus zu verschaffen. Oh, welch eine Gelegenheit, mich dieser Bedrohung ein für allemal zu entledigen! Säße ich nur, wo Thak sitzt – ein Sprung zur Wand, ein Zug an der Kordel . . .«

Petreus hatte bereits einen Fuß über die Schwelle gesetzt, seine Begleiter folgten ihm dichtauf, ihre Dolche funkelten. Plötzlich erhob sich Thak und drehte sich blitzschnell zu ihnen um. Sein grauenvoller Anblick, wo sie doch das verhaßte, aber vertraute Gesicht Nabonidus' zu sehen erwartet hatten, raubte ihnen, genau wie Murilo Stunden zuvor, die Fassung. Mit einem schrillen Schrei wich Petreus zurück und brachte dabei seine Gefährten zu Fall. Sie stolperten, versuchten, sich aneinander festzuhalten, als Thak mit einem einzigen gewaltigen Satz zur Wand sprang und heftig an einer dicken Samtkordel zerrte, die neben der Tür hing.

Sofort schnellten die beiden Vorhanghälften ganz zur Seite, und etwas sauste mit einem leicht verschwommenen, silbrigen Schimmer herab.

»Er erinnerte sich!« rief Nabonidus begeistert. »Das Tier ist ein halber Mensch! Er hat gesehen, wie ich es gemacht habe, und es nicht vergessen! Paßt jetzt auf! Paßt auf!«

Murilo erkannte nun, daß die Türöffnung mit einer schweren Glasscheibe verschlossen war. Durch sie hindurch sah er die bleichen Gesichter der Verschwörer. Petreus streckte die Hände aus, als wolle er den Angriff Thaks abwehren, dabei stieß er auf die durchsichtige Barriere. Nach seinen Gesten zu schließen, sagte er etwas zu seinen Begleitern. Nun, da die Vorhänge geöffnet waren, konnten die Männer im Keller alles beobachten, was in der Kammer mit den Nationalisten vorging. Voll panischer Angst rannten sie durch das Gemach zu der Tür, durch die sie offenbar hereingekommen waren, und prallten abrupt wie von einer weiteren unsichtbaren Wand zurück.

»Der Zug an der Kordel hat die Kammer versiegelt«, erklärte Nabonidus lachend. »Es ist sehr einfach. Die Glasscheiben gleiten in Rillen an der Türöffnung herab und rasten ein. Der Zug an der Kordel setzt den Mechanismus in Gang. Er kann nur vom inneren Gemach aus betätigt werden, und es ist völlig unmöglich, die Scheiben von außen auch nur um Haaresbreite zu bewegen. Das Glas ist absolut unzerbrechlich. Nicht einmal Hammer oder Beil könnten es, selbst bei größter Kraftanwendung, brechen! Ah!«

Die Männer in der Falle waren nun hysterisch vor Furcht. Sie rannten blindlings dagegen und schienen der ungerührten, haarigen Gestalt im inneren Gemach mit den Fäusten zu drohen. Da warf einer plötzlich den Kopf zurück und schaute zur Decke hoch. Nach der Bewegung seiner Lippen zu schließen, schrie er panikerfüllt, während er hochdeutete.

»Das Fallen der Scheiben hat die Wolken der Vernichtung freigegeben«, sagte der Rote Priester mit wildem Lachen. »Sie bestehen aus dem Staub des grauen Lotos aus dem Sumpf der Toten, jenseits des Landes Khitai.«

In der Deckenmitte hing eine Traube goldener Blüten, die sich wie die Blätter einer riesigen Rose geöffnet hatten. Von ihnen schwebte ein grauer Staub herab, der schnell die ganze Kammer füllte. Sofort änderte sich die Szene. Aus Hysterie wurden Wahnsinn und Entsetzen. Die gefangenen Verschwörer begann zu taumeln und torkelten wie Betrunkene im Kreis herum. Schaum quoll über ihre Lippen, die wie zu schrecklichem Gelächter verzerrt waren. Vor Wahnsinn rasend, fielen sie mit Dolchen und Zähnen übereinander her, stachen, rissen und bissen in ihrer furchtbaren Besessenheit. Murilo drehte sich der Magen um, während er diese Szene beobachtete. Er war nur dankbar, daß er die Schreie und das Heulen nicht hören konnte, das zweifellos die Schreckenskammer erfüllte.

Vor diesem Unglücksgemach hüpfte Thak triumphierend herum und warf die langen Arme hoch. Nabonidus, der neben Murilo stand, lachte wie besessen.

»Ah, ein guter Hieb, Petreus! Das hat ihm die Gedärme aufgeschlitzt! Und nun einen für dich, mein patriotischer Freund! Jetzt sind sie alle am Boden, und die Lebenden reißen das Fleisch der Toten mit ihren geifernden Zähnen!«

Murilo schauderte. Der Cimmerier hinter ihm fluchte unterdrückt in seiner rauhen Zunge. Nur noch der Tod herrschte in der versiegelten Kammer. Mit klaffenden Mündern und blutüberströmten Gesichtern, die leblos durch den grauen, leicht wirbelnden Staub zur Decke starrten, lagen die Verschwörer verstümmelt und schier unkenntlich auf einem blutigen Haufen.

Thak bückte sich wie ein titanischer Gnom und stapfte zu der Wand mit der Kordel. Er zog jetzt nicht nach unten daran, sondern seitwärts.

»Er öffnet die Außentür«, erklärte Nabonidus. »Bei Mitra, er ist noch menschlicher, als ich ahnte. Seht, wie der Dunst sich aus der Kammer verzieht und sich in der frischen Luft auflöst? Er wartet, um sich nicht in Gefahr zu bringen. Jetzt hebt er die andere Scheibe. Er ist vorsichtig. Er kennt die Gefahren des grauen Lotos, der Wahnsinn und Tod bringt. Bei Mitra!«

Murilo sprang fast hoch, so aufpeitschend klang dieser Ruf.

»Unsere einzige Chance!« erklärte Nabonidus. »Wenn er das Gemach verläßt, selbst für eine kurze Weile nur, müssen wir unser Glück versuchen und die Treppe hochlaufen!«

Angespannt beobachteten sie das Ungeheuer, als es durch die Türöffnung trat und verschwand. Durch das Heben der Scheiben hatten auch die Vorhänge sich wieder zugezogen und verbargen so das Todesgemach.

»Wir müssen es riskieren!« keuchte Nabonidus. Murilo sah die Schweißperlen auf seiner Stirn. »Vielleicht entledigt er sich der Leichen, wie er es mich hat tun sehen. Schnell! Folgt mir die Treppe hoch!«

Er rannte darauf zu und schoß sie mit einer Behendigkeit empor, die Murilo erstaunte. Der junge Edelmann und der Barbar waren dicht hinter ihm und hörten so seinen tiefer Seufzer der Erleichterung, als er die Tür am oberen Ende der Treppe aufriß. Sie stürzten hinein in das große Gemach, das sie durch den Spiegel beobachtet hatten. Thak war nirgends zu sehen.

»Er ist in der Kammer mit den Toten!« flüsterte Murilo. »Sperren wir ihn doch dort genauso ein, wie er es mit den Verschwörern getan hat!« schlug er vor.

»Nein, nein!« wehrte Nabonidus ab, und eine ungewohnte Blässe überflog seine Züge. »Wir können nicht sicher sein, ob er sich wirklich dort befindet. Außerdem könnte er zurückkehren, ehe wir die Zugschnur erreichen! Folgt mir lieber in den Korridor. Ich muß unbedingt in meine Gemächer gelangen können.«

Sie folgten ihm schnell durch eine verhängte Türöffnung gegenüber jener, die zur Todeskammer führte, und gelangten in einen Korridor, von dem mehrere Türen abgingen. Mit vor Hast zitternden Fingern versuchte Nabonidus sie eine nach der anderen. Sie waren alle versperrt.

»Mitra!« Der Priester lehnte sich an die Wand. Sein Gesicht war aschfahl. »Die Türen sind verschlossen, und Thak nahm mir die Schlüssel ab. Jetzt stecken wir doch in der Falle.«

Murilo war erschüttert, denn er hätte nie erwartet, den Priester je so bestürzt zu sehen. Nabonidus nahm seine ganze Willenskraft zusammen, um seine Selbstbeherrschung wiederzugewinnen.

»Diese Bestie schafft mich«, entschuldigte er sich. »Wenn Ihr, wie ich, gesehen hättet, wie Thak Menschen zerreißt . . . Mitra steh uns bei! Ich fürchte, wir müssen den Kampf mit den spärlichen Mitteln führen, die die Götter uns gewährt haben.«

Er führte sie zurück zu der verhängten Türöffnung und spähte in das große Gemach, gerade als Thak durch die gegenüberliegende Tür stapfte. Es bestand kein Zweifel, daß der Tiermensch Verdacht geschöpft hatte. Seine kleinen, nahe beisammenstehenden Ohren zuckten, er schaute mit böse funkelnden Äuglein argwöhnisch um sich. Er schlurfte zur nächsten Tür und riß die Vorhänge zurück, um dahinterzuschauen.

Nabonidus wich zurück. Er zitterte wie Espenlaub. Verzweifelt griff er nach Conans Schulter. »Mann, wagt Ihr es, Euch mit Eurem Messer gegen seine Fänge zu stellen?«

Das Funkeln in Conans Augen war Antwort genug.

»Schnell!« wisperte der Rote Priester und schob ihn hinter den Vorhang, dicht an der Wand. »Da er uns ohnedies bald entdecken wird, ist es vielleicht besser, wir locken ihn herbei. Während er an uns vorüberstürmt, stoßt Ihr ihm die Klinge in den Rücken, wenn Ihr könnt. Ihr, Murilo, zeigt Euch ihm und lauft dann schnell den Korridor hoch. Mitra weiß, wir haben keine Chance gegen ihn im Handgemenge, aber wenn er uns erst sieht, sind wir ohnedies dem Tod geweiht.«

Murilo spürte, wie ihm das Blut in den Adern stockte, aber er biß die Zähne zusammen und trat durch die Türöffnung. Sofort wirbelte Thak am anderen Ende des Gemachs herum, stierte ihn an und stürzte mit einem mörderischen Gebrüll auf ihn zu. Seine scharlachrote Kapuze war nach hinten gerutscht und offenbarte seinen mißgestalteten Schädel. Seine schwarzen Pranken und das rote Gewand waren mit Blut bespritzt. Er war wie ein rot-schwarzer Alptraum, als er mit gefletschten Zähnen durch das Gemach stürmte. Seine krummen Beine trugen den mächtigen Leib mit erstaunlicher Schnelligkeit herbei.

Murilo drehte sich um und rannte in den Korridor zurück. Das zottige Ungeheuer jagte ihm, dicht auf den Fersen, hinterher. Doch in dem Augenblick, da es an dem Vorhang vorbeisauste, schnellte sich eine mächtige Gestalt von hinten auf ihn und stieß ihm gleichzeitig einen Dolch in den Rücken. Thak schrie grauenvoll, als die Wucht des Aufpralls ihn zu Fall brachte und er mitsamt seinem Gegner auf dem Boden landete. Sofort wälzten die beiden sich in einem grauenvollen Ringen mit Messer, Zähnen und Klauen über die Steinfliesen.

Murilo sah, daß der Barbar die Beine um den Rumpf des

Affenmenschen geschlossen hatte und sich solcherart bemühte, sich auf Thaks Rücken zu halten. Das Ungeheuer andererseits versuchte, seinen Feind nach vorn zu zerren, um ihn in die Reichweite seiner riesigen Fänge zu bekommen. In einem Wirbelwind von Schlägen und wehenden scharlachroten Fetzen rollten sie über den Korridor. Sie wirbelten so schnell, daß Murilo nicht wagte, den Stuhl zu benutzen, den er sich als Waffe geholt hatte, aus Angst, er könnte statt des Affenmenschen den Barbaren treffen. Jetzt bemerkte er, daß trotz des ursprünglichen Vorteils, den Conan sich durch seinen Halt verschafft hatte, und des Nachteils der wallenden Robe, die sich um des Affenmenschen Gliedmaßen und Körper wand, Thaks Kräfte keineswegs nachließen. Unaufhaltsam zerrte er den Cimmerier nach vorn, und das trotz der unzähligen Stichwunden, die einen Menschen längst getötet hätten. Immer wieder war des Barbaren Klinge in Rumpf, Schultern und dem Stiernacken, und das Untier blutete überall, aber wenn Conans Dolch ihm nicht bald den Todesstoß versetzen konnte, würde Thaks unmenschliche Kraft dem Cimmerier ein Ende bereiten und danach auch ihm und Nabonidus.

Conan kämpfte selbst wie ein wildes Tier in völligem Schweigen, das nur hin und wieder von einem Keuchen oder Knurren unterbrochen wurde. Die schwarzen Klauen des Ungeheuers und der eiserne Griff bohrten sich in ihn und rissen an ihm. Der grinsende Rachen mit den spitzen Fängen schob sich unaufhaltsam seiner Kehle entgegen. Da sah Murilo plötzlich die Chance, doch endlich einzugreifen. Mit aller Kraft und einer Gewalt, die einem Menschen den Schädel gespalten hätte, schwang er den Stuhl. Doch das hölzerne Möbelstück prallte lediglich von Thaks Hinterkopf ab. Aber zumindest lockerte das Ungeheuer leicht benommen seinen Griff. Diesen Augenblick nutzte Conan. Keuchend und blutüberströmt warf er sich nach vorn und stieß dem Affenmenschen den Dolch bis ans Heft ins Herz.

Mit einem krampfhaften Schaudern starrte der Tiermensch vom Boden zu seinem Gegner hoch, dann erschlaffte er. Seine bösartig stierenden Augen trübten sich, seine mächtigen Gliedmaßen zuckten noch einmal, ehe sie erstarrten.

Conan taumelte benommen hoch und schüttelte sich Schweiß und Blut aus den Augen. Blut troff auch von seinem Dolch und den

Fingern, sickerte über seine Schenkel, Arme und die Brust. Murilo griff nach ihm, um ihn zu stützen, aber der Barbar schüttelte ihn unwillig ab.

»Wenn ich nicht mehr allein stehen kann, ist es Zeit zu sterben«, brummte er durch blutende Lippen. »Aber ich hätte gern eine Kanne Wein.«

Nabonidus starrte auf die stille Gestalt, als könnte er seinen Augen nicht trauen. Schwarz, haarig, furchterregend lag das Ungeheuer, grotesk in die Fetzen des scharlachroten Gewandes gehüllt, reglos auf dem Boden. Und doch sah es mehr menschlich als tierisch aus und wirkte dadurch auf eine seltsame, schreckliche Weise pathetisch.

Selbst der Cimmerier schien das zu empfinden, denn er keuchte. »Ich habe einen *Mann* getötet, nicht ein *Tier*. Ich werde ihn zu den Tapferen zählen, deren Seele ich in die Finsternis schickte, und meine Frauen sollen von ihm singen.«

Nabonidus bückte sich und hob einen Schlüsselbund an einer goldenen Kette auf, die der Affenmensch während des Kampfes verloren hatte. Er bedeutete seinen Gefährten, ihm zu folgen. Er begab sich zu einem Gemach, sperrte es auf und führte die beiden durch die Tür. Wie alle anderen Räume war es beleuchtet. Der Rote Priester nahm ein Weingefäß von einem Tisch und füllte Kristallkelche. Als seine Gefährten durstig tranken, murmelte er: »Welch eine Nacht! Der Morgen graut bereits. Was habt ihr jetzt vor, meine Freunde?«

»Ich werde Conans Verletzungen versorgen, wenn Ihr die Güte hättet, mir Verbandstoff zu bringen«, erklärte Murilo. Nabonidus nickte und schritt zur Tür, die auf den Gang führte. Etwas in der Art, wie er seinen Kopf hielt, veranlaßte Murilo, ihn scharf zu beobachten. An der Tür wirbelte der Rote Priester plötzlich herum. Seine Züge hatten sich gewandelt. Die Augen glühten in ihrem alten Feuer, seine Lippen lachten lautlos.

»Schurken mögen wir wohl alle drei sein!« Auch seine Stimme klang wieder spöttisch. »Aber nur Ihr seid ein Narr, Murilo.«

»Was soll das heißen?« fragte der junge Edelmann hitzig und wollte auf ihn losgehen.

»Zurück!« warnte Nabonidus mit schneidender Stimme. »Noch ein Schritt, und es ist Euer Ende!«

Murilos Blut stockte, als er den Roten Priester nach einer dicken Samtkordel greifen sah, die zwischen den Vorhängen, unmittelbar außerhalb der Tür hing.

»Welch schändlicher Verrat!« rief der junge Edelmann. »Ihr habt geschworen . . .«

»Ich schwor, ich würde dem König nicht diese kleine Geschichte über Euch erzählen! Ich schwor nicht, die Dinge nicht in die Hand zu nehmen, sobald sich die Möglichkeit dazu ergab. Glaubt Ihr vielleicht, ich würde mir eine solche Gelegenheit entgehen lassen? Unter normalen Umständen würde ich es vielleicht nicht wagen, Euch eigenhändig umzubringen, nicht ohne die Zustimmung des Königs. Doch wird niemand es je erfahren. Mit Thak und den Narren von Nationalisten werdet Ihr Euch in den Säurebottichen auflösen. Welch eine Nacht für mich! Zwar habe ich einige meiner nützlichen Diener verloren, aber die Erledigung unangenehmer Feinde wiegt das bei weitem auf. Also bleibt stehen! Ich bin bereits über der Schwelle, und Ihr könnt mich nicht mehr erreichen, ehe ich an dieser Kordel ziehe und Euch zur Hölle schicke – nicht durch den grauen Lotos, aber durch etwas nicht weniger Wirkungsvolles. Fast jeder Raum in meinem Haus ist eine Falle. Und deshalb, Murilo, als der Narr, der Ihr seid . . .«

Zu schnell für das Auge hatte Conan nach einem Stuhl gegriffen und ihn geworfen. Instinktiv streckte Nabonidus ihm mit einem Schrei abwehrend die Arme entgegen, doch zu spät. Das Geschoß schmetterte gegen seinen Kopf, und der Rote Priester taumelte und fiel mit dem Gesicht voraus auf den Boden. Sofort bildete sich ringsum eine dunkle Lache.

»Also war sein Blut auch nur rot«, brummte Conan.

Murilo strich sein schweißnasses Haar mit zitternder Hand zurück und lehnte sich schwach vor Erleichterung gegen den Tisch.

»Der Morgen graut bereits«, krächzte er. »Laßt uns von hier verschwinden, ehe wir noch in irgendeine andere Falle tappen! Wenn wir über die Mauer klettern können, ohne gesehen zu werden, wird man uns nicht mit den Vorfällen in diesem Haus in Verbindung bringen. Soll die Obrigkeit ihre eigene Erklärung finden.«

Er warf noch einen flüchtigen Blick auf die Leiche des Roten Priesters in der Blutlache, und zuckte die Achseln.

»Und er war doch ein Narr«, murmelte er. »Hätte er sich nicht damit aufgehalten, uns zu verspotten, wäre es ihm mit Leichtigkeit gelungen, die Falle zu schließen.«

»Nun«, meinte der Cimmerier gleichmütig, »er hat den Weg beschritten, den schließlich alle Schurken gehen müssen. Ich würde mich gern nach Beute umsehen, aber ich schätze, es ist das klügste, hier rasch zu verschwinden.«

Als sie die Düsternis des Gartens hinter sich gebracht hatten und der Himmel immer heller wurde, sagte Murilo: »Der Rote Priester ist in die Finsternis eingegangen, also kann ich in meiner gewohnten Umgebung bleiben und habe nichts mehr zu befürchten. Aber was ist mit Euch? Ihr steht nach wie vor unter der Anklage des Mordes an dem Priester im Labyrinth und . . .«

»Ich habe diese Stadt ohnedies satt.« Der Cimmerier grinste. »Habt Ihr nicht ein Pferd erwähnt, das beim Rattennest auf mich wartet? Ich bin neugierig, wie schnell der Gaul mich in ein anderes Königreich tragen kann. Es gibt noch viele Straßen, die ich kennenlernen möchte, ehe ich Nabonidus' Weg nehme.«

Leigh Brackett
(1915 - 1978)

Leigh Brackett gehörte zu den erfolgreichsten Autorinnen, die Edgar Rice Burroughs' Tradition des interplanetaren Abenteuers fortsetzten. Ihr imaginärer Mars entstand in direkter Anlehung an Burroughs' Barsoom, und sie verknüpfte die ›Schwert und Magie‹-Geschichten im Stile Howards mit den interplanetaren Abenteuern der Science Fiction.

»Ich wurde Schriftstellerin, weil ich gar nicht anders konnte«, erzählte Leigh Brackett von sich. »Von frühester Kindheit an hatte ich ein fast zwanghaftes Bedürfnis, Notizblöcke vollzukritzeln. Mit dreizehn traf ich die wohlüberlegte Entscheidung, Schriftstellerin zu werden. Zehn Jahre später verkaufte ich meine erste Geschichte.«

1940 lernte sie den damals bereits bekannten SF-Autor Edmond Hamilton kennen. Seit sie als junges Mädchen Burroughs' Mars-Romane gelesen hatte, faszinierten sie Abenteuer auf fremden Welten, wie auch Hamilton sie mit seinen ganz auf Action und Abenteuer ausgerichteten Weltraum-Romanen schrieb. Zu Hamiltons Schöpfungen gehört u. a. *Captain Future*. In den vierziger und fünfziger Jahren schrieb Leigh Brackett eine Reihe von interplanetaren Abenteuergeschichten, die auf verschiedenen Planeten unseres Sonnensystem spielen – Welten, die nichts mit ihren astronomischen Vorbildern zu tun haben, sondern Schöpfungen im Sinne der ›Science Fantasy‹ sind.

Für ihre schriftstellerische Karriere waren diese Geschichten jedoch nur von untergeordneter Bedeutung. 1946 heirateten Brakkett und Hamilton, und noch im gleichen Jahr setzte sie sich in Hollywood als Drehbuchautorin durch. Zusammen mit William Faulkner schrieb sie das Drehbuch für den Bogart-Film *Tote schlafen fest* nach dem Roman von Raymond Chandler. Sie arbeitete als Drehbuchautorin an einer ganzen Reihe von Howard-Hawks-Filmen mit. U. a. schrieb sie die Drehbücher für *Rio Bravo, El Dorado* und *Hatari*. Kurz vor ihrem Tod schrieb sie noch die erste Fassung des Drehbuchs zum zweiten *Krieg der Sterne*-Film, *Das Imperium schlägt zurück*. Daneben war sie auch als Autorin von Kriminalromanen und historischen Romanen über den amerikanischen Westen sehr erfolgreich.

Zwischen 1974 und 1976 verfaßte sie nach längerer Pause auch wieder einige SF-Romane, die sich an ihre Mars-Geschichten anlehnten. In ihnen taucht Eric John Stark, einer von Bracketts früheren Helden, erneut auf, der diesmal seine Abenteuer auf dem fernen Planeten Skaith erlebt, der aber mehr der Science Fiction als der Fantasy entnommen zu sein scheint.

Der sterbende Mars

Auch in Leigh Bracketts Mars-Geschichten drückt sich eine Sehnsucht nach einer vorindustriellen, magischen Zeit aus. Diese Zeit wird in der Kultur der Marsianer verkörpert, die der technischen Zivilisation der eindringenden Erdmenschen weichen muß und sich in einem schon Jahrtausende andauernden, langsamen, aber unaufhaltsamen Niedergang befindet.

Die Meere des Mars sind längst ausgetrocknet, die alten Metropolen der Marsianer sind nur noch Ruinen. Die Öde des Sandes und der ewige Wind beherrschen die Szene. Doch unter den stolzen Kriegern der Marsvölker ist der Traum von der Auferstehung ihrer einstigen Größe noch immer Antrieb, sich gegen die technische Kultur der Erdlinge zu erheben oder sie zumindest in stummem Stolz abzulehnen. So wird der sterbende Mars auch zu einer Analogie auf die Unterdrückung der alten Kulturen der Dritten Welt durch den Kolonialismus der westlichen Zivilisation auf unserer Erde. Die Helden der Mars-Romane sind Abenteurer, keine irdischen Eroberer und Vollstrecker des technischen Fortschritts, wie sie in der damaligen SF üblich waren, sondern Ausgestoßene, die zwischen beiden Kulturen stehen.

»Für manche von uns«, schrieb Leigh Brackett über ihre Mars-Geschichten, »war der Mars immer das Ultima Thule, die goldenen Hesperiden, die lockende Ferne voller Rätsel. Menschliche und elektronische Beobachter sind dabei, diese Träume zu kalten, harten, vernichtenden Fakten zu reduzieren. Aber wie wir aus irdischer und marsianischer Erfahrung wissen, sind harte Tatsachen immer nur ein Teilbild der Wahrheit . . . Darum überbringe ich Ihnen diese Legenden des Alten Mars als wahre Geschichten. Möge die trostlose Wirklichkeit respektvoll Abstand halten.«

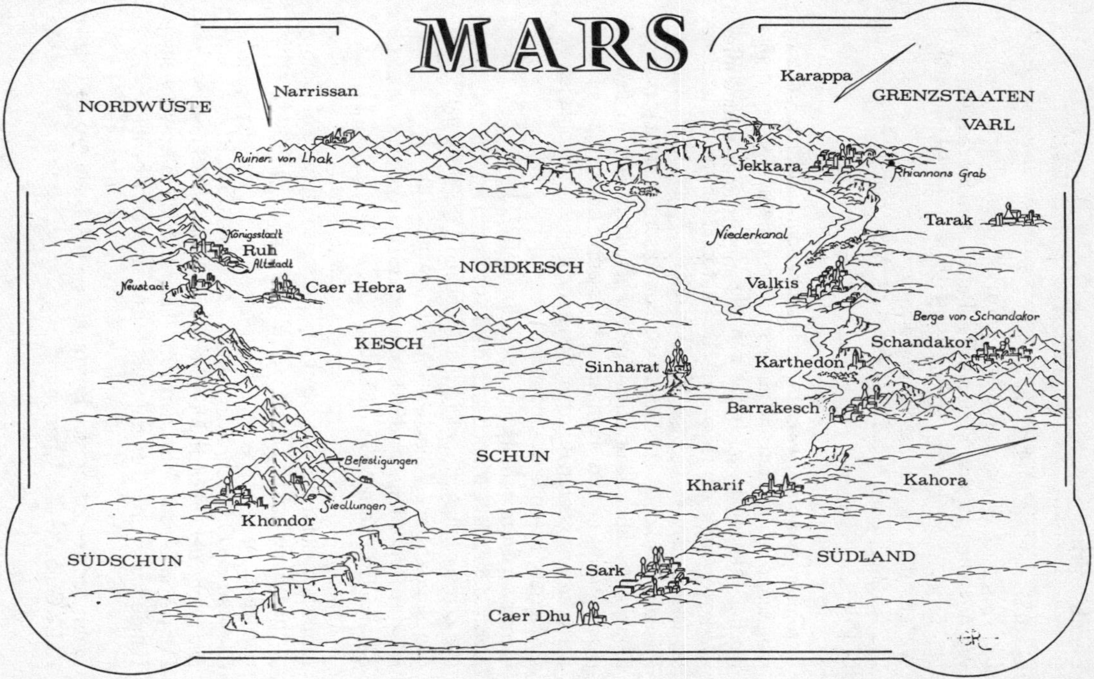
MARS
NORDWÜSTE
Narrissan
Karappa
GRENZSTAATEN
VARL
Ruinen von Lhak
Jekkara
Rhiannons Grab
Tarak
Königsstadt
Ruh
Altstadt
Neustadt
Caer Hebra
NORDKESCH
Niederkanal
Valkis
Berge von Schandakor
Schandakor
KESCH
Sinharat
Karthedon
Barrakesch
Befestigungen
SCHUN
Siedlungen
Khondor
Kharif
Kahora
SÜDSCHUN
SÜDLAND
Sark
Caer Dhu

Lesehinweise:

Leigh Bracketts Mars-Erzählungen:
Der Weg nach Sinharat, Rastatt 1977 (Pabel Terra Fantasy 40)
Wächter am Todestor, Rastatt 1977 (Pabel Terra Fantasy 41)
Das Erbe der Marsgötter, Rastatt 1978 (Pabel Terra Fantasy 49)
Weitere Mars-Geschichten finden sich in:
Die besten Stories von Leigh Brackett, München 1981 (Moewig 6715)

Der Zusammenprall zwischen einer sterbenden feudalen Kultur mit magischen Fähigkeiten und einer hochtechnisierten Kultur amerikanischer Prägung ist auch das zentrale Thema in der berühmten ›Darkover‹-Serie der amerikanischen Autorin Marion Zimmer Bradley (siehe auch ← George MacDonald, → Tanith Lee). Auf dem Planeten Darkover ist Magie zwar nur Ausdruck parapsychischer Fähigkeiten, aber dafür ist es Bradley gelungen, den Konflikt zwischen ›Science‹ und ›Fantasy‹ interessanter herauszuarbeiten als den meisten anderen Autoren. Von ihren ›Darkover‹-Romanen sind für Fantasy-Freunde zu empfehlen:
Herrin der Stürme, München 1979 (Knaur 5715)
Herrin der Falken, München 1984 (Droemer)
Die Zeit der hundert Königreiche, München 1982 (Moewig 3584)
Die blutige Sonne, München 1981 (Moewig 3572)
Hasturs Erbe, München 1981 (Moewig 3515)
Sharras Exil, Rastatt 1983 (Moewig 3613)

Ähnliches gilt für die ›Drachenreiter‹-Romane von Anne McCaffrey, die gleichfalls Science Fiction mit einem starken Fantasy-Einschlag darstellen:
Die Welt der Drachen, München 1972 (Heyne 06/3291)
Die Suche der Drachen, München 1973 (Heyne 06/3330)
Der weiße Drache, München 1982 (Heyne 06/3918) sowie weitere Bände, die zum Teil eher Jugendbuchcharakter haben.

Siehe auch ← Edgar Rice Burroughs, → Ray Bradbury, → Ursula K. Le Guin, → C. J. Cherryh

Die Purpur-Priesterin

Harvey Selden saß in der Sichtkuppel der *Goddard* und beobachtete, wie das Antlitz des Planeten immer deutlicher wurde. Er sah rosige Wüsten, über die Sandstürme wirbelten. Er sah dunkle, pflanzenbewachsene Gebiete, die ihm wie in sich gemusterte Seide schienen. Zwei- oder dreimal bemerkte er das flüchtige Glitzern des Wassers in einem der Kanäle. Er saß wie entrückt, glühend vor innerer Begeisterung. Er hatte befürchtet, daß dieser Anblick ihm gefühlsmäßig nicht viel bieten würde, denn wie oft hatte er ihn seit seiner Kindheit schon auf dem 3-D-Schirm beobachtet, und das war fast so gut, als wäre man dabei. Aber die Wirklichkeit konnte eben doch durch nichts überboten werden.

Mars selbst zu sehen . . .

Er war nicht erfreut, als Bentham in die Kuppel trat. Bentham war der Dritte Offizier der *Goddard,* und daß er in seinem Alter keinen höheren Rang bekleidete, bewies, welch ein Versager er war. Der Grund dafür, dachte Selden, stand deutlich genug in seinem Gesicht. Ein wenig tat er ihm leid, wie Alkoholiker ihm überhaupt leid taten. Immerhin war Bentham freundlich und schien sehr beeindruckt von Seldens Kenntnissen über den Mars. »Ein aufregender Anblick«, sagte er.

Bentham starrte durch die Kuppelscheiben und nickte. »Das ist es immer wieder. Kennen Sie jemanden dort unten?«

»Nein, aber wenn ich mich erst im Amt gemeldet habe . . .«

»Wann müssen Sie sich melden?«

»Morgen.«

»Aber jetzt kennen Sie noch niemanden?«

Selden schüttelte den Kopf.

»Dann kommen Sie doch mit mir. Ich bin bei marsianischen Freunden zum Abendessen eingeladen. Es wäre sicher sehr interessant für Sie.«

»Oh«, stieß Selden hervor. »Das wäre ja . . . Aber sind Sie sicher, daß Ihre Freunde nichts dagegen haben? Ich meine, ein unerwarteter Gast in letzter Minute . . .«

»Sie werden sich freuen«, versicherte ihm Bentham. »Ich werde ihnen auch noch rechtzeitig Bescheid geben. Wo werden Sie wohnen?«

»Im Kahora-Hilton.«

»Ja, natürlich. Ich hole Sie um sieben Uhr ab, Kahora-Zeit.«

Er verließ die Kuppel. Selden machte sich ein wenig Gedanken. Er hätte Bentham sicher nicht ausgesucht, um sich in die marsianische Gesellschaft einführen zu lassen. Aber schließlich war der Mann Offizier und würde darum wohl auch als Gentleman angesehen werden. Außerdem flog er schon lange auf der Marslinie und hatte deswegen gewiß viele Freunde auf dem Planeten. Und welch wundervolle und unerwartete Chance es doch war, eine marsianische Familie besuchen zu können. Er schämte sich seines kurzen Unbehagens und schrieb es seiner eigenen Unsicherheit zu, die natürlich durch die neue, völlig fremde Umgebung bedingt war. Als ihm das klar war, ließ sich diese negative Einstellung schnell beheben, und er freute sich bereits auf den Abend.

Die ehemalige Handelsstadt Kahora stellte jetzt das Verwaltungszentrum des Mars dar. Acht glänzende, ineinanderverlaufende Kuppeln wölbten sich nun über die so angewachsene Stadt, für die früher eine einzige Kuppel genügt hatte. Selden sah sie vom fünfundzwanzig Kilometer entfernten Raumhafen aus als zarte Seifenblasen, die die untergehende Sonne in allen Pastellfarben schillern ließ. Während der Gleiter ihn über den roten Sand und das dunkelgrüne Moosgras flog, die den Raumhafen von der Stadt trennten, leuchteten die ersten Lichter auf, und die Häuser unter den Kuppeln nahmen Form an. Selden glaubte, nie etwas Schöneres gesehen zu haben. Von der Landeplattform im Innern einer der Kuppeln brachte ein geräuschloses Batterietaxi ihn zu seinem Hotel, durch schwungvolle, saubere Straßen, die hell beleuchtet waren und wo Menschen vieler Rassen gemächlich dahinspazierten. Die Fahrt vom Landefeld zum Hoteleingang hatte nichts an Bequemlichkeit fehlen lassen. Beide Fahrzeuge verfügten über Klimaanlagen, worüber Selden sehr froh war, denn die Landschaft hatte doch ziemlich trüb ausgesehen, und das Eis auf dem Kanal, den der Gleiter überflogen hatte, bewies, wie kalt es war. Selden wußte, daß er sich daran noch gewöhnen mußte, aber es brauchte ja nicht sofort zu sein.

Sein Zimmer im Hilton war nicht nur komfortabel, sondern richtiggehend gemütlich, und die Aussicht war einmalig. Er duschte, rasierte sich und zog seinen besten Seidenanzug an, dann setzte er sich eine Weile auf den kleinen Balkon, von dem aus man das Dreieck der Drei Welten sehen konnte. Die Luft hier war warm und schwach parfümiert, die Geräusche der Stadt waren angenehm gedämpft. Er ließ sich die Begrüßungs- und Höflichkeitsformeln durch den Kopf gehen und überlegte, was er über das Benehmen in einer marsianischen Familie gelernt hatte. Er fragte sich, ob Benthams Freunde Hoch- oder Niedermarsianisch sprechen würden. Letzteres vermutlich, da das am üblichsten war, wenn die Marsianer mit Fremden verkehrten. Er hoffte nur, daß sein Akzent nicht zu unangenehm auffallen würde. Er lehnte sich in dem bequemen Sessel zurück und blickte durch die Kuppel.

Zwei Monde eilten über den Himmel. Irgendwie beeindruckte ihn das ungemein, obwohl er natürlich gewußt hatte, daß der Mars zwei Trabanten besaß. Jetzt erst wurde ihm eigentlich so richtig bewußt, daß er sich auf einer fremden Welt, weit, weit weg von zu Hause, befand.

Er ging zur Bar hinunter, um auf Bentham zu warten.

Der Schiffsoffizier kam pünktlich. Er trug ebenfalls einen frischen Seidenanzug und war, wie Selden erleichtert feststellte, völlig nüchtern. Er bestellte ihm einen Drink, dann nahmen sie ein Taxi, das sie von der Mittelkuppel zu einer der äußeren Kuppeln brachte.

»Es ist die älteste Kuppel«, erklärte ihm Bentham, »und dient nun hauptsächlich als Wohnviertel. Die Gebäude dort sind älter als hier, aber ungemein komfortabel ausgestattet.«

An einer Kreuzung mußten sie anhalten. Bentham deutete nach oben. »Haben Sie die Monde gesehen? Sie stehen jetzt beide am Himmel. Gewöhnlich sind sie das erste, was Neuankömmlinge beeindruckt. Deimos – sehen Sie, dort –, auf marsianisch heißt er Vaschna, wurde zu bestimmten Zeiten auch der Mond des Wahnsinns genannt.«

»O nein«, korrigierte ihn Selden. »Das war Phobos-Denderon.«

Bentham warf ihm einen Blick von der Seite zu, und Selden errötete ein wenig. »Ich meine, ich glaube jedenfalls, daß es Phobos war.« Er wußte es ganz genau, aber schließlich . . . »Sie waren natürlich schon viel öfter hier, und ich könnte mich auch irren.«

Bentham zuckte die Schultern. »Das läßt sich leicht klären. Wir fragen ganz einfach Mak.« »Wen?«

»Firsa Mak. Unseren Gastgeber.«

»Oh«, murmelte Selden. »Ich möchte lieber nicht . . .«

Aber inzwischen fuhr das Taxi weiter, und Bentham erzählte bereits von etwas anderem.

Fast direkt an der äußeren Kuppelwand stand ein blaßgoldenes Gebäude, vor dem das Taxi anhielt. Minuten später machte Bentham Selden mit Firsa Mak bekannt.

Selden kannte zwar von der Erde her einige Marsianer, aber in ihrer eigenen Umgebung war er noch keinem begegnet. Firsa Mak war ein dunkler, kleiner Mann, hager, und irgendwie erinnerte er an eine Katze, was zum Teil an seinen überraschend gelben Augen liegen mochte. Er trug die traditionelle Tunika der Handelsstädte. Ein goldener Ring, den Selden sofort als wertvolles antikes Stück erkannte, baumelte von seinem rechten Ohrläppchen. Er ähnelte so gar nicht den rundlichen und weichen Marsianern, die Selden von der Erde her kannte. Unter dem Blick der scharfen Augen zuckte er zusammen, und die so gut einstudierten Begrüßungsworte blieben ihm im Hals stecken. Aber er brauchte sie auch gar nicht, denn Firsa Mak schüttelte ihm die Hand und sagte: »Willkommen auf dem Mars. Treten Sie doch bitte ein.«

Die schmale, aber kräftige Hand gab die seine nicht frei, sondern führte ihn auf zuvorkommende Weise in einen großen, niedrigen Raum mit einer Glaswand, die eine gute Aussicht durch die Kuppel auf die mondscheinüberflutete Wüste gewährte. Die Möbelstücke waren modern und bequem. Da und dort standen kleine Skulpturen, und an den Wänden hingen Reliefplatten, recht ordentliche Arbeit, aber nicht besser als die marsianischen Kunstgegenstände, die in guten Geschäften auf der Erde zu bekommen waren. Auf einer der Couches saß ein unwahrscheinlich langbeiniger Terraner, von einer Rauchwolke halb versteckt, und trank aus einem Glas. Er wurde Selden als Altman vorgestellt. Seine Haut sah aus wie altes Leder, das man zu lange der Sonne ausgesetzt hatte, und er blickte Selden wie aus ungeheurer Höhe und großer Entfernung an. Neben ihm hatte es sich ein dunkelhäutiges Mädchen – oder war es eine Frau? – bequem gemacht. Selden konnte ihr Alter nicht abschätzen. Ihr Gesicht wirkte jugendlich, aber zu große Weisheit sprach aus ihren Augen, die so gelb und scharf wie Firsa Maks waren.

»Meine Schwester, Frau Altman«, machte der Marsianer Selden mit ihr bekannt. »Und das ist Lella.« Er erklärte nicht weiter, wer Lella war, und im Augenblick spielte es für Selden auch absolut keine Rolle. Sie war gerade mit einem vollen Tablett aus der Küche gekommen und trug ein Kostüm, über das er schon viel gelesen, das er aber noch nie gesehen hatte. Ein langes Seidentuch in einem grellen Ton zwischen Rot und Orange war um ihre Hüften geschlungen und wurde um die Taille von einem breiten Gürtel zusammengehalten. Aus diesem Rock schauten die Fußgelenke heraus, an denen winzige goldene Glöckchen an einer Schmuckkette bei jeder Bewegung hell klingelten. Ihr Oberkörper war nackt und von vollendeten Formen. Sie trug ein Halsband aus kunstvoll gehämmerten und mit Lochmuster verzierten Goldplättchen, und weitere winzige Glöckchen baumelten von Ringen an ihren Ohren. Ihr tiefschwarzes Haar hing weit über den Rücken, und ihre betörenden grünen Augen waren leicht schräg und mandelförmig. Sie lächelte Selden an, dann schritt sie mit ihrer elfenzarten Glöckchenmusik weiter. Selden starrte ihr mit offenem Mund nach. Es war ihm gar nicht bewußt geworden, daß er sich ein Glas mit dunkler Flüssigkeit von ihrem Tablett genommen hatte.

Er setzte sich auf den angebotenen Platz zwischen Altmann und Firsa Mak, direkt gegenüber von Bentham. Sella sorgte dafür, daß die Gläser stets mit dem eigenartig schmeckenden Höllenfeuer gefüllt waren.

»Bentham erwähnte, daß Sie dem Amt für kulturelle Interweltbeziehungen angehören«, sagte Firsa Mak.

»Stimmt«, murmelte Selden. Altman mit seinem merkwürdig abwesenden Blick machte ihn nervös.

»Ah, und worauf sind Sie spezialisiert?«

»Kunstgewerbe, Metallarbeiten hauptsächlich, der antiken Art wie dieses – dieses Ding.« Er deutete auf Lellas Halsband.

»Es ist sehr alt.« Sie lächelte. Ihre Stimme war so betörend wie die Glöckchen. »Ich könnte nicht einmal sagen, wie alt.«

»Das Lochmuster ist charakteristisch für die siebzehnte Dynastie der Khalidenkönige von Jekkara, die etwa zweitausend Jahre währte, zu einer Zeit, als das Ende Jekkaras als Seemacht sich bereits abzeichnete. Das Meer zog sich damals beträchtlich zurück. Das war vor etwa zwischen vierzehn- und sechzehntausend Jahren.«

»So alt ist es«, murmelte Lella staunend und betastete das Halsband.

»Das kommt darauf an«, meinte Bentham. »Ist es echt, Lella, oder eine Nachahmung?«

Lella kniete vor Selden nieder. »Sagen Sie es ihm.«

Sie alle warteten. Selden schwitzte. Er hatte Hunderte von Halsbändern studiert, aber noch nie am Hals einer Marsianerin und schon gar nicht einer mit nacktem Oberkörper. Plötzlich war er gar nicht sicher, ob das verdammte Ding echt war oder nicht, aber es war ihm klar, daß die anderen es wußten und ihn nur auf die Probe stellen wollten. Die Plättchen hoben und senkten sich sanft mit jedem von Lellas Atemzügen. Ein schwacher, würziger Duft stieg ihm in die Nase. Er berührte das Gold, hob eines der Plättchen hoch, das warm von ihrer Haut war, und wünschte sich ein praktisches, unkompliziertes Lehrbuch mit Diagrammen und fotografischen Abbildungen herbei, das ihn nicht ablenkte. Er hatte gute Lust, ihnen zu sagen, sie sollten sich zum Teufel scheren. Sie warteten ja nur darauf, daß er einen Fehler machte. Mit seinem Grimm wuchs jedoch auch seine Kühnheit. Er legte die ganze Hand unter das Band und wog es in seinen Fingern. Es war vom langen Tragen dünn und leicht wie Zigarettenpapier, doch die Unterseite wies immer noch das eingehämmerte Muster auf, das typisch für die Khalidenepoche war. Es war eine verdammt unfachmännische Untersuchung, aber er war jetzt wütend. »Es ist echt«, sagte er mit fester Stimme.

»Wie schön, daß Sie es wissen!« Lella nahm seine Finger zwischen ihre Hände und drückte sie. »Haben Sie lange studiert?«

»Sehr lange.« Er fühlte sich jetzt richtig wohl. Er hatte sich von ihnen nicht unterkriegen lassen.

Und Lellas sanftes Lächeln stieg ihm nicht weniger zu Kopf als das Höllenfeuer.

»Wie gedenken Sie Ihr Wissen zu nutzen?« fragte sie gerade.

»Viele der alten handwerklichen Fähigkeiten sind in Vergessenheit geraten, und ihr Marsianer wollt doch eure Wirtschaft ankurbeln. Das Amt beabsichtigt deshalb ein Ausbildungsprogramm für Kunsthandwerk in Jekkara und Valkis . . .«

»Großer Gott«, sagte Altman mit seiner so entfernt klingenden Stimme.

»Was meinten Sie, Sir?« fragte ihn Selden.

»Nichts«, brummte Altman. »Nichts.«

Bentham wandte sich an Firsa Mak. »Selden und ich hatten unterwegs eine kleine Meinungsverschiedenheit. Er hatte vermutlich recht, aber ich sagte, ich würde Sie fragen . . .«

»Vergessen wir es doch, Bentham«, warf Selden hastig ein.

Aber Bentham war nicht abzubringen. »Der Mond des Wahnsinns, Firsa Mak. Ich sagte Vaschna, er meinte Denderon.«

»Denderon, natürlich.« Firsa Mak blickte Selden an. »Sie wissen also auch davon.«

»Oh, es ist uns natürlich klar, daß alles ein Mißverständnis war«, murmelte Selden verlegen.

Altman lehnte sich vor. »Ein Mißverständnis?«

»Selbstverständlich. Die ersten Berichte . . .« Er sah, daß Firsa Mak, seine Schwester und Lella offenbar darauf warteten, daß er fortfuhr. Das war ihm äußerst unangenehm. »Ich meine, diese Mißverständnisse kamen durch falsche Interpretationen von Folklore, einheimischen Gebräuchen und ganz einfach durch Unwissenheit zustande. Natürlich glauben wir nicht an die Riten der Purpurpriesterin und den ganzen Unsinn. Ich meine, ich will damit sagen, wir glauben nicht, daß es sie wirklich gab.« Er hoffte, das Thema wäre damit beendet, aber Bentham sagte: »Ich habe Augenzeugenberichte gelesen, Selden.«

»Schauermärchen, Münchhausengeschichten. Sie dürfen nicht vergessen, die ersten Menschen auf dem Mars waren der Typ piratischer Ausbeuter. Man kann sie wirklich nicht als zuverlässige Beobachter bezeichnen.«

»Sie brauchen uns nicht mehr«, flüsterte Altman und starrte Selden an, ohne ihn zu sehen. »Sie brauchen uns überhaupt nicht.« Er murmelte etwas von geflügelten Schweinen und den Göttern der Marktplätze. Selden war plötzlich sicher, daß Altman einer jener ersten Piratenausbeuter war und er ihn tödlich beleidigt hatte.

In echter Neugier fragte Firsa Mak: »Weshalb macht ihr jungen Terraner so gern alles schlecht, was eure eigenen Leute getan haben?«

Selden spürte Altmans Blick auf sich, aber er konnte nun nicht mehr ausweichen. »Weil wir der Ansicht sind, daß wir die Fehler unserer Leute zugeben sollten.«

»Eine ehrenwerte Einstellung«, lobte Firsa Mak. »Aber was die Purpurpriesterin betrifft . . .«

»Ich versichere Sie«, warf Selden hastig ein, »diese alte Lügenmäre ist längst vergessen. Die wirklichen Forscher, die Anthropologen und Soziologen, die nach den – und – Abenteurern kamen, waren selbstverständlich viel besser qualifiziert, die Angaben auszuwerten. Sie wiesen die Idee von Menschenopfern weit von sich, und der Dunkle Gott, dem die Priesterin angeblich diente, war lediglich die Überlieferung eines unvorstellbar alten Erdengottes – Marsgottes, natürlich, aber Sie wissen schon, was ich meine, ein primitives, natürliches Element wie der Wind oder der Himmel.«

»Aber es gab ein Ritual«, sagte Firsa Mak sanft.

»Nun ja, zweifellos. Doch die Experten bewiesen, daß es rein rudimentär war, so wie – nun, unser Tanz um den Maibaum.«

»Die Niederkanalstädter tanzten nie um einen Maibaum«, brummte Altman. Er erhob sich langsam, und Selden beobachtete, wie er immer größer wurde. Er mußte gut seine zwei Meter haben, doch selbst aus dieser Höhe schienen seine Augen Selden zu durchbohren. »Wie viele qualifizierte Beobachter wurden denn in die Berge oberhalb Jekkaras geschickt?«

Selden ärgerte sich. Das Gefühl, auf die Probe gestellt zu werden, wuchs. »Sie müssen schließlich selbst wissen, daß die Erdenmenschen bis vor kurzem keinen Zutritt zu den Niederkanalstädten hatten.«

»Von ein paar Abenteurern abgesehen.«

»Die dort keinen sehr guten Eindruck hinterließen! Selbst jetzt braucht man noch einen Diplomatenpaß, der sehr schwer zu bekommen ist, um die Niederkanalstädte betreten zu dürfen. Und wenn man erst dort ist, darf man sich kaum frei bewegen. Aber es *ist* ein Anfang, und wir hoffen sehr, daß die Menschen dort unsere Freundschaft und Hilfe annehmen werden. Es ist wirklich bedauerlich, daß ihre Abgeschlossenheit zu einem so schlechten Ruf führte. Jahrzehntelang konnten wir unsere Meinung über sie nur aus den zweifelhaften Berichten der Abenteurer bilden und nach der nicht weniger voreingenommenen – wie wir später feststellten – der Stadtstaaten. Wir hielten Jekkara und Valkis für, nun, für die schlimmsten Lasterhöhlen und Schlupfwinkel von Verbrechern.«

Altman lächelte ihn an. »Mein lieber Junge, das sind sie auch. Das sind sie.«

Selden versuchte, seine Finger aus Lellas Griff zu lösen. Es gelang ihm nicht. In diesem Augenblick begann ihm ein ganz klein bißchen bange zu werden. »Ich verstehe nicht«, sagte er anklagend. »Haben Sie mich nur eingeladen, um mich herauszufordern? Ich finde es nicht sehr . . . Bentham?«

Bentham stand an der Tür. Aber die Tür schien Selden nun viel weiter entfernt als zuvor, und wie durch einen Schleier hindurch sah er Bentham die Hand heben und hörte ihn »Gute Nacht« sagen.

Selden fühlte sich schrecklich verlassen. Er blickte in Lellas Augen und murmelte: »Ich verstehe es nicht.« Ihre Augen waren grün, und plötzlich verlor er sich in ihrer Tiefe.

Als sein Bewußtsein allmählich wiederkehrte, hörte er als erstes Düsenlärm. Erschrocken öffnete er die Augen, aber es dauerte Minuten, ehe der dicke Schleier vor seinen Augen sich nach und nach auflöste und sein Blick an Lellas Halsband hängenblieb, das er so kühn begutachtet hatte. Da wurde ihm etwas klar. »Sie sind aus Jekkara», würgte er durch den Knebel in seinem Mund hervor.

Lella blickte auf ihn hinab. »Er ist wach!«

Firsa Mak beugte sich über Selden und überprüfte den Knebel und die Handschellen. Wieder zuckte Selden vor dem Blick der wilden, durchdringenden Augen zurück. Firsa Mak schien sich zu überlegen, ob er ihm den Knebel abnehmen sollte, als ein Summer ertönte. Offenbar ein Signal vom Piloten, der gerade die Geschwindigkeit verringerte.

Firsa Mak murmelte: »Später, Selden. Ich muß Sie jetzt geknebelt und gefesselt lassen, weil ich Ihnen nicht trauen kann und unser aller Leben, nicht nur Ihres, in Gefahr ist – Ihres allerdings am meisten.« Er beugte sich ganz tief hinab. »Es ist notwendig, Selden, glauben Sie mir.«

»Nicht nur notwendig«, brummte Altman, der unter der niedrigen Kabinendecke geduckt stehen mußte, »sondern lebenswichtig. Sie werden es noch verstehen.«

Lella sagte rauh: »Ich bin mir nicht so sicher.«

»Wenn nicht«, murmelte Altman, »so helfe Gott, denn niemand anderer kann es.«

Frau Altman kam mit einem Haufen schwerer Umhänge an. Sie hatten alle ihre Kleidung gewechselt, seit Selden sie in Firsa Maks Haus gesehen hatte, außer Lella, die lediglich eine Art Wollpullover übergestreift hatte. Frau Altman trug nun das Gewand der Niederkanalstädter und Firsa Mak eine karmesinrote Tunika, die ein breiter Gürtel zusammenhielt. Altman paßte der Lederharnisch der Wüstennomaden, als wäre er eigens für ihn gemacht. Der Mann aber war zu groß, dachte Selden, als daß er sich für einen Jekkaraner hätte ausgeben können.

Sie halfen Selden auf die Beine und wickelten ihn in einen Umhang. Jetzt erst bemerkte er, daß man ihm seinen Seidenanzug ausgezogen und ihn in eine ockergelbe Tunika gesteckt hatte. Wo seine Haut zu sehen war, hatten sie sie dunkel gefärbt. Sie schnallten ihn wieder in seinem Sitz fest, während der Hubschrauber zur Landung ansetzte.

Selden war wie erstarrt vor Angst und Schreck. Er überlegte verzweifelt, weshalb man ihn wohl hierher verschleppt haben mochte, aber er konnte sich keinen Grund denken. Sicher war nur, daß Bentham ihn absichtlich in die Falle gelockt hatte. Aber was hatte man mit ihm vor? Seine Augen wanderten immer wieder zu Altman und Firsa Mak.

Es war irgend etwas Fremdartiges an beiden, das ihm nie zuvor untergekommen war. Er versuchte zu analysieren, was es war. Sie schienen ihm härter und entschlossener als normale Sterbliche, ihre Muskeln kräftiger, und irgendwie erinnerten sie ihn an Raubtiere, wie er sie im Zoo gesehen hatte. Es waren Männer, die zuschlagen und vielleicht sogar töten würden. Er hatte Angst vor ihnen. Aber gleichzeitig fühlte er sich ihnen überlegen, denn er war über dieses psychische Stadium hinaus.

Der Staub wirbelte auf, als die beiden Männer ihn auf den Wüstensand hinunterhoben. Ihre Kraft war geradezu beängstigend.

Die Kälte und dünne Luft waren beißend, und Selden glaubte, spitze Messer stächen in seine Lunge. Den anderen schien es nichts auszumachen. So gut er es mit seinen gefesselten Händen konnte, zog er den Umhang noch enger um sich. Seine Zähne hätten geklappert, würde der Knebel es zugelassen haben. Lella griff nach seiner Kapuze und zog sie ihm ganz über das Gesicht. Sie hatte zwei Augenlöcher, aber sie roch eigenartig, und er glaubte, darunter ersticken zu müssen. Noch nie in seinem Leben hatte er sich so elend gefühlt.

Die Dämmerung färbte die Wüste rostig rot. Eine kahle Gebirgskette schob sich über den nördlichen Horizont. In ihrer Nähe befanden sich vereinzelt Felsen, die Wind und Sand zu phantastischen Formen geschliffen hatten. Eine Karawane schlängelte sich zwischen ihnen hindurch in ihre Richtung.

Selden hörte die Glöckchen und das Tappen breiter Hufe. Er kannte die schuppengepanzerten Eknas aus Bildern. Aber wie sie so mit ihren schweren Lasten und ihren Reitern in schwarzen Kapuzenumhängen über den roten Sand stapften, schienen sie ihm wie Alptraumbestien. Sie kamen näher heran und hielten zischend und stampfend an. Sie rollten ihre leuchtenden Augen bei Seldens Anblick und scheuten vor ihm zurück. Sie mochten seinen fremdartigen Geruch nicht. Altmans Anwesenheit dagegen schien sie offenbar nicht zu stören. Er hatte vermutlich schon so lange unter den Marsianern gelebt, daß er sich nicht mehr von ihnen unterschied.

Firsa Mak unterhielt sich kurz mit dem Karawanenführer. Offenbar war dieses Treffen vereinbart worden, denn er brachte einige der Reittiere herbei. Die Frauen stiegen ohne Schwierigkeiten auf. Seldens Magen drehte sich allein bei dem Gedanken um, sich auf eines dieser Schuppenungeheuer setzen zu müssen. Im Augenblick hatte er jedoch noch mehr Angst davor, hier zurückgelassen zu werden, deshalb wehrte er sich nicht, als Firsa Mak und Altman ihn auf eine der Satteldecken hoben. Die beiden ritten jeder an einer Seite und hielten die Zügel. Die Karawane setzte sich wieder in Bewegung – nordwärts, auf die Gebirgskette zu.

Selden litt entsetzlich unter der Kälte, dem Durst und der ungewohnten Schaukelei, so daß er nach einer Stunde fast das Bewußtsein verlor. Altman und Firsa Mak halfen ihm herunter und trugen ihn in den Schutz einiger Felsblöcke, wo sie ihm den Knebel herausnahmen und Wasser gaben. Die Sonne stand jetzt hoch und drang durch die dünne Atmosphäre wie eine glühende Lanze. Sie brannte auf Seldens Wangen, doch zumindest war es ihm nun nicht mehr so kalt.

»Sie wollten doch nach Jekkara«, sagte Altman. »Nun kommen Sie hin, nur ein wenig früher, als Sie glaubten. Was haben Sie sich denn gedacht, Junge? Daß es überall wie in Kahora ist?« Er hob Selden zurück auf das Ekna, und sie setzten ihren Weg fort.

Am Nachmittag kam Wind auf. Das heißt, im Grunde genommen blies er eigentlich immer, aber auf eine müdere Art. Er strich über den Sand, wehte ihn ein wenig hoch, ließ ihn wieder fallen und veränderte das Kräuselmuster, das er geschaffen hatte. Nun schien er unzufrieden mit allem, was er bisher getan hatte, und entschlossen, sein Werk von neuem zu beginnen. Er sammelte sich und strich kreischend über das Land. Selden glaubte, die ganze Wüste sei nur noch eine einzige, rote, wirbelnde und erstickende Wolke. Die Sonne war verschwunden. Selbst Altman und Firsa Mak an den beiden Zügelenden waren durch den Staub verborgen. Selden hielt sich verzweifelt an seiner Satteldecke fest, das einzige, was er noch sehen konnte. Und dann ließ der Wind genauso schnell nach, wie er begonnen hatte.

Eine Weile später ritten sie zu einem dünnen Streifen dunklen Wassers hinunter, das sich glitzernd durch die trostlose Öde wand. Es roch nach Feuchtigkeit und frischen Pflanzen, die entlang des Kanals wuchsen. Eine uralte Brücke lag vor ihnen, und jenseits des Kanals hob sich eine Stadt vor dem Hintergrund der kahlen Berge ab.

Selden wußte sofort, daß es Jekkara war. Ehrfurcht erfüllte ihn. In all den vielen Jahren, seit die Terraner das erstemal ihren Fuß auf den Mars gesetzt hatten, war es nur wenigen Erdenmenschen vergönnt gewesen, sie zu sehen. Er starrte durch die Augenlöcher seiner Kapuze und sah anfangs nur die rosigen Felsen, und erst als die Sonne tiefer sank und die Schatten sich verschoben, erkannte er die einzelnen Häuser, die sanft mit den Felsen verwuchsen, je höher sie an den schrägen Bergwänden lehnten. Er sah die Ruinen einer großen befestigten Burg, von der aus einst die Khalidenkönige – und Gott weiß wie viele Dynastien vor ihnen – regiert hatten, damals, als diese Wüste noch Meeresgrund gewesen war. Sogar der Leuchtturm stand noch über einem ausgetrockneten Hafenbecken auf halber Höhe des Steinhangs. Selden schauderte und spürte die ungeheure Last einer Geschichte, an der er und seinesgleichen keinen Anteil hatten. Flüchtig kam ihm der Gedanke, daß er in seinem Wunsch, diese Leute etwas lehren zu wollen, doch ein wenig vermessen gewesen war.

Als sie die Brücke überquerten, ging die Sonne unter, und die ersten Fackeln flackerten im trockenen Wüstenwind in den Straßen Jekkaras. Wieder schauderte er, doch diesmal aus einem anderen Grund. War die obere Stadt leer und tot gewesen, die untere war es gewiß nicht, genau wie die Abenteurer sie in ihren anrüchigen Berichten beschrieben hatten.

Die Karawane erreichte den breiten Platz direkt am Kanal. Viele Menschen kamen ihnen entgegen. Ohne daß es ihm aufgefallen wäre, hatten Altman und Firsa Mak ihn an das Ende der Karawane manövriert. Und er stellte nun fest, daß sie sich von den anderen getrennt hatten und eine schmale Straße zwischen niedrigen, steinernen Häusern hochritten. Irgend etwas war los in der Stadt, dachte Selden, denn in der Ferne hörte er die Stimmen vieler Menschen, als sammelten sie sich irgendwo. Die Luft roch nach Kälte und Staub, nach fremdartigen Gewürzen und allen möglichen Dingen.

Altman und Firsa Mak hoben Selden auf den Boden und stützten ihn, bis er wieder ein wenig Gefühl in die Beine bekam. Altman flüsterte Selden ins Ohr: »Tun Sie genau, was wir Ihnen sagen, oder Sie werden die Nacht nicht überleben.«

»Und wir auch nicht«, murmelte Firsa Mak. Er vergewisserte sich, daß Seldens Knebel noch fest steckte und die Kapuze sein Gesicht verbarg. »Es ist bald soweit.«

Mit Selden in der Mitte schritten sie durch eine weitere Straße. Hier herrschte reger Fußgängerverkehr. Geräusche aller Arten drangen an seine Ohren, und süße, penetrante Gerüche stiegen ihm in die Nase. Er sah die Lichter in seltsamen Farben, und sein Blick fiel auf Laster von solcher Vielfalt, daß seine Augen unter der Kapuze groß wurden, und er erinnerte sich fast hysterisch, was er über die marsianische Kultur gelernt hatte. Dann kamen sie hinaus auf einen breiten Platz.

Dort drängten sich die Menschen dicht an dicht. Zum Schutz gegen den Nachtwind hatten sie sich in warme Umhänge gehüllt. Ihre dunklen Gesichter wirkten unbewegt im flackernden Licht der Fackeln. Sie schienen den Himmel zu beobachten. Altman und Firsa Mak mit Selden fest zwischen sich mischten sich in die hinteren

Reihen. Sie warteten. Weitere Leute kamen aus den umliegenden Straßen hinzu. Es war völlig still, wenn man von dem leisen Schlurfen der Sandalen und dem hellen Klingeln der Glöckchen unter den Umhängen der Frauen absah. Automatisch blickte auch Selden zum Himmel. Die Menge hielt den Atem an, als über den Dächern im Osten der schnelle Mond Denderon auftauchte.

Ein einstimmiges »Ahhh« stieg von dem Platz auf. Es war ein Stöhnen tiefster Verzweiflung, das wie mit eisiger Hand nach Seldens Herzen griff. Im gleichen Augenblick begannen in Nischen verborgene Harfenspieler ihre doppelbesaiteten Instrumente zu streichen, und das Stöhnen wurde zu einem Singsang, halb Klagelied, halb Aufschrei unsterblichen Hasses. Die Menge setzte sich in Bewegung. Die Harfenspieler schritten voran, und eine Gruppe von Männern wies mit Fackeln den Weg. Und Selden zog mit ihnen in die Berge oberhalb Jekkaras.

Es war ein langer, kalter Weg im gespenstischen Schein Denderons. Selden fühlte den Staub von Jahrtausenden unter seinen Füßen knirschen, als er vorbeizog an den toten Städten, den Mauerruinen, leeren Marktplätzen und zerfallenen Hafendämmen, wo einst die Schiffe der Seekönige angelegt hatten. Die wilde, durchdringende Musik der Harfen richtete ihn auf, ehe sie ihn allmählich zu verwirren begann. Die lange Reihe der im Singsang vor sich hinleiernden Menschen und der gemessene Gleichschritt waren etwas Seltsames.

Die letzten Überreste menschlicher Bauwerke blieben zurück. Die kahlen Berge hoben sich gegen den Sternenhimmel ab, da und dort vom düsteren Mondlicht beleuchtet, das Selden nun wie ein Bote des Bösen schien. Er wunderte sich, weshalb er keine Angst mehr hatte. Vielleicht hatte er den Punkt völliger geistiger Erschöpfung erreicht. Jedenfalls sah er die Dinge nun ganz klar, aber nicht, als wäre er persönlich daran beteiligt.

Selbst als die Harfenspieler und Fackelträger in einem Höhleneingang verschwanden, hatte er keine Angst.

Die Höhle war so breit, daß die Menschen in Zehnerreihen weitermarschieren konnten. Die Harfentöne klangen nun gedämpft, und der Singsang nahm einen tiefen, hohlen Klang an. Selden spürte, daß es abwärts ging. Ein eigenartiger, schrecklicher Eifer rührte sich in ihm, den er sich absolut nicht erklären konnte. Auch die anderen schienen es zu spüren, denn ihre Schritte beschleunigten sich ein wenig im Rhythmus der Harfenklänge. Und plötzlich verschwanden die Felswände außer Sichtweite, und die Menge befand sich in einem riesigen, kalten, dunklen Raum.

Der Singsang erstarb. Die Menschen schlossen sich an beiden Seiten zu einem Halbkreis zusammen und standen still.

Einer aus der Gruppe nahm den verhüllenden Umhang ab, und Selden sah, daß es eine ganz in Purpur gekleidete Frau war. Aus einem ihm völlig unerklärlichen Grund wußte er, daß es nur Lella sein konnte, obgleich das Gesicht im Fackelschein hinter einer glatten, glänzenden Silbermaske verborgen war. Es war eine uralte Maske, grausamer Leidenschaft nachgebildet. Die Frau hob die bleiche Kugelleuchte in ihren Händen über den Kopf, und die Harfenspieler zupften einmal kurz an den Saiten. Die anderen Menschen um die Frau herum legten nun auch ihre Umhänge ab.

Es waren sechs, drei Männer und drei Frauen, alle nackt und mit lächelnden Gesichtern. Und jetzt spielten die Harfen eine fast fröhliche Melodie. Die Frau in Purpur wiegte sich im Rhythmus dazu, und die Nackten begannen zu tanzen. Ihre leeren Augen glänzten im Bann einer starken Droge. Die Purpurne führte sie mit einem betörenden Lied auf den Lippen tanzend in die Dunkelheit.

Die Harfen verstummten. Nur der lockende Gesang der Frau war zu hören, und ihre Lampe leuchtete wie ein Stern aus weiter, weiter Ferne. Jenseits der Lampe öffnete sich ein Auge und blickte sich mit wachem Bewußtsein um.

Selden sah die kleine Gruppe, die Priesterin und die sechs Tanzenden, sich im Hintergrund des riesigen Auges abheben, wie sieben Menschen sich gegen die bleiche Scheibe des aufgehenden Mondes abheben mochten. Dann gab plötzlich etwas in ihm nach. Er fiel, und gnädige Bewußtlosigkeit umhüllte ihn wie ein schützender Panzer.

Den Rest der Nacht und den folgenden Tag verbrachten sie in Firsa Maks Haus am dunklen Kanal. Der Lärm übertriebener Fröhlichkeit drang von den Straßen herein. Selden starrte vor sich hin. In kurzen Abständen überlief ihn ein heftiges Zittern.

»Es ist nicht wahr«, murmelte er immer wieder. »Es ist nicht wahr.«

»Es darf nicht wahr sein«, knurrte Altman. »aber die Tatsache bleibt. Und es sind die Tatsachen, die töten. Verstehen Sie nun, weshalb wir Sie hierhergebracht haben?«

»Sie wollen, daß ich dem Amt darüber berichte.«

»Dem Amt und wer immer Ihnen auch zuhören wird.«

»Aber warum gerade ich? Warum nicht jemand von Rang und Namen, einer der Diplomaten, beispielsweise?«

»Wir haben es versucht. Erinnern Sie sich an Loughlin Herbert?«

»Er starb an einem Herzanfall . . . Oh!«

»Als Bentham uns von Ihnen erzählte«, sagte Firsa Mak. »dachten wir, Sie seien jung und stark genug, den Schock zu ertragen. Wir haben jetzt alles getan, was wir können, Selden. Jahrelang haben Altman und ich versucht . . .«

»Sie hören nicht auf uns«, fiel Altman ein. »Sie wollen uns nicht einmal zuhören. Und wenn sie weiter ihre Leute schicken, nette, wohlmeinende Kinder und ihre Ammen, die sich in alle möglichen Dinge einmischen, ohne zu wissen, daß . . . Nein, ich will keine Verantwortung für die Konsequenzen haben.« Er blickte auf Selden herab.

Firsa Mak sagte leise: »Es ist eine schwere Bürde, Selden. Wir haben sie auf uns genommen und sind stolz, daß wir sie tragen.« Er deutete in Richtung der von hier aus nicht sichtbaren Berge. »Das dort hat die Macht, zu zerstören. Jekkara ganz sicher, und Valkis vermutlich, und Barakesch und alle Menschen, die für ihre Existenz vom Kanal abhängig sind. Es kann vernichten. Wir wissen es. Das hier ist eine Sache der Marsianer, und die wenigsten möchten, daß wir Außenseiter einschalten. Aber Altman ist mein Bruder, und ich fühle mich auch für sein Volk verantwortlich. Sie müssen wissen, daß die Priesterin Fremde als Opfer bevorzugt . . .«

»Wie oft?« flüsterte Selden.

»Zweimal im Jahr, wenn der Mond des Wahnsinns aufgeht. Zwischendurch schläft es.«

»Es schläft«, echote Altman. »Aber sollte es geweckt werden und erschreckt oder in Wut gebracht . . . Um Himmels willen, Selden, sagen Sie es ihnen. Sagen Sie es ihnen, damit sie zumindest wissen, worauf sie sich einlassen.«

Selden rief wild: »Wie können Sie nur hier leben, mit diesem . . .«

Firsa Mak blickte ihn überrascht an. »Warum? Weil wir immer hier gelebt haben.«

Selden starrte vor sich hin. Die Gedanken überschlugen sich in seinem Kopf, und er konnte nicht schlafen. Und einmal, als Lella leise ins Zimmer trat, schrie er in panischer Angst auf.

In der zweiten Nacht schlichen sie sich aus Jekkara und kehrten durch die Wüste zu dem Hubschrauber zurück. Nur Altman flog mit Selden nach Kahora. Schweigend saßen sie in der Kabine. Selden hing seinen Gedanken nach. Hin und wieder bemerkte er, daß Altman ihn beobachtete und bereits zu ahnen schien, daß alles vergeblich gewesen war.

Die leuchtenden Kuppeln Kahoras tauchten aus der Dunkelheit auf, und Denderon zog über den Himmel.

»Sie werden es ihnen nicht sagen«, murmelte Altman.

»Ich weiß es nicht«, flüsterte Selden. »Ich weiß es nicht.«

Altman verließ ihn noch auf der Landebahn. Selden sah ihn nicht wieder. Er nahm ein Taxi zu seinem Hotel und schloß sich in seinem Zimmer ein.

Die vertraute, normale Umgebung half ihm, zu sich zurückzufinden, und seine Gedanken wurden ruhiger, überlegter.

Wenn er glaubte, was er gesehen hatte, sei echt, müßte er darüber berichten, selbst wenn ihm niemand zuhören wollte ; selbst wenn seine Vorgesetzten, seine Lehrer, jene, die ihm seine Versetzung hierher ermöglicht hatten, die Männer, die er verehrte und deren Anerkennung er sich ersehnte, schockiert sein würden und ihn verächtlich abweisen und ihm ihre Türen für immer verschließen würden. Ja, selbst wenn man ihn in die äußere Dunkelheit verbann würde, in der es nur Menschen gab wie Altman und Firsa Mak. Ja, selbst dann.

Aber wenn er nicht glaubte, daß es echt war. Wenn er statt dessen glaubte, daß es sich um durch Drogen hervorgerufene Halluzinationen gehandelt hatte – und der Himmel wußte, über welche Mittel die Marsianer verfügten . . . Es bestand kein Zweifel, daß man ihm etwas eingegeben hatte. Und Lella hatte irgendeine Art von Hypnose bei ihm angewendet . . .

Wenn er *nicht* glaubte . . .

O Gott, wie wundervoll, nicht zu glauben, wieder frei zu sein und sicher im Bewußtsein der Wahrheit!

Er dachte nach in der Stille und beruhigenden Enge seines Zimmers. Und je länger er nachdachte, desto positiver wurden seine Gedanken, desto freier von Beeinflussung, desto tiefer in ihrem Verständnis. Gegen Morgen war er erschöpft, aber geheilt.

Er meldete sich im Amt und entschuldigte sich, daß er unmittelbar nach der Ankunft krank geworden sei und deshalb nicht eher habe kommen können. Er behauptete auch, er hätte Nachricht von zu Hause bekommen und müsse unbedingt sofort dorthin zurück. Sie bedauerten, ihn zu verlieren, waren jedoch sehr verständnisvoll und buchten für ihn einen Flug auf dem nächsten Linienschiff.

Ein paar Narben blieben in Seldens Psyche zurück. Er konnte keine Harfenklänge mehr ertragen und verfiel in Panik, wenn er einer Frau begegnete, die Purpur trug. Mit diesen Phobien hätte er sich abfinden können, aber die Alpträume waren zuviel für ihn. Er konsultierte einen Psychoanalytiker und war absolut ehrlich zu ihm. Der Analytiker konnte ihm glücklicherweise genau erklären, wie es dazu gekommen war. Die ganze Sache war eine durch Drogen hervorgerufene sexuelle Phantasie gewesen, mit der Priesterin als Mutterbild. Das Auge, das ihn dabei angesehen hatte und das ihn immer noch erbarmungslos in seinen immer wiederkehrenden Alpträumen anstarrte, war symbolisch für die weibliche Fruchtbarkeit. Und das Grauen, das es ihn ihm erregte, war seinem Schuldkomplex zuzuschreiben, denn er, Selden, war latent homosexuell.

Selden war ungemein erleichtert.

Der Analytiker versicherte ihm, daß nun, da ihm alles klar war, die sekundären Nachwirkungen allmählich verschwinden würden.

Und es wäre vielleicht auch so gekommen, hätte er nicht den Brief erhalten.

Er traf genau sechs marsianische Monate nach der verhängnisvollen Einladung Benthams ein. Er war nicht unterschrieben. Der Text war kurz und bündig: *Lella erwartet Sie bei Mondaufgang.* Und darunter befand sich, gekonnt gezeichnet und unverkennbar, ein riesiges einzelnes Auge.

Abraham Merritt
(1884 - 1943)

Merritt gehört wie Lovecraft zu den Autoren, die für die ›Pulp‹-Magazine schrieben, weil es ihnen Spaß machte und ohne sich dabei um kommerziellen Erfolg zu kümmern. Er stammte aus New Jersey und wollte eigentlich Jurist werden, nahm dann jedoch aus finanziellen Gründen als Neunzehnjähriger eine Stellung als Reporter an. In kurzer Zeit brachte er es zum Chefreporter des *Philadelphia Inquirer*, wobei sein Talent, publikumswirksam über grausige Morde und Unfälle zu berichten, erheblich dazu beitrug. Merritt scheint der geborene Sensationsreporter gewesen zu sein.

Der Hearst-Zeitungskonzern, damals das größte Presse-Imperium der USA, bot ihm eine Stelle beim *American Weekly* an, und dort blieb er von 1912 bis zu seinem Tode, ab 1937 als Chefredakteur dieser Zeitschrift.

Bevor er Reporter wurde, hatte Merritt schon eine abenteuerliche Vergangenheit hinter sich, denn mit siebzehn verbrachte er ein Jahr als Schatzsucher in Lateinamerika und hatte als einer der ersten Weißen nach Jahrhunderten eine alte Maya-Stadt in Yukatan wiederentdeckt. Diese Schatzsuche blieb nicht ohne Einfluß auf seine späteren Geschichten. Das Tor zu seinen Fantasy-Welten lag fast immer in Ruinenstädten, und seine Helden sind meist Wissenschaftler bei irgendwelchen Expeditionen.

Seine erste Geschichte (mit der er in diesem Band vorgestellt wird), *Durch das Drachenglas*, erschien 1917 in *All Story Weekly*, und auch seine späteren Romane erschienen alle zunächst in Magazinen, waren aber so erfolgreich, daß sie bald danach jeweils als Buch herausgebracht wurden. Mit *Der Mondsee* (1920) wurde er zu einem neuen Meister des phantastischen Abenteuers. Das Schreiben von Geschichten war für Merritt allerdings mehr ein Hobby neben seiner Zeitungsarbeit. Er schrieb nur acht Romane, von denen drei zur unheimlichen Phantastik gehören (zwei wurden verfilmt). Doch das reichte aus, ihm unter Freunden phantastischer Abenteuer einen fast legendären Ruf einzubringen. Zwei Geschichten, die sich in seinem Nachlaß fanden, wurden von seinem Freund, dem Fantasy-Autor und Zeichner Hannes Bok, postum vollendet.

Zauberländer von Gold und Seide

Über die Romane von Merritt schreibt der englische SF-Kritiker Brian W. Aldiss in *Der Millionen-Jahre-Traum*, einer Literaturgeschichte der Science Fiction: »Merritt floh in ein Niemandsland der Phantasie ... Seine Helden schreiten für immer durch seltsame Juwelen, galoppieren durch große Tore in Berge hinein, entdecken Treppen, die in erloschene Vulkane hinabführen, oder gelangen in Tempel voller unheiliger Mysterien inmitten vergessener Oasen.« Anschaulicher läßt sich Merritts Art der Fantasy kaum beschreiben. Er schrieb aus Sehnsucht nach wunderbaren, phantastischen Ländern voller märchenhafter Pracht. Seine Helden teilen diese Sehnsucht, und sie kämpfen verzweifelt darum, in ihren Zauberreichen bleiben zu dürfen, wenn sie erst einmal die verborgene Tür zu ihnen entdeckt haben.

Der Held verliebt sich in jedem Roman in eine wunderschöne, zauberische Frau aus der anderen Welt, um deretwillen er es mit allerlei böser Magie aufnehmen muß. Das Beeindruckende an den Geschichten ist Merritts farbenprächtiger, fast orientalischer Stil. Seine Tempel funkeln und leuchten, die Geschmeide seiner immer schönen Frauen glitzern, seine Paläste sind aus ›Tausendundeine Nacht‹, der Merrittschen Version selbstverständlich. Über allem liegt dabei die Wehmut, daß solche Wunderländer nicht für uns bestimmt sind.

Merritts Helden finden den Weg in die ›andere‹ Welt immer von der Erde aus. Der Leser folgt ihnen sozusagen in die andere Wirklichkeit und erfährt dann, daß diese Zauberwelt tatsächlich ›real‹ existiert. Sie ist – zumindest in der Geschichte – für jeden Menschen zu erreichen, vorausgesetzt, er kennt den richtigen Weg. Dieser Kunstgriff mag für heranwachsende Leser ein Anlaß zu endlosen Spekulationen gewesen sein, die sicher mit zu Merritts Erfolg beitrugen.

Eine Ausnahme bildet nur Merritts bester Roman, *Das Schiff der Ishtar*. In ihm wird der Held direkt in eine Welt der Mythologie versetzt – mit magischen Mitteln und ohne zu verstehen, was mit ihm geschieht. Er gerät in eine Auseinandersetzung der Götter, die auf einer riesigen Zaubergaleere ausgetragen wird. Zum Schluß stirbt der Held, um seiner geliebten Zauberin Sharane folgen zu können.

Wie kaum ein anderer Autor in diesem Buch schrieb Merritt seine Fantasy als begeisterte Flucht aus der Wirklichkeit.

Lesehinweise:

Die Romane von Abraham Merritt sind in den siebziger Jahren, zum Teil auf jeweils zwei Bände verteilt, in der ›Terra-Fantasy‹-Reihe des Pabel Verlages erschienen. An Neuausgaben liegen in der ›Bibliothek der phantastischen Abenteuer‹ bei Fischer vor:
Das Volk der Fata Morgana, Frankfurt 1986 (Fischer 22703)
Das Gesicht im Abgrund, Frankfurt 1987 (Fischer 22727)
Der Mondteich, Frankfurt 1988 (Fischer 22735)
Metallstadt, Frankfurt 1988 (Fischer 22739)

Von dem spätviktorianischen Autor H. Rider Haggard, der mit seinen Romanen von vergessenen Völkern – auch als ›Lost-Race‹-Thema bekannt – Merritt und auch ← Edgar Rice Burroughs sehr beeinflußt hat, ist eine mittlerweile zwanzigbändige Ausgabe bei Heyne erschienen. Für den Fantasy-Leser sind von Interesse:
Sie, München 1984 (Heyne 06/4130)
Allan Quatermain, München 1984 (Heyne 06/4131)
König Salomons Diamanten, München 1985 (Heyne 06/4134)
Das Sehnen der Welt (mit Andrew Lang), München 1985 (Heyne 06/4134)
Das Nebelvolk, München 1986 (Heyne 06/4148)
Das Herz der Welt, München 1986 (Heyne 06/4149)

Ein zeitloser Klassiker des ›Lost-Race‹-Genres, mehrfach verfilmt, ist:
James Hilton: *Der verlorene Horizont,* Frankfurt 4/1985 (Fischer 22446).

Siehe auch ← Lord Dunsany.

Durch das Drachenglas

Herndon war bei der Plünderung der Verbotenen Stadt dabei, als die Alliierten die Unterdrückung des Boxeraufstands in den größten Raubzug seit Tamerlans Tagen verwandelten. Sechs seiner Matrosen halfen ihm beim Beutemachen. Eine mitfühlende russische Hoheit, die in New York sein Gast gewesen war, sorgte dafür, daß er die Küste und seine Jacht erreichte. Deshalb gelang es Herndon auch, mit einem so beachtlichen Teil der Schätze des Sohnes des Himmels durch die Meerenge zu kommen.

Mit einem Teil seiner Beute beglückte er bezaubernde Damen, die seinem Herzen nahe standen. Das meiste verwendete er für die Einrichtung seiner zwei unvergleichlichen chinesischen Salons in seinem Fifth-Avenue-Haus. Und ein klein wenig davon überließ er, aus einem unerwarteten religiösen Impuls, dem Metropolitan Museum. Damit gab er seiner Teilnahme an der Plünderung einen quasi legitimen Anstrich – ähnlich einem Opfer an die Götter oder dem Bau von Krankenhäusern und sonstigen sozialen Einrichtungen.

Doch das Drachenglas – nie zuvor hatte er etwas so Wundervolles gesehen – stellte er in sein Schlafzimmer, damit sein erster Blick am Morgen darauf fallen möge. Und er stellte gedämpftes Licht dahinter und daneben, um es betrachten zu können, wenn er des Nachts erwachte. Wundervoll? Es war viel mehr als wundervoll, dieses Drachenglas! Wer immer es erschaffen hatte, mußte zu einer Zeit gelebt haben, als die Götter über die Erde schritten und jeden Tag etwas Neues schufen. Nur ein Mensch, der das Glück gehabt hatte, in einer solchen Atmosphäre seine Jahre zu verbringen, konnte es hervorgebracht haben. Es gab nichts auf der Welt, das mit diesem Drachenglas, was seine Schönheit und seinen Zauber anbetraf, vergleichbar war.

Ich hielt mich gerade auf Hawaii auf, als mich die Telegramme erreichten. Es stand nicht sehr viel darin. Herndons Diener betrat des Morgens das Zimmer seines Herrn, um ihn aufzuwecken – aber er war verschwunden, nichts jedoch von seiner Kleidung. Alles war da, als müßte Herndon sich noch im Haus befinden, nur war das eben nicht der Fall.

Ein Mann, der zehn Millionen schwer ist, kann sich nicht einfach in Luft auflösen, ohne daß es große Aufregung und beachtliches Aufsehen erregt. Die Zeitungen sorgten für das Aufsehen, aber soviel sie auch darüber schrieben, im Grund genommen wußten auch sie nur zwei Tatsachen, nämlich, daß Herndon am Abend vor seinem rätselhaften Verschwinden wie üblich nach Hause gekommen und am Morgen darauf unauffindbar war.

Ich befand mich auf hoher See, auf dem Weg zurück nach Hause, um bei der Suche mitzuhelfen, als über Funk durchgegeben wurde, daß Herndon wieder aufgetaucht sei. Man hatte ihn auf dem Fußboden seines Schlafzimmers gefunden, in lediglich den Fetzen eines seidenen Gewands, und er sah aus, als wäre er einem Tiger in die Klauen gefallen. Aber für seine Rückkehr gab es genausowenig eine Erklärung wie für sein Verschwinden.

Den Abend zuvor war er nicht da gewesen – und am Morgen war er es. Als Herndon wieder zu sprechen imstande war, weigerte er sich, sich seinen Ärzten anzuvertrauen. Ich fuhr direkt nach New York und wartete, bis die Herren Mediziner einsahen, daß es besser war, mich zu ihm zu lassen, als daß er wütete, weil man ihm meinen Besuch nicht gestatten wollte.

Herndon erhob sich aus seinem großen Krankenstuhl, als ich sein Zimmer betrat. Seine Augen waren klar, und von Schwäche war nichts an ihm zu bemerken, als er mich freudig begrüßte und mir heftig die Hand schüttelte. Auf seinen Wink verließ die Pflegerin das Zimmer.

»Was war denn los, Jim?« rief ich. »Was auf Erden ist mit dir geschehen?«

»Ich bin mir nicht so sicher, ob es auf Erden war«, brummte er. Er deutete auf etwas, das wie eine hohe Staffelei aussah und mit einem Stück kostbarer, mit chinesischen Zeichen bestickter Seide behängt war. Einen Augenblick zögerte er, dann trat er an einen Wandschrank. Er holte zwei schwere Flinten heraus, und zwar die, daran erinnerte ich mich, die er das letztemal zur Elefantenjagd benutzt hatte.

»Du wirst mich doch nicht für verrückt halten, wenn ich dich bitte, eine schußbereit zu halten, während ich erzähle, oder, Ward?« fragte er ein wenig verlegen. »Du mußt zugeben, das hier sieht ziemlich echt aus, nicht wahr?«

Er öffnete seinen Morgenmantel und deutete auf seine dicht mit Verbänden umwickelte Brust. Dankend legte er die Hand auf meine Schulter, als ich wortlos eine der Flinten an mich nahm. Dann trat er an die Staffelei und zog die Hülle hoch.

»Da ist es«, sagte Herndon.

Und da sah ich das Drachenglas zum erstenmal!

Nein, ganz sicher hat es nie etwas Ähnliches gegeben! Nie! Zuerst sah man nur etwas, das kühl, grün, glitzernd und halbdurchsichtig war, wie die See, wenn man an einem ruhigen Sommertag unter Wasser schwimmt und hochblickt. Rings um seinen Rand bewegten sich Fünkchen, rote und goldene, smaragdgrüne, silberne und elfenbeinfarbige. Von einer Topasscheibe, die den Sockel bildete und mit rotem Feuer eingefaßt war, stiegen dunkelgelbe Flämmchen auf.

Erst später, nach längerem Hinsehen, wurde einem bewußt, daß das grüne, halbdurchsichtige Etwas eine ovale Scheibe aus geschliffenen Steinen war. Die unruhigen Fünkchen wurden zu Drachen. Zwölf gab es. Ihre Augen waren Smaragde, ihre Zähne Elfenbein, ihre Klauen Gold. Es waren Drachen mit einem Schuppenpanzer, und zwar waren die einzelnen Schuppen so eingelegt, daß sie am Ansatz grün wie der Dschungel glänzten, das in grelles Rot verlief, und das Rot wiederum an den Spitzen in funkelndes Gold. Ihre Flügel, die zusammengefaltet dicht am Körper anlagen, waren silbern und violett.

Aber sie lebten, diese Drachen! Nie haben Metall und Holz soviel Leben besessen, seit Al-Akram, der Bildhauer des antiken Ad, das erste Krokodil schnitzte und der neiderfüllte Allmächtige ihm zur Strafe Leben einhauchte.

Und schließlich wurde offenbar, daß die Topasscheibe, die die kleinen gelben Flammen emporschickte, die Oberfläche einer metallenen Kugel war, um die sich ein dreizehnter Drache wand, und dieser Drache war dünn und rot und biß sich in seinen Schwanz, der in einen Skorpion auslief.

Er war wahrhaftig atemberaubend, dieser erste Blick in das Drachenglas. Ja, und der zweite und dritte Blick ebenfalls – so oft man es auch betrachtete.

»Woher hast du es?« fragte ich. Meine Stimme klang zittrig.

Herndon erwiderte fast ungerührt. »Ich fand es in einer winzigen

Geheimkammer im kaiserlichen Palast. Wir entdeckten sie rein . . .« Er zögerte. »Nun, sagen wir, rein zufällig. Als ich das Drachenglas sah, wußte ich sofort, daß ich es unbedingt haben mußte. Was hältst du davon?«

»Was ich davon halte?« rief ich. »Es ist das großartigste Kunstwerk, das je eines Menschen Hand schuf! Was ist das für ein Stein, aus dem es gemacht ist? Jade?«

»Ich bin mir nicht sicher«, murmelte Herndon. »Aber komm mal her. Stell dich direkt vor mich.«

Er schaltete die Lichter im Zimmer aus, dann drehte er an einem anderen Schalter, und drei Lampen warfen ihren abgeschirmten Schein durch das Glas auf sein spiegelgleiches Oval.

»Paß auf!« mahnte Herndon. »Und sag mir, was du siehst!«

Ich starrte ins Glas. Zuerst sah ich nur, daß die Lichtstrahlen scheinbar immer tiefer, in immer größere Fernen drangen. Und dann . . .

»Großer Gott!« schrie ich erschrocken. »Jim, was ist das für ein höllisches Ding?«

»Ruhig Blut, alter Junge.« Erleichterung und leichte Freude klangen aus seiner Stimme. »Ruhig, sag mir nur, was du siehst.«

Ich murmelte: »Es ist, als sähe ich durch endlose Weiten – und doch ist alles, als wäre es unmittelbar auf der anderen Seite des Glases. Ich sehe eine Kluft, die durch dunkles Grün schneidet. Ich sehe eine Klaue, eine gigantische, furchtbare Klaue, die durch die Kluft tastet. Sie hat sieben gewaltige Krallen, die sich öffnen und schließen – öffnen und schließen. Großer Gott, wie schrecklich, Jim. Sie ist wie die Klauen, die aus den Löchern in der Hölle der Lamas greifen, um die blinden Seelen zu packen, wenn sie von Grauen geschüttelt vorüberziehen.«

»Schau! Schau doch höher, oberhalb der Klaue. Dort wird die Kluft weiter. Was siehst du da?«

Ich sagte: »Ich sehe einen Berggipfel, der wie eine Pyramide in den Himmel schneidet. Hinter ihm zucken Flammen auf und zeichnen seine Umrisse ab. Ich sehe eine große Lichtkugel wie ein Mond, die sich langsam aus den Flammen löst. Ah, da ist noch eine, sie schiebt sich vorne über den Berggipfel! Und da, noch eine, die an der linken Bergflanke mit den Flammen zu verschmelzen scheint . . .«

»Die sieben Monde von Rak«, flüsterte Herndon mehr zu sich selbst als zu mir. »Die sieben Monde, die in den rosigen Flammen Raks baden, in den Flammen, die das Feuer des Lebens sind und die Lalil wie ein Diadem umgeben. Er, dem sich die sieben Monde Raks gezeigt haben, kommt in diesem und zehntausend Leben nicht mehr von Lalil frei.«

Er drehte sich um und schaltete die Zimmerbeleuchtung wieder ein.

»Jim«, sagte ich. »Es kann nicht echt sein! Was ist es? Eine teuflische Spiegelung im Glas?«

Er wickelte den Verband um seine Brust auf.

»Die Klaue, die du gesehen hast, hatte sieben Krallen«, erwiderte er ruhig. »Schau dir das an.«

Über die helle Haut seiner Brust, von der linken Schulter zu den rechten unteren Rippen, zeichneten sich sieben tiefe, verheilende Wunden ab. Sie sahen aus, als hätte ein riesiger Stahlkamm, der mit aller Kraft über seinen Oberkörper gezogen worden war, sie verursacht. Man hatte geradezu den Eindruck, sie seien gepflügt worden.

»Die Klaue hat mich erwischt«, murmelte er so ruhig wie zuvor.

»Ward«, fuhr er fort, ehe ich etwas erwidern konnte. »Ich wollte, daß du siehst – was du gesehen hast. Ich war mir nicht sicher, ob du es überhaupt wahrnehmen kannst. Ich weiß nicht, ob du mir jetzt glauben wirst. Ich würde es vielleicht nicht, wäre ich an deiner Stelle, trotzdem . . .«

Er trat an die Staffelei und verdeckte wieder das Drachenglas.

»Ich werde dir alles erzählen«, versprach er. »Und ich möchte es tun, ohne unterbrochen zu werden, deshalb verhülle ich es. Ich nehme nicht an«, begann er danach zögernd, »ich nehme nicht an, Ward, daß du je von Rak, dem Wunderwirker, gehört hast, der irgendwann am Anfang aller Dinge lebte, noch davon, wie der Größte Wunderwirker ihn irgendwohin außerhalb der Welt verbannte?«

»Nein«, sagte ich kurz, immer noch von dem Geschauten erschüttert.

»Es hat sehr viel mit dem zu tun, was ich dir erzählen werde«, erklärte er. »Natürlich wirst du es für Unsinn halten, aber – ich hörte die Legende jedenfalls zum erstenmal in Tibet. Dann erneut – allerdings mit verändertem Namen –, als ich aus China floh.

Ich schätze, die Götter waren den Menschen noch nah und hatten ihre Hände noch in vielen Dingen, als Rak geboren wurde. Seine Abstammung ist ein wenig skandalös. Als Rak älter wurde, genügte es ihm nicht, nur zu sehen, welche wundervollen Dinge vollbracht wurden. Er wollte sie selbst machen, und deshalb – nun, deshalb studierte er die Methode. Nach einer gewissen Zeit kamen dem Größten Wunderwirker einige der Sachen unter die Augen, die von Rak stammten, und er fand sie bewundernswert – ein bißchen zu bewundernswert. Er wollte den geringeren Wunderwirker jedoch nicht vernichten, so jedenfalls geht die Legende, weil er sich ein wenig verantwortlich fühlte. Deshalb versetzte er Rak aus dieser Welt hinaus und gab ihm die Macht über eine von so und so vielen Millionen Geburten. Das bedeutete, daß er diese eine Seele in sein Reich führen oder locken durfte, damit er ein eigenes Volk aufbauen konnte – und über dieses Volk hatte Rak die oberste, unterste und mittlere Gerichtsbarkeit.

So also verschwand Rak von dieser Welt. Er zäunte sein Reich mit Wolken ein. Er schuf einen hohen Berg, und an seinem Hang baute er eine Stadt für die Männer und Frauen, die sein eigen sein würden. Er umgrenzte diese Stadt mit herrlichen Gärten und gab in diese Gärten vielerlei Dinge, manche gut und manche sehr – furchtbar. Um den Gipfel des Berges setzte er als sein Diadem sieben Monde, und hinter dem Berg entzündete er ein Feuer – das Feuer des Lebens –, durch das die Monde immer wieder ziehen, um immer wieder neugeboren zu werden.«

Herndons Stimme wurde zum Flüstern.

»Ja, die Monde ziehen durch dieses Feuer und mit ihnen die Seelen der Menschen von Rak. Durch diese Flammen werden auch sie neugeboren, und immer wieder, zehntausend Leben lang. Ich habe die Monde Raks gesehen und die Seelen, die mit ihnen durch das Feuer wandern. Es gibt keine Sonne in diesem Land, nur die neugeborenen Monde, die mit ihrem grünlichen Schein die Stadt und die Gärten erhellen.«

»Jim!« rief ich ungeduldig. »Was in aller Welt soll das? Wach auf, Mann! Was hat dieser Unsinn damit zu tun?«

Ich deutete auf das Drachenglas.

»Das«, erwiderte er, »durch das führt der Weg in die Gärten Raks!«

Die schwere Flinte entglitt meinen Händen, als ich ihn entgeistert anstarrte, dann das Glas und schließlich erneut ihn. Er lächelte und deutete auf seine Brust, um die er den Verband wieder gewickelt hatte.

»Ich zog mit den Alliierten geradewegs nach Peking«, erklärte er. »Ich hatte eine Ahnung, wozu es kommen würde, und wollte dabei sein. Ich war unter den ersten, die die Verbotene Stadt betraten. Ich war so wild aufs Plündern wie die anderen. Es war ein irrer Anblick, Ward. Soldaten mit ihren Armen voll Kostbarkeiten, die sich selbst Multimillionäre nicht kaufen könnten; Soldaten mit prachtvollen Halsketten, und ihre Taschen mit Juwelen vollgestopft; Soldaten, deren Hemden sich ausbeulten von den Schätzen, die die Söhne des Himmels seit Jahrhunderten horteten! Wir waren die Goten, die das kaiserliche Rom brandschatzten, oder die Horden Alexander des Großen, die das Juwel unter den Städten, das königliche Tyros, plünderten. Diebe auf einem so gewaltigen Maßstab, daß er fast heroisch zu nennen war.

Wir erreichten den Thronsaal. Ein schmaler Gang führte links ab. Meine Männer und ich folgten ihm. Wir kamen in einen kleinen oktagonalen Raum. Außer einer ungewöhnlichen kauernden Figur aus Jade befand sich nichts darin. Sie befand sich auf dem Boden, mit dem Rücken uns zugewandt. Einer meiner Leute bückte sich, um sie hochzuheben. Er rutschte aus. Die Figur fiel aus seiner Hand und krachte gegen die Wand. Ein Stein schwang heraus. Durch einen – nun, sagen wir eben – Zufall, hatten wir das Geheimnis des kleinen oktagonalen Raums entdeckt!

Ich steckte ein Licht durch die Öffnung. Eine zylinderförmige Kammer, etwa drei Meter im Durchmesser, lag dahinter. Die Wände waren mit Malereien – chinesischen Schriftzeichen, merkwürdigen Tieren und anderem – bedeckt, das ich nicht beschreiben kann. Ringsum, in einer Höhe von etwa zwei Metern, verlief ein Bild. Es zeigte eine Art Insel, die am Himmel schwebte. Die Wolken schoben sich über ihre Ränder wie zugefrorene Seen, in denen sich Regenbogen spiegeln. Eine gewaltige Pyramide von einem Berg erhob sich auf einer Seite. Um seinen Gipfel wanderten sieben Monde, und direkt darüber war ein – Gesicht zu sehen!

Es war ein Gesicht, das sich nicht einordnen ließ, und ich konnte meine Augen einfach nicht davon losreißen. Es war nicht chinesisch, aber auch von keiner anderen mir bekannten Rasse. Es war so alt wie die Welt und so jung wie der Morgen. Es war gütig und böse, sanft und grausam, barmherzig und gnadenlos, finster wie Satan und fröhlich wie Apoll. Die Augen waren gelb wie Butterblumen oder der Sonnenstein auf dem Kamm der Geflügelten Schlange, die sie im verborgenen Tempel von Tulon verehren. Und sie waren so weise wie das Schicksal.

›Da ist noch etwas, Sir‹, sagte Martin – du erinnerst dich doch an Martin, meinen Ersten Offizier? Er deutete auf etwas Verhülltes in Wandnähe. Ich schlüpfte durch das Loch und hob die Hülle – sie mußte extra für das Ding gemacht sein, denn sie paßte wie eine zweite Haut. Und da lag das Drachenglas offen vor mir!

Ich sah es und wußte, daß ich es besitzen mußte und es auch besitzen würde. Ich hatte das Gefühl, daß ich dieses Ding nicht weniger von hier weg haben wollte, als es selbst weg sein wollte. Vom ersten Augenblick an betrachtete ich das Drachenglas als etwas Lebendes, etwas, das genauso lebendig ist wie du und ich. Jedenfalls nahm ich es mir. Es gelang mir, es zur Jacht zu bringen. Und da geschah zum erstenmal etwas Unerklärliches.

Du erinnerst dich doch an Wu-Sing, meinen Steward? Du kennst sein Englisch. Einfach grauenhaft! Ich hatte das Drachenglas in meiner Kabine und vergessen, die Tür abzuschließen. Ich hörte, wie jemand erstaunt Atem holte. Ich drehte mich um, und da stand Wu-Sing. Na, du weißt ja, daß Wu-Sing nicht gerade intelligent aussieht. Doch während er so stand, huschte etwas über sein Gesicht, und mir war, als verändere es sich vage. Der übliche Ausdruck von Beschränktheit war wie von einem Schwamm weggewischt. Er hob seine Augen nicht, aber er sagte in einem perfekten Englisch – hör mir zu –: ›Kennt der Herr den Wert seines erhabenen Besitzes?‹

Ich starrte ihn nur sprachlos an.

›Vielleicht‹, fuhr er fort, ›hat der Herr nie von dem berühmten Hao-Tzan gehört? Nun, er soll von ihm hören.‹

Ward, ich brachte keinen Ton heraus noch konnte ich mich bewegen. Aber ich weiß jetzt, daß es reine Verblüffung war, die mich wie erstarren ließ. Ich lauschte, während Wu-Sing mir in wohlgesetzten Worten die gleiche Geschichte erzählte, die ich in Tibet gehört hatte, nur daß man den Wunderwerker dort Rak und nicht Hao-Tzan genannt hatte. Aber ansonsten war es absolut dieselbe Legende.

›Und‹, endete Wu-Sing, ›ehe er weit, weit fort reiste, schuf der berühmte Hao-Tzan ein großes Wunderwerk. Er nannte es das Tor!‹ Wu-Sing deutete auf das Drachenglas. ›Der Herr besitzt es jetzt – aber was macht man anderes mit einem Tor, als hindurchzuschreiten? Wäre es nicht besser, dieses Tor zurückzulassen – außer man wagte es, hindurchzugehen?‹

Er schwieg, und auch ich schwieg. Ich konnte mich nur wundern, woher der Bursche plötzlich so perfekt Englisch konnte und über einen solchen Wortschatz verfügte. Einen Moment blickten seine Augen in meine. Sie waren so gelb wie Butterblumen, Ward, und weise, weise! Ich dachte sofort an die Kammer hinter dem Paneel. Ward, die Augen Wu-Sings waren die Augen jenes Gesichts über dem Gipfel mit den sieben Monden!

Und urplötzlich wirkte Wu-Sing wieder genauso unintelligent wie sonst auch. Die Augen waren schwarz und stumpf wie bisher. Ich sprang aus meinem Sessel.

›Was soll das, du gelber Schwindler!‹ brüllte ich. ›Weshalb hast du die ganze Zeit getan, als könntest du kein vernünftiges Englisch?‹

Er blickte mich so dumm an wie üblich. Er winselte in seinem Pidgin, daß er mich nicht verstand, daß er noch kein einziges Wort gesprochen habe, seit er die Kabine betrat. Ich bekam nichts anderes aus ihm heraus, obgleich ich ihm die Hölle heiß machte. Ich mußte ihm glauben. Außerdem hatte ich seine Augen gesehen. Der Zwischenfall verstärkte meine Neugier und mein Interesse nur noch, und ich konnte es kaum erwarten, das Glas sicher zu Hause zu haben.

Ich schaffte es. Ich stellte es hierher und ordnete die Lampen so an, wie du es siehst. Ich hatte das eigenartige Gefühl, daß das Glas wartete – auf irgend etwas wartete. Worauf, konnte ich natürlich nicht sagen. Aber ich wußte, daß es etwas ungemein Wichtiges sein mußte . . .«

Plötzlich barg Herndon das Gesicht in den Händen und stöhnte. »Wie lange, Santhu?« murmelte er kaum verständlich. »Wie lange noch?«

»Jim!« rief ich erschrocken. »Jim! Was hast du denn?«

Er richtete sich auf. »Du wirst es gleich verstehen«, versicherte er mir.

Und dann fuhr er fort, so ruhig wie zuvor: »Ich spürte, daß das Glas wartete. In der Nacht, als ich verschwand, fand ich keinen

Schlaf. Ich schaltete die Zimmerbeleuchtung aus und die Lampen um das Glas ein und setzte mich davor. Ich weiß nicht, wie lange ich so saß und es anstarrte. Ich sprang auf, als mir plötzlich schien, als bewegten sich die Drachen! Ja, sie bewegten sich wahrhaftig! Sie krochen rund um das Glas. Schneller bewegten sie sich, immer schneller. Der dreizehnte Drache wirbelte um die Topaskugel. Noch schneller drehten sie sich alle, bis sie nur noch ein Kreis purpurner und goldener Blitze waren. Und während sie sich drehten, wurde das Glas selbst dunstig und noch dunstiger, bis nichts als ein grünlicher Schleier zu sehen war. Ich trat näher heran, um es zu berühren. Meine Hand drang hindurch, als befände sich überhaupt nichts dort. Ich griff in den Dunst – bis zu den Ellbogen, dann zu den Schultern. Ich spürte, wie warme kleine Finger nach meiner Hand griffen. Ich trat hindurch . . .«

»Durch das Glas?« rief ich ungläubig.

»Hindurch«, wiederholte er. »Und dann – spürte ich eine kleine Hand meine Wange streicheln. Ich sah Santhu! Ihre Augen waren so blau wie Kornblumen, so blau wie der große Saphir in der Stirn Wischnus in seinem Tempel in Benares. Und sie standen weit auseinander, ihre Augen. Ihr Haar war blauschwarz. Es fiel in zwei langen Zöpfen über ihre kleinen Brüste. Ein goldener Drache krönte sie, durch seine Klauen hingen die Zöpfe. Ein zweiter goldener Drache war als Gürtel um ihre Mitte geschlungen. Sie lachte in meine Augen und zog meinen Kopf zu sich herab, bis meine Lippen ihre berührten. Sie war grazil und biegsam wie das Rohr, das vor Hathors Schrein am Rand des Teiches von Djeeba Wache hält. Wer Santhu ist oder woher sie kam – ich weiß es nicht. Aber ich weiß ganz sicher, daß sie zauberhafter als jede andere Frau ist, die je auf Erden lebte. Und sie ist eine Frau!

Ihre Arme schlangen sich um meinen Hals, und sie zog mich weiter herein. Ich blickte mich um. Wir standen in einer Kluft zwischen zwei Felsen. Sie waren von einem sanften Grün wie das des Drachenglases. Hinter uns breitete ein ebenso grüner Dunstschleier sich aus. Die Kluft, in der wir standen, war nicht sehr lang. Durch sie hindurch sah ich einen gewaltigen Berggipfel, der sich wie eine Pyramide hoch, hoch in einen Himmel aus Chrysopras hob. Ein zartes rosa Leuchten pulsierte an seinen Seiten, und eine riesige grüne Feuerkugel schwebte über seine Vorderseite. Das Mädchen führte mich an der Hand zu der Öffnung. Schweigend schritten wir nebeneinander her. Ganz schnell wurde es mir bewußt – Ward, ich befand mich an jenem Ort, der in der Kammer des Drachenglases abgebildet gewesen war!

Wir traten aus der Schlucht in einen Garten. Die Gärten des vielsäuligen Irams, die die Wüste schluckte, weil sie zu schön waren, dürften diesen ähnlich gewesen sein. Da waren eigenartige, gigantische Bäume mit Ästen wie gewaltige Federbüsche. Und diese Federbüsche leuchteten in den gleichen Feuern, die die Füße von Indras Tänzerinnen benetzten. Seltsame Blumen wuchsen entlang unseres Weges. Ihre Blütenköpfe funkelten wie die Glühwürmchen, die an die Regenbogenbrücke nach Asgard geschmiedet sind. Der Wind säuselte durch die federästigen Bäume, und leuchtende Schatten huschten an ihren Stämmen vorbei. Ich hörte ein Mädchen lachen und einen Mann singen.

Wir wanderten weiter. Einmal vernahm ich ein leises Heulen, weit entfernt im Garten. Da warf meine Begleiterin sich mit weitausgestreckten Armen schützend vor mich. Das Heulen verstummte, und wir schritten dahin. Der Berg wurde deutlicher. Ich sah eine neue grüne Feuerkugel sich aus den rosigen Blitzen rechts des Gipfels lösen, und eine weitere sich mit dem Glühen links des Berges paaren. Die letztere zog einen merkwürdigen Dunststreifen hinter sich her, der einem Kometenschweif mit einer Vielzahl winziger Sterne ähnelte. Alles war in sanften grünen Schein gebadet – ein Licht, wie es innerhalb eines blassen Smaragdes geben müßte.

Wir bogen auf einen anderen Pfad ab, zu einem kleinen Hügel empor. Auf diesem Hügel stand ein Häuschen, das aussah, als wäre es aus Elfenbein geschnitzt. Es war ein eigentümliches kleines Haus und glich mehr den Jain-Pagoden von Brahmaputra als unserer Art von Häusern. Die Wände glühten, als hätten sie Licht gespeichert. Das Mädchen berührte eine Wand, und ein Stück davon glitt zur Seite. Wir betraten das Haus, da schloß sich die Wand hinter uns.

Das Zimmer, in dem wir uns nun befanden, war voll wisperndem gelbem Licht. Ich sagte wispernd, weil es mir so schien. Es war sanft und lebendig. Eine Treppe aus Elfenbein führte hoch zu einem weiteren Raum. Das Mädchen schob mich darauf zu. Es war, als läge ein Zauber des Schweigens auf uns. Ich konnte nicht sprechen. Es schien auch nichts zu geben, das ausgesprochen werden müßte.

Ich empfand eine große Ruhe und einen tiefen Frieden – als wäre ich heimgekommen. Ich stieg die Stufen hinauf und in das Zimmer oben. Es war dunkel, von einem Streifen grünen Lichtes abgesehen, der durch das lange, schmale Fenster drang. Durch dieses Fenster sah ich den Berg und die Monde. Auf dem Boden lagen eine elfenbeinerne Kopfstütze und seidene Tücher. Plötzlich war ich unsagbar schläfrig. Ich ließ mich auf die Seidentücher fallen und war sofort eingeschlummert.

Als ich erwachte, lag das Mädchen mit den Kornblumenaugen neben mir! Sie schlief. Als ich sie betrachtete, öffnete sie die Augen. Sie lächelte und zog mich an sich.

Ich weiß nicht, weshalb, aber plötzlich drängte sich mir ein Name über die Lippen. ›Santhu!‹ rief ich. Wieder lächelte sie. Da war ich mir sicher, daß sie so hieß. Es schien mir, als erinnere ich mich auch an sie, als hätte ich sie vor undenkbarer Zeit gekannt. Ich erhob mich und trat ans Fenster. Ich blickte auf den Berg. Zwei Monde befanden sich jetzt auf seiner Vorderseite. Und da sah ich die Stadt, die an seinem uns zugewandten Hang erbaut war. Eine Stadt war es, wie man sie nur in seinen Träumen sieht oder wie die Märchenerzähler von El-Bahara sie erstehen lassen. Sie war ganz aus Elfenbein und leuchtendem Grün und strahlendem Blau und tiefem Violett. Ich konnte sogar die Menschen durch ihre Straßen spazieren sehen. Kleine goldene Glocken bimmelten.

Ich drehte mich zu dem Mädchen um. Sie hatte sich aufgesetzt und ihre Hände um die Knie geschlungen. Sie beobachtete mich. Da überwältigte uns die Liebe. Sie erhob sich – ich schloß sie in meine Arme . . .

Viele Male kreisten die Monde um den Berg, und der Schleierschweif hielt die Sternchen, die mit ihnen zogen. Ich sah niemanden außer Santhu. Nichts und niemand kam auch nur in unsere Nähe. Die Bäume nährten uns mit Früchten, die die Lebensessenz selbst enthielten. Ja, die Frucht des Baums des Lebens im Garten Eden mußte wie diese Früchte gewesen sein. Wir tranken von dem grünen Wasser, in dem grünes Feuer funkelte und das wie der Wein schmeckte, den Osiris den hungrigen Seelen in Amenti zur Stärkung kredenzte. Wir badeten in den Becken aus gehauenem Stein, in denen das Wasser gelb wie Bernstein leuchtete. Viel Zeit verbrachten wir damit, durch die Gärten zu wandern. Viel Wundervolles gab es in diesen Gärten. Sie waren wahrhaftig unirdisch. Es gab weder Tag noch Nacht, nur das grüne Glühen der ewig kreisenden Monde. Nie unterhielten wir uns. Ich weiß nicht, weshalb nicht. Worte schienen nie nötig.

Dann begann Santhu zu singen. Ihre Lieder waren seltsame Weisen. Ich verstand die Worte nicht, aber sie formten Bilder in meinem Bewußtsein. Ich sah Rak, den Wunderwirker, seine Gärten anlegen, sie mit wunderschönen und – furchtbaren Dingen beleben. Ich sah ihn den Berg errichten und wußte, daß er Lalil hieß. Ich sah ihn die sieben Monde um den Gipfel schicken und das Feuer zünden, die Flammen des Lebens. Ich sah ihn seine Stadt erbauen, und ich sah Männer und Frauen sie von der Welt durch viele Tore betreten.

Santhu sang – und ich wußte, daß die Sternchen im Schleierschweif die Seelen der Menschen von Rak waren, die wiedergeboren werden sollten. Sie sang, und ich sah mich vor undenklicher Zeit durch die Straßen von Raks Stadt spazieren, mit Santhu an meiner Seite. Ihr Gesang wehklagte, und ich spürte, daß ich selbst einer der Sterne im Schweif eines Mondes war. Ihr Lied schluchzte, und ich sah mich als Stern, der gegen den Schleier ankämpfte, sich losriß und durch unvorstellbare Weiten grünen Raums floh . . .

Ein Mann stand vor uns. Er war sehr groß. Sein Gesicht wirkte sowohl grausam als auch gütig, finster wie Satan und fröhlich wie Apoll. Seine Augen waren gelb wie Butterblumen und weise, weise! Ward, es war das Gesicht über dem Berggipfel in der Kammer des Drachenglases! Die gleichen Augen, die mich aus Wu-Sings Gesicht angesehen hatten! Er lächelte uns flüchtig zu, dann war er – verschwunden!

Ich faßte Santhu an der Hand und rannte. Plötzlich war mir bewußt, daß ich genug von Raks verzauberten Gärten hatte, daß ich zurück in meine eigene Welt wollte. Aber nicht ohne Santhu! Ich versuchte, mich des Weges zu der Kluft zu entsinnen. Dort, das spürte ich, mußte das Tor zurück sein. Wir liefen. Von weit hinter uns erklang ein Heulen. Santhu schrie – aber ich wußte, daß ihre Angst nur mir galt. Keine der Kreaturen dieses Ortes konnte ihr etwas anhaben, die sie selbst eines dieser Wesen war. Das Geheul kam näher. Ich drehte mich um.

Ein Ungeheuer stürzte durch die grüne Luft herab, eine unbeschreibliche Bestie, Ward! Sie war selbst in ihrer Schrecklichkeit schön. Geschmeidig bewegte sie die roten und goldenen Schwingen, und ihr langer glänzender Rumpf schoß wie ein monströser Speer auf mich zu.

Und dann – gerade, als sie zustoßen wollte, glitt ein Dunstschleier zwischen uns! Ein regenbogenfarbiger Nebel war es, und er war – er war geworfen worden. Geworfen, als hätte eine Hand ihn gehalten und wie ein Netz geworfen. Ich hörte die geflügelte Bestie vor Enttäuschung kreischen. Santhus Hand klammerte sich fester an meine. Wir rannten durch den vielfarbigen Nebel.

Vor uns befand sich die Kluft zwischen den beiden grünen Felsen. Immer wieder rasten wir darauf zu, und immer wieder stieß die schöne, glänzende Bestie auf mich herab – und jedesmal wehrte ein neu herabfallender Nebel sie ab. Es war ein Spiel, Ward! Einmal hörte ich ein Gelächter, da wußte ich, wer mein Verfolger war. Der Herr des Ungeheuers und der Schleuderer des Nebels ebenfalls. Er mit den gelben Augen war es. Und er spielte mit mir wie ein Kind mit einer Katze, der es ein Stück Fleisch vorhält und immer wieder wegzieht, wenn das Tier hungrig zubeißen will.

Der zuletzt geworfene Nebel löste sich auf, und die Kluftöffnung lag direkt vor uns. Noch einmal stieß das Ungeheuer herab – und diesmal schützte mich kein regenbogenfarbiger Nebel. Der Spieler war des Spieles müde! Als die Bestie zustieß, warf Santhu sich vor mich. Das Ungeheuer wich ein wenig aus – und die Klaue, die mich von Hals bis Bauch hätte zerfetzen sollen, streifte mich nur noch. Ich fiel – und fiel durch eine Endlosigkeit grünen Raums.

Als ich erwachte, lag ich hier im Bett mit einer Unzahl besorgter Ärzte um mich und dem da . . .« Er deutete erneut auf seine bandagierte Brust.

»Nachts, als meine Pflegerin schlief, stand ich auf. Ich starrte in das Drachenglas und sah – die Klaue, genau wie du. Die Bestie ist dort. Sie wartet auf mich!«

Eine Weile schwieg Herndon.

»Wenn er des Wartens müde wird, schickt er mir das Ungeheuer vielleicht nach«, murmelte er schließlich. »Der Mann mit den gelben Augen, meine ich. Ich empfinde geradezu ein Verlangen, eines meiner Gewehre an der Bestie auszuprobieren. Sie ist echt, weißt du – und mit diesen Flinten habe ich schon Elefanten erlegt.«

»Aber der Mann mit den gelben Augen, Jim«, flüsterte ich. »Wer ist er?«

»Er«, erwiderte Herndon, »ist der Wunderwirker höchstpersönlich!«

»Du kannst doch nicht an ein solches Märchen glauben!« rief ich. »Das ist – das ist doch Wahnsinn. Es ist eine teuflische Illusion des Glases. Es ist wie die Kristallkugel, mit der man sich selbst hypnotisiert und wo man sich einbildet, die Dinge, die der eigene Geist erfindet, seien echt. Zerbrich es, Jim! Es ist teuflisch! Zerschmettere es!«

»Es zerschmettern?« echote er verständnislos. »Es zerstören? Nicht für die zehntausend Leben, die Raks Zoll sind! Nicht echt! Sind meine Verletzungen denn nicht echt genug? War Santhu nicht echt? Es zerbrechen! Großer Gott, Mann, du weißt ja nicht, was du sagst! Es ist mein einziger Weg zurück zu ihr! Wenn dieser gelbäugige Teufel dort so weise wäre, wie er aussieht, wüßte er, er brauchte das Ungeheuer dort nicht, um mich zurückzuholen. Ich will zurück, Ward! Ich will dorthin und sie herausholen. Ich habe so ein Gefühl, als hätte er – nun, als hätte er dort nicht alles unter seiner Kontrolle. Ich glaube, der Größte Wunderwirker würde ihm die Seelen, die durch die vielen Tore in Raks Reich wandern, nicht uneingeschränkt überlassen. Es gibt einen Weg zurück, Ward. Es gibt einen Weg, ihm zu entkommen. Ich fand ihn bereits einmal, Ward. Dessen bin ich mir sicher. Doch damals ließ ich Santhu zurück. Ich muß sie zu mir holen. Deshalb fand ich den Geheimgang aus dem Thronsaal und dann in die Kammer. Und das weiß auch er. Deshalb hetzte er seine Bestie auf mich.

Doch ich werde noch einmal hindurchgehen, Ward! Und ich komme zurück – mit Santhu!«

Aber er ist nicht zurückgekehrt. Es sind nun schon sechs Monate, seit er zum zweitenmal verschwand. Aus seinem Schlafzimmer, wie zuvor. Nach seinem Testament, das man fand, sollte im Fall seines Verschwindens, und wenn er nach einer Woche noch nicht zurück war, das Haus und alles darin an mich übergehen. So kam ich auch in den Besitz des Drachenglases. Die Drachen hatten sich also erneut für Herndon gedreht, und er war noch einmal durch das Tor getreten. Ich fand übrigens nur eine der Elefantenflinten. Da wußte ich, daß es ihm zumindest gelungen war, die zweite mitzunehmen.

Nacht für Nacht sitze ich vor dem Glas und warte darauf, daß er zurückkommt – mit Santhu. Früher oder später wird er es auch. Dessen bin ich mir ganz sicher!

Poul Anderson
(geb. 1926)

Mit Anderson begegnet uns der erste Fantasy-Autor, der gleichzeitig Science Fiction (SF) schreibt und in diesem Genre sogar bekannter geworden sein dürfte als durch seine Fantasy-Romane. Bei Burroughs' Büchern haben wir zwar bereits eine Mischung aus Fantasy und Science Fiction erlebt, aber Burroughs schuf sich mit seinen Romanen praktisch ein eigenes Genre – die ›Science Fantasy‹. Anderson dagegen schreibt beides, rein technisch ausgerichtete Science Fiction und Fantasy mit Motiven aus den skandinavischen Sagenkreisen. Daß sich SF-Autoren auch an der Fantasy versuchen, liegt nahe, denn mit dem Erfinden imaginärer Welten haben beide Literaturrichtungen zu tun.

Andersons Vorfahren wanderten aus Dänemark in die USA ein, und er erbte von ihnen eine besondere Vorliebe für die nordische Mythologie und Geschichte. Er wuchs in Texas auf und studierte in Minnesota Physik. Die letzten Semester seines Studiums hatte er sich bereits mit dem Schreiben von SF-Geschichten finanziert, wozu ihn die Freundschaft mit mehreren SF-Fans und -Autoren anregte. Als er 1948, nachdem er sein Examen mit Auszeichnung bestanden hatte, keinen Job finden konnte, entschloß er sich, freier Schriftsteller zu werden, da ihm seine Geschichten bereits genug einbrachten, um sich über Wasser zu halten.

Inzwischen hat Poul Anderson über fünfzig Bücher veröffentlicht, hauptsächlich Science Fiction, aber auch Krimis, historische Romane, Kinderbücher, Sachbücher und einige bemerkenswerte Fantasy-Romane und Erzählungen. Gleich sein zweiter veröffentlichter Roman, *Dreiherz* (1953) war eine Fantasy. Andersons besondere Liebe gilt nach eigenem Bekunden Fantasy-Stoffen, obwohl er in der Science Fiction schnell zu einem der meistgelesenen amerikanischen Autoren wurde.

Von Beginn seiner schriftstellerischen Karriere an griff Anderson immer wieder auf die nordischen Sagas zurück. Mit der *Hrolf Krakis Saga* erzählte er sogar eine dänische Saga nach und erhielt dafür den August Derleth Fantasy Award. Neben mehreren Hugos und Nebulas als Preise für seine SF-Geschichten wurde ihm auch der Tolkien Memorial Award verliehen.

Der Untergang der Elfenlande

Wie Morris und Tolkien griff Anderson in seinen ersten Fantasy-Romanen auf Motive aus der Edda und den skandinavischen Sagas zurück. Im Mittelpunkt standen dabei die Elfenvölker, deren Schicksal das Thema von *Das geborstene Schwert* darstellt, Andersons wichtigstem Fantasy-Roman, der 1954 erschienen ist.

Anders als bei den bisher in diesem Buch vorgestellten Fantasy-Autoren ist Andersons Feenreich keine Traumwelt oder ein Reich besserer und schönerer Wesen. Seine Elfen sind eine stolze, dem Menschen feindlich gesonnene fremde Rasse, die nicht altert, über große magische und geistige Fähigkeiten verfügt, aber trotzdem von den Menschen langsam aus der Welt verdrängt wird. Geschickt verbindet Anderson so den historischen Ursprung des Elfenmythos, nämlich die ferne Überlieferung von einem irgendwann in der Frühzeit verschwundenen Volk, mit einer mythischen Darstellung des Untergangs der skandinavischen Geister- und Götterwelt, die vom heraufziehenden Christentum verdrängt wird. Die Elfen wie die Götter Walhallas müssen dem Gott des Kreuzes weichen.

In *Das geborstene Schwert* wächst ein Mensch im Elfenreich auf und führt die Elfen schließlich in ihre letzte große Schlacht gegen die Trolle, in der beide Seiten so gut wie vernichtet werden. Viele Motive, die auch Tolkien verwandte, begegnen uns wieder, besonders die Geschichte vom zerbrochenen Schwert, das für die letzte entscheidende Schlacht eines Weltalters neu geschmiedet werden muß.

In *Dreiherz* tauchen die Elfen ebenfalls bereits als verfolgtes, vom Christengott aus der Welt verbanntes Volk auf, das sich in die letzten großen Wälder zurückziehen muß. Doch stehen die Elfen ihrem Untergang mit einer teilnahmslosen Gleichgültigkeit gegenüber. Als Zeitlosen bedeuten ihnen Veränderungen nicht viel, sie leben in ihrem eigenen Reich der Natur ihr überkommenes Leben, solange sie noch können. Auch scheint es, als würden sich die Elfen nach und nach in eine andere Dimension zurückziehen – als würde sich die magische Welt von unserer normalen Welt abspalten. Der Held von *Dreiherz*, Holger Danske, gerät auf unerklärliche Weise aus unserer Gegenwart in ein mythisches frühes Mittelalter, in dem die nordische Sagenwelt noch Realität ist, aber bereits dahinschwindet. Das Motiv der Verdrängung nordischer Sagenwelten durch das Christentum nimmt Anderson auch in seinem Roman, *Die Kinder des Wassermanns*, wieder auf, in dem vom Schicksal des seelenlosen, aber liebenswerten Meervolkes berichtet wird, das vom Exorzismus durch fanatische Priester bedroht wird.

Lesehinweise:

Das Schwert des Nordens, Bergisch Gladbach 1987 (Bastei-Lübbe 24099), enthält die Romane *Das geborstene Schwert* und *Hrolf Krakis Saga.*
Dreiherz, Bergisch Gladbach 1980 (Bastei-Lübbe 20042)
Die Kinder des Wassermanns, Rastatt 1981 (Moewig 3516)
Die Schlange von Scattery (mit Mildred Downey Broxon), Bergisch Gladbach 1983 (Bastei-Lübbe 20051)

Die Geschichte eines Elfen-Findlings im Land der Menschen erzählt:
Judith Tarr: ›Die Jäger der Inquisition‹, *Die gläserne Insel,* München 1986 (Goldmann 23903)
Das goldene Horn, München 1987 (Goldmann 23904)
Die Hunde Gottes, München 1987 (Goldmann 23905)

In einer fiktiven französischen Provinz des Hochmittelalters mit nur marginalen phantastischen Elementen spielt der ›Neustria‹-Zyklus von Leslie Barringer, in Vorbereitung bei Fischer für Herbst 1988, mit den Bänden *Gerfalke* (22741), *Joris vom Felsen* (22743) und einem dritten, abschließenden Band, *Die Scheue Leopardin* (22746). Eine Mischung aus Fantasy und historischem Roman ist auch:
John M. Ford: *Der Thron des Drachens,* München 1985 (Goldmann; in Vorbereitung für Anfang 1989 als Goldmann-Taschenbuch 23933)

Am Rande zwischen Historie und Fantasy sind auch die vielen modernen Fassungen des König-Artus-Stoffes anzusiedeln. Dessen Vorläufer, das walisisch-keltische Mabinogion, findet seine definitive moderne Umsetzung in:
Evangeline Walton: *Die vier Zweige des Mabinogi,* Stuttgart 1983 (Hobbit Presse/Klett-Cotta), einbändige Ausgabe.

Eine illustrierte Nacherzählung der historischen und mythologischen Quellen ist:
Joy Chant: *Könige der Nebelinsel,* Bergisch Gladbach 1983 (Bastei-Lübbe Paperback 28125)

An Artus-Romanen selbst sind neben T. H. Whites *Der König auf Camelot* (siehe ← Jonathan Swift) und Marion Zimmer Bradleys *Die Nebel von Avalon* (siehe → Tanith Lee) besonders zu empfehlen:
Mary Stewart: *Flammender Kristall,* München 1973 (Heyne 01/5035)
Der Erbe, München 1977 (Heyne 01/5336)
Merlins Abschied, München 1984 (Heyne 01/6395)
Tag des Unheils, München 1988 (Heyne 01/6969)

In die Welt der griechischen Geschichte am Rande der Mythologie führen:
Mary Renault: *Der König muß sterben,* Düsseldorf 1982 (Marion von Schröder; auch als Knaur-Taschenbuch 1211)
Der Stier aus dem Meer, Düsseldorf 1983 (Marion von Schröder; auch als Knaur-Taschenbuch 1276)

Siehe auch ← George MacDonald, ← J. R. R. Tolkien, ← Robert E. Howard

Im letzten Großen Krieg zwischen Elfen und Trollen, von dem in ›Das geborstene Schwert‹ erzählt wird, muß Skafloc, ein unter Elfen aufgewachsener Menschensohn, zur Rettung seines Adoptivvolkes ausziehen und das Zauberschwert zusammenfügen lassen, mit dem allein die Trolle zu besiegen sind.

Das Schmieden des geborstenen Schwertes

Drei Tage später stand Skafloc am Ufer und sah zu, wie Mananaans Boot von einem Leprechaun aus der Grotte, wo es gelegen hatte, hinausgerudert wurde. Es war ein kleines, schlankes Fahrzeug, und der silbrige Rumpf schien zu schwach für die hohe See zu sein. Der Mast war mit Elfenbein eingelegt, Segel und Tauwerk mit farbiger Seide durchwebt. Den Bug zierte ein goldenes Abbild von Fand als Tänzerin.

Die Dame selbst verabschiedete sie. Die anderen Tuatha hatten ihnen schon Lebewohl gesagt, und keiner von ihnen war in dem kalten grauen Morgennebel anwesend. Wie Tautropfen glitzerte er auf Fands Zöpfen, und als sie Mananaan Glück wünschte, leuchteten ihre veilchenfarbenen Augen noch stärker als sonst.

»Das Glück begleite dich auf deiner Reise«, sagte sie. »Mögest du bald zu den grünen Hügeln von Erin und den goldenen Straßen des Landes der Jugend zurückkehren. Ich werde am Tag auf die See hinausblicken und bei Nacht auf die Wellen hören, ob ich nicht Nachricht über Mananaans Heimkehr bekomme.«

Skafloc stand zur Seite. Er dachte daran, wie es wäre, wenn Frida jetzt von ihm Abschied nehmen würde. Zu sich selbst sprach er:

Ohne Glück ist einer,
der Abschied nehmen muß vom Land,
wenn seine Liebste ihm nicht lächelnd
leise Worte zuraunt.
Kälter als ihre Küsse
kommt die Gischt geflogen.

Vergeblich suche ich voll Gram
sie zu vergessen.

»Laß uns an Bord gehen«, rief Mananaan. Er und Skafloc stiegen von der kleinen Anlegestelle ins Boot und zogen das schimmernde Segel auf. Der Mensch nahm das Steuerruder, während der Gott einen Akkord auf seiner Harfe griff und sang:

Wind, dies Lied weiß dich zu finden
in dem Himmel, in dem Meer,
wird dich Ruhelosen binden,
darum folge dem Begehr.

Laß die grünen Heimathügel,
unser Ziel liegt fern von hier.
Blase, gib dem Schifflein Flügel,
Südwind, Seewind, kommt zu mir.
Auf, nach Norden fahren wir.

Kaum war die Musik verklungen, als ein starker Wind aufkam und das Boot vorwärtssprang in den kalten, grünen Wellen, die Gott und Mensch salzigen Schaum auf die Lippen warfen. Schnell wie die Elfenschiffe waren die Mananaans, und schon bald war das graue Land von den grauen Wolken am Rande der Welt nicht mehr zu unterscheiden.

»Ich vermute, es wird mehr dazu gehören, Jötunheim zu finden, als einfach immer nach Norden zu segeln«, meinte Skafloc.

»Das ist wahr«, antwortete Mananaan. »Es bedarf dazu gewisser Zauber, aber noch mehr starker Herzen und Arme.«

Er spähte voraus. Der Wind zauste das Haar um sein Gesicht, das gleichzeitig majestätisch und lustig, draufgängerisch und kühl war. »Der erste Atem des Frühlings weht über das Land der Menschen«, bemerkte er. »Das war der schlimmste Winter in Jahrhunderten, und ich glaube, der Grund dafür war, daß die Jötunen ihre Macht zeigen wollten. Wir segeln in das ewige Eis, das ihre Heimat ist.«

Er wandte sich zu Skafloc um. »Es ist Zeit, daß ich einmal an den Rand der Schöpfung reise. Bin ich nicht ein König der Meere? Aber ich hätte nicht solange warten, sondern fahren sollen, als die Tuatha

De Danaan noch Götter und im vollen Besitz ihrer Macht waren.« Er schüttelte den Kopf. »Sogar die Asen, die immer noch Götter sind, kamen nicht unversehrt von ihren wenigen Vorstößen nach Jötunheim zurück. Was uns beide betrifft – ich weiß es nicht. Ich weiß es nicht.«

Dann fuhr er kühn fort: »Aber ich segele, wohin ich will! Es soll kein Wasser in den Neun Welten geben, das Mananaan Mac Lirs Kiel nicht durchpflügt hat.«

Skafloc, in seine eigenen Gedanken versunken, antwortete nicht. Das Boot verhielt sich wie ein lebendes Wesen. Der Wind harfte in dem Tauwerk, Schaum zog einen Regenbogenschleier um das schöne Bild Fands. Die Luft war kühl, aber die Sonne versandte blendende Strahlen, trank den Nebel weg und verstreute Diamantenstaub auf dem Wasser. Die Wellen sprangen und lärmten unter einem von schnellen weißen Wolken überzogenen blauen Himmel. Allmählich wurde sich auch Skafloc der Frische dieses Morgens bewußt. Leise sang er:

Blau ist der Himmel, blank das Meer,
das Boot macht gute Fahrt.
In immerwährendem Wechsel
spielen die Wellen.
Süßes Herz, wärst du an meiner Seite
unter diesem Segel,
das Leben wäre voll Lachen.
(Liebst du mich noch, Frida?)

Mananaan betrachtete ihn forschend. »Diese Fahrt wird uns alles abverlangen, was ein Mann zu geben hat. Laß nichts am Ufer zurück.«

Skafloc schoß das Blut ins Gesicht vor Zorn. »Ich habe niemanden gebeten mitzukommen, der den Tod fürchtet!«

»Der Mann, der nichts hat, wofür es sich zu leben lohnt, ist seinen Feinden nicht der gefährlichste«, gab Mananaan zurück. Und dann ergriff er schnell seine Harfe und sang eines der alten Kriegslieder der Sidhe. Seltsam klang es in der Weite von Wellen, Himmel und Wind. Für einen Augenblick glaubte Skafloc, er sehe wolkige Heere in die Schlacht ziehen. Die Sonne schien auf die Federn an den

Helmen und auf Wälder von Speeren, Banner flogen, Hörner riefen, und Streitwagen mit Klingen an den Radnaben rasselten über den Himmel.

Drei Tage und drei Nächte lang segelten sie. Der Wind blies beständig von achtern, und das Boot flog über die Wellen wie eine Schwalbe in der Luft. Sie wachten abwechselnd, schliefen in ihren Schlafsäcken unter dem kleinen Vordeck und lebten von Stockfisch, Käse, Zwieback und was sie sonst an Bord hatten, und durch Zaubersprüche gewannen sie Frischwasser aus dem Meer. Wenige Worte wurden zwischen ihnen gewechselt, denn Skafloc war nicht in der Stimmung für eine Unterhaltung, und Mananaan genügten nach Art der Unsterblichen seine eigenen Gedanken. Aber Achtung und Freundschaft füreinander wuchsen mit der harten Arbeit, und sie sangen gemeinsam die zauberkräftigen Lieder, die sie nach Jötunheim führten.

Schnell fuhr das Boot. Kälte und Finsternis verstärkten sich beinahe von Stunde zu Stunde auf dieser Fahrt in das Herz des Winters.

Die Sonne sank immer niedriger, bis sie nur noch eine weit entfernte blasse Scheibe an einem trüben Horizont war, die für kurze Augenblicke aus Sturmwolken auftauchte. Gnadenlos biß die Kälte durch Kleider und Fleisch und Knochen bis in die Seele. Die Gischt blieb in Eiszapfen am Tauwerk hängen, und die goldene Fand am Bug war in Rauhreif gekleidet. Die Berührung von Metall schälte die Haut von den Fingern, und der Atem gefror im Schnurrbart.

Immer mehr wurde es eine nächtliche Welt, in der sie über eine schwarze, silberbestreute See zwischen geisterhaften Eisbergen dahinsegelten. An dem tiefdunklen Himmel glänzten zahllose kalte Sterne, unter denen Nordlichter sprangen. Bei ihrem Anblick mußte Skafloc wieder an das Grabhügelfeuer denken. Eine leblose Stille herrschte, in der nur das Dröhnen des Windes und das Rauschen der Wellen zu hören waren.

Nach Jötunheim fuhr man nicht wie in irgendein Königreich auf Midgard. Sie segelten weiter nach Norden, als je ein sterbliches Schiff gekommen war, in Gewässern, die kalt und tot und schwarz waren. Zuletzt sahen sie kein anderes Licht mehr als Sterne und Mond und tanzende Nordlichter. Skafloc hatte den Eindruck, dies

Reich liege nicht mehr auf der Erde, sondern am Rande des großen Abgrunds, aus dem die Schöpfung aufgestiegen ist und in den sie wieder zurückfallen wird. Dies war die See des Todes, und sie wogte außerhalb der Welt der Lebenden.

Danach verloren sie das Gefühl für die Zeit. Mond und Sterne bewegten sich in seltsamer Regellosigkeit, und aus dem Wind, den Wellen und der stärker werdenden Kälte ließ sich der Ablauf der Tage nicht ablesen. Mananaans Zauberkünste begannen zu versagen. Er befand sich jetzt jenseits der Grenzen seiner Macht. Böse Winde kamen auf, gegen die sich kaum ein Boot außer dem ihren hätte behaupten können. Schnee und Hagel machten sie blind. Das Boot rollte und stampfte im Sturm, nahm Wasser von betäubender Kälte auf, ließ das Segel flappen und lief aus dem Ruder. Eisberge erhoben sich zu ungeheuerlicher Höhe aus der Schwärze, und die Reisenden entkamen nur knapp einem Schiffbruch.

Der Nebel war vielleicht am schrecklichsten. Ein windloser, schweigender grauer Dampf tropfte herab und gefror, beschränkte die Sicht auf die Hälfte einer Armeslänge, durchweichte die Kleider bis auf die Haut und rann hinunter in die Stiefel, bis die Zähne klapperten. Das Boot lag bewegungslos, schaukelte nur ein wenig auf unsichtbaren kleinen Wellen. Zu hören war nichts als ihr gedämpftes Klatschen und das Tropfen des Nebels von dem eisbedeckten Segel. Umhertastend, fluchtend, zitternd versuchten Skafloc und Mananaan das Wetter mit Zaubermitteln zu ändern, aber sie hatten so gut wie keinen Erfolg. Es war ihnen, als kröchen unsichtbare Wesenheiten durch die Nebelmassen und starrten hungrig in ihr Boot.

Dann kam ein Sturm auf. Sie wußten nicht, ob er sie in die richtige oder die falsche Richtung blies. Der Kampf ums Überleben vertrieb ihr Unbehagen. Der Mast ächzte, Segeltuch zerriß Hände, sich überschlagende Schaumwellen tosten unter der Reling. Das Boot stieg auf einer Welle bis in den rasenden Himmel hinauf, bloß um auf der anderen Seite wie bei einer Höllenfahrt wieder abwärts zu gleiten.

Skafloc sang:

Brüllende Brecher
schlagen über Bord.
Das Ruder reißt sich los,
der röhrende Wind wirft Hagel.
Seeleute fallen und verfluchen
die Fahrt zum Eismeer.
Bitter ist das Gebräu hier,
das Bier der See ist salzig.

Aber er hielt deswegen in der Arbeit nicht inne. Mananaan, der Schimpfen für ein besseres Zeichen hielt als Jammern, lächelte in den wahnsinnig gewordenen Himmel hinauf.

Und endlich kam der Augenblick, wo sie Land sahen. Unter dem Licht der Sterne und der Nordlichter lagen hohe Berge und grün blitzende Gletscher. Die Brandung schlug an Klippen, hinter denen das Land steil anstieg. Es war eine tote, weite Welt aus Felsen und Eis und altem Schnee, über die der Wind kreischte.

Mananaan nickte. »Das ist Jötunheim.« Der Sturm riß ihm die Worte von den Lippen. »Ich vermute, Utgard, in dessen Nähe der Riese, wie du sagst, wohnen soll, liegt östlich von hier.«

»Schon möglich«, brummte Skafloc. Er hatte längst die Orientierung verloren, und bei den Elfen gab es über diese Küsten auch nicht viel mehr Wissen als ängstliche Gerüchte.

Er fühlte die Müdigkeit nicht mehr, darüber war er hinaus. Ihm war, als treibe er immer weiter wie ein Schiff mit festgebundenem Ruder, das keine andere Möglichkeit hatte und um dessen Untergang sich niemand kümmerte.

Aber als er da stand und das schreckliche Riesenland betrachtete, kam ihm der Gedanke, daß Frida wohl nicht weniger unglücklich war als er. Vielleicht war sie sogar schlimmer daran, denn er wurde abgelenkt durch die Suche nach dem Riesen und wußte sie in Sicherheit, aber sie bangte um sein Leben und hatte wahrscheinlich nicht viel anderes zu tun, als darüber nachzudenken.

»Das ist mir bisher gar nicht eingefallen«, sprach er erstaunt vor sich hin, und ganz plötzlich fühlte er, wie ihm die Tränen auf den Wangen gefroren. Da sang er:

Lange wird es dauern, bis ich die Liebste,
die mir verlorene, vergesse.
Die Wege, die ich wandern muß,
werden kalt sein und einsam.
Leer ist mein Herz durch die Lücke,
die sie hinterließ.
Doch das ärgste in meinem eigenen Leid
ist der Gedanke an ihr Unglück.

Von neuem verfiel er in Grübeln. Mananaan ließ ihn in Ruhe, denn er hatte die Erfahrung gemacht, daß es sinnlos war, sein Erwachen aus derartigen Anfällen beschleunigen zu wollen. Währenddessen lief das Boot vor dem stürmischen Wind nach Osten.

Nichts schien sich in dieser Ödnis von Felsen und Eis zu rühren außer den Brechern und den wirbelnden Schneeteufeln in den Bergen und den tanzenden Nordlichtern. Aber Mananaan spürte, daß Wesenheiten in der Nähe waren. Hier war das Herkunftsland jener, die eine ständige Bedrohung für die Asen waren — Asa–Loki, Utgard–Loki, Hel, Fenris, Jörmungandr und Garm, der am Ende der Welt den Mond verschlingen wird.

Bis Skafloc seinen Trübsinn abschüttelte, hatte das Boot eine weite Strecke zurückgelegt, und Mananaan steuerte auf der Suche nach ihrem Ziel dicht an jedem Fjord vorbei. Der Seekönig war unruhig geworden, denn er konnte den dunklen Utgard beinahe riechen, und er für seine Person hatte keine Lust, dieser Stadt nahezukommen.

»Bolverk wohnt in einem Berg, wurde mir gesagt«, erklärte Skafloc. »Wir müssen also nach einer Höhle Ausschau halten.«

»Aye, aber dieses verfluchte Land ist durchsetzt von Höhlen.«

»Es wird eine große sein, denke ich, und in ihrer Nachbarschaft müssen Anzeichen einer Schmiedewerkstatt zu entdecken sein.«

Mananaan nickte und hielt auf die nächste Einbuchtung zu. Als er sich den Klippen näherte, merkte Skafloc erst, wie hoch sie waren. Ihm wurde schwindelig, als er ihre Spitzen zu erkennen versuchte. Ein paar von Nordlichtern beleuchtete Wolken segelten über sie hin, und er hatte das Gefühl, diese Felswände stürzten über ihm zusammen – die Mauern der Welt, die in der See versank, stürzten nach innen!

Ameisengleich kroch das Boot unter den Klippen her und lugte in den Fjord. Er zog vorbei, ein Gewirr von Eis- und Felsinseln und Klippen, die hoch so hoch hinaufragten, daß sie die Sterne auslöschten. Aber Skaflocs Nasenflügel begannen zu beben, als der Wind einen ganz schwachen Geruch nach Rauch und heißem Eisen herantrug – und er hörte weit entfernt das Klingen eines Hammers.

Sie brauchten keine Worte. Mananaan fuhr in den Fjord ein. Innerhalb der Klippen war es windstill, und die Seefahrer mußten rudern. Sie beeilten sich, aber der Fjord war so lang, daß sie kaum voranzukommen schienen.

Immer tiefer wurde die Stille, als sei jedes Geräusch erfroren. Aus dem sternenbesäten Himmel sanken ein paar trockene Schneeflokken herab. Die Kälte war verzehrend. Skafloc kam die Stille vor wie ein Raubtier, das sich mit gierigen Augen und peitschendem Schwanz zum Sprung bereitmacht. Irgendwie wußte er, daß er beobachtet wurde.

Langsam umrundete das Boot die vielen Biegungen und Landzungen und kam dem Hauptland näher. Einmal hörte Skafloc ein schnelles, schleifendes Geräusch. Das Johlen des Windes über den Felsspitzen klang von so hoch oben, daß es beinahe von den Sternen zu kommen schien.

Ein merkwürdiger Anblick war es, wie das goldene Bild Fands immer weiter hinein nach Jötunheim tanzte.

Endlich kam das Boot an eine Stelle, wo ein breiter, zerklüfteter Abhang von einem Berg abfiel, dessen Spitze mit dem Polarstern gekrönt war. Ein Gletscher rann diesen Abhang hinab, schimmernd in dem unsicheren Halblicht, und endete im Wasser. »Das sieht wie unsere Landestelle aus«, meinte Mananaan.

Etwas zischte zwischen den Eisblöcken hervor, die neben dem Gletscher aufgetürmt waren.

»Ich glaube, zuerst müssen wir die Wache bezwingen«, sagte Skafloc. Er und sein Gefährte rüsteten sich, legten Helm und Harnisch an und zogen gegen die grimmige Kälte Pelze darüber. Jeder nahm einen Schild auf den linken Arm und hängte ein Schwert an den Gürtel. Skafloc hielt ein zweites Schwert in der fellbedeckten Hand, während Mananaan seinen großen Speer mitnahm, dessen Spitze das wenige Licht zurückwarf.

Das Boot wurde auf den aus Eis und Schiefer bestehenden

Strand gesetzt. Skafloc konnte ans Ufer springen, ohne erst in das schmutzige Wasser gehen zu müssen. Er zog das Boot höher hinauf und machte es fest, während Mananaan Wache hielt und seine Augen anstrengte, die Düsternis zu durchdringen. Dann hörten sie ein Schleifen, als werde ein schweres Gewicht über Steine gezogen.

»Unser Weg ist dunkel und hat einen üblen Geruch«, bemerkte der Seekönig, »aber die Sicherheit wird nicht größer, wenn wir lange zaudern.«

Über und durch die hausgroßen Eis- und Felsbrocken ging es. Die Schwärze wurde immer dichter, bis sie sich im Licht weniger Sterne, die in die Klüfte leuchteten, mühsam vorantasten mußten. Der Gestank wurde stärker und das Zischen und Schleifen lauter.

Als sie durch eine Schlucht gingen, die auf den Gletscher zuführte, erblickte Skafloc ein langes, weißes Ungeheuer. Er faßte den Schwertgriff fester.

Das Ding glitt auf sie zu. Mananaans Schlachtruf gellte auf. Er warf seinen Speer auf die undeutliche bleiche Form. »Aus dem Weg, weißer Wurm!« rief er.

Das Ding zischte und schlug nach ihm. Seine Schlingen kratzten über die Steine und ließen sie rasseln. Mananaan sprang zur Seite, und als der flache Kopf auf ihn zuschoß, griff Skafloc an. Bis in seine Schultern spürte er den Aufprall des Schwertes, und der Wurm drehte sich mit aufgerissenem Maul zu ihm um. In dieser Finsternis konnte er das Geschöpf kaum sehen, aber er erkannte, daß dieses Maul ihn mit einem Schluck verschlingen konnte.

Mananaan warf seinen Speer in den bleichen Nacken. Skafloc schlug von neuem auf den Kopf los. Der Verwesungsgestank, der von dem Wurm ausging, schnürte ihm die Kehle zu. Er rang nach Atem und ließ dabei Schwerthiebe niederregnen. Ein Tropfen Blut oder Gift spritzte auf ihn, fraß sich durch seinen Mantel und verbrannte seinen Arm.

Er fluchte und schlug noch heftiger auf den sich wiegenden Kopf ein. Dann zerbrach sein Schwert, verätzt durch dieses Blut. Skafloc hörte, wie gleichzeitig Mananaans Speerschaft brach.

Sie rissen die Ersatzwaffen aus den Scheiden und setzten den Kampf fort. Der Wurm zog sich zurück, und sie folgten ihm auf den Gletscher.

Gräßlich anzusehen war das Ungeheuer. Ding. Seine Schlingen

wogten bis zur halben Höhe des Berges hinauf; sie waren von einem aussätzigen Weiß und dicker als ein Pferd. Der Schlangenkopf schwebte noch über ihnen und spie Blut und Gift. Mananaans abgebrochener Speer steckte in dem einen Auge, das andere glitzerte tückisch herab. Die Zunge zuckte vor und zurück, und der Wurm zischte wie ein Schneesturm.

Skafloc rutschte auf dem Eis. Der Wurm hackte nach ihm. Aber Mananaan war schneller, hielt seinen Schild über den Mann und schlug mit seinem Schwert zu. Die Klinge riß den geschwollenen Hals auf. Skafloc kam wieder auf die Füße und schwang gleicherweise sein Schwert.

Der Wurm schlug mit einer Schlinge nach ihnen. Skafloc rollte in eine Schneewehe. Mananaan wurde gefangen, aber ehe der Wurm ihn erdrücken konnte, fuhr seine Klinge zwischen zwei Rippen.

Daraufhin floh der Wurm und warf sich ins Meer. Keuchend und zitternd saßen der Seekönig und Skafloc lange Zeit unter den Nordlichtern. Dann setzten sie ihren Marsch fort.

»Wir sollten umkehren und Ersatz für die zerbrochenen Waffen holen«, meinte Skafloc.

»Nein, vielleicht lauert uns der Wurm am Ufer auf, und wenn nicht, könnte unser Anblick seinen Zorn von neuem wecken«, gab Mananaan zu bedenken. »Diese Klingen werden genügen, bis wir das Runenschwert haben.«

Langsam stiegen sie den glatten, geheimnisvoll schimmernden Gletscher hinauf. Vor ihnen verdeckte der schwarze Berg den halben Himmel. Der Wind trug schwaches Pochen bis zu ihnen.

Aufwärts ging es, bis ihre Herzen hämmerten und sie nach Atem rangen. Das Eis war scharfkantig und trügerisch. Oft mußten sie sich ausruhen, ja sogar mitten auf dem Gletscher schlafen, und es war gut, daß sie sich zu essen mitgenommen hatten.

Nichts rührte sich, nichts schien in dieser Kälte zu leben, aber immer lauter wurde das Hämmern.

Endlich standen Skafloc und Mananaan am Kopf des Gletschers, auf halber Höhe des Berges, der mit dem Polarstern gekrönt war. Ein schmaler Pfad, uneben und von Felsbrocken übersät, in der Finsternis kaum zu sehen, bog nach links ein. Von ihm fielen nackte Klippen zu gähnenden Tiefen ab. Die Reisenden seilten sich an und folgten ihm.

Wenn einer von ihnen fiel, rettete ihn der andere, und so erreichten sie schließlich die Öffnung einer Höhle. Aus ihren Tiefen rollte das Klirren von Eisen.

Ein großer roter Hund war in der Öffnung angekettet. Er heulte und warf sich auf sie. Skafloc hob sein Schwert.

»Nein«, warnte Mananaan. »Ich habe das Gefühl, es würde uns das größte Unglück bringen, wenn wir das Tier töteten. Versuchen wir lieber, an ihm vorbeizukommen.«

Sie hielten die Schilde so, daß sie sich überlappten, und krochen seitlich, mit dem rechten Arm auf dem Stein, in die Höhle. Der Hund warf sich mit seinem ganzen Gewicht auf die Schilde und schlug seine Zähne in die Ränder. Sein Heulen ließ ihre Schädel erdröhnen. Kaum schafften sie es über die Reichweite der Kette hinaus.

Jetzt kamen sie in völlige Schwärze. Sie hielten sich an den Händen und tasteten sich einen nach unten führenden Gang entlang, fühlten vor sich nach Abgründen und stießen oft mit zackigen Stalagmiten zusammen. Die Luft war weniger kalt als draußen, aber die Dunkelheit machte die Kälte doppelt spürbar. Sie hörten das Rauschen eines Flusses und dachten, dies müsse einer der Ströme sein, die das Totenreich durchfließen. Lauter und näher klang der Hammerschlag.

Zweimal gellte ein Kläffen auf, das die Echos in die Flucht jagte, und sie hielten inne und machten sich auf einen Kampf gefaßt. Einmal stürzte sich etwas Großes, Schweres auf sie und biß Stücke aus ihren Schilden. Obwohl sie nichts sehen konnten, gelang es ihnen, das Ding zu erschlagen, aber sie erfuhren nie, welche Gestalt es gehabt hatte.

Bald danach sahen sie ein rotes Glühen wie das des Sterns im Zeichen des Schützen. Sie eilten vorwärts und kamen an eine weite, frostige Kammer. Hier traten sie ein.

Der Raum wurde von einem großen, aber niedrigen Feuer trüb erhellt. In diesem blutfarbenen Licht erkannten sie riesige Werkzeuge, wie sie in einer Schmiede zu finden sind. Und am Amboß stand ein Jötune.

Groß war er, so groß, daß sie seinen Kopf in dem rauchigen Dämmer kaum sehen konnten, und sehr breit. Er trug nur eine Schürze aus Drachenhaut über seinem haarigen Körper, der knorrig war wie ein alter Baum und voller Muskeln wie ein Schlangenpfuhl. Haar und Bart, schwarz und struppig, hingen ihm bis zur Mitte. Seine Beine waren kurz und krumm, das rechte war lahm, und er hatte einen Buckel, so daß seine Hände den Boden berührten.

Als die Sucher eintraten, wandte er ihnen sein schreckliches Gesicht zu. Es hatte eine breite Nase, einen großen Mund und war voller Narben. Unter schweren Brauen lagen zwei leere Löcher; die Augen waren aus den Höhlen gerissen worden.

Seine Stimme klang wie das Rauschen des Flusses im Totenreich. »Oho, oho! Dreihundert Jahre lang hat Bolverk in Einsamkeit gearbeitet. Jetzt muß die Klinge ausgehämmert werden.« Er nahm das Metallstück, an dem er soeben geschmiedet hatte, und warf es durch die Höhle. Das Klirren wurde noch lange zwischen den Wänden hin- und hergeworfen.

Skafloc trat kühn vor, sah ihm in die leeren Augenhöhlen und sprach: »Ich bringe dir eine neue Arbeit, die für dich, Bolverk, auch eine alte ist.«

»Wer bist du?« schrie der Jötune. »Ich rieche, daß du ein Sterblicher bist, aber es hängt auch mehr als ein bißchen vom Feenreich an dir. Einen zweiten rieche ich, der zur Hälfte ein Gott ist, aber weder ein Ase noch ein Wane.« Er fuhr mit den Händen suchend umher. »Ihr seid mir beide nicht ganz unverdächtig. Kommt näher, damit ich euch in Stücke reißen kann.«

»Wir haben einen Auftrag zu erfüllen, an dem du uns nicht hindern wirst«, sagte Mananaan.

»Was ist das für ein Auftrag?« Bolverks Frage rollte durch die Höhle, bis sie sich im Inneren der Erde verlor.

Skafloc sang:

Asa–Loki,
ob seines Kerkers
schnaubend vor Zorn,
ersehnt Schwertspiel.
Diese Waffe
erfüllt seine Wünsche.
Bolverk, nimm
das geborstene Schwert.

Und er öffnete das Wolfsfellbündel und warf dem Riesen die beiden Teile des Schwerts vor die Füße, daß es klirrte.

Bolverks Hände glitten über die Stücke. »Aye«, keuchte er. »Gut erinnere ich mich an diese Klinge. Dyrin und Dvalin waren von Svafrlami gefangen und sollten ihm als Lösegeld ein Schwert anfertigen. Sie baten mich flehentlich um Hilfe, denn diese Waffe sollte gleichzeitig ihre Rache an ihrem Peiniger ausüben. Wir schmiedeten Eis und Tod und Sturm hinein, mächtige Runen und Zauber, einen lebenden Willen, Böses zu tun.« Er grinste. »Viele Krieger haben dieses Schwert besessen, weil es den Sieg bringt. Es gibt nichts, was es nicht durchschneidet, und niemals wird seine Klinge stumpf. Gift ist in dem Stahl, und Wunden, die er schlägt, können weder durch Arzneien noch durch Zauber, noch durch Gebete geheilt werden. Doch dieser Fluch liegt auf dem Schwert: Jedesmal wenn es gezogen wird, muß es Blut trinken, und am Ende wird es auf die eine oder andere Art dem zum Verderben, der es schwingt.«

Er beugte sich vor. »Daher«, erklärte er langsam, »hat Thor es vor langer Zeit zerbrochen. In den Neun Welten hatte er allein dazu die Kraft. Seitdem hat es vergessen in der Erde gelegen. Aber nun – nun, wenn Loki uns, wie du sagst, zu den Waffen ruft, wird es gebraucht werden.«

»Das habe ich nicht gesagt«, murmelte Skafloc, »obwohl ich zugebe, daß ich bei dir genau diesen Eindruck hervorrufen wollte.«

Bolverk hörte ihn nicht. Der Jötune starrte blind ins Leere, und seine Finger strichen über das Schwert. »Dann ist also das Ende da«, flüsterte er. »Jetzt kommt der letzte Abend der Welt, wenn Götter und Riesen sich gegenseitig erschlagen und dabei die Schöpfung vernichten. Surt legt Feuer, das bis zum zerberstenden Himmelsgewölbe springt. Die Sonne wird schwarz, die Erde versinkt im Meer, die Sterne fallen herab. Es endet – mein Sklaventum, blind unter dem Berg, endet in lodernden Flammen? Aye, gern will ich das Schwert schmieden, Sterblicher!«

Er machte sich an die Arbeit. Das Getöse erfüllte die Höhle, Funken flogen, Blasebälge fauchten, und während er werkte, rief er Zaubersprüche, die die Wände erbeben ließen. Skafloc und Mananaan zogen sich in den Gang zurück.

»Es gefällt mir nicht, und ich wünschte, ich wäre nicht hergekommen«, sagte der Schneekönig. »Etwas Böses wird zu neuem Leben erweckt. Noch keiner hat mich einen Feigling genannt, aber ich werde dieses Schwert nicht berühren. Und wenn du klug bist, tust du es auch nicht. Es wird dich verderben.«

»Und wenn schon«, entgegnete Skafloc düster. Sie hörten das Zischen, als die Klinge in Gift gelöscht wurde. Wo der Qualm nackte Haut berührte, brannte er. Bolverks Lied vom Weltuntergang dröhnte durch die Höhlen.

»Wirf dein Leben nicht einer verlorenen Liebe wegen weg«, bat Mananaan. »Du bist noch jung.«

»Der Mensch wird geboren, um zu sterben«, erklärte Skafloc, und damit endete das Gespräch.

Die Zeit wurde ihnen lang. Andererseits war es ein Wunder, wie schnell der Riese – blind und ohne jede Hilfe – fertig wurde. »Tretet ein, Krieger!« rief er.

Sie gingen in die Höhle, die in blutrotem Schein dalag. Bolverk streckte ihnen das Schwert entgegen. Hell glänzte die Klinge, eine blaue Zunge, um deren Kanten Flämmchen zu spielen schienen. Die Augen des Drachens auf dem Heft glitzerten, das Gold glühte wie von innen heraus.

»Nimm es!« rief der Riese. Skafloc ergriff die Waffe. Schwer war sie, aber Kraft floß von ihr in seinen Körper. Das Gewicht war so gut verteilt, daß sie sofort wie ein Teil von ihm selbst wurde.

In einem gellenden Bogen schlug er das Schwert hinunter auf einen Felsen. Der Stein zersplitterte. Er schwang sich dic Klinge jubelnd um den Kopf. In dem Halbdunkel leuchtete sie wie ein Blitz.

»Ha, halloo!« rief Skafloc. Und er sang:

Schnell geht das Schwertspiel!
Es schaudert der Feind,
zeigt sich ihm die zischende
Zauberklinge.
Heulend vor Hunger
haut sie durch Eisen,
badet in Blut,
schlägt Schädel zu Brei.

Bolverk stimmte in sein Gelächter ein. »Aye, schwinge das Schwert mit Lust«, brüllte der Jötune. »Zerschmettere deine Feinde – Götter, Riesen, Sterbliche, ganz gleich, wen. Der Schwert ist losgelassen, und das Ende der Welt ist nahe!«

Er gab dem Mann eine mit Gold beschlagene Scheide. »Stecke die Waffe jetzt lieber ein«, riet er, »und ziehe sie danach nicht wieder, es sei denn, daß du töten willst.« Er grinste. »Aber das Schwert bringt es fertig, sich zur falschen Zeit ziehen zu lassen – und am Ende, darauf kannst du vertrauen, wird es sich gegen dich wenden.«

»Wenn es nur zuerst meine Feinde tötet«, antwortete Skafloc, »kümmert es mich nicht sonderlich, was es danach tun wird.«

»Es mag dich . . . dann kümmern«, sagte Mananaan vor sich hin. Laut setzte er hinzu: »Gehen wir. Hier ist nicht gut sein.«

Sie gingen. Bolverks augenloses Gesicht starrte ihnen nach.

Sie erreichten den Ausgang. Der Hund an der Kette drückte sich winselnd zur Seite. Schnell stiegen sie den Gletscher hinab. Sie waren schon beinahe unten, als sie ein lautes Rumpeln hörten und zurückblickten.

Höher als die Berge ragten drei Gestalten vor den Sternen auf, die sich an den Abstieg machten. Mananaan eilte zum Boot. »Utgard–Loki muß irgendwie von deinem Trick erfahren haben und will nicht, daß du den Asen mit ihren Plänen weiterhilfst. Wir werden noch Mühe haben, aus diesem Land wegzukommen.«

Fritz Leiber
(geb. 1910)

Vom Erfinder des Begriffes ›Sword and Sorcery‹ sollte man erwarten, daß er ein typischer Autor dieses von ihm etikettierten Subgenres ist, aber zur Fantasy trug Leiber nur mit den Abenteuern um Fafhrd und den Grauen Mausling bei, die alles andere als Howard-Imitationen sind, sondern zu den eigenständigsten und humorvollsten Helden zählen, die dieses Buch zu bieten hat.

Leiber wurde als Sohn eines bekannten amerikanischen Shakespeare-Darstellers geboren. Nach dem Besuch der Oberschule arbeitete er zwei Jahre als Schauspieler in der Theatertruppe seines Vaters mit und tauchte auch in einigen Filmen der dreißiger Jahre mit Nebenrollen auf. Sein Hauptinteresse galt aber dem Schreiben. Er studierte an der Universität von Chikago Psychologie und Physiologie, machte seinen Doktor der Philosophie und war eine Zeit lang als Herausgeber einer wissenschaftlichen Zeitschrift tätig.

Zusammen mit einem Studienkollegen entwickelte er 1934 die Charaktere von Fafhrd und dem Grauen Mausling, für deren Abenteuer sich jedoch erst 1939 ein Magazin fand – das ›Pulp‹ *Unknown*, das in den folgenden Jahren zum führenden Fantasy-Magazin wurde. Seit über vierzig Jahren erscheinen die Geschichten seitdem in verschiedenen Magazinen und Büchern, und Leiber plant für die Zukunft weitere Fortsetzungen des Zyklus. Er ist jedoch kein Serien-Schreiber wie Burroughs oder Howard. Leibers Geschichten entstehen vielmehr im Abstand von mehreren Jahren und werden, selbst wenn sie nur wenige Seiten lang sind, sorgfältig erarbeitet. Eine neue Geschichte entsteht nur, wenn Leiber glaubt, eine wirklich neue Idee zu haben.

Der Zyklus um die beiden Helden aus Nehwon nimmt in Leibers Werk allerdings nur einen kleinen Platz ein, denn er hat in allen Bereichen der phantastischen Literatur, von der Science Fiction bis zum Horror, geschrieben und überall faszinierende und originelle Beiträge geleistet. Die amerikanischen SF-Leser und -Autoren verliehen ihm alle großen Preise des Genres mehrfach. Dazu erhielt er mehrere FANTASY AWARDS. Seine Erzählungen haben sich jedoch nie dem Markt angepaßt und behielten immer ihre eigenen Themen und ihren eigenen Stil.

Eine Welt namens Nehwon

Fafhrd und der Graue Mausling entstanden als Charaktere, bevor Leiber die Welt Nehwon entwickelte, in der sie die meisten ihrer Abenteuer erleben. Fafhrd ist sieben Fuß groß, muskulös, blond, in Leder gekleidet – ein Barbar aus dem Norden seiner Welt. Sein Freund, der Graue Mausling, dagegen ist klein, schlank, von kindlicher Statur, meist in einen grauen Kapuzenmantel gehüllt – ein verkrachter Zauberlehrling und gewitzter Stadtbewohner. Auch Fafhrd entwickelt sich im Verlauf der Geschichten übrigens zu einem recht urbanen Gesellen, da er die meisten Abenteuer in Lankhmar erlebt, der größten Metropole seiner Welt – und weil Leiber solche Charaktere mehr liegen als schwertschwingende Barbaren. Die beiden waren bewußt als Gegengewicht zu Fantasy-Helden vom Schlage Conans konzipiert.

Nachdem Leiber erfolglos mit einigen historischen Hintergründen aus unserer realen Geschichte für seine Helden experimentiert hatte, schuf er ihnen mit Nehwon eine eigene Welt, die eine Art Extrakt aus allen Abenteuerwelten der Fantasy und zugleich doch Leibers ureigenste Schöpfung ist: »Nehwon, durch Zeit und fremde Dimensionen von uns getrennt, eine Welt der Juwelenschätze, zinnenbewehrten Städte, der Schwerter und Zaubersprüche.« Mittelpunkt Nehwons ist die uralte Metropole Lankhmar, und diesem Inbegriff einer riesigen alten Stadt gilt Leibers eigentliche Liebe. Lankhmar – eine Stadt der Basare, der Händler, der Diebe, der schmalen, uralten Gassen, verschwenderischen Prachtstraßen, dunklen Absteigen, glanzvollen Paläste und versteckten Zaubertürme. Lankhmar ist eine Mischung aus Babylon, Rom, Athen, Paris, New York, aus allen Städten der Geschichte. Leiber hat dabei eine Art absoluter Fantasy-Stadt geschaffen, hat die Wesenszüge anderer Städte übernommen, ohne sie jedoch zu imitieren.

›Nehwon‹ ist ein Anagramm von ›Nowhen‹ – ›nirgendwann‹. Als einer der ersten Autoren faßte Leiber die Fantasy als eigenständige literarische Konvention auf, die man für Geschichten benutzen kann, ohne das in der Handlung jeweils rechtfertigen zu müssen. Nehwon existiert nirgendwann, aber zwischen Leiber und seinen

EISMEER
KLAUEN
GEBEINE DER ALTEN
STEPPEN
NO-OMBRIUSK
EIS-ÖDE
TROLLGEBIRGE
BARRIERE GEBIRGE
ILLIKVING
GROSSER WALD
STADT DER GEISTER
KLEG NAR
KVARCHNAR
OOL HRUSP
DRACHENFELSEN
SARHEENMAR
BINNEN MEER
LANKHMAR
ILTHMAR
DIKE
NINGAUBLES HÖHLE
WÜSTE
BERGE DER ÄLTEREN
ENDE DER WELT
KORNFELDER
HLAL-FLUSS
SALZ MASCH
SINKEN DES LAND
TILTH-FLUSS
LÄNDER DES OSTENS
ÄUSSERES MEER
KANAL
PLEEA-SEEN
OSTMEER
QUARMALL
WÜSTE
ZITADELLE DES KÖNIGS DER KÖNIGE
DAS LAND NEHWON
EDDIE JONES

Lesern existiert die stillschweigende Übereinkunft, daß ein solches Land eine literarische Existenz erhalten muß, weil es der ideale Ort für Abenteuer mit Schwert und Magie ist. Deshalb braucht Leiber seine Welt und seine Helden auch nicht ernst zu nehmen – seine Geschichten gehören zu den wenigen Fantasy-Abenteuern mit Humor.

Lesehinweise:

Die Geschichten um Fafhrd und den Grauen Mausling liegen gesammelt in zwei Bänden vor:
Schwerter im Nebel, München 1986 (Heyne 06/4287)
Die Schwerter von Lankhmar, München 1986 (Heyne 06/4288)

Zu den gelungenen Versuchen, ›Schwert und Magie‹ humorvolle Seiten abzugewinnen (wobei auch die Magie nicht zu kurz kommt), gehören die ›Harold-Shea‹-Geschichten von Fletcher Pratt und L. Sprague de Camp, die in verschiedenen literarischen Welten spielen und ebenso wie Leibers Fantasy-Erzählungen aus dem amerikanischen Magazin *Unknown* hervorgingen. Sie sind gesammelt als Sonderausgabe in Vorbereitung unter dem Titel:
Mathemagie, München 1988 (Heyne 06/4532)

Ausgesprochen witzig bis zur Satire sind auch die ›Dämonen‹-Romane von Robert Asprin (siehe auch → C. J. Cherryh), die von den Mißgeschicken eines Zauberlehrlings erzählen, dessen Meister ein Dämon ist:
Dämonen-Futter, Bergisch Gladbach 1988 (Bastei-Lübbe 20109), Sonderausgabe mit den beiden ersten Romanen des Zyklus, *Ein Dämon zuviel* und *Drachenfutter.*
Ein Dämon auf Abwegen, Bergisch Gladbach 1986 (Bastei-Lübbe 20084)
Ein Dämon kommt selten allein, Bergisch Gladbach 1986 (Bastei-Lübbe 20085)
Ein Dämon macht noch keinen Sommer, Bergisch Gladbach 1986 (Bastei-Lübbe 20086)
Ein Dämon mit beschränkter Haftung, Bergisch Gladbach 1988 (Bastei-Lübbe 20110)

Eine gelungene Fantasy-Satire ist:
Terry Pratchett: *Die Farben der Fantasie,* München 1985 (Goldmann 23869)

Einen ganz eigenen Zauber hat schließlich Piers Anthony ›Saga vom magischen Land Xanth‹, berüchtigt wegen ihrer tückischen Wortspiele:
Chamäleon-Zauber, Bergisch Gladbach 1983 (Bastei-Lübbe 20053)
Zauber-Suche, Bergisch Gladbach 1984 (Bastei-Lübbe 20059)
Zauber-Schloß, Bergisch Gladbach 1984 (Bastei-Lübbe 20061)
Zentauren-Fahrt, Bergisch Gladbach 1984 (Bastei-Lübbe 20065)
Elfen-Jagd, Bergisch Gladbach 1985 (Bastei-Lübbe 20069)
Nacht-Mähre, Bergisch Gladbach 1985 (Bastei-Lübbe 20071)
Drachen-Mädchen, Bergisch Gladbach 1985 (Bastei-Lübbe 20077)
Ritter-Geist, Bergisch Gladbach 1987 (Bastei-Lübbe 20094)
*Turm-Fräulein,*Bergisch Gladbach 1988 (Bastei-Lübbe 20106)
Der zehnte Band der Serie, *Helden-Maus* (Bastei-Lübbe 20120) ist für 1989 in Vorbereitung.

Siehe auch ← James Branch Cabell, ← Robert E. Howard, → Ursula K. Le Guin

Basar des falschen Zaubers

Die unheimlichen Sterne der Welt Nehwon glitzerten über den dunklen Dächern Lankhmars, zwischen denen Schwerterklirren fast so oft zu hören war wie das Klimpern von Münzen. Ausnahmsweise herrschte kein Nebel.

Auf dem Platz der Dunklen Freuden, der sieben Häuserblocks südlich vom Marschtor liegt und sich zwischen dem Brunnen der Dunklen Fülle bis zum Schrein der Schwarzen Jungfrau erstreckt, wetteiferten die Lichter der Läden kaum mit dem Schimmer der Sterne. Denn hier waren die Drogenverkäufer am Werk und die Kuriositätenhändler und die sonstigen Pläneschmieder und Vermittler, und sie erhellten ihre Stände und fensterlosen Hinterzimmer mit Kerzen, Glühwürmchen und Feuertöpfen und gingen ihren Geschäften so lautlos nach wie die Sterne.

Im nächtlichen Lankhmar gibt es viele Orte, an denen die Fackeln hellauf glühen, an denen großer Betrieb herrscht, doch nach uralter Tradition sind auf dem Platz der Dunklen Freuden leises Geflüster und ein angenehmes Halbdämmer die Regel. Oft finden sich dort Philosophen ein und meditieren, Studenten, die träumen wollen, und fanatische Theologen, die abstruse Theorien über den Teufel und andere dunkle Mächte hervorbringen, die das Universum beherrschen. Und wenn sie dabei ein paar verbotene Vergnügen am Rande mitnehmen, so sicherlich nicht zum Schaden ihrer Theorien und Träume und Dämonologien.

Heute jedoch gab es eine auffallende Ausnahme von der bekannten Dunkelheit. Aus einer niedrigen Türöffnung, die frisch in eine alte Mauer geschlagen worden war, ergoß sich helles Licht auf den Platz. Wie ein monströser Mond erhob sich die Türöffnung über dem Pflaster, leuchtend im Widerschein einer ungeheuerlichen Sonne, und löschte die Sterne der anderen Händler fast völlig aus.

Unheimliche, fremdartige Waren ergossen sich mit dem Licht ein kleines Stück auf den Platz, während neben dem Eingang eine spitznasige Gestalt hockte, nach einer Mode gekleidet, wie sie auf Land oder See völlig unbekannt war . . . jedenfalls in Nehwon. Der Mann trug einen Hut wie einen kleinen roten Eimer, weite Hosen und seltsam rote Stiefel mit hochgeneigter Kappe. Seine Augen waren adlerscharf, doch sein Lächeln war so zynisch und lasziv einschmeichelnd wie das Lächeln eines legendären Satyrs.

Von Zeit zu Zeit sprang er auf und stolzierte herum, fegte immer wieder mit einem langen Besen über die Pflastersteine, als wollte er den Weg bereiten für einen fantastischen Herrscher, und oft hielt er in seinem Tanz inne und verbeugte sich tief und unterwürfig, doch stets mit nach oben gewandtem Blick, erwies der Menge seine Reverenz, die sich in der Dunkelheit um die Tür versammelt hatte. Und er schwenkte seine Hand aus ihrer Richtung zum Innern des neuen Ladens herüber – eine bescheidene und zugleich unheimliche Einladung.

Noch hatte niemand den Mut gefunden, in den hellen Schein zu kommen und den Laden zu betreten oder auch nur die wohlfeilen Dinge zu betrachten, die so achtlos und doch verführerisch auf dem Pflaster vor der Tür aufgestellt worden waren.

Doch die Zahl der faszinierten Zuschauer nahm mit jeder Minute zu. Ein paar Stimmen äußerten sich flüsternd, kritisierten die neuen Verkaufsmethoden, die so sehr den dunklen Traditionen des Platzes zuwiderliefen – doch diese Beschwerden gingen im erstaunten Schnaufen und in der allgemeinen Bewunderung unter.

Der Graue Mausling glitt vom Brunnen her auf den Platz – und zwar so leise, als wollte er jemandem den Hals durchschneiden oder etwa die Spione des Oberherrn hereinlegen. Seine ledernen Mokassins huschten lautlos über den Boden. Sein Schwert Skalpell in der mausledernen Scheide strich unhörbar an seiner Tunika entlang, die aus grauer, seltsam grober Seide bestand.

Die Blicke, die er unter der halb zurückgeschobenen grauen Seidenkapuze um sich warf, hatten etwas Drohendes, etwas kühl Überlegenes.

Innerlich kam sich der Mausling eher wie ein kleiner Schuljunge vor – ein Schuljunge, der sich vor Tadel und Strafarbeit fürchtete. Denn in seinem Lederbeutel befand sich ein Stück silberne Fischhaut, auf dem Sheelba der Augenlose ihn aufforderte, sich an dieser Stelle einzufinden.

Sheelba hatte sich in zahlreichen Abenteuern als des Mauslings

Lehrer und – wenn es ihm gefiel – auch als sein Beschützer erwiesen, und es hatte keinen Sinn, seine Aufforderung zu ignorieren, denn Sheelbas Augen, auch wenn er sie nicht zwischen Stirn und Wangen trug, vermochten ihn überall aufzuspüren. Doch die Aufgaben, die Sheelba dem Mausling zu stellen pflegte, waren meistens recht seltsam und sogar unangenehm. Einmal hatte er neun weiße Katzen auftreiben müssen, die kein einziges schwarzes Haar am Leibe haben durften; ein andermal war es darum gegangen, fünf Exemplare des gleichen Runenbuches aus fünf verstreut liegenden Zauberbibliotheken zu stehlen oder Proben des Unrats von fünf lebenden oder toten Königen zu beschaffen.

Der Mausling war heute sehr früh gekommen, um die schlimme Nachricht so schnell wie möglich hinter sich zu bringen, und er war allein, denn er hatte wenig Lust, daß sein Freund Fafhrd kichernd dabeistand, wenn Sheelba einem gehorsamen Mausling seine kleine Zauberpredigt hielt . . . und sich womöglich noch etwas Neues ausdachte. Sheelbas Aufforderung, unsichtbar im Gedächtnis des Mauslings eingebrannt, lautete schlicht: *Wenn der Stern Akul die Spitze Rhans berührt, sei am Brunnen der Dunklen Fülle,* und der Zettel war mit dem kleinen schmucklosen Oval unterzeichnet, der Sheelbas Siegel war.

Der Mausling glitt nun durch die Dunkelheit in den Schatten des Brunnens – eine gedrungene Säule, von deren Spitze alle zwanzig Herzschläge ein gewaltiger schwarzer Tropfen herabquoll.

Der Mausling stand neben dem Brunnen, streckte die Hand aus und maß den Stand des grünen Akul. Der Stern mußte noch etwa sieben Fingerbreit sinken, ehe er die nadelscharfe Spitze des schlanken Rhan-Minaretts erreichte, das sich in der Ferne als Silhouette abzeichnete.

Der Mausling krümmte sich etwas zusammen und sprang leichtfüßig auf die schwarze Säule, um zu sehen, ob sich dadurch an Akuls Stand etwas änderte. Doch das war nicht der Fall.

Er suchte die Dunkelheit in der Nähe nach reglosen Gestalten ab . . . suchte besonders nach einer verhüllten Mönchsgestalt – einen Mann, der so sehr verhüllt war, daß man sich fragte, wie er überhaupt sehen konnte. Doch es war niemand in der Nähe.

Die Stimmung des Mauslings schlug um. Wenn Sheelba nicht die Höflichkeit aufbrachte, früher zu kommen, nun, dann konnte er auch stur sein. Er marschierte weiter, um sich den neuen Laden anzusehen, dessen unverschämtes Leuchten ihm schon aufgefallen war, als er den Platz der Dunklen Freuden noch gar nicht erreicht hatte.

Fafhrd der Nordling öffnete ein alkoholschweres Auge und betrachtete den kleinen, durch ein Feuer erhellten Raum, in dem er unbekleidet schlief. Er schloß das Auge wieder, öffnete das zweite und überschaute den anderen Teil des Zimmers.

Keine Spur vom Mausling. Um so besser! Wenn sein Glück anhielt, brachte er die unangenehmen Geschäfte dieser Nacht hinter sich, ohne von dem kleinen grauen Schurken verhöhnt zu werden.

Unter seiner unrasierten Wange holte er ein violettes Stück Schlangenhaut voller winziger Löcher hervor, die, wenn er sie vor das tanzende Feuer hielt, eine Welt von Sternen ergaben. Wenn man eine Weile genau hinschaute, ergaben die Sterne eine geheimnisvolle Botschaft: *Wenn der Rhan-Dolch das Akul-Herz sticht, suche die Quelle schwarzer Tropfen auf.*

Mit orange-brauner Farbe geschrieben – wie mit Blut – zog sich in kühnem Schwung ein siebenarmiges Hakenkreuz über die Löcher des violetten Vierecks – eines der Zeichen des Siebenäugigen Ningauble.

Fafhrd wußte sofort, daß als Quelle schwarzer Tropfen nur der Brunnen der Dunklen Fülle gemeint sein konnte. Geheimnisvolle Nachrichten dieser Art waren ihm aus seiner Lehrlingszeit bei den singenden Skalden noch hinreichend bekannt.

Ningauble und Fafhrd hatten etwa das gleiche Verhältnis wie Sheelba und der Mausling, nur war der Siebenäugige ein anspruchsvolleres Vorbild, dessen Aufträge an Fafhrd in etwas anderen Größenordnungen verliefen. So verlangte er zuweilen das Leben eines Drachen oder forderte Fafhrd auf, ein viermastiges Zauberschiff zu versenken oder eine streng bewachte verzauberte Königin zu befreien.

Auch gab Ningauble gern ein wenig an – besonders mit seiner gewaltigen Höhle, die ihm als Wohnung diente und deren gewundene Korridore, wie er oft sagte, alle wichtigen Orte in Raum und Zeit berührten.

Fafhrd hatte eigentlich gar keine Lust, mit Ningaubles Zaubersprüchen in nähere Berührung zu kommen, ebensowenig wie der Mausling mit Sheelba zu tun haben wollte, doch der Siebenäugige wußte genug über den Nordling, über seine Schwächen und alten Missetaten, daß Fafhrd stets geduldig auf Ningaubles väterliche Ermahnungen und sein magisches Gerede hören mußte – aber nicht, wenn es irgend möglich war, solange der Graue Mausling dabeistand und bis zu den Ohren grinste.

Inzwischen war Fafhrd aufgestanden und hatte mit heftigen Bewegungen Kleidung und Waffen und Schmuckstücke angelegt, hatte seinen mächtigen Körper bedeckt, dessen rotgoldene Haare im Schein der Flammen schimmerten. Als er schließlich die Außentür öffnete, um vor dem Gehen noch einen Blick in die dunkle Gasse zu werfen, sah er an der Ecke nur den buckligen Kastanienverkäufer hocken. Er hatte inzwischen auch Helm und Stiefel angelegt. Wenn man ihn so sah, mußte man annehmen, daß er sich nur mit lautem Knirschen und Poltern bewegen konnte, eine Kriegsmaschine, die sich ihrem Ziel nicht unbemerkt nähern konnte.

Um so mehr mußte der horchende Kastanienverkäufer, der auch Spion des Oberherrn war, sein Erschrecken kaschieren, als Fafhrd an ihm vorbeihuschte, groß wie eine Pinie, schnell wie der Wind und lautlos wie ein Gespenst.

Mit den Ellenbogen stieß der Mausling zwei Schaulustige zur Seite und marschierte über das dunkle Pflaster auf den Laden zu, dessen verlockend strahlende Tür wie ein umgekehrtes Herz aussah. Er überlegte, daß der Ladeninhaber seine Maurer zu großem Tempo angetrieben haben mußte, denn erst heute nachmittag war er an dieser Stelle vorbeigekommen und hatte nur eine blanke Mauer gesehen.

Der seltsame Verkäufer mit dem roten Zylinderhut und den krummen Schuhen kam mit seinem Besen herausgeeilt und begann seinem ersten Kunden einen Weg sauberzufegen, wobei er sich ständig verbeugte und seltsam grinste.

Doch auf dem Gesicht des Mauslings zeigten sich nur Ablehnung und Skepsis. Er blieb vor den aufgeschichteten Dingen außerhalb des Eingangs stehen und betrachtete sie mürrisch. Er zog Skalpell aus der grauen Scheide und öffnete mit seiner Spitze das oberste Buch auf einem Stapel staubiger Bände. Ohne näher heranzutreten, überflog er hastig die erste Seite, schüttelte den Kopf, wendete mit der Klinge schnell ein halbes Dutzend Blätter, wobei er das Schwert wie einen Zeigestock benutzte und auf dieses und jenes Wort richtete, das ihm – nach seinem Gesichtsausdruck zu urteilen – schlecht gewählt erschien. Dann schloß er abrupt das Buch mit einem letzten Zucken der Klinge.

Jetzt benutzt er Skalpell, um ein rotes Tuch anzuheben, das hinter den Büchern von einem Tisch hing; dann um verächtlich gegen einen Glaskrug zu schlagen, in dem ein Menschenkopf schwamm, um mehrere andere Objekte geringschätzig zu berühren und eine angekettete Eule zu ärgern, die ihn von ihrer hohen Stange aus intensiv musterte.

Er steckte Skalpell wieder in die Scheide und wandte sich mit verkniffenem Gesicht an den Verkäufer und sah ihn an, als wollte er sagen – nein, ausrufen: »Ist das *alles*, was du zu bieten hast? Ist dieser Plunder eine Entschuldigung, den Dunklen Platz mit deinem Licht zu beschmutzen?« In Wirklichkeit interessierte sich der Mausling sehr für die Dinge, die er da eben gesehen hatte. Das Buch zum Beispiel war in einer Sprache abgefaßt, die ihm völlig fremd war.

Drei Dinge waren dem Mausling klar. Erstens kamen die Waren nicht aus Nehwon, nein, nicht einmal aus den äußeren Randgebieten der bekannten Welt. Zweitens kam ihm das Zeug irgendwie sehr gefährlich vor – er wußte nicht, warum. Drittens war das Gerümpel außerordentlich faszinierend, und er, der Mausling, wollte sich nicht von diesem Platz rühren, bis er jedes aufregende Stück befingert, untersucht und notfalls auch ausprobiert hatte.

Als er das grimmige Gesicht des Mauslings bemerkte, stürzte sich der Verkäufer in eine einschmeichelnde Rede, offensichtlich hin und her gerissen zwischen dem Wunsch, dem Mausling den Fuß zu küssen und mit liebevoller Bewegung jedes Objekt in seinem Laden selbst vorzuführen. Er schloß dann mit einer derart tiefen Verbeugung, daß sein Kinn über das Pflaster strich, und deutete dabei auf das Ladeninnere und jammerte in fürchterlichem Lankhmarisch: »Alles zur Freude des Fleisches und der Sinne der Fantasie. Unvorstellbare Wunder. Sehr billig, sehr billig! Für einen Penny gehört Ihnen alles! Der Bazar des Bizarren. Bitte ansehen, o König!«

Der Mausling legte den Handrücken vor den Mund und gähnte ausgiebig, dann sah er sich erneut um, mit dem müden, geduldigen Lächeln eines Fürsten, der genau weiß, daß er manches Langweilige über sich ergehen lassen muß, um den Handel in seinem Gebiet zu fördern. Schließlich zuckte er resignierend die Achseln und betrat den Laden.

Hinter ihm begann der Verkäufer einen wahren Freudentanz, begann wie ein Verrückter das Pflaster zu fegen.

Drinnen fiel der Blick des Mauslings auf einen Stapel dünner Bücher, die in goldgeschnittenes rotes und violettes Leder gebunden waren.

Dann entdeckte er eine Reihe schimmernder Linsen und schlanker Messingröhren, die auf seinen neugierigen Blick warteten.

Dann entdeckte er ein schlankes, dunkelhaariges Mädchen, das aus einem goldenen Käfig, der an der Decke hing, geheimnisvoll auf ihn herablächelte.

Fafhrd sah den Mausling in dem Augenblick durch die Ladentür verschwinden, als seine Linke den kühlen Stein des Brunnens der Dunklen Fülle berührte und Akul auf der Rhanspitze saß wie eine grüne Signallampe.

Er wäre dem Mausling vielleicht gefolgt, vielleicht aber auch nicht; jedenfalls hätte er über den Vorgang nachgedacht, wenn nicht in diesem Augenblick ein leises »Pssst!« hinter ihm ertönt wäre. Fahfrd fuhr wie ein riesiger Tänzer herum, und sein Langschwert Graywand zuckte aus der Scheide – schneller und leiser als eine Schlange.

Zehn Armlängen entfernt, in der Mündung einer Gasse, die noch dunkler war als normalerweise der Dunkle Platz, machte Fafhrd zwei verhüllte Gestalten aus, die dort nebeneinander standen.

Eine der Kapuzen umhüllte absolute Dunkelheit. Sogar ein kleshitischer Neger hätte in diesem Licht noch einen geisterhaften bronzenen Schimmer auf dem Gesicht gehabt. Hier jedoch herrschte absolute Leere.

In der anderen Kapuze waren sieben schwach leuchtende grünliche Punkte auszumachen. Sie bewegten sich unruhig, umkreisten einander von Zeit zu Zeit, schwangen auf unvorstellbaren Bahnen herum. Manchmal wurde einer der sieben ovalen Punkte etwas heller, wohl weil er in der Kapuze etwas nach vorn rückte, oder dunkler, wenn er sich zurückzog.

Fafhrd steckte Graywand fort und ging auf die beiden Gestalten zu. Ohne sich umzuwenden, ohne ein Wort zu sagen, verschwanden sie langsam in der schmalen Gasse.

Fafhrd folgte ihnen. Sein Interesse war geweckt . . . und etwas anderes. Seinem übernatürlichen Mentor allein gegenüberzutreten mochte zwar langweilig und ein wenig anstrengend sein; aber ein ehrfürchtiger Schauder war doch verständlich, wenn man gleichzeitig zwei solchen Wesen begegnete – dem Siebenäugigen Ningauble und dem Augenlosen Sheelba.

Erstaunlicher war, daß diese beiden Zauberrivalen nun verbündet schienen, daß sie offenbar freundschaftlich zusammenarbeiteten . . . Etwas Wichtiges stand bevor, daran gab es keinen Zweifel.

Der Mausling gab sich inzwischen den verlockendsten und exotischsten Vergnügungen hin, die überhaupt vorstellbar waren. Die schön gebundenen Bücher enthielten Schriftzüge, die noch seltsamer waren als die Schrift des Buches, das er draußen vor der Tür durchgeblättert hatte – Schriftzüge, die ihn an Skelettungeheuer erinnerten, an Wolkenwirbel und unförmige Büsche und Bäume mit gewundenen Ästen – doch erstaunlicherweise konnte er sie alle mühelos lesen.

Die Bücher berichteten in allen Einzelheiten über Dinge wie das private Leben von Teufeln, über die Herkunft gefährlicher Kulte, über die Duelltechniken, die gegen schwerterbewaffnete Dämonen anzuwenden waren – illustriert –, und über die erotischen Tricks aller möglichen Zauberwesen. Die Linsen und Messingröhren, von denen einige so fantastisch gekrümmt waren, als sollte man damit nach Art eines Periskops über Wände und durch verriegelte Fenster in andere Universen schauen, offenbarten ihm zunächst nur herrliche Juwelenmuster.

Doch nach einer Weile vermochte der Mausling zahlreiche interessante Orte auszumachen: die Schatzkammern toter Könige, die Schlafzimmer lebendiger Königinnen, die Ratskrypten von

Rebellen und Schränke voller Pläne fantastischer Welten, die zu schrecklich waren, als daß sie von den Göttern geschaffen werden konnten.

Was die süß gekleideten Mädchen in ihren verschnörkelten Käfigen anging, nun, sie waren angenehme Kissen, auf denen sich der in Büchern und Sehrohren ermüdete Blick ausruhen konnte.

Dann und wann pfiff eines der Mädchen leise und deutete spielerisch oder mit vielversprechender Geste auf eine juwelenbesetzte Kurbel an der Wand – eine Kurbel, durch die ihr Käfig, der an einer schimmernden Kette hing, über zwei Rollen herabgelassen werden konnte.

Solche Einladungen erwiderte der Mausling mit liebenswürdigem Lächeln und Nicken und winkte spielerisch mit den Fingern, als wollte er flüstern: »Später . . . später. Habt Geduld.«

Schließlich hatten Mädchen die seltsame Eigenschaft, alle weniger schönen, aber trotzdem angenehmen Freuden des Lebens auszulöschen. Mädchen waren für den Nachtisch da.

Ningauble und Sheelba verschwanden in der dunklen Gasse, und Fafhrd folgte ihnen. Schließlich verlor er die Geduld, bezwang seine Ehrfurcht und rief nervös: »Also, wollt ihr ewig weiter rückwärts marschieren, bis wir alle in die Große Marsch fallen? Was wollt ihr von mir? Was soll das alles?«

Aber die beiden verhüllten Gestalten waren bereits stehengeblieben, wie er am Sternenlicht und an einigen erleuchteten Fenstern erkennen konnte, und es wollte ihm scheinen, als hätten sie einen Sekundenbruchteil vor seinem Ausruf haltgemacht. Ein typischer Zauberertrick, der einen in Verlegenheit setzen sollte! Er biß sich auf die Lippen.

»O mein lieber Sohn . . .«, begann Ningauble mit seiner süßlichen Stimme, und die sieben Lichtpunkte seiner Augen standen ganz ruhig in seiner Kapuze, glühten schwach wie die Formation der Plejaden an einem Sommerhimmel.

»Ich möchte wissen, was das alles soll«, unterbrach ihn Fafhrd heftig. Wenn ihm seine Ungeduld schon angelastet wurde, dann wollte er auch etwas davon haben.

»Ich möchte das Problem zunächst hypothetisch vortragen«, erwiderte Ningauble ungerührt. »Nehmen wir einmal an, mein lieber Sohn, es gibt einen Mann in einem Universum, und aus einem anderen Universum dringt eine verwerfliche Macht in sein Universum ein, und nun ist dieser Mann ein mutiger Mann, der sein Universum verteidigen möchte, der sein Leben gering achtet und der als Ratgeber einen sehr weisen und wohlwollenden Onkel zur Seite hat, der all diese Dinge kennt, die ich nur als Theorie . . .«

»Die Gierigen bedrohen Lankhmar!« sagte Sheelba mit einer Stimme, die so peitschend klang wie brechendes Holz und die so plötzlich dazwischenplatzte, daß Fafhrd fast zusammengefahren wäre.

Fafhrd schwieg einen Augenblick und wandte sich dann an Sheelba. Seine Augen hatten sich nun langsam an die Dunkelheit gewöhnt, und er konnte schon mehr erkennen als vorhin am Eingang der Gasse.

Das änderte aber nichts daran, daß in Sheelbas Kapuze nur undurchdringliche Dunkelheit wahrzunehmen war.

»Wer sind die Gierigen?« fragte er.

Nun ergriff Ningauble wieder das Wort. »Die Gierigen sind die fortgeschrittensten Händler in allen Universen – so vollkommen sogar, daß sie nur Plunder verkaufen. Sie können nicht anders, denn sie müssen sich derart auf die Vervollkommnung ihrer Verkaufsmethoden konzentrieren, daß sie sich um die Qualität der Waren gar nicht mehr kümmern können. Keine Sekunde verschwenden sie auf solche Dinge, aus Angst, ihre Geschicklichkeit im Verkaufen zu verlieren – und diese Geschicklichkeit ist so groß, daß ihr Angebot trotzdem völlig unwiderstehlich scheint, daß sie tatsächlich die schönsten Dinge aller Universen feilhalten. Du verstehst doch, was ich meine?«

Fafhrd schaute hoffnungsvoll zu Sheelba, doch da sich dieser einer prägnanten Bemerkung enthielt, nickte er.

Ningauble fuhr fort, wobei seine sieben Augen ein wenig in Bewegung gerieten: »Wie sich daraus ohne weiteres ableiten läßt, verfügen die Gierigen über die gewaltigsten Zauberkräfte – eine Magie, die sie sich aus zahlreichen Universen zusammengesucht haben –, während ihre Vortrupps von den aggressivsten Zauberern geleitet werden, die man sich überhaupt vorstellen kann, vorzüglich geschult für jeden Kampf – ob mit dem Geiste, mit dem Gefühl oder mit dem bewaffneten Körper.

Die Gierigen gehen nach einem bestimmten Plan vor. Zunächst öffnen sie einen Laden in einer neuen Welt und locken die kühnsten und abenteuerlustigsten Bewohner an – jene, die soviel Fantasie haben, daß sie nur leicht beeinflußt zu werden brauchen und den Eindringlingen dann die Verkaufsarbeit fast völlig abnehmen.

Wenn diese Leute in die Falle gegangen sind, nehmen sich die Gierigen die übrige Bevölkerung vor, was kurz gesagt heißt: sie verkaufen und verkaufen und verkaufen! Sie verkaufen Tand und nehmen gutes Geld dafür und womöglich noch bessere Dinge.«

Ningauble seufzte leichthin und ein wenig mitleidig. »All das ist sehr schlimm, mein lieber Sohn«, fuhr er fort, und seine Augensterne wirbelten hypnotisch umeinander, »aber durchaus natürlich in Universen, die von Göttern wie den unseren gelenkt werden – natürlich und vielleicht erträglich. Aber –« er machte eine kurze Pause – »es wird noch schlimmer! Die Gierigen streben nicht nur die Herrschaft über alle Wesen in allen Universen an, sondern sie wollen auch alle ihre Kunden auf eine Ebene sklavischer und unterwürfiger Beeinflußbarkeit hinabdrücken – vermutlich auch aus der Angst heraus, daß eines Tages doch jemand die gefürchtete Frage nach dem wahren Wert der Dinge stellt. Jedenfalls wollen sie, daß alle Wesen nur noch ungläubig starren und den Plunder der Gierigen kaufen.

Das bedeutet natürlich, daß ihre Kunden über kurz oder lang kein Geld mehr haben werden, doch darüber scheint man sich keine großen Sorgen zu machen. Vielleicht meinen die Gierigen, daß dann doch immer wieder ein neues Universum bereitsteht, das sie erobern können. Und vielleicht stimmt das ja auch!«

»Ungeheuerlich!« bemerkte Fafhrd. »Aber was haben die Gierigen von all ihren wilden Bemühungen, von ihrem verrückten Schachern? Was wollen sie wirklich?«

Ningauble erwiderte: »Die Gierigen wollen nur Bargeld anhäufen und ihre Nachkommen dazu erziehen, ebenfalls Geld zu horten, und sie stehen damit untereinander im Wettstreit. Und die Gierigen denken gern über den Dienst nach, den sie den zahlreichen Universen damit erweisen – sie behaupten, daß unterwürfige Kunden auch die gehorsamsten Untertanen für die Götter sind –, und klagen darüber, wie die Arbeit des Geldhortens sie quält und ihre Verdauung durcheinanderbringt.

Außerdem sammelt jeder Gierige insgeheim die schönsten Dinge und Gedanken von wirklichen Männern und Frauen (und wirklichen Zauberern und Dämonen), Dinge, die er zu Bankrottpreisen erworben und mit Plunder bezahlt hat oder – wie es die Gierigen am liebsten mögen – überhaupt nicht.«

»Wirklich ungeheuerlich!« wiederholte Fafhrd. »Die Kaufleute sind wirklich ein böses Mysterium dieser Welt, und diese Gierigen scheinen die schlimmsten zu sein. Aber was hat das alles mit mir zu tun?«

»Oh, mein lieber Sohn«, erwiderte Ningauble, in dessen salbungsvoller Stimme nun eine gewisse Enttäuschung schwang, »du zwingst mich erneut, auf meine Hypothese zurückzukommen. Kehren wir zurück zu unserem mutigen Mann, dessen Universum unmittelbar bedroht ist und der sein Leben genug achtet und der einen weisen Onkel hat, dessen Ratschlag er stets befolgt . . .«

»Die Gierigen haben auf dem Platz der Dunklen Freuden einen Laden eröffnet!« schaltete sich Sheelba so abrupt ein, daß Fafhrd diesmal tatsächlich zusammenzuckte. »Du mußt diesen Vorposten noch heute nacht vernichten!«

Fafhrd dachte einen Augenblick darüber nach und sagte dann vorsichtig: »Dabei werdet ihr beiden mich begleiten, nehme ich an, um mir mit euren magischen Kräften bei diesem sehr gefährlichen Unternehmen beizustehen. Ihr wollt eine Art magische Artillerie abgeben, während ich das Angriffskorps bin . . .«

»Oh, mein lieber Sohn . . .«, unterbrach ihn Ningauble in höchster Enttäuschung und schüttelte den Kopf, so daß seine Augensterne durcheinanderwirbelten.

»Du mußt es allein schaffen!« sagte Sheelba heftig.

»Ohne Hilfe von außen?« fragte Fafhrd. »Nein! Da besorgt euch einen anderen. Holt euch doch einen ungewöhnlich mutigen Mann, der stets den Rat seines ränkeschmiedenden Onkels befolgt – so sklavisch, wie angeblich die Leute auf die ausgelegten Waren der Gierigen reagieren . . . Holt euch *den*! Was mich angeht . . . nein!«

»Dann verschwinde, du Feigling!« erwiderte Sheelba düster.

Ningauble seufzte nur und sagte entschuldigend: »Es war vorgesehen, daß du einen Begleiter haben solltest, einen Kameraden im Krieg gegen das Böse – den Grauen Mausling. Aber leider ist er zu seiner Verabredung mit meinem Kollegen zu früh erschienen und hat sich in den Laden der Gierigen locken lassen und steckt jetzt sicher schon bis zum Hals in ihrer Falle, wenn es nicht schon zu spät ist. Du siehst also, daß uns dein Wohlergehen nicht gleichgültig ist und daß wir dich nicht allein belasten wollten. Wenn du jedoch immer noch fest entschlossen bist, mein lieber Sohn . . .«

Fafhrd stieß einen Laut aus, der Ningaubles Seufzer in nichts nachstand. »Na gut«, sagte er mürrisch und nahm die Niederlage hin. »Ich tu's. Irgend jemand muß den kleinen grauen Narren aus dem leuchtenden Feuer – oder glitzernden Wasser – ziehen, das ihn angelockt hat. Aber wie stelle ich das an?« Er hielt Ningauble den Finger unter die Nase. »Und nenn mich nicht wieder deinen lieben Sohn!«

Ningauble schwieg. Dann sagte er nur: »Benutze deinen Menschenverstand.«

Sheelba bemerkte: »Nimm dich vor der Schwarzen Wand in acht.«

Ningauble sagte zu Fafhrd: »Moment, ich habe ein Geschenk für dich«, und hielt ihm ein zerfetztes, etwa ein Meter langes Stoffband hin, das im Tuch seines langen Ärmels eingeklemmt war, so daß die Hand, die die Gabe hielt, nicht zu sehen war. Fafrhd nahm den Fetzen, knüllte ihn zusammen und steckte ihn in seinen Beutel.

»Behandle ihn gut«, sagte Ningauble warnend. »Das ist der Mantel der Unsichtbarkeit, der bei bestimmten Zaubereien getragen wird. Du darfst ihn erst dicht vor dem Basar der Gierigen anlegen. Er hat zwei kleine Schwächen: Er macht dich nicht völlig unsichtbar, wenn du es mit einem Meisterzauberer zu tun bekommst, der deine Gegenwart erspürt und gewisse Maßnahmen ergreift. Auch solltest du darauf achten, daß du nicht blutest, während du den Mantel trägst, denn er läßt das Blut sichtbar werden . . .«

»Ich habe auch ein Geschenk!« sagte Sheelba und zog aus seiner schwarzen Kapuzenöffnung ein Gebilde, das in der Dunkelheit bleichlich schimmerte wie . . .

Wie ein Spinngewebe.

Sheelba bewegte es, als wollte er eine Spinne herausschütteln.

»Die Binde aller Realität«, sagte er und steckte Fafhrd seine Gabe entgegen. »Sie zeigt dir die Dinge, wie sie wirklich sind. Du darfst sie erst anlegen, wenn du den Basar betrittst. Auf keinen Fall, wenn dir dein Leben lieb ist, darfst du sie gleich vors Auge heben!«

Fafhrd nahm das Gebilde vorsichtig entgegen, und ein Schauder lief ihm über den Rücken. Er war durchaus gewillt, die Weisungen des schweigsamen Zauberers zu befolgen. Im Augenblick hatte er wirklich wenig Lust festzustellen, wie Sheelba der Augenlose wirklich aussah.

Inzwischen las der Graue Mausling in dem interessantesten Buch des ganzen Haufens – in einer Zusammenfassung verborgenen Wissens, verfaßt in einer Schrift aus astrologischen und geomantischen Zeichen, deren Bedeutung ihm förmlich entgegensprang.

Um seine Augen ein wenig auszuruhen – und um das Buch nicht zu schnell zu lesen –, starrte er durch ein neunfach gewundenes Sehrohr auf eine Szene, die eigentlich nur den höchsten Himmel des Universums darstellen konnte, einen Himmel, in dem Engel schimmernd wie Fliegen herumhuschten und in dem sich einige wenige auserwählte Helden von ihrem großen Aufstieg ausruhten und kritisch auf die ameisenhafte Geschäftigkeit der Götter unter ihnen hinabschauten.

Um sich nun wiederum *davon* zu erholen, warf er einen Blick auf den scharlachroten Käfig, in dem das schönste, schlankste, dunkeläugigste Mädchen von allen saß.

Sie hockte dort auf den Fersen, und ihr Oberkörper war ein wenig zurückgeneigt. Sie trug eine rote Samttunika und hatte einen goldenen Haarschopf, der dicht und schmiegsam über ihr Gesicht fiel und es bis zu den geschürzten Lippen bedeckte. Mit den schlanken Fingern einer Hand teilte sie den seidig goldenen Vorhang und starrte spielerisch den Mausling an, während die Finger der anderen Hand in langsamem, gewichtigem Rhythmus ein paar goldene Kastagnetten bewegten, dann und wann jedoch in ein plötzliches Stakkato ausbrachen.

Der Mausling überlegte gerade, ob er nicht jetzt ein paar Drehungen der rubinbesetzten goldenen Kurbel versuchen sollte, als sein Blick im Hintergrund des Ladens auf die schimmernde Wand fiel. Er überlegte, woraus sie bestehen mochte. Aus unzähligen winzigen Diamanten? Aus schwarzen Opalen? Schwarzen Perlen? Aus schwarzem Mondschein?

Wie die Antwort auch lauten mochte – die Wand war überaus

interessant, und der Mausling legte hastig sein Buch hin, wobei er das neunfach gewinkelte Sehrohr als Lesezeichen benutzte – er war gerade bei einigen höchst interessanten Seiten über das Duellieren und hatte soeben die Universelle Parade und die fünf falschen Varianten und drei echten Formen des Verstohlenen Stoßes kennengelernt. Dann winkte er der betörenden Blondine kurz mit den Fingern zu und verschwand mit schnellen Schritten im hinteren Teil des Ladens.

Als er sich der Schwarzen Wand näherte, glaubte er einen kurzen Augenblick ein silbriges Gespenst oder vielleicht ein Silberskelett wahrzunehmen, das ihm entgegenkam – doch dann merkte er, daß es sich um sein eigenes Spiegelbild handelte, um eine Reflexion in dem dunkel schimmernden Material. Was ihm vorübergehend wie ein silberner Brustkorb vorgekommen war, entpuppte sich als Abbild der silbernen Schnüre auf seinem Wams.

Er grinste sein Spiegelbild an, streckte einen Finger aus, um den schimmernden Finger seines Gegenübers zu berühren, doch – o Wunder! – seine Hand drang in die Wand ein, und er spürte dabei nur das Kribbeln einer vielversprechenden Kühle, etwa als probierte er mit der Hand ein frisch bezogenes Bett.

Er betrachtete seine Hand in der Wand, und – ein zweites Wunder! – sie bestand aus herrlichem Silber, mit winzigen Schuppen übersät. Und obwohl es zweifellos seine Hand war – was er feststellte, indem er sie zur Faust ballte –, zeigte sie sich ohne Narben und merklich schlanker und mit längeren Fingern als zuvor, auf jeden Fall eine hübschere Hand, als er sie in Erinnerung hatte.

Er ließ die Finger hin und her schnellen, und es war, als beobachtete er einen kleinen silbrigen Fisch in dunklem Wasser.

Was für ein seltsamer Gedanke, dieses dunkle Aquarium oder Schwimmbecken aufrecht ins Haus zu nehmen, so daß man in aller Ruhe in die senkrechte Flüssigkeit hineinlaufen konnte und sich das lärmende athletische Hineinspringen und Tauchen ersparen konnte.

Und wie angenehm, daß das Becken nicht mit nassem, kaltem Wasser gefüllt war, sondern mit einer Art Schlafessenz! Einer Essenz, die außerdem noch kosmetische Eigenschaften besaß – eine Art Schlammbad ohne Schlamm. Der Mausling kam zu dem Schluß, daß er unbedingt ein Bad nehmen mußte, doch in diesem Augenblick fiel sein Blick auf eine lange, schwarze Couch am anderen Ende der schwarzen flüssigen Wand, und hinter der Couch auf einen kleinen hohen Tisch mit Gerichten und einem Kristallkrug neben einem Weinkelch.

Er ging an der Wand entlang, um sich seine Entdeckung näher anzusehen, und sein schönes Spiegelbild folgte ihm Schritt für Schritt.

Er ließ seine Hand in der Wand ein Stück mitwandern und zog sie schließlich heraus, wobei die Schuppen sofort verschwanden und den vertrauten Narben Platz machten. Die Couch entpuppte sich als schmaler, hochbordiger schwarzer Sarg, der mit gepolstertem schwarzem Satin ausgeschlagen war und an einem Ende einen Stapel kleiner schwarzer Satinkissen bot. Die Kiste machte einen sehr bequemen Eindruck; sie war nicht ganz so verlockend wie die Schwarze Wand, aber dennoch sehr attraktiv. In den Satin war zur Zerstreuung des »Bewohners« sogar ein Fach mit kleinen schwarzen Büchern eingelassen, daneben stand eine nicht brennende schwarze Kerze.

Die Sammlung auf dem kleinen Ebenholztisch auf der anderen Seite war überwiegend schwarz. Der Mausling beugte sich hinüber und kostete hier und da und stellte fest, um was es sich handelte: Da gab es sehr dunkles Roggenbrot, mit Mohn bestreut und mit schwarzer Butter bestrichen, dazu kohlegebratene Steaks, ähnlich zubereitete Kalbsleberscheiben mit dunklen Gewürzen bestreut, weiterhin dunkle Weintrauben, papierdünn geschnittene Trüffel, schwarzgebratene Pilze und eingelegte Kastanien – und natürlich reife Oliven und schwarzen Kaviar. Die schwarze Flüssigkeit im Krug, die beim Eingießen aufschäumte, erwies sich als Bier, das mit schäumendem Ilthmarwein durchsetzt war.

Er beschloß, zunächst den inneren Mausling ein wenig zu laben – jenen Mausling, der eine Art blindes Dasein zwischen seinen Lippen und seinem Magen führte. Erst dann wollte er schwimmen gehen in der Schwarzen Wand.

Fafhrd betrat den Platz der Dunklen Freuden zum zweitenmal. Vorsichtig ausspähend, hielt er den langen Fetzen des Mantels der Unsichtbarkeit zwischen Daumen und Zeigefinger der linken Hand und die schimmernde Binde aller Realität ähnlich vorsichtig in der Rechten.

Auf der anderen Seite des Platzes machte er den auffallend hellen Laden aus – jenen Laden, der eine Außenstelle der gefährlichen Gierigen sein sollte. Vor dem Laden bewegte sich unruhig eine Menschenmenge, die erregte Kommentare abgab und wilde Vermutungen anstellte.

Das einzige, was der Nordling auf diese Entfernung ganz deutlich ausmachen konnte, war der rotbehelmte Verkäufer in seinen weiten Hosen. Der Mann fegte gerade nicht, sondern stand neben dem spitzen Torbogen und stützt sich auf seinen langen Besen.

Mit schwungvoller Bewegung legte sich Fafhrd den Mantel der Unsichtbarkeit um den Hals. Das zerfetzte Band hing links und rechts auf seiner Brust herab. Er schaute an sich hinunter, ohne eine Veränderung zu bemerken, und ihm kamen Zweifel, ob der Zauber überhaupt funktionierte. Wie so manchem Wundertätigen machte es Ningauble nichts aus, völlig nutzlose Dinge herzugeben – nicht unbedingt, um dem Träger zu schaden, sondern um dessen Moral ein wenig anzuheizen. Fafhrd marschierte kühn auf den Laden los.

Der Nordling war ein großer, breitschultriger Mann – ein Eindruck, der hier im zivilisierten Lankhmar durch seine barbarische Kleidung und seine übermäßige Bewaffnung noch verstärkt wurde. Daher hielt er es für selbstverständlich, daß ihm das gewöhnliche Stadtvolk aus dem Weg ging; es wäre ihm gar nicht eingefallen, daß es auch anders sein könnte.

Nun erlebte er einen Schock. Schreiber, Herumtreiber, Krieger, Studenten, Sklaven, zweitklassige Händler und zweitklassige Huren – alle, die ihm sonst automatisch ausgewichen wären (letztere mit einem einladenden Hüftschlag), marschierten jetzt geradewegs auf ihn los, so daß er zur Seite springen, seinen Körper verdrehen, stehenbleiben und manchmal sogar zurückweichen mußte, um nicht angerempelt zu werden. Tatsächlich marschierte ein stürmischer Dicker fast mit seinem Spinngewebe davon.

Er war so damit beschäftigt, den Fafhrd-blinden Lankhmariern auszuweichen, daß er erst wieder zum Laden hinschaute, als er fast in der Tür stand. Und ehe er sich zum erstenmal richtig umsah, neigte er auch schon den Kopf, so daß sein linkes Ohr die Schulter berührte, und legte sich Sheelbas Spinngewebe vor die Augen.

Es fühlte sich wie ein ganz gewöhnliches Spinngewebe an, wie wenn man des Nachts zwischen zwei dichtstehenden Büschen hindurchgeht und mit dem Gesicht in ein solches Netz hineinläuft. Seine Umgebung schimmerte ein wenig, als sähe er sie durch ein feines Kristallgitter. Dann verschwanden das Schimmern und auch das merkwürdige gespannte Gefühl über seinen Augen, und Fafhrd konnte – soweit er das zu beurteilen vermochte – wieder völlig normal sehen.

Es stellte sich heraus, daß die Ladentür der Gierigen mit allerlei Unrat verstellt war – und zwar mit besonders widerlichem Unrat, mit alten Knochen, toten Fischen, Darmresten von Schweinen, vermodernden Totentüchern, die ungleichmäßig zusammengefaltet waren, dazu Glas- und Geschirrscherben, kaputte Kästen, stinkende tote Blätter, die schon vom Mehltau befallen waren, blutige Lumpen, beschmutzte Lendenschurze, große Würmer, die sich neugierig umsahen, hin und her huschende Tausendfüßler, unzählige Küchenschaben, Maden, die überall herumkrochen – und weniger angenehme Dinge.

Auf dem ganzen Durcheinander hockte ein Geier, der fast alle Federn verloren hatte und unter irgendeiner Krankheit zu leiden schien. Fafhrd hielt ihn für tot, bis das Tier eines seiner weißen Augen öffnete.

Das einzige vielleicht verkäufliche Objekt vor dem Laden – eine bemerkenswerte Ausnahme – war eine große schwarze Eisenstatue, etwas überlebensgroß, die einen hageren Schwertkämpfer von grimmigem und zugleich melancholischem Aussehen darstellte. Die Gestalt erhob sich auf ihrem rechteckigen Podest neben der Tür und stützte sich ein wenig auf ihr breites Langschwert und schaute düster über den Platz.

Die Statue weckte eine Erinnerung in Fafhrds Kopf – eine ganz frische Erinnerung, glaubte er zu wissen, aber dann kam er mit seinen Gedanken nicht weiter und gab das Problem auf. Bei einem Unternehmen wie diesem kam es auf Schnelligkeit an. Er lockerte seine Axt in ihrer Schlinge, zog lautlos Graywand aus der Scheide und betrat, sich erschaudernd an dem Unrat vorbeidrückend, den Basar des Bizarren.

Der Mausling, angenehm gesättigt durch das schmackhafte schwarze Essen und den schweren schwarzen Wein, wanderte wieder zur Schwarzen Wand und stieß seinen Arm bis zur Schulter hinein. Er schwenkte ihn herum, genoß die sanft fließende Kühle und bewunderte die zarten Silberschuppen und die übermenschliche Schönheit seines anderen Arms. Als nächstes ließ er sein rechtes Bein nachfolgen, schwang es hin und her wie ein Ballettänzer, der an der Stange übt. Dann atmete er vorsichtig ein und ließ sich noch weiter hineintreiben.

Als Fafhrd den Basar betrat, fiel sein Blick auf die herrlich gebundenen Bücher und Sehrohre und Kristallinsen, die der Mausling schon bewundert hatte – Dinge, die Ningaubles Theorie, die Gierigen verkauften nur Plunder, doch etwas zu widersprechen schienen.

Er entdeckte auch die wunderschönen Käfige aus juwelenbesetztem Metall und die schimmernden Ketten, an denen sie hingen, und die kostbaren Kurbeln an der Wand.

Jeder Käfig enthielt eine schimmernde, herrlich getönte dunkel- oder hellhaarige Spinne, fast kindsgroß. Die Tiere schwenkten von Zeit zu Zeit ihre langen klauenfüßigen Beine oder öffneten und schlossen die herabschwingenden Eßwerkzeuge. Dabei sahen sie Fafhrd aus wachsamen Augen, die in zwei juwelengleichen Reihen zu je vier angeordnet waren, starr an.

Mit der Spinne die Spinne fangen, überlegte Fafhrd und dachte an sein Spinngewebe und überlegte dann, was dieser Gedanke bedeuten mochte.

Hastig wandte er sich nützlicheren Überlegungen zu, doch er hatte sich kaum gefragt, ob er, ehe er weiter in den Laden vordrang, die Spinnen töten sollte, Spinnen, die wohl die Lasttiere irgendeiner Dschungelherrscherin waren – wieder ein Umstand gegen Ningaubles Unrat-Theorie! –, als aus dem hinteren Teil des Ladens ein leises Plätschern herüberklang.

Er mußte sofort an den Mausling denken, der ein Bad nahm. Der kleine graue Genießer badete gern, er liebte das lange gemütliche Ausharren in heißem, seifigem Wasser, das mit Duftstoffen angereichert war. Fafhrd eilte weiter, nicht ohne sich mehrmals besorgt umzusehen.

Er umging eben den letzten Käfig, ein scharlachrotes Gebilde mit der schönsten Spinne von allen – als er ein Buch bemerkte, in dem ein gewundenes Sehrohr lag – so wie auch der Mausling immer seine Bücher ablegte, mit einem Dolch als Lesezeichen.

Fafhrd blieb stehen und öffnete das Buch. Die weißen Seiten waren leer. Er legte sein gestärktes Auge an das Okular der Messingröhre und erschaute eine Szene, bei der es sich um die rauchige Hölle des Universums handeln konnte – ein grausamer Ort, an dem schwarze Teufel wie Tausendfüßler herumeilten, an dem festgekettete Sünder verzweifelt nach oben schauten und sich die Verdammten im Griff schwarzer Schlangen mit leuchtenden Augen und feuerspeienden Nüstern wanden.

Als er Röhre und Buch fallen ließ, hörte er den schwachen Aufprall von Wassertropfen. Er fuhr herum und starrte in die dunklen Winkel des Ladens und entdeckte dort endlich die perlschimmernde Schwarze Wand und ein Silberskelett mit Diamantenaugen, das eben darin verschwand.

Der kostbare Knochenmann – erneut war Ningaubles Unrat-Theorie widerlegt! – hatte allerdings noch einen Arm auf dieser Seite der Wand, und dieser Arm bestand nicht aus Knochen, nicht aus silbernen oder weißen oder etwa bräunlichen Knochen, sondern aus lebendig wirkendem Fleisch mit richtiger Haut darüber.

Als der Arm in der Wand versinken wollte, sprang Fafhrd blitzschnell vor und ergriff die Hand, ehe sie völlig eintauchen konnte. Nun wußte er, daß er da seinen Freund gepackt hatte, denn des Mauslings Griff war unverkennbar, so geschwächt er auch sein mochte.

Fafhrd zerrte, doch es kam ihm vor, als säße der Mausling in schwarzem Treibsand fest. Der Nordling legte Graywand auf den Boden, packte den Mausling am Handgelenk, stemmte sich mit den Füßen in die groben Pflastersteine und setzte zu einem gewaltigen Kraftakt an.

Mit schwarzem Platschen kam das Silberskelett aus der Wand und verwandelte sich dabei in einen starr blickenden Grauen Mausling, der – ohne seinen Freund und Retter anzusehen – im Bogen davonstolperte und kopfüber in den schwarzen Sarg stürzte.

Doch ehe Fafhrd seinen Kameraden aus dem neuen Gefängnis befreien konnte, waren schnelle Schritte zu hören, und zu Fafhrds

Überraschung kam die große schwarze Eisenstatue in den Laden gerannt. Sie hatte ihr Podest verlassen, war jedoch nicht ohne das zweischneidige Schwert gekommen, das sie nun wild um den Kopf kreisen ließ, während sie düsteren Blickes alle Schatten und Ecken des Ladens absuchte.

Der dunkle Blick strich über Fafhrd dahin, ohne ihn wahrzunehmen, fiel jedoch auf Graywand, das dort auf dem Boden lag. Beim Anblick des Langschwertes fuhr die Statue sichtlich zusammen, verzog wutentbrannt den Mund und kniff die schwarzen Augen zusammen. Sie warf durchdringende Blicke in alle Richtungen und begann in überraschenden Zickzackbewegungen, den Laden abzusuchen, wobei sie das dunkel schimmernde Schwert in niedrigen Sensenschlägen herumzischen ließ.

In diesem Augenblick starrte der Mausling mit aufgerissenen Augen über den Sargrand, hob schwach die Hand und rief mit leiser, trunkener Stimme: »Juchhuu!«

Die Statue hielt inne und starrte den Mausling mit einer Mischung aus Verachtung und Verblüffung an.

Der Mausling richtete sich in dem schwarzen Sarg auf, schwankte unsicher hin und her und fummelte in seinem Beutel.

»He, Sklave!« rief er der Statue fröhlich zu, »deine Waren sind ganz annehmbar. Ich nehme das Mädchen in rotem Samt.« Er zog eine Münze aus seinem Beutel, starrte sie aus unmittelbarer Nähe an und warf sie der Statue hin. »Das ist ein Penny. Und dann das neunmal geknickte Sehrohr. Noch ein Penny.« Er schleuderte die Münze. »Und *Grons Großartiges Kompendium Exotischer Dinge* – wieder ein Penny. Ja, und hier ist noch etwas für das Essen – sehr schmackhaft. Oh, hätte ich fast vergessen – noch eine Münze für die Unterkunft hier!« Er warf der dämonischen schwarzen Statue ein fünftes Kupferstück hin, lächelte selig und verschwand wieder in seinem Sarg. Man hörte das leise Rascheln des schwarzen Satins, als er in die Polsterung sank.

Der Mausling war noch mit seinem Münzenwerfen beschäftigt, als es Fafhrd aufgab, über das unsinnige Verhalten seines Kameraden nachzudenken. Er kam zu dem Schluß, daß es sinnvoller war, sich die Ablenkung zunutze zu machen und Graywand wieder aufzunehmen. Er zögerte nicht lange, doch schon war die schwarze Statue wieder kampfbereit – wenn sie überhaupt eine Sekunde abgelenkt gewesen war. Ihr Blick fiel auf Graywand, als Fafhrd das Langschwert berührte, und sie trat widerhallend mit dem Fuß auf und ließ ein hartes, metallisches »Ha!« vernehmen.

Offenbar wurde das Schwert unsichtbar, als Fafhrd es ergriff, denn die schwarze Statue folgte ihm nicht mit den Blicken, als er nun langsam die Stellung wechselte. Statt dessen legte sie das breite Schwert ab, nahm eine lange schmale Silbertrompete auf und setzte sie an die Lippen.

Fafhrd hielt einen sofortigen Angriff für geboten, ehe die Statue Verstärkung herbeirufen konnte. Er ging geradewegs auf das Ding los und holte dabei zu einem gewaltigen Schlag aus, wappnete sich gegen einen betäubenden Aufprall.

Die Statue blies, doch statt des erwarteten Alarmrufs wehte eine gewaltige weiße Wolke auf ihn zu, die wie dichter Hlal-Nebel alles auslöschte.

Fafhrd wich keuchend und hustend zurück. Der Nebel lichtete sich sehr bald wieder; das Pulver sank unnatürlich schnell zu Boden, und er konnte sich wieder auf seinen Angriff konzentrieren. Doch offenbar konnte ihn die Statue nun erkennen, denn sie starrte ihn direkt an, ließ wieder ihr metallisches »Ha!« erklingen und ließ in Erwartung des Angriffs die eigene Klinge um den Kopf wirbeln – als müßte sie für den Kampf ihr Uhrwerk noch aufziehen.

Fafhrd sah, daß seine Hände und Arme mit dem weißen Pulver bedeckt waren, das anscheinend überall an seinem Körper haftete – mit Ausnahme der Augen, die zweifellos durch Sheelbas Spinngewebe geschützt waren.

Die Eisenstatue kam wild um sich schlagend näher. Fafhrd fing den Hieb des großen Schwertes mit seiner Klinge ab, schlug zurück und wurde seinerseits pariert.

Von nun an war der Kampf ein ganz normales Schwertduell – außer daß Graywand mit jedem Schlag eine Kerbe hinnehmen mußte, während die etwas längere Waffe der Statue intakt blieb. Und jedesmal wenn Fafhrd die Abwehr des anderen durchbrach – was ihm nur im Zustoßen und nie durch einen Schlag gelang –, erwies es sich, daß der andere den Körper oder Kopf noch im letzten Augenblick unglaublich schnell zur Seite zucken ließ, als ahnte er jede Bewegung Fafhrds im voraus.

Zu der Zeit wollte es Fafhrd scheinen, als wäre dies der bedrükkendste und gewiß ermüdendste Kampf seines Lebens, und so war er nicht wenig verärgert, als der Mausling nun in seinem Sarg wieder emportaumelte, sich mit einem Ellenbogen auf der satinbeschlagenen Kante abstützte, das Kinn in die Hände legte, die beiden Kämpfenden breit angrinste und von Zeit zu Zeit wild auflachte und Unsinn brüllte wie: »Jetzt den Verstohlenen Stoß Nummer zweieinhalb, Fafhrd – steht da im Buch!« oder »Spring doch in den Ofen – das ist eine tolle Strategie!« oder – zur Statue gewandt: »Du mußt auch unter seinen Füßen fegen, du Schurke!«

Die Statue wich einer plötzlichen Attacke ihres Gegners aus und stieß gegen den Tisch, auf dem die Überreste der Mahlzeit standen – offensichtlich erstreckten sich ihre vorausschauenden Fähigkeiten nicht auf das, was hinter ihr war. Die Essensreste und Scherben ergossen sich auf den Boden.

Der Mausling lehnte sich über den Sargrand und wackelte tadelnd mit dem Finger. »Das wirst du aufwischen müssen!« rief er und wollte sich ausschütten vor Lachen.

Im Zurückweichen stieß die Statue nun gegen den schwarzen Sarg. Der Mausling klatschte der dämonischen Gestalt kameradschaftlich auf die Schulter und rief: »Los, weitermachen, du Clown. Bürste ihn ab!«

Aber am schlimmsten war es vielleicht, als er – während die beiden Kämpfer eine kurze Pause machten und keuchten – verschmitzt zu der ersten großen Riesenspinne hinüberwinkte, sein verrücktes »Juchhuuu!« ausstieß und dann rief: »Wir sehen uns nach dem Zirkus!«

Fafhrd, der müde den fünfzehnten oder fünfzigsten Kopfhieb parierte, dachte bitter: *Das hat man davon, wenn man kleine herzlose Verrückte retten will. Sheelbas Spinngewebe zeigt mir den Grauen Mausling in seiner ganzen Idiotie.*

Der Mausling war zunächst wütend gewesen, als ihn der Kampflärm aus seinem satingebetteten Schlummer weckte, doch als er nun sah, was da vorging, hatte er schnell seinen Spaß an der komischen Szene.

Denn ohne Sheelbas Spinngewebe sah der Mausling natürlich nur den verrückten rotbemützten Verkäufer, der in seinen lächerlich hochgerollten roten Schuhen herumsprang und eine zweite Gestalt mit seinem Besen bedrohte. Und dieser Mann war Fafhrd, der in ein

Mehlfaß gestürzt zu sein schien. Die einzige Stelle, an der der Nordling nicht weiß bestäubt war, zog sich schattig in Form einer Maske um seine Augen.

Was die Sache so überaus komisch erscheinen ließ, war die Tatsache, daß der mehlweiße Fafhrd die Bewegungen und Grimassen eines richtigen Kampfes absolvierte und sich dabei an die Regeln hielt; er parierte den Besenstiel, als wäre er eine gewaltige Doppelaxt oder sogar ein zweischneidiges Breitschwert.

Der Besen fuhr hoch, und Fafhrd starrte ihn an, legte die fantastische Nachahmung eines nervösgespannten Blickes auf die Bretter – trotz seiner seltsam beschatteten Augen. Dann fuhr der Besen wieder herab, und Fafhrd wappnete sich gegen den Schlag und schien ihn mit seinem Schwert nur mühsam abzufangen – und tat dann noch so, als werde er davon zurückgeworfen!

Der Mausling hatte keine Ahnung gehabt, daß Fafhrd so gut schauspielern konnte, wenn es sich auch um eine ziemlich mechanische Darstellung handelte, der das großangelegte dramatische Genie noch etwas fehlte, und er wieherte sein Vergnügen hinaus.

Dann berührte der Besen Fafhrd an der Schulter, und Blut floß.

Fafhrd, der nun verwundet war und wohl kaum gegen die schwarze Statue durchhalten konnte – obwohl deren eiserne Brust inzwischen auch auf und ab wogte wie ein Blasebalg –, entschloß sich zu einer schnellen Maßnahme. Wieder lockerte er seine Handaxt in ihrer Schlinge, und in der nächsten Kampfpause, da beide Kämpfer gleichzeitig zurückfuhren, brachte er die Klinge hoch und schleuderte sie in das Gesicht seines Gegners.

Anstatt der Axt auszuweichen oder sie abzuwehren, senkte die Statue ihr Schwert und machte nur eine kleine kreiselnde Bewegung mit dem Kopf.

Die Axt umschwang den hageren schwarzen Kopf wie ein silberner Komet und ging wie ein Bumerang wieder auf Fafhrd los – und sogar schneller, als Fafhrd sie abgeschleudert hatte.

Doch nun blieb Fafhrd die Zeit, sich etwas zu ducken und die Waffe mit der linken Hand aufzufangen, als sie an seiner Wange vorbeizischte.

Seine Gedanken waren plötzlich beflügelt. Er dachte daran, daß sein Gegner zwar jedem frontalen Angriff auszuweichen verstand, daß er aber den Tisch und den Sarg hinter sich nicht umgangen hatte. Fafhrd erkannte, daß der Mausling seit einem Dutzend Schlägen nicht mehr gelacht hatte, und entdeckte einen seltsam bleichen und nüchtern gewordenen kleinen Mann, der noch immer ein wenig verwirrt schien, der aber anscheinend entsetzt auf das Blut starrte, das Fafhrd am Arm hinablief.

Er versuchte seiner Stimme einen fröhlichen Klang zu geben und rief: »Komm, mach mit! Amüsier dich, du Clown! Hier ist dein Knüppel!« Und Fafhrd warf dem Mausling die Axt zu.

Ohne das Ergebnis seines Wurfes abzuwarten, ging er unter Aufbietung seiner letzten Kräfte zu einem erneuten Angriff über, der die dunkle Statue wieder gegen den schwarzen Sarg trieb.

Ohne den entsetzten Blick von der Schulter seines Freundes zu nehmen, streckte der Mausling im letzten Augenblick die Hand aus und fing die langsam herabwirbelnde Axt am Griff auf.

Als die schwarze Statue nun auf den Sarg zukam und offenbar zu einem gewaltigen Gegenangriff ausholte, beugte sich der Mausling vor, nun wieder sinnlos grinsend, und hieb mit der Axt auf den schwarzen Schädel ein.

Der eiserne Kopf teilte sich wie eine Kokosnuß, ohne völlig auseinanderzufallen. Fafhrds Handaxt, in der Kerbe eingeklemmt, schien plötzlich zu Eisen zu werden wie die Statue, und ihr schwarzer Griff wurde dem Mausling aus der Hand gerissen, als sich die Statue hochrichtete und erstarrte.

Der Mausling betrachtete bedauernd den eingeschlagenen Kopf – wie ein Kind, das noch nicht gewußt hatte, daß Messer scharf sind.

Die Statue hob ihr großes Schwert flach vor die Brust, wie einen Stab, auf den sie sich stützen wollte, fiel steif vornüber und stürzte polternd zu Boden.

Im gleichen Augenblick lief weißes Leuchten über die Schwarze Wand, erhellte zuckend den ganzen Laden, und grollendes Donnern echote aus ihren Tiefen herauf.

Fafhrd schob Graywand in die Scheide, zog den Mausling aus seinem schwarzen Sarg und brüllte ihm ins Ohr: »Los! Raus hier!«

Der Mausling rannte auf die Schwarze Wand zu.

Fafhrd packte ihn im letzten Augenblick am Handgelenk, stürzte auf die spitze Türöffnung zu, den Mausling mitziehend.

Das Donnern verhallte, und ein leiser, lockender Pfiff ertönte.

Wieder zuckte ein Leuchten über die Schwarze Wand, viel heller als zuvor, als raste dort ein Gewittersturm heran.

Der weiße Schimmer brannte eine Vision unauslöschlich in Fafhrds Gedächtnis: die Riesenspinne im hintersten Käfig preßte sich gegen die blutroten Gitterstäbe und starrte auf sie herab. Sie hatte helle Beine und einen samtroten Körper und einen goldschimmernden Haarschopf, unter dem acht tiefschwarze Augen hervorstarrten, während ihre Eßwerkzeuge wie die Klingen einer goldenen Schere herabhingen und in wildem Stakkatorhythmus wie Kastagnetten rasselten.

In diesem Augenblick wiederholte sich der lockende Pfiff. Auch dieser Laut schien von der rotgoldenen Spinne auszugehen.

Doch am unheimlichsten war für Fafhrd nun die Antwort des Mauslings, der sich nur widerwillig mitziehen ließ: »Ja, Liebling, ich komme ja! Laß mich los, Fafhrd. Laß mich zu ihr hinaufsteigen. Nur ein Kuß! Meine Süße!«

»Hör auf damit, Mausling«, knurrte Fafhrd entsetzt. »Das ist eine Riesenspinne!«

»Wisch dir doch die Spinnweben aus den Augen, Fafhrd!« erwiderte der Mausling. »Ein herrliches Mädchen ist das! So etwas bekommt man nur einmal zu Gesicht – und ich habe sie bezahlt! *Süße!*«

Dann erstickte das gewaltige Donnern seine Stimme und einen möglichen weiteren Pfiff, und wieder zuckte das Licht auf, heller als der Tag, gefolgt von einem weiteren gewaltigen Donnerschlag. Der Fußboden erbebte, der ganze Laden wurde durchgeschüttelt, Fafhrd zerrte den Mausling durch die Spitzbogentür ins Freie, und ein gewaltiger Blitz zuckte auf.

In seinem Licht erblickte er einen Halbkreis von Lankhmariern, die in alle Richtungen auseinanderstoben und mit entsetzten Gesichtern über die Schultern blickten, die auf der Flucht waren vor diesem bemerkenswerten Unwetter im Hausinnern, das sie ins Freie zu verfolgen drohte.

Fafhrd fuhr herum. Die Tür war verschwunden. Die Mauer war unversehrt.

Der Bazar des Bizarren hatte Nehwon verlassen.

Der Mausling saß auf dem feuchten Pflaster, wo Fafhrd ihn losgelassen hatte, und sagte in klagendem Tonfall: »Alle Geheimnisse der Zeit und des Raumes! Die Geheimnisse der Götter und der Hölle! Das schwarze Nirwana! Ein roter und goldener Himmel! Fünf Pennies verloren!«

Fafhrd biß die Zähne zusammen. Ein Entschluß reifte in ihm heran, geboren aus der Aufregung der letzten Stunde.

Bisher hatte er Sheelbas Spinngewebe und Ningaubles Fetzen nur zum Nutzen anderer eingesetzt. Jetzt wollte er damit zur Abwechslung etwas für sich entscheiden. Er wollte sich den Mausling eingehender ansehen – und überhaupt jede Person, die er kannte. Auch sein eigenes Spiegelbild wollte er studieren! Doch zuerst mußte er zum magischen Kern Sheelbas und Ningaubles vordringen!

Über ihm war ein leises »Pst!« zu hören.

Als er aufschaute, spürte er, wie ihm etwas vom Hals fortgerissen wurde, wie sich mit kaum spürbarem Kribbeln etwas von seinem Gesicht löste.

Einen Augenblick lang nahm er einen Schimmer wahr, der sich nach oben entfernte, und durch diesen Hauch glaubte er – wie durch eine dicke Linse verzerrt – ein schwarzes Gesicht mit spinnwebartiger Haut wahrzunehmen, die Mund und Nasenflügel und Augen umschloß.

Dann war das seltsame Aufblitzen auch schon vergangen, und er sah nur zwei Kapuzenköpfe, die über eine Dachkante zu ihm herabschauten. Leises Gelächter ertönte.

Schließlich verschwanden die beiden Köpfe, und da waren nur noch das Dach und der Himmel und die Sterne und die glatte Wand.

Michael Moorcock
(geb. 1939)

Der Engländer Michael Moorcock gehört zu den eigenwilligsten Autoren, die hier vorgestellt werden. Bereits mit achtzehn Jahren war er Redakteur des Magazins *Tarzan Adventures* (eines Comic-Heftes), für das er auch selbst Fortsetzungsgeschichten schrieb. Später übernahm er die Redaktion der Krimi-Serie *Sexton Blake*, schrieb dann eine Fantasy-Serie und machte sich dann auf eine Reise durch das nördliche Europa, bei der er als Gitarrist und Blues-Sänger auftrat. Nach eigenen Aussagen wurde ihm dabei in Hamburg der Rucksack mit allen bis dahin verfaßten und noch nicht veröffentlichten Manuskripten gestohlen, was ihn zu einem neuen schriftstellerischen Start veranlaßte.

1964 übernahm Moorcock das englische SF-Magazin *New Worlds*, das er in wenigen Jahren zu einem Sprachrohr für eine Erneuerung der Science Fiction machte, indem er dort den Autoren Raum für radikale sprachliche und stilistische Experimente gab. *New Worlds* befand sich immer am Rand der Pleite, und um das Magazin über Wasser zu halten, schrieb Moorcock weiter regelmäßig Fantasy-Romane. Im Rahmen von *New Worlds* entstand auch Moorcocks enigmatischer Held Jerry Cornelius, mit dem er den ambitionierten Versuch unternahm, einen Mythos für den Wandel des Lebensgefühls von den sechziger zu den siebziger Jahren zu schaffen. Außerdem schrieb Moorcock eine ganze Reihe von Büchern, die sich schwer einem bestimmten Genre zuordnen lassen – von der Science Fiction bis zum Spionagethriller.

Nach dem endgültigen Zusammenbruch von *New Worlds*, das es trotz seines Ruhmes nie zu höheren Auflagen brachte, wandte sich Moorcock der Schriftstellerei ganz zu, trat aber nebenher auch als Sänger und Songwriter der englischen Rockgruppe *Hawkwind* auf. Seine Vielseitigkeit, die sich auch in seinen thematisch sehr variablen, aber doch alle miteinander verknüpften Romanen zeigt, macht es schwer, auch nur ein andeutungsweise vollständiges Bild von ihm zu zeichnen. Er hat über sechzig Bücher veröffentlicht.

Schon von Jugend an interessierte sich Moorcock nach eigenem Bekunden mehr für Fantasy als für Science Fiction. Sein erster größerer literarischer Versuch, in dem sich seine späteren Themen fast alle bereits versammelt finden, war der Fantasy-Roman *Die goldene Barke*. Danach entwickelte er das Konzept des Multiversums, einer Vielzahl von Dimensionsebenen, in der es unzählige

Versionen der Erde und aller anderen Welten gibt und sich bestimmte Ereignisse ständig mit anderem Ausgang wiederholen – alles mit allem verschränkt. Moorcocks Fantasy-Helden sind in diesem Multiversum alle Inkarnationen eines einzigen Helden – des ewigen Helden, der den ewigen Kampf zwischen Chaos und Ordnung austragen muß. Dieses duale Prinzip findet sich in fast allen Erzählungen Moorcocks wieder.

Zu den Autoren, von denen Moorcock besonders beeindruckt ist, gehören J. B. Cabell und Mervyn Peake, aber auch Kafka und Thomas Mann. 1978 schuf er mit *Gloriana* ein völlig aus dem Rahmen seiner anderen Werke herausfallendes Fantasy-Epos, das an Eddisons Romane erinnert. Zur Zeit arbeitet Moorcock an einer ganzen Reihe von Romanprojekten, u. a. an einer Fantasy-Trilogie auf dem Hintergrund des Dreißigjährigen Krieges und an einer Folge von Romanen über den Holocaust im 20. Jahrhundert. Moorcock, der sich selbst nie darum kümmerte, wie man seine Werke etikettierte, wurde in den siebziger Jahren zu einer völlig eigenständigen literarischen Stimme in England – wie Peake oder Dunsany es auch gewesen sind.

Der Ewige Held

Die meisten von Moorcocks zahlreichen Fantasy-Romanen und -Erzählungen ranken sich um die verschiedenen Inkarnationen des Ewigen Helden. Dieser Ewige Held kämpft in dem niemals endenden Krieg zwischen Ordnung und Chaos, der alle Ebenen des Multiversums durchzieht. Das Multiversum ist Moorcocks kosmologisches Konzept, in dem es zahllose Zeit- und Wirklichkeitsebenen gibt, auf denen sich alle Ereignisse unter anderen Vorzeichen und mit anderen Ergebnissen wiederholen können.

Der Kampf wird geführt von Göttern, die sich des Ewigen Helden als Werkzeug bedienen, aber selbst den Gesetzen des Kosmischen Gleichgewichts unterworfen sind, nach denen keine Seite jemals die Oberhand gewinnen darf, damit der Kampf immer weiter geht. Der Gedanke erinnert stark an Eddisons ewigen Krieg in *Der Wurm Ouroboros*.

Die verschiedenen Inkarnationen des Ewigen Helden sind dabei durchaus nicht mit ihren vom Schicksal auferlegten Rollen einverstanden, sondern versuchen immer wieder auszubrechen, um ihr eigenes Leben zu führen. Da ist Elric von Melnibone, der als letzter Herrscher und zugleich Verräter eines Volkes von Zauberern den Untergang seines eigenen Reiches verursacht hat und als Ausgestoßener und Verfluchter im Dienst des Chaoslords Arioch über die Erde zieht; ein rotäugiger, schwächlicher Albino, der seine ganze Lebenskraft aus seinem seelenfressenden Zauberschwert Sturmbringer bezieht. Prinz Corum Jhaelen Irsei, der letzte des von den Menschen ausgerotteten vormenschlichen Volkes der Vadagh, zieht in einen aussichtslosen Kampf gegen die Götter des Chaos, um seine Väter zu rächen, und muß schließlich erfahren, daß er zwar sogar die Götter vernichten kann, doch die Menschen sich schnell neue Götter schaffen. Dorian Hawkmoon, der Herzog von Köln, rettet die Welt vor den grausamen Baronen eines zukünftigen Granbrettaniens, doch verwirren sich die Wirklichkeitsebenen dabei so, daß er auf paradoxe Weise seine eigene Zukunft verliert. Und die tragischste von all diesen Heldenfiguren ist vielleicht Erekosë, der als einziger immer um all seine Inkarnationen weiß und gegen seine Bestimmung rebelliert.

Die Geschichten dieser Helden sind miteinander verwoben. Sie begegnen sich bei verschiedenen Gelegenheiten und kämpfen auch gemeinsam. Auch gibt es Hinweise auf Moorcocks andere Romane, in denen es für sie ebenfalls versteckte oder offene Auftritte gibt. Besonders der Begleiter der Helden, ebenfalls eine unter den verschiedensten Namen auftretende feste Figur, wirkt wie eine weitere Inkarnation von Jerry Cornelius. Moorcocks ganzer Kosmos bekommt so eine schwindelerregende Vielschichtigkeit. Die Figuren bewegen sich irgendwo zwischen der ›Commedia del Arte‹, Cabells verschränkten Kosmen und den Marvel-Comics. Innerhalb der Fantasy stellt der Ewige Held eine der interessantesten, aber auch verwirrendsten Schöpfungen dar, in die man sich nur Roman für Roman ›einlesen‹ kann.

Lesehinweise:

Der Zyklus um den ›Ewigen Helden‹ zerfällt in eine Reihe von Unterzyklen, die inzwischen in verschiedenen Sammelausgaben herausgebracht worden sind:

Elric von Melniboné, München 1984 (Heyne 06/4101), enthält sechs Romane und Kurzgeschichtensammlungen um Moorcocks ersten Helden Elric.

Das Buch Corum, Bergisch Gladbach 1985 (Bastei-Lübbe 20072), enthält den ersten und zweiten ›Corum‹-Zyklus mit jeweils drei Bänden.

Der Herzog von Köln, Bergisch Gladbach 1986 (Bastei-Lübbe 13058), enthält den vierbändigen ›Runenstab‹-Zyklus um Dorian Hawkmoon, Herzog von Köln.

Der Weg nach Tanelorn, Bergisch Gladbach 1987 (Bastei-Lübbe 13074), enthält die dreibändige ›Chronik von Burg Brass‹, den zweiten Hawkmoon-Zyklus.

In Vorbereitung für 1989 ist *Der ewige Held* (Bastei-Lübbe 20117), der dreibändige Zyklus um John Daker, genannt Erekose.

Der erste Band eines neuen Fantasy-Zyklus, der im Europa des dreißigjährigen Krieges beginnt, ist:

Die Kriegsmeute, München 1985 (Heyne 06/4194)

Ein ähnlicher Kampf zwischen Ordnung und Chaos wie bei Moorcock spiegelt sich auch in der ›Magira‹-Serie des – trotz des englischen Pseudonyms – deutschen Autors Hugh Walker, deren erste, nicht abgeschlossene Fassung in der ›Terra-Fantasy‹-Reihe des Pabel-Verlages erschien. Von der neuen, überarbeiteten Fassung, deren Gesamtausgabe in Vorbereitung ist, liegen bislang vor:
Die Welt des Spielers, Rastatt 1985 (Moewig 5-188)
Die Ewige Schlacht, Rastatt 1985 (Moewig 7-188)
An den Gestaden der Finsternis, Rastatt 1986 (Moewig 10-188)

Siehe auch ← E. R. Eddison, ← James Branch Cabell, ← Mervyn Peake, → Karl Edward Wagner, → M. John Harrison

Um die Vernichtung seines Volkes zu rächen, dringt Corum, eine der Inkarnationen des ewigen Helden, bis zu einem der Chaosgötter vor. Diese Begegnung bildet den Höhepunkt des Romans ›Der Scharlachrote Prinz‹.

Im Haus des Chaos-Gottes

Wirbelndes Nichts umgab ihn. Farben umzuckten ihn, etwas kreischte, und Gelächter brachte seinen Kopf schier zum Bersten. Er versuchte einen weiteren Schritt.

Er stand auf der Oberfläche eines gewaltigen Kristalls, in den Millionen von Wesen eingeschlossen waren – Vadhagh, Nhadragh, Mabden, Ragha-da-Kheta und viele andere, deren Art ihm fremd war. Es gab Männer und Frauen, alle mit offenen Augen, alle starrten ihn an, alle streckten hilfesuchend die Hände nach ihm aus. Er hackte mit dem Schwert gegen den Kristall, aber er splitterte nicht einmal.

Er bewegte sich vorwärts.

Nun sah er alle fünf Ebenen gleichzeitig, eine über der anderen, so wie er sie als Kind gekannt hatte – wie seine Vorfahren sie gesehen hatten. Er war in einer Schlucht, einem Wald, einem Tal, einem Feld, einem anderen Wald. Er versuchte, sich auf eine Ebene zu beschränken, aber etwas hinderte ihn daran.

Brüllende Kreaturen stürmten auf ihn ein, zerrten mit den Zähnen an seinem Fleisch. Er schlug sie mit dem Schwert in die Flucht. Sie verschwanden.

Er überquerte eine Brücke aus Eis. Sie begann zu schmelzen. Abscheuliche Untiere mit scharfen Hauern warteten unten auf ihn. Das Eis zersprang. Er verlor seinen Halt. Er fiel.

Er versank in einem Strudel kochender Materie, die Formen schuf und sie sofort wieder vernichtete. Er sah Städte wachsen und zerfallen. Er sah Wesen, manche von bezaubernder Schönheit, andere unbeschreiblich häßlich; Gestalten, die Liebe in ihm erweckten, und solche, die Haß hervorriefen.

Gleich darauf war er wieder zurück in der Dunkelheit der riesigen Höhle, wo Unsichtbares kreischte und ächzte und huschend seinen Füßen auswich.

Corum wußte, daß jeder andere, der wie er dieses Grauen geschaut hätte, nun dem Wahnsinn verfallen wäre. Außer dem Auge Rhynns und der Hand Kwlls hatte er noch etwas von Shool, dem Zauberer, erhalten – die Fähigkeit nämlich, ungerührt auch den gräßlichsten Abnormitäten Auge in Auge gegenüberzustehen und sich nicht von Erscheinungen, gleich welcher Art, beeindrucken zu lassen.

Aber das bedeutete, daß er auch etwas verloren hatte –

Er tat einen weiteren Schritt.

Er befand sich knietief in schleimigem Fleisch, das formlos war, aber lebte. Es begann ihn einzusaugen. Er schlug mit dem Schwert um sich, war aber bald bis zur Mitte eingesunken. Er holte tief Luft und zwängte sich durch die eklige Masse.

Er befand sich unter einer Kuppel aus Eis, und um ihn herum standen Millionen von Corums. Dort war er unschuldig und vergnügt vor dem Auftauchen der Mabden; dort düster und grimmig mit seinem juwelenbedeckten Auge und der Mörderhand; dort kurz vor dem Sterben.

Ein weiterer Schritt.

Blut überflutete ihn. Er versuchte, auf die Beine zu kommen. Die häßlichen Fratzen von vier Reptilien erhoben sich aus der klebrigen Flüssigkeit und schnappten nach seinem Kopf.

Sein Instinkt befahl ihm, wegzulaufen. Aber er schwamm auf sie zu.

Er stand in einem Tunnel aus Silber und Gold. An seinem Ende befand sich eine Tür, durch die Lärm drang.

Mit dem Schwert in der Hand trat er hindurch.

Ohrenbetäubendes Gelächter erfüllte die gewaltige Halle, in der er sich nun befand.

Corum hatte den Palast des Schwertritters erreicht.

Die Größe der Halle wirkte einschüchternd auf Corum. Plötzlich kamen ihm seine Abenteuer, Empfindungen, seine Wünsche, seine Schuldgefühle unbedeutend, unwichtig vor. Das wurde noch durch die Tatsache verstärkt, daß er nicht sofort von Arioch empfangen wurde, wie er es erwartet hatte.

Im Gegenteil, Corum betrat den Palast unbemerkt; niemand

kümmerte sich um ihn. Das durchdringende Gelächter kam von einer Galerie, wo zwei Dämonen mit Schuppenhaut gegeneinander kämpften. Obwohl sie offensichtlich beide schon dem Tode nahe waren, brüllten sie vor Lachen und schienen sich über ihren Zweikampf zu amüsieren.

Es war dieses Duell, dem Arioch seine ganze Aufmerksamkeit widmete.

Der Schwertritter – der Herzog des Chaos – lag auf einem Haufen Schmutz und Unrat und schlürfte etwas eklig penetrant Riechendes aus einem Kelch. Er war unbeschreiblich fett, und sein Fleisch bebte, wenn er lachte. Er war völlig nackt und ganz wie ein Mabden gebaut. Schorf und kleinere Wunden waren überall auf seinem Körper zu sehen, besonders am Unterleib. Sein Gesicht war gerötet und abstoßend häßlich, und seine Zähne schienen verfault.

Corum hätte gar nicht gewußt, daß er überhaupt der Gott war, wenn nicht seine Größe gewesen wäre – Arioch war riesig wie eine Burg, und sein Schwert, das Symbol seiner Macht, hätte den höchsten Turm Erorns noch überragt, wenn man es aufrecht stellen würde.

Über die Wände der Hallen verliefen Galerien, eine über der anderen, bis hinauf zur fernen Kuppeldecke, die hinter dichtem Rauch verborgen war. Auf diesen Galerien befanden sich hauptsächlich Mabden jeglichen Alters, und die meisten nackt. Auf vielen der Galerien kopulierten sie, kämpften gegeneinander, fügten sich scheußliche Wunden zu. Auf manchen befanden sich auch andere Wesen, zum größten Teil Shefanhows, ein wenig kleiner als die beiden, deren Kampf die Aufmerksamkeit Ariochs galt.

Das Schwert war pechschwarz und hatte merkwürdige Muster eingraviert. Mabden knieten auf der Klinge und waren damit beschäftigt, das Muster zu putzen und zu polieren. Andere kletterten auf den Knauf und wuschen ihn, wieder andere ließen die Beine von der Parierstange baumeln und reparierten den goldenen Draht, mit dem sie umwickelt war.

Doch nicht alle arbeiteten. Viele kletterten wie Läuse auf dem feisten Wanst des Gottes herum, tummelten sich dort, stocherten an seiner Haut herum, tranken von seinem Blut und knabberten an seinem Fleisch. Nichts davon schien Arioch zu bemerken. Er hatte nur Augen für den Kampf auf der Galerie, der bis zum Tod geführt wurde.

War dies wirklich der allmächtige Arioch, dieser Fettwanst, der wie ein heruntergekommener Bauer im Schweinestall hauste? War dies tatsächlich die boshafte Kreatur, die ganze Nationen vernichtet hatte, die alle Rassen ausrottete, die sie nicht selbst erschaffen hatte?

Ariochs Gelächter erschütterte den Fußboden. Einige der parasitischen Mabden stürzten von seinem Körper. Ein paar blieben unverletzt, andere hatten sich Hals oder Gliedmaßen gebrochen und vermochten sich nicht mehr zu erheben. Ihre Kameraden kümmerten sich überhaupt nicht um sie. Geduldig erklommen sie wieder den Rumpf des Gottes und rissen mit ihren Zähnen winzige Fleischstücke aus seinem Körper.

Ariochs Haar war lang, strähnig und fettig. Auch hier kämpften die Mabden um Nahrungsreste, die in dem Filz hängengeblieben waren. Andere krochen im Körperhaar des Gottes herum und suchten nach Krümeln und sonstigem Genießbaren oder besonders zarten Stücken seines Fleisches.

Die beiden Dämonen taumelten zu Boden. Einer war nun tot, der andere fast, aber er lachte immer noch schwach. Dann erstarb jedoch auch sein Lachen.

Arioch schlug sich auf den Bauch und tötete dabei ein Dutzend Mabden, dann kratzte er sich. Er betrachtete uninteressiert die blutigen Überreste auf seiner Handfläche und wischte sie sich am Haar ab. Lebende Mabden fielen über die Leichenteile her und verschlangen sie gierig.

Dann drang ein gewaltiger Seufzer aus dem Mund des Gottes. Er begann mit einem schmutzigen Finger von der Größe einer Pappel in der Nase zu bohren.

Corum entdeckte, daß sich Stiegen von Galerie zu Galerie in die Höhe wanden, aber er hatte keine Ahnung, wo sich der höchste Turm des Palastes befinden mochte. Auf leisen Sohlen schlich er durch die Halle.

Trotzdem fiel dem Gott dieses Geräusch auf. Er wurde wachsam. Er legte seinen Kopf seitwärts und schaute sich um. Die riesigen Augen stierten Corum an, und plötzlich griff eine Titanenhand nach ihm.

Corum hob sein Schwert und hieb auf die Hand ein, aber Arioch lachte nur und griff den Vadhagh-Prinzen.

»Was ist denn das?« donnerte seine Stimme. »Das ist ja keiner von meinen. Keiner von meinen!«

Corum fuhr fort, auf die Hand einzuhauen, aber der Gott schien die Hiebe überhaupt nicht zu spüren, obwohl das Schwert tiefe Schnitte verursachte. Von Ariochs Schultern, von seinen Ohren und vom verfilzten Haar hängend, beobachteten Corum neugierige, aber erschrockene Mabden.

»Keiner von meinen!« dröhnte Arioch erneut. »Einer von seinen. Aye. Einer von seinen!«

»Von wem denn?« brüllte Corum, sich heftig wehrend.

»Von dem einen, dessen Palast ich erst vor kurzem an mich nahm. Von dem ernsten Gesellen. Von Arkyn. Arkyn von der Ordnung. Einer von seinen! Ich glaubte, sie wären schon alle tot. Ich kann sie nicht ständig im Auge behalten, diese kleinen Dinger, die ich nicht erschaffen habe. Ich verstehe sie nicht.«

»Arioch! Du hast alle meiner Rasse getötet!«

»Ah, gut! Alle, sagst du? Gut! Ist das die Botschaft, die du mir bringst? Warum hörte ich nicht schon früher davon, von einer meiner eigenen kleinen Kreaturen?«

»Laß mich los!« schrie Corum.

Arioch öffnete die Hand, und Corum stürzte auf den Boden. Er hatte nicht mit dieser Reaktion gerechnet.

Und erst jetzt wurde ihm die volle Ungerechtigkeit seines Schicksals bewußt. Arioch hatte keinen Haß auf die Vadhagh. Sie waren ihm genauso gleichgültig wie die parasitischen Mabden, die sich von seinem Körper nährten. Er wollte nur seine Palette von den alten Farben reinigen, wie ein Maler, ehe er ein neues Gemälde beginnt. Alles Leid und alle Grausamkeiten, die er und die Seinigen hatten erdulden müssen, verdankten sie den Launen eines gelangweilten, uninteressierten Gottes, der nur hin und wieder seine Aufmerksamkeit der Welt widmete, über die er herrschte.

Dann verschwand Arioch.

Eine andere Gestalt stand plötzlich vor Corum, und alle Mabden waren verschwunden.

Der andere war ein gutaussehender Mann, der Corum mit einer Art herablassender Zuneigung betrachtete. Er war ganz in Schwarz und Silber gekleidet, und eine Miniaturausgabe des schwarzen Götterschwerts hing an seiner Seite. Er bedachte den Vadhagh mit einem rätselhaften Lächeln. Er schien Corum das personifizierte Böse.

»Wer seid Ihr?« keuchte Corum.

»Ich bin Herzog Arioch, dein Herr. Ich bin der Lord der Hölle, ein Nobelmann aus dem Reiche des Chaos, ich bin der Schwertritter. Ich bin dein Feind.«

»Das seid Ihr. Das andere war wohl nicht Eure wahre Gestalt?«

»Ich bin, was immer du in mir sehen willst, Prinz Corum. Und meine ›wahre‹ Gestalt – nun, ich kann jede annehmen, die mir gefällt – oder dir. Hältst du mich für das Böse, so werde ich auch die Gestalt demnach wählen. Betrachtest du mich als gut, nehme ich die Gestalt an, die dazu paßt. Es ist mir persönlich gleichgültig. Mein einziger Wunsch ist, in Frieden zu leben, verstehst du? Und mir die Zeit angenehm zu vertreiben. Und wenn du gern ein Schauspiel geben willst, ein Drama, das du dir ausgedacht hast, spiele ich so lange mit, bis ich seiner müde bin.«

»Hattet Ihr nie andere Ambitionen?«

»Was? Nie? Vielleicht doch. Damals, möglicherweise, als ich noch gegen die Lords der Ordnung kämpfte, die früher auf diesen Ebenen herrschten. Aber jetzt habe ich gesiegt und das bekommen, was mir zusteht. Sind denn nicht alle Wesen in dieser Beziehung gleich?«

Corum nickte. »Vermutlich schon.«

Arioch lächelte. »Und was nun, kleiner Corum der Vadhagh? Du mußt bald vernichtet werden, weißt du? Nur, damit ich meine Ruhe habe, das verstehst du doch? Es ist gut, daß du auf meinen Hof gekommen bist. Als Belohnung werde ich dich königlich bewirten und dann, irgendwann, schnippe ich dich hinweg. Das Warum kennst du jetzt.«

Corum blickte ihn finster an. »Ich lasse mich nicht ›hinwegschnippen‹, Herzog Arioch.«

»Ich werde dich kaum fragen.« Arioch gähnte gelangweilt. »Aber sag mir, was kann ich tun, um dich zu unterhalten?«

Corum zögerte, dann bat er. »Mich interessiert Euer Palast. Zeigt Ihr mir alles? Ich habe noch nie etwas so Gewaltiges gesehen.«

Arioch hob die Brauen. »Wenn das alles ist –«

»Im Augenblick, ja.«

Der Gott lächelte. »Na schön. Außerdem kenne ich selbst noch nicht alle Räume.« Er legte eine Hand sanft auf Corums Schulter und führte ihn durch ein Portal.

Während sie eine prächtige Galerie mit glänzenden Marmorwänden entlangspazierten, sprach Arioch mit ruhiger, fast beschwörender Stimme. »Du mußt verstehen, Freund Corum, diese fünfzehn Ebenen hatten längst ein Stadium der Stagnation erreicht. Was tatet ihr Vadhagh und die anderen? Nichts! Kaum, daß ihr eure Städte und Burgen überhaupt noch verließet. Die Natur brachte Mohn und Gänseblümchen hervor. Die Lords der Ordnung sorgten dafür, daß alles im gleichmäßigen, geregelten Gang verlief. Es geschah überhaupt nichts. Wir haben eurer Welt so viel mehr gegeben, ich, mein Bruder Mabelrode und meine Schwester Xiombarg.«

»Wer sind diese anderen?«

»Du kennst sie, glaube ich, als die Schwertkönigin und den Schwertkönig – die Königin und der König des Chaos. Jeder von ihnen herrscht über fünf der weiteren zehn Ebenen. Wir nahmen sie den Lords der Ordnung ab. Das ist noch gar nicht so lange her.«

»Und Ihr konntet es nicht erwarten, sofort alles zu zerstören, was wahrhaftig und weise war?«

»Wenn du es sagst, Sterblicher.«

Corum schwieg. Ariochs überzeugende Stimme machte ihn unsicher. Schließlich murmelte er: »Ich glaube, Ihr belügt mich, Herzog Arioch. Hinter Euren Ambitionen muß mehr stecken.«

»Das ist reine Ansichtssache, Corum. Wir folgen unseren Launen. Wir sind jetzt sehr mächtig, und nichts und niemand kann uns etwas anhaben. Warum sollten wir nachtragend sein?«

»Einmal werdet auch Ihr vernichtet wie die Vadhagh. Aus dem gleichen Grund.«

Arioch zuckte die Achseln. »Vielleicht.«

»Ihr habt einen mächtigen Feind in Shool von Svi-an-Fanla-Brool! Hütet Euch vor ihm.«

»Dann kennst du Shool also?« Arioch lachte melodiös. »Armer

Shool. Er schmiedet seine Ränke, hetzt andere gegen uns auf und verleumdet uns. Ist er nicht drollig?«

»Drollig? Sonst nichts?« fragte Corum ungläubig.

»Aye – sehr drollig.«

»Er behauptet, Ihr haßt ihn, weil er fast so mächtig ist wie Ihr.«

»Wir hassen niemanden.«

»Ich traue Euch nicht, Arioch.«

»Welcher Sterbliche traut schon einem Gott!«

Sie stiegen eine Wendelrampe empor, die nur aus verdichtetem Licht zu bestehen schien.

Arioch blieb stehen. »Ich meine, wir sollten uns lieber einen anderen Teil des Palastes ansehen. Hier geht es nur zu einem Turm.« Etwas höher entdeckte Corum eine Tür, auf der sich ein strahlendes Zeichen befand – acht Pfeile um einen Kreis.

»Was bedeutet dieses Zeichen, Arioch?«

»Nichts. Es ist lediglich das Wappen der Chaoslords.«

»Nur ein Turm.« Arioch wurde ungeduldig. »Komm schon. Es gibt anderswo im Palast Interessanteres zu sehen.«

Widerstrebend folgte Corum ihm die Rampe wieder hinunter. Er glaubte nun zu wissen, wo Ariochs Herz aufbewahrt wurde.

Mehrere Stunden wanderten sie durch den Palast und betrachteten seine Wunder. Alles war von lichter Schönheit, nirgends auch nur die Spur von etwas Finsterem. Diese Tatsache allein beunruhigte Corum. Er war überzeugt, daß Arioch ihm etwas vorgaukelte.

Sie kehrten in die Halle zurück.

Die Mabden-Läuse waren verschwunden und mit ihnen auch der Schmutzhaufen, auf dem der feiste Gott geruht hatte. An seiner Stelle stand nun eine Tafel, mit Speisen und Getränken überladen.

»Leistest du mir Gesellschaft, Prinz Corum?«

»Ehe Ihr mich ›hinwegschnippt‹?« erkundigte er sich bissig.

Arioch lachte. »Wenn du deine Existenz noch eine Weile weiterführen willst – bitte, ich habe nichts dagegen. Du kannst nämlich meinen Palast nicht mehr verlassen. Und solange du mich mit deiner Naivität unterhältst, warum sollte ich dich da vernichten?«

»Fürchtet Ihr mich denn gar nicht?«

»Ich fürchte dich gar nicht.«

»Und fürchtet Ihr auch das nicht, was ich verkörpere?«

»Was verkörperst du denn?«

»Die Gerechtigkeit.«

Wieder lachte Arioch. »O wie klein doch dein Denken ist. Es gibt so etwas wie Gerechtigkeit nicht.«

»Es gab sie, als die Lords der Ordnung hier herrschten.«

»Alles kann eine kurze Weile existieren – sogar Gerechtigkeit. Aber der wahre Zustand des Universums ist die Anarchie. Es ist das Verhängnis der Sterblichen, daß sie das nicht einsehen wollen.«

Corum erwiderte nichts. Er setzte sich an die Tafel und begann zu essen. Arioch speiste nicht mit ihm, setzte sich jedoch ihm gegenüber und schenkte sich Wein ein. Corum legte die Gabel zur Seite.

Arioch lächelte. »Keine Angst, Vadhagh. Es ist nichts vergiftet. Glaubst du, ich hätte es nötig, Gift zu verwenden?«

Corum aß weiter. Als er gesättigt war, sagte er: »Nun möchte ich mich gern ein wenig ausruhen, wenn Ihr mir schon Eure Gastfreundschaft so großzügig gewährt.«

»Ah.« Arioch schien verblüfft. »Na gut, dann schlafe.« Er winkte mit der Hand, und Corums Kopf sank auf den Tisch.

Er schlief.

Corum begann zu erwachen und bemühte sich, seine Augen zu öffnen. Die Tafel war verschwunden. Verschwunden war auch Arioch. Die riesige Halle lag im Dunkeln, nur durch einige der Türen und von manchen Galerien drang schwaches Licht herein.

Er erhob sich. Träumte er? Hatte er alles, was bisher geschehen war, nur geträumt? Jedenfalls schien ihm, was er erlebt hatte, wie ein Alptraum. Aber so war ihm die ganze Welt erschienen, seit er vor so langer Zeit die damals noch heile Welt der Burg Erorn verlassen hatte.

Doch wo war Herzog Arioch? War er vielleicht ausgezogen, um irgendwo auf seinen fünf Ebenen neues Unheil zu stiften? Ohne Zweifel hatte er angenommen, daß seine Macht über Corum länger anhalten würde. Das mochte wohl auch der Grund sein, daß er alle Vadhagh auszurotten wünschte, weil er sie nicht verstehen konnte, nicht vorherzusehen vermochte, was sie vorhatten, weil er sie nicht geistig beherrschen konnte wie seine Mabden.

Mit einem Mal wurde Corum klar, daß er nun seine vielleicht einzige Chance hatte, zu dem Turm zu gelangen, wo Arioch sein

Herz aufbewahrte. Vielleicht glückte es ihm sogar noch zu fliehen, ehe der Schwertritter wiederkehrte, und zu Shool zurückzukommen, um Rhalina abzuholen. Es waren nun keine Rachegefühle mehr, die ihn bewegten. Alles, was er sich wünschte, war, seinem Abenteuerleben ein Ende zu machen und mit der Frau, die er liebte, in Frieden und Ruhe in der alten Burg am Meer zu leben.

Er rannte quer durch die Halle und die Treppe zu der Galerie mit den glänzenden Marmorwänden empor, bis er zu der Rampe kam, die lediglich aus Licht zu bestehen schien. Das Leuchten war nur noch ein dumpfes Glühen, aber die Rampe führte immer noch zu der Tür mit dem pulsierenden orangefarbigen Zeichen – den acht Pfeilen, die von einer Nabe aus gleichmäßig nach außen strahlten – das Zeichen der Chaosherrscher.

Heftig atmend rannte er die Spiralrampe hinauf, immer höher, bis der Rest des Palastes tief unter ihm lag; bis er die riesige Tür erreichte, vor der er sich wie ein Zwerg vorkam; bis er stehenblieb und überlegte; bis er sicher war, an seinem Ziel angelangt zu sein.

Das gewaltige Zeichen pulsierte gleichmäßig wie ein Herz, und sein Schein badete Corums Gesicht und Rüstung in rotgoldenem Licht. Er drückte gegen die Tür, aber es war, als wolle eine Maus das Portal zu einer Gruft öffnen. Er vermochte sie nicht zu bewegen.

Er benötigte Hilfe. Nachdenklich betrachtete er seine Linke – die Hand Kwlls. Konnte er Hilfe aus der düsteren Welt herbeirufen? Sicher nicht, ohne den Erscheinenden eine »Belohnung« bieten zu können.

Aber da ballte Kwlls Hand sich selbst zur Faust und begann in einem Licht zu glühen, das Corum blendete und ihn veranlaßte, sie so weit wie nur möglich von sich zu strecken, während er schützend seinen rechten Arm vor die Augen legte. Er fühlte, wie Kwlls Hand sich hob und gegen die mächtige Tür schlug. Ein Dröhnen wie das Läuten von riesigen Glocken ertönte. Er hörte ein Krachen, als ob die Erde selbst sich spalte. Und dann hing Kwlls Hand schlaff an seiner Seite. Er öffnete die Augen. Ein Stück der Tür, an der rechten unteren Ecke, war geborsten, und der Ritz war breit genug, daß er sich hindurchzuwinden vermochte.

»Nun hilfst du mir, so wie ich es immer gern gehabt hätte«, flüsterte er seiner Linken zu. Er bückte sich und kletterte durch den Spalt.

Eine weitere Rampe führte aufwärts über eine Schlucht glitzernder Leere. Eigenartige Geräusche kamen von irgendwoher, hoben sich, erstarben, näherten und entfernten sich wieder. Ein Ahnen von Gefahr hing in der Luft, ein Ahnen von Schönheit, von Tod, von ewigem Leben, von Gewalttätigkeit, von Frieden. Corum griff nach dem Schwert, ehe ihm die Nutzlosigkeit bewußt wurde. Er setzte den Fuß auf die Rampe und begann sie emporzusteigen.

Ein Wind schien sich zu erheben, und sein scharlachroter Mantel flatterte hinter ihm her. Kühle Brisen ließen ihn erschauern, und heiße Winde sengten seine Haut. Überall sah er Gesichter, und viele von ihnen glaubte er erkennen zu müssen. Manche waren riesig, andere unsagbar winzig. Augen beobachteten ihn. Lippen grinsten. Ein Wehklagen erhob sich und erstarb. Eine dunkle Wolke hüllte ihn ein. Ein schrilles Klingeln wie von gläsernen Glöckchen peinigte seine Ohren. Eine Stimme rief seinen Namen und echote ohne Ende. Ein Regenbogen legte sich um ihn, drang in seinen Körper und ließ ihn in allen Farben aufleuchten. Unbeeindruckt erklomm er weiter die lange Rampe.

Und nun bemerkte er, daß er sich einer Plattform am Ende der Rampe näherte, die über der Schlucht hing. Nichts befand sich unter ihr.

Auf der Plattform stand ein Podest, und auf diesem eine Plinthe. Darauf etwas, das pulsierte und Strahlen aussandte. Diese Strahlen umspielten mehrere Mabden Krieger und schienen sie zu lähmen. Alle hielten sie ihre Hände nach der Quelle dieser Strahlen ausgestreckt, und alle waren sie in dieser Haltung erstarrt, aber ihre Augen verfolgten Corum, als er sich dem Podest näherte. Schmerz war in den Augen und Neugier und eine Warnung.

Corum hielt an.

Das Ding auf der Säulenplatte war von tiefem, sanftem Blau und ganz klein. Er gleißte wie ein Juwel in Herzform. Mit jedem Schlag sandte es Lichtstrahlen aus.

Dies mußte Ariochs Herz sein.

Aber es schützte sich selbst, wie die erstarrten Krieger bewiesen, die es umringten.

Corum machte einen Schritt darauf zu. Ein Lichtstrahl traf seine Wange und verursachte ein Kribbeln.

Noch ein Schritt näher, und zwei weitere Strahlen erreichten ihn und ließen seinen Körper erschauern, lähmten ihn jedoch nicht. Dann war er an den Mabden-Kriegern vorbei. Noch zwei Schritte. Die Strahlen bombardierten seinen Kopf und seinen ganzen Körper, aber Corum empfand es als angenehm. Er streckte seine Rechte aus, um das blaue Juwel zu ergreifen, aber Kwlls Hand war schneller und packte Ariochs Herz.

»Die Welt scheint voll von Teilen von Göttern«, murmelte Corum. Er drehte sich um und sah, daß die Mabden-Krieger nicht länger erstarrt waren. Sie rieben sich die Gesichter und schoben ihre Schwerter in die Scheiden.

Corum wandte sich an den nächsten. »Warum suchtest du Ariochs Herz?«

»Nicht aus freiem Willen«, versicherte dieser ihm. »Ein Zauberer schickte mich und bot mir mein Leben, wenn ich ihm Ariochs Herz brächte.«

»Shool?«

»Aye – Shool. Prinz Shool.«

Corum blickte die anderen an. Sie nickten. »Shool schickte uns!«

»Und mich ebenfalls«, gestand Corum. »Ich ahnte nicht, daß er es schon so viele Male zuvor versucht hatte.«

»Es ist ein Spiel, das Arioch mit ihm spielt«, murmelte einer der Mabden-Krieger. »Ich erfuhr, daß Shool nur geringe eigene Macht besitzt. Arioch gibt Shool Kräfte, die dieser für seine eigenen hält, denn dem Schwertritter gefällt es, einen Feind zu haben, mit dem er spielen kann. Was immer Arioch auch unternimmt, er tut es nur aus Langeweile. Und jetzt habt Ihr sein Herz. Zweifellos rechnete er nicht damit, daß das Spiel einen unvorhergesehenen Lauf nehmen könnte.«

»Aye«, pflichtete Corum ihm bei. »Ich verdanke es einzig und allein Ariochs Sorglosigkeit, daß ich überhaupt bis hierherkam. Aber jetzt muß ich weg. Ich muß einen Weg aus dem Palast zurückfinden, ehe er entdeckt, was passiert ist.«

»Dürfen wir mit Euch kommen?« baten die Mabden.

Corum nickte. »Ja, doch beeilt euch.«

Sie schlichen vorsichtig die Rampe hinunter.

Auf halbem Weg begann einer der Mabden zu schreien, schlug mit den Händen wild um sich, dann stolperte er an den Rand der Rampe und stürzte hinab in die glitzernde Leere.

Sie beschleunigten ihr Tempo, bis sie den winzigen Riß an der unteren Ecke der mächtigen Tür erreichten und einer nach dem anderen hindurchkletterte.

Dann ging es die Lichtrampe hinunter, über die Galerie aus glänzendem Marmor und treppab zu der dunklen Halle.

Corum suchte die Silbertür, durch die er den Palast betreten hatte. Er umrundete die gewaltige Halle, und seine Füße begannen zu schmerzen, ehe er verstand, daß die Tür nicht mehr existierte.

Plötzlich war die Halle wieder hell erleuchtet. Die titanische, feiste Gestalt, die Corum bei seiner Ankunft gesehen hatte, lag wie zuvor auf dem Unrathaufen. Und wie zuvor tummelte sich das Mabden-Ungeziefer auf ihr und starrte ihm von den Achselhöhlen, dem Nabel und den Ohren entgegen.

»Ha, ha! Siehst du nun, Corum, wie gnädig ich bin? Ich habe dir alles gewährt, was dein Herz begehrt. Du hast sogar mein Herz. Aber ich kann natürlich nicht zulassen, daß du es wegträgst. Ohne mein Herz könnte ich hier nicht herrschen. Ich glaube, ich werde es in meine Brust zurücknehmen.«

Corum ließ die Schultern hängen. »Er hat uns zum Narren gehalten«, erklärte er seinen vor Schreck fast gelähmten Mabden-Gefährten.

»Er hat Euch nur benutzt, Sir Vadhagh«, widersprach ihm einer der Krieger. »Nie hätte er sein Herz selbst an sich nehmen können. Wußtet Ihr das nicht?«

Arioch schüttelte sich vor Lachen, daß die Mabden-Läuse auf den Boden purzelten. »Wie wahr! Wie wahr! Du hast mir einen großen Dienst erwiesen, Prinz Corum. Das Herz eines jeden Schwertherrschers wird an einem Ort aufbewahrt, zu dem ihm der Zutritt verwehrt ist. Auf diese Weise können die anderen sich versichern, daß er in seinem eigenen Reich bleibt. Er hat deshalb keine Möglichkeit, in ein anderes zu gehen und dort vielleicht die Macht eines Rivalenherrschers an sich zu reißen. Aber du, Corum, mit deinem uralten Blut und deinen ungewöhnlichen Fähigkeiten, vermochtest zu tun, was mir versagt war. Nun habe ich mein Herz und kann mein Reich in jede Richtung ausdehnen, wie es mir beliebt. Oder ich kann es auch bleibenlassen.«

»Da habe ich Euch also geholfen«, murmelte Corum bitter, »anstatt Euch zu schaden.«

Ariochs Gelächter erschütterte die Halle. »Genau so ist es. Ein großartiger Spaß, eh? Und nun gib mir mein Herz, kleiner Vadhagh.«

Corum drückte sich mit dem Rücken an die Wand und zog die Klinge. So stand er mit Ariochs Herz in der Linken und seinem Schwert in der Rechten. »Eher sterbe ich, Arioch.«

»Wie du willst.«

Die gigantische Hand griff nach Corum. Der Vadhagh schlüpfte unter ihr hinweg. Arioch brüllte vor Lachen. Er packte zwei der Mabden-Krieger. Sie schrien und wanden sich in seiner Hand, die er gemählich zu seinem scheunentorgroßen Mund mit den schwarzen verfaulten Zähnen hob. Und dann verschwanden sie in seinem Rachen, Corum hörte das Knirschen ihrer berstenden Knochen. Der Schwertritter schluckte und spuckte ein Schwert aus. Dann wandte er sich wieder Corum zu.

Der Vadhagh sprang hinter eine Säule. Ariochs Hand streckte sich aus. Die Finger tasteten nach ihm. Corum rannte.

Die Halle erzitterte unter dem Gelächter des Gottes, und die Mabden-Parasiten stimmten in das Lachen ein.

Eine Säule zerbarst, als Arioch auf seiner Suche nach Corum dagegenschlug.

Corum stürmte quer durch die Halle und sprang über die am Boden zerschmetterten Mabden hinweg, die vom feisten Bauch des Gottes gestürzt waren.

Arioch entdeckte ihn. Er packte ihn. Sein Gelächter verstummte.

»Gib mir jetzt mein Herz!«

Corum holte keuchend Luft und befreite seine beiden Hände aus dem weichen Fleisch, das ihn umgab. Die Hände des Giganten waren warm und schmutzig, die Nägel gebrochen.

»Gib mir mein Herz, kleines Wesen!«

»Nein!« wehrte Corum sich und rammte sein Schwert tief in den Riesendaumen, aber der Gott bemerkte es nicht einmal. Mabden hingen von den Brusthaaren und beobachteten ihn mit hohlem Grinsen.

Corums Rippen waren dem Zerbrechen nahe, aber immer noch weigerte er sich, das Herz Ariochs freizugeben.

»Es spielt keine Rolle«, murmelte Arioch und lockerte seinen

Griff ein wenig. »Ich kann euch beide, dich und mein Herz, gleichzeitig zu mir nehmen.«

Nun führte der Gott seine Hand zum offenen Mund. Sein Atem wehte in stinkenden Schwaden. Corum erstickte fast, aber er ließ nicht nach, sein Schwert immer wieder in die Titanenhand zu stoßen.

Ein Grinsen verzog die wulstigen Lippen. Alles, was Corum nun zu sehen vermochte, waren der Mund, die Nasenhöhlen und die Telleraugen. Der Mund öffnete sich weiter, um ihn zu verschlingen. Corum trieb sein Schwert in die Oberlippe und starrte in die rote Finsternis der Riesenkehle.

Da begann seine Linke zuzudrücken. Sie preßte Ariochs Herz zusammen. Nie hätte Corum das mit eigener Kraft vermocht. Aber wieder einmal handelte die Hand Kwlls von sich aus. Sie drückte und drückte.

Ariochs Grinsen erstarb. Die riesigen Augen weiteten sich.

Ein Schrei drang aus seiner Kehle.

Die Hand Kwlls verstärkte den Druck.

Arioch keuchte.

Das Herz begann in der Hand zu zerspringen. Strahlen rötlich blauen Lichtes schossen zwischen den Fingern hervor. Schmerz flutete Corums Arm empor.

Arioch begann zu wimmern. Sein Griff lockerte sich. Er torkelte zurück.

»Nein, Sterblicher. Nein –« Die Stimme klang pathetisch. »Bitte, Sterblicher, wir können doch –«

Da begann die feiste Gestalt des Gottes sich aufzulösen. Die Hand, die Corum hielt, verlor ihre Form.

Und der Vadhagh stürzte auf den Boden der Halle, die Stücke des geborstenen Herzens um ihn herum verstreut. Er blickte hoch und sah, wie Ariochs Körper sich in der Luft wand. Er hörte ein Wehklagen, und ehe die Sinne ihn verließen, vernahm er noch Ariochs letzte geflüsterte Worte:

»Corum von den Vadhagh. Du hast den ewigen Fluch der Schwertherrscher auf dich geladen!«

ALTE TRÄUME, NEUE WELTEN

In den sechziger Jahren begann für die Fantasy eine Entwicklung, die ihr zum ersten Mal Zugang zu einem Massenpublikum brachte und gleichzeitig eine Fantasy-Genreliteratur entstehen ließ. Es war der riesige Erfolg von Taschenbuchausgaben der Bücher J. J. R. Tolkiens, E. R. Burroughs' und Robert E. Howards, der amerikanische Verlage dazu ermunterte, Bücher unter dem Etikett ›Fantasy‹ oder ›Heroic Fantasy‹ anzubieten und sich nach entsprechenden Stoffen umzusehen.

Besonderen Einfluß hatte dabei die von Lin Carter herausgegebene Taschenbuchreihe ›Adult Fantasy‹ in der fast alle Klassiker von Morris bis Peake eine Neuausgabe erlebten.

Mit *Imaginary Worlds* schrieb Lin Carter auch das erste Werk der Sekundärliteratur, das sich ausschließlich mit Fantasy befaßt und sie ähnlich definiert, wie sie in dem vorliegenden Buch vorgestellt wird.

Nachdem man den ›Markt für Fantasy‹ entdeckt hatte, wandte sich dieser als Genre im Grunde erst Ende der sechziger Jahre auftretenden Literaturrichtung eine ganze Reihe neuer Autoren der Unterhaltungsliteratur zu.

Die amerikanischen Verlage hielten auf der anderen Seite Ausschau nach Manuskripten für Fantasy-Reihen und entdeckten sie u. a. im Jugendbuchbereich, wie Ursula K. LeGuins ›Erdsee‹-Triologie. Die Taschenbuchreihen boten nun auch Raum für epische angelegte umfangreiche Romane, der in den Magazinen früherer Zeiten gefehlt hatte – besonders in den siebziger Jahren entwickelte sich daraus ein Trend zu immer längeren Romanen. Es sollte nicht verwundern, daß sich unter den neuen Fantasy-Autoren viele fanden, die von der Science Fiction kamen, denn in der SF steht ja ebenfalls das Erfinden imaginärer Welten im Mittelpunkt. Seit Burroughs gibt es eine enge Verbindung zwischen Fantasy und SF, besonders in den USA, wo beide in erster Linie als Genreliteratur geschrieben werden.

Die neuen Autoren fanden die bereits fertigen Konzepte der Klassiker und der ›Sword and Sorcery‹ vor, und viele variierten einfach diese alten Stoffe, manche imitierten sie nur. Erhalten blieb der Grundgedanke der Fantasy, wie er bei Morris zum ersten Mal auftauchte: Unserer technischen Welt das Bild mittelalterlicher Zauberwelten entgegenzusetzen.

In dem folgenden Kapitel sollen einige Autoren vorgestellt werden, die der Fantasy neue Welten erschlossen, ob sie nun den Klischees des Genres neue Spielarten abgewannen oder ganz unabhängig davon ihre eigene Fantasy schrieben, wie Richard Adams mit seinem Kaninchen-Kosmos von *Unten am Fluß*.

Ray Bradbury
(geb. 1920)

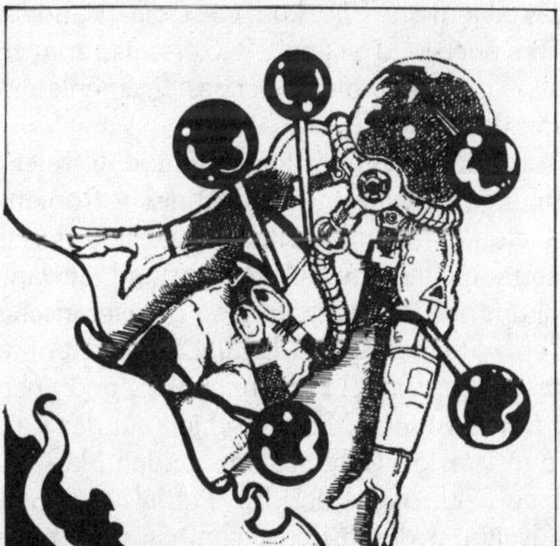

Bradbury gilt in erster Linie als Science-Fiction-Autor, obwohl sein Werk im Grunde der Fantasy viel näher steht. Richtig einordnen läßt er sich nirgendwo, aber er gilt als der literarisch angesehenste und bekannteste amerikanische Autor von phantastischen Kurzgeschichten. Kingsley Amis bezeichnete ihn als ›den Louis Armstrong der Science Fiction‹.

Als Sohn eines Provinzverlegers wurde Bradbury in der Kleinstadt Waukegan in Illinois geboren. Er wuchs mit ›Tarzan‹-, ›Buck-Rogers‹-, ›Flash-Gordon‹- und ›Prinz-Eisenherz‹-Comics auf, begeisterte sich für den Filmschauspieler Lon Chaney und lernte durch die SF-Magazin-Sammlung eines Nachbarn, nachdem die Familie nach Arizona umgezogen war, die Welten der Science Fiction kennen. Nach einem weiteren Umzug landete die Familie in Kalifornien, wo Bradbury die Oberschule besuchte und Kontakt mit Science-Fiction-Fanclubs aufnahm, über die er auch verschiedene damals bekannte Autoren des Genres kennenlernte. Bald begann Bradbury selbst zu schreiben, aber obwohl er ein eigenes SF-Fan-Magazin herausgab, orientierten sich seine Kurzgeschichten nicht an der damals üblichen SF. Ihn interessierten die Technik und die Raumfahrt als Mythos, nicht als Aufhänger für Abenteuer oder Propaganda für den Fortschritt. Sein selbstgestecktes Ziel war es, mit seinen Geschichten in die großen und anspruchsvollen Magazine für das allgemeine Publikum wie *Colliers* und *Harpers* vorzustoßen, was ihm auch bald gelang. 1946 erschien zum ersten Mal eine seiner Storys in einer Anthologie der besten amerikanischen Kurzgeschichten des Jahres.

Nach seinen ersten Erfolgen wurde er freier Schriftsteller. Seine Erzählungen zeigen eine anti-technische Romantik, stellen menschliche Gefühle in den Mittelpunkt und sind stilistisch brillant. Da sich Bradbury nie als Genre-Autor verstand, gewann er bald ein breites Publikum und die Anerkennung der literarischen Kritik, die ihn als großen zeitgenössischen Erzähler einstufte. François Truffaut verfilmte seinen Roman *Fahrenheit 451,* und auch seine Storysammlung *Der illustrierte Mann* erschien auf der Leinwand. Seine noch aus den vierziger Jahren stammenden Mars-Geschichten, die den Mars von Burroughs und Brackett als Mythos für die Vernichtung alter Kulturen durch den technischen Fortschritt nutzen, wurden 1979 für das Fernsehen als Serie verfilmt.

Der illustrierte Mann

In seinen Mars-Geschichten, die später als *Die Mars-Chroniken* herausgebracht wurden, und den Storys für seine mehrfach preisgekrönte Sammlung *Der illustrierte Mann,* die etwa zur gleichen Zeit entstanden, erfindet Bradbury keine Fantasywelten, sondern er schreibt über die Sehnsucht nach dem Lebensgefühl in diesen Welten.

Mit den Geschichten von Bradbury beginnt für die Fantasy eine neue Phase – wobei diese Geschichten im engeren Sinne keine Fantasy sind. Bradbury erfand keine magischen Reiche; er schreibt über Menschen, zu deren Leben die Träume und Schrecken der alten ›Pulp‹-Magazine als untrennbarer Bestandteil gehören. Besonders seine späteren Geschichten handeln oft nur von der Sehnsucht nach diesen Traumwelten, ohne den Helden mehr als einen flüchtigen Blick darauf werfen zu lassen.

Bradbury markiert den Übergang zu einer Zeit, in der die Motive der Fantasy und Science Fiction eigene Mythen des amerikanischen Alltags geworden sind. Zugleich sind diese Mythen bei Bradbury aber auch Ausdruck der Sehnsucht nach der Faszination, die man nur als Jugendlicher für Welten wie Burroughs' Mars empfinden kann. Die neueren Fantasy-Autoren, wie sie in diesem letzten Kapitel vorgestellt werden, haben wie Bradbury bereits eine bestimmte literarische Genretradition für ihre Werke, auch wenn sich der Name Fantasy dafür erst Ende der sechziger Jahre herauszukristallisieren begann.

In *Das Böse kommt auf leisen Sohlen* (1962) zeigt Bradbury das Eindringen des Phantastischen in die vertraute Alltagswelt wesentlich düsterer als in seinen früheren Kurzgeschichten. Hier bedroht ein dämonischer Wanderzirkus die Kinder einer amerikanischen Kleinstadt.

Noch einmal besonders hinzuweisen ist auf *Die Mars-Chroniken,* die zugleich Höhepunkt und Abgesang des von Burroughs und Brackett entworfenen Mars-Bildes sind. In den lose zusammenhängenden Geschichten wird das Ende der magisch-phantastischen Marsianerkultur durch die menschliche Eroberung des Mars gezeigt und der darauffolgende Untergang der irdischen Marskolonie durch dieselbe Technik, die sie errichtet hat. Aus dem Mars der Ruinenstädte und ausgetrockneten Meere ist bei Bradbury ein poetisches Bild für die Zerstörungskraft des technischen Fortschritts geworden. In der nachfolgenden Geschichte geht es ebenfalls um einen Flug zum Mars, dessen symbolische Bedeutung hier noch offener ausgespielt wird, indem er die letzte Zuflucht für alle Phantasie-(und Fantasy-)Geschöpfe der Literatur darstellt.

Lesehinweise:

Die wichtigsten Romane und Erzählungen von Bradbury sind beim Diogenes-Verlag als detebe-Taschenbücher einzeln oder auch komplett als Kassette zu erhalten:
Der illustrierte Mann, Zürich 1977 (Diogenes detebe 20365)
Fahrenheit 451, Zürich 1981 (Diogenes detebe 20862)
Die Mars-Chroniken, Zürich 1981 (Diogenes detebe 20863)
Die goldenen Äpfel der Sonne, Zürich 1981 (Diogenes detebe 20864)
Medizin für Melancholie, Zürich 1981 (Diogenes detebe 20865)
Das Böse kommt auf leisen Sohlen, Zürich 1981 (Diogenes detebe 20866)

Gleichfalls an der Grenze zwischen Alltagswelt und Phantasie angesiedelt sind die Romane von Peter S. Beagle:
Das letzte Einhorn, Stuttgart 1975 (Hobbit Presse/Klett-Cotta)
He! Rebeck!, Stuttgart 1982 (Hobbit Presse/Klett-Cotta)
Ein weiterer Roman von Beagle, *Das Volk der Lüfte,* ist bei Klett-Cotta in Vorbereitung.

Den amerikanischen Zauber feiert auf ähnliche Weise wie Bradbury auch:
Mark Helprin: *Wintermärchen,* Bergisch Gladbach 1984 (Lübbe; auch als Bastei-Lübbe Paperback 28147).

Mehr dem Horror als der Fantasy, aber mit nostalgischen Untertönen, neigen die folgenden Werke zu:

Robert Stallmann: *Werwelt,* München 1986 (Goldmann 23900), Sonderband mit drei zusammenhängenden Romanen.
Stephen King, *Das Jahr des Werwolfs,* Bergisch Gladbach 1985 (in verschiedenen Ausgaben erschienen, zuletzt als Bastei-Lübbe Taschenbuch 25007), illustriert im Stil alter Kalendergeschichten von Berni Wrightson.
Charles G. Finney, *Dr. Laos großer Zirkus,* Stuttgart 1984 (Hobbit Presse/Klett-Cotta)

Siehe auch ← Edgar Rice Burroughs, ← H. P. Lovecraft, ← Leigh Brackett

Die Verbannten

Ihre Augen glühten, und der Atem schlug flammend aus ihren Mündern, während die drei Hexen sich über den Kessel beugten und mit schmierigem Stock und knochigen Fingern den Inhalt prüften.

Sehen wir uns wieder am dritten Tag,
Bei Regen, Blitz und Donnerschlag?

Sie tanzten trunken am Gestade eines ausgetrockneten Meeres, verpesteten die Luft mit ihrem Hauch und versengten sie mit ihren bösartig glitzernden Katzenaugen.

Um den Kessel zieh den Kreis,
Und hinein den Giftdarm schmeiß . . .
Eilt euch, müht euch, Flamme lodre,
Feuer brenn und Kessel brodle!

Sie legten eine Pause ein und sahen sich suchend um. »Wo ist der Kristall? Wo sind die Nadeln?«

»Hier!«

»Gut!«

»Ist das gelbe Wachs geschmolzen?«

»Ja!«

»Gießt es in die eiserne Form!«

»Ist die Wachsfigur bereit?« Wie Sirup rann es von ihren grünen, knetenden Fingern.

»Stoßt die Nadel durch das Herz!«

»Den Kristall her, den Kristall! Zieh ihn aus der Kartentasche! Reib ihn blank, blick hinein!«

Mit weißen Gesichtern beugten sie sich über den Kristall.

»Seht, seht, seht . . .«

Ein Raumschiff raste durch den Weltraum von der Erde zum Mars. Menschen in dem Raumschiff lagen im Sterben.

Der Kommandant hob müde den Kopf. »Wir werden ihm Morphium geben müssen.«

»Aber, Kapitän . . .«

»Sie sehen doch selbst, in welchem Zustand sich der Mann befindet.« Der Kommandant hob die Wolldecke, und der Mann unter dem nassen Laken bewegte sich und stöhnte. Es roch nach Schwefel, und fernes Donnergrollen lag in der Luft.

»Ich hab' sie gesehen, ich hab' sie gesehen.« Der Mann öffnete die Augen und starrte aus der Luke, an der nur tiefschwarzer Raum vorüberzog, kreisende Sterne – und in der Ferne stieg der Mars groß und rot empor. Weit hinter ihnen lag die Erde. »Ich hab' sie gesehen – eine Fledermaus, ein riesiges Untier, eine Fledermaus mit einem Menschengesicht, wie sie über der vorderen Luke flatterte und flatterte und flatterte . . . und flatterte.«

»Puls?« fragte der Kommandant.

Der Krankenwärter zählte den Puls. »Hundertunddreißig.«

»Das hält er nicht lange aus. Geben Sie ihm Morphium. Kommen Sie, Smith.«

Sie gingen weiter. Plötzlich waren die Bodenplatten von Gebeinen und weißen, kreischenden Schädeln gesäumt. Der Kommandant wagte nicht, nach unten zu blicken, und das Gekreische übertönend fragte er: »Liegt hier Perse?« während er durch ein Schott in eine Kammer stieg.

Ein weißgekleideter Chirurg trat von einer Leiche zurück. »Ich verstehe das einfach nicht.«

»Woran ist Perse gestorben?«

»Wir wissen es nicht, Kapitän. Es war weder sein Herz noch sein Gehirn, noch ein Schock. Er ist einfach – gestorben.«

Der Kommandant griff nach dem Handgelenk des Arztes, das sich in eine zischende Schlange verwandelte und ihn biß. Der Kommandant zuckte mit keiner Wimper. »Nehmen Sie sich in acht. Auch Ihr Puls schlägt zu schnell.«

Der Arzt nickte. »Perse klagte über Schmerzen – Nadelstiche, sagte er – in seinen Handgelenken und Beinen. Sagte, er fühle sich wie schmelzendes Wachs. Er fiel zu Boden. Ich half ihm auf. Er weinte wie ein Kind. Sagte, eine silberne Nadel durchbohre sein

Herz. Er starb. Hier liegt er. Wir können die Autopsie wiederholen. Alles ist physisch vollkommen normal.«

»Das ist unmöglich! Er muß an *irgend etwas* gestorben sein!«

Der Kommandant schritt zu einer Luke. Er roch nach Menthol und Jod, und seine Hände mit manikürten und polierten Nägeln dufteten nach grüner Seife. Seine Zähne waren frisch geputzt und seine Ohren und Wangen vom Schrubben leicht gerötet. Seine Uniform strahlte hell wie frisches Salz, und seine Stiefel glänzten wie schwarze Spiegel. Selbst sein Atem war klar und frisch und rein. Sein kurzgeschorenes, krauses Haar roch scharf nach Alkohol. Nicht der geringste Fleck war an ihm zu entdecken. Er glich einem neuen Instrument, geschliffen und gerichtet, noch warm von der Gußform.

Seine Mannschaft stammte aus dem gleichen Guß. Sie waren wie teure, gut funktionierende und gut geölte Spielzeuge.

Der Kommandant beobachtete den Mars, der jetzt schnell größer wurde.

»In einer Stunde werden wir auf diesem verfluchten Planeten landen. Smith, haben Sie vielleicht auch Fledermäuse gesehen oder irgendwelche Alpträume gehabt?«

»Ja, Sir. In den Wochen, bevor unser Raumschiff von New York startete. Weiße Ratten bissen mir in den Hals und tranken mein Blut. Ich habe nichts davon erzählt, weil ich fürchtete, Sie würden mich nicht auf diese Reise mitnehmen.«

»Nur keine Angst«, seufzte der Kommandant, »auch ich hatte Träume. Fünfzig Jahre lang, solange ich lebe, habe ich nicht einen einzigen Traum gehabt, bis zu der Woche vor unserem Start von der Erde. Und dann träumte ich jede Nacht, ich sei ein weißer Wolf. Umzingelt auf einem schneebedeckten Hügel. Mit einer silbernen Kugel totgeschossen. Mit einem Pfahl in meinem Herzen vergraben.« Er deutete mit dem Kopf zum Mars hin. »Glauben Sie, Smith, daß *sie* von unserem Kommen wissen?«

»Wir wissen nicht einmal, ob es Lebewesen auf dem Mars gibt, Sir.«

»Nein? Vor acht Wochen, vor unserem Start schon, begannen sie uns abzuschrecken. Gerade haben sie Perse und Reynolds getötet. Gestern ließen sie Grenville blind werden. Wie? Ich weiß es nicht. Fledermäuse, Nadeln, Alpträume – Männer, die ohne jeden Grund sterben. Früher hätte man das Hexerei genannt. Aber wir schreiben jetzt das Jahr 2120, Smith. Wir sind aufgeklärte Menschen. All das *kann* einfach nicht passieren. Und doch geschieht es! Wer sie auch sein mögen, mit ihren Nadeln und Fledermäusen, sie werden versuchen, uns alle umzubringen.« Mit einem Ruck drehte er sich um. »Smith, holen Sie diese Bücher aus meinem Archiv. Ich brauche sie, wenn wir landen.«

Zweihundert Bücher stapelte er auf dem Boden auf.

»Danke, Smith. Haben Sie einen Blick darauf geworfen? Glauben Sie, daß ich geistesgestört bin? Vielleicht. Ist nur so eine wilde Vermutung von mir. Habe diese Bücher noch im letzten Moment aus dem Literarhistorischen Museum kommen lassen. Wegen meiner Träume. Zwanzig Nächte lang wurde ich erstochen, abgeschlachtet, war eine kreischende, auf einen Operationstisch gebundene Fledermaus, verrottete in einem Sarg unter der Erde – entsetzliche, grauenhafte Träume. Unsere ganze Mannschaft träumte von Hexen und Werwölfen, Vampiren und Gespenstern, Dingen, von denen sie überhaupt nichts wissen *konnten*. Warum nicht? Weil die Bücher über solche gräßlichen Themen vor hundert Jahren vernichtet wurden. Durch gesetzlichen Beschluß. Niemand durfte diese grausigen Bücher mehr besitzen. Die Bände, die Sie hier sehen, sind die *letzten* Exemplare, die für historische Zwecke in versiegelten Museumskammern aufbewahrt wurden.«

Smith bückte sich, um die verstaubten Titel lesen zu können.

»*Tales of Mystery and Imagination*, von Edgar Allan Poe. *Dracula*, von Bram Stocker. *Frankenstein*, von Mary Shelley. *The Turn of the Screw*, von Henry James. *The Legend of Sleepy Hollow*, von Washington Irving. *Rappaccini's Daughter*, von Nathaniel Hawthorne. *An Occurrence at Owl Creek Bridge*, von Ambrose Bierce. *Alice in Wonderland*, von Lewis Carroll. *The Willows*, von Algernon Blackwood. *The Wizard of Oz*, von L. Frank Baum. *The Weird Shadow Over Innsmouth*, von H. P. Lovecraft. Und noch mehr! Bücher von Walter de la Mare, Wakefield, Harvey, Wells, Asquith, Huxley – alles verbotene Autoren. Alle im selben Jahr verbrannt, als Allerheiligen und Weihnachten durch Gesetz abgeschafft wurden! Aber sagen Sie, Sir, was sollen diese Bücher uns hier im Schiff nützen?«

»Ich weiß es nicht«, seufzte der Kommandant, »noch nicht.«

Die drei Hexen hielten den Kristall hoch, in dem das Bild des Kommandanten flackerte, aus dem leise und hoch seine Stimme klang:

»Ich weiß es nicht«, seufzte der Kommandant, »noch nicht.« Mit glühenden Augen starrten die drei Hexen einander an.

»Wir haben nicht mehr viel Zeit«, sagte eine.

»Wir sollten die in der Stadt lieber warnen.«

»Sie müssen von den Büchern erfahren. Es sieht nicht gut aus. Dieser Narr von Kommandant!«

»In einer Stunde werden sie mit ihrem Raumschiff landen.«

Die drei Hexen schauderten und blickten zu der smaragdenen Stadt am Gestade des ausgetrockneten Marsmeeres auf. Im Fenster des höchsten Turmes stand ein kleiner Mann und hielt einen blutroten Vorhang beiseite. Er beobachtete den öden Landstreifen, wo die drei Hexen ihren Kessel rührten und Wachsfiguren formten. Weiter landeinwärts qualmten Zehntausende von blauen Feuern und Lorbeerbränden, rauchten schwarzer Tabak und Geißbockkraut, stiegen Zimtpulver und Knochenstaub leicht wie Motten empor zum nächtlichen Marshimmel. Der Mann zählte die wild flackernden, magischen Feuer. Als die drei Hexen zu ihm herstarrten, drehte er sich um. Der rote Vorhang fiel, und das ferne Fenster blinkte auf wie ein riesiges Auge.

Mr. Edgar Allan Poe stand am Turmfenster; sein Atem duftete leicht nach Alkohol. »Hekates Freunde sind heut' nacht sehr eifrig«, sagte er, als er weit unten die drei Hexen erblickte.

Eine Stimme hinter ihm entgegnete: »Ich habe vorhin Shakespeare am Strand gesehen, wie er sie anfeuerte. Allein Shakespeares Armee entlang der Meeresküste zählte heute nacht Tausende: die drei Hexen, Oberon, Hamlets Vater, Puck – alle, alle sind sie da – Tausende! Großer Geist, eine wahre Sintflut von Geschöpfen!«

»Guter William.« Poe drehte sich um. Er ließ den roten Vorhang zufallen. Einen Augenblick blieb er still stehen und ließ seine Blicke durch den von rohen Steinmauern eingeschlossenen Raum schweifen, über den Ebenholztisch, die Kerzenflamme, den anderen Mann, Mr. Ambrose Bierce, der äußerst faul dasaß, leise vor sich hin pfeifend Streichhölzer anzündete, zusah, wie sie abbrannten, und dann und wann leise in sich hinein lachte.

»Wir müssen es jetzt Mr. Dickens berichten«, sagte Mr. Poe. »Wir haben schon zu lange damit gezögert. Es kann sich nur noch um Stunden handeln. Kommen Sie mit mir zu seinem Haus, Mr. Bierce?«

Bierce blickte fröhlich lächelnd auf. »Ich habe gerade darüber nachgedacht – wie es uns wohl ergehen wird?«

»Wenn wir die Menschen im Raumschiff nicht töten oder abschrecken können, müssen wir selbstverständlich hier fortziehen. Wir gehen zum Jupiter, und wenn sie uns auf den Jupiter folgen, fliegen wir zum Saturn, und wenn sie uns auch dorthin nachkommen, lassen wir uns auf dem Uranus oder Neptun nieder, dann weiter zum Pluto . . .«

»Und wohin dann?«

Mr. Poes Gesicht sah abgekämpft aus; seine Augen brannten nur noch wie verglühende Kohlen, die Wildheit seiner Stimme war von Traurigkeit überschattet, seine Handbewegungen wirkten zerfahren, sein Haar fiel schlaff über seine weißen Augenbrauen.

»Wir besitzen den Vorteil der überlegenen Reisegeschwindigkeit und -art«, sagte er. »Wir können immer noch auf einen ihrer Atomkriege hoffen, völlige Auflösung, Wiederkehr des Mittelalters, Wiederkehr des Aberglaubens. Alle könnten wir dann im Laufe einer einzigen Nacht zur Erde zurückkehren.« Mr. Poes schwarze Augen brüteten unter seiner gewölbten, leuchtenden Stirn. Er starrte an die Decke. »Nun kommen sie also, um auch *diese* Welt zu vernichten? Können sie denn *nichts* unbefleckt lassen?«

»Stellt ein Wolfsrudel seine Verfolgung ein, bevor es seine Beute gerissen hat? Das kann eine feine Schlacht werden. Ich werde mich als Linienrichter betätigen und die Punkte beider Parteien zählen.«

Poe schwankte ärgerlich, leicht vom Wein benebelt. »Was haben wir ihnen getan? Im Namen Gottes, Bierce, kommen Sie auf unsere Seite! Hat man uns vielleicht ein gerechtes Gericht vor einem Tribunal von Literaturkritikern zugestanden? Nein! Man hat unsere Bücher in große Tröge geworfen, sie vernichtet, all ihre tödlichen Bakterien zerkocht. Zur Hölle mit ihnen allen!«

»Ich finde unsere Lage belustigend«, erklärte Bierce.

Ein hysterischer Ruf von der Wendeltreppe des Turmes unterbrach ihr Gespräch.

»Mr. Poe! Mr. Bierce!«

»Ja, ja, wir kommen schon!« Poe und Bierce stiegen hinunter und fanden einen Mann, der sich keuchend gegen die steinerne Wand des Aufganges lehnte.

»Haben Sie die Botschaft gehört?« schrie er, kaum daß er sie erblickte, sich an die beiden klammernd wie ein Mann, der sich vor dem Sturz in einen Abgrund fürchtet. »In einer Stunde werden sie landen! Sie bringen Bücher mit – alte Bücher, sagen die Hexen! Was suchen Sie im Turm zu einer solchen Zeit? Warum handeln Sie nicht?«

Poe antwortete: »Wir tun alles, was wir können, Blackwood. Für Sie ist all dies noch neu. Kommen Sie mit, wir suchen Mr. Charles Dickens in seinem Reich auf.«

Sie stiegen durch die hohl widerhallenden Schlünde der Burg hinab, ein grünlich schimmerndes Gewölbe nach dem anderen zurücklassend, hinab in Feuchtigkeit und modernden Verfall. »Macht euch keine Sorgen«, sagte Poe. »Ich habe all die Unsrigen für heute nacht rund um das Tote Meer versammelt. Eure Freunde und meine, Blackwood und Bierce. Alle sind sie gekommen. Die Tiere und die alten Weiber und die großen Männer mit den scharfen weißen Zähnen. Die Fallen sind gestellt; die Gruben, ja, und die Pendel. Der Rote Tod.« Er lachte leise. »Ja, sogar der Rote Tod. Ich habe nie gedacht – nein, ich habe wirklich nie gedacht, daß so etwas wie der Rote Tod einmal *wirklich* in Aktion treten sollte. Aber *sie* haben ihn herausgefordert, und sie sollen ihn haben!«

»Aber sind wir denn stark genug?« zweifelte Blackwood.

»Wie stark *ist* stark? Sie werden letzten Endes nicht gegen uns gewappnet sein. Sie besitzen nicht die entsprechende Phantasie. Diese sauberen jungen Raumfahrer mit ihren antiseptischen Pumphöschen und Aquariumshelmen, mit ihrer neuen Religion.«

Draußen vor der Burg schritten sie durch ein wäßriges Gebilde, einen Bergsee, der keiner war und wie der Nebel eines bösen Traumes vor ihnen zurückwich. Surren und Flügelschlagen füllte die

Luft, schwarze Schatten und Stoßwinde strichen vorbei. Stimmen verklangen, dunkle Gestalten taumelten um Lagerfeuer. Mr. Poe beobachtete die hin- und hergleitenden Weberschiffchen, die im Schein der Feuer Schmerz und Elend webten; die Nadeln, die Tod und Verderben in Wachsfiguren, tönerne Puppen stachen. Dünste nach wildem Knoblauch, Cayennepfeffer und Safran entwichen zischend aus den Hexenkesseln und füllten die Nacht mit beißender Bosheit.

»Macht weiter so!« sagte Poe. »Ich komme wieder!«

Die ganze Küste entlang schossen schwarze Gestalten in die Höhe und schwanden, wuchsen und lösten sich in schwarzen Rauch auf, der gen Himmel stieg.

Über ein einsames Moor und in ein enges Tal eilten Poe und Bierce und befanden sich unvermittelt auf einer mit runden Kopfsteinen gepflasterten Straße, in beißend kaltem, nebligem Wetter; Leute stampften auf steinigen Höfen hin und her, um sich die Füße zu wärmen; alles schwamm in bleichem Winterlicht, Kerzen flackerten in Bürofenstern, und Weihnachtstruthähne hingen in den Läden. In einiger Entfernung sangen ein paar dick angezogene Jungen, deren Atem wie kleine Wölkchen in der frostigen Luft hing: ›Gott schenk euch seinen Frieden‹, während die dumpf dröhnenden Schläge einer großen Uhr unablässig Mitternacht verkündeten. Vom Pastetenbäcker her huschten Kinder vorbei, die mit ihren schmutzigen kleinen Fäusten Tabletts umklammerten, auf denen unter silbernen Schalen dampfende Gerichte standen.

Bei einem Schild mit der Aufschrift SCROOGE, MARLEY UND DICKENS betätigte Poe den Türklopfer. Als die Tür aufschlug, scholl laute Musik ihnen entgegen. Und drinnen, hinter dem Rücken des Mannes, der ihnen einen säuberlich getrimmten Spitz- und Schnurrbart entgegenstreckte, klatschte Mr. Fezziwig in die Hände, und Mrs. Fezziwig tanzte mit strahlendem Lächeln zwischen anderen ausgelassenen Festgästen, während die Fidel zwitscherte und Gelächter silberhell durch den Raum klang. Truthähne und Schweinskopf und Gänse häuften sich auf dem mit Stechpalmenzweigen geschmückten Tisch, Fleischpasteten, gebratene Ferkel, Wurstkränze, Äpfel und Apfelsinen; und dort saßen auch Bob

Cratchit und Little Dorrit und Tiny Tim und Mr. Fagin und ein Mann, der ein Gesicht wie ein rohes Stück Fleisch hatte, wie ein Mostrichklecks, eine Käserinde, ein Bruchstück einer halb gargekochten Kartoffel – wer anders konnte das sein als Mr. Marley, in Ketten und seinem altvertrauten Gewand, während der Wein in Strömen floß und die knusprigen braunen Truthähne nach Kräften dampften!

»Was wünschen Sie?« verlangte Charles Dickens zu wissen.

»Wir sind gekommen, um Sie nochmals zu bitten, Charles«, sagte Poe. »Wir brauchen Ihre Hilfe.«

»Hilfe? Glauben Sie im Ernst, ich würde Ihnen gegen diese guten Menschen kämpfen helfen, die im Raumschiff zu uns kommen? Ich gehöre sowieso nicht hierher. Die Verbrennung meiner Bücher beruhte auf einem Mißverständnis. Ich bin kein Anhänger des Übernatürlichen, kein Dichter des Grauens und Entsetzens wie Sie, Poe, oder Sie, Bierce, oder die anderen. Ich habe nichts mit euch gräßlichen Leuten gemein!«

»Sie sind ein überzeugender Redner«, meinte Poe. »Sie könnten den Raumfahrern entgegengehen, sie einlullen, ihren Argwohn besänftigen, und dann – dann werden wir uns ihrer annehmen.«

Mr. Dickens beäugte scharf die Falten des schwarzen Umhangs, der Poes Hände verbarg. Lächelnd zog Poe eine schwarze Katze daraus hervor. »Für einen von unseren Besuchern.«

»Und für die anderen?«

»Das Begräbnis bei lebendigem Leibe!« meinte Poe, selbstzufrieden lächelnd.

»Sie sind ein grimmiger Mann, Mr. Poe.«

»Ich bin ein geängstigter, zorniger Mann. Ich bin ein Gott, Mr. Dickens, genau wie auch Sie und wir alle hier Götter sind, und unsere Geistesgeschöpfe – unsere Leute, wenn Sie wollen – sind nicht nur bedroht worden, sondern verbannt und verbrannt, zerrissen und der Zensur anheimgefallen, vernichtet und abgetan. Die Welten, die wir geschaffen haben, zerfallen zu Staub. Selbst Götter müssen kämpfen!«

»So?« Mr. Dickens legte den Kopf schief, ungeduldig, zum Fest, zur Musik, zur Tafelrunde zurückzukehren. »Vielleicht können Sie erklären, warum wir hier sind? Wie sind wir hierhergekommen?«

»Krieg gebiert Krieg. Zerstörung gebiert Zerstörung. Vor einem

Jahrhundert, im Jahre 2020, hat man auf der Erde unsere Bücher geächtet. Oh, welch eine gräßliche Tat – unsere literarischen Schöpfungen auf diese Art zu vernichten! Sie rief uns auf den Plan – woher? Aus dem Tode? Dem Jenseits? Ich mag keine abstrakten Begriffe. Ich weiß es nicht. Ich weiß nur, daß unsere Welten und unsere Geschöpfe uns riefen und daß wir versuchten, sie zu retten; und die einzige Rettung, die wir ihnen angedeihen lassen konnten, war unsere Flucht mit ihnen auf den Mars, wo wir ein ganzes Jahrhundert gewartet und gehofft haben, daß die Erde mit diesen Wissenschaftlern eines Tages von ihren eigenen Zweifeln überrannt würde. Jetzt aber kommen sie, um uns auch hier auszutreiben, uns und unsere finsteren Geschöpfe, die Alchimisten, Hexen, Vampire und Werwölfe, die eins nach dem andern durch den Weltraum zurückwichen, im gleichen Verhältnis, wie die Wissenschaft Breschen in jedes Land der Erde schlug und ihnen letzten Endes keine Alternative als den Auszug ließ. Sie müssen uns helfen. Sie verfügen über große Redegewandtheit. Wir brauchen Sie.«

»Ich wiederhole nur, ich bin keiner der Eurigen, und ich schätze weder Sie noch die anderen«, rief Dickens erbost. »Ich habe nicht mit Hexen und Vampiren und Mitternachtsgeschöpfen gespielt.«

»Und wie erklären Sie Ihre *Weihnachtsgeschichte*?«

»Lächerlich! *Eine* Geschichte! Nun ja, ich habe wohl noch ein paar andere über Gespenster geschrieben, aber was zählen die schon? Meine Hauptwerke enthielten nichts von diesem Unsinn!«

»Mißverständnis oder nicht, man hat Sie jedenfalls zu uns geschlagen. Man hat auch Ihre Bücher – Ihre Welten – zerstört. Sie müssen sie hassen, Mr. Dickens!«

»Ich gebe zu, daß sie dumm und gemein gehandelt haben, aber das ist auch alles. Gute Nacht!«

»Geben Sie uns wenigstens Mr. Marley mit!«

»Nein!«

Mr. Poe hetzte am mitternächtlichen Gestade des Toten Meeres entlang. Bei Feuer und Rauch blieb er kurz stehen, rief Befehle, prüfte die brodelnden Hexenkessel, die Gifte und die mit Kreidestrichen gezogenen Drudenfüße. »Gut!« sagte er und lief weiter. »Ausgezeichnet!« rief er und setzte seinen Lauf fort. Leute schlossen sich ihm an und rannten gemeinsam mit ihm weiter. Hier kamen Mr. Machen und Mr. Coppard. Und dort waren haßerfüllte Schlangen und tobende Dämonen, feuerspeiende Bronzedrachen und geifernde Vipern, Giftpfeile, Nesseln und Dornen und all das üble Strandgut des zurückweichenden Meeres der Phantasie, angetrieben am düsteren Strand der Verzweiflung, winselnd und zuckend und schäumend.

Mr. Machen blieb stehen. Er ließ sich auf den kalten Sand fallen und blieb dort sitzen, schluchzend wie ein kleines Kind. Sie versuchten ihn zu trösten, aber er hörte nicht auf sie. »Mir fiel gerade ein«, sagte er, »was wird wohl mit uns geschehen, wenn die letzten Exemplare unserer Bücher vernichtet sind?«

Die Luft brodelte.

»Sprechen Sie nicht davon!«

»Wir müssen aber«, jammerte Mr. Machen. »Denn jetzt, während das Raumschiff zu uns herabstößt, schwinden Sie, Mr. Poe, Sie, Mr. Bierce, Sie, Mr. Coppard – Sie alle schwinden langsam dahin. Wie Rauch aus einem Holzstoß. Fortgeblasen. Ihre Gesichter schmelzen dahin . . .«

»Tod! *Endgültiger* Tod für uns alle!«

»Wir existieren nur, weil die Erde es duldet. Wenn ein letzter Richtspruch heute nacht unsere letzten Werke vernichtet, würden wir ausgeblasen wie Kerzen.«

Coppard brütete vor sich hin: »Ich würde gern wissen, wer ich bin. In welchem irdischen Gehirn existiere ich heute nacht? In einer Hütte in Afrika? Im Geiste eines Einsiedlers, der meine Erzählungen liest? Ist er die einsam flackernde Kerze im Winde von Zeit und Wissenschaft? Der schwindende Schein, der mich hier im aufrührerischen Exil ernährt? Ist er es? Oder irgendein Junge, der mich in einer vergessenen Bodenkammer gefunden hat? Oh, letzte Nacht fühlte ich mich krank, krank bis ins Mark; denn genau wie das Fleisch einen Körper, hat auch die Seele einen solchen, und dieser Seelenkörper schmerzte, als wolle er auseinanderbrechen; letzte Nacht kam ich mir vor wie eine tropfende Kerze. Doch plötzlich sprang ich auf, von neuem Feuer erfüllt! Irgendein Kind, niesend vor Staub, hatte vielleicht gerade in einer finsteren Rumpelkammer auf der Erde ein abgegriffenes, vergilbtes Exemplar von mir gefunden! Und so ist mir noch eine kurze Frist gegeben!«

Die Tür einer kleinen Hütte am Strand sprang weit auf. Ein dünner, kleiner Mann, dem das Fleisch in Falten vom Leibe hing, trat heraus, setzte sich und starrte, ohne die anderen zu beachten, auf seine geballten Fäuste.

»Der tut mir am meisten leid«, flüsterte Blackwood. »Seht nur, wie jämmerlich er vergeht. Einst war er wirklicher als wir, die wir doch Menschen waren. Sie griffen ihn auf, einen dürren Gedanken, kleideten dieses Skelett über die Jahrhunderte in rosiges Fleisch, angetan mit rotem Samt, schneeweißem Bart und glänzenden schwarzen Stiefeln, gaben ihm Rentiere und Esel, Rauschgold, Palmen- und Tannenzweige. Und nachdem sie ihn jahrhundertelang regelrecht fabriziert hatten, ertränkten sie ihn sozusagen in einem Faß mit Lysol.«

Die Männer schwiegen.

»Wie mag es jetzt auf Erden sein?« grübelte Poe. »Ohne Weihnachten? Ohne heiße Kastanien, ohne Christbaum, Trommeln, Schmuck und Kerzen – nichts; nichts als Schnee und Wind und einsame, nur nüchterne Tatsachen geltenlassende Leute . . .«

Sie blickten alle zu dem dünnen, eingeschrumpften alten Mann mit dem zerzausten Bart und dem verblichenen roten Samtgewand hinüber.

»Kennen Sie seine Geschichte?«

»Ich kann sie mir vorstellen. Der Psychiater mit dem durchbohrenden Blick, der kluge Soziologe, der rachsüchtige, eifernde Erziehungswissenschaftler, die antiseptischen Eltern . . .«

»Eine beklagenswerte Situation«, sagte Bierce lächelnd, »für die Händler mit Weihnachtskram. Wie ich mich aus meinen letzten Erdentagen erinnere, begannen sie schon am Tage vor Allerheiligen Tannenbäume aufzustellen und Weihnachtslieder zu singen. Wenn sie nur gekonnt hätten, würden sie in diesem Jahr schon im September damit angefangen haben!«

Bierce sprach nicht weiter. Mit einem Seufzer fiel er vornüber. Als er auf dem Boden lag, hatte er nur noch Zeit zu sagen: »Wie interessant.« Und während sie alle schreckerstarrt zusahen, verbrannte sein Körper zu Staub, und die Asche floh in schwarzen Schwaden in alle Winde.

»Bierce, Bierce!«

»Er ist fort!«

»Sein letztes Buch vernichtet. Jemand auf der Erde hat es gerade verbrannt.«

»Gott gebe ihm Frieden. Nichts ist von ihm geblieben. Denn was sind wir anderes als Bücher, und wenn sie nicht mehr sind, sind auch wir nicht mehr.«

Ein Rauschen erfüllte die Luft.

Entsetzt schrien sie auf und blickten hoch. Im Himmel, geblendet von gleißenden Feuerstrahlen, sahen sie das Raumschiff! Rund um die Männer am Strand hüpften Laternenlichter; ein Winseln und Brodeln und ein Geruch nach kochenden Zaubertränken. Kerzenäugige Kürbisköpfe erhoben sich in die kalte, klare Luft. Hagere Finger ballten sich zu Fäusten, und eine Hexe kreischte aus zahnlosem Mund:

Schiff, Schiff, brich und zerfall!
Schiff, Schiff, stürz ins All!
Lodre auf wie dürres Laub!
Katzenfell und Mumienstaub!

»Zeit, weiterzuziehen«, murmelte Blackwood. »Auf zum Jupiter, weiter zu Saturn oder Pluto.«

»Die Flucht ergreifen?« schrie Poe in den Wind. »Nie!«

»Ich bin ein müder alter Mann!«

Poe starrte dem alten Mann ins Gesicht und glaubte ihm. Er kletterte auf einen gewaltigen Felsbrocken und blickte über die zehntausend grauen Schatten, grünfunkelnden Lichter und gelbglänzenden Augenpaare im pfeifenden Wind.

»Die Zauberpulver!« schrie er.

Ein atembeklemmender Dunst nach bitteren Mandeln, Moschus, Kümmel, Wurmsamen und Nieswurz stieg empor!

Das Raumschiff glitt herab – rasch und stetig, mit dem Kreischen eines verdammten Geistes! Poe tobte vor Wut! Er schüttelte ihm seine Fäuste entgegen, und ein ganzes Orchester von Haß, Gestank und Hitze schloß sich seinem Zornausbruch an! Riesige Fledermäuse schwangen sich empor! Brennende Herzen sausten wie Geschosse hoch und zerbarsten zu blutigem Feuerwerk in der verpesteten Luft. Herab, herab, gnadenlos herab – wie ein Pendel näherte sich die Rakete. Und Poe heulte, raste, tobte – und wich weiter zurück mit jedem Bogen, den das Raumschiff gierig durch die Luft schnitt. Das Tote Meer schien zu einer gewaltigen Fallgrube geworden zu sein, in der sie, gefangen, auf das Sinken der drohenden Maschine, den Fall des Richtbeils warteten; eine Lawine rollte auf sie zu!

»Die Schlangen!« kreischte Poe.

Und leuchtendes Höllengewürm in schlängelndem Grün raste auf das Raumschiff zu. Aber es kam unaufhaltsam herab. Eine letzte Schleife, ein Feuerstoß, eine letzte Bewegung, und es lag funkenstiebend auf dem Sand, eine Meile entfernt.

»Drauf!« schrie Poe. »Der Plan ist geändert! Unsere letzte Chance! Stürmt! Drauf! Drauf! Erstickt sie mit euren Leibern! Tötet sie!«

Und als hätte er einem tobenden Meer befohlen, über seine Ufer zu treten, sich aus seinem angestammten Bett zu lösen, breiteten sich Tod und Verbrechen aus, rasten Flammen wie Wind und Regen und Gewitterblitz über den Strand, ausgetrocknete Flußmündungen hoch, Schatten verbreitend und kreischend, pfeifend und winselnd, sich trennend und wieder vereinend, rasten auf das Raumschiff zu, das verloschen wie eine glatte metallene Fackel im fernsten Tal lag.

»Tötet sie!« kreischte Poe im Laufen.

Die Männer sprangen aus ihrem Raumschiff, Maschinenpistolen schußbereit. Sie pirschten umher, prüften schnüffelnd die Luft wie Hunde. Sie sahen nichts. Erleichtert atmeten sie auf.

Der Kommandant sprang als letzter heraus. Er erteilte ein paar kurze Befehle. Holz wurde zusammengetragen, entzündet, und Feuer sprang auf. Der Kommandant bedeutete seinen Leuten, im Halbkreis um ihn zu treten.

»Eine neue Welt«, begann er, sich zu ruhigem Sprechen zwingend. Dabei warf er dann und wann nervöse Blicke über die Schulter auf das ausgetrocknete Meer. »Die alte Welt liegt hinter uns. Ein neuer Anfang. Was wäre gleichnishafter, als daß wir uns hier um so fester zu Wissenschaft und Fortschritt bekennen.« Er nickte kurz seinem Leutnant zu. »Die Bücher.«

Das Licht der Flammen ließ die verblichenen goldenen Titel aufglänzen: *The Willows, The Outsider, Behold, The Dreamer, Dr. Jekyll and Mr. Hyde, The Land of Oz, Pellucidar, The Land that Time*

Forgot, A Midsummer Night's Dream und die ungeheuerlichen Namen von Machen und Edgar Allan Poe, Cabell und Dunsany, Blackwood und Lewis Carrol; die alten Namen, die sündhaften Namen.

»Eine neue Welt. Mit dieser Geste verbrennen wir die Reste einer vergangenen Welt.«

Der Kommandant riß die Seiten aus den Büchern. Blatt für Blatt ließ er sie in das Feuer fallen.

Ein Schrei!

Die Männer sprangen zurück und starrten über das Feuer hinweg zum Rande des nahen, ausgetrockneten Meeres.

Noch ein Schrei! Ein hoher, heulender Ton wie der Tod eines Drachen und das Toben eines Wales, wenn die Wasser des Meeres durch den Kies absickern und den Leviathan keuchend auf dem Trockenen zurücklassen.

Das Sausen von Luft, die in ein Vakuum einbricht, wo soeben noch etwas gewesen ist!

Der Kommandant vernichtete säuberlich das letzte Buch, indem er es in das Feuer warf.

Die Luft hörte auf zu beben.

Schweigen!

Die Raumfahrer beugten sich vor und lauschten.

»Kapitän, haben Sie das gehört?«

»Nein.«

»Wie eine Woge, Sir. Auf dem Grunde des Meeresbeckens! Mir war eben, als sähe ich dort etwas. Eine schwarze, riesige Woge, die auf uns zuraste.«

»Sie haben sich getäuscht.«

»Dort drüben, Sir!«

»Was?«

»Können Sie sehen? Dort! Die Stadt! Dort drüben! Die grüne Stadt am See! Sie bricht auseinander. Sie stürzt ein!«

Die Männer blickten hinüber und drängten sich vor.

Smith stand zitternd unter ihnen. Er legte die Stirn in die Hand, als wolle er dort einen Gedanken greifen. »Ich erinnere mich . . . ja, jetzt weiß ich es wieder. Es ist lange her. Als ich noch ein Kind war, las ich ein Buch. Eine Erzählung. Oz, hieß sie, glaube ich. Ja, Oz. Oz, die smaragdene Stadt . . .«

»Oz? Nie davon gehört.«

»Ja, das war Oz. Gerade habe ich sie gesehen, genau wie in dem Buch. Ich sah sie einstürzen.«

»Smith!«

»Ja, Sir.«

»Melden Sie sich morgen zur Psychoanalyse.«

»Jawohl, Sir!« Ein kurzer militärischer Gruß.

»Nehmen Sie sich in acht.«

Auf Zehenspitzen und mit schußbereiten Waffen schwärmten die Männer über den Lichtkreis des Raumschiffes hinaus, ließen ihre Blicke über das weite, ausgetrocknete Meer und die niedrigen Hügel schweifen.

»Na so was«, flüsterte Smith enttäuscht. »Hier ist wohl überhaupt niemand, wie? Nicht eine Menschenseele.«

Der Wind blies winselnd Sand über seine Schuhe.

Ursula Kroeber Le Guin
(geb. 1929)

Ursula K. LeGuin wurde in Berkeley/Kalifornien als Tochter einer Schriftstellerin und eines Ethnologen und Kultur-Anthropologen geboren. Sie studierte französische und italienische Geschichte der Renaissance an der Columbia Universität und erhielt ein Stipendium für ein Aufbaustudium in Frankreich, wo sie ihren Mann, den Historiker Charles A. LeGuin, kennenlernte, den sie 1953 heiratete. Die LeGuins haben zwei Töchter und einen Sohn und leben mit ihren Kindern und vielen Katzen in Portland/Oregon. In den fünfziger Jahren unterrichtete Ursula K. LeGuin an amerikanischen Universitäten, in den sechziger Jahren begann sie Science Fiction und Fantasy zu schreiben, in den Siebzigern kehrte sie mit Kursen über Science Fiction an die Universitäten zurück, zumindest gelegentlich, denn inzwischen ist sie eine der meistgelesenen und wichtigsten amerikanischen Autorinnen phantastischer Literatur.

1968 erschien der erste Band der ›Erdsee‹-Trilogie, ihres wichtigsten Fantasy-Werks, der eigentlich als Kinderbuch veröffentlicht worden war, dann aber schnell zu einer Entdeckung der amerikanischen Fantasy-Leser wurde. Im Mittelpunkt steht der Magier Ged, dessen Lebensweg von der Kindheit bis ins hohe Alter erzählt wird. Auch in einigen Fantasy-Kurzgeschichten, zu denen die in diesen Band aufgenommene gehört, steht die Welt von Erdsee mit ihrer Magie der Namen im Mittelpunkt.

In der Fantasy und in der Science Fiction schöpfte Ursula K. LeGuin die Möglichkeiten dieser Literatur voll aus und erweiterte sie zugleich um etwas, was sie selbst Psychomythen nannte – Versuche, Grundprobleme der menschlichen Psyche mit Bildern der phantastischen Literatur darzustellen. In ihrem inzwischen berühmten, preisgekrönten Roman *Winterplanet* beantwortet sie etwa Fragen der menschlichen Sexualität, indem sie Wesen einer fremden Welt beschreibt, die in regelmäßigen Abständen ihr Geschlecht wechseln.

Erdsee

Inmitten des Weltozeans liegen Tausende großer und kleiner Inseln – das ist die Welt Erdsee. Das beherrschende Element dieser Welt, die irgendwo in einer fremden Zeit angesiedelt ist, stellt die Magie dar. Doch bedeutet die Magie in Erdsee keinen okkulten Ersatz für die moderne Technik oder die Beschwörungen böser, dämonischer Mächte, wie sie sonst in der Fantasy meist gezeigt wird. Sie ist die große philosophische Lehre von Erdsee. Durch sie und mit ihr begreifen die Menschen von Erdsee ihre Welt. Die ›Lehren des Don Juan‹ eines Carlos Castaneda könnten der Magie von Erdsee nahestehen, doch mit Lovecrafts ›Necronomicon‹ oder getarnten PSI-Kräften hat sie nichts gemein.

Die drei ›Erdsee‹-Romane beschreiben den Lebensweg des Magiers Ged von seiner Zeit als Zauberschüler auf der Insel der Magier bis zu seiner letzten großen Tat im Alter, mit der er Erdsee vor dem Untergang bewahrt, indem er der Welt ihre Magie rettet, ohne die Erdsee nicht bestehen kann. Der Zyklus verfolgt Geds Reifeprozeß in der Art eines Entwicklungsromans, ohne daß es dabei jedoch an Drachen, Kämpfen und Abenteuern fehlen würde.

Mit Erdsee hat Ursula K. LeGuin eine der ersten Fantasy-Welten geschaffen, die als Entschuldigung für ihre Existenz keine Anlehnung an bestehende Mythen mehr braucht und auch nicht auf die Konventionen der ›Sword and Sorcery‹ zurückgeht. Wir erfahren nicht, ob wir uns auf einem anderen Planeten befinden oder wo genau in Raum und Zeit diese Welt anzusiedeln ist. Die Autorin nimmt es als ihr selbstverständliches Recht in Anspruch, uns eine Welt ihrer Phantasie zu zeigen, der sie eigene Gesetze gegeben hat. Diese Welt ist zugleich eine Mischung aus der mytholigischen Fantasy eines Tolkien und der Weltenschöpferei der Science Fiction, wie sie für die Fantasy der siebziger Jahre typisch sein wird. Erdsee hat keinerlei mythologische Quellen und Rechtfertigungen in bereits bestehendem Sagengut. Es ist eine frei erdachte Welt, aber sie ist dabei keine Welt der Flucht in einer Zeit, ›als alle Männer Helden und alle Frauen schön‹ waren. Wie die fremden Planeten der Science Fiction ist es eine ›rationale‹ Welt, in der es keine scharfe

Trennung zwischen Gut und Böse, keine idealisierenden Momente gibt. Es ist eine Welt, deren soziale und technische Entwicklung mittelalterlich wirkt, aber sie hat mit dem historischen Mittelalter nicht das geringste zu tun. Die nachfolgende Geschichte, in der die Autorin zum ersten Mal einen Ausflug nach Erdsee unternahm, gibt eine erste Ahnung von dieser ungewöhnlichen Weltenschöpfung.

Lesehinweise:

Der ›Erdsee‹-Zyklus liegt inzwischen als Sonderausgabe in einem Band vor:
Erdsee, München 1986 (Heyne 06/4343)

Für Fantasy-Leser sind von Ursula K. Le Guin an weiteren Büchern besonders zu empfehlen:
Winterplanet, München 1974 (Heyne 06/3400)
Die zwölf Striche der Windrose, München 1983 (Heyne 06/25)
Geschichten aus Orsinien, München 1985 (Heyne 06/4211)

In der Tradition der ›Erdsee‹-Romane steht:
Patricia McKillip: ›Erdzauber‹, *Die Schule der Rätselmeister,* München 1981 (Goldmann 23805)
Die Erbin von Feuer und Wasser, München 1981 (Goldmann 23806)
Harfner im Wind, München 1981 (Goldmann 23807)

Wer McKillip schätzt, der mag auch an folgenden Romanen Gefallen finden:
Elizabeth A. Lynn: ›Die Chronik von Tornor‹, *Die Zwingfeste,* München 1983 (Heyne 06/3955)
Die Tänzer von Arun, München 1984 (Heyne 06/3956)
Die Frau aus dem Norden, München 1983 (Heyne 06/3957)
Roberta A. MacAvoy: ›Die Parabel vom Lautenspieler‹, *Damiano,* München 1985 (Goldmann 23866)
Saara, München (Goldmann 23867)
Raphael, München 1985 (Goldmann 23867)
R. A. MacAvoy ist auch die Autorin zweier bezaubernder Romane

um einen chinesischen Drachen, die im kalifornischen Silicon Valley spielen:

Stelldichein beim Schwarzen Drachen, München 1986 (Goldmann 8543)

Der Schwarze Drache lädt zum Lunch, München 1987 (Goldmann 8555)

Siehe auch ← Fritz Leiber, ← J.R.R. Tolkien, ← Leigh Brackett, → Tanith Lee, → C. J. Cherryh

Das Wort der Macht

Wo war er? Der Boden war hart und glitschig, die Luft schwarz und stinkend, und mehr war nicht da. Außer Kopfschmerzen. Lang auf dem naßkalten Fußboden ausgestreckt, stöhnte Festin und sagte dann: »Stab!« Als sein Hexenmeisterstab aus Erlenholz daraufhin nicht in seine Hand kam, wußte er, daß er sich in Gefahr befand. Er richtete sich auf, und da er seinen Stab nicht hatte, um richtig Licht machen zu können, murmelte er ein bestimmtes Zauberwort und ließ zwischen Daumen und Zeigefinger einen Funken aufspringen. Ein bläuliches Irrlicht entstand aus dem Funken und rollte knisternd, aber ein wenig schwächlich durch die Luft. »Auf!« befahl Festin, und die Feuerkugel stieg hinauf, bis sie hoch oben eine gewölbte Falltür beleuchtete, so hoch oben, daß Festin, der sich vorübergehend in das Irrlicht projizierte, sein eigenes Gesicht tief unten als einen bleichen Fleck in der Finsternis sah. Das Licht erzeugte keine Reflexionen an den feuchten Wänden; sie waren durch Zauberkraft aus Nacht gewoben. Er kehrte in seinen Körper zurück und sagte: »Aus!« Der Lichtball erlosch. Festin saß in der Dunkelheit und knackte mit seinen Knöcheln.

Er mußte von hinten mit einem Zauberbann überrumpelt worden sein; denn das letzte, woran er sich erinnerte, war ein Abendspaziergang durch seine eigenen Wälder, bei dem er sich mit den Bäumen unterhalten hatte. In letzter Zeit, in diesen einsamen Jahren der Mitte des Lebens, hatte ihn ein Gefühl der Sinnlosigkeit, der ungenutzten Kraft belastet; daher hatte er, um Geduld zu lernen, die Dörfer verlassen und war hinausgezogen, um sich mit Bäumen zu unterhalten, vor allem mit Eichen, Kastanien und den grauen Erlen, deren Wurzeln in engster Kommunikation mit fließendem Wasser stehen. Seit sechs Monaten hatte er nicht mehr mit einem Menschen gesprochen. Er hatte sich mit den wesentlichen Dingen beschäftigt, keinen Zauber mehr benutzt und niemanden belästigt. Also wer hatte ihn hierher verbannt und in dieses stinkende Loch eingeschlossen? »Wer?« wollte er von den Wänden wissen, und langsam sammelte sich ein Name auf ihnen und rann wie ein dicker, schwarzer Tropfen, aus den Poren von Steinen und Pilzsporen geschwitzt, zu ihm herab: »Voll!«

Sekundenlang brach Festin in kalten Schweiß aus.

Es war lange her, daß er zum erstenmal von Voll dem Fell gehört hatte, von dem man sagte, er sei mehr als Hexenmeister, aber weniger als Mensch; der von einer Insel des Outer Reach zur anderen zog, das Werk der Alten zunichte machte, Menschen versklavte, Wälder zerstörte, Felder verdarb und jeden Hexenmeister oder Magier, der es wagte, sich ihm entgegenzustellen, in unterirdischen Gewölben einsperrte. Flüchtlinge von zerstörten Inseln berichteten allesamt das gleiche, daß er des Abends mit einem dunklen Wind übers Meer kam. Seine Sklaven folgten in Schiffen; diese hatten sie gesehen. Doch keiner von ihnen hatte jemals Voll selbst gesehen . . . Es gab auf den Inseln zahlreiche Menschen und Tiere, die Böses im Schild führten, und Festin, ein junger, auf seine Ausbildung konzentrierter Zauberer, hatte nicht viel auf diese Erzählungen von Voll dem Fell gegeben. »Ich kann diese Insel beschützen«, hatte er gedacht, da er seine unerprobte Macht kannte, und war zu seinen Eichen und Erlen zurückgekehrt, zum Geräusch des Windes in ihren Blättern, zum Rhythmus des Wachsens in ihren runden Stämmen und Ästen und Zweigen, zum Geschmack des Sonnenlichts auf Blättern oder des dunklen Grundwassers rings um Baumwurzeln.

Doch wo waren sie nun, die Bäume, seine alten Freunde? Hatte Voll den Wald zerstört?

Endlich ganz aufgewacht und aufgestanden, machte Festin zwei weitausholende Bewegungen mit steif ausgestreckten Händen und rief mit lauter Stimme einen Namen, der alle Schlösser öffnete und jede von Menschenhänden gemachte Tür aufbrach. Doch diese mit Nacht und Namen ihres Erbauers imprägnierten Wände kümmerten sich nicht darum, hörten ihn nicht. Der Name echote zurück und prallte auf Festins Ohren, so stark, daß er in die Knie sank und den Kopf in den Armen barg, bis die Echos im Gewölbe hoch über ihm verhallten. Dann, immer noch von dem Rückstoß erschüttert, blieb er still sitzen und brütete vor sich hin.

Die anderen hatten recht; Voll war mächtig. Hier auf seinem eigenen Boden, in diesem mit einem Zauberbann belegten Kerker, würde seine Magie jedem direkten Angriff standhalten; und Festins

Macht war durch den Verlust seines Stabes nur noch halb so groß. Aber nicht einmal sein Kerkermeister konnte ihm die Kräfte nehmen, die sich nur auf ihn selbst bezogen, die Gabe des Projizierens und des Transformierens. Und so rieb er sich erst einmal den nunmehr doppelt schmerzenden Kopf und transformierte sich dann. Lautlos löste sein Körper sich in einer feinen Dunstwolke auf.

Träge, mit langer Schleppe, erhob sich der Dunst vom Boden und trieb an den schleimigen Wänden empor, bis er dort, wo Wand auf Gewölbe traf, einen haarfeinen Riß entdeckte. Tropfen um Tropfen sickerte er hindurch. Und hatte es fast ganz geschafft, als plötzlich ein heißer Wind, so heiß wie aus dem Hochofen, über ihn herfiel, daß die Dunsttröpfchen zerstoben und austrockneten. Hastig zog sich der Dunst ins Gewölbe zurück, sank in einer Spirale zu Boden, nahm Festins körperliche Gestalt wieder an, und er blieb keuchend liegen. Eine Verwandlung ist ein emotionaler Streß für so introvertierte Zauberer wie Festin; und wenn zu diesem Streß noch der Schock eines drohenden unmenschlichen Todes in der angenommenen Gestalt droht, wird dies zu einem entsetzlichen Erlebnis. Eine Weile lag Festin da und bekam kaum Luft. Außerdem ärgerte er sich über sich selbst. Als Dunst zu entweichen, war schließlich ein ziemlich primitiver Einfall gewesen. Jeder Idiot kannte den Trick. Voll hatte vermutlich nur vorsichtshalber einen heißen Wind auf die Lauer gelegt. Festin verwandelte sich in eine kleine, schwarze Fledermaus, flog zur Decke empor, verwandelte sich in einen feinen Strom schlichter Luft und strich durch den Riß.

Diesmal schaffte er es, hinauszukommen, und wehte sanft den Korridor entlang, in dem er sich befand, auf ein Fenster zu, als ein plötzlich aufblitzendes Gefühl der Gefahr bewirkte, daß er sich in die erstbeste kleine, zusammenhängende Form verwandelte, die ihm einfiel – in einen goldenen Ring. Und das war gut so. Der Sturm arktischer Luft, der ihn in seiner Luftform zu einem unaussprechlichen Chaos verwirbelt hätte, konnte ihn in dieser Ringform nur ein wenig abkühlen. Nach dem Sturm lag er auf dem Marmorboden und überlegte, in welcher Form er am schnellsten zum Fenster hinaus kam.

Zu spät begann er davonzurollen. Ein überdimensionaler Troll mit ausdruckslosem Gesicht stapfte wie ein Ungewitter daher, blieb stehen, fing den rasch dahinrollenden Ring ein und hob ihn mit seiner riesigen, an Kalkstein erinnernden Hand auf. Der Troll ging zur Falltür, hob sie an ihrem Eisenring mit einem gemurmelten Zauberwort und ließ Festin in die Dunkelheit fallen. Er stürzte über dreißig Meter tief und landete auf dem Steinboden – klirr.

Seine wahre Gestalt annehmend, richtete er sich auf, rieb sich reuevoll den schmerzenden Ellbogen. Genug von diesen Transformationen auf leeren Magen! Er sehnte sich schmerzlich nach seinem Stab, mit dessen Hilfe er sich jede Menge zu essen hätte herbeiholen können. Ohne ihn konnte er zwar seine Gestalt verändern und gewisse Zauberkräfte ausüben, materielle Dinge jedoch weder verwandeln noch zu sich rufen – keinen Blitz und kein Lammkotelett.

»Nur Geduld«, sagte sich Festin, und als er wieder zu Atem gekommen war, löste er seinen Körper in die hauchzarte Form flüchtiger Öle auf, wurde zum Duft eines Lammkoteletts in der Pfanne. Der wartende Troll schnupperte mißtrauisch, doch schon hatte sich Festin in einen Falken verwandelt, der sich direkt auf das Fenster zuschwang. Der Troll wollte sich auf ihn stürzen, verfehlte ihn aber um mehrere Meter und brüllte mit seiner gewaltigen, steinernen Stimme: »Der Falke! Fangt den Falken!« Hoch über dem Zauberschloß ritt Festin wie ein Pfeil auf dem Wind zu seinem Wald, der dunkel im Westen lag, während Sonne und Wasserglitzern ihn blendeten. Doch ein flinker Pfeil holte ihn ein. Mit einem Aufschrei stürzte er. Sonne und Meer und Türme drehten sich um ihn und erloschen.

Er erwachte auf dem naßkalten Boden des Kerkers, Hände, Haar und Lippen feucht von seinem eigenen Blut. Der Pfeil hatte den Falken am Flügel, den Menschen an der Schulter getroffen. Still daliegend, murmelte er einen Zauberspruch, der die Wunde schließen sollte. Kurz darauf konnte er sich aufrichten und einen längeren, wirksameren Heilzauber sprechen. Aber er hatte viel Blut und damit viel Macht verloren. Kälte hatte sich im Mark seiner Knochen eingenistet, die nicht einmal der Heilzauber vertreiben konnte. In seinen Augen stand Dunkelheit selbst dann, als er ein Irrlicht aufflackern und die übelriechende Luft erhellen ließ: derselbe dunkle Dunst, den er gesehen hatte, als er über seinen Wald und die kleinen Dörfer seines Landes dahingeflogen war.

Es war an ihm, dieses Land zu beschützen.

Er durfte nicht noch einmal direkt zu fliehen versuchen, dazu war er zu schwach und müde. Im übergroßen Vertrauen auf seine Macht hatte er seine Kraft verloren. Nun würde jede Gestalt, die er annahm, diese seine Schwäche teilen und in die Falle gehen.

Zitternd vor Kälte hockte er da und ließ die Lichtkugel mit einem letzten Ruch nach Methan – Sumpfgas – ausgehen. Der Geruch rief ihm die Sümpfe in Erinnerung, die sich vom Waldrand bis zum Meer hinab erstreckten, seine geliebten Sümpfe, in die niemals ein Mensch kam, wo im Herbst die Schwäne flogen, wo zwischen stillen Teichen und Schilfinseln rasche, lautlose Bächlein dem Meer zuflossen. Ach, wäre er doch ein Fisch in einem dieser Bäche! Oder, besser noch, wäre er doch weiter stromauf, nahe der Quelle, im Wald, im Schatten der Bäume, in dem klaren, braunen Stauwasser, ruhend, versteckt unter den Wurzeln einer Erle . . .

Dies war große Magie. Festin hatte sie ebenso wenig je geübt wie ein Mensch, der sich im Exil oder in Gefahr nach der Erde und den Gewässern seiner Heimat sehnt, der voll Sehnsucht durch die Tür seines Hauses den Tisch sieht, an dem er gegessen, die Zweige vor dem Fenster des Zimmers, in dem er geschlafen hat. Nur im Traum kann ein anderer als die großen Magier die Magie des Heimkommens wahr werden lassen. Doch Festin, dem die Kälte aus dem Mark seiner Knochen bis in die Nerven und Adern kroch, erhob sich inmitten der schwarzen Wände, nahm seine ganze Willenskraft zusammen, bis sie in der Dunkelheit seines Fleisches leuchtete wie eine Kerze, und da begann die große, stumme Magie zu wirken.

Die Wände waren verschwunden. Er war in der Erde, Steine und Granitadern als Knochen, Grundwasser als Blut, Wurzeln als Nerven. Wie ein blinder Wurm bewegte er sich durch die Erde nach Westen, langsam, vor und hinter sich Dunkelheit. Dann strömte plötzlich Kühle an seinem Rücken und Bauch entlang, ein tragendes, widerstandsloses, unerschöpfliches Streicheln. Mit seinen Seiten schmeckte er das Wasser, spürte er die Strömung; und mit lidlosen Augen sah er vor sich den tiefen, braunen Teich zwischen den großen Wurzeln einer Erle. Silbrig glänzend schoß er vorwärts, in die Schatten. Er war frei. Er war zu Hause.

Das Wasser sprudelte zeitlos aus seiner klaren Quelle. Er lag auf dem Sand am Grunde des Teiches und ließ sich vom fließenden Wasser, stärker als jeder Heilzauber, die Wunde bespülen, mit seiner Kühle die strengere Kälte, die in ihn eingedrungen war, davonwaschen. Doch während er ruhte, fühlte und hörte er ein Zittern und Trampeln in der Erde. Wer schritt jetzt durch seinen Wald? Zu erschöpft, um die Gestalt zu verändern, verbarg er seinen glänzenden Forellenkörper unter einer gebogenen Erlenwurzel und wartete.

Riesige graue Finger tasteten im Wasser herum, wühlten den Sand auf. Verschwommen über dem Wasserspiegel undeutliche Gesichter, ausdruckslose Augen, die starrten, verschwanden, wiederauftauchten. Netze und Hände suchten, verfehlten, verfehlten ihn abermals, fingen ihn dann und hoben ihn, der sich wand, aus dem Wasser. Er mühte sich, zu seiner eigenen Gestalt zurückzufinden, und konnte es nicht; sein eigener Heimkehrzauber hinderte ihn daran. Er wand sich im Netz, keuchte in der trockenen, grellen, schrecklichen Luft, ertrank fast. Die Agonie hörte nicht auf, und er wußte nichts mehr darüber hinaus.

Nach einer sehr langen Zeit und ganz allmählich merkte er, daß er wieder seine menschliche Gestalt angenommen hatte; irgendeine scharfe, säuerliche Flüssigkeit wurde ihm eingeflößt. Abermals verging einige Zeit, und er befand sich, auf dem Gesicht liegend, auf dem feuchtkalten Boden des Gewölbes. Wieder war er in der Gewalt des Feindes. Und, obwohl er wieder atmen konnte, nicht sehr weit vom Tod entfernt.

Die Kälte erfüllte ihn jetzt ganz; die Trolle, Volls Diener, mußten seinen empfindlichen Forellenkörper zerdrückt haben, denn seine Rippen und ein Unterarm schmerzten bei jeder Bewegung erbärmlich. Niedergeschmettert und kraftlos lag er am Grund des Brunnens der Nacht. Ihm war nicht genug Kraft geblieben, um seine Gestalt zu verändern; es gab keinen Ausweg mehr – bis auf einen.

Während er regungslos dort lag, fast, aber nicht ganz über den Bereich der Schmerzen hinaus, dachte Festin: Warum hat er mich nicht getötet? Warum hält er mich hier lebend fest?

Warum hat ihn nie jemand gesehen? Mit welchen Augen kann man ihn sehen, über welchen Boden schreitet er?

Er fürchtet mich, obwohl ich keine Kraft mehr habe.

Es heißt, daß alle Hexenmeister und Zauberer, die er besiegt hat, in Kerkern wie diesem eingeschlossen sind und Jahr um Jahr weiterleben, immer wieder versuchen, sich zu befreien . . .

Aber wenn man nun nicht weiterleben wollte?

So traf Festin seine Wahl. Sein letzter Gedanke war: Wenn ich mich irre, werden die Menschen mich für einen Feigling halten. Aber er hielt sich nicht weiter bei diesem Gedanken auf. Er drehte den Kopf ein wenig zur Seite, schloß die Augen, tat einen letzten, tiefen Atemzug und flüsterte das lösende Wort, das nur ein einziges Mal gesprochen wird.

Diesmal war es keine Verwandlung. Er veränderte sich nicht. Sein Körper, die langen Arme und Beine, die geschickten Hände, die Augen, die so gern Bäume und Bäche betrachteten, lagen unverändert da, nur regungslos, vollkommen regungslos und kalt. Aber die Wände waren verschwunden. Die mit Magie errichteten Gewölbe waren verschwunden, und die Zimmer und die Türme, und die Wälder, und das Meer, und der Abendhimmel. Alle waren sie verschwunden, und Festin bewegte sich langsam den fernen Abhang des Seins hinab – unter neuen Sternen.

Im Leben hatte er große Macht besessen, und so vergaß er hier auch nicht. Wie eine Kerzenflamme bewegte er sich im Dunkel des weiterreichenden Landes. Und rief, sich erinnernd, den Namen seines Feindes: »Voll!«

So gerufen, unfähig, nicht zu gehorchen, kam Voll auf ihn zu, eine dichte, bleiche Form im Sternenlicht. Festin näherte sich ihm, und der andere duckte sich und schrie, als müsse er brennen. Festin folgte ihm, als er floh, folgte ihm dichtauf. Einen sehr weiten Weg legten sie zurück, über trockene Lavaflüsse aus den großen, erloschenen Vulkanen, deren Kegel sich den namenlosen Sternen entgegenreckten, über die Kuppen stiller Hügel, durch Täler mit kurzem, schwarzem Gras, an Dörfern vorbei oder durch deren unbeleuchtete Straßen, zwischen Häusern hindurch, aus deren Fenstern kein Gesicht blickte. Die Sterne standen am Himmel; keiner ging unter, keiner ging auf. Es gab keine Veränderung hier. Kein Tag würde dämmern. Doch sie zogen weiter, Festin immer den anderen vor sich hertreibend, bis sie an eine Stelle kamen, wo früher, vor sehr langer Zeit, ein Fluß gewesen war: ein Fluß aus dem Land der Lebenden. Im ausgetrockneten Flußbett, zwischen den

Steinen, lag ein Leichnam: der Leichnam eines alten Mannes, nackt, mit stumpfen Augen zu den Sternen emporstarrend, die vom Tod nichts wissen.

»Hinein!« befahl Festin. Der Voll-Schatten wimmerte, doch Festin kam näher. Voll duckte sich angstvoll, bückte sich und verschwand durch den offenen Mund seines eigenen Leichnams.

Sofort war dieser Leichnam verschwunden. Spurenlos, fleckenlos glänzten die trockenen Steine im Sternenlicht. Festin blieb eine Weile stehen, dann ließ er sich langsam zwischen den großen Steinen nieder, um auszuruhen. Zu ruhen, nicht zu schlafen; denn er mußte hier Wache halten, bis Volls Leichnam, ins Grab zurückgeschickt, zu Staub geworden war, bis seine böse Macht verschwunden, vom Wind verweht und vom Regen seewärts gewaschen war. Er mußte wachen über diesen Ort, an dem der Tod einst einen Rückweg ins andere Land gefunden hatte. Geduldig geworden, unendlich geduldig, wartete Festin zwischen den Steinen, über die kein Fluß mehr fließen würde, im Herzen des Landes, das keine Meeresküste besitzt. Stumm standen die Sterne über ihm. Und während er sie betrachtete, begann er langsam, ganz langsam die Stimme der Bäche und das Geräusch des Regens auf den Blättern im Wald der Lebenden zu vergessen.

Karl Edward Wagner
(geb. 1945)

Karl Edward Wagner, der von vielen amerikanischen Fantasy-Lesern als der überzeugendste Nachfolger Robert E. Howards angesehen wird, stammt aus Knoxville, Tennessee. Seine Vorfahren stammen aus Deutschland und sollen nach Wagners eigenen Aussagen weitläufig mit Richard Wagner verwandt sein. Schon mit 16 Jahren begann Wagner zu schreiben und versuchte begeistert, die ›Sword and Sorcery‹ eines Howard zu imitieren. Zu diesem Zeitpunkt gab es jedoch praktisch keine Veröffentlichungensmöglichkeiten für Geschichten dieses Typus, und Wagner mußte bis zum Fantasy-Boom Anfang der siebziger Jahre warten, bis er seinen ›Kane‹ als Conan-Nachfolger plazieren konnte.

Inzwischen hatte Wagner Medizin studiert und sich eine Praxis als Psychiater aufgebaut, die er Mitte der siebziger Jahre aufgab, um sich ganz der Schriftstellerei zu widmen. Seine seit frühester Jugend anhaltende Begeisterung für die amerikanische Trivialliteratur und ihre Mythen führte dazu, daß er sich eine umfangreiche Sammlung von ›Pulps‹ zulegte. Die Geschichten einiger der berühmtesten und versiertesten Autoren brachte er in teuren, sorgfältig edierten gebundenen Büchern in einem eigenen Verlag, Carcosa, heraus.

1970 erschien Wagners erster Fantasy-Roman *Herrin der Schatten*, in dem bereits Kane im Mittelpunkt steht. Der Verlag hatte das Manuskript Wagners, der einer der besten Stilisten unter den neueren US-Autoren der ›Sword and Sorcery‹ ist, dermaßen überarbeitet und gekürzt, daß der Roman völlig ruiniert wurde. Erst einige Jahre später fand Wagner dann mit Warner Books einen Verlag, nachdem einzelne Geschichten um den Helden bereits seit Jahren in verschiedenen Fan-Magazinen erschienen waren und großes Echo gefunden hatten.

Neben seinem Fantasy-Helden Kane schreibt Wagner unheimliche Phantastik und gibt ein Jahrbuch mit den besten amerikanischen Horrorstorys heraus. Seine eigenen Geschichten wurden mit mehreren Preisen des Fantasy-Fandoms in England und den USA ausgezeichnet. Wagner schrieb auch an der zweiten Neuausgabe der Conan-Saga mit und veröffentlichte zwei Romane mit dem Howard-Helden Bran Mak Morn.

Die Saga von Kane

Kane, der Held von Wagners Romanen, ist eine erfrischende Kontrastfigur zu den Conan-Imitationen im Gefolge des Howard-Booms. Kane ist die Fantasy-Version des biblischen Brudermörders Kain. Ein halb vergessener Gott hat ihn einst verflucht und zur Unsterblichkeit verdammt. Wie Wagner selbst sagt, ist Kane die Mischung aus allen Schurken, die ihn seit frühester Jugend in den Geschichten stets mehr beeindruckten als die Guten.

»Es gab Zeiten, in denen der Fluch der Unsterblichkeit unerträglich auf Kane lastete. Dann überkamen ihn lange Perioden elender Verzweiflung, in denen er sich völlig von der Welt abwandte und seinen Tag über düsteren Geheimnissen brütend verbrachte. In den Zeiten dieser dunkelsten Depressionen wanderten seine Gedanken ruhelos durch die Jahrhunderte, die er erlebt hatte, während in ihm ein ewig unbeantwortetes Verlangen nach Frieden brannte ... Doch dann schmolz die kalte Hoffnungslosigkeit im schwarzen Feuer der Auflehnung gegen jenen alten Gott, der einst seinen Fluch gegen Kane geschleudert hatte ...«

Ruhelos zieht Kane durch die Welt einer nicht näher bestimmten barbarischen Vorzeit – ein Ritter der Nacht, Geächteter, Söldner, Magier und der mächtigste Schwertkämpfer seines dunklen Zeitalters. Immer ist er auf der Suche nach Macht und Reichtum, doch am Ende der Geschichten zeigt sich immer wieder, daß alles, was man mit dem Schwert erobert, auch wieder durch das Schwert verlorengeht.

Im Gegensatz zu Conan ist Kane kein einfältiger Barbarenkrieger, sondern er wirkt hochintelligent, schmiedet raffinierte Pläne und ist ein Charakter, der an die verfluchten Helden der Schwarzen Romantik im Stil eines Melmoth erinnert. Er zeigt, daß sich auch der ›Sword and Sorcery‹ mit ihren Klischees noch interessante Figuren abgewinnen lassen.

Lesehinweise:

Die ›Saga von Kane‹, Ende der siebziger Jahre in fünf Bänden im Bastei-Lübbe Taschenbuch erschienen, wird in chronologischer Reihenfolge in einer zweibändigen Ausgabe neu aufgelegt:
Das Buch Kane (Bastei-Lübbe 20121), in Vorbereitung für Frühjahr 1989.
Kane der Verfluchte, in Vorbereitung für Sommer 1989.

Die moralisch ambivalente Figur des ›Kane‹ finde ihre Entsprechung in ← Michael Moorcocks Albino-Helden ›Elric‹; ein weibliches Gegenstück als aufschlußreiche ›Sword-and-Sorcery‹-Variante ist:
Richard Kirk: *Raven, die Schwert-Kämpferin,* Bergisch Gladbach 1988 (Bastei-Lübbe 20104), fünf Romane in einem Band.

Siehe auch ← Robert E. Howard, → Tanith Lee

Die Schattenburg

Der Tod brach schimmernd durch die Nachmittagshitze.

Der von der Schlacht gezeichnete Söldnertrupp marschierte schweigend über den staubigen Gebirgspfad. Nur leise Flüche störten hin und wieder die Stille der Bergwelt. Über den Männern brannte eine zornige, sengende Sonne. Ihre Hitze bohrte sich durch die spärlichen Schatten der verkrüppelten Bäume und verfolgte die abgerissenen Flüchtlinge. Sie stolperten in der dumpfen Verzweiflung ihrer Flucht über den steinigen Weg. Der Staub erstickte ihren keuchenden Atem und legte sich wie ein grimmiges Leichentuch aus Dreck, Schweiß und Blut über sie.

Ein halbes Hundert Soldaten einer verlorenen Sache. Männer, die ihr Leben für den Ehrgeiz des Halbbruders von Chrosanthes rechtmäßigem König gewagt hatten. Aber König Jesseartion erwies sich trotz seiner Geckenhaftigkeit und seiner seltsamen Neigungen durchaus nicht als Narr. Seine Spione und seine persönliche Streitmacht zeigten sich als äußerst fähige und ergebene Diener ihres Herrn. Und seine Untertanen standen in fast närrischer Selbstaufopferung zu ihm. Am Ende hing sein Bruder Talyvion wimmernd in einem winzigen Käfig von der Decke jenes Thronsaals, den zu erobern er ausgezogen war. Nun flohen die verstreuten Überreste von Talyvions aufgeriebener Armee durch das Land, verfolgt von Jesseartions unermüdlichen Soldaten und anderen Subjekten, die der Preis auf den Kopf eines jeden Söldners der Rebellenarmee lockte.

Für Kane war der Kopfpreis besonders hoch. Kane war der letzte von Talyvions Hauptleuten, den Jesseartions eifrige Gefolgsleute noch nicht zu fassen bekommen hatten. Und obwohl Kane sich der Verschwörung erst kurz vor ihrer Niederlage angeschlossen hatte, ließen ihn sein besonderes Talent für heimliche Intrigen und seine überragende Feldherrnkunst rasch zu einem besonders verhaßten Feind des Königs und seiner Anhänger werden, deren Haß das Volk von Chrosanthe uneingeschränkt teilte. Selbst einem Rebellen wurde durch einen königlichen Erlaß für Kanes Kopf vollen Pardon versprochen und mehr Gold, als er in zehn Söldnerjahren verdienen konnte. Zwar war bekannt, daß Jesseartions Versprechen sich nicht immer als die unverbrüchlichsten erwiesen hatten, und die Flüchtlinge hatten zu ihnen weniger Zutrauen, als sie seine Rache fürchteten, aber nichtsdestotrotz blieb dieses Versprechen ein verlockendes Angebot für so manchen.

Desseneingedenk hatte Kane sein Gesicht unter blutigen Verbänden verborgen, seine Kleidung so ausgestopft, daß seine wohlbekannte Gestalt kaum noch zu erkennen war, und über sein Kettenhemd einen verschmutzten, weiten Mantel geworfen. So verkleidet, mischte er sich unter eine Bande fliehender Söldner. Er hoffte, daß in dem dreckigen, obskuren Fußsoldaten mit dem bandagierten Kopf niemand von Jesseartions Jägern und von seinen eigenen Kameraden den aristokratisch aussehenden Fremden erkennen würde, der sich Talyvion angeschlossen hatte, kurz bevor diesen sein Glück verließ.

Dann erfüllte die flimmernde Sommerluft plötzlich das scharfe Sirren heranschießender Pfeile. Ein Hinterhalt! Eine Abteilung von Jesseartions Armee hatte versteckt hinter den Bäumen und glühenden Steinen des staubigen Bergweges auf sie gewartet.

Wütend, mit den Schafen, unter denen er sich verstecken wollte, direkt in einen Hinterhalt gelaufen zu sein, suchte Kane Deckung. Mit der Rechten wühlte er sich durch die Falten seines lästigen Mantels nach seinem Schwert. Der linke Arm hatte bei der letzten Schlacht so schwere Verletzungen davongetragen, daß er noch zu schwach war, um ihn wieder voll einsetzen zu können. Zwar war Kane auch rechtshändig ein gewandter Fechter, aber er wußte, daß er mit seinen Verletzungen bei dem sich um ihn entwickelnden chaotischen Gemetzel hoffnungslos im Nachteil war.

Die Soldaten des Königs warfen sich auf die überraschten Söldner, kaum daß der letzte Pfeil sein Opfer gefunden hatte. Als die verzweifelten Flüchtlinge versuchten, sich zu einem hoffnungslosen Widerstand gegen die Angreifer zu sammeln, lagen viele der Söldner schon tödlich getroffen im Staub des Bergpasses. Der erste Angreifer, der Kane erreichte, wurde von einem schmetternden Schwerthieb zurückgetrieben. Ein anderer sprang an seinem taumelnden Kameraden vorbei und schwang eine mächtige Axt in schimmerndem Bogen, für deren Abwehr Kane all seine Kraft aufbieten mußte. Der Axtkämpfer zog seine Waffe gewandt zurück und holte zum nächsten Streich aus. Kane fluchte ohnmächtig. Der Mann vor ihm hätte schon längst Kanes Klinge zu schmecken bekommen, wenn Kane seine Linke hätte frei bewegen können. Als er versuchte, die Axt zu parieren, fiel ihm ein anderer Angreifer in die Seite, gerade als die Axt niedersauste. Kane warf sich zurück und fing die Axt noch einmal mit seinem Schwert ab, verzweifelt dem zweiten Gegner ausweichend. Seine Klinge drehend, hieb er von unten in das Handgelenk des Axtmannes, der seine Waffe schmerzgepeinigt fallen lassen mußte. Noch aus derselben Bewegung trieb Kane ihm die Klinge zwischen die Rippen.

Eine Sekunde, das Schwert zurückzureißen. Zu lange! Die Klinge des anderen Soldaten war schon über ihm. Kane zwang seinen linken Arm zu reagieren, während er schwerfällig den Schwertarm hochzerrte. Eine doppelte Schmerzwelle raste durch seinen Körper. Der verwundete Arm konnte den Schlag des anderen nur zum Teil ablenken, und die Schwertspitze schlitzte durch seinen schweren Mantel, um an seinem Panzerhemd klirrend abzugleiten. Aber er hatte den Schwertarm des Gegners fest in den Griff bekommen. Als er unter dem Hieb des Soldaten stolperte, riß er den Gegner mit zu Boden, und beim Sturz spießte er den Mann auf das eigene Schwert. Doch als er auf dem steinigen Grund aufschlug, den Körper des sterbenden Gegners über sich, traf etwas mit furchtbarer Wucht Kanes Schädel. In einer schwarzen Welle des Schmerzens verlor er das Bewußtsein, ohne überhaupt erkennen zu können, ob er irgendwo gegengeprallt war oder den Hieb eines anderen Angreifers abbekommen hatte.

Der Wald bei Nacht

Seine Augen öffneten sich in die Kühle der Nacht. Benommen wälzte er sich unter der Leiche des Soldaten vor und setzte sich auf. Vor seinen Augen war alles verschwommen, der Blick von dem brüllenden Schmerz in seinem Kopf getrübt. Kane biß sich auf die Lippen und zwang sich auf die Knie. Um ihn herum lagen nur Tote.

Behutsam wickelte er die schweren Bandagen von seinem pochenden Schädel und tastete mit den Fingern über die Verletzung am Hinterkopf. Es mußte ein harter Schlag gewesen sein, aber die

Verbände und sein dickes rotes Haar schienen ihm einiges von seiner Wucht genommen zu haben. Er stand ganz auf und warf den beengenden Mantel und die aufgeschlitzte Weste darunter erleichtert von sich. Sein Kettenhemd hatte den Schwerthieb aufgehalten, aber die Wucht des Schlages hinterließ eine schmerzhafte Prellung. Die Glieder des Hemdes hatten sich tief in Kanes Haut gezeichnet.

Er befand sich in einer miserabelen Lage, gestand sich Kane ein, und verfluchte wieder die falsche Einschätzung der Gefahren, die ihn dazu veranlaßt hatte, sich in der Menge zu verbergen, anstatt sich seinen Weg alleine zu suchen. Andererseits konnte er unter den gegebenen Umständen froh sein, dem Zusammenbruch der Verschwörung entkommen zu sein, ganz zu schweigen von diesem Hinterhalt hier. Er blickte um sich. Das Licht des gerade aufgegangenen Vollmondes reichte völlig aus, ihn seine Umgebung deutlich erkennen zu lassen, denn er verfügte über eine außerordentliche Nachtsichtigkeit.

Schweigen. Stille. Tod. Kaltes Mondlicht strahlte über ein eigenartiges Panorama mit weißen Gestalten, die die Faust eines Riesen gedankenlos über den dunklen Grund gestreut zu haben schien. Nicht ein Windhauch bewegte die erstarrte Szenerie des Todes. Schwarze Bäume warfen ihre Schatten – wirft Mondlicht Schatten? – dunkle Umrisse, die sich über die Gefallenen legten. Neben Kane schimmerte ein verzerrtes junges Gesicht – Ausdruck des so plötzlich auf einem blitzenden Pfeil gekommenen Todes. Vielleicht lag dort derjenige, der Kane irgendeine vergessenen Frage gestellt hatte, als der Angriff kam. Kane konnte es nicht sagen. Das Mondlicht übergoß die Szene mit einer unwirklichen Helligkeit, und Gesichter, die im Sonnenlicht klar und fest waren, erschienen jetzt eingefallen und phantastisch. Kane war sich nicht einmal mehr sicher, ob der Schmerz in seinem Kopf real war.

Wo sind wir hier eigentlich? fragte er sich und zwang seine verschwommenen Gedanken zur Konzentration. Fast an der Grenze der Länder, die Chrosanthe beanspruchte – eine sehr abgeschiedene Ecke des Reiches. Die Chrosanthianer mieden dieses bergige Waldland, der Grund, weshalb die Flüchtlinge hier ihren Weg gesucht hatten. Auch das ein beunruhigender Gedanke, sagte sich Kane. Denn offenbar mußte Jesseartions Rachelust sich sogar über diese besonderen Ängste seiner Untertanen hinweggesetzt haben, wenn er hier einen Hinterhalt hatte legen lassen. Auch Talyvions Söldner hatten sich also den ganz persönlichen Haß des Königs zugezogen, obwohl der Staatsstreich fehlgeschlagen war.

Die Bäume schimmerten unwirklich auf, als Kane langsam ausschritt. Jetzt milderte die kühle Nachtluft die Schmerzen seiner Wunden, nachdem in der Hitze des Tages jede Bewegung zu einer Qual geworden war. Er wußte, daß er hier nicht bleiben konnte. Mit dem Morgen würden die Soldaten auf den Kampfplatz zurückkehren, die Erschlagenen zu plündern. Nur der Einbruch der Nacht und ihre Furcht vor dieser Gegend würden sie bisher von diesem Brauch abgehalten haben.

Die Ghoule – Leichenfresser. Das war es. Kane erinnerte sich, daß die Chrosanthianer vor über zwei Jahrhunderten einen ungewöhnlich blutigen Bürgerkrieg geführt hatten. Diese Gegend hatte unter dem Kampf besonders gelitten, als die siegreiche Partei in einer gnadenlosen Schlächterei hier alle großen Lords und ihre Gefolgschaft ausrottete. Das Werk von Jesseartions Vorfahren. Die Region war danach nie wieder besiedelt worden – um das Schicksal der Sieger, die versucht hatten, sich hier neben den unbestatteten Gebeinen ihrer unglücklichen Opfer niederzulassen, rankten sich schreckliche Legenden. Die längst vergangenen Massenmorde hatten Packs von Ghoulen angezogen – oder wahrscheinlich aus den verhungernden Überlebenden Ghoule gemacht, überlegte Kane. Genug Grund, sich von diesem Ort so schnell wie möglich zu entfernen. Verflucht! Was gäbe er jetzt für das abgetriebenste Pferd.

Schwerfällig hob Kane sein Schwert auf und humpelte zwischen den weißen Gestalten auf dem Boden durch. Manchmal glitt sein Fuß in dunkleren Flecken aus. Blinzelnd schüttelte er den Kopf, aber sein verschwommener Blick klärte sich nicht. Ein großer Felsblock unter einem Baum lud ihn ein, und Kane ließ sich zu einer kurzen Rast darauf nieder. Vornübergebeugt saß er darauf wie auf einem steinernen Thron, und vor seinen Augen zogen die vielen Throne vorbei, auf die das Schicksal ihn in vielen Jahrhunderten erhoben hatte und die es ihm ebenso bald wieder genommen hatte. Thoem! So viele lange Jahre! Konnte ein Mensch das Gewicht dieser langen Jahre tragen? Für einen Augenblick wirbelte ein Kaleidoskop bitterer Erinnerungen durch seinen schmerzerfüllten Geist, verfluchte Jahrhunderte der Wanderschaft als Ausgestoßener der Menschheit.

So brütete er über seinen Erinnerungen in einem Moment, wo Flucht das einzig Angezeigte hätte sein sollen. Delirium. Wallende Dunkelheit hüllte ihn immer wieder ein, ein wildes Dröhnen und Rauschen in seinen Ohren drohte ihn zu verschlingen. Und Kane mußte erkennen, daß er härter getroffen worden war, als er zunächst angenommen hatte. Eine Gehirnerschütterung vielleicht. Was für ein hinreißender Gedanke, sich vorstellen zu müssen, wie Jesseartions Soldaten ihn hier am Morgen finden würden, gedankenverloren von verlorenen und vergessenen Reichen träumend.

Seine Kehle war ausgedörrt vom Durst, und er überlegte sich, ob zwischen den Gefallenen etwas Wein zu finden sein mochte. Ein unsinniger Einfall! Die Söldner hatten ja nicht einmal genug Wasser bei sich gehabt. Wein löschte wunderbar den Durst, besonders der weiße Wein aus Lartroxia. Auch wenn viele ihn für zu sauer hielten. Und Wein ist gut, Wunden darin zu baden. Mit beißender Schärfe reinigt er. Salzwasser hat dieselbe Wirkung, aber Salzwasser kann man nicht trinken. Ein Jammer, daß man die Ozeane nicht mit Wein füllen kann. Viele schiffbrüchige Seeleute würden diese Veränderung sehr begrüßen, obwohl es wahrscheinlich die Fische durcheinanderbrächte. Einmal hatte er einen Tintenfisch gegessen, der in Wein eingelegt war. Interessanter Geschmack, aber insgesamt doch kein sehr befriedigendes Mahl.

Ein Ozean voll Wein hob Kane mit süßen Tentakeln und wiegte ihn rhythmisch, während um ihn die Leichen eingemachter Seeleute durch die roten Wogen schwammen und Octopusse vorsichtig aus ihren Verstecken im Seetang ihre Fangarme danach ausstreckten.

Ein Geräusch. Ein scharfes Knacken. Reflexe des Kämpfers rissen ihn aus dem Delirium. Mit einer unnatürlichen, plötzlichen Wachheit geschlagen, wanderten Kanes Augen argwöhnisch über das Schlachtfeld.

Wieder das knackende Geräusch, und diesmal erkannte Kane es. Es war das harte, splitternde Geräusch, das entsteht, wenn ein Tier die Knochen seiner Beute zerbeißt.

Nun entdeckte er auch den Ghoul. Sein totenweißer Körper kauerte auf dem dunklen Waldweg über seinem Mahl. Und zwischen den schweigenden Bäumen glitten andere bleiche, mißgestaltete Kreaturen hervor, ihre gebeugten, krummen Körper eine Übelkeit erregende Parodie der menschlichen Gestalt. Also hatten die Legenden nicht gelogen.

Unter normalen Umständen würden Ghoule keinen bewaffneten Mann angreifen, soweit Kane sich auf seine bisherigen Erfahrungen verlassen konnte. Aber in großer Zahl mochten sie vielleicht auch in einem Mann von Kanes geschwächtem Zustand eine lohnende Beute sehen. Dazu kam, daß sie offensichtlich völlig ausgehungert sein mußten, denn Ghoule verabscheuen frisch getötetes Fleisch in der Regel.

Vorsichtig hinkte Kane tiefer in den Schatten der Bäume. Die Ghoule interessierten sich nur für das reichlich vor ihnen ausgebreitete Festmahl. Hunger ließ sie jede Vorsicht vergessen. Unter Kanes Stiefel knirschte ein Stein. Kane erstarrte. Aufmerksam spähte er hinter sich. Einige tote, eigenartig phosphoreszierende Augenpaare starrten in seine Richtung, aber keine der Kreaturen machte sich daran, die Herkunft des Geräusches zu erforschen. Beruhigt, daß er offensichtlich nicht entdeckt worden war, glitt Kane tiefer in den Wald, und als er hinter der Deckung von Bäumen und verstreut aufragenden Felsbrocken war, rannte er davon vor der Szene des Grauens unter dem bleichen Mondlicht.

Kane plante, das Schlachtfeld im Schutz des Waldes zu umgehen und dann wieder auf den Bergpfad zu stoßen. Mit etwas Glück würde er darauf bis zum Morgengrauen schon einige gute Meilen hinter sich gebracht haben. Den Tag über würde er sich dann im Dickicht des Waldes versteckt ausruhen. Aber der Paß wand und schlängelte sich in einer Kane unbekannten Route – und während er zwischen den Bäumen umherirrte, den Weg wiederzufinden, rankte sich das Delirium erneut um seinen Geist, nur für kurze Sekunden von der instinktiven Ahnung nahender Gefahr verscheucht. Eine Stunde verging, und Kane hatte sich nicht nur völlig verirrt, sondern kümmerte sich auch gar nicht mehr darum, wohin seine Schritte ihn führten.

Unter seinen Stiefeln bockte und schwankte die Erde, aber Kanes seefeste Beine standen sicher auf jedem Deck. An den Mast gelehnt stemmte er sich dem Sturm entgegen, schritt vorwärts, nur hin und wieder an der Reling Halt suchend, wenn das Schiff durch die

Wogen schlingerte. Dann wirbelten die Bäume im Kreis um ihn, wie er selbst von dem kosmischen Wirbelwind erfaßt. Unter den Baumwurzeln öffneten sich gähnende Höhlen, klaffende Löcher, die donnernd nach ihm schnappten und aus denen ihm der üble Atem von Ungeheuern entgegenschlug. Unter dem starrenden Auge des Mondes tanzten Tausende von gigantischen Phantomen, die den Narren quälten, der durch ihre uralten Kreise stolperte. Lange Krallen schlugen nach seinem Gesicht, knorrige Pranken schmetterten ihn stolpernd zu Boden. Sich immer wieder mühsam aufrichtend, taumelte er weiter. Aus der Dunkelheit schimmerten ihm Gesichter entgegen – die Gesichter von denen, die lange tot waren. Höhnisches Grinsen uralter Feinde, sanftes Lächeln toter Frauen, die er einst geliebt hatte und deren Gesichter plötzlich grausam alterten. Ein Reigen spöttischen Lachens von Gesichtern, zu denen Namen gehörten, die Kane längst vergessen hatte.

Schließlich fand er sich selbst in einem verfallenen Dorf wieder. Es schien jedenfalls ein reales Dorf zu sein, denn die eingestürzten Mauern blieben unter seinen tastenden Händen hart und fest, während die anderen Gestalten, die seinen gequälten Geist umtanzten, sich unter jeder Berührung in Dunst auflösten, den die Dunkelheit verschlang. Er schlug mit der Faust wild gegen eine moosbewachsene Steinwand und spürte befriedigt den Schmerz an seinen wunden Knöcheln. Ja, das hier mußte wirklich sein. Ein verlassenes Dorf mit efeuüberwucherten Mauern, die noch die Spuren längst vergangener Plünderung und Brandschatzung trugen. Alles lag jetzt in Ruinen – Behausungen ohne Dächer mit eingestürzten Wänden –, verfallene Häuser, deren düster klaffende leere Türen und Fensterhöhlen Kanes fiebrigem Geist wie monolithisch aufragende Totenschädel erschienen.

Über allem lag eine bedrückende Trostlosigkeit. Nur die weißen Schatten halb verborgener Gebeine gaben von den früheren Bewohnern Auskunft – jedenfalls schien es Kane, als sähe er diese verstreuten Überbleibsel überall zwischen dem Schutt. Gäbe es nicht die seltsamen, verschlungenen Pfade durch das im Dorf wuchernde Buschwerk, würde Kane geglaubt haben, kein lebendes Wesen hätte seit vielen Jahren seine Schritte durch diese traurigen Überreste alter Besiedlung gelenkt.

Gegen den Vollmond dräute die Silhouette einer finsteren Burg auf dem steilen Hügel, der das verlassene Dorf überragte. In der letzten Schlacht mußte die Burg zusammen mit dem Dorf in Trümmer gesunken sein, das ihr seinen Tribut für einen vergeblichen Schutz entrichtet hatte: Eine phantastische Masse schwarzer Steine türmte sich dort oben im Mondlicht. Die verfallene Feste gab Kane einen noch stärkeren Eindruck von Verlassenheit als die Ruinen vor ihren offenbar nicht unüberwindlichen Mauern.

»Da steht dein Grabstein!« rief Kane zu der Burg hinauf, und die leeren Fensterhöhlen blinzelten zustimmend zurück. »Bei den Göttern! Wenn das kein würdiges Grabmal für einen Unsterblichen ist!« Die überwucherten Mauern nickten.

Scharfe, schneidende Schmerzen von seinen Wunden, dumpfe, betäubte Agonie der Erschöpfung. Zu viele Schmerzen! Ein Bett aus Moos zwischen schützenden Steinen war eine unwiderstehliche Versuchung. Dankbar lies Kane sich auf sein weiches Polster sinken. Zum Teufel mit den Haben-wir-den-Rebellenhund-endlich-gefunden-Soldaten. Eine kurze Rast war jetzt das wichtigste, und wer würde ihn hier schon aufspüren?

Den Kopf gegen einen Stein gelehnt, döste Kane unter tiefen, erschöpften Atemzügen. Sein Gesicht war in einem düsteren Delirium irgendwo zwischen Wachen und Träumen gefangen. Nach einer Weile sah er, wie das zerstörte Dorf in einen belebten Zustand zurückkehrte: Die unkrautüberwucherten Wege wurden wieder zu sauberen Dorfstraßen. Durch das wiedergeborene Dorf eilten seine Bewohner. Die meisten gingen ihren täglichen Geschäften nach und beachteten den Fremden nicht, der in ihrer Mitte auf einer schwankenden Bahre aus Samt ruhte.

Aber es gab doch einige, die den Eindringling zur Kenntnis nahmen. Sie versammelten sich um ihn und musterten Kane mit bleichen, hungrigen Augen. Und obwohl Kane begriff, daß sie in Wahrheit Ghoule waren, die ihn eingekreist hatten, störte ihn dies nicht mehr.

Vorsichtig, sehr vorsichtig, wie Schakale um einen sterbenden Löwen schleichen, so kamen die Ghoule Schritt für Schritt näher an ihn heran. Stinkender Speichel tropfte von verfaulten Fängen, als sie mit gierigen Klauen nach ihrem gleichgültigen Opfer griffen.

»Zurück!« Eine Frauenstimme ließ sie furchtsam verharren.

»Verfluchtes Pack! Zurück mit euch, sage ich!« Die Bestien stolperten vor ihrem Zorn zurück.

Für einen kurzen Augenblick kehrte Kane voll ins Bewußtsein zurück. In diesem schrecklichen Moment sah er vor sich ein halbes Dutzend bleicher, gebückter Gestalten, die vor ihm zurückwichen, verscheucht von dem zornigen Befehl eines Mädchens, dessen eigenartige unirdische Schönheit alles übertraf, was Kane in seinem langen Leben bei einer Frau gesehen hatte.

Nur für einen einzigen überraschten Blick gehorchten ihm seine Sinne, dann versank er in völliger Schwärze. Aber in die erlösende Ohnmacht hallten noch ihre frohlockenden Worte: »Dieser hier gehört mir!«

Hinter den Wäldern

»Wie viele Tage waren es genau?«

Der ältliche Diener gab sorgfältig fünf Tropfen einer gelben Flüssigkeit in den Weinbecher, bevor er antwortete. »Oh, drei Tage, vier Tage, vielleicht etwas länger.« Sachte rührte er in dem Elixier, darauf achtend, seine kostbare Livree nicht zu bespritzen. »Was kümmert es Euch?«

Kane mußte sein leicht erregbares Temperament zügeln. »Ich möchte nur gerne genau wissen, wie lange ich ohne Bewußtsein war«, sagte er so ruhig wie möglich.

»Mhmm?« Der Diener reichte ihm den Becher. Kanes Hand zitterte leicht, als er ihn entgegennahm, und einige Tropfen schwappten auf die kostbaren Pelze, die Kanes Lager bedeckten. Ein mißbilligendes Stirnrunzeln erschien auf dem hageren Gesicht seines Gegenübers. »Ja, wie lange? Das ist originell. Trau einem Narren, und du bekommst nichts anderes zu hören als ›Wo bin ich hier?‹ oder ›Wie lange habe ich so gelegen?‹. Es ist immer dasselbe.«

»Ja, natürlich! Da nennt Ihr eine andere Frage, die ich beantwortet haben möchte«, knurrte Kane und schlürfte das Getränk. Es brannte in der Kehle, aber darunter verbarg sich eine verdächtige, widerliche Süße. Kane hielt alarmiert inne, aber dann sagte er sich, daß seine Gastgeber ihn längst während seiner Ohnmacht hätten umbringen können, und er stürzte den Rest der Mixtur hinunter.

»Das letzte, woran ich mich erinnern kann, war . . .« Er suchte nach einer Erinnerung. »Ich glaube, in einem verfallenen Dorf im Mondlicht gelegen zu haben. Ghoule waren dort. Ein Pack von ihnen näherte sich mir, als ich dort lag. Jemand hat sie verscheucht, bevor ich endgültig die Besinnung verlor. Eine Frau, wenn ich mich recht entsinne.«

Der Höfling lachte trocken. »Das muß ein anständiger Schlag über den Schädel gewesen sein, Fremdling! Ihr wart tatsächlich dort unten in unserem verlassenen Dorf. Aber es waren nur ein paar schäbige Räuber, die meine Herrin verjagte, als sie auf Euch stieß. Ein Glück für Euch, daß sie mit ihren Männern so spät von der Jagd zurückkam. Zerschunden, wie Ihr wart, hättet Ihr die Nacht im Freien nicht überstanden, von den Räubern ganz abgesehen.« Er nahm den geleerten Becher und stellte ihn behutsam auf ein silbernes Tablett. Kane reckte sich und richtete sich auf. Das Elixier wirkte schnell und gut. Er fühlte sich schon wesentlich klarer im Kopf. »Und wo bin ich nun?« fragte er.

»Auf Burg Altbur selbstverständlich«, lachte der Diener. »Habt Ihr die Burg denn nicht gesehen, als Ihr gekommen seid?«

»Die einzige Burg, in deren Nähe ich gekommen bin, war ein leerer Haufen bemooster Steine auf einem Hügel über dem Dorf«, wunderte Kane sich stirnrunzelnd.

»Haufen bemooster Steine? Kommt Ihr Euch hier wirklich wie unter einem Haufen bemooster Steine vor?« Die weitausholende Geste des Höflings schloß die reichen Gobelins an den Wänden und das sorgfältig polierte wertvolle Mobiliar des Raumes ein. »Nun, ich gebe zu, daß Burg Altbur nicht mehr das glänzende Schloß aus den Tagen meiner Väter ist, aber ein ›Haufen bemooster Steine‹? Ist das Euer Ernst?« Er lachte auf. »Jesseartions Kerle müssen Euch wirklich nicht zu knapp auf Euren harten Schädel gehämmert haben!«

In Kanes Augen blitzte es gefährlich auf, aber der Diener lachte ungerührt weiter. »Dachtet Ihr wirklich, wir würden nicht schnell darauf kommen, was mit Euch los ist? Im Ernst, für wie dumm haltet Ihr uns denn eigentlich? Natürlich wußten wir von dem Hinterhalt. Oh, regt Euch nicht weiter auf! Wir sind keine Freunde von Jesseartion, das kann ich Euch versichern! Nein, Sire, meine Herrin ist gewiß kein Freund dieser Linie von opportunistischen Banditen, die heute auf Chrosanthes Thron sitzt. Wie Ihr wissen werdet, haben Jesseartions Vorfahren diese Gegend verwüstet. Er hat hier keine Freunde, da könnt Ihr ganz sicher sein. Meine Herrin hat Euch unter ihren Schutz genommen und damit jeder Verfolgung entzogen. Dankt Euren Göttern nur dafür, daß sie Euch nicht für einen von Jesseartions Soldaten gehalten hat!«

»Wer ist Eure Herrin? Und wann kann ich ihr meinen Dank für ihren Schutz erweisen?« erkundigte sich Kane.

»Ihr Name ist Naichoryss, wenn Euch das irgend etwas sagt. Und sie wird Euch zu gegebener Zeit Gelegenheit geben, Eure Aufwartung zu machen. Bis dahin denkt vor allem daran, wieder zu Kräften zu kommen – obwohl Ihr dabei ja ganz erstaunlich schnelle Fortschritte macht, wie es scheint.« Steif nahm der Diener das Tablett auf und schritt zur Tür.

Kane rief ihm nach. »Und was ist mit Euch, Hofmeister? Habt Ihr auch einen Namen?«

»Bis jetzt habe ich Euch auch nicht nach Eurem gefragt!« war die Antwort.

Verärgert biß Kane sich auf die Lippen und schwang einen Fuß aus dem Bett.

Burg Altbur

Wenn man es sich so ansah, dachte Kane, konnte man beinah deutlich wahrnehmen, wie die Sommerhitze gegen einen Frostschild um Burg Altbur prallte. Wahrscheinlich war es nur eine Täuschung, hervorgerufen durch das schwindende Sonnenlicht, das eine schattige Aura über die alten Mauern legte. Er fröstelte leicht auf seinem Aussichtpunkt, einer Mauerzinne über einem Wehrgang, und zog sich den Mantel enger um die Schultern. Seine eigene Kleidung war zusammen mit seinen Waffen verschwunden, wie er entdecken mußte, als er wieder zu sich kam. Aber seine unsichtbare Gastgeberin hatte ihn dafür mit kostbaren frischen Kleidungsstücken versehen, die ihn seiner zerrissenen Söldnertracht nicht nachtrauern ließen.

Nein, er konnte über seine Behandlung hier wirklich nicht klagen. Luxuriöse Räume, exzellente Bewirtung und ein Heer von

Bediensteten, die ihm ihre ganze Aufmerksamkeit widmeten. Nur Waffen hatte man ihm keine gelassen. Und obwohl er sich frei in den Mauern der Burg bewegen konnte, blieben ihm die Tore von Altbur höflich, aber entschieden verschlossen. Nun, wenn es schon galt, ein Gefangener zu sein, ließ es sich hier jedenfalls einstweilen gut aushalten.

Kane lehnte sich weit über die Brustwehr und ließ seine Blicke über die Mauern wandern. Sie fielen senkrecht in die Tiefe, aus einer mit Sicherheit für jeden Sprung tödlichen Höhe. Aber es gab doch einige vielversprechende Spalten und Vorsprünge. Die Frage war, wo er sich ein Seil beschaffen konnte. Niemand bewachte Kane direkt, aber Kane war längst aufgefallen, daß es kaum Augenblicke gab, in denen nicht irgend jemand unauffällig seinen Pflichten an einem Ort nachging, von dem man ein Auge auf den Gast werfen konnte. Im Moment lag nicht weit von ihm entfernt eine Magd im Schatten eines Turms in den Armen eines erschreckend verwahrlosten Stallburschen.

Alles in allem war es kein zu schwieriger Platz für eine Flucht, falls er sich heimlich davonmachen mußte; in dieser Beziehung hatte Kane volles Zutrauen zu seinen diesbezüglichen besonderen Fähigkeiten. Aber vielleicht war er auch einfach zu mißtrauisch, ›paranoid‹ in der längst vergessenen Sprache eines obskuren Buches, auf das er einst gestoßen war. Man hatte ihm aller Wahrscheinlichkeit nach das Leben gerettet, seine Behandlung hier war erstklassig, und er hatte hier ein sicheres Versteck, bis er wieder in der Verfassung war, seine Flucht aus Chrosanthe fortzusetzen. Eine gewisse Vorsicht gegenüber einem fremden Söldner, den man in den eigenen Mauern aufnahm, war zudem durchaus verständlich. Und bisher hatte man von ihm auch keine Antworten auf unangenehme Fragen verlangt.

Und doch blieb Kane ein ungutes Gefühl. Er lebte schon viel zu lange, um die Vorahnungen seines Unterbewußtseins in den Wind zu schlagen. Natürlich gab es kaum eine Möglichkeit festzustellen, ob das, was er in seinem Delirium gesehen hatte, wirklich gewesen war. Von der Burg sah das Dorf im Tal verlassen aus – aber nicht wie die unheilverkündenden Ruinen, durch die er in jener Nacht gestolpert war. Burg Altbur wirkte ein wenig leer und weltabgeschieden – doch auch die Burg war nicht jene düstere, in Trümmern liegende Feste, als die Kane sie beim erstenmal gesehen hatte. Sollte es hier tatsächlich eine bewohnte Burg geben – in einer berüchtigten Gegend, die schon seit Jahrhunderten von Menschen verlassen war? Aber Kane wußte auch, daß es nichts Außergewöhnliches sein mußte, die Nachfahren eines einst stolzen und inzwischen aussterbenden Geschlechts zwischen den Ruinen der alten Macht und des alten Glanzes zu finden.

Doch auch andere Dinge hausten in Ruinen!

Stille. Kälte. Was in der Burg geschah, erinnerte oft an die Schemen eines bruchstückhaften, endlosen Traumes, in dem die Zeit stehengeblieben war. Und irgendwo dicht hinter den Grenzen des Bewußtseins lag über allem ein Hauch des Verfalls, ein moderiger Geruch – wie der Blick in einen von Staub fast blinden Spiegel. Vage Ahnungen, daß auf bestimmte Weise die Welt von Altbur nichts anderes war als ein Trugbild.

Kane spürte es, wenn er durch die Flure und Hallen der Bug schritt. Es war nichts, was sich mit Sicherheit wahrnehmen ließ. Vielleicht war es nur ein Schatten, der nicht mehr an seinem Platz zu sein schien, oder eine subtile Veränderung an einem der alten Gobelins. Bei der Dienerschaft war es am auffälligsten, stellte Kane fest. Als seien sie Schauspieler in einer grotesken Aufführung. Perfekt spielten sie ihre Rollen, kein winziges Detail, keine feine Nuance fehlten in den Darstellungen. Kane schielte zu dem verliebten Paar in den Schatten hinüber und fragte sich, wie oft diese Szene wohl schon abgelaufen war. Perfekte Diener, aber ihre Perfektion schien die endloser Wiederholung aller Gesten und Handgriffe zu sein. Glänzend aufgeführt, wie ein Drama bei der hundertsten Vorstellung – aber genauso gekünstelt und unwirklich. Doch noch gab es nichts Handfestes, das Kanes Ahnungen hätte bestätigen können.

Er fragte sich amüsiert, ob die Vorstellung weiterlief, wenn er von einem Raum in den nächsten schritt, oder ob die Schauspieler erleichtert eine Pause einlegten, wenn sie aus seiner Sichtweite waren.

Und seine Gastgeberin? Die Herrin von Burg Altbur. Naichoryss. Wo war sie überhaupt? Auf seine Fragen erhielt er nur höfliche, aber nichtssagende Antworten von den Dienern. Naichoryss. Eine Erfindung? Ein Charakter, der seinen Auftritt erst später in diesem Drama hatte? Oder war sie derjenige, der hinter der Maskerade stand? Beobachtete sie von hinter der Bühne den Erfolg ihrer Aufführung? Naichoryss. Herrin von Altbur oder Herrin eines Trugbildes – einer Fata Morgana?

Kane stieg von seinem Platz auf den Zinnen herunter. Es war an der Zeit herauszufinden, was hier vorging.

Die Herrin von Altbur

»Hier entlang, Sire, wenn ich bitten darf.«

Kane wandte sich um, zu sehen, wer ihn da unvermutet ansprach. Es war der Hofmeister, der sich ihm unbemerkt genähert hatte. Das war auch eine Eigenart des Hauses: Gesehen werden, aber nie gehört. Zweifellos schlichen sie wie Schatten hinter den Gobelins, und Spukgestalten lauerten überall in den Fresken. »Dort, sagt Ihr?«

»Sehr wohl, Sire. Meine Herrin«, er unterbrach sich, »Naichoryss hat eine kleine Mahlzeit in ihren Gemächern vorbereiten lassen, bei der sie Euch bittet, ihr Gast zu sein.«

So einfach war das also. »Dann hat sie sich schließlich doch entschlossen, einen Blick auf ihren Gast zu werfen?« meinte Kane überrascht.

Der Hofmeister nickte und rezitierte:

Einer Frau Gedanken, Freund Eistenallis,
bleiben ewig rätselhaft,
ihre unergründlichen Tiefen
stehen nicht nach
den unerforschlichen Schlüssen eines Gottes Laune.

»Eigenartig, daß Ihr ausgerechnet den Ausspruch Halmonis rezitiert, mit dem dieser Eistenallis zu einem Rendezvous führte, von dem der Ritter nie zurückkehrte«, bemerkte Kane, während er dem Höfling folgte.

»Oh, Ihr kennt das Werk von Ganbromi? Ein gebildeter Söldner, den wir da zu Gast haben!«

»Ich kannte Ganbromi«, murmelte Kane in der Hoffnung,

danach keine weiteren Beweise der Belesenheit dieses entnervenden Kerles anhören zu müssen.

»Da sind wir«, eröffnete der Hofmeister und klopfte leise an eine kupferbeschlagene Tür. Von innen schien er eine Antwort gehört zu haben, denn er riß die Tür weit auf und trat zur Seite, den Ausdruck angemessener höfischer Gleichgültigkeit auf dem Gesicht.

Kane schritt in den Raum und wurde von zwei lächelnden Mädchen empfangen, beide in identische Gewänder aus weichem Leder, von Kupferringen gehalten, gekleidet. Schweigend öffneten sie eine weitere Tür vor Kane und hießen ihn eintreten.

Sie erhob sich von ihrem Lager, ihn zu begrüßen, als er die schweren Vorhänge hinter der Tür zur Seite schlug. Ihre roten Lippen öffneten sich zu einem geheimnisvollen Lächeln, das ihre kleinen weißen Zähne schimmernd entblößte. »Ich bin Naichoryss.« Ihre Stimme war klar und kalt – weit weg, wie aus einem Traum. »Willkommen auf Burg Altbur.« Ein langer weißer Arm schob sich aus ihrem weichen, weitfallenden Gewand und deutete auf den niedrigen Tisch vor ihr. »Bitte, nehmt Platz und erzählt mir von Euch. Es ist selten genug, daß ich in diesen Tagen einen Gast empfangen kann.« Ein kaum wahrnehmbarer Wink zu ihren Mädchen, und sie kehrte zu ihrer Liege zurück. Ihre Bewegungen hatten die schweigende Grazie eines Schattens.

Kane streckte sich neben ihr aus und sah zu, wie die Mädchen wieder erschienen und seinen Becher mit einem Wein so klar und rot wie die Rubine, die das Gefäß zierten, füllten.

»Mein Name ist Kane«, begann er. Unter den gegebenen Umständen schien es nicht angebracht, sich zu verstellen, und er war zu stolz, in diesem verschwenderischen Luxus als gewöhnlicher Söldner aufzutreten.

Naichoryss lächelte. Dünne Lippen verzogen sich über dem roten Wein, dunkle Augen reflektierten das Rubinrot, Welle über Welle langer schwarzer Locken rahmten ein bleiches, reizvolles Gesicht mit feingeschnittenen Zügen ein. Eine unheimliche, kalte Schönheit wie ein von Meisterhand aus Elfenbein und Jade geschnitztes Bildnis.

»Kane.« Ihre Lippen schienen an dem Namen zu schmeckten. »Ein grausamer Name, scheint mir. Und kein gewöhnlicher.« Das Licht in ihren Augen bekam einen spöttischen Schimmer. Und Kane wußte, daß Naichoryss schon die ganze Zeit genau über seine Rolle in der chrosanthianischen Verschwörung informiert war.

Allerdings war Kane auch nicht leicht zu verwechseln. Sein rotes Haar und seine mächtige, bärenhafte Gestalt unterschieden ihn leicht von den eingeborenen Chrosanthianern, die in einer Gegend lebten, wo das übliche Aussehen zu dunklen Haaren und feingliedrigem Körperbau neigte. Seine muskulöse Statur und seine großen schwieligen Hände erinnerten an die Söldner aus den kalten Ländern fern des Südens. Aber seine Augen zeichneten ihn überall als Außenseiter. Kein Mensch, der je in diese Augen geblickt hatte, konnte sie vergessen. Kalte blaue Augen, in denen ein einziger Schimmer des Wahnsinns lauerte, höllischer Widerschein von Blut und Zerstörung. Der Blick des Todes. Augen des geborenen Mörders. Das Zeichen des Kain.

Kane erwiderte die amüsante Neugier seiner Gastgeberin mit gespielter Gleichgültigkeit. »Da ja selbst auf Altbur die Einzelheiten der Auseinandersetzung zwischen Jesseartion und seinem beklagenswerten Halbbruder bekannt zu sein scheinen, will ich Euch nicht mit überholten Neuigkeiten langweilen. Wie Ihr sicher leicht verstehen könnt, war ich gezwungen, so schnell wie möglich aus der Reichweite von Jesseartions Zorn zu kommen. Nun, ich war leider nicht schnell genug. Vielleicht habe ich die Entschlossenheit dieses Gecken unterschätzt. Aber es ist schon eine Überraschung, in einem seidenen Bürschchen plötzlich Stahl entdecken zu müssen. Wie dem auch sei, seine Soldaten haben mich nicht erkannt und für tot zurückgelassen. So bin ich dann mit brummendem Schädel durch den Wald geirrt, bis Ihr über mich gestolpert seid.« Er fuhr fort, indem er ihr in wohlgewählten Worten seine Dankbarkeit für ihren Schutz und ihre Gastfreundschaft ausdrückte.

Ihr Lachen war eine Symphonie von silbernen Flöten und Glöckchen. Es klang hell und heiter, aber es hatte irgendwo einen unechten Unterton. »Also ist Kane wirklich der Kavalier, als der er von den Damen an vielen Höfen gepriesen wird. Ihre Komplimente zurückgebend, muß ich sagen, daß ich bewundernd feststellen muß, welch höfische Eleganz sich unter Eurer brutalen Kraft verbirgt. Aber ich entdecke viele erstaunliche Widersprüche an Euch, Kane. Diese Lebenskraft! In wenigen Tagen erholt Ihr Euch von Wunden, die einen anderen umgebracht oder für das Leben gezeichnet hätten. Ich bin entzückt, Euch in meinem Dorf begegnet zu sein!«

»Ich fürchte, ich kann mich da an gar nichts mehr erinnern«, warf Kane ein. »Euer exzellenter Hofmeister erwähnte irgendwelche Banditen . . .«

Naichoryss schlanke Hand winkte unwillig ab. »Banditen? Kaum. Ein paar armselige Beutelschneider und Tagelöhner, die Euch für Eure Stiefel die Kehle durchgeschnitten hätten. Sie flohen wie die Ratten, als ich mit meinen Jägern vorbeikam.

Verzeiht, aber diese ganzen formellen Dankbarkeitsgesten und Sprüche sind ausgesprochen langweilig, und das Leben auf Burg Altbur ist auch ohne sie schon eintönig genug. Ihr müßt mir jetzt endlich von den Dingen erzählen, die draußen in der Welt vorgehen, oder ich werde Euch die ganze Nacht über die Ohren volljammern. Erzählt mir von all den exotischen Ländern, durch die Eure Wanderschaft Euch geführt hat. Erlöst mich von meiner Langeweile, und Ihr könnt hierbleiben, bis Jesseartion alt und vergeßlich geworden ist.«

Dieses Angebot erschien Kane durchaus akzeptabel. Die Rolle des unterhaltsamen Gastes sagte ihm durchaus zu, zumal er in ihr über große Erfahrung verfügte. Gleichzeitig würde ein Abend voll unterhaltender Anekdoten seine Gastgeberin unauffällig daran hindern, Dinge über ihren Gast zu erfahren, von denen Kane das Gefühl hatte, sie brauchte sie nicht unbedingt zu wissen. Und während die Mädchen Tablett über Tablett mit ausgesuchten Köstlichkeiten auftrugen, unterhielt Kane die seltsame Herrin von Altbur mit ungewöhnlichen Geschichten über alte Schlachten und Intrigen in Ländern, von denen fast nur noch die Sagen kündeten.

Der Wein war ein sehr alter, ausgezeichneter Jahrgang. Kane genoß seinen seltenen und vollmundigen Geschmack begeistert und achtete wachsam darauf, daß sein Becher niemals leer wurde. Aber die aufmerksamen Mädchen kamen jedem Wink zuvor. Kanes Geist schien sich an der Macht des schweren Weines so zu entflammen, daß er sich fragte, ob nicht eine heimliche Droge daruntergemischt war. Doch seine Gastgeberin wurde aus demselben Krug bedient, obwohl sie nur sehr wenig aß und trank.

Als die Mädchen die letzte Platte abgeräumt hatten und nur noch ihre Becher zurückblieben, erhob sich Naichoryss und winkte ihm, ihr auf den offenen Balkon zu folgen. Kane trat hinter ihr auf die mondbeschienen Steine hinaus, seine Bewegungen schwer vom Wein und dem Zauber ihrer Schönheit. Für einen Augenblick lehnten sie nebeneinander schweigend über die Brüstung und blickten über das Tal, wo das kalte Mondlicht das verfallene Dorf mit Silber und Schwarz übergoß. Nur ein leichter Wind wehte und spielte mit den Locken ihres rabenschwarzen Haares, ein Wind, so kalt und leer für eine laue Sommernacht.

Mondlicht schimmerte durch ihr rauchiges Gewand und ließ die weiße Haut darunter aufleuchten. Kanes Kehle schnürte sich zusammen, und seine Sinne verwirrten sich immer mehr. Hier war eine Schöne neben ihm, die mit einer Faszination erfüllte, überwältigender als alles, was er bisher erlebt hatte.

»Ist Euch nicht kalt?« begann er einfallslos, zu befangen, weniger konventionelle Worte zu finden.

Naichoryss wandte sich ihm zu, knapp außerhalb der Reichweite seiner Arme. »Kalt? Ja. Ja, ich bin kalt. Aber es ist nicht die Nacht. Es ist eine viel schrecklichere Kälte, tief in mir – eine Kälte, die nur etwas wärmen kann . . .«

Das Mondlicht glitzerte auf ihren scharfen weißen Zähnen. Der Hunger in ihren Augen zeigte dieselbe Einladung wie ihr Lächeln. »Ich glaube, du könntest die Kälte wärmen – die Kälte, die mich quält, so lange schon . . .«

Kane griff nach ihr, um sie in seine Arme zu ziehen, aber seine Bewegungen waren schwerfällig, und sie wich ihnen mit geheimnisvollem Lachen aus. Betroffen starrte er sie an und fühlte sich wie ein unerfahrener Jüngling in den Händen einer raffinierten Kurtisane. Wo seine Finger über ihr Fleisch geglitten waren, brannten sie, als hätte er Eis berührt.

»Nicht so stürmisch, mein wilder Krieger!« lachte sie. »Dies ist ein Augenblick, der ausgekostet sein will. Mit einer Ewigkeit gemeinsamer Nächte vor uns willst du wie ein trunkener Bär über mich herfallen?«

Über sich selbst wütend, kämpfte Kane um seine Selbstbeherrschung. Was für einen Zauber hatte diese Hexe über ihn geworfen, der aus ihm einen unbeholfenen Bauerntölpel machte? Aber seine Begierde, dieses seltsame Wesen zu besitzen, verdrängte jeden Versuch, wieder zur Besinnung und zu seinen höfischen Manieren zurückzukehren.

Naichoryss wiegte in ihren Armen ein seltsames Instrument, das an eine Leier erinnerte. Spöttisch tänzelte sie einige Schritte vor ihm. »Einen Augenblick, ihn auszukosten«, erhob sie ihre heisere Stimme. »Voll auszukosten. Bis zum letzten schimmernden Tropfen. Soll ich für dich singen, Kane? Kannst du deine wilde Kraft noch für einen Augenblick zügeln, sie mir noch etwas aufheben?«

Zitternd hob er den Becher an die Lippen, und obwohl er schwieg, weil er seiner Zunge nicht traute, strahlte aus seinen Augen das Verlangen, das seine Seele erfüllte.

Fast gedankenlos glitten ihre Finger über die Saiten der Leier, doch Kane erkannte wohl, daß ihre Gleichgültigkeit nur gespielt war. Sie erinnerte ihn an die Gleichgültigkeit einer Katze, die mit einer gefangenen Maus spielt.

Sie fand einen passenden Ton und summte ihn verloren im Mondlicht. Und aus dem Mondlicht und aus der Kälte und Einsamkeit der Nacht wob sie das Lied:

Komm, Geliebter, komm zu mir in der Nacht,
In des Mondes klarem, kaltem Licht tritt vor mich hin,
Und auf meinem kalten steinernen Altar opfere deine Seele.
Fühle meine Hand, Geliebter, fühle meine Haut wie Eis . . .
Lege deinen Kopf auf meine Brüste, ein Kissen aus weichem Schnee . . .
Kose meine Lippen, Geliebter, küsse meinen eisigen Atem . . .
Schau tief in meine Augen, wo der Nachtfrost wohnt.
Dann laß mich dich in meine kalten Arme schließen,
Komm mit mir in die Welt hinter allen Schmerzen;
Und mein Kuß wird dich lehren,
Der Liebe einzige Erfüllung
ist der Tod, Geliebter, ist der Tod.

Mit katzenhafter Anmut legte sie die Leier zur Seite und streckte sich. Kane starrte sie an, völlig unter ihrem Bann. »So still, Geliebter? Ich hoffe, mein Lied hat dich nicht in den Schlaf gelullt.« Sie glitt aus dem Mondlicht des Balkons in die Schatten ihres Schlafgemaches.

Kane folgte ihr in den Raum; seine Muskeln waren verkrampft, sein Geist ein Delirium wilder Gefühle. »Naichoryss«, flüsterte er heiser.

Aber sie legte nur den Finger auf die Lippen, und er verstummte.

Neben dem Bett stand sie ihm gegenüber, und ihre dunklen Augen spiegelten ihre Begierde. Dann fuhren ihre schlanken Finger zum Verschluß ihres Gewandes, und die Robe fiel von ihr ab wie ein Nebelschleier. Ein breites Band des Mondlichts traf sie in der Dunkelheit und badete jede Rundung ihrer vollkommenen Schönheit in neuem Zauber.

»Willst du mich besitzen, Kane?« fragte sie, und jeder Spott war aus ihrer Stimme gewichen.

»Das weißt du!«

»Und gibst du dich mir hin, Körper und Seele, für alle Nächte der Ewigkeit?« War da nicht doch noch ein spöttisches Glitzern in ihren Augen?

Und obwohl Kane längst zu verstehen begann, welchem Schicksal er sich im Begriff war auszuliefern, konnte er seine Antwort nicht zurückhalten. »Ich gebe mich dir hin.«

Ein Blitz wilden Triumphs zuckte über ihr Gesicht, und sie öffnete ihm ihre Arme. »Jetzt komm!« flüsterte sie.

Kane preßte sie in seine kraftvollen Arme und spürte, wie ihr zarter Körper unter seiner Stärke schmolz. Tief küßten sie sich, und das unheilige Feuer ihrer Lippen versengte das seiner eigenen. Fast bemerkte er gar nicht, wie ihre scharfen Fangzähne sich gierig verschoben.

Mit überraschender Kraft rissen ihm ihre Hände das Hemd herunter, fetzten es ihm von Brust und Hals.

Benommen nahm er wahr, wie Naichoryss sich von ihm löste und sich auf die Pelze ihres Lagers warf. In fiebrigem Taumel befreite er sich von seiner restlichen Kleidung, aber auch in seiner Hast entgingen ihm nicht die langen, tiefen Kratzer, die ihre Nägel über seine Brust gezogen hatten. Ihre Zähne glitzerten böse im Mondlicht. Doch für Kane hatte auch das keine Bedeutung mehr.

Ihre kalten Arme zogen ihn auf sie, und sie vereinigten sich in einem Taumel dunkler Leidenschaft. Kane schüttelte sich unter Wellen unerträglicher Lust, die über ihn brandeten wie eine unmögliche Mischung aus Feuer und Eis, Ekel und Begierde.

Als ihre Zähne sich schließlich in seine Kehle schlugen, war es, als würden die Feuer in ihm endlich erlöschen. Er stürzte in einen unaussprechlichen Abgrund von Schmerz und Ekstase und ertrank hilflos in seiner bodenlosen Schwärze.

Die Zeit verlor jede Bedeutung für ihn. Es war, als wäre seine ganze Existenz zu einer endlosen Nacht geworden. Kane kannte die Sonne nicht länger. Ob es daran lag, daß er während der Tagesstunden ohne Bewußtsein lag, oder ob die Zeit einfach stillstand, konnte er nicht sagen.

Die Wirklichkeit bestand nur noch aus ihren gemeinsamen Nächten, und auch hier konnte sich Kane nie erinnern, wie oft sie in ihrer dunklen Umarmung zusammenlagen.

Irgendwie würde er wieder erwachen, und draußen würde ihn die Nacht empfangen. Manchmal fühlte sich Kane stark genug, durch Naichoryss' Gemach zu gehen; zu anderen Zeiten war er zu schwach, mehr zu tun, als sich zu dem kleinen Mahl aus Wein und Fleisch zu wälzen, das immer an seinem Lager bereitstand. Von den Dienern sah er nichts mehr. Allerdings verließ er den Raum nie, um nach ihnen zu suchen. Ihm fehlte selbst die Kraft oder die Neugier festzustellen, ob die Tür verriegelt war. Die Möglichkeit einer Flucht tauchte in seinen Gedanken gar nicht auf.

Wenn er sich im Spiegel sein Gesicht ansah, bemerkte er, wie hager und eingefallen seine Züge geworden waren, aber das beunruhigte ihn nicht. Ohne Interesse strich er manchmal gedankenverloren über die zwei rotgeschwollenen Wunden im weißen Fleisch seines Halses.

Sein einziges Gefühl war das der Erwartung – Vorahnung der Offenbarung all der fremden Rätsel und Geheimnisse der Lust von Jahrhunderten sehnsüchtiger Erwartung. Es war, als hätte sich ihm nach einer endlosen Zeit vergeblichen Suchens jetzt alles erfüllt, nach dem er sich gesehnt hatte – als sei er endlich frei, eine seit Ewigkeiten herbeigesehnte Reise anzutreten. In seinem Delirium wartete Kane dort auf Naichoryss, zu schwach an Körper und Geist, sich betroffen zu fühlen, wartete auf den Tod.

Immer kam sie zu ihm. Manchmal durch die Tür, manchmal war sie einfach da.

In spöttischer Betroffenheit sorgte Naichoryss sich um seine Schwäche, drängte ihn, sich zu stärken an den Speisen, und trieb ihn aus seiner Müdigkeit hoch. Und immer bemühte sich Kane, der Herrin von Altbur zu Gefallen zu sein, zog aus irgendeinem versteckten Reservoir seines mächtigen Körpers neue Kraft. Sie mochten sich unterhalten. Oft sang Naichoryss. Aber es endete immer in derselben Weise. Sie liebten sich leidenschaftlich. Und wenn Kane bis zur Besinnungslosigkeit erschöpft war und ausgestreckt auf dem Bett lag, fühlte er wieder den brennenden Kuß ihrer Lippen auf seiner Kehle und erkannte wieder den Schmerz ihres Hungers, der ihn erneut in die Dunkelheit sinken ließ.

Manchmal redete Naichoryss auch mit ihm über sich selbst und ihre Pläne mit Kane. Denn der Vampir war sich seines Opfers jetzt sicher und wußte, daß die Kenntnis seines Schicksals Kane nicht aus ihrem Zauber reißen würde, dem er ohnmächtig erlegen war.

Sie erzählte ihm, wie Burg Altbur vor zwei Jahrhunderten in jenem schrecklichen Bürgerkrieg fiel, erzählte Kane, wie die Sieger alle, die im Dorf und der Burg gelebt hatten, niedermetzelten. Auf demselben Bett hatte sie die Gier der siegreichen Truppen über sich ergehen lassen müssen, bis einer sie in wildem Rausch erwürgte. Aber Gewalt und Haß waren Mächte, die auch nach dem Tod fortlebten. Und so geschah es, daß die Herrin der gefallenen Festung zurückkehrte mit der Kraft der Flüche und des Hasses Tausender Erschlagener, die sich in ihr sammelte, stärker selbst als der Tod. In den Nächten hatten sie die Schatten ihres verwüsteten Landes heimgesucht, und im Licht des Morgens fanden sich die blutleeren Opfer ihrer unheiligen Rache.

Und schließlich wurde sie der Schrecken, der die Menschen aus diesem Land vertrieb und Naichoryss als Herrin von Ruinen zurückließ, zwischen denen nur noch Ghoule hausten.

Viele Jahre vergingen. Die Enkel derer, an denen sie Rache suchte, wurden alt und starben. Der Krieg selbst wurde zu einem halbvergessenen Stück Geschichte, seine Schrecken und Feldzüge nur noch Lehrstoff der Scholaren. Über die Steine von Altbur wucherten Moos und Unkraut. Die meisten Ghoule suchten sich neue Jagdgründe. Nur Naichoryss blieb zwischen den vergessenen Ruinen. Aber sie jagte nur noch die Tiere des Waldes oder den verirrten Wanderer, der ahnungslos ihren Weg kreuzte.

Es war einsam. Nur die Untoten kennen die ganze Einsamkeit des Todes ohne die letzte Ruhe des Grabes.

Als sie die Ghoule verjagte, die Kane gefunden hatten, wußte Naichoryss sofort, was sie tun würde. Sie brachte ihn auf ihre Burg und schuf Altbur neu aus dem Staub der Jahrhunderte, gab ihr das Trugbild ihres alten Glanzes. Vorsichtig hatte sie über ihren Schatz gewacht, während Kane sich erholte, und ihn dann mit ihrem Zauber umgarnt. Und als sie ihn wieder für voll bei Kräften hielt, zog Naichoryss ihn in ihre kalte Umarmung, um sich an seiner ungeheuren Lebenskraft zu laben.

Aber nicht der Tod sollte Kanes Schicksal sein, das versprach Naichoryss. Kanes Bestimmung war, ihr ewiger Gefährte zu werden – Naichoryss' Begleiter im Schattenreich der Untoten. Langsam nur sog sie ihm deshalb das Leben aus den Adern, ihn vorsichtig darauf vorbereitend, daß er im Tod ein Wesen wie sie selbst werden würde – eine Kreatur der Finsternis. Dann würden sie zusammen über diese von Ghoulen bevölkerte Wildnis herrschen – zusammen würden sie sich den dunklen und unaussprechlichen Vergnügen der Untoten hingeben.

Eines Nachts geschah es, daß Kane, als er aufwachte, zu schwach war, das Bett zu verlassen. Er lag in der Dunkelheit, atmete flach und erschöpft, sein Fleisch bleich und eingefallen, und erwartete ihre Rückkehr.

Ihre dunklen Augen loderten vor Begierde, als sie ihn so in jener letzten Nacht fand. »Das Ende kommt!« Naichoryss' Schrei war von der Freude erfüllt, wie sie die Braut in der Hochzeitsnacht empfinden mag. »Ich hatte fast geglaubt, deine Lebenskraft wäre ein nie verlöschender Funke.«

Ein sanfter Ton klang in ihrer Stimme. »Dies wird unsere letzte Nacht wie die vorausgegangenen sein, Kane, Geliebter! Nur noch für dieses eine Mal mußt du die Schmerzen der Sterblichen erleiden – denn wenn du jetzt wieder erwachen wirst, wird es nicht aus einem Schlaf der Sterblichen sein, sondern aus der süßen Traumlosigkeit des Todes. Und wenn du vom Tode auferstehst – dann sind wir am Ende wirklich zusammen! Du und ich, Kane – zusammen für alle Ewigkeit!«

Kane lächelte fast erwartungsvoll, als sie sich über ihn beugte. Schwach versuchte er zu sprechen, aber ihre Lippen versiegelten die seinen.

Tiefer und tiefer brannte sich ihr Kuß. Nadeln aus Eis stachen in jeden Nerv von Kanes Körper, überzogen sein Herz mit einem unirdischen Frost. Kosmische Leere griff durch die Dunkelheit und verschlang ihn. Ekstase und Todesschmerz überwältigten seine schwindelnden Sinne, die beiden Extreme zerrissen ihn und schufen gleichzeitig ein unbeschreibliches neues Lustgefühl.

Ihr schwarzes Haar strich über sein Gesicht. Das Gewicht ihres kalten Körpers nahm ihm den Atem. Ihre unersättlichen Lippen sogen ihm den letzten Lebenshauch aus den Lungen. Er konnte nicht mehr atmen. Er stürzte . . .

Die Rückkehr

Dunkelheit. Kane trieb endlos durch die grenzenlose Dunkelheit. Nicht die Abwesenheit von Licht schuf diese Dunkelheit, sondern die Nichtexistenz von allem – Materie, Energie, Zeit. Er schwebte in dem kosmischen Abgrund zwischen Leben und Tod.

Irgendwo in der Dunkelheit erstreckte sich eine Grenze, ein Widerstand, ein feingesponnenes Netz, das ihn nicht in die unendliche Leere hinaustreiben ließ. Ein schwacher Zug, der sich über die Äonen der Zeit erstreckte, seine Kraft schwindend, aber zu elementar, um gänzlich zu verlöschen. Das Leben machte einen letzten Versuch, Kane zu erreichen, der alles überwindende Ausdruck seines obersten Instinktes.

Jahrhunderte zuvor hatte Kane die Höhle des mütterlichen Leibes verlassen, eine sich windende kleine Kreatur, deren erste Tat war, schreiend Luft zu holen. Und nun rief ihn derselbe Instinkt durch die kosmische Dunkelheit.

Kane stöhnte und öffnete die Augen. Harte Steinmauern schlossen ihn ein, und seine Augen sahen noch immer nur Dunkelheit. Die Luft in seinen Lungen war abgestanden und von jahrhundertealtem Staub erfüllt. Wild schrie er auf, warf seine Arme und Beine in blinder Panik gegen die Mauern, die ihn umgaben. Im ersten Augenblick sah es aus, als fehle ihm die Kraft, sich zu befreien, aber dann erhoben sich alle seine primitiven Angstinstinkte in ihm und trieben seine geschwächten Glieder mit einer Kraft hoch, die seit der Geburt tief versteckt in ihm schlummerte.

Die Wand über ihm gab unter seiner Kraft nach und rutschte zur Seite. Nur einen Atemzug vom stammelnden Wahnsinn entfernt, schnellte Kane kerzengerade aus seinem Sarg und sog tief die kühle, staubige Luft der Gruft ein.

Dann saß Kane in der Dunkelheit und atmete langsam die Grabesluft ein. Als das Leben wieder in seinen zitternden Körper zurückflutete, begann auch sein Geist wieder klar und vernünftig zu denken – frei von dem Zauberbann, der ihn so lange gefangengehalten hatte.

Er konnte seine Umgebung jetzt schwach wahrnehmen, denn die Dunkelheit der Gruft war fast Tageslicht gegen die bodenlose Schwärze, die ihn eben noch zu verschlingen drohte. Kane entschied, daß er sich hier in der Familiengruft unter Burg Altbur befinden mußte, denn seine nachtsichtigen Augen machten die spinnwebenüberzogenen Schatten anderer Särge aus, einige in Nischen entlang den Wänden, andere auf niedrigen Podesten. Mit einem Ruck wälzte er sich aus seinem Sarg und schlug hart auf den Steinboden. Irgendwie kam ihm der Gedanke, was wohl aus dem ursprünglichen Bewohner seines Sarges geworden war, während er sich über die kalten Steine tastete. Seine Füße berührten schließlich die untersten Stufen einer staubigen Truppe, die er hinaufstolperte, geführt von einem winzigen Lichtstreifen, der sich durch einen Spalt in der Tür der Krypta gestohlen hatte. Er warf sich mit den Schultern gegen die Tür. Unter dem Aufprall schwang sie kreischend in den Angeln, und Kane stolperte hinaus ans Tageslicht.

Die Halle, in der er sich befand, war mit Schutt gefüllt. Durch die eingebrochene Decke am anderen Ende schien das Licht des späten Nachmittags. Unter Schmerzen zwang sich Kane, den Raum zu durchqueren, fragte sich, was ihn wohl draußen erwarten würde.

Burg Altbur war eine verlassene Ruine. Auf seinem Weg durch die stillen Hallen und Flure traf Kane nur einsamen Verfall. Keine Dienerschaft grüßte ihn, nur Fledermäuse lebten hier und eigenartige weißgesichtige Ratten, die vor seinen Schritten davonhuschten. Die Festungsmauern ragten noch nahezu unzerstört auf, aber an vielen Gebäuden waren die Dächer eingestürzt. Selbst Spuren der Eroberung ließen sich an den geborstenen Toren und einigen rauchgeschwärzten Mauern noch erkennen. Von dem reichen Mobiliar war das meiste von den Plünderern fortgeschleppt worden, aber Kane stieß noch auf viele Gobelins und verrottendes Holzwerk, die von Altburs einstigem Glanz kündeten. Kanes eigene

Kleidung war wieder sein einfaches Soldatengewand, das genauso aussah wie nach jenem verhängnisvollen Hinterhalt.

Das Blitzen von Metall im Sonnenlicht fing seinen Blick, und Kane war hoch erfreut, seine Waffen in der Ecke eines leeren Lagerraumes aufgereiht zu finden. Grimmig bückte er sich nach Schwert und Dolch. Dann machte er sich auf den Weg zu Naichoryss' Gemächern.

Immer wieder blieb er unterwegs stehen, um neue Kräfte zu sammeln. Seine Glieder zitterten noch immer, und jede Zelle seines Körpers war von einer betäubend schmerzhaften Schwäche erfüllt. Trotzdem fühlte Kane sich im Augenblick wesentlich kräftiger, als er sich seit langer Zeit gefühlt hatte. Endlich frei von Naichoryss' Zauber, konnte er seine Schwindelgefühle und seine Erschöpfung ignorieren und sich Schritt für Schritt vorwärts zwingen.

Die Sonne ging unter, als Kane in Naichoryss' Gemächer trat. Auch hier lagen wie überall Schutt und Staub, doch es gab einen Unterschied. Es schien, als habe jemand sorgfältig die Verwüstungen, die die Plünderer hinterlassen hatten, aufgeräumt und versucht, den Raum wieder in seinen früheren Zustand zu versetzen. Auch hier hingen verrottete Gobelins von den Wänden, bedeckten verschimmelte Teppiche den Boden, aber das Mobiliar stand am richtigen Platz, und Vasen und andere Kleinigkeiten, auf die eine Frau achtet, waren sorgfältig arrangiert. Es schien, als habe eine liebevolle Hand den Raum geordnet, bevor sich der Staub der Jahrhunderte darübergelegt hatte.

Kane durchforschte die schattigen Gemächer, aber er fand nicht das geringste Anzeichen für Leben zwischen den staubigen Überbleibseln der Vergangenheit. Er hatte erwartet, daß der Vampir das Schlafgemach, in dem sie gemordet war, sich zum Lager während der Tagesstunden gewählt hatte. Aber das Bett war verlassen und von einer dicken Staubschicht bedeckt. Der Irrtum konnte verhängnisvoll sein, denn Kane wollte Naichoryss noch einmal gegenübertreten – aber diesmal aus eigenem Antrieb.

Vom Balkon aus sah Kane, wie das Zwielicht dahinschwand. In verzweifelter Wut fluchte er vor sich hin, denn er begriff jetzt, daß Naichoryss zweifellos seinen leblosen Körper nahe bei ihrem eigenen in der Gruft in den Sarg gelegt hatte. Jetzt hatte er nur noch eine geringe Chance, Naichoryss' Ruheplatz zu finden, bevor ihr die

Nacht ihre ganze Macht zurückbrachte. Entschlossen stolperte er zurück durch die verlassenen Flure und Hallen, um die Gruft zu erreichen, solange die Herrin von Altbur noch in ihrem kalten Schlummer ruhte.

Ihm fehlte die Kraft, mit der schnell wachsenden Dunkelheit Schritt zu halten. In einem Flecken Mondlicht erwartete ihn Naichoryss schon. Ihre Schönheit hatte nicht unter dem Verlust des Zaubers gelitten, der Altbur vorübergehend wieder zu seinem alten Glanz hatte aufleben lassen. So war also ihre unirdische Schönheit wenigstens kein Bestandteil ihres Trugbildes gewesen, stellte Kane angenehm berührt fest.

Ihre hungrigen Lippen lächelten, als sie ihm ihre weißen Arme zum Willkommen entgegenstreckte. »Du hast dich schon von deinem kalten Lager erhoben? Warst du so begierig, deine neue Existenz zu erkunden, daß du nicht auf mich warten konntest? Oh, Kane! Vielleicht . . .«

Ihr Lächeln schmolz in plötzlichem Erschrecken dahin, als Kane sie erreicht hatte. »Etwas ist falsch mit dir!« schrie sie. »Du lebst noch! Du bist nicht . . .«

»Ja, hier ist etwas sehr falsch!« Kane lächelte mitleidlos. »Trotz deiner gegenteiligen Bemühungen ist noch immer etwas Leben in mir. Genug, um wieder in die Welt der Lebenden zu finden! Genug, daß deine süße Einladung in die Gruft von Altbur mich nicht länger locken kann.«

Ihr Kameegesicht wurde zu einer Maske des Unglaubens. »Ich verstehe nicht. Es ist unmöglich, daß ein Sterblicher lebend vor mir steht, nachdem er meinen Todeskuß empfangen hat. Tropfen für Tropfen habe ich dir deine Lebenskraft getrunken. Und in der letzten Nacht warst du zu schwach, um mir zu widerstehen, als ich dir die Essenz deiner Lebenskraft von den Lippen gesaugt habe. Es schien, daß dein Körper schon in meinen Armen kalt wurde, als ich ihn vor dem Morgengrauen in die Gruft hinuntertrug.«

Fast flehend fuhr sie fort. »Ich habe dich in den Sarg neben meinem eigenen gelegt. Diese Särge haben so lange nebeneinander gestanden, der eine auf den Ehemann wartend, den ich nie getroffen habe!«

Kane setzte sich in eine leere Fensterhöhle und starrte den Vampir mit düsteren Augen an, seine Gedanken in den blauen Tiefen seiner

Augen verborgen. Naichoryss stand da, in ihren eigenen Gedanken versunken, und erwiderte seinen nachdenklichen Blick. Irgendwo in den Schatten flatterten dunkle Schwingen, während in einer Ecke eine Ratte durch trockene Blätter raschelte.

»Ich glaube, ich weiß es jetzt«, meinte sie endlich. »Du hast dich so schnell von deinen Wunden erholt – selbst die Narben verblassen schon. Auch war es, als könnte ich deine Lebenskraft nie erschöpfen, obwohl ich doch Nacht für Nacht von ihr trank. Es ist unnatürlich für einen menschlichen Körper, sein Blut so schnell zu erneuern. Und nur eine ganz außergewöhnliche Kraft konnte den Bann meines Todeskusses brechen und sich den Weg aus dem Abgrund der ewigen Nacht zurückerkämpfen.

Die Nachtwinde flüstern manchmal von einem Mann mit Namen Kane. Er ist einer der ersten Menschen, sagen sie – verflucht von den Göttern, weil er sich gegen seinen Schöpfer erhoben hat, weil er Gewalt und Tod über die unschuldigen Menschen eines vergessenen Paradieses gebracht hat. Diesen Kane bestraften die Götter mit dem Fluch der Unsterblichkeit – verdammt ist er zu ewiger Wanderschaft, ohne je Frieden zu finden, Tod und Verderben all jenen bringend, die seinen Weg kreuzen. Und damit die Menschen ihn überall erkennen, ist Kane mit den Augen des Mörders gezeichnet.«

Ehrfürchtige Scheu klang in ihrer Stimme. »Ein unsterblicher Körper würde jede Wunde, die nicht unbedingt tödlich ist, schnell heilen. Er würde auch kein Alter zeigen. Und kaum Erschöpfung kennen.

Ich habe gleich gemerkt, daß etwas Unnatürliches an dir war, Kane! Ich habe es gefühlt, aber ich wollte es in den Träumen, die ich für uns beide hatte, nicht wahrhaben. Nun sehe ich, wie unsinnig es war, nicht auf das Flüstern der Nachtwinde zu hören.«

Kane nickte, noch immer schweigend in seinen Gedanken versunken.

Verzweiflung erfüllte jetzt ihre Stimme. »Bleib bei mir, Geliebter!« flehte sie. »Du brauchst nur deinen sinnlosen Widerstand aufzugeben und dich wieder meinem Kuß zu unterwerfen. Bitte, wehre dich nicht länger gegen meinen Zauber. Gib dich mir noch dieses eine Mal hin, und wenn du aufwachst, wirst du mein Geliebter sein, mein Herr und Meister für alle Ewigkeit. Ich schwöre dir, wir werden Lord und Lady Altbur sein! Wir werden zusammen herrschen, bis die

Sterne in die See der Nacht stürzen! Nur unsere Liebe – in einer Welt, die kein Alter kennt, keinen Tod, keine Schmerzen.

Bedrücken dich diese Ruinen? Möchtest du Altbur in all seinem früheren Glanz auferstehen sehen? Wir werden es gemeinsam in all der Pracht heraufbeschwören, die du in den vergangenen Tagen erlebt hast! Wenn es dein Wunsch ist, können wir mein ganzes vergangenes Reich für ewig auferstehen lassen und in seinem Glanz herrschen, während draußen in der Welt die Reiche aufsteigen und vergehen.«

Lachen. Bitteres Lachen. »Ein Trugbild, alles nur Schein«, murmelte Kane.

Naichoryss widersprach erschrocken. »Trügerischer Schein? Die Auferstehung des Altburs meiner Jugend ein Trugbild? Nicht für uns, Kane! Für dich und mich wird es so wirklich sein, wie es jetzt diese Ruinen sind. Tage hast du im Schutz dieser alten Mauern verbracht, von Dienern gepflegt, deren Gebeine längst vermodert sind, und dich in den Reichtum eines längst vergangenen Zeitalters gekleidet, von ihm gespeist und getrunken! Kannst du mir denn sagen, welches Bild von Altbur Wirklichkeit ist und welches Schein? Kannst du Traum und Wahrheit unterscheiden?«

»Wirklichkeit und Traum sind oft kaum zu unterscheiden«, gab Kane bereitwillig zu. »Philosophen haben argumentiert, daß die Realität nichts anderes ist als das persönliche Bild, das sich der Mensch von dem Mikrokosmos macht, durch den er sich bewegt. Vielleicht ist auch das Leben nur ein Traum, aus dem der Tod uns schließlich aufweckt.

Aber du verstehst mich falsch, Naichoryss, hast mich von Anfang an mißverstanden. Der Tod. Das Geheimnis des Todes. Ist er Verlöschen, ewiges Nichts oder ein neues Abenteuer? Gibt es eine höhere Daseinsebene? Gibt es eine Wiedergeburt? So viele Theorien gibt es über den Tod, und so wenig weiß man wirklich. Jahre habe ich damit verbracht, über den Tod zu grübeln. Aber meine Gedanken bewegten sich endlos im Kreis.

Schon als ich hier zum erstenmal die Augen aufschlug, fühlte ich, daß Burg Altbur unwirklich war. Meine Neugier wurde erregt, und ich blieb, obwohl ich bald ahnte, was du warst und was du für mich im Sinn hattest. Von Anfang an hätte ich deinen Zauber leicht brechen können. Aber ich war neugierig. Neugierig, endlich den Tod an mir selbst erfahren zu können.

Und ich nehme an, ich bin ihm so nahe gekommen, wie irgendein Mensch dem Tod und dem Wissen des Todes nahe kommen kann, um dann mit diesem Wissen ins Leben zurückzukehren.

Aber was ich gefunden habe, ist ein Trugbild. Der Tod ist nur eine Fata Morgana wie dein Schloß, Naichoryss! Fern und unerreichbar am Horizont. Eine Vision fremder Vergnügen und Geheimnisse. Und wenn man die Fata Morgana erreicht hat, findet man nur eine Wüste aus nacktem Sand.

Langeweile ist die schreckliche Nemesis, die mich rastlos durch die Jahrhunderte verfolgt hat. Unglücklicherweise neigt das Leben dazu, all seine Höhen und Tiefen in monotoner Regelmäßigkeit zu wiederholen. Der Tod schien mir ein neues Abenteuer zu sein – das Entkommen aus seiner Welt, der ich schon vor so vielen Jahren müde geworden bin.

Aber der Tod – jedenfalls die Version des Todes, in die du mich locken wolltest – ist nur eine andere endlose Wüste der Eintönigkeit. Eine Ewigkeit, entweder versteckt in einer Gruft verbracht, zwischen waldüberwucherten Ruinen jagend oder die Träume der Vergangenheit immer wieder durchlebend! Diese Zukunft erscheint mir noch trostloser als alles, was mir bisher widerfahren ist.

Und so fand ich, daß ich mit dem Tod ein Trugbild suchte – nur ein Trugbild! Diese Erkenntnis entfachte meinen Widerstand und gab mir die Kraft, ins Leben zurückzufinden. Und sie verlangt jetzt, daß ich dich und Altbur verlasse!«

Naichoryss schien im Mondlicht zu zittern. »Ich sehe, daß ich selbst jetzt deinen Willen nicht brechen kann. Du bist schon zu stark, meinem Zauber noch einmal zu erliegen.«

Für einen Augenblick verdrängte Wut die Trauer in ihrer Stimme. »Wenn ich dich auch nicht zu meinem Gefährten machen kann, so kannst du doch noch mein Opfer werden! Diesmal kann ich deinen weichen Hals aufreißen und jeden roten Tropfen aus deinen Adern saugen! Ja – und dich als leere Hülle für die Ghoule zurücklassen! Das ist das Schicksal all jener, die sich bisher in mein Reich verirrt haben. Du bist noch zu schwach, um mir zu widerstehen, wenn ich dein Leben verlange!«

In Kanes Augen glühte es gefährlich, seine Hand suchte den

Schwertgriff. »Zwinge mich nicht, die Hand zu erheben, Naichoryss!« flüsterte er. »Mein Aufenthalt hier war interessant, und ich trage dir nichts nach. Stell dich meinem Aufbruch in den Weg, und Altbur verliert seine Herrin, diesmal für immer!«

Einen kurzen Moment schien es Kane, als wolle sich der Vampir auf ihn stürzen, aber statt dessen gestand sich Naichoryss ihre Niederlage ein. »Vielleicht sollte ich es tun. So oder so würde dann alles ein Ende finden!«

Dann richtete sie sich stolz auf. »Und doch hoffe ich, daß du meine Küsse so schnell nicht vergißt, Kane.« Ihr Lächeln war resignierend. »Geh und verlaß mich nun, wenn du dich so entschieden hast. Versuch dein Glück mit den Ghoulen und Jesseartions Häschern! Aber verlaß mich jetzt gleich . . . solange meine Gastfreundschaft dich noch schützt.

Aber vergiß nie, daß ich hier in Altbur warte. Und wenn dein Leben dir unerträglich wird – wenn die Erinnerungen dich verfolgen, meine Küsse deine Träume quälen –, erinnere dich daran, daß in der Gruft zwei Särge bereitstehen! Erinnere dich an den Frieden, der in dem einen auf dich wartet, und an die Liebe, die sich in dem anderen nach dir sehnt! Und dann, Geliebter, komm zurück nach Burg Altbur!«

Kane schwang sich von dem Fenstersims. »Ich werde mich daran erinnern. Aber gibt dich nicht der vergeblichen Hoffnung hin, daß ich einmal zurückkehren könnte. Altbur hat mich etwas gelehrt, und ich werde diesen Pfad nie wieder betreten.«

»Bist du dir da ganz sicher, Kane?« Der feine Spott war wieder in ihre Stimme zurückgekehrt.

»Leb wohl, Naichoryss«, war seine Antwort.

Vorsichtig suchte sich Kane seinen Weg den Hügeln hinunter, von dem ihm die einsamen Ruinen von Altbur nachstarrten. Wenn er das verlassene Dorf mied, sollte er eine gute Chance haben, bis Tagesanbruch nicht mit irgendwelchen Ghoulen aneinanderzugeraten, sagte er sich. Dann würde er den Tag über in einer Baumkrone schlafen. Ein Kaninchen oder zwei würden Wunder wirken gegen seine ausgehungerte Erschöpfung. Und wenn er erst einmal die chrosanthianische Grenze hinter sich hatte . . . es bot sich da noch eine ganze Reihe von interessanten Möglichkeiten.

Am Fuß des Hügels hielt er an und blickte zurück. Seine Gedanken wanderten zu jenem wunderschönen Kind des Todes, das jetzt allein durch die verlassenen Hallen wandelte. Kane kannte die Schmerzen der Einsamkeit – wußte, wie schrecklich sie sein konnten. Er verstand, was Naichoryss gefühlt hatte, als er sie dort allein im Mondlicht zurückließ.

Schmerzen? Fühlen die Toten Schmerz? Tränen aus toten Augen glitzerten kalt im Mondlicht.

M. John Harrison

(geb. 1947)

Harrison arbeitete nach seiner Schulzeit zunächst in einem Reitstall seiner englischen Heimatstadt Rugby. Anschließend begann er ein College-Studium als Lehrer, das er aber schnell wieder aufgab, weil er nach eigenem Bekunden »keine Lust hatte, sich dort anpassen zu lassen«. Frustriert ging er nach London, wo er an den Kreis von SF-Autoren und -Kritikern um Michael Moorcocks gerade zu legendärem Ruhm erblühendes Magazin *New Worlds* geriet. Harrison wurde fester Mitarbeiter für *New Worlds* und übernahm die Rezensionsseiten, auf denen er alles, was gerade als Science Fiction veröffentlicht wurde, als den Schund entlarvte, den es in der Regel auch darstellte. Wie Moorcock wurde auch Harrison von Mervyn Peake und Kafka mehr beeindruckt als von SF- und Fantasy-Autoren.

Nachdem er schon einige literarische Versuche für Schülerzeitungen hinter sich hatte, begann Harrison schließlich, auch für *New Worlds* Geschichten zu schreiben, an die er höchste literarische Ansprüche stellte. Er versuchte, und das hat er mit Ballard oder Aldiss gemeinsam, die zur gleichen Zeit für *New Worlds* schrieben, die Motive und Klischees der SF und der Fantasy als Metaphern für poetische Zwecke zu nutzen. 1971 erschien Harrisons erster Roman *Die Pastell-Stadt,* der als Fantasy stark von der sogenannten ›New Wave‹ in der Science Fiction beeinflußt war, ohne jedoch deren stilistische Extravaganzen zu übernehmen. Es folgten zwei SF-Romane und weitere Kurzgeschichten, doch schrieb Harrison nur sehr wenig und lehnte jede kommerzielle Anpassung an den Genremarkt strikt ab. Die daraus resultierende Ablehnung und das Unverständnis bei Verlagen und Lesern ließen ihn zeitweise das Schreiben ganz aufgeben.

Er zog sich aufs Land zurück und lebte dort sehr bescheiden. Jahrelang galt sein Hauptinteresse mehr dem Felsenklettern und der Landschaft als seinen Manuskripten. Ende der siebziger Jahre verbesserten sich dann jedoch durch die Ausdehnung und qualitative Verbesserung des SF- und Fantasy-Marktes auch Harrisons Publikationsmöglichkeiten, so daß er wieder zu schreiben begann. Er baute die Geschichte der Pastell-Stadt, seinen ursprünglichen Intentionen folgend, zu einer Trilogie aus und schrieb auch mehrere Kurzgeschichten, die zur Welt der Pastell-Stadt gehören.

Die Pastell-Stadt

Viriconium, die Pastell-Stadt, ist die letzte große Stadt einer Erde der fernsten Zukunft. Während der Mittleren Periode gab es siebzehn ansehnliche Reiche der Erde. Das waren die Nachmittagskulturen. Ihr letztes Reich schrieb seinen Namen in die Sterne, doch niemand, der später kam, konnte ihn lesen. Seine technischen Errungenschaften verrotteten in den Rostwüsten. Viriconium aber wurde von den Barbaren der nachfolgenden Abendkulturen als letzte überlebende Siedlung zu ihrer Hauptstadt gemacht. So beschreibt M. John Harrison die Entstehung der Pastell-Stadt.

Viriconium wird zum letzten Zivilisationszentrum einer aussterbenden, in die Barbarei zurückgefallenen Menschheit – Symbol für die große Vergangenheit wie für den Untergang des Menschen. Wie in Moorcocks Romanen die magische Stadt Tanelorn, ist die Pastell-Stadt gleichzeitig Schnittpunkt mehrerer Wirklichkeitsebenen. Harrison selbst sagt, daß sie sich von Roman zu Roman verändert und ihre Geschichte auf eine eigenartige Weise ›oszilliert‹.

Die Pastell-Stadt ist zugleich der bislang gelungenste und literarisch anspruchsvollste Ausdruck eines in der Fantasy beliebten zyklischen Geschichtsbildes, bei dem die Menschheit in fernster Zukunft wieder zu der magischen und barbarischen Welt ihrer fernsten Vergangenheit zurückkehrt. Insbesondere Fantasy schreibende SF-Autoren gewannen dieser Konzeption offenbar besonderen Gefallen ab, die sich außer bei den ›klassischen‹ Vorläufern *Das Nachtland* von W. H. Hodgson und C. A. Smiths ›Zothique‹-Geschichten zum ersten Mal voll ausgeprägt in Jack Vances *Die sterbende Erde* findet. Bei solchen *Endzeit*-Welten tritt das antitechnische, aber auch anti-rationale Element der Fantasy als Genreliteratur besonders deutlich zutage, denn in ihnen tauchen die Überreste der vergangenen technischen Zivilisationen meist als böses Teufelswerk auf, und die Technik gilt als verfluchte und dämonische Geheimwissenschaft, die das Verderben über die Menschheit gebracht hat. Während bei SF-Romanen mit ähnlicher Struktur die Rationalität am Ende den Sieg davonträgt, ist es bei den Fantasy-Versionen die Magie, die am Ende wieder die Stellung der

Wissenschaft einnimmt. Harrisons *Pastell-Stadt* spielt geschickt mit diesen Klischeehandlungen, ohne ihnen jedoch zu verfallen.

Lesehinweise:

Die Pastell-Stadt, Bergisch Gladbach 1982 (Bastei-Lübbe 20047)
Das Rauschen dunkler Schwingen, Bergisch Gladbach 1983 (Bastei-Lübbe 20050)
Die Götter der Pastell-Stadt, Bergisch Gladbach 1985 (Bastei-Lübbe 20078)

Weitere Endzeit-Fantasy findet sich in:
William Hope Hodgson: *Das Nachtland,* Bergisch Gladbach 1982 (Bastei-Lübbe 24030)
Jack Vance: *Die sterbende Erde,* München 1978 (Heyne 3606)
Gene Wolfe: ›Das Buch der neuen Sonne‹, *Der Schatten des Folterers,* München 1974 (Heyne 4063)
Die Klaue des Schlichters, München 1984 (Heyne 4064)
Das Schwert des Liktors, München 1984 (Heyne 4065)
Die Zitadelle des Autarchen, München 1984 (Heyne 4066)

Interessant ist auch der ›Dai-San‹-Zyklus von Eric Van Lustbader, der statt der üblichen europäischen Überlieferungen auf die japanische Mythologie zurückgreift:
Ronin, als Neuausgabe in Vorbereitung bei Heyne für Herbst 1988.

Endzeit-Stimmung, obwohl er in grauer Vorzeit spielt, vermittelt auch der ›Nimmerya‹-Zyklus von Samuel R. Delany:
Geschichten aus Nimmerya, Bergisch Gladbach 1981 (Bastei-Lübbe 24026)
Das Land Nimmerya, Bergisch Gladbach 1984 (Bastei-Lübbe 24053)
Flucht aus Nimmerya (Bastei-Lübbe 24111), in Vorbereitung für Herbst 1988.

Siehe auch ← Mervyn Peake, ← Michael Moorcock

Ritter des Nachmittags

Jede Nacht pfeifen sich die Kämpfer der Hohen Stadt einander zu, wenn sie bei den verlassenen Sternwarten und Festungsmauern in Lowth ihren finsteren, verschwörerischen Geschäften nachgehen. Manchmal unstet und weit entfernt, manchmal erschreckend nahe, bilden diese schrillen Lautwechsel – kurze Pfiffe gefolgt von langgezogenen, klagenden Antworten, die immer in einem fragenden Ton zu enden scheinen – die Grundlage einer komplizierten Sprache. In den bleiernen Stunden vor dem Morgengrauen erwachst du plötzlich von ihren Echos. Wenn du ans Fenster gehst, ist die Straße unter dir leer. Vielleicht hörst du das Geräusch laufender Füße oder einen eiligen Seufzer. Nach einer Minute, oder zwei, entfernen sich die Pfiffe in Richtung Zinnmarkt oder Magarethestrasse. Am nächsten Morgen wird irgendein kleiner Lordling mit durchgeschnittener Kehle in der Gosse gefunden, und du bleibst mit dem Gefühl zurück, daß es einen Krieg im Verborgenen gibt, eine tödliche Patience, eine lautlose Verschwörung in der Dunkelheit.

Die Kinder des Viertels tun so, als verstünden sie diese Signale. Sie kennen die Namen der schrecklichsten Männer in der Stadt. Morgens, auf ihrem Weg zum Schulhaus in der Simeonstrasse, begutachten sie jedes gefurchte, erschöpfte Gesicht, jeden mehlfarbenen Mantel, jeden Mann mit einem Schwert und weichen Schuhen, der auf dem Boulevard Aussman vorbeistolziert.

»Dort geht Possenhorn«, flüstern sie, »Meister der Philosophischen Verbindung der Blauen Anemone.« Und: »Letzte Nacht tötete Osgerby Practal zwei Leute der Königin direkt unter meinem Fenster. Er machte es mit seinem Messer – hier, so! –, und dann pfiff er das ›entdeckt und getötet‹ des Clans der Heuschrecke . . .«

Wärst du an einem rauhen Dezemberabend ein paar Jahre nach dem Krieg der Zwei Königinnen den Pfiffen gefolgt, hätten sie dich zu einem verrufenen, steinigen Platz hinter dem Wirtshaus ›Zum Sattel der Dryade‹ an der Kreuzung von Rue Miromesnil und Salzkuchengasse geführt. Vor einer Stunde war die Sonne hinter drei windzerfetzten, orangen Wolkenbänken untergegangen. Seitdem war nasser Schnee gefallen. Rauch und Dunst kamen im Licht einer halbgeöffneten Tür aus dem Wirtshaus. Ein scharfer Geruch lag in der Luft, eine Mischung aus Liniment, Räucherwurst und brennender Kohle. Der Platz war an drei Seiten mit Männern überfüllt, deren wollene Mäntel am Saum in der Farbe getrockneten Blutes eingefärbt waren. Männer, die dort mit jener angespannten Fußhaltung standen, die nur Schwertkämpfern und Tänzern zu eigen ist. Sie waren ruhig und aufmerksam und ignorierten größtenteils das Gelächter, das aus dem Wirtshaus drang.

Vor langer Zeit hatte jemand vier hölzerne Pfähle in den Boden gerammt. Geschwärzt und still, mit einer Mütze aus Schnee bedeckt, begrenzten sie ein Feld von fünfzehn oder zwanzig Fuß Seitenlänge. Ein halbes Dutzend Lehrlinge war dabei, das Feld zu säubern. Sie benutzten langstielige Besen, um den Matsch wegzukehren, und stumpfe Maurerkellen, um die harten Ränder des Eises loszubrechen, das von den Kämpfen des vorangegangenen Tages zurückgeblieben war.

(Tagsüber verkaufen diese Burschen gesüßte Anemonen auf dem Riveliner Markt. Sie machen Botengänge für die Falschspieler. Doch am Nachmittag wird ihr Blick abwesend, gedankenverloren, aufgeregt: und am Abend ziehen sie ihre leichten, mädchenhaften Wolljacken und engen Kniebundhosen an und werden die Handlanger und Kindermädchen der Männer, die die mehlfarbenen Mäntel tragen. Was soll man von ihnen halten? Sie sind dünn und unterernährt, aber so fromm. Sie bewegen sich leichtfüßig. Selbst ihre Herren verstehen sie nicht.)

Ein grauhaariger Mann saß zwischen den Mitgliedern seiner Clique auf einem Hocker. Zwei Lehrlinge waren dabei, ihn vorzubereiten. Sie hatten ihm seinen Mantel und sein Kettenhemd ausgezogen und umwickelten sein rechtes Handgelenk mit einem breiten Lederriemen. Sie hatten ihm das Haar aus dem schwermütigen Gesicht gestrichen und mit einer, von Ornamenten geschmückten, Spange befestigt. Jetzt gerade massierten sie Liniment in seine steifen Schultermuskeln. Er beachtete sie nicht und starrte mit leerem Blick auf den Kampfplatz, wo die geschwärzten Pfähle auf ihn warteten wie aus einem Moor geborgene Leichen. Er gab durch nichts zu erkennen, daß er die Kälte spürte, obwohl seine bloßen, von dicken alten Narben bedeckten Arme blaugefroren waren. Einmal schob er zwei Finger unter die Bandage an seinem Handgelenk, um sich zu vergewissern, daß sie stramm genug saß. Sein Schwert war gegen seine Knie gelehnt. Er stieß die Schwertspitze zwischen zwei Pflastersteine und fing an, sie zu lockern.

Einer der Lehrlinge beugte sich vor und flüsterte ihm etwas ins Ohr. Einen Augenblick schien es, als würde er nicht antworten. Doch dann räusperte er sich, so als habe er lange Zeit zu keinem Menschen gesprochen.

»Ich habe noch nie von ihm gehört«, sagte er. »Und überhaupt, warum sollte ich mich vor einem Bürschchen aus Mynned fürchten?«

Der Junge lächelte still zu ihm hinab.

»Ich werde Euch immer folgen, Practal. Selbst dann, wenn er Euch die Beine durchtrennt.«

Ohne sich umzuwenden, ja sogar ohne den Kopf zu bewegen, langte Practal nach hinten und packte den dünnen Unterarm des Jungen.

»Wenn er mich tötet, wirst du mit dem ersten besten davonlaufen, der hierherkommt und weiche Schuhe und einen Mantel in der richtigen Farbe trägt.«

»Nein«, sagte der Junge.

Practal hielt seinen Arm etwas länger fest, dann lachte er kurz auf. »Du Dummkopf«, sagte er, schien aber befriedigt zu sein. Er fuhr fort, die losen Pflastersteine zu bearbeiten.

Ein paar Minuten später kam der Kämpfer der Königin aus dem Wirtshaus auf den Kampfplatz. Er war von den Höflingen umgeben, die ihn von Mynned herab eskortiert hatten. Practal betrachtete sie kurz und spuckte aufs Pflaster. Im Wirtshaus war es jetzt ruhig. Einige Nachzügler sahen von seiner halbgeöffneten Tür aus zu. Flüsternd schlossen sie Wetten ab, während in der Wärme und im Licht hinter ihnen Rauchschwaden schwebten.

Der Kämpfer der Königin ignorierte Practal. Er spazierte um den Kampfplatz herum, klopfte mit dem Fuß nachlässig gegen die hölzernen Pfähle und blickte umher, als habe er etwas vergessen. Er war groß und sehr jung, mit großen, traurig blickenden Augen. Sein Haar war geschnitten und gefärbt worden, so daß es von seinem Kopf abstand wie ein Büschel roter Dornen. Er trug einen blaßgrünen Mantel, auf dessen Rückseite ein oranger Lichtblitz gestickt war; als er den Mantel auszog, konnte die Menge sehen, daß er anstelle eines Kettenhemdes eine Chenille-Bluse anhatte. Practals Clique lachte und zeigte mit den Fingern auf ihn. Er warf ihnen einen leeren Blick zu, dann zog er die Bluse mit einer linkischen Bewegung aus und riß sie halb durch. Das schien die Höflinge zu ärgern, die sich von ihm zurückzogen und nebeneinander entlang der vierten Seite des Platzes aufstellten. Seine Brust war mager und weiß, sein Rücken lang und hohl. Um seinen Hals war ein grünliches Tuch geknotet. Er hatte genausoviele Narben wie Practal.

Practal sagte laut: »Er ist ja wirklich ein schwächlich aussehendes Ding. Ich frage mich, warum er sich damit abquält hierherzukommen.«

Der Kämpfer der Königin mußte das gehört haben, aber er fuhr fort, ziellos herumzustolpern. Er hatte irgend etwas im Mund, auf dem er herumkaute. Dann fuhr er sich plötzlich heftig durch seine komische Narrenkappe, kniete sich hin und durchwühlte seine abgelegten Kleidungsstücke, bis er eine, etwa einen Fuß lange, Keramik-Scheide fand. Als die Menge das sah, wurde aufgeregt gewettet. Die meisten Wetten standen gegen Practal; Practals Clique machte einen beunruhigten Eindruck. Der Kämpfer der Königin riß das Energiemesser aus seiner Scheide und führte ein paar unbeholfene Stösse aus. Dabei pfiff er durch die Zähne, als wolle er ein Pferd beruhigen. Das Messer erzeugte ein dumpfes, tödliches Surren und eine Wolke bleicher Fünkchen, die in die nasse Luft davonflatterten wie trunkene Motten; als er es schwang, zog es einen grellen Lichtstreifen hinter sich her.

Osgerby Practal zuckte die Achseln.

»Er wird lange Arme brauchen, um mit diesem Ding da umgehen zu können«, sagte er.

Jemand verkündete laut die Regeln des Kampfes. Wenn einem Kämpfer eine Stichwunde zugefügt wurde, hatte er verloren. Falls einer von ihnen die Begrenzung des Kampfplatzes übertrat, galt das als Aufgabe. Practal hörte nicht zu. Der Kämpfer der Königin nickte nach jeder Regel aufmerksam, dann setzte er sich lächelnd und pfeifend in Bewegung.

Practal, der einige Erfahrung im gemischten Kampf besaß, hielt sein Schwert außer Reichweite des Energiemessers: teils um die Gefahr zu verringern, daß es in der Mitte durchtrennt wurde, teils um seinen Gegner dazu zu ermutigen, sich ihm zu nähern. Der

Junge hatte eine komische, plattfüßige Haltung, und nachdem sie sich einige Sekunden vorsichtig umkreist hatten, fing er an, heftig durch den Mund zu atmen. Plötzlich schoß das Energiemesser vor, zischend und sprühend wie ein Feuerwerk. Practal trat beiseite und ließ es vorbei. Noch bevor der Junge das Gleichgewicht wiedererlangen konnte, hatte Practal ihm mit der flachen Seite seines Schwertes auf den Kopf geschlagen. Mit einem Aufstöhnen taumelte der Junge zurück. Er fiel gegen einen der Eckpfähle, biß sich auf die Unterlippe und blinzelte.

Die Höflinge schnalzten ungeduldig mit der Zunge.

»Komm aus der Ecke heraus und zeig uns einen Kampf!« schlug jemand aus Practals Clique vor. Es entstand Gelächter.

Zum ersten Mal sprach der Junge. »Geh nach Hause und sieh zwischen die Beine deiner Frau, Kamerad«, sagte er. »Ich glaube, ich habe dort letzte Nacht etwas zurückgelassen.«

Diese Antwort amüsierte die Zuschauer noch mehr. Er blickte sich um und grinste sie an. Practal kam schnell heran und schlug ihn heftig auf die Stelle, wo Schulter und Hals ineinander übergehen, wieder mit der flachen Seite der Klinge. Das Energiemesser fiel ihm aus seiner taub gewordenen Hand und fraß sich mit einem dumpfen Summen in die Pflastersteine, einen Inch von seinem Fuß entfernt. Er stand da, sah auf es hinab und rieb sich den Nacken.

Practal berührte mit der Schwertspitze das Zwerchfell des Jungen. Aber der Junge weigerte sich, ihn anzublicken: stattdessen massierte er weiter seinen Nacken und starrte über die Köpfe der Menge hinweg zur Tür des ›Sattels der Dryade‹, als habe er soeben den Entschluß gefaßt, dort etwas trinken zu gehen.

Practal senkte das Schwert und sagte zu der Menge: »Wenn ich ihn zu schnell töte, werdet ihr mich einen Kindermörder schimpfen. Wir machen eine Pause.«

Er kehrte zu seinem Hocker zurück und setzte sich mit dem Rücken zu seinem Gegner. Flüsternd wischten seine Lehrlinge sein Gesicht mit einem Handtuch ab und gaben ihm eine verbeulte Blechflasche, aus der er sich den Mund anfeuchten konnte. Er hielt sie hoch. »Möchtest du mit mir teilen?« fragte er über die Schulter.

»Nein, danke«, sagte der Junge. »Nachher kann ich die ganze Flasche trinken.«

Das Gelächter wurde stärker. Practal sprang auf die Füße, warf dabei den Stuhl um und verschüttete den Wein. »Das langt jetzt!« rief er, rot angelaufen. »Los, weiter!« Doch fürs erste geschah nichts. Der Junge hackte mit der Ferse an der Kante eines harten, alten Eisstückes, das die Lehrlinge in der Mitte des Kampfplatzes liegengelassen hatten. Das Energiemesser, das er nachlässig nahe an sein rechtes Bein hielt, flackerte und versprühte weißliche Funken, die über den Köpfen der Menge davonschwebten und einen widerwärtigen Geruch ausströmten. Der Junge schien beunruhigt zu sein. Er trat mehrmals gegen das Eis. Als es sich nicht löste, machte er ein oder zwei unsichere Schritte vorwärts.

»Dieser Platz ist schlecht vorbereitet worden«, sagte er.

Die Höflinge bewegten sich gereizt. Die Menge verspottete ihn.

»Mich kümmert das nicht«, sagte Practal. Er stürzte sich auf den Jungen und drängte ihn mit einer langanhaltenden und sehr siegessicheren Attacke zurück. Das Schwert wirbelte in einer eindrucksvollen Achter-Figur durch die Luft, so daß es im Licht aus der Wirtshaustür aufblitzte und schimmerte. Practals Clique jubelte und riß die Arme hoch. Der Junge wich unsicher zurück. Als er mit dem Fuß gegen den Eisbrocken in der Mitte des Platzes stieß, fiel er mit einem Aufschrei hin. Practal hob sein Schwert und ließ es herabsausen. Der Junge lächelte. Er zog seinen Kopf schnell weg, und die Klinge bohrte sich zwischen zwei Pflastersteine. In dem Augenblick als Practal versuchte, sie freizubekommen, langte der Junge hinter Practals Beine und durchtrennte die Sehnen in seinen Kniekehlen.

Practal ließ das Schwert los und taumelte mit aufgerissenem Mund über den Platz, die Hände auf die Kniekehlen gelegt. Der Junge stand auf und folgte ihm, bis Practal zusammenbrach. Dann kniete er sich hin und brachte sein Gesicht nahe an Practals, damit dieser ihn verstehen konne. »Mein Name ist Ignace Retz«, sagte er leise. Practals Gesicht fiel aufs Pflaster. Der Junge hob die Stimme, so daß die Menge ihn hören konnte. »Mein Name ist Ignace Retz, und ich behaupte, daß ihr euch an diesen Namen erinnern werdet.«

»Töte mich!« sagte Practal.

Ignace Retz schüttelte den Kopf. Ein Raunen lief durch die Menge. Retz ging zu dem Lehrling, der Practals Kettenhemd und seinen mehlfarbenen Mantel hielt. »Ich werde ein neues Hemd und einen neuen Mantel brauchen«, sagte er, »damit diese feinen Leute da nicht mehr in Versuchung kommen, mich auszulachen.« Nachdem er die Sachen genommen hatte, wozu er nach den Regeln des Kampfes berechtigt war, schob er das Energiemesser zurück in die Keramikscheide. Er ging jetzt vorsichtiger mit ihm um als in der Hitze des Kampfes. Er sah erschöpft aus. Einer der Höflinge berührte ihn am Arm und sagte kalt: »Es ist Zeit, zurück in die Hohe Stadt zu gehen.«

Retz nickte. Er rollte das Kettenhemd zu einem schweren Ball zusammen, den er sich unter den Arm klemmte, und legte sich den Mantel lose um die Schultern. Als er auf die Tür des Wirtshauses zuging, stellte sich ihm Practals Lehrling in den Weg und rief: »Practal war der bessere Kämpfer!«

Retz sah zu ihm hinab und nickte.

»Ja, das war er.«

Der Lehrling fing an zu weinen. »Der Clan der Heuschrecke wird nicht zulassen, daß du am Leben bleibst!« sagte er wild.

»Das weiß ich«, sagte Ignace Retz.

Er rieb sich den Nacken. Die Höflinge drängten ihn hinaus. Hinter ihnen war die Menge ruhig geworden. Bis jetzt hatte man noch keine Wette ausbezahlt.

Mammy Vooleys Hof wirkte kalt und entmutigend. Mammy Vooley war schon alt gewesen, als die Nordmänner sie nach dem Krieg der Zwei Königinnen in die Stadt brachten. Ihr Körper war wie ein Pfahl aus Elfenbein, dem sie den ausgebleichten purpurroten Mantel ihres Vorgängers umgehängt hatten. Dieser Körper trug einen sehr kleinen Kopf, der aussah, als sei er in einem Käfig über der Gabellinegasse skalpiert, verbrannt und zu Tode gehungert worden. Sie hatte nur noch ein Auge. Sie saß auf einem alten geschnitzten hölzernen Thron mit eisernen Rädern, in der Mitte eines großen, weißgetünchten Raumes mit fünf Fenstern. Niemand wußte, woher sie stammte, nicht einmal die Nordmänner, deren Königin sie ersetzt hatte. Ihr Verstand war immer hellwach. Nachts saß sie bei den uralten Skulpturen und zerstörten Maschinen, die das Erbe der Stadt waren. Dann konnten die Diener sie mit dünner, heulender Stimme in einer Sprache singen hören, die keiner von ihnen kannte.

Ignace Retz wurde von den selben Höflingen zu ihr gebracht, die ihn zuvor hinunter zu dem Kampf geführt hatten. Sie verbeugten sich vor Mammy Vooley und stießen ihn vorwärts, ohne noch länger ihre Verachtung zu verbergen, die sie für ihn empfanden. Mammy Vooley lächelte ihnen zu. Sie streckte die Hand aus und zog Retz dicht zu ihrem kahlen Kopf herab. Sie blickte besorgt in sein Gesicht und ließ ihre Finger über seine Oberarme, seinen Kiefer und seinen scharlachroten Haarschopf gleiten. Sie untersuchte die Beule, die Practal auf seinem Nacken hinterlassen hatte. Als sie sich davon überzeugt hatte, daß er nicht ernstlich verletzt war, stieß sie ihn weg.

»Hat mein Champion erfolgreich meine Ehre verteidigt?« fragte sie. Als sie sprach, erschienen trübe blaue Lichter hinter den Fenstern, trübe blaue Gesichter, die lautlos alles zu wiederholen schienen, was sie sagte. »Ist der Mann tot?«

Sofort erkannte Retz, daß er einen Fehler gemacht hatte. Er hätte Practal töten können, und jetzt wünschte er, er hätte es getan. Er fragte sich, ob sie es bereits wußte. Was er jetzt auch erzählte, die Höflinge würden ihr die Wahrheit sagen. Um die Frage nicht selbst beantworten zu müssen, warf er ihr Practals Kettenhemd vor die Füße.

»Ich bringe Euch sein Hemd, Ma'am«, sagte er.

Ausdruckslos sah sie ihn an. Eine kalte Stille breitete sich in dem Raum aus. Aus den Mündern der Gesichter in den Fenstern stiegen Blasen auf. Hinter sich hörte Retz jemanden sagen: »Wir fürchten, der Mann ist nicht tot, Eure Majestät. Retz hat schlecht gekämpft und ihn mit einem gemeinen Trick übertölpelt. Wir verstehen nicht, warum. Seine Instruktionen waren eindeutig.«

Retz lachte gefährlich.

»Der Trick war nicht gemein«, sagte er. »Er war klug. Eines Tages werde ich einen solchen Trick für dich bereithalten.«

Wie ein Haufen aus Kleinholz saß Mammy Vooley auf ihrem Thron. Ihr einziges Auge war auf die Decke gerichtet.

Nach einer Weile schien sie die Achseln zu zucken. »Es ist gut«, sagte sie geistesabwesend. »Aber in Zukunft mußt du sie töten, du mußt sie immer töten, ich will, daß sie getötet werden.« Und ihre fleckige Hand kam erneut aus den Falten ihres Gewandes hervor, auf dem sich abgeblätterte Tünche und feuchter Mörtel festgesetzt hatten wie Staub auf den gewundenen Blättern einer fremdländischen Pflanze. »Gib mir jetzt die Waffe zurück, bis zum nächsten Mal.«

Retz massierte die Seite seines Nackens. Das Energiemesser hatte eine Art giftigen Rückstand in seinen Knochen zurückgelassen, ein dumpfes Vibrieren, das ihn sich bleiern und scheußlich fühlen ließ. Er fürchtete sich vor Mammy Vooley und noch stärker vor den toten, bläulichen Gesichtern in den Fenstern; er fürchtete sich vor den Höflingen, die hinter ihm auf und ab gingen und miteinander tuschelten. Aber er hatte sich in der Unteren Stadt so viele Feinde geschaffen, daß er sie davon überzeugen mußte, ihm heute nacht das Messer zu leihen. Um Zeit zu gewinnen, kniete er nieder. Dann fiel ihm etwas ein, das er in dem bekannten Schauspiel ›Der Krieg mit den Urkäfern‹ gehört hatte.

»Ma'am«, sagte er bittend, »Laßt mich Euch weiter dienen! Im Süden und im Osten liegen jene weiten Einöden, die Viriconium zu verschlingen drohen. Neue Reiche müssen dort gegründet werden, neue Schätze ausgegraben werden! Gebt mir nur dieses Messer, ein Pferd und eine Handvoll Männer, und ich werde dort in Eurem Namen große Wagnisse auf mich nehmen!«

Als tegeus-Cromis, der schreckliche Schwertkämpfer aus dem ›Krieg mit den Urkäfern‹, so zu Königin Mehtvet Nian gesprochen hatte, schickte sie ihn umgehend (wenn auch nicht ohne ein fahles, prophetisches Lächeln) auf jene Fahrt, welche ihn zu seinem Sieg über den Eisernen Zwerg und von dort zum Erwerb ungeheurer Macht führte. Mammy Vooley jedoch starrte nur in die Ferne und flüsterte: »Wovon redest du? Alle Reiche der Welt sind längst mein.«

Eine Sekunde lang vergaß Retz seine mißliche Lage, so real war sein Verlangen nach jenem Schatz, der verlassen inmitten der fauligen Sümpfe und verfallenen, nur noch von Faultieren bewohnten Städte des Südens liegt. Die Klarheit und Schmerzhaftigkeit seiner Halluzination hatte ihn in Erstaunen versetzt.

»Was werdet Ihr mir dann für meine Dienste geben?« fragte er bitter. »Schließlich habe ich nicht versagt.«

Mammy Vooley lachte.

»Ich werde dir Osgerby Practals Kettenhemd geben«, sagte sie, »denn du hast die Sachen verschmäht, in die ich dich gekleidet habe. Gib mir jetzt die Waffe. Schnell! Sie ist nicht für dich bestimmt. Wie du genau weißt, ist sie nur dazu da, meine Ehre zu verteidigen. Nach dem Kampf muß sie zurückgegeben werden.«

Retz umklammerte Mammy Vooleys dünne, seltsam gegliederte Beine und versuchte, seinen Kopf in ihren Schoß zu legen. Er schloß die Augen. Er fühlte, wie die Höflinge ihn wegzerrten. Obwohl er heftig um sich trat, zogen sie ihm den mehlfarbenen Mantel aus – sich voller Abscheu über die Weiße seines mageren Körpers ereifernd – und fanden die unter seinen Arm geschnallte Keramikscheide. Er dachte daran, was mit ihm geschehen würde, wenn der Clan der Heuschrecke ihn erwischte, wehrlos, irgendwo in den Ruinen von Lowth oder bei der Hundeinsel, wo seine Mutter lebte. »My Lady«, bettelte er, »*leiht* mir das Messer. Ich werde es vor dem Morgengrauen brauchen . . .« Aber Mammy Vooley sprach nicht mit ihm. Mit einem Verzweiflungsschrei schüttelte er die Höflinge ab und zog das Messer. Lepröse weiße Funken schwebten durch den kalten Raum. Die Knochen seines Armes wurden weich wie Teig.

»Das ist alles, was ich je von Euch bekommen habe«, hörte er sich selbst sagen. »Und so gebe ich es Euch zurück, Mammy Vooley!«

Mit einem schnellen Hieb schlug er die Hand ab, die sie erhoben hatte, um ihn zu entlassen. Sie starrte auf den Armstumpf und dann auf Retz: Ihr Gesicht schien durch düsteres Wasser auf ihn zuzuschwimmen, angespannt, einäugig, unfähig zu begreifen, was er ihr angetan hatte.

Retz schlug die Hände vors Gesicht.

Er warf die Waffe weg, griff seine Sachen und rannte – während die Höflinge noch voller Furcht und Verwirrung herumliefen, erstarrt ihre gelben Mäntel betastend, wo Mammy Vooleys Blut sie bespritzt hatte – stöhnend aus dem Palast. Hinter ihm in den Fenstern des Thronsaals öffneten und schlossen sich alle trüben blauen Lippen erregt, wie aufgescheuchtes Leben in einem Weiher.

Draußen auf der Proton-Straße fiel er zitternd in den matschigen Schnee und erbrach sich. Er lag da und dachte, vor zwei Jahren war ich nichts; dann wurde ich der Champion der Königin und ein großer Kämpfer; jetzt werden sie mich hinunterjagen, und ich werde wieder nichts sein. Er blieb dort zwanzig Minuten. Niemand verfolgte ihn. Es war sehr dunkel. Als er sich beruhigt hatte und ihm die ganze Verzweiflung seiner Lage deutlich geworden war, zog er

Osgerby Practals Kleider an und ging in die Untere Stadt. Dort lief er ziemlich ziellos herum, bis er zu einem Ort kam, den er als »Das Bistro Californium« kannte. Da saß er und trank Lemon Gin, bis das Pfeifen begann und seine Furcht ihn wieder hinaus in die Straßen trieb.

Es war die letzte Stunde vor dem Morgengrauen, und ein klirrender Frost hatte den festgetrampelten Schnee in Eis verwandelt. In einer Allee irgendwo in der Nähe des Line Mass Kais durchschritt Retz einen Torbogen. Er fand sich in einem langen schmalen Hof wieder, in dem die sich ausbauchenden Hausfassaden durch mächtige Holzbalken gegeneinander abgestützt wurden. Am Boden dieses zerklüfteten Schachtes war es bitterkalt, und es herrschte eine sonnen- und mondlose Dunkelheit; zerbrochene Töpferwaren und anderer Müll lagen herum. Retz schauderte. Drei Hauswände hatten Flügelfenster; die vierte war eine glatte, rußgeschwärzte Felswand, beschlagen mit verrosteten Eisenbolzen; hoch oben konnte er einen kleinen Fleck mondbeschienenen Himmels sehen. Für den Augenblick hatte er seine Verfolger abgeschüttelt. Zuletzt hatte er sie gehört, als sie die Straßen unten am Kanal durchkämmten. Er überzeugte sich davon, daß er allein war, und setzte sich in einen Hauseingang, um auf die Morgendämmerung zu warten. Er wickelte sich in seinen wollenen Mantel.

Ein leiser Pfiff ertönte, ganz dicht an seinem Ohr. Mit einem erschreckten Schrei sprang er auf und hämmerte gegen die Haustür.

»Hilfe!« schrie er. »Mord!«

Er hörte leises ironisches Gelächter hinter sich in der Finsternis.

Mitglieder des Clans der Heuschrecke hatten ihn aus dem Künstlerviertel nach Lowth getrieben. Dort auf dem vertrauten Hügel hatte er mit wachsender Panik das Gekreisch und die tiefen, klagenden Pfiffe eines Dutzends anderer Cliquen erkannt. Darunter waren Anax-Hermax's Mohocks der Hohen Stadt, die Fiebernden Anschluß mit ihrem außergewöhnlich langgezogenen ›wir alle werden uns treffen‹, die Gelben Papierkämpfer, der Fünfte September – ja sogar die stolzen Söldner der Blauen Anemone. Sie hatten auf ihn gewartet, ihre sonst üblichen Rivalitäten waren darüber in den Hintergrund getreten. Sie hatten die Nacht zum Inneren eines

Vogelhauses gemacht. Sie hatten ihn durch Lowth gehetzt, bis seine Lungen schmerzten. Sie zeigten sich nur, um ihn in Bewegung zu halten, und trieben ihn ständig auf die Hohe Stadt zu, hin zum Palast und zu Mammy Vooley. Er hoffte, daß sie ihn in einem Privathaus nicht angreifen würden; oder bei Tag, wenn es ihm gelang, bis dahin am Leben zu bleiben.

»Hilfe!« rief er. »Bitte helft mir!«

Plötzlich schwang über ihm ein Fensterladen auf, und ein Kopf erschien, wachsam zur Seite geneigt. Retz riß die Arme hoch. »Mord!« Das Fenster wurde wieder zugeknallt. Er stöhnte und trommelte heftiger gegen die Tür, während sich hinter ihm der Hof mit den durchdringenden Pfiffen der Gelben Papierkämpfer füllte. Als er aufblickte, bewegten sich schattenhafte Gestalten unter den Holzbalken. Sie wollten ihn aus dem Hof hinaustreiben, wieder in die Stadt hinein. Jemand berührte seine Schulter, leise flüsternd. Als er um sich schlug, stach ihn, wer immer dort war, leicht in den Handrücken. Sekunden später öffnete sich die Tür, und er fiel hindurch, hinein in eine schwach erleuchtete Diele, wo ein alter Mann in einer tiefblauen Robe mit einer Kerze auf ihn wartete.

Hinter dem schweren Friesvorhang am Ende der Diele kam nach ein paar Stufen ein großer Raum mit Steinfußboden und weiß verputzten Wänden, dessen Temperatur durch eine Pfanne mit glühender Holzkohle über dem Gefrierpunkt gehalten wurde. Eingerichtet war er mit schweren hölzernen Stühlen, einem sehr alten Sideboard und einem Lesepult in Form eines Adlers, dessen ausgebreitete Schwingen ein altes Buch trugen. An einer Wand hing ein Gobelin. Er war ausgefranst und paßte nicht zur übrigen Einrichtung des Raumes, die auf einen Abt, einen Richter oder einen pensionierten Soldaten hindeutete. Der alte Mann ließ Retz in einem der Stühle platznehmen. Er hielt die Kerze hoch, so daß er Retz' borstigen, scharlachroten Schopf betrachten konnte, den er offensichtlich fälschlicherweise für das Resultat einer Kopfwunde gehalten hatte.

Nach einer Weile seufzte er ungeduldig.

»Deshalb also«, sagte er.

»Sir«, sagte Retz, zu ihm hinaufschielend, »seid Ihr ein Arzt?« Und: »Sir, Ihr haltet die Kerze so, daß ich Euch nicht sehen kann.«

Das stimmte nicht ganz. Wenn er den Kopf bewegte, konnte er ein ausgemergeltes, gelbes Gesicht ausmachen, lang und klug aussehend, die dünne Haut spannte sich über den Knochen wie Wachspapier über einer Lampe.

»Das bin ich«, sagte der alte Mann. »Seid Ihr hungrig?« Ohne eine Antwort abzuwarten, ging er zum Fenster und sah hinaus. »Nun gut, Ihr habt die anderen Wölfe überlistet und werdet einen weiteren Tag am Leben bleiben. Wartet hier.« Er verließ den Raum.

Retz rieb sich müde die Augen. Seine Übelkeit ließ nach, der Schweiß auf seinem Rücken trocknete. Die Pfiffe der Gelben Papierkämpfer entfernten sich nach Osten, Richtung Kanal, und verstummten schließlich. Nach ein paar Minuten stand er auf und wärmte sich über der Holzkohlenpfanne. Er spreizte die Finger über ihr, dann rieb er mechanisch die Handflächen gegeneinander, während er das Lesepult in der Mitte des Raumes betrachtete. Es war aus hochwertigem Stahl gemacht, und er fragte sich, wieviel es wohl in den Pfandleihen von Margarethestrasse einbringen würde. Sein Atem kondensierte in der kalten Luft. Wo war der alte Mann? Er besaß teure Möbel. Wenn er zurückkommt, dachte Retz, werde ich ihn um seinen Schutz bitten. Vielleicht gibt er mir den Adler, damit ich ein Pferd kaufen und die Stadt verlassen kann. Ein alter Mann wie er könnte sich das ohne weiteres leisten. Retz betrachtete die Porzellanteller auf dem Sideboard. Er sah auf den Gobelin. Große Teile davon waren so vergammelt, daß er nicht erkennen konnte, was auf ihnen einmal dargestellt gewesen war; aber in einer Ecke konnte er einen Hügel erkennen und den steilen Pfad, der sich zwischen Steinen und den Wurzeln alter Bäume hinaufwand. Dieser Anblick ließ ihn sich unangenehm und einsam fühlen.

Als der alte Mann zurückkehrte, trug er ein Tablett mit einem Kuchen und etwas Brot darauf. Zwei oder drei Katzen folgten ihm. Erwartungsvoll blickten sie im braunen, flackernden Lichtschein der Kerze zu ihm hoch. Er fand Retz vor dem Gobelin.

»Kommt weg von dort!« sagte er scharf.

»Sir«, sagte Retz und verbeugte sich tief, »Ihr habt mir das Leben gerettet. Sagt mir, wie ich Euch dienen kann.«

»Ich will keinen Mörder zum Diener haben«, antwortete der alte Mann.

Retz biß sich wütend auf die Unterlippe. Er drehte sich um, setzte sich und fing an, sich Brot in den Mund zu stopfen. »Wenn Ihr dort draußen leben müßtet, würdet Ihr wie ich handeln!« sagte er undeutlich. »Was gibt es dort sonst noch?«

»Ich lebe in dieser Stadt, solange ich denken kann«, sagte der alte Mann. »Ich habe noch niemanden ermordet.«

Danach war es lange still. Der alte Mann saß mit dem Kinn auf der Brust da und schien in Gedanken versunken zu sein. Die Holzkohlepfanne knisterte, während sie erkaltete; ein Luftzug erfaßte den Gobelin, so daß er sich blähte wie eine losgerissene Gardine auf dem Boulevard Aussman; die Katzen scharrten verstohlen in den Schatten hinter den Stühlen. Ignace Retz aß, trank, wischte sich den Mund ab: Er aß noch mehr und wischte sich erneut den Mund ab. Als er sicher war, daß der alte Mann ihn nicht beobachtete, taxierte er dreist den Stahladler. Einmal, indem er vorgab, zum Fenster gehen zu wollen, stand er sogar auf und berührte ihn.

»Welch schrecklichen Dingen wir uns doch täglich gegenübersehen!« rief der alte Mann plötzlich aus.

Er seufzte.

»Ich habe die Café-Philosophen sagen hören: ›Die Welt ist so alt, daß die Substanz der Wirklichkeit nicht mehr länger weiß, was sie sein soll. Die ursprüngliche Bestimmung ist verloren gegangen. Die Geschichte wiederholt diese eine Stadt und einige schreckliche Ereignisse immer wieder – nicht starr, sondern auf eine undurchsichtige, experimentierende Weise, so, als sei sie zu nichts anderem fähig, würde aber gerne lernen.‹«

»Die Welt ist eben die Welt«, sagte Ignace Retz. »Was sie auch sagen.«

»Schaut auf den Gobelin«, sagte der alte Mann.

Das Motiv mit dem Bergpfad und den verkümmerten Eiben war ausgedehnter, als er gedacht hatte. Ein kahlköpfiger Mann war darauf dargestellt, der den Pfad hinauftrottete. Über ihm schwebte ein großer Vogel in der Luft. Dahinter erstreckten sich weitere Berge und Täler bis zum Horizont. Es war kein Stickmuster zu erkennen. Das Ganze war sehr fein und realistisch gearbeitet, so daß Retz das Gefühl hatte, er blicke durch ein Fenster. Der Mann auf dem Pfad hatte eine gelbe Hautfarbe, und sein Mantel war blau. Er stützte sich auf seinen Stock, als sei er außer Atem. Ohne Vorwarnung drehte er sich um und starrte Retz aus dem Gobelin heraus an. Der Gobelin kräuselte sich in einem kalten Lufthauch. Dabei gab er einen feuchten Geruch ab, und die ganze Szene verschwand.

Retz fing an zu zittern. Weit entfernt hörte er den alten Mann sagen: »Es besteht kein Grund, sich zu fürchten.«

»Es ist lebendig«, flüsterte Retz. »Mammy Vooley –« Doch bevor er sagen konnte, was er meinte, erschien eine andere Szenerie.

Es war Morgendämmerung in Viriconium. Der Himmel war eine Wolkenschüssel mit einem blassen Lichtfleck am Rand. Dort, wo die Proton-Straße sich, gestützt von hundert Säulen aus schwarzem Stein, zum Palast emporwand, regnete es. Auf dieser kahlen, freudlosen Straßenrampe standen zwei oder drei Gestalten in leuchtend scharlachroten Rüstungen. Sie beobachteten einen Mann, der mit einem Geier aus Metall kämpfte. Er hatte schreckliche Schnittwunden im Gesicht; Blut und Regen bildeten einen dunklen Schleier auf seinen Schultern, als er dort auf der Straße kniete; aber er gewann. Schließlich erhob er sich müde und warf den Vogel vor seinen Zuschauern auf den Boden, die sich abwandten und ihm keine Beachtung schenkten. Er starrte aus dem Gobelin heraus. Hautfetzen hingen von seinen Wangen herab, wo der Vogel ihn verletzt hatte; er war alt und grauhaarig, und sein Blick war voller Trauer. Seine Lippen bewegten sich, und er verschwand.

»Das war ich!« rief Ignace Retz. »War ich das wirklich?«

»Es hat schon viele Viriconiums gegeben«, sagte der alte Mann. »Schaut auf den Gobelin.«

Zwei Männer mit rostigen Schwertern stolperten durch ein Hochmoor. Weit hinter ihnen kam ein Zwerg, der mit mechanischen Eisenstelzen lief. Er hatte eine klaffende Kopfwunde. Sie warteten auf ihn, damit er aufholen konnte, aber er fiel fast augenblicklich wieder zurück. Er stolperte gegen eine Eberesche und lief in die falsche Richtung davon. Einer der Männer, der wie Ignace Retz aussah, trug einen toten Vogel am Gürtel. Mutlos blickte er aus dem Gobelin heraus den wirklichen Retz an, nahm den Vogel in die Hand und hob ihn am Hals hoch in die Luft. Als er diese Geste machte, lief der Zwerg an ihm vorüber. Aus seinen undichten Stelzen strömten ungesunde weiße Gase. Sie durchwateten gemeinsam einen Fluß, und alle drei verschwanden in der Ferne, wo auf einem Hügel eine Stadt wartete.

Danach kämpften im Schatten eines Felsens Männer gegeneinander, während über ihnen am zerklüfteten Horizont riesige, schillernde Käfer patrouillierten. Ein vom Fieber geschüttelter Kundschafter mit verzweifelten Augen saß in einem Karren und ließ sich von einem Geschöpf, das wie ein großes, weißes Faultier aussah, langsam ziehen, bis sie an das Ufer eines Teiches in einer überfluteten Stadt kamen. Endlos umkreisten Eidechsen einen Leichenhaufen in der Wüste.

Allmählich gewöhnte Retz sich daran, sich selbst im Mittelpunkt dieser Ereignisse zu sehen, obwohl er manchmal über sein Aussehen überrascht war. Doch die letzte Szene war zuviel für ihn.

Er schien durch ein großes, bogenförmiges Fenster zu blicken, um dessen steinerne Pfosten sich die Zweige einer Zierrose rankten. Die Dornen und Blüten der Rose umrahmten einen Raum, in dem Vorhänge aus silbernem Licht wie Regen zwischen rätselhaften Säulen schwebten. Der Boden des Raumes war aus Zinnoberkristall gemacht, und in seine Mitte hatte man einen einfachen Thron gestellt. Neben dem Thron stand eine schlanke Frau in einer Samtrobe. Zwei Albinolöwen kauerten zu ihren Füßen. Ihre Augen waren von einem tiefen, sympathischen Violett, ihr Haar rostrot wie herbstliches Laub. An ihren langen Fingern trug sie zehn identische Ringe, und vor ihr stand ein Ritter, dessen leuchtend scharlachrote Rüstung teilweise von einem schwarzsilbernen Mantel bedeckt war. Sein Kopf war gesenkt. Seine Hände waren weiß. An seiner Hüfte trug er ein stählernes Schwert.

Retz hörte die Frau deutlich sagen: »Ich gebe Euch diese Dinge, Lord tegeus-Cromis, weil ich Euch vertraue. Ich würde Euch sogar ein Energiemesser geben, wenn ich eines besäße. Geht in den Süden und gewinnt großen Reichtum für uns alle.«

Aus dem Gobelin stieg der Duft von Rosen an einem warmen Abend auf. Man hörte das leise Geräusch eines Wasserfalls, und irgendwo wurde eine einzige Melodie wieder und wieder auf einem Streichinstrument gespielt. Der Ritter in der scharlachroten Rüstung nahm die Hand seiner Königin und küßte sie. Er wandte sich um, sah aus dem Fenster und winkte, als ginge dort jemand vorbei, den er kannte. Sein schwarzes Haar war in der Mitte gescheitelt und rahmte das verklärte Gesicht von Ignace Retz ein. Er lächelte. Hinter ihm lächelte die Königin. Die ganze Szenerie verschwand. Sie hinterließ einen feuchten Geruch, und alles, was man durch die Ritzen des Stoffes sehen konnte, war der Putz auf der Wand.

Ignace Retz rieb sich heftig die Augen. Er sprang auf, zerrte den alten Mann aus seinem Stuhl, packte ihn am Oberarm und schleppte ihn zu dem Gobelin.

»Diese letzten Dinge!« verlangte er zu wissen. »Sind sie wirklich geschehen?«

»Es sind nicht alle Königinnen wie Mammy Vooley«, sagte der alte Mann, als sei das ein Beweis. »Nicht alle Ritter sind wie Ignace Retz. Sie sind geschehen oder werden geschehen.«

»Zeigt sie mir noch einmal.«

»Das kann ich nicht. Ich bin ein Verwalter. Ich kann nichts erzwingen.«

Retz stieß ihn mit solcher Gewalt von sich, daß er gegen das Sideboard fiel und das Tablett herunterriß. Die Katzen rannten aufgeregt umher und lasen Essensreste vom Boden auf.

»Ich brauche das alles nicht zu glauben!« schrie Retz. Er riß den Gobelin von der Wand und betrachtete ihn angespannt, als erwarte er sich selbst darauf zu sehen. Als sich herausstellte, daß es nur Stoff war, warf er ihn auf den Boden und trat dagegen. »Wie könnte ich weiterleben, wenn ich das glaube?« fragte er sich. Er drehte sich zu dem alten Mann um, packte ihn bei den Schultern und schüttelte ihn. »Warum habt Ihr mir das gezeigt? Wie kann ich jetzt noch in dieser gräßlichen Stadt zufrieden sein?«

»Du müßtest nicht so leben, wie du es jetzt tust«, sagte der alte Mann. »Wir machen die Welt, in der wir leben.«

Retz warf ihn zur Seite. Er schlug mit dem Kopf gegen das Sideboard, stieß ein seltsames, wütendes Stöhnen aus und war ruhig. Er schien nicht tot zu sein. Einige Minuten lang lief Retz verwirrt zwischen dem Fenster und der Wand, wo der Gobelin gehangen hatte, auf und ab. »Wie kann ich weiterleben? Wie kann ich weiterleben?« wiederholte er dabei ständig. Dann stürzte er hinüber zu dem Lesepult und versuchte, den Stahladler abzureißen. Es mußte jetzt hell sein, draußen in der Stadt; wahrscheinlich husteten sie jetzt gerade und wärmten sich an den Naphta-Lichtern im Zinnmarkt die Hände. Er würde ein paar Stunden Zeit haben, um den Vogel zu verkaufen, ein Pferd und ein Messer zu bekommen und zu verschwinden, bevor die Kämpfer wieder anfingen, ihn zu jagen. Er würde auf seinem Pferd durch das Heimgesuchte Tor reiten, nach Süden gehen und niemals zurückkehren.

Der Vogel bewegte sich. Zuerst glaubte er, er habe sich lediglich von der schwarzen Holzplatte gelöst, auf der er befestigt war. Dann spürte er einen scharfen Schmerz in seinem linken Handrücken, und als er nach unten blickte, war das Ding lebendig und bewegte sich kraftvoll in seinem Griff. Es legte den Kopf auf die Seite und starrte aus einem kalten, grausamen Auge zu ihm herauf. Es bekam eine Schwinge frei, dann die andere und verdoppelte seine Anstrengungen. Für ein oder zwei Sekunden gelang es ihm noch, es festzuhalten, dann ließ er los und taumelte zurück, seine aufgerissene Hand schüttelnd. Er fiel über etwas auf dem Boden und starrte in die verdutzten, chinablauen Augen des alten Mannes.

»Verschwindet aus meinem Haus!« rief der alte Mann. »Ich habe genug von Euch!«

Der Vogel erhob sich unterdessen triumphierend in die Luft und flatterte durch den Raum. Seine Flügel klatschten gegen die Wände, und er schrie, während sein Gefieder im Licht kupfern aufblitzte und die Katzen sich entsetzt unter den Möbeln verkrochen.

»Helft mir!« flehte Retz. »Der Adler ist lebendig!« Aber der alte Mann, der wie gelähmt auf dem Boden lag, preßte die Lippen zusammen und antwortete nur: »Ihr habt ihn selbst zum Leben erweckt.«

Retz stand auf und versuchte, die Tür am Kopf der Treppe zu erreichen. Der Vogel, der wie besessen seinen eigenen Schatten auf der Wand attackiert hatte, krallte sich sofort über seinem Gesicht fest, hackte nach seinen Augen und riß mit seinen Fängen an Retz's Brust und Nacken. Er kreischte. Er riß ihn weg und schleuderte ihn gegen die Wand. Einen Moment lang flatterte er orientierungslos am Boden herum, dann stürzte er sich auf eine Katze. Retz beobachtete es entsetzt, dann schlug er die Hände vor sein blutendes Gesicht, stolperte aus dem Raum, die schmale Treppe hinunter und wieder hinaus in den Hof. Er schlug die Tür hinter sich zu.

Es war noch immer dunkel.

Retz saß auf der Türschwelle und betastete vorsichtig seinen Nacken, um die Größe seiner Wunden festzustellen. Er schauderte. Sie waren tief. Über sich konnte er den wahnsinnigen Vogel noch immer kreischen und mit den Flügeln klatschen hören. Wenn das

Geschöpf entkam, würde es ihn finden. Sobald er aufgehört hatte zu bluten, verließ er zitternd den Hof und trat durch den Torbogen in einen Ort, den er nicht kannte.

Er befand sich auf einer breiten, offenen Allee, die von verfallenen Gebäuden und Schutthaufen gesäumt wurde. Sinnlose Gräben waren hier und da durch die Allee gezogen worden. Feuer flackerten planlos auf beiden Seiten. Die zerstörten Walnußbäume und herausgerissenen Geländer waren von Staub bedeckt. Obwohl noch nichts von der Morgendämmerung zu sehen war, schaffte es der Himmel irgendwie, ein seltsames blaues Licht zu werfen. Hinter Retz stand der von Mauern umgebene Hof jetzt für sich, wie ein glatter, rechteckiger Turm. Er dachte, er blicke noch immer auf den Gobelin des alten Mannes; er dachte, daß es in der Nacht vielleicht irgendeinen Krieg mit Mammy Vooleys alles verwüstenden Waffen gegeben hatte; er wußte nicht, was er denken sollte. Er ging unruhig in Richtung Kanal, fing an zu rennen. Er rannte lange Zeit, konnte den Kanal aber nicht finden. Acres, bedeckt mit zerbrochenen Dachziegeln, machten ein musikalisches kratzendes Geräusch unter seinen Füßen. Wenn er sich umdrehte, konnte er noch immer den Turm sehen; aber er wurde kleiner und kleiner, und schließlich vergaß Retz, in welcher Richtung er suchen mußte.

Während dieser ganzen langen Nacht hatte er keine Idee, wo er war, aber er fühlte, daß er sich auf einer Hochebene befinden mußte, auf der es windig war und die völlig mit dem Staub und Schutt dieser fremden Stadt bedeckt war. Der Wind schmerzte in den Wunden, die der Vogel ihm zugefügt hatte. Der Staub regnete und prasselte gegen die eingestürzten Wände. Einmal drang eine Art Musik aus einem Haus in der Ferne – das fieberhafte Schlagen einer großen flachen Trommel, das schrille, unstete Wimmern einer Klarinette –, doch als er sich dem Ort näherte, war es wieder still, und er fürchtete sich.

Später machte eine menschliche Stimme in den Ruinen ganz in seiner Nähe ein langgezogenes *ou lou lou lou*, das sofort in der Ferne von einem hundeähnlichen Geheul beantwortet wurde. Er floh zwischen die langen Schuttwälle und verbarg sich eine Weile im ausgebrannten Gerippe eines kathedralenähnlichen Gebäudes. Als er sich über eine Stunde dort aufhielt, erschienen draußen undeutliche Gestalten und fingen an, lautlos und energisch auf der Straße zu graben. Plötzlich jedoch wurden sie gestört; sie blickten alle gemeinsam auf, hin zu etwas, das Retz nicht sehen konnte, und rannten mit ihren Spaten davon. Während dieses geschah, hörte er Schritte um sich herum in der bläulichen Dunkelheit. Er vernahm ein tiefes Seufzen. *Ou lou lou* erklang, erschreckend nahe, dann war er wieder allein. Sie hatten ihn inspiziert und für uninteressant befunden.

Kurz vor dem Morgengrauen verließ er das Gebäude, um sich den Graben anzusehen, den sie auf der Straße geschaufelt hatten. Er war flach, unvollendet und füllte sich schon mit grauem Sand. In ungefähr einer Meile Entfernung fand er einen toten Mann, der von einer etwas mehr als hüfthohen Nische aus Mauerwerk verborgen war.

Retz kniete nieder und betrachtete ihn neugierig.

Er lag so da, als sei er vor jemandem geflohen und dabei heftig gestürzt, Arme und Beine von sich gestreckt. Ein Arm war offensichtlich gebrochen. Er war schwer gebaut, trug ein weites weißes Hemd und eine schwarze Moleskinhose, die unter den Knien mit roten Schnüren festgebunden war. Er hatte eine Fischkopf-Maske auf; ein Ding, das wie ein Dachs aussah, mit dicken Lippen, traurigen Glotzaugen und einem Kamm aus harten Dornen. Es saß so auf seinem Kopf, daß der Fisch, wenn der Mann aufrecht stand, glasig hinauf in den Himmel starrte. Grüne Bänder waren an seine Oberarme gebunden und flatterten und raschelten im Wind. Neben ihm, dort, wo er es fallen gelassen hatte, lag ein Energiemesser. Ein ständiger Strom giftiger gelber Fünkchen stieg auf, während es sich in den Schutt hinein brannte.

Sie hatten ihm die Schuhe ausgezogen. Seine nackten weißen Füße waren mit blauen Tätowierungen geschmückt, die wie Adern hierhin und dorthin liefen.

Retz starrte nachdenklich auf ihn herab. Er kletterte auf die Mauer und blickte vorsichtig in beide Richtungen der leeren Straße. An welchen Ort der alte Mann und der Vogel ihn auch versetzt hatten, er würde seine Mammy Vooley haben. Retz würde sich anpassen müssen. Das lag in seiner Natur. Zehn Minuten später kam er in den Sachen des toten Mannes hinter der Mauer zum Vorschein. Sie waren ihm zu weit, und der Fischkopf bereitete ihm Probleme, denn er stank innen drin: aber er hatte sich die roten Schnüre und die Bänder umgebunden: und er hatte das Messer. Inzwischen war es zu guter Letzt doch noch hell geworden, ein Augenlid aus bräunlichen Wolken klappte im Osten auf, über Streifen von Gelb und Smaragdgrün. Es gab den Blick auf einen steilen Hügel frei, den er zuvor nicht gesehen hatte. Türme, alte Festungsanlagen und die kupfernen Dome uralter Sternwarten standen darauf. Retz brach in die Richtung auf, in der die Graben-Schaufler verschwunden waren. ›Shroggs Royd‹ stand auf den Schildern an den Ecken der verwüsteten Strassen: ›Ouled Nail‹. Dann: ›Rue Sepile‹.

Es gab einen trockenen Sturm an diesem Nachmittag. Unter einem bleiernen Himmel zogen Staubwolken dahin.

Tanith Lee
(geb. 1947)

Die Engländerin Tanith Lee debütierte 1971 mit einem Fantasy-Kinderbuch. Den Durchbruch als Fantasy- und SF-Autorin schaffte sie aber erst, als der amerikanische SF-Verleger Donald A. Wollheim (DAW) auf sie aufmerksam wurde und ihre Romane in seinem Taschenbuch-Verlag herausbrachte. Ihr Talent fand bei den amerikanischen Lesern begeisterte Aufnahme, und sie veröffentlichte in den letzten Jahren bei DAW-Books in rascher Folge zwölf Romane.

Tanith Lee ist eine Meisterin im Schaffen phantastischer Stimmungsbilder und einer romantischen Atmosphäre, sie dürfte neben C. J. Cherryh eine der wichtigsten Vertreterinnen der gehobenen modernen epischen Fantasy sein, die an der Grenze zur Science Fiction angesiedelt ist. Im Mittelpunkt ihrer Romane stehen Frauen, die nicht mehr passive Abenteuerinnen vom Typ einer Angelique darstellen, sondern aktiv ihre Welt gestalten, wobei auch Sex und Erotik eine wichtige Rolle spielen. In ihren kürzeren Romanen tritt Tanith Lees Fähigkeit, den Leser mit lyrischen Stimmungsbildern in ihre Welten zu versetzen, besonders hervor, während die längeren Romane viel Action und Schwertergeklirr bieten. Ein interessantes und ambitioniertes Projekt ist eine Serie von Geschichten um die Dämonenfürsten einer orientalischen, an Dunsany erinnernden Traumwelt, die sie mit *Herr der Nacht* begonnen hat.

Amazonen

Obwohl Tanith Lees Romanheldinnen nicht immer Amazonen nach traditionellem Muster sind – wie die Hauptfigur der nachfolgenden Geschichte –, sind sie doch Beispiele für einen seit Ende der siebziger Jahre anhaltenden Trend in der Fantasy, Frauen in den Mittelpunkt der Handlung zu stellen, nachdem die interessantesten neueren Romane der Fantasy schon seit Jahren regelmäßig aus weiblicher Feder stammen.

In der Einführung zu der 1979 erschienenen Anthologie *Amazonen,* die Geschichten um weibliche Fantasy-Helden enthält, schreibt die Herausgeberin Jessica Amanada Salmonson: »Viele Leser fühlen sich von der Fantasy nicht ›trotz‹ ihres mangelnden literarischen Wertes angezogen, sondern weil in diesem Genre ein fast unbegrenztes Potential zu Verzauberung und Abenteuer, aber auch zu neuen Weltenkonzepten steckt – ein Potential, das von den Autoren kaum wirklich ausgeschöpft wird. Das Auftauchen wahrhaft großer weiblicher Helden in dieser Literatur kann ihr nur zum Vorteil gereichen. Erst wenn die Autoren beginnen zu akzeptieren, daß es noch andere Kulturen gibt, ein anderes Rollenverhalten möglich ist, andere Sitten und Gesetze, andere Wertmaßstäbe, eine einflußreichere Stellung der Frau etwa, kann man auch die Vorstellung von mythischen Orten, wo die Magie zur Technik und das Heldentum zur Stärke wird, gelten lassen.« Viele Autorinnen sehen ihre Geschichten ganz bewußt als Beitrag zur feministischen Bewegung, ohne jedoch den Fehler zu begehen, ihre Frauengestalten einfach zu weiblichen Conans zu machen. Zwei Schwertkämpferinnen gehörten bereits zu Howards Fantasy-Figuren, und noch zu Howards Zeiten schuf C. L. Moore mit ihrer ›Jirel von Joiry‹ eine Schwert-und-Magie-Heldin.

Eine besondere Rolle nehmen die Frauen auch in Marion Zimmer Bradlys ›Darkover‹-Romanen ein, die unter den Völkern Darkovers auch ein Freies Volk der Amazonenkämpferinnen zeigen. Andre Norton, die selbst noch ein männlich klingendes Pseudonym benutzte, schrieb mit ihren ›Hexenwelt‹-Romanen eine Fantasy-Serie, bei der besonders in den späteren Bänden Frauen im Mittelpunkt stehen. In den Romanen von Tanith Lee und C. J. Cherryh, die von Mitte der siebziger Jahre an erschienen, gelingen dann zum ersten Mal ausgefeilte Charakterstudien von Frauen, die sich in einer barbarischen Welt behaupten müssen. Oft werden die Abenteuer der Heldinnen regelrecht zu Fallstudien über die Möglichkeiten einer Frau, sich in einer extrem frauenfeindlichen Umgebung durchzusetzen. In den USA gibt es bereits eine ganze Reihe von Romanen mit Fantasy-Heldinnen, nicht nur von Autorinnen, die in Deutschland jetzt nach und nach in den Programmen der Verlage auftauchen.

Lesehinweise:

Von Tanith Lee ist an abenteuerlicher Fantasy besonders hervorzuheben:
Im Herzen des Vulkans, München 1979 (Heyne 06/3616)
Vazkor, München 1979 (Heyne 06/3638)
Die weiße Hexe, München 1980 (Heyne 06/3687)
Eher in der Tradition von ← Lord Dunsany ist zu nennen:
Herr der Nacht, München 1981 (Heyne 06/3802)
Herr des Todes, München 1983 (Heyne 06/4012)
Herr der Illusionen, München 1985 (Heyne 06/4210)
Sowie an Kurzgeschichtenbänden:
Rot wie Blut: Die Märchen der Schwestern Grimmig, Bergisch Gladbach 1985 (Bastei-Lübbe 13014)
Indische Nächte, Bergisch Gladbach 1987 (Bastei-Lübbe 13111)

Die folgenden Fantasy-Romane haben weibliche Helden oder sind aus einer weiblichen Perspektive geschrieben. Ein märchenhaft-phantastischer Roman um magische Tiere (siehe auch → Richard Adams) ist:
Patricia A. McKillip: *Die vergessenen Tiere von Eld,* München 1982 (Heyne 06/3882)
Mit Fragen der mutterrechtlichen Religion beschäftigen sich folgende Bände:
Marion Zimmer Bradley: *Die Nebel von Avalon,* München 1983 (Krüger; auch als Fischer-Taschenbuch 8322), ein Artus-Roman (siehe auch ← Poul Anderson) aus der Sicht der beteiligen Frauen als Vertreterinnen des Heidentums.
Das Licht von Atlantis, Bergisch Gladbach 1984 (Lübbe; auch als Bastei-Lübbe Taschenbuch 13103)
Naomi Mitchison: *Kornkönig und Frühlingsbraut,* Bergisch Gladbach 1985 (Lübbe; auch als Bastei-Lübbe-Paperback 28157)
Mary Mackey: *Kornmond und Dattelwein,* Frankfurt 1987 (Fischer 22719)

Von Marion Zimmer Bradleys ›Darkover‹-Romanen (siehe auch ← Leigh Brackett) beschäftigen sich folgende besonders mit der Selbstbestimmung von Frauen:

Die zerbrochene Kette, Rastatt 1985 (Moewig 3671)
Gildenhaus Thendara, Rastatt 1987 (Moewig 3728)
Die schwarze Schwesternschaft, Rastatt 1986 (Moewig 3726)
Eher abenteuerlichen Charakter haben:
Andre Norton: *Der kristallene Greif,* Rastatt 1981 (Pabel Terra Fantasy 92)
Das Erbe der Hexenwelt (mit A. C. Crispin), Bergisch Gladbach 1986 (Bastei-Lübbe 20088)
Jessica Amanda Salmonson: *Tomoe, die Samurai,* Bergisch Gladbach 1984 (Bastei-Lübbe 20064), Amazonen-Roman aus dem mythologischen Japan.
Robin McKinley: *Das blaue Schwert* (Heyne 06/4520), in Vorbereitung für Herbst 1988.
Diana L. Paxson: *Tochter des Lichts* (Bastei-Lübbe 20112) und *Tochter der Finsternis* (Bastei-Lübbe 20114), in Vorbereitung für Herbst/Winter 1988, zwei Romane einer Autorin aus dem Kreis um Marion Zimmer Bradley.

An Kurzgeschichtensammlungen sind zu empfehlen:
Jessica A. Salmonson (Hg.): *Amazonen!,* Bergisch Gladbach 1981 (Bastei-Lübbe 24023)
Neue Amazonen-Geschichten, Bergisch Gladbach 1983 (Bastei-Lübbe 20052)
Susan M. Shwartz (Hg.): *Hexengeschichten,* Bergisch Gladbach 1985 (Bastei-Lübbe 13003)
Marion Zimmer Bradley (Hg.): *Schwertschwester,* Frankfurt 1986 (Fischer 22701)
Wolfsschwester, Frankfurt 1986 (Fischer 22718)
Windschwester, Frankfurt 1987 (Fischer 22731)

Siehe auch ← Robert E. Howard, ← Ursula K. Le Guin, ← Karl Edward Wagner, → C. J. Cherryh

Schach dem Bösen

Land und Himmel zeigten die selbe gelblich-blaue Farbe, und eine kalte, verschleierte Sonne hüllte das Land in ihre blassen Strahlen. Es war bereits Spätsommer, aber es hätte genausogut sein können, daß dieses Land noch nie einen Sommer gesehen hatte. An den spärlichen Bäumen grünte kein Blatt, und nicht ein Vogel hatte sein Nest in den Zweigen gebaut. Einförmig und aschgrau erstreckten sich weit und breit nur kleine Hügel, deren Spitzen matt glänzten, und in den Tälern lag der Nebel. In diesem Land waren traurige Lieder und trübe Erinnerungen zu Hause, und des Nachts geisterten Alpträume darüber hin.

Fünfzehn Meilen zuvor war Jaisels Pferd ohne erkennbaren Grund plötzlich zusammengebrochen und verendet; dabei war es das beste Pferd gewesen, das der Händler im Stall gehabt hatte, gesund und lebhaft, auch wenn er anfangs versucht hatte, sie übers Ohr zu hauen. Sie war im Süden aufgebrochen, und ihr Ziel war eine Stadt an der Küste, hoch oben im Norden, obwohl es keinen besonderen Grund für sie gab, sich dorthin auf den Weg zu machen. Sie war nun einmal der Typ des rastlosen Wanderers, und so war nicht das Ziel jemals Sinn oder Zweck einer Reise.

Denn jedesmal, wenn sie sah, wie die Frauen an ihren Webstühlen oder in den verräucherten Küchen saßen, wie sie ihre Säuglinge stillten oder sich auf den Feldern abarbeiteten oder wie ihre bemalten Gesichter in dunklen Türeingängen lehnten, wurde der Wunsch davonzulaufen, zu fliehen, dies alles hinter sich zu lassen, in Jaisel immer stärker. Normalerweise gab es für ihr Weiterziehen sowohl einen ganz konkreten wie auch theoretischen Grund. Die letzte Stadt mußte sie überstürzt verlassen, weil sie zwei Männer, die auf der Straße über sie hergefallen waren, umgebracht hatte. Es stellte sich heraus, daß einer von beiden ein junger Lord gewesen war, der zum Zeitvertreib Reisende überfiel und ausraubte und sogar junge Frauen vergewaltigte; zu jener Zeit aber war das Recht auf der Seite der Adligen, und es war nebensächlich, was sie verbrochen hatten; wagte man es aber, sie zur Verantwortung zu ziehen, so standen darauf Folter und Tod. So hatte sich Jaisel also auf den Weg nach

Norden gemacht. Aber zwischen ihr und ihrem Ziel lag dieses öde, graue Land, in dem ihr Pferd ohne ersichtlichen Grund unter ihr zusammengebrochen war, in dem das Wasser aus den Bächen bitter schmeckte und in dem der Himmel so tief hing, als ob es mitten im Sommer anfangen wollte zu schneien.

Am Wegesrand standen nur Ruinen; und das einzige Leben, dem sie begegnete, war eine Schafherde, die sich plötzlich und unerwartet aus dem Nebel herauslöste, um einen Augenblick später in einem anderen Nebelstreifen wieder zu verschwinden. Einmal hörte sie einen Raben krächzen, und der Ärger über dieses öde Land, über sich selber und über Gott stieg in ihr hoch. Bei jedem Schritt spürte sie das Gewicht des Sattels und des Gepäcks auf ihrem Rücken ein wenig mehr.

Als sie jetzt aber die Kuppe eines Hügels erreicht hatte, sah sie etwas, das sie vor Erstaunen innehalten ließ.

Unten im Tal lag ein Dorf, halb in diesen gelb-blauen Dunst eingehüllt, und obwohl es einfach und trostlos wirkte, so war es doch bewohnt, denn aus den Schornsteinen stiegen kleine Rauchsäulen in den wolkenlosen Himmel empor. Von fern erklang dumpf das klagende Gebrüll der Rinder, und hinter der armseligen Ansammlung von Hütten ragten ein paar nackte Bäume drohend in den Himmel hinauf.

Noch hinter dieser Baumgruppe, kaum zu sehen und halb verschwommen im Dunst, vielleicht eine Meile weit entfernt, ragte ein merkwürdiger Steinhaufen empor; es konnte aber auch ein seltsames und bizarres Gebäude sein. Jaisel ging weiter und besah sich die nähere Umgebung von Dorf und Hügel genauer.

Dies Geräusch hier war unverkennbar: das helle Läuten kleiner Glöckchen am Zaumzeug von Schlachtrössern! Der Anblick war erregend und in dieser Gegend besonders überraschend. Es waren zwei Reiter auf stahlblauen Pferden, deren scharlachrote Decken wie Flammen in dem merkwürdigen Zwielicht des Tages hinter ihnen herwehten; sie sah ihre glänzenden Rüstungen und das Blitzen der Edelsteine, mit denen sie besetzt waren.

»Wer bist du?« wurde sie von einem der Ritter angerufen.

Sie lächelte, als sie daran dachte, was sie jetzt sahen und was sie nicht erwarteten und wie überrascht sie sein würden.

»Ich heiße Jaisel«, rief sie zurück und hörte sie fluchen.

»Junge, was ist denn das für ein Name?«

Sie lief den Hang hinunter, den Männer entgegen.

Und was sie auf Entfernung für einen Jungen gehalten hatten, verwirrte sie nun völlig. Ihr feines blondes Haar war so kurz wie das eines Jungen, wenn nicht kürzer, und ganz gewiß fehlte ihm die lockige Länge, die die Ritter zu tragen pflegten. Sie wirkte sehr schlank in ihrem abgewetzten Kettenhemd, und um die schmalen Handgelenke lagen einstmals schöne, jetzt aber halbzerfetzte Spitzenborten. Der weiße Spitzenkragen, den sie über dem Kettenhemd trug, wurde mit zwei Bändern gebunden, an deren Ende jeweils eine schwarze Perle baumelte. Am linken Ohr schaukelte ein sichelförmiger goldener Ohrring und schimmerte mit dem silbernen Haar um die Wette. Der Gürtel, den sie trug, bestand aus grauem Leder und war abgewetzt und speckig. An ihrer rechten Hüfte trug sie einen Dolch mit einem zierlichen goldenen Griff, und an der linken einen schmalen, biegsamen Degen, dessen Griff vom häufigen Gebrauch schon ganz blank poliert war. Eine Amazone, stolz und schön und mit der Haltung einer Königin.

Als sie nah genug war und das Erstaunen der beiden Reiter bemerkte, hielt sie an und betrachtete sie. Sie schaute zwar belustigt drein, aber in Wirklichkeit langweilte sie das Spielchen zutiefst; seit zwölf Jahren ging das nun schon so, und es hatte jeglichen Reiz für sie verloren. Außerdem war sie müde und zürnte dem Schicksal, das sie hierher verschlagen hatte, noch immer.

»Hm«, grunzte der eine, »mir ist ja schon manches vorgekommen, aber ob Ihr Euch auf dem richtigen Weg befindet, möchte ich bezweifeln, Lady.«

Die Bemerkung war zweideutig; meinte er nun, daß sie sich verlaufen hatte, oder kritisierte er ihre Art und Weise zu leben?

Jaisel blieb ruhig stehen und wartete ab. Plötzlich wurde sie von dem anderen Ritter in eisigem Tone gefragt: »Wißt Ihr um das Geheimnis dieses Ortes?«

»Nein«, gab sie ihm zur Antwort, »aber es wäre wirklich zu freundlich von Euch, wenn Ihr es mir sagen wolltet.«

Der Ritter, der anfangs mit ihr gesprochen hatte, runzelte die Stirn. »Es dürfte wohl das beste für Euch sein, wenn wir Euch nach Hause schickten, wo Ihr nämlich hingehört!«

Jaisel sah ihn eindringlich an, und da ihr eines Auge ein wenig kleiner war als das andere, wirkte sie immer etwas ironisch und überheblich.

»Nun, Sir«, sagte sie, »versucht es nur. Ihr seid mir herzlich willkommen!«

Der Ritter wehrte ihren Vorschlag ab.

»Ich bin Renier of Towers, und ich kämpfe nicht mit Frauen.«

»Aber ja«, widersprach sie ihm, »Ihr tut es jetzt doch auch. Ihr habt bloß keinen Erfolg damit bei mir.«

Der andere Ritter grinste, und das hatte sie nicht erwartet.

»Ihr sitzt in der Falle, Renier. Laßt sie in Ruhe. Keine Frau wagt es, alleine auf Reisen zu gehen und sich so zu kleiden, wenn sie nicht für sich selber sorgen kann. Hört mir zu, Jaisel. Auf diesem Land hier liegt ein Flucht. Ihr habt ja selbst gesehen, daß es so gut wie kein Leben ringsum gibt. Das Dorf zum Beispiel; Frauen und Tiere gebären wahre Monster. Die Menschen werden ohne Grund krank und sterben. Es gab hier einst einen Alchimisten, der dies Land für sich beanspruchte. Maudras. Ein Zauberer, ein Anhänger der alten Religionen und Götter. Drei Schlösser hat er unter seinen Einfluß gebracht, aber diese drei sind inzwischen vom Erdboden verschwunden; nur die letzte Festung hält sich noch; Ihr findet sie eine Meile nordöstlich von hier. Wenn der Nebel steigen würde, so könntet Ihr sie sehen. Der Prinz von Towers hat es sich zur Aufgabe gemacht, jede Spur des Zauberer Maudras vom Erdboden zu tilgen. Wir sind seine Ritter und haben den Befehl, mit diesem Schloß so zu verfahren wie mit den anderen drei.«

»Aber wir können die Festung nicht einnehmen«, fügte Renier hinzu. »Seit Monaten sitzen wir nun schon in diesem verfluchten Land, und nichts geschieht.«

»Wer verteidigt denn das Schloß?« fragt Jaisel. »Maudras selber?«

»Maudras ist schon vor einem Jahr in Towers begraben worden«, wurde sie von dem zweiten Ritter unterrichtet. »Seine Anhänger oder sein Fluch verteidigen die Festung gegen die Ritter des Herrn.« Sein Gesicht war bleich und grimmig. Jetzt aber lächelte Renier sie an: »Ihr seht, dies ist kein geeigneter Ort für eine junge Dame, sondern ein Kriegslager. Ein seltsames Schloß in einem verfluchten Land. Ihr kehrt also besser um!«

»Ich habe kein Pferd, aber Geld, um eines zu kaufen«, bemerkte Jaisel gleichmütig.

»Pferde haben wir im Überfluß«, versicherte ihr der andere Ritter. »Tote brauchen nun einmal keine Gäule mehr. Ich heiße übrigens Cassant. Sitzt hinter mir auf, und ich bring' Euch ins Lager.«

Mühelos schwang sie sich hinter ihm aufs Pferd, obwohl sie Sattel und Gepäck geschultert hatte.

Renier beobachtete sie zwar spöttisch, aber wider Willen fasziniert.

Als sie die Pferde in eine Nebelbank führten, kam er nähergeritten und murmelte: »Seht Euch vor, Lady! Die Frauen des Dorfes sind ziemlich widerwärtig, und auch ein Ritter könnte einmal seine Ehre vergessen. Aber Ihr seid vielleicht sowieso erst vor kurzem das letzte Mal vergewaltigt worden.«

»Einmal«, informierte sie ihn. »Das war vor zehn Jahren, und ich war auch sein letztes Opfer. Das Grab habe ich selber ausgehoben, denn immerhin respektiere ich die Toten.« Ihre Augen trafen sich, und sie fügte sanft hinzu. »Jedesmal wenn ich in der Gegend bin, gehe ich an sein Grab und spucke darauf.«

Unten im Tal war der Nebel dichter, als Jaisel vom Hügel aus angenommen hatte. Im Dorf sah sie einen Steinhaufen, der wahrscheinlich einmal ein Brunnen gewesen war, und einmal glaubte sie an einer Kreuzung, mitten zwischen den armseligen Hütten, eine verlorene, krumme Frauengestalt zu sehen, die ein schattenhaftes Tier am Zügel führte, das sie für eine Kuh mit zwei Köpfen hielt.

Sie ritten an den Bäumen vorbei, ließen das Dorf hinter sich, und Stück für Stück tauchte jetzt das Lager aus dem Nebel auf. Die blutroten Banner hingen schlaff herunter, und die Zelte wurden so sorgfältig bewacht, daß es schon fast lächerlich war. Der Atem der Pferde wehte um ihre Nüstern; auf einem Geschützstand waren ein paar Kanonen postiert, deren bronzenen Rohre mit unzähligen Nebeltropfen übersät waren, die Wurfspieße steckten untätig daneben, und die Pulverfässer waren zwar in dickes Segeltuch gewickelt, das aber wahrscheinlich längst feucht war.

An dieser Stelle lichtete sich plötzlich der Nebel, und zweihundert Meter nordöstlich des Lagers war nun auf einmal das Schloß des Zauberes Maudras zu erkennen.

Starr und unbewegt ragte es mit seinen bizarren Formen in den fahl-gelben Himmel.

Der untere Teil war direkt aus dem Felsen eines kegelförmigen

Hügels geschlagen worden, und oberhalb dieses Felsens ging das Schloß dann in eine verwirrende Fülle von Mauern und Türmen über, die wie die Versteinerung eines riesigen, unnatürlichen Geschwürs wirkten. Ein etwas erhöhter Weg führte den Hügel hinauf zu dem halbrunden Eingang, der einem Maul mit eisernen Fängen glich.

Es waren keinerlei Bewegungen oder Kriegsvorkehrungen zu erkennen, und das Schloß wirkte wie ein gewaltiges Grabmal – aber nicht unbedingt wie ein Grabmal für die Toten.

Es war viel mehr das Lager, über dem eine Atmosphäre des Todes und der Verwesung lag. Aus einem Teil des Lagers, von dem Jaisel nicht wußte, wo er sich befand, waren das Stöhnen und die Schmerzensschreie der Verwundeten zu hören, und dort, wo sich die Männer außerhalb der Zelte aufhielten, hockten sie untätig am Feuer zusammen. Weder ihrer Ausrüstung noch dem Essen schenkten sie irgendwelche Aufmerksamkeit. Vor einem scharlachroten Zelt saßen zwei Ritter und spielten Schach, aber das Spiel ging nur sporadisch und unkonzentriert voran, und sie schienen jeden Augenblick auf einander losgehen zu wollen.

Cassant zügelte sein Pferd neben einem scharlachroten, großen Zelt; die Plane, die den Eingang verhüllte, zierten drei goldene Türme – das Wahrzeichen von Towers. Ein Junge kam angerannt und nahm sich der Pferde an, bevor die beiden Ritter noch absteigen konnten. Renier blieb neben seinem Tier, neben Jaisel stehen und sah sie an; einen Augenblick später verkündete er im Ton eines Herolds: »Gentlemen, kommt näher und begrüßt unseren neuen Rekruten! Einen tapferen Ritter! Ein Mädchen in Männerhosen!«

Ringsum hoben sich die Köpfe, und ein unerwartetes Interesse erfaßte das Lager, aber es war der boshafte Humor kranker, geschlagener Männer, deren Schicksal besiegelt schien. Sie erhoben sich von ihren Plätzen am Feuer und kamen neugierig näher, und sogar die Ritter starrten sie unverholen mit gierigen Blicken an. »Lady, Ihr verursacht einen Aufruhr«, sagte Cassant kläglich. »Aber seid fair, er hat Euch gewarnt!«

Jaisel zuckte die Schultern und blickte auf Renier, der lässig auf seinem Pferd saß; das rechte Bein hatte er aus dem Steigbügel gezogen, und seine Arme stützte er auf den Sattelknauf. Boshaft grinsend blinzelte er ihr zu. Jaisel zog den Dolch aus ihrem Gürtel, spielte einen Moment mit ihm herum, damit er ihn aufblitzen sah, und dann warf sie ihn. Die kleine rasiermesserscharfe Klinge schwirrte durch die Luft und versengte die Barthaare an seiner rechten Wange; dann grub sie sich in ihr anvisiertes Ziel, in den Pfosten hinter dem Ritter. Aber Renier, der genau so reagierte, wie sie es gewollt hatte, warf sich heftig zur Seite, um sein hübsches Gesicht zu retten, und verlagerte so sein ganzes Gewicht auf das Bein, das noch im Steigbügel steckte; einen Augenblick lang versuchte er wild gestikulierend sein Gleichgewicht zu halten, dann aber fiel er wenig elegant in den Dreck. Im selben Moment bäumte sich das Pferd auf und versuchte durchzugehen. Mit dem linken Bein hing er noch immer im Steigbügel fest, und so flog Renier von Towers in die heiße Asche eines Lagerfeuers.

Die Männer um ihn herum lachten schadenfroh. Den Soldaten war es egal, ob sie sich über einen hochnäsigen Lord, der jetzt im Dreck lag, oder über ein hilfloses Mädchen lustig machten. Hauptsache, es gab wieder etwas zu lachen.

Aber das hilflose Mädchen war noch nicht ganz fertig. Während Renier noch versuchte, sein Schwert zu ziehen, sprang Jaisel auf ihn zu, traf seine Hand im Sprung und schlug seinen Fuß aus dem Steigbügel heraus. Nachdem sie ihn so befreit hatte, rannte sie zu dem Pfahl zurück, um ihren Dolch herauszuziehen, und als sich Renier endlich wieder aufgerichtet hatte, sah er sie schon auf ihn warten. Ihr Gepäck lag vor ihr auf der Erde, und in ihrer Hand glitzerte die dünne Waffe angriffslustig.

Einen Augenblick zögerte er, während das Lager angeheizt auf ihn einschrie. Dann aber griff seine beringte Hand nach der eigenen Waffe, und er hatte sie schon fast gezogen, als eine Stimme aus dem scharlachroten, mit Gold verzierten Zelt erschallte:

»Wenn du es wagst, gegen eine Frau die Waffe zu ziehen, Renier, so entlasse ich dich augenblicklich aus meinen Diensten!«

Renier schluckte, aber er steckte sein Schwert zurück in die Scheide. Jaisel blickte sich um und sah einen Mann, rot vor Wut, im Zelteingang stehen. Ihre eigene, latente Wut, die sie so oft verspürte, stieg in ihr auf.

»Fürchtet nicht für ihn, Sir«, sagte sie. »Ich werde ihm nur einen kleinen Streich versetzen, es wird ihm nichts Ernsthaftes geschehen.«

Der Hauptmann blickte sie zornig und unheilverkündend an.

»Was bist du? Hure oder Hexe?«

»Sagt mir doch erst einmal Euren Rang«, versetzte sie kühl »Wie lautet der? Feigling oder Schwachkopf?«

In dem nun entstandenen Schweigen hätte man eine Nadel fallen hören können.

»Ich habe mich noch nie an einer Dirne vergriffen –« sagte er dann leise.

»Bei Gott, und Ihr werdet es auch jetzt nicht tun!«

Der Mund blieb ihm vor Erstaunen offen stehen, aber er beherrschte sich schnell wieder und fragte: »Warum Feigling, und warum soll ich schwachköpfig sein?«

»Wollt Ihr Euch über mich lustig machen?« fragte sie ihn spitz. Sie ging zu ihm hinüber und ließ die Dolchspitze vor seiner Nase auf- und abtanzen. Er hatte sich glücklicherweise beruhigt, und diese Ruhe verließ ihn auch jetzt nicht.

»Ihr seid deshalb entweder ein Feigling oder ein Schwachsinniger, weil Ihr nicht in der Lage seid, eine Festung einzunehmen, die Euch keinerlei Widerstand entgegenbringt«, antwortete sie ihm, maliziös lächelnd.

Eine muskulöse Hand schoß plötzlich vor und versuchte ihr die Waffe aus der Faust zu schlagen, aber die Klinge war schneller. Einen Augenblick lang lag sie waagerecht in der Luft und ihre Spitze lag an der Kehle des Mannes, aber einen Herzschlag später steckte sie bereits wieder in ihrer Scheide, und dort stand nur noch die schmale Mädchengestalt mit dem verwirrenden Lächeln im Gesicht.

»Ich weiß bereits genug über dich«, sagte der Hauptmann. »Es ist nur allzu deutlich, daß du für die Männer eine Herausforderung darstellst, Gott aber ein Dorn im Auge bist. Trotzdem werde ich deine Anschuldigung beantworten. Maudras' letzte Festung wird von einem Zauber verteidigt, den er zum Schutz über das Schloß geworfen hat. Drei Angriffe sind schon abgeschlagen worden, und jetzt sollst du sehen, was passiert ist. Komm schon mit, du Teufelin.«

Er drehte sich um, und die Meute öffnete sich, um ihn und dies seltsame Mädchen durchzulassen. Keiner wagte es, sie anzurühren, außer einem Narren, der zwar alles gesehen, aber nichts dazugelernt hatte. Ihm drückte sie den Griff ihres Dolches zwischen die Rippen, und sein Annäherungsversuch fand ein schnelles und schmerzhaftes Ende.

»Hier ist es«, blaffte der Hauptmann sie an.

Er schob den Vorhang eines dunklen Zeltes zur Seite, und in dessen Innern sah sie ungefähr zwanzig Männer auf halbverfaulten Matratzen liegen, während zwei Ärzte sich um sie bemühten.

Dies hier waren die Folgen einer mysteriösen Schlacht. Sie sah Dinge, die sie schon oft gesehen hatte, die aber mit der Häufigkeit eher schrecklicher als harmloser wurden. Dicht neben dem Eingang wand sich ein Junge, jünger als sie selber, in Fieberphantasien, und Jaisel schlüpfte in das Zelt, um ihm die Stirn zu kühlen. Sie legte ihre kalte Hand auf seinen Kopf und fühlte die Hitze des Fiebers. Ihre Berührung schien ihn zu besänftigen, und er hörte auf zu schreien.

»Noch einmal«, sagte sie fast sanft. »Feigling oder Irrsinniger. Und dies hier sind unschuldige Opfer, die auf dem Altar der Feigheit oder des Wahnsinns geopfert werden.«

Es ist gut möglich, daß der Hauptmann noch nie in so unbarmherzige und gnadenlose Augen geblickt hatte wie jetzt in die ihren.

»Magie und Zauberei«, gab er kleinlaut zur Antwort. »Wir waren machtlos dagegen. Trinkst du alte Hexe Wein? Ja, zweifellos. Komm und trink ihn mit mir in meinem Zelt; dann werde ich dir die ganze Geschichte erzählen. Nicht, daß du es verdienen würdest. Du bist der letzte Schwerthieb, der einen angeschlagenen Mann ins Grab bringt. Undank ist nun mal der Welt Lohn, – aber ausgerechnet von einer Frau!«

Sie lachte ihn unerwartet an, und ihr Zorn war verflogen.

Roter Wein und rotes Fleisch wurden ihr im roten Zelt serviert. Alle sieben Ritter des Lagers nahmen an dem Gastmahl teil, auch Cassant und Renier. Draußen saßen die Männer an den Feuern, und ein trauriges Lied erklang aus ihren Kehlen, wurde wieder und wieder aufgegriffen, während ein eisig-blaues Licht aus einem sommerlichen Himmel auf die Erde niederfiel.

Der Hauptmann hatte die Geschichte wiederholt, die Cassant Jaisel bereits auf dem Hügel erzählt hatte: drei der Schlösser hatten sie dem Erdboden gleichgemacht, aber das letzte erwies sich als uneinnehmbar. Rauh und kriegslüstern, wie er war, fand es der Hauptmann schwierig einzugestehen, daß hier eine übernatürliche Macht ihre Hände im Spiel hatte.

»Drei Angriffe sind wir gegen das Schloß geritten. Der erste wurde von Montaube geführt, der dabei, und mit ihm fünfzig seiner besten Männer, ums Leben kam. Woran sie starben? Keiner weiß es, denn wir haben weder Männer auf den Befestigungsanlagen gesehen noch wurde ein einziger Speer oder Pfeil abgefeuert. Trotzdem war der Boden alsbald von blutenden und sterbenden Männern bedeckt, so als ob sie einer zweifachen Übermacht in die Arme gelaufen wären. Den zweiten Angriff befehligte ich selber, und ich entkam der Vernichtung nur wie durch ein Wunder. Neben mir sah ich einen Mann zusammenbrechen, dessen Rüstung völlig zerfetzt worden war und dem Blut aus einer gräßlichen Wunde hervorschoß. Keine Menschenseele befand sich in der Nähe, nur ich, sein Hauptmann. Es war kein Schuß gefallen, kein Pfeil abgeschossen worden. Den dritten Angriff hatten wir geplant, aber niemals durchgeführt. Als wir die Böschung erreichten, sanken meine Männer nieder, als wenn der Schnitter durchs Korn ginge, und unser Rückzug war wahrlich keine Schande. Noch etwas: letzten Monat versuchten drei tapfere Narren, die dem toten Montaube unterstanden hatten, bei Nacht und Nebel über die Mauer in das Schloß zu klettern und so den Eintritt zu erzwingen. Ein Wachtposten hat sie noch über die Mauer verschwinden sehen; sie waren noch nicht einmal angegriffen worden, aber sie kamen auch nicht wieder.«

Es war lange ruhig in dem Zelt, und als Jaisel aufblickte, traf sie den haßerfüllten Blick des Feldherrn dieser elenden Truppe.

»Reitet zurück nach Towers«, schlug sie ihm vor. »Was bleibt Euch denn hier noch zu tun?«

»Was kann man auch anders von einer Frau erwarten?« fuhr Renier dazwischen. »Aber wir sind Männer, Madam! Wir werden diese Festung entweder einnehmen oder sterben. Die Ehre, Lady, die Ehre. Oder habt Ihr davon in dem Freudenhaus, in dem Ihr zur Welt gekommen seid, noch nie etwas gehört?«

»Ihr seid ja betrunken«, sagte Jaisel. »Aber nichtsdestotrotz, nehmt doch noch ein wenig Wein.« Sie füllte ihren Becher bis zum Rand und leerte ihn genüßlich über seinem Kopf aus. Zwei oder drei der andern brachen in schallendes Gelächter aus und schienen die

Szene zu genießen. Renier sprang auf, aber er wurde so unsanft vom Hauptmann angefahren, daß er sich wieder setzte.

Der Wein lief in dünnen rosa Rinnsalen über sein hübsches Gesicht.

»Ihr tut ganz recht daran, mich zu tadeln, und ich verdiene auch den Spott dieses Frauenzimmers. Wir sitzen hier wirklich wie die Feiglinge ’rum, ganz wie sie es gesagt hat. Es gibt einen Weg, diese Festung einzunehmen. Es ist eine einzige Herausforderung. Es ist die Schlacht zwischen Gott und dem Satan. Ist denn Maudras stärker als der Himmel?« Renier stand entschlossen auf.

»Ihr seid wirklich betrunken, Renier«, wurde er vom Hauptmann angefahren.

»Aber nicht zu betrunken, um zu kämpfen!« Renier stand bereits in der Tür. Der Hauptmann brüllte, aber der Ritter verbeugte sich lediglich. »Ich bin ein Ritter, und ich lasse mich von Euch nicht zum Feigling machen.«

»Du Narr –« rief Cassant.

»Mag sein«, gab Renier trocken zurück, »aber ich bin wenigstens mein eigener Narr.«

Die Ritter standen reglos da und wurden Zeugen seines Aufbruchs. In ihren Augen standen Respekt, Neid, Sorge und Verachtung, und ihre nervösen Finger spielten mit den Juwelen, mit den Weinbechern und den Schachfiguren.

Draußen war der melancholische Gesang verstummt, als Renier nach Pferd und Rüstung rief.

Die Ritter kamen näher und starrten ihn sprachlos an, während er sich ankleidete. Der Hauptmann gesellte sich zu ihnen, und es versuchte niemand mehr, ihn von seinem waghalsigen Unternehmen abzuhalten.

Jaisel trat vor das Zelt in das fahle Licht, das sich immer weiter verdichtete, so als ob es sie darin einhüllen wollte. Lediglich die roten Banner und der rote Schein der Feuerstellen durchdrangen den Dunst. Renier schien mit seinem Pferd verwachsen zu sein und blickte so stolz um sich, als ob er den Kampf mit dem Teufel persönlich wagen wollte.

Das Pferd tänzelte und zitterte. Jaisel strich ihm beruhigend über die Nüstern, aber sie wagte nicht, ihren Blick zu Renier zu erheben, dessen tiefe Angst sie durch all seinen verletzten Stolz hindurch nur zu genau spürte.

»Bitte«, sagte sie leise, »reitet nicht in Euern sichern Tod, nur weil Ihr glaubt, daß ich Eure Ehre befleckt hätte. Das wäre ein zu hoher Preis, den Ihr zahlen würdet.«

»Geht aus dem Weg«, fauchte er sie an. »Geht und gebärt Kinder, so wie es Euch von Gott bestimmt worden ist.«

»Gott hat aber auch nicht bestimmt, daß Ihr jetzt sterben sollt, Renier!«

»Es könnte sein, daß Ihr Euch da irrt«, antwortete er wild, warf sein Pferd herum und galoppierte über das Feld dem Schloß entgegen. Ein Herold scherte aus der Reihe aus und folgte ihm, hielt sich aber wohlweislich ein paar Meter zurück. Als die Fanfaren ertönten, scheute des Herolds Pferd, und Renier hetzte alleine weiter.

»Er ist verrückt; er reitet in sein sicheres Verderben!« murmelte Cassant.

»Und es ist alles meine Schuld«, gab Jaisel zerknirscht zu.

Ein Raunen durchlief die gebannt starrenden Reihen der Soldaten. Die Eisengitter des riesigen Tores glitten langsam zur Seite, und es gähnte ihnen ein furchterregendes Maul entgegen. Aber es erschien niemand in diesem Tor – es war eine wortlose Einladung.

Ein Mann schrie Renier hinterher, und hundert andere fielen mit ein, und plötzlich brüllte und schrie das halbe Lager. Sich über einen Adligen lustig zu machen war eine Sache, aber ihn in sein sicheres Verderben reiten zu sehen war eine andere. Sie schrien sich heiser, aber er hörte sie schon längst nicht mehr.

Wortlos drehte sich Jaisel um und ging davon, und als sie Cassant fluchen hörte, wußte sie, daß Renier geradewegs durch das Tor geritten war. Der Aufruhr brach in sich zusammen und machte hilflosen Verwünschungen Platz; dann plötzlich hörte man ein dröhnendes Klirren, als sich nämlich die Gitter über dem Tor zur Hölle wieder schlossen.

Es war unmöglich sich vorzustellen, was für einer Macht Renier sich jetzt gegenüber sehen würde. Vielleicht würde er triumphieren und ruhmvoll wieder auferstehen, vielleicht war aber auch das Böse aus Maudras' Schloß entwichen, oder es hatte es niemals gegeben, war eine Illusion gewesen oder eine Lüge.

Sie warteten alle. Die Soldaten, die Ritter – und auch die Frau. Ein kalter Wind erhob sich und fuhr durch die Federbüsche und die Wimpel, spielte mit den langen Locken der Ritter und tanzte über den goldenen Mond in Jaisels Ohr, über das zerbrechliche Armband an ihrer Hand und die Rüstung der Männer.

Die Sonne zog ihre Bahn in Richtung Westen, wurde blaß und versank schließlich am Horizont. Kleine Schäfchenwolken segelten am Abendhimmel dahin.

Die Dunkelheit legte sich rasch über das Land, Nebelschwaden zogen auf und verhüllten das Schloß. Die Feuer leuchteten in der Dunkelheit, und der warme Atem der Pferde stand wie kleine Rauchwolken in der feuchten Luft.

Über all dem lag der Geruch von Fäulnis und Verfall – auch die Hoffnung vermoderte hier.

Der junge Ritter neben Jaisel warf ihr haßerfüllt eine Schachfigur aus rotem Onyx ins Gesicht.

»Die weiße Königin hat sich den roten Ritter untertan gemacht«, beschuldigte er sie. »Dann hat sie ihn in den Kasten gesteckt und den Deckel zugeklappt. Ein feines Schachspiel, das hier ausgetragen wird. Festungen, die uneinnehmbar sind, Hexen, die sich als Königin aufspielen, und Ritter, die in den sicheren Tod reiten.«

Jaisel hielt seinen Blick fest, bis er sich umdrehte und davonging, mit einem Auge nahm sie wahr, wie Cassant still ein paar Tränen vergoß.

Es war zu einfach, an den Wachen vorbeizukommen. Zwar erwarteten sie die Gefahr von außerhalb des Lagers und nicht von innen, trotzdem. Es gab hier zu wenig Disziplin! Die Ehre war zum höchsten Gut erhoben worden, aber das war nicht genug.

Aber war es nicht auch ihr eigenes Ehrgefühl, das sie jetzt zu diesem Unternehmen veranlaßte? Sie war doch auch nicht davon unabhängig. Sie fühlte sich sehr schuldbewußt, obwohl dazu keinerlei Veranlassung bestand, und sie war voller Mitgefühl für einen Mann, den sie kaum kannte, mit dem sie nur eine gegenseitige Abneigung verband und mit dem sie sich ein paar Wortgefechte geliefert hatte. Renier war in das Schloß geritten, um ihr seinen Mut zu beweisen und sie zu beschämen. Und sie fühlte sich auch so.

Obendrein fühlte sie sich herausgefordert, das Geheimnis dieser Festung herauszufinden und seinen Zauber zu brechen. Wenn sie konnte, so wollte sie sein Leben retten; war das nicht möglich, so würde sie ihn rächen. Und sterben, wenn es dem Schloß gelingen sollte, sie zu überlisten? Nein! Es war seltsam, aber irgendwie glaubte sie nicht so recht daran, daß es Maudras' Zauber gelingen würde, sie zu vernichten. Ihr ganzes Leben lang hatte immer irgend jemand oder irgend etwas versucht, sie zu besiegen oder sie von ihren eigentlichen Zielen abzuhalten. Es hatte immer wieder Hindernisse auf ihrem Weg gegeben, von dem Tag an, als sie zur Frau geworden war, von ihrem ersten Mann an, dem man sie mit zwölf Jahren zur Frau gegeben hatte, von der ersten (und letzten) Vergewaltigung und von dem ersten Fechtmeister an, der sie anfangs verlacht und später Wetten auf sie abgeschlossen hatte. Sie hatte alle diese Schwierigkeiten überwunden, aber nur, weil sie nicht akzeptierte, nicht akzeptieren wollte, daß ein Schicksal unausweichlich sein sollte.

Maudras' Festung war also nur eine neue Herausforderung für sie, die genommen werden wollte. Und das flaue Gefühl der Angst in ihrem Magen war auch nicht stärker als vor jedem anderen Kampf; so ignorierte sie es einfach.

Lautlos schlich sie durch den Nebel über das Feld; an ihrer linken Hüfte baumelte ein Schwert, und an der rechten trug sie den Dolch. Sattel und Gepäck hatte sie unter ihre Decken geschoben, so daß ihr Verschwinden nur durch Zufall vor morgen früh entdeckt werden konnte.

Zehn Meter vor dem Damm, auf dem der Pfad entlangführte, hörte der Nebel plötzlich auf.

Sie hielt einen Moment inne und betrachtete sich das seltsame Gebäude, das so einsam in den dunklen Nachthimmel ragte. Jetzt mußte das Schloß eine Entscheidung treffen. Entweder öffnete es ihr die Tore ebenso bereitwillig wie dem Herausforderer Renier, oder es ließ sie die zwanzig Meter hohe Mauer hinaufklettern.

Das eiserne Tor blieb geschlossen, und so folgte sie dem Pfad.

Als sie hinaufschaute, schienen die gezackten Türme auf einmal zu schwanken und zu taumeln. Das ganze Schloß machte einen haßerfüllten, bösen Eindruck.

Die weiße Königin gegen den schwarzen König!

Die Königin schlägt den Turm, eine merkwürdige Variante eines so alten Spiels.

Der Turm.

Das Mauerwerk war uneben und bot Händen und Füßen genügend Halt. Diese Wand war eine Freude für jeden, der sie erklimmen wollte. Genau wie das einladend geöffnete Tor war sie wie ein böser Scherz und schien zu sagen: »Komm nur! Ich warte schon auf dich. Tritt nur ein – und sei verdammt, sobald du dich innerhalb meiner Mauern befindest.«

Sie sprang, klammerte sich fest und begann zu klettern.

Oft genug hatte sie ihren Weg auf diese Art und Weise finden müssen, und so konnte Jaisel klettern wie ein Affe.

Innerhalb weniger Minuten hatte sie auch schon die äußeren Zinnen erreicht. Dahinter befand sich ein Innenhof – aber pechschwarze Dunkelheit hüllte ihn ein, so daß es schwierig war, irgend etwas zu erkennen. Nur die Zinnen und Türmchen, die bewegungslos in den Himmel ragten, waren zu sehen, und wie schon einmal zuvor hatte sie das Gefühl, daß alles Leben hier versteinert worden war.

Es hörte sich an, als ob ein Stück Stoff knirschend zerriß, aber in Wirklichkeit war es die gespannte Atmosphäre, die zerbarst. Jaisel warf sich flach auf den Boden und spürte irgend etwas über ihren Nacken streichen, das an ihr vorbei in die Dunkelheit verschwand.

Sie kroch vorsichtig über den Rand der Mauer hinweg, hing einen Augenblick lang nur an ihren Fingern fest und ließ sich dann zehn Fuß tief auf einen Mauervorsprung fallen. Wieder war das sirrende Geräusch zu hören, und eine harte Hand packte sie am Arm. Sie blickte an sich herunter und sah ein kaum wahrnehmbares Band in der Dunkelheit, und der Panzer über ihrer Brust war heiß geworden.

Irgendein Gegner, der sie in der Finsternis ausmachen konnte, während sie nahezu blind war, griff sie an, aber seine Attacken waren zu ungenau und mehr zufällig. So warf sie sich wieder zu Boden und kroch auf allen vieren zu einem Treppenabsatz.

Hier war sie eine ideale Zielscheibe, aber was machte das schon? Ihr zweiter Fechtmeister war ein wahrer Akrobat gewesen.

Jaisel sprang hoch in die Luft, schätzte, wo sich ungefähr der Stufenrand befinden würde, schlug drei kühne Saltos in der Luft und landete, zusammengerollt wie ein Igel, im Hof.

Als sie sich streckte, nahm sie auf einmal einen schwachen

Lichtschein wahr. Sie beschloß sich ihm zu nähern, faßte Schwert und Dolch fester, als sie plötzlich innehielt und ihr vor Angst schwindlig wurde.

Der Schein ging von einem halbverwesten Leichnam aus, der in einer verfallenen Kammer unterhalb der Treppe aufgebahrt lag. Die Überreste strahlten ein phosphoreszierendes Licht aus, und der üble Gestank unterstrich die Wirkung des Unheimlichen noch. Aber da war noch etwas anderes. Im fahlen Licht, das von dem Leichnam ausging, sah sie eine in die Wand gemeißelte Inschrift, und gegen jede Vernunft konnte es Jaisel nicht verhindern, daß sie sie las. Dort war in schönster Zierschrift zu lesen:

MAUDRAS HAT MICH GERICHTET

Es war einer von Montaubes Männern, der hier lag.

Nur der siebte Sinn des Kämpfers hatte Jaisel gewarnt, ließ sie sich ducken und die Waffe hochreißen, die von einem mächtigen Streich getroffen wurde. Ein brennender Schmerz zuckte durch ihren Arm. Ein heftiger, unsichtbarer Hieb war gegen sie geführt worden.

Ein Gedanke brannte in ihr – Wie kann ich denn gegen etwas kämpfen, was ich noch nicht einmal sehe? Und die zweite Überlegung, die sie nicht verhindern konnte, war: Aber ich habe doch schon immer gegen Dinge gefochten, die ich nicht sehen konnte. In diesem kurzen Augenblick, in dem sie sich zur Seite warf, um den vernichtenden Schlägen einer unsichtbaren, tödlichen Gefahr auszuweichen, begriff Jaisel auf einmal, daß, obwohl sie sie nicht sehen konnte, sie doch spürte.

Vielleicht zwanzig weitere Schläge prasselten gegen ihre Klinge und trafen das Mauerwerk um sie herum. Ihr Arm war schon fast taub und gefühllos, aber wie eine gut funktionierende Maschine parierte er noch immer die Angriffe, täuschte den Gegner, konterte und verteilte zahlreiche Schläge. Und dann auf einmal, sie focht mit halb geschlossenen Augen, weil sie den Feind besser fühlte als sah, mit schwindelerregender Sicherheit um ihn herum tanzte, holte sie zu einem vernichtenden Schlag aus und spürte deutlich, wie sie in ein sanftes, schleierartiges Gewebe hineinstieß, und es war ein Schrei zu hören, der einem das Blut in den Adern gerinnen ließ.

Der Weg war offen! Sie konnte auch das fühlen und schoß nach vorne. Da, ein neuer Torweg! Er führte geradewegs in den Innenhof der Festung; das Tor war noch nicht einmal verbarrikadiert, und auf der anderen Seite des Hofes war wieder dieser seltsame Schein zu sehen, auf den sie schon einmal gestoßen war. Ein anderer, stinkender Körper lag dort aufgebahrt, und wieder war auf dem Fußboden vor ihm in Zierschrift zu lesen:

MAUDRAS HAT MICH GERICHTET

»Maudras«, stieß Jaisel hervor, als sie in den Hof sprang.

Sie befand sich jetzt mitten im Herzen der Festung. An den Wänden um sie herum tanzten irisierende Farben und Schatten miteinander und trieben ihr das Wasser in die Augen.

Aus der Finsternis, von irgendwoher, kam ein Schrei, so schrill und schrecklich, wie ihn keine irdische Kreatur ausstoßen konnte. Dazwischen hörte sie ein merkwürdiges Donnern, so als ob das Dach einstürzen wollte. Sie brauchte einen Herzschlag lang, um zu begreifen, dann aber warf sie sich zur Seite, und als herunterfallende Steine sie trafen, brach Reniers Pferd aus seinem Unterschlupf hervor und verschwand in dem Hof hinter dem nächsten Tor.

Sie lag ganz ruhig und versuchte zu Atem zu kommen, als sie einen leisen Luftzug an ihrem Arm spürte. Sie rollte sich zusammen und griff kampfbereit nach ihrer Waffe, aber es war nur der letzte von Montaubes ehemaligen Soldaten, der da in seinem diffusen Licht auf einem Säulensockel aufgebahrt lag. Der Schein erfaßte aber noch etwas anderes – Renier von Towers lag keinen halben Meter neben ihr!

Sie kniete sich hin und sah sich aufmerksam um. Es lag noch immer eine gewisse Spannung in der Luft, und sie wollte nicht glauben, daß der Kampf jetzt ausgestanden sein sollte. Es schien ihr viel eher die Ruhe vor dem letzten Sturm zu sein. So als ob ihr das Böse noch einen Augenblick Zeit geben wollte, wieder zu Kräften zu kommen, bevor es sie endgültig vernichtete.

Der Leichnam (wieder war die Inschrift MAUDRAS HAT MICH GERICHTET auf der Säule eingemeißelt) schien plötzlich seinen Schimmer zu vertiefen, als ob er ihr helfen wollte, das Zeichen auf Reniers Stirn zu entdecken, das das Böse dort hinterlassen hatte. Ein paar Blutstropfen liefen über sein Gesicht, dort wo wenige Stunden zuvor auch der Wein entlanggeperlt war, und seine Brust hob und senkte sich kaum merklich.

Sie lehnte sich über ihn und flüsterte: »Dem Himmel sei Dank, Ihr lebt noch. Ihr habt mehr Glück gehabt, als ich zu hoffen wagte. Ihr seid nur betäubt und nicht tot, aber Maudras' Zauber wartet nur darauf, daß Ihr Euch wieder erhebt. Denn es macht ihm keinen Spaß, Euch zu vernichten, wenn Ihr es nicht merkt. Er zieht es vor, daraus ein Fest zu machen, bösartig und hinterhältig wie er ist.«

Plötzlich, ohne das leiseste Anzeichen, fiel das Böse in den säulenumstandenen Innenhof von Maudras' Festung ein.

Hunderte, ja Tausende wirbelnder unsichtbarer Schwerter bahnten sich ihren Weg durch die Finsternis. Hinter jeder Ecke, neben jeder Säule lauerte die tödliche Gefahr und prasselte auf sie nieder. Jaisel war in einem tödlichen See von Blut und Verderben gefangen. Wieder und wieder brach die unsichtbare Macht über sie herein und drohte sie unter sich zu begraben. Sie versuchte eine Säule als Rückendeckung zu benutzen. Hundert Hände zerrten an ihr, und tausend scharfe Schnäbel hackten auf sie ein. Sie schlug wild um sich, traf auf ein weiches, nachgiebiges Material, Stimmen, die nichts mehr mit denen der Menschen gemein hatten, brachen sich an den Wänden, und unsichtbare Schatten zitterten. Aber die Wucht des Angriffs trieb sie von einer Ecke in die andere, ließ sie gegen Säulen taumeln, über Steine stolpern und jagte sie treppauf – treppab. Furcht ergriff sie und verlieh ihr Riesenkräfte. Sie kämpfte zäh und verbissen, von einem eisernen Lebenswillen beseelt, der sie die Zähne zusammenbeißen und nicht aufgeben ließ.

Bis sie auf einmal nicht mehr konnte! Die Knie versagten ihr den Dienst, die Angst übermannte sie, und sie gab ihrer Erschöpfung nach und kapitulierte. Ihr Wille brach zusammen, Degen und Messer fielen ihr aus der Hand, und sie selber sank zu Boden. Noch während sie fiel, dachte sie bei sich: Stirb wenigstens kämpfend! Aber dazu hatte sie einfach nicht mehr die Kraft.

Bis zu diesem Augenblick war es ihr entgangen, daß das Kampfgetümmel um sie herum verstummt war und das Schloß in absoluter Stille dalag.

Sie war über einen Steinblock gefallen, als sie zusammenbrach, und ihr Geist fing jetzt erst langsam wieder an, sich mit einem

Gedanken zu beschäftigen, der sie nicht loslassen wollte und den sie auch nicht erklären konnte. Sie hatte mit Schatten gekämpft, die alle anderen vor ihr besiegt hatten, nur sie, Jaisel, nicht. Es war nicht zu leugnen, daß sie viel zu erschöpft war, um sich noch weiter zu wehren, und daß es ein leichtes wäre, sie jetzt zu töten; aber nichts dergleichen geschah! Und staunend mußte sie sich fragen, ob sie wohl unter einem schützenden Zauber stände.

Sie sah einen Lichtschimmer, aber es war nicht der phophoreszierende Schein, der Montaubes tote Soldaten eingehüllt hatte, sondern es war das selbe fahle, bläulich-weiße Licht, in das dies verfluchte Land bei Tag gebettet war und das von überall und nirgendwoher zu kommen schien.

Jaisel starrte in diesen Lichtschein, und plötzlich sah sie ein Gesicht in ihm tanzen. Es war kein Zweifel möglich. Das mußten die letzten Überreste von Maudras sein, den man verbannt hatte. Sein bösartiger Geist hatte offensichtlich Urlaub von der Hölle genommen, um noch weiter sein Unwesen auf der Erde zu treiben. Es war eine schreckliche, abgemagerte Fratze mit tief in den Höhlen liegenden Augen und verzerrtem Mund.

Diese Fratze starrte sie mit unverholenem Haß an, aber auch mit Entsetzen und Überraschung, und der gräßliche Blick versuchte ihren Willen zu brechen und ihren eigenen Blick zu Boden zu zwingen.

Aber irgend etwas in dieser Fratze amüsierte sie so sehr, daß sie in ein schallendes, übermütiges Gelächter ausbrach, daß ihr die Tränen über die Wangen liefen – und sie begriff, noch bevor sie es sah.

Das Licht verlosch eine Sekunde später, und das Schloß begann polternd einzustürzen. Sie rannte zu Renier hinüber und warf sich über seinen leblosen Körper, um ihn vor den fallenden Steinen zu schützen.

Jaisel kühlte seine Stirn in dem eisigen Wasser der kleinen Quelle, die sich auf halbem Weg zwischen Schloß und Heerlager befand, aber er war ihr nicht gerade dankbar dafür.

Neben ihnen graste das Pferd ruhig vor sich hin, der Nebel hatte sich verzogen, und eine neue Sonne schoß ihre ersten rosaroten

Strahlen über den Horizont. Hundert Meter weiter befand sich das Lager in Aufruhr.

»Soll ich dir etwa glauben, daß es einer kleinen Hure gelungen ist, Maudras' Zauber zu brechen? Bind mir doch keinen Bären auf!«

»Ihr nehmt das alles viel zu schwer – wie üblich«, gab ihm Jaisel zur Antwort, die von den Ereignissen der Nacht noch ein wenig mitgenommen war. »Jede Frau hätte den Zauber brechen können, aber weibliche Krieger sind halt sehr selten.«

»Es gibt so schon zu viele von ihnen.«

Jaisel stand auf und ging davon, als sie plötzlich Reniers heisere Stimme hinter sich sagen hörte:

»Wartet! Sagt mir noch einmal, was auf dem Stein geschrieben stand.«

Ohne sich umzudrehen, blieb sie stehen und antwortete ihm kurz und knapp: »Ich, Maudras, werfe meinen Bann über dieses Schloß, daß sich ihm kein *Mann* jemals nähern soll, ohne es zu bereuen, oder es betreten wird, ohne des Todes zu sein. Bis ans Ende aller Tage soll es niemals von eines *Mannes* Hand bezwungen werden!«

Renier murmelte etwas, was sie nicht verstand.

Sie antwortete aber nicht, sondern setzte ihren Weg unbeirrt fort.

Unerwartet tauchte er neben ihr auf, und während er an ihrer Seite einherschritt, sagte er: »Was, glaubt Ihr, Lady Unverschämt, werden sich da noch alles für düstere Prophezeiungen erfüllen, in denen die Frauen so leichtfertig vergessen wurden?«

»Mehr, als es Sterne am Himmel gibt!« erwiderte sie grinsend.

Er konnte es zwar noch immer nicht lassen, etwas in seinen Bart zu brummen, aber er begleitete sie doch, ohne sich mit ihr zu streiten, zum Lager zurück.

Richard Adams
(geb. 1920)

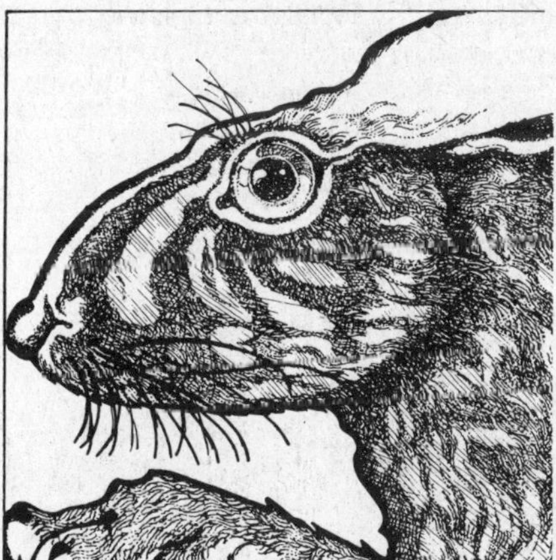

Er begann erst als Fünfzigjähriger, Romane zu schreiben, und wurde über Nacht durch sein Buch *Unten am Fluß* weltberühmt. Von seinem Studium in Oxford her ist Adams eigentlich Historiker, aber er arbeitete seit Kriegsende im Londoner Ministerium für Umweltschutz, und zwar im Ressort für Luftverschmutzung, bis der überwältigende Erfolg seines Romanerstlings es ihm erlaubte, seinen Beruf an den Nagel zu hängen und nur noch zu schreiben. Aus seiner beruflichen Laufbahn ergaben sich auch Adams' ausgeprägtes Interesse für ökologische Fragen und sein Engagement für den Naturschutz. Er verfaßte u. a. ein Kinder-Sachbuch über die Jahreszeiten in der Natur.

Unten am Fluß (1972) entstand aus Geschichten, die Adams seinen eigenen Kindern erzählt hatte, und erschien ursprünglich als Kinderbuch. Der Roman wurde jedoch rasch zum Bestseller auch für Erwachsene, gewann mehrere Preise und wurde schließlich zu einem der erfolgreichsten Kino-Animationsfilme der letzten Jahre. Adams' zweiter Roman, *Shardik,* erschien 1974. Seine Titelfigur ist ein riesiger Bär, der für die Bewohner der im Roman geschilderten archaischen Fantasywelt eine Manifestation göttlicher Macht oder einen Rückfall in den Aberglauben repräsentiert. Als weitere Tiergeschichte folgte ein Roman um einen aus einem Forschungslabor ausgerissenen Hund, der jedoch eher zu den traditionellen Tiergeschichten als zur Fantasy zu zählen ist.

Unten am Fluß

Adams erster und bekanntester Roman erzählt die Geschichte einer Gruppe von Kaninchen, die aus ihrem angestammten Bau fliehen müssen und ›unten am Fluß‹ ein neues Kaninchen-Reich aufbauen.

Es ist dabei meisterhaft gelungen, die Kaninchen zu echten Persönlichkeiten zu machen, ihnen jedoch gleichzeitig soviel von ihren Kanincheneigenarten zu lassen, daß sie nicht vermenschlicht werden. Adams geht dabei weit über traditionelle Tiergeschichten hinaus und wird zu einem Fantasy-Autor, indem er für seine kleinen Helden eine ganze Kaninchen-Kultur mit Mythen, Geschichten und Ritualen entwirft. Die Kaninchen haben Krieger und Generäle, sie tragen Fehden aus, und sie haben Visionen. Zu dem Roman gehören auch Nacherzählungen einer ganzen Reihe von Kaninchen-Sagen, wie sie der folgende Auszug wiedergibt.

Lesehinweise:

Unten am Fluß – Watership Down, Frankfurt-Berlin-Wien 1975 (Ullstein; auch als Ullstein-Taschenbuch 3508)
Shardik, Frankfurt-Berlin-Wien 1977 (Ullstein; auch als Ullstein-Taschenbuch 20021)
Der eiserne Wolf, Köln 1982 (Kiepenheuer & Witsch; auch als Bastei-Lübbe Taschenbuch 10667)

An Tier-Fantasien in der Art von *Unten am Fluß* sind zu empfehlen:
William Horwood: *Der Stein von Duncton,* Stuttgart 1984 (Hobbit Presse/Klett-Cotta)
Tad Williams: *Traumjäger und Goldpfote,* Frankfurt/M. 1987 (Krüger)

Siehe auch ← J.R.R. Tolkien, ←Tanith Lee

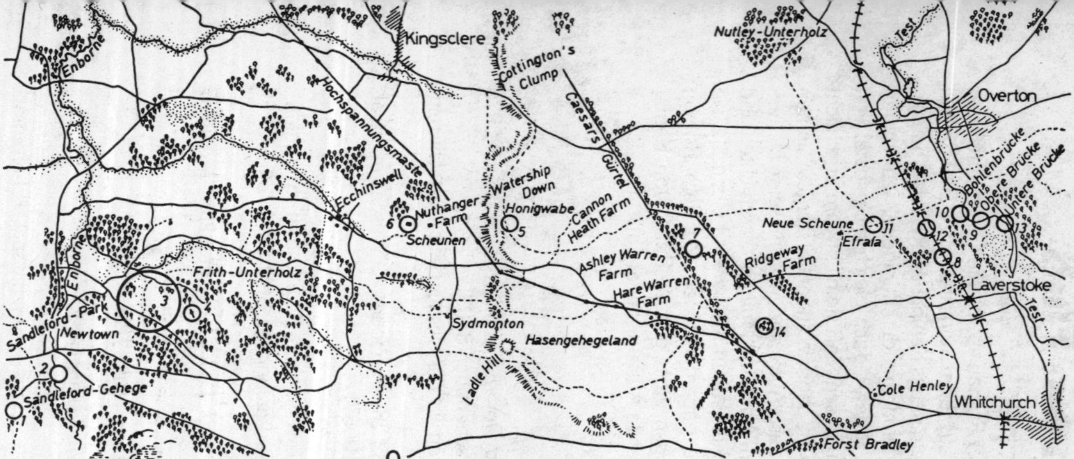

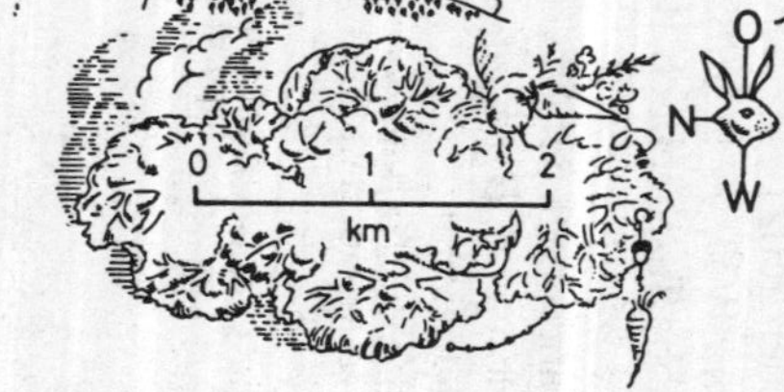

TEIL I

1. Die Geschichte beginnt
2. Die Überquerung des Enborne
3. Das Heidekraut
4. Cowslips Gehege

TEIL II

5. Die Nordostecke des Buchensteilhanges von Watership Down
6. Nuthanger Farm

TEIL III

7. Die Talmulde, in der Bigwig dem Fuchs begegnete
8. Wo sie die Eisenbahnlinie überquerten
9. Die obere Brücke am Test
10. Wo der Stechkahn lag
11. Efrafa. Der Crixa
12. Die straßenlose Eisenbahnunterführung

TEIL IV

13. Die untere Brücke und der Unkrautfleck
14. Das Unterholz, wo der Fuchs zuschlug

Die Geschichte vom Salat des Königs

Don Alfonso: »Eccovi il medico, signore belle.«
Ferrando und Guglielmo: »Despina in maschera, che triste pelle!«

Lorenzo da Ponte: Cosi fan tutte

»Es heißt, es gab eine Zeit, in der El-ahrairah und seine Anhänger das Glück verließ. Ihre Feinde trieben sie fort, und sie waren gezwungen, in den Sümpfen von Kelfazin zu leben. Wo die Sümpfe von Kelfazin sind, weiß ich nicht, aber zu der Zeit, als El-ahrairah und seine Anhänger dort lebten, war das einer der trostlosesten Orte der Welt. Das einzige Futter war grobes Gras, und selbst das war gemischt mit bitteren Binsen und Ampfer. Der Boden war zu feucht zum Graben; das Wasser stand sofort in jedem Loch. Aber alle anderen Tiere waren gegenüber El-ahrairah und seinen Schlichen so mißtrauisch geworden, daß sie ihn nicht aus diesem elenden Land hinauslassen wollten, und jeden Tag pflegte Fürst Regenbogen durch die Sümpfe zu gehen, um sich zu vergewissern, daß El-ahrairah noch da war. Fürst Regenbogen hatte die Macht über den Himmel und über die Berge, und Frith hatte ihn geheißen, die Welt nach seinem Gutdünken zu ordnen.

Eines Tages, als Fürst Regenbogen durch die Sümpfe kam, ging El-ahrairah zu ihm und sagte: ›Fürst Regenbogen, meine Leute frieren und können wegen der Nässe nicht unter die Erde gehen. Ihr Futter ist so fade und schlecht, daß sie krank werden, wenn das schlechte Wetter einsetzt. Warum haltet Ihr uns hier gegen unseren Willen? Wir schaden niemandem.‹

›El-ahrairah‹, erwiderte Fürst Regenbogen, ›alle Tiere wissen, daß du ein Dieb und ein großer Gauner bist. Jetzt bist du ein Opfer deiner eigenen Tricks geworden, und du mußt hier leben, bis du uns davon überzeugen kannst, daß du ein ehrliches Kaninchen sein willst.‹

›Dann werden wir nie hier herauskommen‹, sagte El-ahrairah,

›denn ich müßte mich schämen, meinen Leuten ihr Abenteuerleben zu verbieten. Werdet Ihr uns herauslassen, wenn ich durch einen See schwimmen kann, der voller Hechte ist?‹

›Nein‹, sagte Fürst Regenbogen, ›von dieser deiner List habe ich gehört, El-ahrairah, und ich weiß, wie es gemacht wird.‹

›Werdet Ihr uns gehen lassen, wenn es mir gelingt, den Salat aus König Darzins Garten zu stehlen?‹ fragte El-ahrairah.

König Darzin herrschte zu jener Zeit über die größte und reichste aller Tierstädte der Welt. Seine Soldaten waren sehr grimmig, und sein Salatgarten war von einem tiefen Graben umgeben und von tausend Posten Tag und Nacht bewacht. Er lag nahe seinem Palast, am Rande der Stadt, wo alle seine Anhänger lebten. Als nun El-ahrairah davon sprach, König Darzins Salat zu stehlen, lachte Fürst Regenbogen und sagte:

›Du kannst es versuchen, und wenn es dir gelingt, werde ich dein Volk überall vermehren, und niemand wird imstande sein, es aus einem Gemüsegarten herauszuhalten, von heute bis ans Ende der Welt. Aber in Wirklichkeit wirst du von den Soldaten getötet werden, und die Welt wird einen glatten, einnehmenden Schurken los sein.‹

›Sehr gut‹, sagte El-ahrairah, ›wir werden sehen.‹

Nun war Yona, der Igel, ganz in der Nähe, suchte Schnecken in den Sümpfen und hörte mit an, was sich zwischen Fürt Regenbogen und El-ahrairah zugetragen hatte. Er stahl sich zum großen Palast König Darzins davon und wollte für seine Warnung belohnt werden.

›König Darzin‹, schnüffelte er, ›dieser verruchte Dieb El-ahrairah hat gesagt, er werde deinen Salat stehlen, und er kommt, dich zu überlisten, um in den Garten zu gelangen.‹

König Darzin eilte in den Salatgarten hinunter und ließ den Hauptmann der Wache holen.

›Siehst du diesen Salat?‹ sagte er. ›Nicht einer ist gestohlen worden, seit er ausgesät worden ist. Sehr bald wird er geerntet werden können, und ich beabsichtige, zu diesem Zeitpunkt ein großes Fest für mein ganzes Volk zu geben. Aber ich habe gehört, daß der Schurke El-ahrairah plant, zu kommen und ihn zu stehlen, wenn es ihm gelingt. Ihr werdet die Wachen verdoppeln, und alle Gärtner und Jäter sind täglich zu kontrollieren. Nicht ein Blatt geht aus dem Garten heraus, bis nicht ich oder mein Hauptkoster den Befehl dazu geben.‹

Der Hauptmann der Wache tat, wie ihm geheißen. In jener Nacht kam El-ahrairah aus den Sümpfen von Kelfazin und schlich sich zu dem großen Graben. Bei ihm war sein treuer Hauptmann der Owsla, Rabscuttle. Sie hockten sich in die Büsche und sahen die Doppelwachen auf und ab patrouillieren. Als der Morgen kam, sahen sie alle Gärtner und Jäter zur Mauer kommen, und jeder wurde von drei Wachen überprüft. Einer war neu und war anstelle seines Onkels gekommen, der krank geworden war, aber die Wachen ließen ihn nicht hinein, weil sie ihn nicht kannten, und warfen ihn beinahe in den Graben, ehe sie ihm gerade noch erlaubten, nach Hause zu gehen. El-ahrairah und Rabscuttle machten sich bestürzt davon, und als Fürst Regenbogen an jenem Tag durch die Sümpfe kam, sagte er: ›Nun, nun, Fürst mit tausendfachen Feinden, wo ist der Salat?‹

›Ich lasse ihn mir liefern‹, antwortete El-ahrairah. ›Es sind zum Tragen zu viele.‹ Dann gingen er und Rabscuttle heimlich in eines der wenigen Löcher hinunter, in denen kein Wasser war, stellten einen Posten davor und dachten nach und redeten einen Tag und eine Nacht lang.

Oben auf dem Berg, neben König Darzins Palast, lag ein Garten, in den seine vielen Kinder und die seiner Hauptanhänger von ihren Müttern und Kindermädchen zum Spielen gebracht wurden. Es gab keine Mauer um den Garten. Er wurde nur bewacht, solange die Kinder da waren; nachts war er leer, weil man dort nichts stehlen und auf niemanden Jagd machen konnte. In der folgenden Nacht ging Rabscuttle, der von El-ahrairah genaue Anweisungen erhalten hatte, in den Garten und buddelte ein Loch, in dem er sich die ganze Nacht versteckte. Am anderen Morgen, als die Kinder zum Spielen gebracht wurden, glitt er hinaus und schloß sich ihnen an. Es waren so viele Kinder, daß jede der Mütter und Kindermädchen glaubte, er gehöre zu einer anderen; aber da er ungefähr dieselbe Größe wie die Kinder hatte und auch nicht viel anders aussah, konnte er sich mit einigen von ihnen anfreunden. Rabscuttle kannte viele Kunststücke und Spiele, und bald tollte er herum und spielte, als wäre er einer von ihnen. Als es für die Kinder Zeit wurde, nach Hause zu gehen, ging Rabscuttle mit ihnen. Sie kamen aus dem Stadttor, und die Wachen sahen Rabscuttle mit König Darzins Sohn. Sie hielten ihn an und fragten, wer seine Mutter wäre, aber der Sohn des Königs sagte: ›Laßt ihn in Ruhe. Er ist mein Freund‹, und Rabscuttle ging mit allen anderen hinein.

Sobald Rabscuttle ins Innere des Königspalastes gelangt war, huschte er davon in einen der dunklen Baue, und da versteckte er sich den ganzen Tag. Doch am Abend kam er heraus und fand einen Weg in die königlichen Vorratskammern, wo das Futter für den König und sein Gefolge und dessen Frauen zubereitet wurde. Da gab es Gräser und Früchte und Wurzeln und sogar Nüsse und Beeren; denn König Darzins Volk ging in diesen Tagen überallhin, durch Wälder und Felder. Es waren keine Soldaten in den Vorratskammern, und Rabscuttle versteckte sich dort im Dunkel. Und er tat alles, was er konnte, um das Futter ungenießbar zu machen, mit Ausnahme dessen, was er selbst fraß.

An jenem Abend ließ König Darzin den Oberkoster holen und fragte ihn, ob der Salat schon eßbar wäre. Der Oberkoster sagte, zum Teil sei er ausgezeichnet und er habe schon einiges in die Vorratskammern bringen lassen.

›Gut‹, sagte der König, ›wir werden zwei oder drei heute abend zu uns nehmen.‹

Aber am nächsten Morgen erkrankten der König und einige seiner Untergebenen an einer Magenverstimmung. Was immer sie aßen, sie wurden krank davon, weil Rabscuttle in den Vorratskammern versteckt war und das Futter so schnell verdarb, wie es hereingebracht wurde. Der König aß noch mehrere Salatblätter, aber es ging ihm nicht besser. Sein Zustand verschlimmerte sich sogar.

Nach fünf Tagen schlüpfte Rabscuttle mit den Kindern wieder hinaus und kehrte zu El-ahrairah zurück. Als der vernahm, daß der König krank war und Rabscuttle alles nach Wunsch erledigt hatte, ging er daran, sich zu maskieren. Er stutzte seinen weißen Schwanz, und Rabscuttle mußte sein Fell kurzknabbern und es mit Schlamm und Brombeeren sprenkeln. Dann bedeckte er sich überall mit Strähnen von Klebkraut und fand sogar einen Weg, seinen Geruch zu verändern. Schließlich konnten seine eigenen Frauen ihn nicht mehr erkennen, und El-ahrairah befahl Rabscuttle, ihm in einigem Abstand zu folgen, und los ging's zu König Darzins Palast. Rabscuttle aber wartete draußen, oben auf dem Berg.

Als er zum Palast kam, verlangte El-ahrairah, den Hauptmann der

Wache zu sprechen. ›Du mußt mich zum König bringen‹, sagte er. ›Fürst Regenbogen schickt mich. Er hat gehört, daß der König krank ist, und hat mich aus dem fernen Land hinter Kelfazin holen lassen, um den Grund für seine Erkrankung herauszufinden. Beeil dich! Ich bin nicht gewohnt zu warten.‹

›Woher weiß ich, daß dies wahr ist?‹ fragte der Hauptmann der Wache.

›Mir ist es einerlei‹, erwiderte El-ahrairah. ›Was bedeutet die Krankheit eines kleinen Königs dem Oberarzt des Landes hinter dem goldenen Fluß von Frith? Ich kehre zurück und sage Fürst Regenbogen, daß die Wache des Königs so dumm war, mich zu behandeln, wie es von einem Haufen flohgebissener Lümmel nicht anders zu erwarten war.‹

Er drehte sich um und schickte sich an zu gehen, aber der Hauptmann der Wache bekam es mit der Angst zu tun und rief ihn zurück. El-ahrairah ließ sich überreden, und man brachte ihn zum König.

Nach fünf Tagen schlechten Futters und einem kranken Magen war der König nicht dazu aufgelegt, jemandem zu mißtrauen, der vorgab, Fürst Regenbogen habe ihn geschickt, um ihn zu heilen. Er bat El-ahrairah, ihn zu untersuchen, und versprach, alles zu tun, was er befahl.

El-ahrairah machte ein großes Getue aus der Untersuchung des Königs. Er sah sich seine Augen an, seine Ohren, seine Zähne und seinen Mist und die Enden seiner Klauen und fragte, was er gefressen habe. Dann verlangte er, die königlichen Vorratskammern und den Salatgarten zu sehen. Als er zurückkam, sah er sehr ernst aus und sagte: ›Großer König, ich weiß nur zu gut, was für eine traurige Nachricht es für Euch sein wird, aber die Ursache Eurer Krankheit ist eben jener Salat, den Ihr so hoch schätzt.‹

›Der Salat?‹ rief König Darzin. ›Unmöglich! Er wird aus gutem, gesundem Samen gezogen und Tag und Nacht bewacht.‹

›Ach!‹ sagte El-ahrairah. ›Ich weiß es wohl! Aber er ist von dem gefürchteten Lausbabaus, einem tödlichen Virus, infiziert, das in immer kleiner werdenden Kreisen durch die Lüfte fliegt und, isoliert von dem purpurfarbenen Avvago, in den graugrünen Wäldern von Okey Pokey reift. Das erklärt Euch, soweit ich es vermag, die Angelegenheit in einfachen Worten. Vom medizinischen Standpunkt sieht die Sache etwas komplizierter aus, aber ich möchte Euch damit nicht ermüden.‹

›Ich kann es nicht glauben‹, stöhnte der König.

›Der einfachste Weg‹, sagte El-ahrairah, ›wird der sein, es Euch zu beweisen. Aber dazu brauchen wir nicht einen Eurer Untertanen in Mitleidenschaft zu ziehen. Befehlt den Soldaten, hinauszugehen und einen Gefangen zu machen.‹

Die Soldaten gingen hinaus, und das erste Geschöpf, das sie fanden, war Rabscuttle, der auf dem Berg graste. Sie schleppten ihn durch die Tore und vor den König.

›Ah, ein Kaninchen‹, sagte El-ahrairah. ›Widerliches Geschöpf! Um so besser. Abscheuliches Kaninchen, friß diesen Salat!‹

Rabscuttle tat es und begann bald danach, zu stöhnen und um sich zu schlagen. Er kickte in Zuckungen und rollte mit den Augen. Er nagte am Boden und hatte Schaum vor dem Mund.

›Er ist sehr krank‹, sagte El-ahrairah. ›Er muß einen außergewöhnlich schlechten erwischt haben. Oder aber, was wahrscheinlicher ist, die Infektion wirkt besonders stark bei Kaninchen. Auf jeden Fall wollen wir dankbar sein, daß es nicht Eure Majestät war. Nun, er hat seinen Zweck erfüllt. Schmeißt ihn raus! Ich würde Eurer Majestät ernstlich raten‹, fuhr El-ahrairah fort, ›den Salat nicht dort zu lassen, wo er ist, denn er wird schießen und blühen und keimen. Die Infektion wird sich ausdehnen. Ich weiß, wie enttäuschend das für Euch ist, aber Ihr müßt ihn loswerden.‹

In diesem Augenblick kam, wie das Glück es wollte, der Hauptmann der Wache mit Yona, dem Igel, herein.

›Eure Majestät‹, rief er, ›dieses Geschöpf kehrt von den Sümpfen von Kelfazin zurück. Das Volk von El-ahrairah tritt zum Krieg an. Sie sagen, sie kommen, um Eurer Majestät Garten anzugreifen und den königlichen Salat zu stehlen. Habe ich Eurer Majestät Befehl, die Soldaten hinauszuführen und die Feinde zu vernichten?‹

›Aha!‹ sagte der König. ›Ich habe mir da eine doppelte List ausgedacht. Besonders stark bei Kaninchen. Nun gut! Sie sollen so viel Salat haben, wie sie wollen. Ihr werdet sogleich tausend Stück hinunter in die Sümpfe von Kelfazin bringen und sie dort lassen. Haha! Was für ein Witz! Mir geht es gleich viel besser.‹

›Oh, welch todbringende List!‹ sagte El-ahrairah. ›Kein Wunder, daß Eure Majestät Herrscher über ein großes Volk ist. Ich glaube,

Ihr werdet sehr schnell gesund werden. Nein, nein, ich nehme keine Belohnung. Auch gibt es hier nichts, was in dem strahlenden Land jenseits des goldenen Flusses von Frith für wertvoll gehalten würde. Ich habe getan, was Fürst Regenbogen verlangte. Das genügt. Vielleicht seid Ihr so gütig, Euren Wachen zu befehlen, mich zum Fuß des Berges zu begleiten?‹ Er verbeugte sich und verließ den Palast.

Später am Abend, als El-ahrairah seine Kaninchen drängte, wütender zu knurren und in den Sümpfen von Kelfazin auf und ab zu rennen, kam Fürst Regenbogen über den Fluß.

›El-ahrairah‹, rief er, ›bin ich behext?‹

›Es ist durchaus möglich‹, sagte El-ahrairah. ›Der gefürchtete Lausbabaus –‹

›Tausend Stück Salat liegen in einem Haufen oben am Sumpf. Wer hat sie dahin gebracht?‹

›Ich sagte Euch, sie würden geliefert werden‹, erwiderte El-ahrairah. ›Ihr könnt von meinem Volk kaum erwarten, schwach und hungrig, wie es ist, sie den ganzen Weg von König Darzins Garten hierher zu tragen. Er wird sich aber bald aufgrund der Behandlung, die ich ihm verordnen werde, erholen. Ich bin Arzt, darf ich bemerken, und wenn Ihr noch nicht davon gehört habt, Fürst Regenbogen, werdet Ihr das bald von anderer Seite erfahren. Rabscuttle, geh und hole den Salat.‹

Da sah Fürst Regenbogen, daß El-ahrairah ein Mann von Wort war und daß auch er sein Versprechen halten mußte. Er ließ die Kaninchen aus den Sümpfen von Kelfazin heraus, und sie vermehrten sich überall. Und von jenem Tag an kann keine Macht der Welt ein Kaninchen aus einem Gemüsegarten heraushalten; denn El-ahrairah gibt ihnen tausend Listen ein, die besten der Welt.

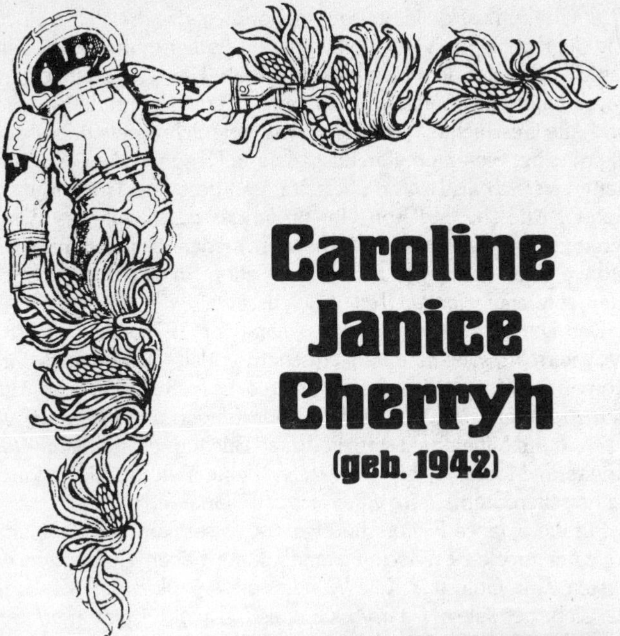

Caroline Janice Cherryh

(geb. 1942)

C. J. Cherryh wurde in St. Louis geboren, als sie drei Jahre alt war, zog die Familie nach Oklahoma um. Sie studierte Altphilologie und schloß 1965 mit dem Magisterexamen ab. Danach arbeitete sie an verschiedenen Schulen von Oklahoma City als Lehrerin für Latein und Alte Geschichte, bevor sie sich als freie Schriftstellerin selbständig machte. Sie unternahm ausgedehnte Reisen in die Länder, mit denen sie sich als Lehrerin befaßte, und besuchte Troja, Mykene, Sparta, Knossos und Rom. Ihr profundes geschichtliches Wissen schlug sich später in ihren Romanen nieder, eine Mischung aus Motiven der Fantasy und Science Fiction, in der mythologische Elemente eine wichtige Rolle spielen

Der Durchbruch als Autorin gelang ihr 1975, als Donald A. Wollheim in seinem amerikanischen Verlag DAW-Books ihren Roman *Das Tor von Ivrel* herausbrachte. Es folgten zwei Fortsetzungen zu diesem Roman, *Der Quell von Shiuan* und *Die Feuer von Azeroth*. Im Mittelpunkt steht in diesen Büchern die geheimnisvolle Kriegerin Morgaine, die in fernster Zukunft durch die magisch-technischen Sternentore von Planet zu Planet reist.

Für die Science-Fiction- und Fantasy-Leser wurde C. J. Cherryh zu einer großen Entdeckung und prägte neben Autorinnen wie Ursula K. LeGuin und Kate Wilhelm die amerikanische SF-Szene der siebziger Jahre. Cherryh kann als Beispiel für eine neue Synthese zwischen Science Fiction und Fantasy gelten, bei der die Autoren gelernt haben, mit ihren Mythen und Metaphern bewußt umzugehen. In den Welten Morgaines erscheint die Wissenschaft wie Magie, doch dient das den Protagonisten nicht mehr als Entschuldigung zum Rückgriff auf irrationale Handlungsmuster, sondern sie sehen sich einem Kosmos gegenüber, der auch mit wissenschaftlichen Mitteln nicht zu ergründen und zu beherrschen ist, was dem derzeitigen Lebensgefühl in vielen westlichen Industrieländern recht nahe kommen dürfte. Zugleich gelingt es Cherryh, ihre imaginären Welten durch die Berücksichtigung moderner anthropologischer und gesellschaftswissenschaftlicher Kenntnisse wesentlich glaubwürdiger zu gestalten, als es viele ›Schwert-und-Magie‹-Welten sind.

Das Tor von Ivrel

»Die Tore waren der Untergang der *qhal*. Sie waren überall, auf jeder Welt, gehörten seit Jahrtausenden zum täglichen Leben und hatten das ganze Netz der *qhal*-Zivilisation miteinander verbunden... Doch dann verformte sich die gesamte Wirklichkeit, weil die Tore auch die Zeit, Vergangenheit und Zukunft umspannten, und an dieser Verformung gingen die *qhal* zu Grunde...«

Als das terranische Wissenschaftsbüro die Tore der qhal entdeckte, erkannte es ihre Gefährlichkeit und schickte Expertenteams aus, die diese Tore, eine Art Transmitter, versiegeln sollten. Die Menschen der Teams gehen selbst durch die Tore der fremden Welten, und es gibt keine Rückkehr mehr für sie. Eins der Team-Mitglieder ist Morgaine, die das Tor der Welt Ivrel verschließen soll.

Das ist die Ausgangslage für die ›Morgaine‹-Romane, doch statt der zu erwartenden SF-Abenteuer befindet sich der Leser in einer fremdartigen, barbarischen Welt, die der Fantasy näher steht als der Science Fiction und in der die alte, verfluchte Technologie der *qhal* von schwarzer Magie nicht zu unterscheiden ist. Der Leser lernt Morgaine aus der Sicht eines Kriegers des Planeten Ivrel kennen, der Mann verfällt ihr, er hält sie für eine böse Zauberin: Der wissenschaftliche Auftrag, den sie in fernster Vergangenheit erhalten hat, liegt längst so weit hinter ihr, daß sie ihn mehr wie den Fluch eines Dämonengottes empfindet. So entsteht in Cherryhs Roman eine Welt, in der sich Wissenschaft und Magie nicht mehr gegenseitig aufheben, sondern sie sind die beiden Seiten ein und derselben Münze – eine Synthese der Fantasy und der Science Fiction, die nicht mehr die eine Form gegen die andere ausspielt.

Die nachfolgende Geschichte hat jedoch nichts mit den ›Morgaine‹-Romanen zu tun. Sie führt uns in eine Welt der Elfen, wie es sie bei Tolkien oder Anderson gegeben hat. Aber auch sie folgt dem Konzept der von Ursula K. LeGuin für die Fantasy vorgeschlagenen Psychomythen, in denen diese Form zu schreiben heute ihren besten Ausdruck findet. In einer Mischung aus Traum und Historie wird die Zerstörung des Waldes zu einem Bild für den Verlust der Unschuld des Menschen.

Lesehinweise:

Die ›Morgaine‹-Romane liegen gesammelt als Sonderausgabe vor:
Tore ins Chaos, München 1985 (Heyne 06/4204)

Fantasy in der keltischen Tradition bieten:
Stein der Träume, München 1985 (Heyne 06/4231)
Der Baum der Schwerter und Juwelen, München 1988 (Heyne 06/4514)
Moderne Fantasy zwischen Wissenschaft und Magie findet sich auch in der ›Darwath‹-Trilogie von Barbara Hambly, die auf deutsch in einem Band erschienen ist:
Gefährtin des Lichts, Bergisch Gladbach 1986 (Bastei-Lübbe Paperback 28143)
Von der gleichen Autorin sind außerdem erschienen:
Die Frauen von Mandrigin, Bergisch Gladbach 1986 (Bastei-Lübbe 13066)
Der schwarze Drache, Bergisch Gladbach 1987 (Bastei-Lübbe 20096)

C. J. Cherryh ist außerdem maßgebend beteiligt an den sogenannten ›Shared-World‹-Anthologien, bei denen eine Gruppe von Autoren Geschichten um einen gemeinsamen Schauplatz schreiben. Das erste und bekannteste dieser Projekte ist:
Robert Asprin (Hg.): ›Geschichten aus der Diebeswelt‹, *Die Diebe von Freistatt,* Bergisch Gladbach 1986 (Bastei-Lübbe 20089)
Der blaue Stern, Bergisch Gladbach 1987 (Bastei-Lübbe 20091)
Zum wilden Einhorn, Bergisch Gladbach 1987 (Bastei-Lübbe 20093)
Die Rache der Wache, Bergisch Gladbach 1987 (Bastei-Lübbe 20095)
Die Götter von Freistatt, Bergisch Gladbach 1987 (Bastei-Lübbe 20098)
Verrat in Freistatt, Bergisch Gladbach 1987 (Bastei-Lübbe 20101), sowie weitere Bände.

Siehe auch ← George MacDonald, ← Leigh Brackett, ← Ursula K. Le Guin, ← Tanith Lee

Der Traumstein

Wollte man Caerdale verlassen, so wählte man im allgemeinen nicht den Weg, der durch den alten Wald führte. Nur Verbrecher, Verfemte und Flüchtlinge, die in ihrer Familie schon vor jedem Schatten davonliefen, Männer mit ausgebrannten Augen und erstorbenen Herzen, die den Wald gar nicht mehr richtig wahrnahmen, Subjekte, von denen sich jeder selbst am nächsten war und die über Leichen gingen, – nur diese nahmen jenen Weg; und nur, wenn sie im Licht des ersten Morgens den Wald betraten und so bei Einbruch der Dämmerung das finstere Herz von Eld bereits hinter sich gelassen hatten, nur dann war es ihnen vielleicht vergönnt, den jungen Forst östlich der Berge zu erreichen, um dort ein neues Leben zu beginnen.

Aber ein nächtlicher Flüchtling, der noch dazu jung war, mit wilden Augen um sich schaute und weder mit Schwert noch mit einem Bogen bewaffnet war, sondern lediglich einen Dolch und eine Harfe mit sich führte, war ein seltener Besucher im Wald von Eld, und die tiefen Schatten raunten und wisperten beständig vor Erstaunen.

Die älteste Arafel sah ihn, obwohl sie eigentlich wenig von dieser späten Erdenzeit wußte, denn sie gehörte zu einer Zeit, die nicht so hektisch und kurzlebig war wie diese. Sie hörte die hellen Töne der Harfe, die auf seiner Schulter hin- und herschwang, seinen Weg begleitete und ihn so an alle verriet, die Ohren hatten zu hören. Sie sah ihn fliehen und verließ das sanfte grüne Licht ihres Mondes, um sich ihm in den Weg zu stellen – mitten in die kalten weißen Strahlen seiner Welt; und die bösen Geister, die schon seit einiger Zeit ihr Unwesen im Eldwald trieben, fühlten plötzlich den warmen Hauch des Frühlings und flüchteten in den Schatten, der auch vom Licht des Mondes nicht erhellt wurde.

»Jüngling«, flüsterte sie, und er zuckte zusammen wie ein verwundeter Hirsch, zögerte und sah sich suchend um. Jetzt trat sie ganz in das Licht und seine Welt und spürte den feuchten Wind des Waldes auf ihrem Gesicht. Nun erschien er ihr solider und wirklicher; seine Kleider waren aus feinem Leinen, und die Harfe hatte einen verzierten Kasten, obwohl er jetzt zerlumpt und von seiner kopflosen Flucht zerschunden war.

Sie hatte nichts aus ihrer Welt mitgenommen und sah doch alles. Sie lehnte sich an einen alten Baumstumpf, faltete zum Zeichen ihrer Friedfertigkeit die Arme vor der Brust, stemmte einen Fuß gegen eine vorspringende Baumwurzel und lächelte ihn an. Er aber sah sie auch weiterhin mit gespannter Aufmerksamkeit an, da sie ja genausogut ein Bandit sein konnte, vielleicht sah er aber auch etwas mehr, denn er schien nicht so blind zu sein wie mancher andere. Seine Hand berührte den Talismann auf seiner Brust, und lächelnd hob sie die ihre, um den Stein, der um ihren Hals hing, ebenfalls zu berühren und ihm so zu antworten.

»Wohin willst du, daß du so unbekümmert durch Eld läufst?« fragte sie ihn. »Zu welchem Unheil oder welchem Verbrechen bist du unterwegs?«

»Du meinst wohl Unglück«, gab er atemlos zur Antwort. Noch immer starrte er sie wie einen Geist an, und sie mußte darüber lächeln. Doch plötzlich konnte man von ferne das Bellen und Geheul von Hunden hören, und er sprang auf, um zu fliehen.

»Bleib!« rief sie und stellte sich ihm abermals in den Weg. Sie war neugierig, wer jetzt noch käme, noch dazu, wer diesen Jüngling wohl verfolgte. »Ich glaube nicht, daß sie sich so weit wagen werden. Sag, wer kommt, um den Frieden von Eld zu stören?«

Er war vorsichtig und wußte sehr wohl Bescheid über die Macht, die ein Name haben kann; vielleicht hätte er nie seinen wahren Namen genannt und vielleicht wäre er auch nicht geblieben, aber sie sah ihn so durchdringend an, daß er schließlich stammelte: »Fionn«.

Fionn paßte zu ihm, denn er hatte helles, lockiges Haar, und auf seinen Wangen sproß der erste Flaum. Sie sagte mit sanfter Stimme: »Fionn, komm, geh mit mir. Ich werde deine Verfolger früher sehen als du und dich schützen. Komm, komm mit mir und habe keine Angst. Ich führe nichts Böses gegen dich im Schilde.«

Er folgte ihr zwar, aber nur widerwillig, war vorsichtig, nahm sich in acht und wurde nur durch ihren Wunsch gehalten. Sie konnte nicht mit ihm in die langsame andere Zeit gehen, denn der Geruch von Eisen haftete ihm noch immer an, und so mußte sie ihn über verschlungene Irrpfade führen, um die Verfolger abzuschütteln.

Das Dickicht, das im Innern des Waldes vorherrschte, war

befremdend; Eldwald war zwar einmal schöner gewesen, und selbst jetzt verbreitete der Wald noch immer einen gewissen Zauber, aber die jungen Bäume wanden und knoteten ihre Wurzeln um die Felsen und bildeten so unüberwindbare dornige Barrieren. Es war unwahrscheinlich, daß ein Mensch die Wege finden würde, die sie ging, aber sie war erstaunt über die Veränderungen, die in all den Jahren geschehen waren. Sie sah die Arbeit, die Wurzeln und Äste, Sonne und Kälte verrichtet hatten, bahnte sich schwer atmend einen Weg durch das Dickicht, das sie zerkratzte, und fühlte sich gleichzeitig stolz und lebendig. Von Zeit zu Zeit drehte sie sich um, wenn sie Fionn hinter sich stolpern hörte, und sobald dieser ihren Blick sah, folgte er ihr blaß und ängstlich über Stock und Stein, so als ob er jeden eigenen Willen verloren hätte.

Das Bellen der Hunde kam erst aus Caerdale und später dann aus dem tiefen Tal, von der Grenze zum Wald. Sie ließ sich auf einem Felsen nahe dem letzten Abhang nieder, von wo aus man das ganze Tal von Carbourne überblicken konnte, und in der Stille des Mondlichts flüsterten nur noch die Bäume. Auf der anderen Seite des Tales, auf dem Berge Caer Wiell, erhob sich ein zerfallener Turm, der einst von Menschenhand errichtet worden war; so viel war also in der Zwischenzeit geschehen.

Der Jüngling sank erschöpft neben dem Felsen zusammen, und die Harfe auf seiner Schulter klang kurz auf; der Kopf fiel ihm auf die verschränkten Arme, und er wischte sich den Schweiß aus dem Gesicht und strich sich das Haar zurück. Das Gebell, das für einen Augenblick verstummt war, erhob sich von neuem, und er blickte angstvoll auf.

Soweit er auch schon gekommen war, er würde weiter fliehen müssen; die Furcht hatte den Zauber zerstört. Sie legte ihm die Hand auf den Arm und veranlaßte ihn so noch einmal zu bleiben.

»Hier ist die Grenze meines Waldes«, sagte sie, »und in ihm jagen besondere Hunde, die du nicht von den Fersen schütteln kannst. Du tätest gut daran, bei mir zu bleiben. Ist das deine Harfe?«

Er nickte.

Sie hatte sich von Anfang an gewünscht, daß er für sie spielen möge, und dieser Wunsch brannte sehr viel intensiver in ihr als die Neugier, wer die Männer und Hunde sein könnten: aber eine Hand wusch die andere. Er sah sie zwar an, als wenn er sie für verrückt hielte, nahm aber trotzdem die Harfe von der Schulter und aus dem Kasten. Das dunkle, glänzende und mit Gold verzierte Instrument klang auf, sobald er es in die Arme nahm: er hielt die Harfe wie einen Schatz und wandte sein blasses, gehetztes Gesicht zu ihr.

Dann wiegte er den Kopf und entlockte den Saiten sanfte Töne, die aber schnell lauter wurden, in der Tiefe des Tales ein Echo fanden und das Gebell der Hunde anstachelten. Die Musik ertränkte die Stimmen, schwang in der Luft, erfüllte ihr Herz und besänftigte das Zittern ihrer Hände. Sie lauschte und vergaß fast, wo sie war, denn es war schon ewige Zeiten her, daß das letzte Lied im Wald von Eld erklungen war, und dieses Lied hier war überirdisch schön.

Er konnte den Zauber spüren und fühlte, wie der Wind wärmer blies und die Bäume leise seufzten. Die Furcht wich aus seinen Augen, und obwohl Schweißperlen wie Edelsteine auf seiner Stirne glänzten, so war doch die Musik, die er spielte, hell und klar, bis plötzlich mit einem dissonanten Akkord ein zorniges Lied erklang, das ihm selber fremd war.

Mißklang hatte sich eingeschlichen, das Geheul der Hunde griff die Musik auf und spie sie wieder aus. Arafel erhob sich, als die Geräusche näher kamen, und während noch das Lied nachklang, waren bereits das Schnauben der Pferde und das Klappern der Hufe zu hören.

Fionn sprang auf und legte die Harfe zur Seite. Er griff nach dem Dolch in seinem Gürtel, und sie wich vor der aufkommenden Macht des Eisens zurück. »Nein«, bat sie, und Fionn ließ die Waffe stecken.

Dann waren plötzlich die Hunde und Männer um sie herum; eine Meute großer, schwarzer, geifernder Bestien, zwei riesige Pferde und Männer, die bis an die Zähne bewaffnet waren und deren Rüstungen im Mondlicht glänzten. Die Hunde hörten auf zu bellen, ließen von ihnen ab und lagerten sich winselnd und hechelnd um sie herum. Die Reiter schlugen auf die Pferde ein, aber die Tiere scheuten, wieherten und waren nicht weiterzubewegen.

Sie lehnte am Felsen und betrachtete Männer und Tiere mit kühler Neugier, denn sie fand sie härter, seltsamer und wilder als alle Menschen zuvor. Merkwürdig war auch das Wappen der Männer, ein Wolfskopf, und sie konnte sich weder an ein Wappen der Art noch an die Art ihres Benehmens erinnern.

Es kam noch ein Reiter den Hügel hinaufgeritten, und dieser trieb sein Pferd ein wenig weiter als die anderen, und ihm auf den Fersen folgten die Bogenschützen. Er hob den Arm, deutete auf die beiden, und die Männer legten Pfeile auf sie und den Harfenspieler an.

»Halt ein!« sagte sie.

Der Arm senkte sich nur langsam. Der Reiter staunte sie an, und sie stellte sich auf den Felsen, damit sie nicht allzusehr zu dem Reiter auf dem riesigen Pferd aufschauen mußte. Das Pferd scheute unter dem Mann, woraufhin er ihm die Sporen in die Seiten hieb und es brutal an die Kandare nahm; aber er gab seinen Männern keinen Befehl, so als ob ihn die kauernden Hunde und scheuenden Pferde plötzlich veranlaßt hätten, um sich zu sehen.

»Scher dich fort«, rief er ihr mit furchterregender Stimme zu. »Aus dem Weg, oder du wirst dein blaues Wunder erleben!« Er zog sein Schwert und drohte ihr.

»Mir willst du eine Lektion erteilen?« Sie legte eine Hand auf den Arm des Harfespielers und fragte: »Veranstaltest du seinetwegen ein solches Getöse?«

»Dies ist mein Harfespieler«, antwortete der Edelmann, »und ein Dieb dazu. Zur Seite, Hexe, oder Feuer und Schwert werden dich dazu zwingen.«

Um ehrlich zu sein, so verspürte sie wenig Lust, mit dem Schwert oder Pfeilen, die nur darauf warteten, abgeschossen zu werden, Bekanntschaft zu schließen. Trotzdem ließ sie ihre Hand auf Fionns Arm ruhen, denn sie konnte sich sehr gut ausmalen, was mit ihm geschehen würde. »Aber er gehört mir, edler Herr. Ich glaube kaum, daß er Euch etwas wert ist, denn sonst hättet Ihr ihn doch nicht von Eurem Land verjagt. Aber für mich bedeutet er viel, denn es ist schon sehr lange her, daß ich einen so freundlichen Menschen im Wald von Eld getroffen habe. Nimm die Harfe, mein Freund, und geh, und laß mich mit diesen hitzigen Männern reden.«

»Bleib gefälligst!« rief der Edelmann, aber Fionn schnappte sich seine Harfe und lief davon.

Ein Pfeil wurde angelegt, und der Jüngling warf sich zur Seite; dabei verlor er das Instrument, kroch zurück zu ihm und in sein eigenes Verderben, denn nun waren die Bogenschützen bereit, und diesmal würden sie treffen.

»Nein«, rief sie.

»Was mir gehört, teile ich nicht!« Der Reiter zwang sein Pferd stillzustehen, in seinem Gesicht stritten Wut und Angst miteinander, und sein ausgestreckter Arm wartete nur darauf, das Signal zu geben. »Die Harfe und ihr Spieler sind mein Eigentum. Und wenn du denkst, daß mich auch nur eines deiner Worte umstimmen könnte, dann irrst du dich. Ich werde erst ihn und dann dich für deine Unverschämtheit bestrafen.«

Da es am vernünftigsten erschien, erst einmal Abstand zu gewinnen, ging sie zu Fionn, und aus dieser halbwegs sicheren Entfernung sagte sie: »Wenn Ihr meinen Fluch nicht fürchtet, dann nennt mir Euern Namen.«

Er merkte wohl, daß sie sich über ihn lustig machte und ihn vor seinen Leuten einzuschüchtern versuchte, und so gab er ohne zu zögern und mit Verachtung in der Stimme zurück: »Ewald! Und deiner, du Hexe?« »Nennt mich, wie Ihr wollt! Aber merkt Euch wohl, daß Ihr kein Recht habt, in diesem Wald zu jagen, und daß Euch der Harfespieler auch nicht mehr gehört. Geht fort und seid dankbar. Ihr gehört nach Caerdale, und wenn es Euch dort nicht gefällt, dann verändert alles, bis es Euren Vorstellungen entspricht, aber legt niemals wieder Hand an den Wald von Eld.«

Er kaute auf seinem Schnurrbart und faßte das Schwert fester, aber die Bogenschützen hinter ihm hatten bereits die Waffen sinken lassen. Furcht spiegelte sich in den Gesichtern der Männer, und nur die beiden Reiter standen noch hinter ihm.

»Du hast, was mir gehört«, beharrte er.

»Ja«, sprach sie, »und ich werde es behalten. Geh, Fionn, geh endlich.«

»Er ist mein Eigentum!« rief der Edelmann. »Bist du nicht nur eine Hexe, sondern obendrein auch noch eine Diebin? Du schuldest mir einen Preis für ihn!«

Sie atmete tief durch, aber sie rührte sich nicht. »Nennt Euren Preis denn, Menschenherr, und keinen zu hohen, sofern wir dann endlich gehen können.«

Haßerfüllt, aber trotzdem noch immer sehr vorsichtig, ließ er seine Augen über ihre Gestalt schweifen, und ihr wurde heiß und kalt, als sein Blick über ihrem Herzen verweilte, und ihre Hand stahl sich zu dem moosgrünen Stein an ihrem Hals.

»Der Stein ist genug«, sagte er. »Der da!«

Sie löste die Kette von ihrem Hals, hielt sie dem Mann entgegen, und der Stein schimmerte ebenso unwirklich wie sie. »Geh, Fionn«, bat sie, und als er sich nicht rührte, schrie sie ihn an: »So geh doch endlich!« Schließlich rannte er wie ein Wahnsinniger davon, die Harfe fest im Arm.

Als die Wälder endlich wieder ruhig waren und die Stille nur noch durch das Schnauben und Stampfen der Pferde und das Winseln der Hunde unterbrochen wurde, ließ sie den Stein fallen, sprach »Hier ist der Preis«, drehte sich um und ging davon.

Sie hörte das Geklapper der Hufe hinter sich, und als sie sich umwandte, spürte sie einen kalten, stechenden Schmerz, als das Schwert aus der anderen Welt in ihr Herz drang. Sie prallte zurück und taumelte unter der Heftigkeit des Schmerzes, aber bald darauf konnte sie schon wieder aufstehen, denn sie war nicht ernsthaft verletzt worden: nichtsdestotrotz war das Verhängnis nahe gewesen, und das Gefühl der Kälte hing noch immer im warmen Nachtwind. In größter Sorge machte sie sich nun auf die Suche nach dem Jüngling und fand ihn schließlich verwirrt und verloren im tiefsten Dickicht des Waldes.

»Wie geht es dir?« fragte sie mit leiser Stimme und hockte sich neben ihn. Er war über seiner Harfe zusammengesunken, und einen Augenblick lang glaubte sie schon, daß er ernsthaft verletzt sei. Als er sein Gesicht hob, sagte sie: »Du kannst solange bleiben, wie du willst, und für mich spielen.« Als er sie furchtsam ansah, ergänzte sie: »Du scheinst den neuen Wald nicht zu mögen, und Harfespieler scheinen dort nicht willkommen zu sein.« Denn sie hoffte, daß er lange bleiben würde.

»Wie heißt du?« fragte er.

»Was siehst du?« gab sie zur Antwort.

Er blickte beschämt zu Boden, so daß sie glaubte, er könne es nicht sagen, ohne sie zu verletzen, und lächelte darüber.

»Nenn mich einfach nur Distel. Das ist ein Name, der zu mir paßt. Du wirst doch bleiben, nicht wahr? Und für mich spielen?«

»Ja«, sprach er und nahm die Harfe fester in den Arm. »Aber ich werde nicht bei dir bleiben, denn ich habe keine Lust, das Leben in einer Nacht vorbeiziehen zu sehen und erst wieder in die Welt zurückzukehren, wenn sie alt geworden ist.«

»Ah, du weißt also, wer ich bin! Aber wen kümmern schon die Jahre? Deine Zeit geht nicht gerade freundlich mit dir um!«

»Aber ich bin ein Mensch und gehöre in diese Zeit«, antwortete er.

Da er es so wollte, konnte sie ihn auch nicht zwingen. Die Türen der Zukunft öffnen sich nur dem, der sie durchschreiten will; und er wollte es nicht, denn in seinem Herzen saß noch immer der Haß.

Sie setzte sich ans Mondlicht und betrachtete den Jüngling an ihrer Seite, der bald friedlich schlief, als er aber bei Sonnenaufgang erwachte, sah er sich ängstlich um, ob die Bäume in der Zwischenzeit vielleicht gewachsen wären, und war sichtlich verwundert, daß er noch immer in dem Wald war. Sie lachte, denn sie wußte, daß sie mit ihrer dunklen Haut, den Schwielen und den zerschlissenen Kleidern im Tageslicht genauso ungehobelt aussah wie das Unkraut, nach dem sie sich selber benannt hatte. Sie flocht ihr silbernes Haar zu einem Zopf und sah ihn von der Seite an.

Es wurde warm auf der Erde, und die Sonne strahlte von einem wolkenlosen Himmel herab. Fionn wollte sein kärgliches Essen mit ihr teilen, aber sie hatte keinen Hunger auf menschliche Nahrung oder das Fleisch wehrloser Tiere. Statt dessen bot sie ihm von den Früchten der Bäume, der Bienen und anderer Lebewesen an, denen es nichts ausmachte zu teilen.

»Es schmeckt gut«, sagte er, und sie lächelte.

Später spielte er für sie sanfte, leise Lieder, und noch später versank er in einen tiefen Schlaf, denn der hohe Tag im Eldwald, wenn die Sonne durch das Laubdach brennt, die Luft stille steht, alle Geschöpfe den Atem anhalten und sogar der Wind schweigt, verführt dazu. Auch sie schlummerte seit langer Zeit wieder einmal in der warmen Sonne und genoß diese Wohltat, die sie schon fast vergessen hatte.

Aber während sie schlief, träumte sie von einem Haus aus kaltem Stein, in dem ein Mann lag, ein schwerer Körper, der nach Wein roch, und sie wäre diesen unangenehmen Erinnerungen und der Dunkelheit am liebsten entflohen.

In dem Traum tastete ihre Hand nach dem Mondstein, und fand ihn schließlich am Hals des Mannes, aber als sie ihm schönere und freundlichere Träume versprechen wollte, lachte er nur über sie, denn er haßte alles, was er nicht verstand. Wie gerne hätte sie den Stein von seinem Hals gelöst, aber sie konnte sich nicht dazu zwingen, und er würde ihn ihr auch nicht freiwillig geben. Was er einmal besaß, gab er auch um keinen Preis mehr her. Und alles, was er noch nicht besaß, und vor allen Dingen, was er nicht besitzen konnte, verfolgte er mit seinem Haß; und am allermeisten verabscheute er den Harfespieler.

Trotzdem versuchte sie diesen verschlossenen Verstand zu begreifen und ihn zu durchdringen, doch es war unmöglich. In seinem Herzen war nur wenig Liebe, und dieses Wenige hielt er gut unter Verschluß.

In der Nacht aber, als der Mond sein Licht über den Wald streute und sich Ruhe über das Land gesenkt hatte, keine Wolke über ihnen ihre Bahn zog und die ganze Welt friedlich war, fragte sie den Jüngling: »Warum nur sucht er dich?« Und obwohl sie die Antwort auf diese Frage im Traume gesehen hatte, wollte sie sie doch von ihm bestätigt bekommen.

Fionn sah sie mit uralten Augen an, zuckte die Schultern und deutete auf die Harfe.

»Aber du sagtest doch, daß sie dir gehörte, und er hat dich einen Dieb genannt. Was also hast du gestohlen?«

Er berührte die Saiten, und eine leise Melodie erklang. »Sie gehört mir wirklich; aber sie hat so lange in seinem Schloß herumgelegen, daß er es vergessen hatte. In Wirklichkeit gehörte sie meinem Vater und davor seinem Vater.«

»Und Ewald möchte sie gerne behalten?«

Er neigte den blonden Kopf wortlos über die Harfe, und seine Hände entlockten den Saiten leise Töne.

»Ich habe für dich und dein Instrument einen Preis bezahlt. Willst du mir nicht wenigstens eine Antwort geben?«

»Sie gehörte meinem Vater. Ewald hat ihn hängen lassen, und mit mir würde er dasselbe tun.«

Fionn schauderte, und er hörte auf zu spielen. »Weil er die Wahrheit sagte, mußte er sterben, und Ewald hängte seine Harfe an die Wand, um sich über ihn lustig zu machen. Als ich erwachsen geworden war, sang auch ich Lieder für ihn, aber eines Nachts, gegen Ende des Winters, stahl ich die Harfe, reparierte sie, erweckte sie zu neuem Leben und spielte ein Lied für Ewald, das er nicht vergessen kann. Und deshalb verfolgt er mich jetzt.«

Dann sang er ein Lied von Mensch und Tier, von Gut und Böse, und Verbitterung schwang in den Tönen. Arafel zitterte, als sie es vernahm, und bat ihn aufzuhören, denn ihr Geist war mit Ewalds

Träumen verbunden, und sie fühlte Ewald toben bei dem Lied, und er erwachte jedesmal in Schweiß gebadet.

»Sing ein freundlicheres Lied«, bat sie Fionn. Er kam ihrem Wunsch nach, und während der Mond seine Bahn fortsetzte, erinnerte sie sich an Lieder, die die Welt schon lange nicht mehr gehört hatte. Fionn lauschte und nahm die Melodien mit seinem Saitenspiel auf, und er spielte, bis ihm die Tränen des Glücks auf die Harfe rannen.

In jenen Stunden konnte nichts Böses im Wald von Eld geschehen. Die niederträchtigen Erdgeister, die die Menschen sonst immer verfolgt hatten, waren geflohen, und die alten Schatten machten sich zitternd aus dem Staube, denn sie konnten sich noch sehr gut an diese Lieder erinnern. Aber hin und wieder wurde ihr Gesang leiser, dann drohten Trauer und Verzweiflung sie zu überwältigen, denn sie spürte den Haß des fernen Edelmannes kalt in ihrer Brust.

Lachend versuchte sie den Zauber beiseite zu schieben und spielte dem Jüngling Melodien vor, die sie selber schon fast vergessen hatte. Und drunten im Tale von Carbourne wälzte sich zur selben Zeit ein Mann schweißnaß auf seinem Bett, von Träumen gequält, die ihm immer wieder das Bild des Harfespielers vorgaukelten.

In der Morgendämmerung erhoben sie sich und wanderten ein Stückchen weiter, teilten ihr Essen und tranken von einer klaren kalten Quelle, die sie kannte, bis sich unter den heißen Strahlen der Sonne wieder jene tödliche Ruhe über Eld senkte.

Fionn sank in einen tiefen Schlaf, aber sie wehrte sich dagegen, denn im Schlaf wurde sie von Alpträumen verfolgt; aber so sehr sie sich auch wehrte, so konnte sie es doch nicht verhindern, daß ihr die Augen zufielen. Die Träume wurden immer schlimmer. Sie sah, wie der Mann sein Pferd bestieg, wie seine Hand die Peitsche schwang und seine Stiefel dem Pferd die Sporen gaben. Sie meinte das Gebell der Hunde und den Lärm einer Hetzjagd zu hören und ein blutbesudeltes Tuch zu sehen. Ewald wollte Gleiches mit Gleichem vergelten, denn er konnte die ihm angetane Schmach nicht verwinden, und Arafel schauderte es bei dem Gedanken, daß sie ihn und seine Männer würde töten müssen.

Es war besser in der Nacht, wenn sie und Fionn wach waren und sie die Furcht mit leisen Liedern aus ihrem Herzen verjagen konnten; aber sogar jetzt überfiel sie manchmal die Erinnerung und hauchte sie kalt an, so daß sich ihre Hand an den Hals stahl, wo einstmals der Mondstein seinen Platz hatte. Ihre Augen füllten sich plötzlich mit Tränen, und als Fionn es sah, versuchte er sie mit fröhlichen Liedern aufzuheitern – aber es war vergeblich, und so verstummte er schließlich ganz.

»Spiel du mir doch ein Lied«, bat er sie. »Kein Harfespieler hat jemals solche Melodien gekannt. Oh bitte spiel für mich!«

»Nein, ich beherrsche diese Kunst nicht«, antwortete sie, denn der letzte Harfespieler ihres Volkes war schon vor langer Zeit gestorben. Dies war jedoch nicht die ganze Wahrheit, denn einsmals hatte sie die schönsten Lieder gekannt, aber seitdem der letzte ihres Volkes den Wald von Eld verlassen hatte, und es nur noch sie hier gab, waren ihre Hände steif geworden und hatten ihre Kunst vergessen. »Spiel du«, bat sie Fionn und lächelte ihm zu, obwohl sich die Furcht wie eine Eisenklammer um ihr Herz legte und ständig die Gestalt des wütenden Verfolgers vor ihren inneren Augen stand.

In seiner Verzweiflung spielte Fionn das Lied von dem Mann, der sich in einen Wolf verwandelte, und von dem Wolf, der die Menschengestalt nicht annehmen konnte; Ewald aber konnte nicht schlafen und saß zitternd in Pelze gehüllt vor dem Herdfeuer, in seiner Hand hielt er den Stein, den er nicht wieder hergeben würde, und sollte es ihn das Leben kosten.

Da sang sie endlich wieder ein Lied, das aus einem früheren Zeitalter stammte, und der Harfespieler griff die Melodie auf, die von der Erde, weißen Stränden, blauen Seen und der großen Reise erzählte, auf die man sich am Ende aller Tage begeben würde. Tränen liefen Fionn über die Wangen, während er spielte, und ein trauriges Lächeln stahl sich auf seine Lippen, bis er schließlich verstummte, denn Arafel war es schwer ums Herz geworden.

Als die Sonne endlich aufging, wollte sie weder essen noch trinken, denn sie war ganz in ihrem Kummer gefangen und konnte ihren Frieden nicht wiederfinden. Wie gerne wäre sie jetzt den Schattenpfad in ihr Reich mit seinen freundlicheren Gestirnen geflohen und hätte den Jüngling überredet, sie zu begleiten, aber ein Teil ihres Herzens war an die Erde gekettet, so daß sie selber nicht gehen konnte, sondern bleiben mußte. So weinte sie und preßte die Hand auf die Stelle, wo sonst der Stein gehangen hatte.

Ewald von Car Wiell aber war schon wieder auf der Jagd. Schlaflos und von Alpträumen verfolgt, peitschte er Volk und Hunde aus seinen Behausungen bis an den Waldrand von Eld, seinen beiden Bewohnern und dem Klang der Harfe dicht auf den Fersen. Er brachte Äxte mit, legte Feuer und gelobte nicht eher zu ruhen, bis er nicht den ganzen Wald niedergebrannt hätte.

Der Wald flüsterte und wisperte ängstlich, als eine große Wolkenwand sich von Norden her über Eldwood und Cardale legte und die Sonne verdunkelte; der Wind blies den Männern entgegen, so daß sie kein Feuer legen konnten, aber das Kreischen der Äxte und Sägen war Tag und Nacht zu hören. Die Wolken wurden dichter, die Winde bliesen kälter und hüllten Eldwood immer weiter ein. Nachts, wenn der Harfespieler seine Lieder sang, konnte die Fee noch lächeln, aber mit jedem Baum, der fiel, erzitterte sie, und die Eisenklammer, die sich um ihr Herz gelegt hatte, wurde mit jedem Tag enger. Die Wunden, die Ewald dem Wald zufügte, wurden immer größer, und er näherte sich unaufhaltsam; sie wußte es wohl, und bald konnte sie auch kein Lied mehr trösten.

Sie wurde zusehends trauriger, und auch Fionn vermochte sie nicht mehr abzulenken. Er legte den Arm um sie, aber sie hüllte sich nur noch enger in ihren Mantel, stand auf und ging davon. Der Wald um sie herum wurde immer bedrohlicher und unheimlicher, so daß sich Fionn furchtsam umsah und dicht an ihrer Seite blieb.

Die Kräfte verließen sie, und das Flüstern der Schatten um sie herum wurde immer lauter und böser, bis sie schließlich zu Boden sank und sich an einen knorrigen Baumstamm lehnte.

»Was ist dir?« fragte er sie und schaute auf ihre zusammengeballte Faust, die sie gegen die Brust preßte, als ob dort die Antwort auf alle Fragen zu finden wäre. »Was hast du nur?«

Sie schüttelte den Kopf und lächelte ihm traurig zu, aber als der Lärm der Äxte wieder zu hören war, zuckte sie zusammen, als ob sie selbst von den Hieben verletzt worden wäre. Er sah sie verständnislos an, denn er empfand nicht so wie sie, und so bat ihn Arafel nur, ein Lied für sie zu singen.

»Nein, ich kann nicht.«

»Und ich erst recht nicht«, gab sie zur Antwort. Er wischte ihr den Schweiß aus dem Gesicht und versuchte ihren Schmerz zu lindern, so gut er konnte.

Fionn sah auf die leere Hand an ihrem Hals und plötzlich begriff er. »Der Stein! Den Stein vermißt du also!«

Sie zuckte zusammen und sah sich um, denn das Hämmern der Äxte war auf einmal ganz nah. Auch Fionn blickte erschrocken um sich. »Jetzt wird es Zeit für dich«, sagte sie. »Sobald der Tag anbricht, mußt du dich auf den Weg machen. Der neue Wald hinter den Bergen wird dich schon verbergen.«

»Und dich hier zurücklassen? Meinst du das im Ernst?«

Sie aber lächelte nur in seine ängstlichen Augen hinein und sprach: »Ich habe genug bezahlt.«

»Bezahlt? Was hast du bezahlt? Was hast du ihm gegeben?«

»Meine Träume«, gab sie zur Antwort. »Nur meine Träume, aber sie bedeuteten mir alles.« Die Hände zitterten ihr, und Dunkelheit legte sich über ihr Herz. Es war ein Haß, der sich gegen Ewald, gegen sie selber und gegen alles Lebendige richtete, der sie auffraß und gegen den sie nicht ankämpfen konnte. »Es macht nichts«, versicherte sie ihm, »er hätte dich umgebracht, und das hätte ich auch träumen müssen. Geh jetzt, Fionn, es wird Zeit für dich.«

»Warum nur hast du das getan? War mein Spiel diesen Preis wert?« Und Tränen liefen ihm übers Gesicht.

»Aber ja«, lachte sie leise, »ich habe doch wieder gesungen.«

Plötzlich riß er die Harfe an sich und rannte davon, knickte Zweige und riß sich an den Dornen blutig, aber es war keine kopflose Flucht, und er lief auch nicht in Richtung des nächsten Waldes, sondern geradewegs zurück nach Cardale.

Erschrocken schrie sie auf und versuchte aufzustehen, um ihm zu folgen, aber ihre Glieder waren wie Blei, und sie bekam kaum noch Luft. Brombeergestrüpp verfing sich um ihre Füße und hielt sie zurück, und die bösen Schatten des Waldes, die sie sonst fürchteten, erzählten ihr hämisch von dem Mord, der geschehen würde.

So näherte sich der Edelmann mit dem Wolfsbanner unaufhörlich dem Wald, und mit ihm kam eine ganze Armee.

Sie wollte sich beeilen und war doch wie gebannt. Hilflos mußte sie so mit ansehen, wie der Harfespieler aus dem Wald trat und Ewald triumphierte.

Ohne zu zögern, lieferte Fionn sich selber und seine Harfe aus, und sie hörte ihn sagen: »Ich biete dir ein Geschäft an; wenn du ihr den Stein zurückgibst, so wirst du die Harfe bekommen.«

In Ewalds Brust stritten Furcht und Haß miteinander, und Arafel fühlte sich bis ins Mark getroffen, als sie bemerkte, wie sich seine Finger gierig um den Stein schlossen. Sie sah seine Furcht, aber sie sah auch, daß er sich dafür verabscheute. Nein, dieser Mann würde freiwillig nichts zurückgeben.

»Komm nur«, sagte Ewald und hielt ihm den Stein, der an seiner Kette tanzte und hüpfte, entgegen, und nur für einen Moment blitzte der Haß in seinen Augen auf.

Fionn nahm den Stein in seine Hand, und augenblicklich fühlte sie sich von einer Welle der Kraft und gleichzeitig der Hoffnungslosigkeit überflutet, sprang auf und wollte ihn retten.

Aber ein stechender Schmerz zerriß ihr das Herz, so daß sie aufschrie, stolperte und blindlings davonlief. Sie hörte nicht auf zu laufen und rannte den langen Schattenweg zurück, denn alle Schwere und alle Müdigkeit waren von ihr abgefallen. Sie hielt nicht an, bis sie jenen anderen Mond erreicht hatte, aber dort erinnerte sie sich daran, was sie zurückgelassen hatte, und augenblicklich kehrte sie um.

Pferde scheuten, und Hunde bellten, aber sie war nicht mehr gewillt, sich darum zu kümmern. Strahlend wie der Mond trat sie unter die Menschen, in ihrer Hand hielt sie eine feine scharfe Klinge, und sie war bereit zu kämpfen.

Ein Schwert hatte die Harfe und ihren Spielmann getroffen, und die beiden lagen nebeneinander. Die Männer wichen beim Anblick der Frau zurück, aber all dies kümmerte sie nun nicht mehr, denn sie suchte ganz alleine Ewald. Er schleuderte ihr einen Fluch entgegen, gab seinem Pferd die Sporen und ritt mit gezücktem Schwert heran. Ein heftiger Wind erhob sich, die Bäume ächzten und bogen sich, und von fern dröhnte Donner. Das Pferd scheute, und als er den zweiten Angriff ritt, traf ihn Arafels Dolch am Arm.

Sie floh augenblicklich, und er konnte nicht anders als sie verfolgen. Sie hätte leicht entkommen können, aber statt dessen fiel sie dem Pferd in die Zügel und übernahm seine Führung.

Auf ihrem Weg in das tiefste Herz des Waldes wurden sie von den Schatten verfolgt und belauert, aber keiner getraute sich, Hand an den Reiter zu legen, denn das hätte sie nicht gelitten.

Unvermutet drehte sie sich um und schlug ihren Mantel zurück, so daß das Pferd scheute und Ewald abgeworfen wurde. Das verschreckte Tier raffte sich hoch und galoppierte davon. Immer lauter rollte der Donner, der Wald rauschte und bebte, und die Schatten lachten höhnisch in ihren Höhlen, waren viele von ihnen doch einst Besessene gewesen wie Ewald nun. Sie trat aus ihrer Welt zurück in diese, und Ewald sah sie klar und deutlich im Mondlicht stehen, wie von Silber übergossen. Er verfluchte sie und wechselte das Schwert von einer Hand in die andere, denn sein rechter Arm war verletzt und schmerzte ihn sehr. Er stieß einen heiseren haßerfüllten Laut aus und schlug zu. Lachend wich sie immer weiter zurück und lockte ihn so tiefer und tiefer in den Wald hinein, bis er erschöpft zusammenbrach und seinen Zorn vergessen hatte.

»Auf!« spottete sie ihn, aber als plötzlich Pferdegetrappel und Hundegebell zu hören war, malte sich eine teuflische Freude auf seinem Gesicht, und er grinste sie bösartig an. Auch sie lächelte, und sein Triumph erstarb sehr schnell, als grollender Donner rollte, der die Erde und selbst die Himmel zu erfüllen schien. Das waren nicht Ewalds Knechte, die dort jagten. Ein anderer Herr war es, der seine Meute über den Sturmhimmel hetzte. Und das Geheul und Geschrei kam jetzt von über ihnen und unter ihnen, war überall um sie her.

Ewald schrie eine Verwünschung, hob die Klinge und stieß noch einmal zu, aber Arafel war geschickt zur Seite gewichen. Wieder schlug er zu. Ein Blitz zuckte herab – der Edelmann fluchte und starb im Silberfeuer aus den Wolken.

Sie konnte dazu weder weinen noch lachen. Sie blickte hinauf zu den Wolken, die der Sturm als graue Fetzen vor sich herpeitschte, hinauf in den Himmel, wo ein anderer Jäger den Wind befehligte und von wo sie das wilde Geheul von Hunden vernahm, die die Fährte von etwas Wildem, Verzweifeltem aufnahmen. So hob sie ihr Schwert zu den Wolken und grüßte den Fürsten Tod, dem die Macht über die Menschen gegeben war, auch er ein großer Jäger. Und sie gedachte der alten Freunde, die dort mit dem Wolf ritten. Dann aber übermannte sie die Trauer, und sie schritt den ganzen Weg dorthin zurück, von wo sie gekommen war, dorthin, wo die Harfe und ihr Spielmann lagen. Hier war nichts mehr zu retten; das Licht seiner Augen war erloschen, und sein Körper wurde bereits kalt. Nur in den Händen hielt er etwas – und es schimmerte wie der Sommermond. Sauber war der Stein, von seiner Liebe erfüllt. Sie nahm das Juwel an sich, legte sich die Kette um den Hals, und der moosgrüne Stein war wieder an dem Ort, wo er hingehörte. So küßte Arafel den Jungen ein letztes Mal und kehrte in das andere Reich zurück.

Manchmal, wenn sie den Stein betrachtete, glaubte sie von weit, weit fort eine feine Musik zu hören, denn ein Teil von Fionns Herz war immer bei ihr. Sie aber sang manchmal dazu, wo immer sie gerade wollte, und dies war ihr Geschenk für ihn.

Nachwort der Redaktion

Obwohl wir uns bemüht haben, in den Lesehinweisen ein möglichst breitgefächertes Bild der deutschen Fantasy-Literatur – Stichtag: 1. Juli 1988, mit Ausblicken bis Anfang 1989 – zu zeichnen, ist es aufgrund der starken Fluktuationen, insbesondere im Taschenbuchbereich, nicht zu vermeiden, daß der eine oder andere Titel bereits vergriffen ist. Bitte haben Sie Verständnis dafür, daß die Redaktion Ihnen bei der Beschaffung von Büchern nicht behilflich sein kann. Sie können alle aufgeführten Titel, soweit lieferbar, kostenfrei über jede Buchhandlung bestellen. Ansonsten verweisen wir unverbindlich auf die

Versandbuchhandlung Transgalaxis
Postfach 1127, 8362 Friedrichsdorf/Taunus

Dort sind mitunter auch ältere Titel noch am Lager erhältlich. Sofern Sie sich näher mit Fantasy beschäftigen wollen, möchten wir Sie auf zwei Vereine aufmerksam machen:

Erster Deutscher Fantasy Club e. V.
Postfach 1371, 8390 Passau

Dieser Verein, dessen Interessengebiet die gesamte Bandbreite der Fantasy abdeckt, veranstaltet regelmäßige Treffen und gibt mehrere Zeitschriften heraus, von Kongreßberichten bis hin zu Magazinen, in denen sich jeder auf die verschiedenste Weise kreativ betätigen kann. Ein eher wissenschaftlich und christlich orientierter Verein, der sich insbesondere mit dem Oxforder Autorenkreis um C. S. Lewis, J. R. R. Tolkien und Charles Williams befaßt, nennt sich:

Inklings
Gesellschaft für Literatur und Ästhetik e. V.
Erster Rote-Haag-Weg 31, 5100 Aachen

Auch diese Angaben geben den Stand von Mitte 1988 wieder; sie sind daher unverbindlich und ohne Gewähr.

Quellen

I. Sekundärliteratur

Für die Autorenbiographien, Einführungen und Lesehinweise wurde auf die folgenden Werke zurückgegriffen:

Aldiss, Brian: *Der Millionen-Jahre-Traum – Die Geschichte der Science Fiction,* Bergisch Gladbach 1980. Überarbeitete und aktualisierte Neuausgabe (mit David Wingrove) als *Der Milliarden-Jahre-Traum,* Bergisch Gladbach 1987.

Alpers/Fuchs/Hahn/Jeschke: *Lexikon der Science Fiction Literatur,* 2 Bd., München 1980. Überarbeitete und aktualisierte einbändige Neuausgabe München 1988.

Ashley, Mike: *Who's Who in horror and fantasy fiction,* London 1977.

Carter, Lin: *Imaginary Worlds,* New York 1973.

Körber, Joachim (Hg.): *Bibliographisches Lexikon der utopisch-phantastischen Literatur,* Meitingen 1984 ff. (Loseblattsammlung).

Moskowitz, Sam (Hg.): *Under the Moons of Mars* (A History and Anthology of ›The Scientific Romance‹ in the Munsey Magazines), New York, Chicago, San Franzisco 1970.

Nicholls, Peter (Hg.): *The Encyclopaedia of Science Fiction,* London, Toronto, Sidney, New York 1979.

Pesch, Helmut W.: *Fantasy – Theorie und Geschichte einer literarischen Gattung,* Passau 2/1984.

Rottensteiner, Franz: *The Fantasy Book,* London 1977.

II. Urheberrechte der einzelnen Texte

Jonathan Swift: Die fliegende Stadt, aus ders.: Reisen in verschiedene Länder der Welt von Lemuel Gulliver, Ü: Kurt Heinrich Hansen, © Winkler Verlag, München 1958. Mit freundlicher Genehmigung des Winkler Verlags.

Lewis Carroll: Aberwitz und Fünf-Uhr-Tee, aus ders.: Alice im Wunderland, Ü: Christian Enzensberger, © Insel Verlag, Frankfurt 1963. Mit freundlicher Genehmigung des Insel Verlags.

George Macdonald: Der goldene Schlüssel, (›The Golden Key‹), Ü: Bernd Seligmann, © Bastei Verlag Gustav H. Lübbe, Bergisch Gladbach 1982.

William Morris: Wie Bulle die Lordschaft von Utterbol errang, aus ders.: Die Quelle am Ende der Welt (The Well at the World's End), Ü: Annette von Charpentier, © Bastei Verlag Gustav H. Lübbe, Bergisch Gladbach 1981.

Lord Dunsany: Bethmoora, aus ders.: Das Fenster zur anderen Welt, Ü: Friedrich Polakovics, © Insel Verlag, Frankfurt 1971. Mit freundlicher Genehmigung des Insel Verlags.

E. R. Eddison: Der Berg der Toten, aus ders.: Der Wurm Ouroboros, Ü: Reinhard Heinz, © Heyne Verlag, München 1981. Mit freundlicher Genehmigung des Heyne Verlags.

Edgar Rice Burroughs: Gefangener der Marsianer, aus ders.: ›Under the Moons of Mars‹ in: Sam Moskowitz (Hg.): Under the Moons of Mars © 1970 by Sam Moskowitz, Ü: Renate Beetz © 1982 Bastei Verlag Gustav H. Lübbe.

James Branch Cabell: Jürgen in der Hölle, aus ders.: Jürgen, © 1946 by James Branch Cabell, Ü: Walter Brumm, © Heyne Verlag, München 1981. Mit freundlicher Genehmigung des Heyne Verlags.

H. P. Lovecraft: Das merkwürdige hochgelegene Haus im Nebel (›The Strange High House in The Mist‹), aus ders.: Stadt ohne Namen, Ü: Charlotte Gräfin von Klinckowstroem, © Insel Verlag, Frankfurt 1973. Mit freundlicher Genehmigung des Insel Verlags.

J. R. R. Tolkien: Der Kampf auf der Wetterspitze, aus ders.: Der Herr der Ringe, Erster Teil: Die Gefährten, Ü: Margaret Carroux, © Ernst Klett Verlag, Stuttgart 1972. Mit freundlicher Genehmigung des Verlags Klett-Cotta.

Mervyn Peake: Blut zur Mitternacht, aus ders.: Titus Groan, Ü: Annette von Charpentier, © Klett-Cotta, Stuttgart 1981. Mit freundlicher Genehmigung des Verlags Klett-Cotta.

Robert E. Howard: Der rote Priester (›Rogues in the House‹), aus ders.: Conan, Ü: Lore Strassl, © Heyne Verlag, München 1982. Mit freundlicher Genehmigung des Heyne Verlags.

Leigh Brackett: Die Purpur-Priesterin (›Purple Priestess of the Mad Moon‹), © 1967 by Leigh Brackett Hamilton, Ü: Lore Strassl, © Pabel Verlag, Rastatt 1977.

Abraham Merritt: Durch das Drachenglas (›Through the Dragon Glass‹), © 1926 by Abraham Merritt, Ü: Lore Strassl, © Pabel Verlag, Rastatt 1978.

Poul Anderson: Das Schmieden des geborstenen Schwertes, aus ders.: Das geborstene Schwert, © 1971 by Poul Anderson, Ü: Rosemarie Hundertmarck, © Bastei Verlag Gustav H. Lübbe, Bergisch Gladbach 1979.

Fritz Leiber: Basar des falschen Zaubers (›Bazaar of the Bizarr‹), © 1970 by Fritz Leiber, Ü: Thomas Schlück, © Heyne Verlag, München 1973. Mit freundlicher Genehmigung des Heyne Verlags.

Michael Moorcock: Im Haus des Chaos Gottes, aus ders.: Der Scharlachrote Prinz (The Knight of the Swords), Ü: Lore Strassl, © Bastei Verlag Gustav H. Lübbe 1978.

Ray Bradbury: Die Verbannten, aus ders.: Der illustrierte Mann (The Illustratet Man), Ü: Peter Naujack, © Diogenes Verlag, Zürich 1977. Mit freundlicher Genehmigung des Diogenes Verlags.

Ursula K. LeGuin: Das Wort der Macht (‹The World of Unbinding‹), © 1975 by Ursula K. LeGuin, Ü: Gisela Stege, © Nymphenburger Verlagshandlung, München 1980. Mit freundlicher Genehmigung der Nymphenburger Verlagshandlung.

Karl Eduard Wagner. Die Schattenburg (›Mirage‹) © 1973 by Warner Books, in: ›Der Verfluchte‹, Ü: Michael Görden © Bastei Verlag Gustav H. Lübbe, Bergisch Gladbach 1978.

M. John Harrison: Ritter des Nachmittags (›Viriconium Knights‹) © 1978 by M. John Harrison, Ü: Thomas Görden, © Bastei Verlag H. Lübbe, Bergisch Gladbach 1982.

Tanith Lee: Schach dem Bösen (›Northern Chess‹) © 1979 by J. A. Salmonson, aus: Amazonen! (Amazons!), hg. Jessica Amanda Salmonson, Ü: Andrea Dorfmüller, © Bastei Verlag Gustav H. Lübbe, Bergisch Gladbach 1981. Mit freundlicher Genehmigung der Autorin und ihrer Agentur Thomas Schlück.

Richard Adams: Die Geschichte vom Salat des Königs, aus ders.: Unten am Fluß (Watership Down), © 1972 by Rex Collings Ltd., Ü: Egon Strohm, © Verlag Ullstein GmbH, Frankfurt/M.-Berlin-Wien 1975. Mit freundlicher Genehmigung des Ullstein Verlags.

C. J. Cherryh: Der Traumstein (›The Dreamstone‹) © 1979 by J. A. Salmonson, aus: Amazonen! (Amazons!), hg. Jessica Amanda Salmonson, Ü: Andres Dorfmüller, © Bastei Verlag Gustav H. Lübbe, Bergisch Gladbach 1981. Mit freundlicher Genehmigung der Autorin und ihrer Agentur Thomas Schlück.

Auswahl-Bibliographie 100 Fantasy-Romane

Zusammengestellt von Helmut W. Pesch

Die hundert ›besten‹ Fantasy-Romane zusammenzustellen ist ein Unterfangen, das abgesehen von der willkürlichen Begrenzung von vornherein zum Scheitern verurteilt ist, da sich die Vielfalt der Themen und Schreibweisen kaum nach einem einheitlichen Maßstab beurteilen läßt. Was im folgenden versucht werden soll, ist, eine Art ›Basis-Bibliothek‹ oder ›Kernsammlung‹ vorzustellen, für diejenigen, die sich über die Schwerpunktthemen der Lesehinweise hinaus einen allgemeinen Überblick verschaffen oder sich kritisch mit dem Thema Fantasy beschäftigen wollen. Die folgenden Werke stellen daher eine Art repräsentativen Querschnitt literarisch wichtiger oder auch nur einflußreicher Werke dar – wobei die trivialeren Formen in ihren markantesten Beispielen bewußt nicht ausgeklammert wurden –, die in der einen oder anderen Weise die Beschäftigung lohnen. Jeder ist gern dazu angehalten, sie mit Titeln seiner Wahl zu ergänzen.

Richard Adams
1. *Unten am Fluß – Watership Down* (Ullstein/Ullstein TB)

Poul Anderson
Das Schwert des Nordens (Bastei-Lübbe TB)
enthält
2. *Das geborstene Schwert*
3. *Hrolf Krakis Saga*

Piers Anthony
4. *Chamäleon-Zauber* (Bastei-Lübbe TB)
5. *Zauber-Schloß* (Bastei-Lübbe TB)
6. *Zauber-Suche* (Bastei-Lübbe TB)
(Dazu weitere Bände)

Robert Asprin
Dämonen-Futter (Bastei-Lübbe TB)
enthält
7. *Ein Dämon zuviel*
8. *Drachenfutter*
(Dazu weitere Bände)

Peter S. Beagle
9. *Das letzte Einhorn* (Klett-Cotta)

Hans Bemmann
10. *Stein und Flöte* (Edition Weitbrecht)

Marion Zimmer Bradley
11. *Die Nebel von Avalon* (Krüger/Fischer TB)
12. *Das Licht von Atlantis* (Lübbe/Bastei-Lübbe TB)

Terry Brooks
Das Schwert von Shannara (Goldmann TB)
enthält
13. *Das Schwert von Shannara*
14. *Der Sohn von Shannara*
15. *Der Erbe von Shannara*
(Dazu weitere Bände)

James Branch Cabell
16. *Die Legende von Manuel* (Bastei-Lübbe TB)
17. *Der silberne Hengst* (Bastei-Lübbe TB)
18. *Jürgen* (Heyne TB)
(Dazu weitere Bände)

Joy Chant
19. *Roter Mond und Schwarzer Berg* (Klett-Cotta/Ullstein TB)
(Dazu weitere Bände)

John Crowley
20. *Little, Big oder Das Parlament der Feen* (S. Fischer)

Stephen R. Donaldson
21. *Lord Fouls Fluch* (Heyne TB)
22. *Die Macht des Steins* (Heyne TB)
23. *Die letzte Walstatt* (Heyne TB)
(Dazu weitere Bände)

Lord Dunsany
24. *Die Königstochter aus Elfenland* (Klett-Cotta)

David Eddings
25. *Die Prophezeiung des Bauern* (Knaur TB)
26. *Die Zaubermacht der Dame* (Knaur TB)
27. *Gambit der Magier* (Knaur TB)
28. *Turm der Hexerei* (Knaur TB)
29. *Verwunschenes Endspiel* (Knaur TB)

E. R. Eddison
30. *Der Wurm Ouroboros* (Heyne TB)

Michael Ende
31. *Die unendliche Geschichte* (Thienemanns/dtv)
32. *Momo* (Thienemanns)

Raymond Feist
33. *Midkemia: Pug und Thomas* (Goldmann TB)
34. *Midkemia: Milamber und die Valheru* (Goldmann TB)
(Dazu weitere Bände)

Alan Garner
35. *Eulenzauber* (Diederichs)

H. Rider Haggard
36. *Sie* (Heyne TB)
37. *Allan Quatermain* (Heyne TB)
38. *König Salomons Schatzkammern* (Heyne TB)
(Dazu weitere Bände)

Frederik Hetmann
39. *Madru oder Der große Wald* (Diederichs/Goldmann TB)

Wolfgang und Heike Hohlbein
40. *Märchenmond* (Ueberreuter)

Robert Holdstock
41. *Mythenwald* (Bastei-Lübbe TB)

Robert E. Howard
42. *Conan* (Heyne TB)
43. *Conan von Cimmeria* (Heyne TB)
44. *Conan der Eroberer* (Heyne TB)
(Dazu weitere Bände)

Katherine Kurtz
45. *Das Geschlecht der Magier* (Heyne TB)
46. *Die Zauberfürsten* (Heyne TB)
47. *Ein Deryni-König* (Heyne TB)
(Dazu weitere Bände)

Michael de Larrabeiti
48. *Die Borribles* (Klett-Cotta)
(Dazu weitere Bände)

Tanith Lee
49. *Herr der Nacht* (Heyne TB)
(Dazu weitere Bände)

Ursula K. Le Guin
Erdsee (Heyne TB)
enthält
50. *Der Magier der Erdsee*
51. *Die Gräber von Atuan*

53. *Das ferne Ufer*

Fritz Leiber

Schwerter im Nebel (Heyne TB)
enthält

54. *Schwerter und Teufelei*
55. *Schwerter gegen den Tod*
56. *Schwerter im Nebel*

Die Schwerter von Lankhmar (Heyne TB)
enthält

57. *Schwerter gegen Zauberei*
58. *Die Schwerter von Lankhmar*
59. *Schwerter und Eiszauber*

H. P. Lovecraft

60. *Die Traumfahrt zum unbekannten Kadath* (Klett-Cotta)

R. A. MacAvoy

61. *Stelldichein beim schwarzen Drachen* (Goldmann TB)

Patricia McKillip

62. *Die vergessenen Tiere von Eld* (Goldmann TB)
63. *Erdzauber: Die Schule der Rätselmeister* (Goldmann TB)
64. *Erdzauber: Die Erbin von Wasser und Feuer* (Goldmann TB)
65. *Erdzauber: Harfner im Wind* (Goldmann TB)

Naomi Mitchison

66. *Kornkönig und Frühlingsbraut* (Lübbe/Bastei-Lübbe TB)

Michael Moorcock

Elric von Melniboné (Heyne TB)
enthält

67. *Elric von Melniboné*
68. *Die See des Schicksals*
69. *Der Zauber des Weißen Wolfs*
70. *Der verzauberte Turm*
71. *Im Banne des Schwarzen Schwertes*
72. *Sturmbringer*

Das Buch Corum (Bastei-Lübbe TB)
enthält
73. *Der scharlachrote Prinz*
74. *Die Königin des Chaos*
75. *Das Ende der Götter*
76. *Das kalte Reich*
77. *Der gefangene König*
78. *Das gelbe Streitroß*

William Morris
79. *Die Quelle am Ende der Welt* (Bastei-Lübbe TB)

Mervyn Peake
Gormenghast
bestehend aus
80. *Der junge Titus* (Klett-Cotta)
81. *Im Schloß* (Klett-Cotta)
82. *Der letzte Lord Groan* (Klett-Cotta)

Mary Renault
83. *Der König muß sterben* (Marion von Schröder/Knaur TB)
84. *Der Stier aus dem Meer* (Marion von Schröder/Knaur TB)

James Stephens
85. *Der goldene Hort* (Klett-Cotta)

J. R. R. Tolkien
86. *Der kleine Hobbit* (Georg Bitter/dtv)
Der Herr der Ringe
bestehend aus
87. *Die Gefährten* (Klett-Cotta)
88. *Die zwei Türme* (Klett-Cotta)
89. *Die Rückkehr des Königs* (Klett-Cotta)
dazu
90. *Das Silmarillion* (Klett-Cotta)

Jack Vance
91. *Die sterbende Erde* (Heyne TB)

T. H. White

Der König auf Camelot (Klett-Cotta)
enthält

92. *Das Schwert im Stein*
93. *Die Königin von Luft und Dunkelheit*
94. *Der mißratene Ritter*
95. *Die Kerze im Wind*

dazu

96. *Das Buch Merlin* (Diederichs/Knaur TB)

Gene Wolfe

97. *Der Schatten des Folterers* (Heyne TB)
98. *Die Klaue des Schlichters* (Heyne TB)
99. *Das Schwert des Liktors* (Heyne TB)
100. *Die Zitadelle des Autarchen* (Heyne TB)